LA PORTE DES ABYSSES

Né en 1970, Alexis Flamand est un auteur français. Après des études de biologie, il s'oriente vers l'enseignement puis vers l'écriture. Amoureux des littératures de l'imaginaire, il débute en 2008 *Le Cycle d'Alamänder*, une trilogie de fantasy à rapprocher du *Disque-Monde* de Terry Pratchett pour son côté décalé ou de Jack Vance pour sa richesse et sa verve. Il participe également régulièrement à la conception de jeux de rôles.

ALEXIS FLAMAND

La Porte des Abysses

Le Cycle d'Alamänder *

ÉDITIONS LEHA

ISBN : 978-2-253-10325-7 – 1re publication LGF

Prologue

À l'époque où Ker Fresnel n'était encore qu'un petit trois-pièces salon-cuisine-salle de torture, le roi Embru IV vint y séjourner. Le meublé, exposé au sud, était adossé à un vieux massif pierreux, carcasse arrachée au temps qui avait donné son nom au royaume de Kung-Bohr. La vue était agréable et permettait au monarque d'oublier pour un moment les intrigues de la cour.

Les saisons passant, il se prit d'affection pour la région et, un beau soir d'automne, il décida de quitter l'austère castel de ses ancêtres pour s'installer définitivement dans sa nouvelle demeure.

Quelques mois plus tard, l'architecte en chef découvrit une vaste caverne sous les fondations du palais. Embru IV en chassa aussitôt les étranges créatures qui la peuplaient, puis gagna au jeu avec le gardien des lieux une concession à perpétuité.
Il envoya alors une flopée d'ingénieurs faire de ce grand vide la nouvelle capitale de l'empire. Travaux et aménagements se succédèrent au fil des décennies. À la mort du roi, la petite garçonnière d'origine avait cédé la place à une forteresse enterrée, bardée de tours et de

pignons dressant leurs cimes altières vers le ciel rocheux de la caverne. Notre glorieux royaume venait de trouver l'écrin minéral d'où la sagesse et la bienveillance des souverains de Kung-Bohr allaient s'exercer pour les millénaires à venir.

Enech Lamnior, *Guide de bienvenue à Ker Fresnel*

*

— Exterminons-les ! glapit Ernst XXX, souverain de Kung-Bohr.

Les visages autour de la table se partagèrent entre enthousiasme et scepticisme.

— La chose n'est pas si aisée, Majesté, expliqua Pallas, le conseiller principal. Depuis que les Xéols se sont installés sur nos rivages, il y a un siècle et demi, personne n'est parvenu à les persuader que leur extinction serait un bienfait pour l'humanité.

— D'autre part, enchaîna le responsable de la propagande, ils ne nous ont pas causé de véritables ennuis depuis plus de deux ans.

Un grand type carré au menton carré hocha la tête.

— En tant que général en chef des armées, je me suis permis de procéder à une simulation stratégique de dissuasion. Ainsi que Sa Majesté vient de le suggérer, nous pourrions tous les tuer afin de leur montrer ce qui leur arriverait s'ils décidaient de nous attaquer.

Le silence s'installa tandis que chacun soupesait la proposition.

— Ce sont de robustes guerriers, objecta Pallas.

— Ce sont des hommes, ils ont donc un point faible, rétorqua l'officier. Attaquons-nous à leurs richesses !

— En quoi consistent-elles ? demanda le roi.

— Rien d'intéressant pour nous, répondit un notable ventru. Ils pêchent de petits mollusques qu'ils parviennent, nul ne sait comment, à naturaliser. Ils s'en servent comme monnaie.

L'homme, visiblement passionné par le sujet, enchaîna avec emphase :

— Leur économie est d'ailleurs sidérante. L'odeur des mollusques est infecte. Lorsqu'un Xéol contracte une dette ou acquiert un bien, le vendeur lui donne une certaine quantité de ces créatures. La pestilence pousse alors le débiteur à rendre un service ou un objet afin de s'en débarrasser. Une monnaie inverse, en quelque sorte. En écoutant la proposition du général, il me vient une idée : une fois ces intrus exterminés, nous pourrions revendre ces mollusques dans quelques centaines d'années en tant que précieuses reliques d'une civilisation disparue.

L'homme se tut, une expression gourmande sur les lèvres.

— Cela ne règle aucun problème dans l'immédiat, grommela Ernst. Il est extrêmement irritant de voir une partie du territoire national occupée par une poignée de sauvages venus d'on ne sait où.

Le général se sentit à son tour investi d'une mission pédagogique :

— Leurs légendes racontent qu'ils sont tombés du ciel, Sire. Et le fait est que personne, pour le moment, n'est parvenu à découvrir leur origine.

Le roi balaya d'un geste ce qu'il considérait comme des sottises.

— J'en ai assez de voir ces démons grappiller de précieuses minutes de conseil depuis le premier jour de mon règne. Général Fédéhul, je vous charge dès à présent d'étudier leurs faiblesses et de me livrer un rapport chaque semaine sur l'état de vos avancées.

L'officier se rembrunit. La tâche promettait d'être difficile.

Ernst pointa un doigt vers le conseiller ventripotent.

— À vous, Vaul.

Le notable interpellé dégagea péniblement ses formes généreuses de son fauteuil et prit la parole :

— Votre Majesté, nobles conseillers, l'extension de notre royaume vers l'ouest ne va pas sans poser quelques difficultés. Je vous rappelle qu'il y a quelques semaines, un mariage entre le neveu de Sa Majesté et la cousine par alliance de la reine de Mehnzota nous a permis de récupérer quelques arpents de terre.

— Une juteuse opération, ce mariage, commenta Fédéhul.

— Oui, général. D'après nos spécialistes en diplomatie, cette union a fait baisser les tensions entre nos deux pays de quinze pour cent.

— Et le départ du marié, renchérit Ernst, a fait progresser d'autant l'intelligence de la cour. Le fait est que mon neveu va faire plus pour la déstabilisation de Mehnzota qu'une armée d'intrigants.

Chacun s'amusa de la saillie, on connaissait la piètre réputation du nobliau. Vaul hocha la tête avec force, ce qui fit trembler ses bajoues. Il poursuivit :

— Les habitants de notre nouvelle conquête étaient auparavant soumis au régime de Mehnzota, c'est-à-dire à dix pour cent des recettes marchandes sur les deux années précédant l'Avoir Commercial de Recours en Qualité de vie Minimum.

Sans tenir compte des regards perplexes, le responsable se dirigea vers un coin de la salle où était disposé un patio recouvert d'une tenture. Avec le geste sûr d'un illusionniste, il en rabattit l'étoffe. Un tableau apparut, encadré par deux jeunes filles dont la silhouette de rêve n'était dissimulée que par quelques pièces de tissu.

La plupart des conseillers se redressèrent sur leur chaise. Quelques-uns frisèrent leur moustache d'un air connaisseur, d'autres s'envoyèrent des coups de coude.

S'appuyant sur des graphiques aussi complexes que des sortilèges, Vaul enchaîna les statistiques sur les richesses potentielles de leur annexion. Les nymphettes, elles, alternaient poses langoureuses et moues suggestives. Malgré les subtilités du langage employé par l'expert, les conseillers demeuraient parfaitement concentrés, le tout étant en l'occurrence de savoir sur quoi.

Vaul poursuivit un moment avant de conclure :

— En revanche, notre propre fiscalité prévoit la même mesure, mais *inversée*. Tout le monde me suit ?

Hochement de tête décidé de l'assemblée.

— À présent, nous devons choisir entre investir dans ces contrées ou, au contraire, en liquider les biens au prorata de…

L'homme réfléchit quelques secondes, puis il s'approcha de l'une des jeunes filles.

— Prenons un exemple. Imaginons que Niella, ici présente, représente l'annexion. Retirer à proportion de nos ressources reviendrait à faire ceci…

Il déchira un grand pan de mousseline, ce qui dévoila la poitrine de la nymphette.

— La question est : devons-nous ainsi *liquider* ces biens, ou au contraire *investir* ?

Il replaça le tissu pour illustrer son propos.

— Liquider ! Liquider ! s'exclamèrent les notables.

— Dans ce cas, conclut l'orateur, je propose de procéder sans tarder à l'évacuation de toute la zone.

Il rejoignit son siège sous les applaudissements. Pallas fit taire ceux qui demandaient une autre démonstration de la liquidation et entreprit d'expédier les affaires courantes.

Dès qu'il eut prononcé trois mots, les conseillers retombèrent dans l'apathie. Quelques regards se portèrent avec espoir vers la tenture qu'avait rabattue Vaul.

Le roi promena son regard sur l'assemblée et se permit un bref sourire. Chaque fois que Pallas prenait la parole, il lui semblait qu'une armée entière dressait derrière lui une gigantesque banderole avec les mots : *Dormez, je le veux*. Le chambellan s'exprimait par saccades monocordes, les bras le long du corps. En comparaison, une brique évoquait un univers de lyrisme débridé. Plusieurs fois, le monarque avait été tenté de faire transférer son bras droit au service des interrogatoires. Personne n'aurait été capable de résister à une telle logorrhée. Même Vaul arborait ce mélange d'attention et de renoncement qui traduisait en lui un désintérêt poli. Seul Ernst parvenait à demeurer concentré, après des années d'entraînement passées à contempler les sons inarticulés de son poisson rouge.

Soudain, une inexplicable sensation d'abattement s'empara du roi. Son regard se fit vague, ses membres s'amollirent. Avec épouvante, il vit ses conseillers fondre devant lui comme des statues de cire. Des flammes léchèrent les antiques tapisseries, firent craqueler les fresques martiales. Les traits de Pallas se muèrent en un masque mortuaire qui emplit tout son champ de vision.

— Tout va bien, Majesté ? fit le crâne grimaçant.

Ernst sursauta comme si on venait de le frapper. Tout reprit sa place, hormis le visage du chambellan qui touchait presque le sien. Pallas avait l'air sincèrement inquiet.

Le monarque se frotta les yeux.

— Eh bien, tout cela m'a l'air parfait, bredouilla-t-il. Si vous voulez m'excuser, je ne me sens pas très bien. Quelques pas dans la Salle des Pleureuses devraient me requinquer. Poursuivez sans moi.

— Votre Majesté, il reste un dernier point… l'interrompit Pallas.

Tous contemplèrent le conseiller avec surprise. Ernst, qui tournait déjà les talons, fit de même. Si Pallas se permettait de le retenir, c'était que le sujet était capital. Le roi demanda pourtant avec irritation :

— Il y a autre chose ?

— Un complot, Majesté.

— Le numéro 1196, confirma Vaul avec ravissement.

L'homme n'ignorait pas que tous les cent complots découverts, Ernst organisait une petite fête. Il perdit cependant son sourire lorsqu'il croisa le regard du souverain.

Pallas reprit :

— Votre Majesté, cette affaire est d'une nature particulièrement délicate. Les recoupements d'usage mettent en avant une origine commune : YArkhan.

Ernst fronça les sourcils. YArkhan, la Cité Sainte. La ville-État si imbue d'elle-même qu'elle exigeait deux majuscules à l'écriture de son nom.

La colère du roi céda la place à la perplexité.

— En quoi intéressons-nous la Cité ?

— Nous ne le savons pas encore, Sire. Néanmoins, nos espions sont catégoriques.

Ernst fit la moue. Personne n'osait interrompre l'échange tendu entre les deux hommes.

— Aucune précision, un complot, c'est tout ?

— Certes, c'est peu de chose, Majesté. Mais son origine exige que l'information vous soit révélée.

— Bien sûr. Il serait dommage d'échapper à une longue suite de rumeurs. Cela dit, YArkhan est loin et possède très peu d'influence à Ker Fresnel. Quadruplons la garde jusqu'à nouvel ordre et attendons. Nous arriverons bien à coincer l'un de ces comploteurs et nous lui ferons cracher son aura. C'est tout ?

— Non, Majesté. Le chef de la sécurité suggère que nous invitions un mage à rejoindre nos rangs. La présence d'un tel allié permettrait d'anticiper une attaque à laquelle nous ne sommes pas préparés.

— Un magicien *allié* ? s'étrangla le roi. Quel

intérêt ? Nous avons la vapeur et le vif acide. Le reste n'est qu'inepties. Le moindre magillon assez fou pour mettre les pieds à Ker Fresnel aurait toutes les chances d'être très mal reçu. Par moi-même, en l'occurrence. L'affaire est close. J'en reviens donc à ma question : *y a-t-il autre chose ?*

Chacun savait qu'une nouvelle interruption aurait pour conséquence le renvoi immédiat de l'importun. Pallas se tortilla sur son siège, sous le coup d'un conflit intérieur.

— Je mets juste en garde Votre Majesté contre ce nouvel ennemi.

— C'est très gentil.

— D'autant plus que Votre Majesté ne possède aucune… enfin, pas de…

Tête basse, l'éminence avait presque murmuré ces derniers mots. Cela n'empêcha pas quelques exclamations étouffées d'accueillir la remarque.

Vaul intervint avec précipitation :

— Je me permets de préciser que je suis en total accord avec Pallas, Sire.

Ernst leva un sourcil.

— Il n'a encore rien dit !

— Certes. Mais, euh… j'aurais été d'accord avec lui s'il l'avait dit.

Ernst leva son second sourcil.

— Dois-je comprendre que vous venez *de ne pas parler* de ma descendance ?

Comme un seul homme, tous les membres du conseil s'absorbèrent dans le spectacle de leurs ongles. Parler de la progéniture des souverains de Kung-Bohr était tabou pour une raison fort simple : les rivalités entre maisons régnantes faisaient qu'à la moindre annonce d'une filiation, les prétendants étaient aussitôt pourchassés et exterminés. Chacun s'empressait alors de placer ses propres rejetons sur les rangs de la course au pouvoir.

— Votre sollicitude me touche, poursuivit le roi, et je peux vous assurer que je tiendrai compte de votre suggestion en temps et en heure. Quand cette heure viendra.

Il fit une pause :

— Me suis-je bien fait comprendre ?

Tous les conseillers firent *oui* de la tête.

— Je vais donc me répéter une troisième fois. Y a-t-il *autre chose* ?

Tous les conseillers firent *non* de la tête.

De là où il se trouvait, Ernst eut l'impression que les poitrines avaient cessé de se soulever. Dans cette position, les notables ressemblaient trait pour trait aux figurines de sa vision. Une brusque suée perla sur son front. Il se leva, salua l'assemblée et longea la grande table vers la sortie. Au passage, il jeta un dernier regard à Pallas. Son bras droit, vaincu, baissait les yeux.

Ernst savait que l'homme lui était entièrement dévoué. Son intervention n'était qu'un moyen de lui faire prendre conscience de la gravité de la situation. Néanmoins, il était bien décidé à ne laisser transparaître aucune faiblesse pendant le conseil.

Une fois dehors, il s'éloigna hors de vue des soldats de faction, s'appuya contre un mur et poussa un long soupir. Des fragments de son hallucination s'accrochaient encore à lui comme une mauvaise grippe. Les hasards de la consanguinité lui offraient parfois des prémonitions, mais jamais il n'avait ressenti le poids de l'avenir avec une telle force.

Quelques secondes plus tard, il se redressa et prit la direction de la Salle des Pleureuses. La fraîcheur du couloir et les bruits du palais le rappelèrent à la réalité, et c'est l'esprit un peu plus clair qu'il atteignit sa destination.

La Salle des Pleureuses avait été inaugurée quelques années auparavant. Le souverain ne doutant pas de la douleur de son peuple après sa mort, il avait fait en sorte d'en profiter de son vivant. Il aimait répéter que pleurer les morts est inutile s'ils ne sont pas là pour y assister.

Il franchit une porte sombre agrémentée de fleurs fanées et de rameaux tortueux. Aussitôt, son attention se porta sur l'imposante statue qui occupait la plus grande partie de la salle. Comme toujours, il ressentit une pointe de fierté devant ce regard noir inflexible, cette moue conquérante. L'artiste avait eu le bon goût d'atténuer l'angle brisé de son nez de lutteur. Ses oreilles aristocratiques, aux lobes délicats, accrochaient la lumière avec bonheur.

Ernst adorait ses oreilles. Elles ressemblaient pavillon pour pavillon à celles de Mederech XVII, son ancêtre préféré.

Son regard glissa sur les draperies de marbre et vint se poser sur les formes prostrées au pied de l'œuvre. Une poignée de femmes, tout de noir vêtues et le visage dissimulé par d'épaisses couches de crêpe, pleuraient à chaudes larmes en se balançant avec fièvre. À intervalles réguliers, l'une d'elles levait les bras au ciel et lançait un *Pourquoi?* aux trémolos très satisfaisants.

Ernst les contempla un moment. Il venait ici chaque fois qu'il s'interrogeait sur le bien-fondé d'une décision. En tant que souverain absolu, il savait que ses sujets se pliaient à ses exigences avec enthousiasme mais que la véritable reconnaissance n'existait pas. À votre mort seulement, les langues se déliaient et la postérité jugeait sans complaisance le bilan de votre règne. Assister à ces lamentations, c'était ouvrir une porte optimiste sur l'avenir et sur l'assurance que sa mission serait jugée avec justesse.

Aujourd'hui, cependant, les sanglots et les membres noués ne parvenaient pas à le rasséréner. Au contraire, ils menaçaient de se mêler aux vestiges de sa vision.

Il en oublia presque de se montrer outré lorsque l'une des pleureuses l'aperçut et se dirigea vers lui. Remarquer la présence du roi à cet endroit était interdit. Dans cette pièce, il était officiellement mort. Déplorer le décès de quelqu'un alors que cette personne est présente fait toujours mauvais effet.

Son indignation monta d'un cran lorsque la femme s'adressa à lui. La voix, étouffée par les couches de tissu, était aigrelette et masculine.

— Votre Majesté, dit-elle, je vous prie d'excuser ce manquement à l'étiquette. Je suis Jarac, le chef du contre-espionnage. J'ai pris la liberté de me mêler aux pleureuses afin de juger de la qualité de leurs regrets.

La tension du souverain se relâcha. Il aimait mieux ça. Il aurait été regrettable de condamner à mort une femme désespérée par la vôtre.

— Quel est le résultat de vos investigations ?

— Modérément satisfaisante, Sire. Mais je souhaitais surtout vous rencontrer afin de vous livrer mon rapport hebdomadaire.

Découvrant qu'une des leurs avait rejoint le roi, les pleureuses avaient interrompu leurs cris. Un regard du roi les relança.

— Bien, chuchota le souverain. Allons dans la Salle Secrète.

— Votre Majesté, la Salle Secrète a été mise au jour par nos ennemis.

— Déjà ? Mais elle vient à peine d'être aménagée !

— Et pour cause, Sire, ce sont les opposants à Votre Majesté qui en avaient fourni les plans. Je viens d'apprendre de la bouche du responsable des appels d'offres qu'ils avaient proposé les tarifs les plus avantageux.

Le roi fit la grimace. Jarac reprit :

— Je propose donc à Votre Majesté de me suivre dans la Nouvelle Salle Secrète. Par ici.

Ernst lui emboîta le pas. Au moment de quitter les lieux, il comprit ce que l'agent signifiait par *modérément satisfaisante* lorsqu'une des pleureuses proposa à voix basse à ses consœurs une partie de chat perché.

Le maître espion mena Ernst à travers différents passages du palais. Ils longèrent le hangar de bois couvert, qui atteignait à lui seul la taille d'une petite forteresse, et empruntèrent une partie de la promenade du négoce. Ils aboutirent à l'un des lieux préférés du roi, celui qui l'avait d'ailleurs convaincu de s'installer dans cette partie de la ville-palais : la

Galerie des Hommages. L'un de ses ancêtres récents – à peine plus de trois cents ans – avait conçu le projet de bâtir un gigantesque corridor où seraient disposés, par ordre chronologique, tous les portraits des rois de Kung-Bohr.

Entreprise insensée, jugèrent ses conseillers. L'histoire du royaume courait sur plus de quatre mille ans. Les recherches généalogiques colossales et l'exécution de centaines d'œuvres ne pouvaient que décourager tout homme sain d'esprit.

En fait d'exécution, le roi commença donc par celle de ses conseillers, puis les travaux débutèrent. Le commanditaire, déjà vieux, priait chaque jour pour survivre à son entreprise.

Des quantités astronomiques de portraits furent planifiées et exécutées. Une horde d'historiens parcourait sans répit la jungle généalogique peuplée de branches noueuses et de buissons touffus, chaque feuille figurant un ancêtre oublié. Et quand un visage demeurait inconnu, on mettait un point d'honneur à l'imaginer grâce aux innombrables archives du château.

La galerie prit forme peu à peu. Les visiteurs affluèrent de tout le pays. Afficher ainsi la gloire de Kung-Bohr à la face du monde était considéré par ses habitants comme l'expression d'un patriotisme raffiné.

Cependant, le roi ne put achever son projet. La salle avait atteint une longueur de deux portées de flèche lorsque le hasard des recherches révéla qu'un bisaïeul avait entretenu des relations coupables avec l'une de ses arrière-grands-mères.

Le choc fut fatal et le projet enterré en même temps que son initiateur. L'entretien de la galerie fut cependant maintenu, même si le portrait de l'ancêtre fautif disparut peu de temps après de manière inexplicable.

Au cours des siècles suivants, l'ouvrage fut agrémenté de nombreuses issues transversales. On leur donna tout naturellement le nom des rois présents aux intersections. L'idée fut d'ailleurs jugée si pertinente que nombre de portraits furent déplacés pour aller marquer les carrefours importants de la capitale.

Tout en marchant, Ernst posait des regards distraits sur les œuvres.

— L'entrée est ici ? demanda-t-il.

— Non, Sire, un peu plus loin. Nous prenons le passage Memeth XVII.

Le roi marqua un arrêt. Il désirait se recueillir quelques instants devant sa propre effigie. Il avait accepté d'expérimenter une nouvelle technique picturale à base de rayons ultraviolets. Leur longueur d'onde étant plus faible que celle de la lumière ordinaire, l'artiste avait pu capturer au sein de son ouvrage de nombreux détails supplémentaires, tels les pores de la peau ou sa flore bactérienne. Hélas, le procédé requérait une si grande quantité d'énergie qu'il ne produisait pour le moment que des toiles d'un pouce sur deux. *Qu'à cela ne tienne !* avait décidé Ernst. Il avait fait placer devant le tableau une loupe monstrueuse qui permettait à chacun d'examiner la physionomie de son souverain actuel préféré.

Campé devant lui-même, le roi admira la courbe harmonieuse de ses rides d'expression.

Au bout d'un moment, Jarac commença à se balancer d'un pied sur l'autre.

— Qu'y a-t-il, mon vieux ? fit Ernst. Vous m'empêchez de suivre la circonvolution de cette patte-d'oie. Je ne l'avais jamais remarquée auparavant.

— Pardonnez-moi, Sire, répondit l'espion avec nervosité.

— Ah, je l'ai perdue, grogna le monarque. Bon, je reviendrai tout à l'heure. Poursuivons.

Ils s'engagèrent dans un passage annelé qui débouchait sur un petit salon à l'abandon. Une magnifique bibliothèque ouvragée y trônait au milieu de meubles antiques.

— Par ici, Votre Majesté.

L'espion gagna les rayonnages en sifflotant. Il tira à demi l'un des tiroirs, repoussa contre le mur un brasero piqueté de rouille, puis fit claquer ses doigts trois fois et changea de place deux tomes couverts de toiles d'araignée.

Un pan de mur pivota.

— Attendez, s'étonna le roi, il faut faire ça à chaque fois ?

— Non, Sire. J'ai replacé les livres parce qu'ils étaient mal rangés. J'aime l'ordre. Ensuite, j'ai ouvert le tiroir car il me semblait y avoir rangé une dague, mais cela est sans importance. Le claquement de doigts était là pour ajouter un peu de piment à la scène. Comme lorsqu'on fait *hop hop !* en dansant une polka.

— Je vois. C'était donc la torche ?

— Non plus. C'est assez gênant, Sire. Mon petit neveu aime beaucoup les biscuits secs. Le brasero permet d'ouvrir la porte du garde-manger de la troisième cuisine royale. Ne vous inquiétez pas, je remettrai tout en place à notre retour.

— J'en suis certain. Notez que je ne sais toujours pas comment on ouvre le passage.

— Il suffit de siffler près de la bibliothèque.

Ernst ne fit pas de commentaire. Il désigna l'entrée.

— Après vous, Jarac.

Avant de lui emboîter le pas, le roi remit en place le brasero. Il n'appréciait pas qu'un sale moutard vienne lui chiper ses biscuits préférés.

Les deux hommes gravirent une volée de marches et se retrouvèrent dans une petite pièce ronde.

— Ça sent la colle, observa Ernst.

— Oui, Sire. Les tapisseries viennent à peine d'être posées.

Le monarque jeta un œil autour de lui. Des crânes aux larmes de sang se répétaient à l'infini sur les parois.

— Ce n'est pas un peu dramatique ?

— C'est pour mettre en avant l'atmosphère du lieu, Majesté. Je vous en prie, prenez place.

Jarac désignait un fauteuil rebondi où le souverain s'installa. L'espion, toujours vêtu de sa tenue de pleureuse, dégagea sa tête des pièces d'étoffe.

— Pardonnez-moi, Sire. Il fait chaud là-dessous.

Son visage étroit luisait de transpiration. Il s'essuya, puis extirpa des notes de sous sa robe. Le quotidien de Jarac consistait surtout en la déstabilisation des armées frontalières adverses.

— La bonne nouvelle, commença-t-il, c'est que le diplomate de Mehnzota vient de signer un formulaire de réception d'un colis piégé élaboré par nos soins. Il serait gravement compromis si cela était découvert.

Il se permit un clin d'œil.

— Ce qui le met de fait à notre service !

— Parfait.

Ernst ne tenait pas à s'appesantir sur cette affaire. Une autre, plus urgente, le préoccupait.

— Où en sont les loyers en retard ? Nous traînons ce problème depuis près de six mois.

L'agent n'écoutait pas. Pensif, il était en train de consulter une montre de gousset qu'il avait tirée d'on ne sait où. Il jeta un œil vers les escaliers, puis reporta son attention sur le monarque qui le fixait.

— Oui ? Excusez-moi, Sire. J'attends quelqu'un que j'aurais cru plus ponctuel.

Il essuya les gouttes de sueur qui perlaient sur son front et reprit :

— Où en étions-nous ? Ah oui, les loyers. Le meneur serait le chef de la guilde des parfumeurs. Il exige une dispense de taxes au motif que ses manufactures embaument les quartiers voisins en contribuant à l'essor du tourisme. Le juge chargé de l'affaire est réputé impartial, ce qui devrait nous permettre d'avoir gain de cause. Là n'est pas le plus important…

L'homme fit une pause. Son regard resta suspendu quelques secondes dans le vide, puis il arbora un large sourire :

— Le Syndicat des Abatteurs de Bétail conteste les dires de son homologue et dénonce l'injustice faite à son établissement. Il affirme que si l'un accède à des avantages grâce à ses parfums, il serait juste que l'autre, moins bien loti, jouisse d'une compensation.

— Résultat ?

— Le représentant des abatteurs menace, si l'autre obtient satisfaction, de cesser lui aussi le paiement de son loyer. Nous risquons à la fois de perdre une partie de nos gains et un locataire, Votre Majesté.

Ernst se frotta le menton. Il demanda :

— Les fabriques sont situées à quelle distance l'une de l'autre ?

— Elles sont très proches, Sire. Seul le canal des eaux usées de la tranche 17 les sépare.

— Bien, bien.

Le roi se leva et fit quelques pas, les mains dans le dos.

— Construisez une soufflerie sur le toit des abattoirs, orientée vers la manufacture d'encens. Ainsi, les émanations nauséabondes de l'un neutraliseront les émissions parfumées de l'autre, et les querelles n'auront plus lieu d'être.

— Très astucieux, Majesté, si je puis me permettre.

— Prenez note que les établissements contribueront à parts égales au financement de l'ouvrage. Et grossissez la facture de manière à faire un bénéfice.

— Avec plaisir, Sire.

L'espion, le front de nouveau moite, n'arrêtait pas de jeter des coups d'œil au passage qu'ils venaient d'emprunter. Il se mit à farfouiller dans ses poches.

— Jarac ?

L'agent interrompit son geste.

— Je suis désolé, je... notre entretien ne se

déroule pas comme prévu. Ne vous alarmez pas, Sire. C'est ma faute. Un petit problème d'organisation.

Il reprit ses notes et fit une légère courbette.

— Je suis confus.

— En avons-nous terminé ? demanda Ernst patiemment.

L'homme parcourut son rapport. Ses mains tremblaient.

— Rien qui ne puisse attendre, Votre Majesté.

— Très bien. Vous pouvez disposer, Jarac. Bon travail.

— Merci, Votre Majesté.

Le séide recula, hésitant. Ses yeux allaient d'un coin de la pièce à l'autre. Il finit par secouer la tête, fataliste, et gagna la sortie.

Renversé dans son fauteuil, Ernst se massa les tempes. Les conseils de routine ressemblaient de plus en plus à ceux de ses services secrets, à moins que ce ne fût l'inverse. Les complots et contre-complots demeuraient la garantie d'une monarchie dynamique, mais il était parfois difficile de s'y retrouver.

Il songea au diplomate que son ministère du Renseignement désirait faire chanter. Peut-être une guerre ouverte avec Mehnzota se révélerait-elle plus simple que la compromission d'un subalterne. Hélas, les dirigeants voisins étaient habiles et leur puissance redoutable. Plus qu'autre chose, ils ne désiraient pas bénéficier des lumières de la civilisation kungbohréenne.

Le diplomate pourrait fournir de précieux renseignements. Employons les prochains loyers à creuser cette piste.

Des cris retentirent dans la cage d'escalier, suivis

d'un brusque silence. Ernst se leva pour voir entrer une jeune femme aux traits énergiques. Elle brandissait une épée ensanglantée.

— Par Akir, vous êtes vivant, Majesté !

— Il semblerait bien, répondit le roi, tendu. Que se passe-t-il ?

Garder son sang-froid, prendre un air décontracté et lui chiper l'épée.

Il fit quelques pas vers l'intruse, puis reconnut la femme chargée de l'espionnage de ses espions. L'une des éminences grises de Pallas.

— Vance, c'est vous ? Que faites-vous ici ? Il y a un problème ?

— Plus maintenant, Sire. En partie grâce à vous.

La femme fit une révérence. Un pli perplexe barra le front du roi.

— Pourriez-vous être plus explicite ?

— Jarac trempait depuis peu dans un complot visant à éliminer Votre Majesté.

Ernst écarquilla les yeux.

— Jarac ? Je le connais depuis son enfance !

La contre-espionne hésita.

— C'est précisément la raison qu'il a avancée pour expliquer sa participation, Sire.

Le roi fit la grimace. Vance poursuivit :

— Nous sommes parvenus à découvrir la dague empoisonnée qu'il cachait dans la grande bibliothèque. Cependant, les honneurs reviennent à Votre Majesté, qui a eu l'intuition de l'assaut et a replacé le flambeau à sa position d'origine. Celui-ci ouvrait un passage derrière lequel attendaient une dizaine de conjurés.

Ernst fronça les sourcils. C'était donc ça, cette

arme que Jarac désespérait de trouver. Et la fable sur le neveu et ses biscuits…

Il s'éclaircit la voix.

— Vous savez, Vance, quand on a ma position et mon hérédité, on apprend vite à identifier ce genre de tentative dérisoire.

Il fit une pause qu'il espérait solennelle.

— Votre intervention m'aura cependant permis de constater votre loyauté.

Il prit la jeune femme par les épaules.

— Je vous nomme dès à présent *Espionne en Chef du royaume de Kung-Bohr*, avec tous les avantages qui en découlent : repas gratuits à la Cantine Royale, places assises aux exécutions publiques, enterrement de première classe lorsque vous m'accompagnerez dans la tombe.

Vance rougit, les yeux baissés.

— C'est trop d'honneur, Votre Majesté.

Elle redressa le menton.

— Mais qui va me remplacer au poste de Surveillant Général ?

— Dans la mesure où vous avez fait la preuve éclatante de votre loyauté, je supprime ce poste séance tenante.

Pendant au moins une bonne semaine. À ce moment-là, nous contacterons un proche de Jarac qui se fera un plaisir de surveiller notre jeune amie.

Il reprit à voix haute :

— Et maintenant, vaillante chef de la sécurité, allez frapper dans le dos les opposants légitimes à notre règne. Je voulais dire : les opposants à notre règne légitime.

— Oui, Votre Majesté.

Vance claqua des talons et disparut dans l'escalier.

Ernst considéra les crânes de la Nouvelle Salle Secrète. Il songea que, finalement, les décorations n'étaient pas si inadaptées.

1

Je vous remercie d'avoir fait l'acquisition de cette méthode d'apprentissage de la magie par correspondance. J'espère qu'elle vous apportera toute satisfaction.
Commençons sans plus attendre. Tout apprenti connaît les cinq forces qui gouvernent la réalité. Rassurez-vous, il n'est pas dans mes intentions de discourir sur le magnétisme ou la gravité. Je ne les évoque que pour introduire la sixième force, de nature spirituelle, que l'on nomme « Essence ».
Qu'est-ce que l'Essence ? Tout simplement la loi de notre univers qui fait la balance avec l'Entropie.
Que fait l'Entropie ? Elle est responsable de l'augmentation constante et irréversible du désordre de cet univers. L'Essence est son contraire. Je m'explique.
Lorsqu'une certaine quantité de molécules se rassemblent et entreprennent de communiquer entre elles, c'est l'Essence qui en est responsable. Au fur et à mesure que ces molécules gagnent en complexité dans l'échelle de l'évolution, leur interaction produit un champ de plus en plus important d'Essence. Dans le cas d'un être humain, l'extrême complexité de ses réseaux neuronaux est à l'origine d'une forme particulière de cette énergie appelée Conscience.
Vous voyez où je veux en venir : l'Essence est l'énergie

spirituelle qui parcourt chaque être vivant. Certains théoriciens l'appellent aussi « Élan Vital » ou « Aura ». Pendant le cours, il nous arrivera d'employer l'une ou l'autre de ces dénominations.
Cette énergie peut être visualisée : c'est une émanation versatile, liquide, solide ou gazeuse qui épouse les centres vitaux de son hôte. Sa forme et sa couleur varient en fonction de la nature profonde d'un individu ou d'un animal, mais aussi de ses émotions du moment.

Exemple : l'Essence d'un arbre est en général vaporeuse et décrit toutes les nuances d'un bleu profond. De minuscules volutes s'échappent de l'écorce, en provenance de la sève qui parcourt les veines du végétal.

Exemple : l'Aura de Gôgo l'Indomptable était célèbre pour la grâce des fumerolles qui s'échappaient de son bonnet. Quand il entrait dans l'une de ses inénarrables colères, son Aura se contractait au-dessus de son couvre-chef et lançait des vaguelettes émeraude.

Quand vous retirez à un être l'un de ses organes, cet élément conserve un certain temps une émanation résiduelle de l'Aura de l'être complet. Ainsi, la farine possède une partie de l'Aura du blé qui l'a produite, la viande celle de l'animal abattu. Lorsque nous prenons nos repas, nous nous nourrissons donc à la fois de la substance de l'aliment, mais aussi d'une certaine quantité d'Élan Vital. Les molécules organiques sont transformées par notre corps et l'énergie spirituelle assimilée par notre Aura.

Ramachandara Witatzu, *Introduction au Noble Art*

*

C'était une petite chaumière circulaire à la simplicité attendrissante, semblant tout droit sortie d'un conte de fées minimaliste. Des poutres cintrées ayant jadis approché le concept de charpente parcouraient ses murs comme d'étranges lézardes de bois. Le toit inégal abritait une série de lanterneaux depuis longtemps obstrués par les nids de générations de sansonnets. Une futaie fleurie s'étalait derrière un appentis défoncé. Elle semblait n'être là que pour faire contraste avec un paysage aussi monotone que la conversation d'un analyste boursier.

À l'intérieur régnait le désordre bon enfant que l'on trouve chez les personnes ne désirant pas être qualifiées de pointilleuses. À un détail près : des amoncellements de livres de toutes tailles baignaient dans plusieurs pouces d'un épais liquide transparent. Les volumes les plus légers dérivaient paresseusement à sa surface, s'échouant parfois contre des meubles aux circonvolutions fantaisistes.

Sur un mur de la pièce centrale, un antique tableau de bois était suspendu. Des cavités cerclées de cuivre parcouraient l'encadrement à intervalles réguliers.

Soudain, deux bras articulés jaillirent des ouvertures. L'un tenait une plume, l'autre un long parchemin. La plume écrivit sur le vélin en grandes lettres élégantes : *Bienvenue à la maison, Jon !*

De l'autre côté de la pièce, un gargouillis se fit entendre. Une créature apparut au-dessus d'un tas d'ouvrages, son étrange regard tourné vers l'inscription. Elle déplia deux jambes nerveuses et fit des bonds de pile en pile jusqu'au tableau. Un rictus aux lèvres, elle déchiffra le message.

Tout à coup, elle sauta sur le rebord du meuble et tenta de dérober le manuscrit aux bras mécaniques. Ceux-ci tentèrent de conserver leur bien mais le démon fut plus rapide. Il leur arracha le rouleau, fit un geste obscène, puis il trottina vers la porte où il attendit bras croisés.

Le battant s'entrouvrit et buta bientôt contre une pile de livres. Un homme glissa un bras et tenta de forcer le passage. Une voix irritée retentit depuis l'extérieur :

— Magni chez Akir ! Tu vas te remuer un peu, Retzel ?

La créature demeura impassible, un large sourire accroché à son visage anguleux. Le visiteur jura et pesa sur la porte.

Quelques secondes d'efforts lui permirent de dégager l'entrée. La lumière du jour dispersa l'obscurité du salon et éclaira les traits du nouveau venu. Son visage était juvénile, à l'exception de rides de concentration sur son large front. Des yeux d'un gris délavé encadraient un nez étroit. Un chignon percé de bandes chromées s'efforçait de contenir les fantaisies d'une longue tignasse blonde.

L'individu pénétra dans la pièce en pestant à voix basse. Ses gestes avaient l'allure hésitante des gens de grande taille. Il épousseta son frac noir à liseré blanc. Plus bas, la coupe raffinée d'un pantalon serré aux chevilles faisait oublier les nombreuses fois où il avait été porté. L'homme se redressa et observa les flaques éparses, l'air satisfait. Son regard s'arrêta sur la créature immobile.

— Je peux savoir pourquoi tu es resté là sans rien faire ?

— C'est très simple, maître : vous voir exécuter un exercice physique m'a littéralement paralysé.

Le démon lui présenta le parchemin. L'homme le parcourut et fit la grimace.

— Tableau ne doit pas être content, grogna-t-il. À chacun de mes retours, tu lui chipes ses messages d'accueil.

— Il n'a qu'à être plus malin. Alors, quoi de neuf depuis votre fuite de la maison ?

— Ma fuite ?

— Terme adapté. J'ai cru comprendre que vous ne goûtiez guère le plaisir de ma compagnie.

— On ne peut rien te cacher. J'en ai assez que tu t'empiffres avec mes pièces à conviction.

— Vous êtes encore fâché ? Mais ce n'est arrivé qu'une fois ! Et puis il n'avait plus besoin de ses bras, il était mort !

Jon dévisagea son interlocuteur à la recherche d'une réplique. Les yeux coniques qui l'observaient, semblables à ceux d'un caméléon, s'agitaient en tous sens. De petites écailles parcouraient le visage comme des tuiles mal jointes. Elles s'élargissaient vers le sommet de la tête, où deux cornes asymétriques se dressaient de chaque côté d'une crête grossière. La large bouche était entrouverte sur une multitude de petites dents pointues, recourbées comme des crochets.

Le reste du corps était noueux, mal dégrossi. Il évoquait le croisement raté entre un chimpanzé et un iguane – et encore, un iguane particulièrement malchanceux. Seuls des gestes nerveux et une attention sans cesse en éveil démentaient l'impression d'une vie contrefaite. La bête possédait la vivacité d'un prédateur.

L'homme hocha la tête avec résignation.

— Retzel, toujours le dernier mot…

Quelques années auparavant, pour les besoins d'une enquête, il avait tenté d'invoquer un puissant démon du Troisième-Cercle-En-Partant-De-La-Gauche. Ce genre de pratique était bien sûr interdit, personne ne désirant peupler trop rapidement le monde d'êtres sanguinaires et sans morale.

Ce fut un fiasco. Le mage ne parvint qu'à s'égarer dans les couplets de l'incantation, et son pentacle portable vomit un gros tas de protoplasme. La forme qui en jaillit se jeta sur les reliefs de son repas, prétextant que le transit à travers les failles dimensionnelles donnait faim. Jon venait d'hériter d'un démon mineur et minable, un vrai cauchemar de poche qui possédait sa logique propre, hermétique aux esprits éclairés, et une attirance irraisonnée pour les sucreries.

Constatant sa méprise, l'enchanteur avait aussitôt récité l'incantation à l'envers, mais la créature avait arraché d'un coup de dents son seul exemplaire du rarissime *De Vermis Digestiis* – « Invoquer Sans Se Faire Manger ».

Depuis ce jour, Retzel avait pris ses habitudes dans la maison. Malgré ses fantaisies et son talent pour semer le chaos, Jon le tolérait car le démon faisait un compagnon acceptable dans les moments de solitude. Surtout, en fait, depuis qu'il avait mangé son chat.

Le mage détourna son regard du diablotin et se pencha sur l'imposante mare qui menaçait ses semelles. Il frappa dans ses mains. La masse de liquide reflua, emportant au passage divers objets. Dans un grand bruit de déferlante, elle se rassembla dans un coin de la pièce en prenant la forme approximative d'une arche.

Jon saisit un tabouret et prit place derrière l'étrange meuble.

— Merci, dit-il en s'adressant à la masse ondoyante.

Il poursuivit, plus pour lui-même que pour son compagnon qui venait de sauter sur son épaule :

— Les livres ont trempé assez longtemps. Le nouveau système d'indexation devrait fonctionner.

Il réfléchit quelques instants, puis murmura à quelques doigts de la surface :

— Requête de recherche à Bureau : liens entre Akir et l'Ordre Nihiliste de Pekmuh.

Ses paroles se matérialisèrent à l'intérieur du meuble, puis dérivèrent en s'estompant. Des ruisseaux dévalèrent des pieds en direction de deux ouvrages. Ils s'insinuèrent entre les pages et se dilatèrent jusqu'à ce que les couvertures se rabattent.

Jon s'approcha du premier livre, s'agenouilla et parcourut quelques lignes. Il en fit de même avec le second et retourna s'asseoir, satisfait.

— Pendant mon absence, expliqua-t-il à Retzel, j'ai demandé à Bureau d'immerger ma bibliothèque. Il a pu ainsi en capturer tous les mots. Désormais, je ne perdrai plus de temps en longues recherches. Toutes les informations sont consignées dans sa base de données !

En parlant, il tapotait amoureusement la surface du meuble.

— Est-ce que cela va m'empêcher de prendre des bains ?

Le mage ouvrit de grands yeux.

— Quoi, tu te *baignes* dans Bureau ?

— Bien sûr, qu'est-ce que vous croyez ?

— Ne refais jamais ça ou je lui ordonne de te noyer !

— Dans ce cas, si vous permettez…

La créature gagna l'avant-bras de son maître. Elle tendit une serre et farfouilla quelques instants dans le liquide, d'où elle retira un petit flacon.

— *Qu'est-ce que c'est que ça ?*

— Mon shampoing moussant, maître.

La dernière syllabe du mot traînait un peu trop pour traduire une quelconque révérence. Le diablotin s'éloigna, l'air froissé.

Jon leva les yeux au ciel et s'adressa à l'arche.

— Peux-tu sortir mon journal ?

Depuis les profondeurs, un vieux cahier tirebouchonné remonta à la surface. Le mage le feuilleta et ajouta quelques notes.

L'incident manifestement oublié, Retzel regagna son perchoir.

— Votre dernière enquête, mémaître ? croassa-t-il.

— Oui, une bien triste histoire. Un magicien retrouvé pendu dans son laboratoire.

Il se redressa et se balança sur son siège, la plume à la bouche.

— Tout le monde a cru à un meurtre car il avait les mains liées dans le dos. En fait, le sinistre bougre avait mis en scène sa mort pour faire accuser l'un de ses ennemis. Il avait ensorcelé ses propres mains avant de commettre l'irréparable, de sorte qu'elles s'étaient nouées elles-mêmes après le décès afin d'écarter la thèse du suicide.

— Astucieux.

— Pas tant que ça. Il ne m'a pas fallu longtemps pour découvrir la supercherie. Les doigts portaient un excédent d'aura très louche. Le genre de sortilège qui donne naissance à ces contes de bonnes femmes sur les morts qui reviennent se venger des vivants.

Il pinça les lèvres.

— Les êtres humains sont parfois capables du pire pour nuire à leurs semblables. Y compris de se mettre eux-mêmes en position d'être détruits.

— Des paroles aussi sinistres que l'âme de ce bandit, noble Jon. Avez-vous ramené le corps ? Vous écouter donne faim.

Son maître allait répondre vertement quand des cris inarticulés leur parvinrent de l'extérieur. Le mage se dirigea rapidement vers l'entrée, Retzel sur ses talons.

Dehors, un spectacle dérangeant les attendait. Un homme en uniforme était collé à une réplique grossière de la maison. La masure ondulait comme un énorme flan sous les coups de l'intrus qui cherchait à se dégager. Une matière visqueuse transpirait des murs boursouflés, menaçant d'engloutir le soldat d'un instant à l'autre.

Un second individu se tenait à distance respectable du piège, l'air paniqué. Dès qu'il aperçut le magicien, il se précipita vers lui.

— Qu'est-ce que c'est que ça ? s'écria-t-il.

— Ça, répondit Jon avec calme, c'est le sortilège *Maison Accueillante*. Très efficace contre les indésirables. Il se déclenche lorsqu'il détecte une aura dans les environs.

Il prit un air songeur :

— Le plus étonnant est qu'il ne s'active qu'en présence d'une intelligence animale.

— Qu'est-ce que vous comptez faire pour tirer mon adjoint de là ?

— Rien du tout. On peut le laisser, vous savez. Il ne me dérange pas.

— Que voulez-vous dire ? La maison va le relâcher ?

— Les parties immangeables, oui. Il a donc toutes les chances de s'en sortir indemne. Dans le cas contraire, il fournira l'énergie nécessaire au maintien du sortilège. Non seulement votre complice ne sera plus une gêne mais en plus, il m'aura rendu service. Je n'aime pas les pilleurs kung-bohréens.

Le visiteur fronça les sourcils et retroussa les lèvres, ce qui lui donnait un air tout à fait déplaisant.

— Écoutez-moi bien, mon petit bonhomme – Jon le dépassait d'une bonne tête –, vous êtes en présence de deux officiers de Sa Majesté Ernst XXX. Vous allez *immédiatement* sortir mon cousin de là, compris ?

À bien y regarder, le soldat portait en effet l'uniforme du royaume voisin, une cotte de mailles enroulée jusqu'au sommet de la poitrine, signe que le pays était en paix mais prêt à toute éventualité. Sur le plastron étaient peintes les célèbres armoiries, la montagne aux sept épées pointées vers une devise en vieux kung-bohréen : « Ne Me Cherchez Pas. »

Qu'est-ce que deux officiers étrangers viennent faire à Mehnzota ?

Jon préféra garder ses réflexions pour lui et exécuta un mouvement des doigts. La fausse maison libéra le captif avec un *plop !* méprisant.

— Suivez-moi, ordonna l'autre troufion en se dirigeant vers le piège.

Il s'assura que son compagnon allait bien et extirpa quelques formulaires de son casque.

— Vous êtes magicien, c'est ça ? *Jonas Alamänder*. Comment se fait-il que votre nom soit le même que celui du continent ?

— Mes parents étaient pauvres. Ils se sont endettés pour m'acheter un nom, mais ils manquaient d'imagination.

Le second officier, encore occupé à ôter les résidus de gelée, fit un commentaire inaudible. Il était plus grand que son confrère, un peu plus athlétique et aussi mal rasé que lui. Le genre de type à garder toute la journée sa mine revêche du matin.

Le petit soldat reprit :

— Ser Alamänder, sachez que vous vous trouvez désormais en territoire kung-bohréen.

Il récita d'un ton solennel :

— Le roi Ernst vous remercie de la confiance que vous lui témoignez en tant que nouveau sujet. Vous, peuple annexé par la force, la trahison ou par simple accident, sachez que vous bénéficiez à compter de ce jour de tous les avantages de notre système juridique. En cas d'objection de votre part, vous avez donc toute latitude pour remplir le formulaire adéquat et vous rendre gratuitement au centre d'extermination le plus proche. Des questions ?

Jon était abasourdi.

— Vous faites erreur ! Cette région appartient au royaume de Mehnzota depuis plus de vingt générations, et…

— Plus maintenant.

C'était l'autre soldat qui venait de prendre la parole. Il fouilla dans ses poches.

— Regardez cette carte, dit-il en tendant un bout de papier jauni. Vous voyez la ligne ?

Jon baissa les yeux sur le document. Deux énormes inscriptions, *MEHNZOTA* et *KUNG-BOHR*, étaient séparées par un trait pointillé rectiligne. Il n'y avait rien d'autre sur la carte.

— Ici, commenta le garde en pointant un doigt vers le sud, vous avez les tribus xéoles et le Lac. Vers l'est, c'est YArkhan.

Jon fronça les sourcils, irrité.

— Merci, je connais ma géographie.

— Plus maintenant, je vous dis. Voici le nouveau tracé.

Il escamota le parchemin et le remplaça par un autre.

— Vous notez la différence ? s'enquit le soldat d'un ton mielleux.

Les inscriptions restaient inchangées, mais la ligne pointillée s'ornait à présent d'un minuscule bourgeon orienté vers Mehnzota : le territoire annexé par Kung-Bohr.

Jon repoussa la carte.

— Vous vous fichez de moi ? Cette verrue ne représente même pas la surface de ce bois !

— Tout juste, confirma le petit soldat avec un large sourire. Ne sont concernées que votre demeure et la botte de foin dont vous êtes sorti, là-bas.

— Ce n'est pas une botte de foin, c'est ma maison camouflée par une illusion. Écoutez, il doit y avoir un malentendu. Ne bougez pas.

Il se tourna vers Retzel :

— Va demander à Bureau l'acte de propriété. Dépêche-toi, c'est sérieux.

Le servant leva les deux pouces et détala en direction du fourrage.

Jon revint aux soldats.

— J'ai hérité cette maison de mon maître. Je suis moi-même un Mage Questeur assermenté.

— Ah bon. Un quoi ?

— Un Questeur, un détective spécialisé dans les enquêtes où la magie entre en jeu.

Il désigna une pancarte sur la porte de la fausse maison et lut comme s'il faisait la leçon :

— Jonas Alamänder. Mage Questeur. Vous voyez ?

Ils ne voyaient pas.

— Enfin quoi, vous n'avez pas de Questeurs à Kung-Bohr ? Mage Questeur, voyons ! MQ !

Le petit garde se vexa.

— C'est ça, MQ, et vos soucis s'envolent ! Vous vous prenez pour qui, au juste ?

Son compagnon l'interrompit d'une voix plus douce.

— Vous savez, nous, on n'est pas là pour discuter mais pour évacuer. Je vais essayer de faire simple. Lors d'une expropriation, la loi de notre pays vous donne deux alternatives…

Son compagnon embraya :

— … soit vous quittez les lieux dès ce soir, soit vous bénéficiez d'une exécution sommaire. Sans torture préalable, notez bien. Ernst est un monarque bienveillant.

Jon ne trouva rien à répondre. Retzel, qui le tirait depuis un moment par la manche, lui remit une liasse de feuillets fatigués. L'acte de propriété avait été rédigé plusieurs siècles auparavant, en plein conflit d'intérêts entre les deux nations. Dans ces conditions, il n'était pas rare qu'une convention commune concerne les conquêtes effectuées. Le seul espoir de Jon résidait dans ce type de disposition. Il parcourut fébrilement les articles et finit par trouver ce qu'il cherchait. Il lut à haute voix :

— Écoutez ça. *5.2.3 CLAUSE PROBATOIRE APPLIQUÉE AUX CONFLITS ARMÉS.*

En cas de passage d'un territoire vers un royaume tiers, et ce à la suite d'un conflit justifié ou non, le propriétaire s'engage :

a) *à quitter les lieux immédiatement, et*

b) *à se soumettre sans délai aux lois en vigueur dans le royaume bénéficiaire.*

Jon secoua la tête. Ça n'allait pas du tout ! Il réfléchit et décida de s'adresser au soldat le moins ahuri. Le choix fut difficile.

— Quelles sont les conséquences d'une annexion à Kung-Bohr ?

— Vous voulez dire *après* l'évacuation ? En général, on brûle tout et on rase le reste. Cela fait oublier que le territoire appartenait auparavant à ces imbéciles de Mehnzotains.

Jon soupira, agacé. Il continua à lire :

— *Cependant, si l'une des demeures du territoire sus-décrit peut faire la preuve d'une construction antérieure de plus de deux siècles au conflit, l'envahisseur doit se soumettre à l'alinéa 36.28 de la page 45 du présent acte concernant les Constructions antérieures de plus de deux siècles au conflit.*

Un espoir ! Jon avait hérité de la demeure de son maître alors que celui-ci y avait déjà séjourné en tant que disciple. Ça pouvait marcher… Il regarda la date de construction inscrite en page de garde et fit un rapide calcul. Trois cent trente-sept ans ! Il ne put s'empêcher de rire.

— Désolé, messieurs, mais il semble qu'une clause imprévue change la donne. Cette demeure a plus de deux cents ans. Voyons cet alinéa 36.28…

Les deux soldats ne semblaient pas comprendre grand-chose à ce qui se passait. L'un considérait les mimiques crispées que lui adressait Retzel, l'autre fusillait du regard la maison-flan. Jon découvrit bientôt le passage en question.

— *Alinéa 36.28 : au cas où la date de construction serait valide, la clause d'évacuation immédiate devient caduque.*

Jon se détendit. Il sourit à son servant et poursuivit :

— *En remplacement de la directive susmentionnée, un délai de dix jours à partir de l'invasion est accordé au propriétaire avant l'évacuation définitive. Ce délai gracieux lui permettra d'évoquer les souvenirs heureux passés dans sa demeure avant destruction.*

Le bras du détective retomba à ses côtés, inerte. Une semaine et demie avant destruction ! Il était médusé, estomaqué.

Le petit soldat posa une main sur son épaule.

— Mauvaise nouvelle ? Ah, ça me rappelle le jour de mon huitième anniversaire. Je voulais un petit chien, pour l'affamer, vous voyez. Mes parents étaient contre. Ils disaient que s'il devenait trop maigre, il mourrait avant que je puisse le torturer.

Son compagnon le repoussa et s'adressa à Jon :

— Il semble que vous ayez de la chance. Si j'ai bien compris, vous disposez de quelques jours pour décamper avant l'arrivée des skorjs de combat.

Le soldat promena un regard sévère sur le paysage, les narines frémissantes.

— Profitez-en pour emmener avec vous votre maison collante, votre botte de foin et votre… (il désigna Retzel du menton) votre chien.

Sur ces mots, les deux hommes le saluèrent et s'éloignèrent.

Jon dévisagea Retzel.

Mon chien ?

La situation n'était guère brillante. Devait-il se soumettre aux lois abusives de son nouveau suzerain ou résister par la force ?

Par la force. Quelle plaisanterie.

Tête basse, il allait regagner sa demeure lorsqu'il eut une idée. Il rejoignit les gardes au pas de course.

— Excusez-moi, vous repartez vers Kung-Bohr ?

— Oui, après quelques allers-retours le long de la nouvelle frontière. Nous voulons montrer à Mehnzota que nous avons bien pris possession des terres.

— Combien de temps vous faut-il pour rejoindre la capitale ?

Le grand soldat réfléchit.

— Je dirais six à huit jours. Qu'est-ce que vous avez en tête ?

— Huit jours, murmura Jon. Cela me laisse donc deux jours pour rencontrer le roi et plaider ma cause.

Les officiers se regardèrent et éclatèrent de rire.

— Oui, c'est ça, deux jours, fit le petit. Avec un peu de chance, il vous attendra pour déjeuner.

— Vous savez, fit l'autre, Ernst est plutôt du genre très occupé. S'il daigne vous recevoir, ce sera après un tel monceau de paperasse que vous pourrez vous construire une nouvelle maison avec.

Jon ne se découragea pas :

— Pouvez-vous m'emmener, oui ou non ?

Les deux éclaireurs se concertèrent.

— Ma foi, pourquoi pas. Le vrai problème, c'est de savoir si vous avez envie de monter sur un skorj.

Ils s'écartèrent et montrèrent du doigt les montures qui attendaient un peu plus loin. Ce que vit Jon lui coupa le souffle.

2

Qu'est-ce que la Magie ?

Le principe en est fort simple. Il consiste à modifier l'Aura des êtres et des objets. Autrement dit, à altérer la réalité. Pour cette raison, la magie est parfois appelée ART *(« Altération de la Réalité Transformable »).*

Je viens de le dire, le principe demeure simple, même si la pratique ne l'est pas. Le mage, grâce à l'écheveau de ses doigts et par l'entremise de divers gestes mystiques, tisse une partie de son Aura comme on tisserait un cocon de soie (oserais-je dire cocon de soi ?). Au fur et à mesure que le fil d'Aura se dévide, les mouvements du thaumaturge modèlent sa forme, son épaisseur, en un mot ses propriétés.

La voix intervient aussi au cours du processus car les vibrations qu'elle transmet influencent le brin d'énergie. Les notes graves permettent ainsi de dilater le fil, les sons aigus le contractent.

L'ensemble des altérations introduites au cours du tissage produit un brin à la composition hétérogène. C'est cette hétérogénéité qui oblige le filament à se replier sur lui-même et à adopter une silhouette caractéristique du sort lancé. Le charme achevé revêt alors l'apparence d'un réseau souple et étincelant, une sorte de bulbe élastique cristallin.

La réalité qui passe à travers ce filet d'énergie est modifiée. Pour cette raison, on dit que le sortilège courbe les lois de la nature, qu'il les altère selon les désirs du mage.

Exemple : le sort de Lévitation Standard de Mülk possède la forme d'une hélice affublée en son centre d'une petite protubérance.
Le bulbe principal a pour tâche d'affaiblir les forces de gravité, avec une intensité ajustée par la protubérance centrale.

Voici, brièvement résumée, la raison pour laquelle la pratique de la magie est si délicate. Et ceux qui prétendent le contraire essaient de vous vendre quelque chose.

Ramachandara Witatzu, *Introduction au Noble Art*

*

Le mage avait déjà entendu parler des skorjs, les poulpes terrestres, mais il n'avait jamais eu l'occasion d'en voir de près.

Les créatures, de plus de deux fois sa taille, avaient en guise de corps un épais fuseau vertical surmonté d'un éperon osseux en forme de pointe de flèche. Au-dessous, une demi-douzaine d'évents tubulaires pulsaient l'air avec un lourd ronronnement. Plus bas, deux yeux globuleux le considéraient avec indifférence. Leur taille atteignait celle de ses poings réunis, et une bile foncée coulait des orbites. Les pupilles étirées, énigmatiques, le mirent tout de suite mal à l'aise.

Près du sol, le cône s'évasait jusqu'aux membres locomoteurs, huit pseudopodes musculeux qui battaient l'air paresseusement. Leur face inférieure n'était pas couverte de ventouses mais d'une multitude de griffes cornées. La peau grisâtre, parsemée de plaques de lichens, tenait plus de la pierre que du cuir. Un réseau de parasites en zébrait la surface de son éclat malsain.

Jon ne put retenir un frisson. Les montures dégageaient une impression de puissance et de morosité, et l'odeur forte qui en émanait achevait de les rendre antipathiques.

Les deux soldats échangèrent un regard entendu.

— Saisissant, n'est-ce pas ? fit le grand. Et encore, vous ne les avez pas vus se nourrir.

— Ils sont carnivores ?

— Oh non, ils sont même plutôt pacifiques. À condition de ne pas chercher à regarder leurs becs.

— Leurs becs ?

— Sous les tentacules. Ils en ont trois. Ils détestent qu'on vienne farfouiller dedans. Pas question de leur demander d'ouvrir les gueules et de faire le beau. Si un jour vous en voyez une, ce sera sans doute votre dernier souvenir.

L'officier fit une pause.

— Toujours partant ?

Jon hésita. Il lui semblait que l'œil monstrueux le fixait avec ironie.

— Ai-je le temps de rassembler quelques affaires ?

— Sûr, répondit le petit soldat. On va ajouter une selle. Nous ne sommes pas pressés.

— Merci.

Le mage interpella Retzel qui avançait à pas de loup vers les poulpes.

— Tu as entendu ? Pas de pitreries avec ces monstres !

— On ne peut pas dire qu'ils respirent la joie de vivre, patron. Il faudrait leur apprendre quelques tours. Vous imaginez, huit tentacules en train de jongler avec des légumes ?

— Irrésistible. Va me chercher quelques vêtements et mets un mot sur la porte.

— Bien sûr, patron. Avec joie, patron. Dois-je vous rappeler que le dîner attend ?

— Tu as préparé un dîner ?

— Non, justement.

Jon fit mine de frapper son serviteur, qui déguerpit en piaillant de douleur.

— Excusez-le, dit-il en s'adressant au grand soldat. C'est un compagnon estimable si l'on oublie son humour particulier.

— J'en suis certain. C'est quoi, au juste, comme chien ?

Jon lui expliqua que ce n'était pas un chien mais un démon mineur du Troisième-Cercle-En-Partant-De-La-Gauche.

— Ah oui, fit l'homme. Je me disais aussi.

— Faut nous excuser, intervint son supérieur. On n'a pas trop l'occasion de voir des chiens. Il paraît qu'il y en a plein à Mehnzota.

— Les rues en sont bondées. À croire qu'ils sont les habitants de la capitale et les humains leurs animaux de compagnie.

Les trois voyageurs échangèrent quelques paroles

profondes sur le sens de l'amitié entre les hommes et les bêtes, puis Retzel refit son apparition, une valisette décorée de fleurs bleues à la main.

— C'est tout ce que tu as trouvé ? grommela Jon en prenant le bagage.

— J'ai pensé que quelques ornements égaieraient une excursion qui s'annonce maussade, minauda le servant. Votre livre de sorts, ajouta-t-il en tendant un petit agenda.

— Merci.

Jon rangea précieusement le carnet.

— C'est drôle, fit le plus grand, je pensais que les magiciens possédaient de gros volumes de cuir, avec des tas de pages qui sentent le moisi et des gribouillages compliqués.

— En général, c'est le cas.

Jon ressortit le calepin.

— Cependant, en voyage, rien ne vaut un répertoire. Ça fait moins mystique mais c'est plus pratique.

Il lui tendit l'objet. Le soldat le prit avec déférence.

— Vous voyez ? fit Jon. Tous les sorts sont rangés par ordre alphabétique.

— C'est étrange. (Le garde fit défiler les pages.) On dirait de l'eau qui coule. Les feuillets sont si minces qu'on ne les sent presque pas au toucher. Combien y en a-t-il ?

— Environ trois mille, et c'est un modèle courant. Certains carnets ont des pages si fines qu'elles ne possèdent qu'une face.

— Extraordinaire, intervint l'autre officier sans grand enthousiasme. Je propose de continuer cet échange de vues après notre départ.

Il pointa le nez vers le ciel :

— Le soleil ne va pas tarder à se coucher. J'aimerais faire quelques allées et venues avant la tombée de la nuit. Les agents mehnzotains écriront leur rapport et nous pourrons enfin quitter cet endroit désolé.

Il se dirigea vers sa monture. Jon demanda au second :

— Des espions ?

— Bien sûr, des espions. Regardez là, là et là.

Le soldat pointa successivement un doigt vers le bois, une petite colline et une saillie rocheuse. Jon observa les trois endroits sans rien remarquer. L'homme expliqua :

— Comme Kung-Bohr, Mehnzota possède de nombreux agents. Certaines rumeurs font même état d'un contrat entre un assassin T'Sank et le gouvernement. Évidemment, personne ne l'a jamais vu.

Jon frissonna. La fameuse école T'Sank. Un seul de ces tueurs pouvait facilement vaincre un bataillon d'élite.

— Que viendraient faire des espions ici ?

— Malgré le mariage qui nous a permis de mettre la main sur votre bout de terre, nos relations avec Mehnzota demeurent tendues. Vous avez entendu parler de la bataille d'Hébèdre ? Elle a duré sept semaines et n'avait pour enjeu qu'un terrain de vingt pas sur cinq. Notre souverain est très pointilleux en ce qui concerne son espace vital.

— Je ne voudrais pas vous offenser, dit Jon, mais Ernst XXX n'a pas l'air très commode.

Le garde répondit à un signe de son adjoint et interrompit la conversation.

— Nous aurons le temps de reparler de tout ceci. Mon cousin nous attend. Au fait, je m'appelle Edrick. Lui, c'est Tech-Venthury.

— Enchanté, dit Jon en serrant la main du soldat. J'espère ne pas être un trop lourd fardeau.

— Ne vous inquiétez pas pour ça. Et puis, j'ai toujours rêvé de rencontrer un magicien.

Ils firent quelques pas vers les céphalopodes.

— Au fait, mon cousin déteste son prénom. Appelez-le Tech ou sergent, cela flattera son égo. Ne le prenez pas à rebrousse-poil et tout se passera bien.

Le susnommé était en train de sortir une longue bride d'un sac pendu à une proéminence du poulpe. Jon avait été si absorbé par l'apparence des créatures qu'il n'avait pas fait attention à leur harnachement pittoresque. Une selle suspendue était reliée à la bête par une armature latérale, de sorte que le conducteur se trouvait à ses côtés pendant la progression, perché à bonne hauteur du sol.

Dans le dos de l'animal, des sacoches pendaient un peu partout. Plus bas, à la naissance des tentacules, une large ceinture de cordelettes tressées faisait office de harnais pour les bagages volumineux. Tech en ôta la plupart et les répartit à d'autres endroits. Dans l'espace dégagé, Jon aperçut trois pans de cuir couchés. Tech les déplia pour former un dossier et deux accoudoirs de fortune. Ses gestes précis témoignaient d'une longue habitude.

Lorsqu'il eut terminé, il s'adressa au questeur :

— C'est une selle de voyage. Elle n'est pas très confortable mais elle a le mérite d'exister. On s'en sert quand on ramène un prisonnier. Vous serez installé à l'arrière, dos à la route, calé entre les sacoches. C'est tenable si vous n'êtes pas trop délicat.

À sa façon de parler, Tech laissait clairement entendre qu'il l'était. Jon acquiesça sans commentaire. Il tendit son bagage au sergent, qui l'ajouta aux autres en ricanant devant les décorations peintes par Retzel.

Retzel.

Jon le chercha des yeux. Il le retrouva bientôt, perché sur le crâne de l'autre monstre, la main au-dessus des yeux à la manière d'une vigie. Il secoua la tête. Au moins, le servant avait trouvé une position qui lui convenait. Son domestique était en général insupportable pendant les voyages. Il touchait à tout et tout le monde en demandant : « Et ça, on peut le manger ? » C'était l'une des raisons pour lesquelles Jon préférait lui confier la garde de la maison lorsqu'il s'absentait. Il prenait soin de lui présenter la tâche comme une mission de la plus haute importance, mais il savait que le démon n'était pas dupe.

Les soldats échangèrent quelques mots au sujet de l'itinéraire, puis ils aidèrent le questeur à se hisser sur le siège. Edrick dégagea une sangle prise dans l'ourlet du harnais, lui en ceignit la poitrine et serra le tout grâce à un petit loquet.

— Ça ira ? demanda-t-il avec une sollicitude inattendue.

Jon se força à sourire. Les muscles de l'animal lui meurtrissaient le dos. Cependant, il n'était pas question de faire le difficile. Ses visiteurs s'étaient montrés plutôt coopératifs. Il ne voulait pas paraître désobligeant avant même le début de l'expédition.

L'officier ajouta, par politesse :

— Vous voyagez comment, d'habitude ?

— À pied. Avec quelques sorts, bien entendu.

— Bien entendu. Dans ce cas, pourquoi avez-vous préféré nous accompagner ?

— La préparation des charmes m'aurait fait perdre plus d'une demi-journée. Je ne peux pas me le permettre. (Il prit une grande inspiration.) Et puis, à présent que je suis citoyen de Kung-Bohr, autant découvrir les mœurs du pays.

— Vous verriez un inconvénient à nous faire une petite démonstration du Noble Art ? Notre royaume n'est pas très fourni en magiciens.

Jon allait acquiescer quand Edrick poursuivit, perplexe :

— Peut-être à cause de notre précédent souverain. Il les a pratiquement tous chassés ou exécutés.

Le soldat laissa sur place un Jon horrifié et contourna le skorj. Il déroula une petite échelle de corde depuis sa selle, grimpa et s'installa. Les mains en porte-voix, il héla son supérieur :

— J'attends votre signal, sergent !

Le mage se tortilla sur son siège.

— Vous ne tutoyez pas votre cousin ?

— Jamais pendant le service. Il est très à skorj sur le règlement.

Il y eut un léger sursaut.

— Attention, nous partons. Accrochez-vous et ne regardez pas les tentacules. Leurs mouvements risquent de vous donner le mal de mer.

Accrochez-vous, qu'il est drôle ! La seule chose à laquelle je peux m'accrocher, ici, ce sont mes genoux.

Le skorj fit une brusque embardée et se hissa sur ses pseudopodes. Le paquetage ballotta dangereusement. Jon s'accrocha à ses genoux.

La monture démarra pesamment, un membre après l'autre, oscillant comme si elle prenait ses marques. Le rythme s'accéléra, puis ils partirent. La progression s'accompagnait de légers mouvements circulaires. Jon eut le sentiment étrange que le monstre avançait en *tournant*. Il espéra qu'il s'y habituerait.

La bonne nouvelle était que les muscles du monstre contre son dos s'étaient assouplis. Il s'aperçut aussi que la ceinture tressée avait été conçue pour produire un effet de suspension agréable. Après quelques minutes, il décida qu'Edrick avait raison : malgré le désagrément de tourner le dos à la route, il se sentait capable de parcourir de grandes distances sans véritable inconfort.

Il se contorsionna et tenta d'apercevoir son cornac. La masse du skorj ne lui permit de distinguer qu'une partie de ses épaules. Edrick était concentré sur sa conduite, son bras droit tendu vers le poulpe. Jon se promit de l'interroger plus tard à ce propos.

Il jeta un œil vers le bas. Ses jambes ballottaient juste au-dessus des membres massifs. Les tentacules évoluaient de manière indolente en se croisant à intervalles réguliers. Il se souvint des recommandations d'Edrick et ramena son regard vers l'horizon.

Malgré la douceur des oscillations, les skorjs se déplaçaient rapidement. Bercé d'avant en arrière, une légère somnolence le gagna. Il s'assoupit.

L'arrêt des montures le réveilla. Edrick le rejoignit et le considéra avec malice.

— Reposé ?
— Oui, je… je ne sais pas ce qui m'a pris.
Son hôte le détacha.
— C'est tout à fait normal, rassurez-vous. Tout le monde se laisse prendre par les rotations. Il faut un long entraînement pour rester éveillé.
Il hésita un instant, puis reprit :
— Je ne devrais peut-être pas vous le dire mais en fait, nous plaçons nos invités à l'arrière pour que le cheminement les hypnotise en douceur. C'est le siège des prisonniers, vous vous souvenez ? Vous n'étiez pas endormi, seulement plongé dans une sorte de transe. Vous avez pu ainsi répondre à mes questions.
Il vit la mine stupéfaite de Jon et ajouta :
— Vous pensiez que nous allions vous embarquer sans prendre un minimum de précautions ?
Le détective haussa les sourcils, indigné.
— Vous m'avez cuisiné pendant que je dormais ?
— Je voulais juste m'assurer que vous étiez inoffensif.
Il montra Retzel.
— Ainsi que votre démon. En fait, surtout votre démon.
Jon pinça les lèvres mais garda le silence. Il sauta au bas de sa monture et fit quelques pas afin de chasser la raideur de ses jambes.
Il leva la tête et respira profondément. La nuit était tombée, les étoiles faisaient leur apparition. Omteh, la plus grosse lune d'Alamänder, occupait une bonne partie de l'horizon. Ophiure la suivait, plus petite et pâle, jetant sur toute chose un apaisant éclat argenté. À sa suite, la troisième lune se remarquait à peine, et

la quatrième n'était guère plus grande que les étoiles environnantes. Les Sœurs, comme les nommait la tradition, formaient un collier autour de leur monde et veillaient sur le sommeil de ses habitants.

Tech préparait un feu de bois.

— Un feu en cette saison ? s'étonna le détective.

— Il permet de nous faire remarquer.

Jon fit la moue.

— Encore les espions.

— Oui, encore les espions. Nous voulons être certains qu'ils feront leurs rapports ce soir. Ainsi, nos propres agents pourront les intercepter et renseigner nos dirigeants sur ce que nous faisons. (Il ricana.) Pas besoin de remplir de formulaire : les Mehnzotains font le travail à notre place.

Jon secoua la tête avec dédain.

— Entre votre interrogatoire indélicat de tout à l'heure et vos escouades de mouchards, on penserait presque que ma maison est un carrefour géopolitique de premier ordre. Votre Ernst est un paranoïaque confirmé !

— C'est exactement ça, confirma Edrick en les rejoignant.

Le soldat avait l'air contrarié par la remarque de son hôte. Il reprit :

— C'est ce qui lui permet de conserver à la fois sa vie et son trône. Il va falloir vous y habituer, monsieur le questeur. Discuter de l'innocence de quelqu'un n'est valable qu'en cas de forfait, magique ou pas. Ici, nous parlons de *pouvoir*. L'unité du royaume se maintient depuis près de quatre mille ans. Vous croyez que l'on y parvient simplement avec de bonnes intentions ?

— Et pourquoi pas ? Il suffirait d'un seul souverain éclairé pour évacuer les complots et révoquer tous ces professionnels de la traîtrise.

Tech haussa les épaules.

— Ça crée des emplois.

S'ensuivit une discussion animée au coin du feu, à l'issue de laquelle chacun admit que l'exercice du pouvoir était bien difficile mais que personne n'obligeait personne à l'exercer. Sur ce, tout le monde alla se coucher, excepté Retzel qui finit les reliefs du repas.

Le lendemain, Tech réveilla Jon sans ménagement. Un œil fixé sur le démon, le sergent s'inquiéta à voix haute de l'état de leur stock de saucisses, qui se trouvait bien moins important qu'il ne le pensait. Devant l'absence de réaction de ses passagers, il préféra s'en tenir là et prépara en maugréant une collation à base de tubercules huileux.

Edrick n'était présent nulle part, pas plus que les skorjs. Le magicien s'en ouvrit à Tech.

— Il est parti les surveiller pendant leur déjeuner, grogna le soldat en désignant les premiers arbres d'une épaisse forêt. Ils viennent de s'enfoncer là-dedans. Hier, tandis que votre seigneurie ronflait avec conviction, nous avons longé plusieurs fois votre petit lopin, puis nous avons pris au nord pour suivre le fleuve. Nous l'avons traversé au gué de Fenaq et avons fait halte près de la forêt du même nom.

— Nous pourrions les rejoindre ? Je brûle de savoir ce qu'ils mangent.

— Eh bien, en ce qui le concerne, Edrick adore les boulettes de viande.

— Je parlais des poulpes.

— Je plaisantais. Je préfère vous mettre en garde, c'est assez déconcertant.

— Vous avez dit qu'ils n'étaient pas carnivores.

— C'est exact. Cependant…

Il renonça à poursuivre.

— Le mieux est que je vous emmène.

Il montra Retzel.

— La chose vient avec nous.

— Appelez-moi *Machin*, si vous voulez, grimaça le diablotin.

— Vous ne pensez pas qu'il serait plus prudent de le laisser ici ?

— Négatif, je tiens à mes provisions. D'autre part, les skorjs détestent qu'on les dérange pendant leur repas. Avec un peu de chance, ils nous en débarrasseront.

Retzel découvrit les crocs en roulant les yeux de façon menaçante.

— Allons-y. Tâchez d'être discrets.

Ils se mirent en route et abordèrent bientôt une orée de feuillus cotonneux. Quelques instants plus tard, ils rejoignaient Edrick dans une clairière. Le soldat ramassait des chutes d'écorce. À leur arrivée, il ouvrit ses mains et chuchota :

— Des éclats de Fodorbe, pour le mage.

L'autre acquiesça et souffla à Jon :

— En les mâchant, vous resterez éveillé.

— Merci, murmura ce dernier. Où sont les poulpes ?

Edrick sourit et tendit un doigt vers le haut. Le mage leva la tête et recula de surprise. Les créatures se tenaient immobiles, loin au-dessus du sol. Leurs tentacules enserraient les troncs en une parodie d'étreinte amoureuse.

— Que font-ils ?

— Eh bien, dites donc, railla Tech, vous ne sortez pas souvent le nez de vos bouquins.

Edrick poursuivit à voix basse :

— Ils se nourrissent de la sève des arbres. Ils grimpent le plus haut possible, là où elle est la plus riche.

— Incroyable.

Jon n'arrivait pas à détourner ses yeux du spectacle. Les monstres étaient figés, comme pétrifiés. Il remarqua qu'un grand calme régnait dans les frondaisons.

— Pas un bruit, souffla-t-il.

— Un véritable silence religieux, vous voulez dire, corrigea Tech. Les autres habitants ont peur. Vous savez, les skorjs peuplaient les forêts de Kung-Bohr bien avant la venue des premiers hommes. Ce sont les vrais seigneurs de ces lieux. Les animaux savent qu'un poulpe dérangé au cours de son repas peut entrer dans une véritable fureur meurtrière. Une vieille légende kung-bohréenne raconte qu'à la fin des temps, Yamataëh, la Mère-de-tous-les-skorjs, surgira des abysses pour avaler le monde.

Jon opina de la tête poliment.

— Lorsque vous aurez rebâti votre maison, ajouta Tech, allez donc visiter les quartiers militaires de Ker Fresnel. Vous y verrez des skorjs de combat, c'est autre chose que ces grosses limaces. Vous savez comment ils se nourrissent, eux ?

— Je ne suis pas sûr de vouloir l'apprendre.

Edrick lui prit soudain le bras.

— Bon sang, ce n'est pas votre copain, là-bas ?

Alarmé, Jon observa les ramures et réprima un cri. Retzel escaladait l'arbre où se tenait l'un des poulpes.

— Que fait cet imbécile ?

— À mon avis, ricana Tech, il a réalisé à quel point il était moche et mal fichu. Il a décidé avec courage d'embellir notre monde en le quittant.

Le démon, une drôle d'expression sur le visage, approchait lentement du monstre. Celui-ci n'allait pas tarder à l'apercevoir.

Jon ferma les yeux et se concentra. Lorsqu'il les rouvrit, la Vision magique remplaçait sa vision ordinaire. Les êtres et les choses revêtaient un relief surnaturel, comme s'il accédait soudain à une perception supérieure des dimensions.

Et surtout, il distinguait les auras. Les arbres étaient entourés de fines flammèches bleues, ondulantes et espiègles. L'élan vital de Retzel, si particulier, flottait près de l'énorme dégagement d'énergie du skorj.

Il fit quelques passes à hauteur de son sternum. De son aura surgit un long filament argenté, modelé par les mouvements de ses doigts. Il dévida avec hâte le brin d'énergie sans prononcer le moindre mot. Il se souvenait de la recommandation du garde.

Il risqua un œil vers le haut. La situation était critique. Retzel n'était plus qu'à deux ou trois longueurs de bras du premier tentacule.

Jon réfléchit, le regard fixe, comme replié sur un univers intérieur. D'un geste, il coupa le filament qui dériva dans les airs. Il croisa alors les doigts de ses deux mains à angle droit, puis il les ramena vers lui avant de les lancer vers l'avant. De ses paumes jaillit une grille d'énergie qui se dilata autour de son corps en une sphère vibrante de fibrilles entremêlées.

Il se saisit du brin qui flottait près de lui et commença à incanter. Au fur et à mesure que les paroles franchissaient ses lèvres, la sphère grossissait tandis que le filin réagissait aux vibrations de sa voix en se contorsionnant.

Lorsqu'il eut terminé, le fil se recroquevilla en une ébauche de poing. Il conserva une extrémité du sort dans sa main et projeta l'autre vers Retzel.

Au moment où le démon allait toucher le poulpe, le poing l'atteignit et explosa en le recouvrant d'un réseau de fibres collantes. Jon tira d'un coup sec vers l'arrière. Retzel fut arraché du tronc et catapulté vers lui. Il heurta la bulle d'énergie qui amortit le choc en s'affaissant.

Jon poussa un long soupir. C'était fini.

Il attrapa son domestique par un bras et le tança à voix basse. Le démon l'écouta sans révéler le moindre signe d'intérêt, puis quitta les lieux. Il chantonnait des injures.

Excédé par son comportement, Jon le rattrapa et le poursuivit de ses menaces. Les deux gardes suivirent à bonne distance, une main devant la bouche pour étouffer leurs gloussements.

Parvenus à l'orée du bois, Edrick le félicita.

— Belle intervention. Je n'ai eu le temps de voir que quelques lueurs et cet idiot qui revenait vers vous à grande vitesse. C'était un sortilège ?

Jon réprimanda une dernière fois Retzel et le

poussa sans ménagement vers leur bivouac. Il sourit à l'officier.

— Oui, un vieux sort du temps de ma jeunesse, *Le Truculent Poing Poisseux de Nazar*. Cela faisait une éternité que je ne l'avais pas utilisé.

— Pas de doute, intervint Tech, les trucs collants, c'est votre spécialité.

Visiblement, le garde n'avait pas encore digéré le sortilège de la maison ensorcelée.

— Ce qui est certain, poursuivit-il, c'est que votre stupide animal n'a pas besoin de magie pour être collant, lui. Il a bien failli réussir à tous nous faire tuer. Ça promet pour le reste du voyage.

Jon, gêné, préféra ne pas tenir compte de l'intervention.

— Quand j'étais plus jeune, dit-il, je me servais du *Poing* pour attraper des objets ou faire des farces. On lance une sorte de boule de gomme et on tire. L'enfance de l'Art. Cela dit, il est étonnant que vous ayez pu distinguer l'énergie résiduelle. En tant normal, seuls les mages en sont capables.

Edrick se montra à la fois surpris et flatté.

— Peut-être avez-vous quelques dispositions ? ajouta le questeur. Il serait intéressant de déterminer votre potentiel.

Tech l'interrompit :

— Moi aussi, j'ai déjà vu des sorts avec des étincelles et des éclairs. Ça ne fait pas de moi un magicien.

— Certes, répondit Jon avec patience, mais vous les avez remarqués parce que le praticien désirait impressionner son auditoire. Il a délibérément ajouté ces effets visuels. Les véritables professionnels ne s'embarrassent pas de sons et lumières. Nous tendons à l'efficacité. Si un jour vous percevez de tels effets sans qu'ils soient voulus, c'est que le dégagement d'énergie aura été si intense qu'il en viendra à percer la substance de la réalité.

— Eh oui, *la substance de la réalité.*

Tech s'éloigna, les yeux au ciel.

Le mage se tourna vers Edrick.

— Si vous en avez l'occasion, renseignez-vous auprès d'un Maître. Celui-ci pourra vous confirmer que vous êtes apte à développer certains talents. Le seul problème vient de votre âge. L'enseignement commence en général très tôt, vers trois ou quatre ans. Vous devrez peut-être vous contenter de quelques sorts simples, ce qui n'est déjà pas si mal.

— Merci. Cependant, une chose m'échappe encore à propos de tout à l'heure. Je vous ai vu parler, mais aucun son n'est sorti de votre bouche.

— Bien observé. Je devais en fait régler deux problèmes. En premier lieu, il me fallait modeler le *Poing Poisseux*. J'avais pour cela besoin d'employer des sons bien particuliers, ce qui était tout à fait impossible en présence des skorjs. D'autre part, même si j'avais mené le sort à son terme, ramener Retzel vers nous aurait produit un tel vacarme que le résultat aurait été le même : des poulpes fous furieux.

Le soldat hocha la tête. Jon poursuivit :

— Il me fallait donc *en même temps* créer le Poing au sein d'un environnement silencieux, et réceptionner Retzel dans de bonnes conditions. J'ai pu résoudre les deux problèmes à la fois. Suivez-moi bien. J'ai commencé par tisser une ébauche de *Bulle de Silence de Witatzu*, un maillage fin qui permet d'absorber les sons. Ensuite, au cours de l'incantation du Poing, j'ai investi plus d'énergie qu'il n'en fallait pour élaborer le charme. Cette énergie a été récupérée par la Bulle qui a continué à se dilater. De cette manière, lorsque notre jeune ami a été éjecté de son perchoir, le choc de la réception ainsi que le bruit ont été amortis par un seul et même sort.

Edrick ne cacha pas son admiration.

— C'est fascinant. Vous possédez une présence d'esprit peu commune.

— Merci. L'une des premières choses que m'a enseignée mon maître est de parvenir à réfléchir en un temps limité. Contrairement à de nombreuses idées reçues, la magie ne consiste pas seulement à tisser des sortilèges mais aussi à les assembler de manière élégante.

Edrick avait l'expression béate de celui qui découvre un continent inconnu. Jon allait poursuivre ses explications quand une série de craquements violents retentirent. Les deux poulpes émergèrent du boqueteau, écartant les arbres comme s'ils étaient en papier. L'ensorceleur déglutit en se félicitant de n'avoir pas assisté à leur fureur.

Tech, adossé à un rocher, les attendait. À l'arrivée des montures, il se hissa avec agilité sur sa selle et enfonça son avant-bras dans l'un des opercules du poulpe. Jon ouvrit de grands yeux.

— Vous ne pouviez pas le remarquer hier car vous étiez déjà installé, expliqua Edrick. C'est de cette manière que nous dirigeons les bêtes.

Le soldat arborait une mine satisfaite. Il prenait sa revanche sur le mage en comblant à son tour son ignorance. Il l'invita à se rapprocher.

— Ces ouvertures leur servent à la fois de nez et d'oreilles, bien que leur odorat soit aussi faible que leur ouïe. Des centres nerveux passent sous la peau à l'intérieur des cavités. En effleurant tel ou tel nodule, on communique directement avec le cerveau. Il suffit de savoir où se situent les ganglions de panique ou de plaisir et ils vous obéissent au doigt et à l'œil.

— Vous dites que leur ouïe et leur odorat ne sont guère développés. Ils ont donc une excellente vue ?

— Non plus. Ce sont leurs tentacules qui constituent leurs organes des sens principaux. D'après ce que je sais, ils sont capables de percevoir la moindre vibration à des lieues à la ronde. Mon instructeur m'a affirmé un jour qu'ils sentaient l'herbe pousser.

Jon l'écoutait en observant les évolutions du monstre. Edrick lui montra l'autre bête.

— Vous voulez essayer ?

Le mage hésita. L'idée de plonger la main dans l'ouverture luisante ne le réjouissait pas plus que ça, mais il était intrigué. Il posa quelques questions au soldat et finit par accepter. Edrick l'aida à grimper.

Le siège était confortable. Les opercules qui battaient à ses côtés lui soufflaient au visage une odeur épicée, mélange de sève et de musc. Jon remua un peu, mal à l'aise. Il sentait sur lui le regard des deux hommes. Il prit une grande inspiration et, avec précaution, glissa une main dans la cavité. À mesure que ses doigts avançaient, il percevait la force de vie qui émanait de la créature. La sensation était étrangement exaltante.

— Non, non, fit Edrick. Avancez l'avant-bras et pliez le coude vers la gauche. Vous devriez rencontrer une grappe de vésicules.

Jon fit une pause. Il tremblait. Une seule chose l'encourageait : le skorj n'avait pas du tout l'air de se rendre compte de sa présence. Les tentacules poursuivaient lentement leur danse sinueuse.

Edrick attendait. Jon avança les doigts dans la direction indiquée et rencontra une sorte de moignon turgescent.

Un grondement monta de la bête. Le bras de Jon fut soudain recouvert d'une bile visqueuse. Il le retira vivement avec un hoquet terrifié.

Un rire grinçant résonna à ses oreilles. Tech se trémoussait en se tenant les flancs.

— Désolé, fit Edrick, vous avez sans doute trop avancé le bras. Rassurez-vous, il n'y a aucun danger. Vous avez juste provoqué l'équivalent de notre éternuement.

Le détective contemplait son membre avec horreur. La majeure partie de son frac avait aussi été aspergée. La substance possédait encore la chaleur du corps de l'animal et les effluves qui s'en dégageaient lui donnaient la nausée. Il secoua la main pour se débarrasser du liquide.

Tech retrouva son sérieux :

— L'avantage est qu'ils vous toléreront mieux à présent que leur odeur vous imprègne. J'ai remarqué qu'ils étaient nerveux depuis notre départ. Soyez heureux de ne pas être monté sur la femelle, les mâles skorjs des alentours sont très sensibles à ces sécrétions. Comme quoi, on a toujours du nez pour ce qui nous intéresse.

Jon résista à l'envie de demander comment on distinguait le mâle de la femelle. Il avait appris assez de détails déplaisants pour la journée.

— Et maintenant, qu'est-ce que je fais ? demanda-t-il sèchement.

— Vous attendez. Ça devient rigide à l'air. Vous pourrez l'enlever comme un gant. Et ne le prenez pas si mal, ajouta l'officier d'un ton moins amical. Comme vous pouvez le voir, rien n'est plus désagréable que d'être enduit d'une substance collante et puante.

Jon déroula l'échelle de corde. Il descendit, le bras écarté pour éviter de se salir. Avec aigreur, il demanda :

— Vous avez d'autres choses en préparation ? Mettre mon lit en portefeuille, peut-être ?

— Je suis désolé, fit Edrick avec un geste d'apaisement. Je ne songeais pas à vous abuser. Il faut réellement avancer le bras vers la gauche, mais pas trop. Cela exige un peu de pratique. Vous réessaierez demain. Dans quelques jours, vous vous en sortirez avec les honneurs, je vous le promets.

— Si vous le voulez bien, j'aimerais regagner le campement au plus vite, le coupa Tech. L'idée de laisser votre petit copain seul avec nos provisions m'émeut plus que de raison.

Ils se mirent en route. Jon déclina l'offre d'Edrick de remonter sur le poulpe. Il préférait marcher. Ce qu'il fit, le bras d'un côté et le nez de l'autre. Tech lui lançait régulièrement des œillades sardoniques en produisant son rire nasillard.

Arrivés au camp, ils découvrirent plusieurs sacs de provisions éventrés. Retzel était introuvable. Tech explosa :

— Par le bouc d'Akir, pourquoi ne suis-je pas étonné ? Votre estomac sur pattes vaut tous les skorjs du monde. Je vais lui enfoncer ma botte dans la gorge, il pourra toujours essayer de l'avaler !

Son subalterne tenta de le raisonner, sans succès. Tech commença à retourner tout l'équipement à la recherche du goinfre. Il jetait des regards meurtriers à la ronde. Jon ne savait que faire pour tenter de sauver la situation. Il avait peur d'ajouter de l'huile sur le feu en s'adressant à l'irascible petit homme.

Il n'en eut d'ailleurs pas le temps. Avec une exclamation de triomphe, Tech délogea Retzel, recroquevillé dans une sacoche. Par bonheur, Edrick était proche de lui et put l'empêcher de dégainer son épée. Le démon jaillit du sac et courut se réfugier derrière Jon en sifflant haineusement. Le mage ne savait toujours pas comment réagir. Il était partagé entre une juste colère envers son compagnon et la sombre satisfaction d'avoir vu s'effacer le rictus arrogant de Tech.

Il préféra opter pour la diplomatie et réprimanda son domestique.

— Qu'est-ce que ça signifie ? fulmina-t-il. D'abord le poulpe et maintenant les vivres ! Tu essaies de me faire perdre mon unique chance de garder la maison ?

Tech repoussa Edrick et marcha sur eux, épée au clair, un méchant sourire sur les lèvres.

— Vous êtes bien mignons, tous les trois ! s'écria

Retzel en sautant à reculons. Vous pensiez que deux malheureuses saucisses me suffiraient ? J'avais faim, moi !

Jon n'en crut pas ses oreilles.

— Tu veux dire que tu comptais *manger* le skorj ?

Le servant arbora une triple rangée de dents fines comme des aiguilles.

— Évidemment ! Ça doit être bourré de protéines, ces bêtes-là !

Tech stoppa net sa progression. Il semblait partagé entre la colère et la stupéfaction.

Jon soupira :

— J'ai adopté le seul démon suicidaire des enfers.

— Je n'aurais arraché qu'un tentacule ou deux, pour goûter !

Tech secoua la tête et rengaina son épée. La bêtise de la créature l'avait désarmé. Cependant, quelque chose dans son regard montrait qu'il n'en avait pas terminé. Il cracha à terre, puis se dirigea vers les skorjs qu'il chargea avec humeur. Edrick le rejoignit et lui offrit son aide. Il jetait au mage des coups d'œil embarrassés.

Finalement, tous se mirent au travail en prenant soin de s'éviter les uns les autres. Les seuls bruits que l'on entendait étaient les imprécations de Tech et les pets provocateurs de Retzel.

Lorsqu'ils furent sur le départ, le sergent apostropha Jon :

— Écoutez-moi bien. Si vous ne tenez pas en laisse votre Abruti-Du-Premier-Cercle, je le fais griller à notre prochaine halte. Vu ? Il remplacera les rations qu'il a boulottées.

Sans attendre, il lança son skorj tandis que le démon répondait par une injure dans sa langue.

Jon fut contraint d'admettre que la colère du soldat était justifiée. Le voyage commençait mal.

3

Quatrième Maxime : Le guerrier T'Sank dédaigne les armes.

Son corps est un temple de chair dont chaque partie est en harmonie avec toutes les autres. L'usage d'une arme déséquilibre cet édifice car elle constitue un prolongement du corps, non le corps lui-même. L'entraînement du guerrier T'Sank le rendra plus à l'aise avec les armes que lui offre son corps qu'avec des éléments extérieurs à celui-ci.

Cinquième Maxime : Le guerrier T'Sank envisage toute arme comme un outil.

Le but de l'outil est d'obtenir un résultat rapide. Pour le guerrier T'Sank, les armes permettent un gain de temps, non un gain de puissance.
Le pouvoir du guerrier ne se situe pas à l'extérieur de son corps, il se situe à l'intérieur. De même qu'un combattant médiocre échouera quelle que soit la qualité de son arsenal, un maître défera ses ennemis à mains nues quelles que soient les armes qu'ils lui opposeront.

Sentences T'Sank, auteur inconnu
(attribuées à Ninfell T'Sank)

*

D'aussi loin que remontait la mémoire pragmatique de ses parents, Maek avait toujours été un petit garçon tranquille, moins par obéissance que par inertie. Il demeurait en toute circonstance d'humeur égale, et n'ouvrait la bouche que pour exprimer le strict nécessaire à son bien-être.

Son activité principale consistait à observer les uns et les autres avec gravité. Il accomplissait les travaux de la friche avec détachement – dédain, disaient les mauvaises langues – sans chercher à discuter, avec une docilité qui décourageait les plus exigeants. Une mélancolie rêveuse était la seule émotion que laissaient filtrer ses yeux sombres, que ce soit durant le battage des épis ou le tissage des armures de paille durcie.

Cette attitude contrastait avec le caractère des habitants de la colonie, fermiers volubiles et vantards, à la parole facile et au geste haut. Les autres enfants, après une période de curiosité puis d'incompréhension, l'avaient écarté de leurs jeux. L'étape suivante avait été sa promotion au rang de souffre-douleur.

Malheureusement pour ses jeunes bourreaux, Maek ne montrait pas plus de disposition pour ce rôle que pour les autres. Lorsqu'un seau de poix se renversait sur sa tête, il allait sans un mot nettoyer sa longue chevelure corbeau. Quand un méchant croc-en-jambe l'envoyait tête la première dans les épis barbelés des carno-céréales fraîchement coupées, il se relevait, arrachait les tiges cherchant son sang et partait dans la direction opposée.

Après quelque temps, il ne fit donc office de dupe que pendant les moments d'oisiveté. Ceux-ci, heureusement pour le garçon, étaient rares. La première enclave dans les céréales datait de peu de temps, et les fermiers ne parvenaient à chasser que le strict nécessaire à l'avancée timide de la friche.

Maek avait deux frères, Brekaïc et Marmaloar, aussi différents de lui qu'on pouvait l'être.

Marmaloar, au nom plus long – c'était l'aîné –, conquérait depuis peu une certaine renommée dans sa façon de récolter. Les jours de moisson, il partait avant les autres, à l'aube, muni de quelques plaques de protection. Parvenu au site de défrichage, il se dévêtait et s'allongeait sur la paille morte. Pendant un long moment, il narguait les suçoirs de blé qui se tendaient vers lui, puis il se jetait nu dans les céréales. Celles-ci, d'abord surprises par cet élan suicidaire, ne tardaient pas à redresser leurs pics carnassiers et se ruaient sur le festin. Voracité fatale car Marmaloar absorbait avant son expédition un cocktail d'herbicides que le champ impatienté ne prenait pas la peine de détecter. Lorsqu'il s'apercevait finalement de son erreur, une zone de blé inanimée s'étendait autour du fermier, et les tiges survivantes ondulaient avec horreur dans la direction opposée.

Marmaloar ramassait alors ses prises, de bons gros épis gorgés de sève, et retournait victorieux vers la colonie, les cicatrices sur son corps musculeux comme autant de trophées. Même si la méthode péchait par manque d'efficacité, beaucoup lui reconnaissaient un sens aigu du spectacle. Plus important, quelques jeunes filles courageuses accompagnaient parfois le paysan et se pâmaient devant sa belle silhouette nue sur fond de blés mûrs.

Akanem-Narak, son père et chef de la Colonie, désapprouvait le manque de sobriété de ces expéditions. Moustaches frémissantes, il reprochait à son fils de préférer la récolte des flatteries à celle des fruits de son labeur. Lui-même, avec une faux bien armée, se targuait de ramener plus de boisseaux que tout autre fermier, et ce sans avoir à se mettre en scène. Il ne perdait jamais une occasion de le rappeler.

Les soirs de veillées, chacun racontait ses prouesses du jour. On échangeait des souvenirs sur les morts de la semaine, on rappelait pour la millième fois comment les héros d'autrefois arrachaient les épis à mains nues. On évoquait avec nostalgie l'âge d'or où les céréales n'étaient pas belliqueuses. Chacun crachait par terre au souvenir de ce mage maudit qui avait cru bien faire en modifiant quelques épis afin qu'ils se récoltent tout seuls. Les paupières se plissaient au souvenir de l'éveil des céréales à la conscience, de leur découverte du sort effroyable réservé à leurs congénères. Et la saga s'achevait, des trémolos dans la voix, sur l'organisation de la résistance chez les graminées. Depuis ce jour, les paillons n'étaient plus les seuls à être fauchés : le champ prélevait aussi sa part de sang sur les moissonneurs devenus guerriers.

Parfois, entre deux hauts faits, la conversation retombait. Chacun hochait alors la tête d'un air martial et ramenait sur lui les pans de son sarrau de paille. Après quelques minutes pesantes, un ancien s'éclaircissait la gorge et, avec un clin d'œil à l'assemblée, tournait la tête vers Maek.

— Et toi, Silencieux, quelle sera ta technique de chasse quand tu auras l'Âge de la Faux ?

Au milieu des gloussements et des bourrades moqueuses, Maek répondait invariablement :

— Je ne veux pas être fermier. Je veux être un Maître T'Sank.

L'assistance s'esclaffait alors de bon cœur et la conversation reprenait. Chacun se félicitait dans l'oreille de son voisin de ne pas être affligé d'un pareil idiot. On regardait, amusé, l'étincelle de colère s'allumer dans l'œil d'Akanem-Narak.

Année après année, le jeune garçon avait ainsi fini par acquérir une place au sein de la colonie. Lui qui ne parlait jamais, il servait à rompre le silence des conversations. Sa différence tempérait la jalousie de chacun sur l'homme le plus respecté de la communauté, son père. *Meilleure est l'armure, plus visibles en sont les défauts*, disait un proverbe de la friche. L'assemblée partie, le ceinturon de Narak rappelait à son rejeton taré qu'il demeurait le seul accroc de sa cuirasse.

Dans les faits, cependant, personne n'était certain de cette filiation. Les commères disaient que la femme du chef n'avait pas enfanté, mais avait trouvé le petit au milieu des boisseaux rapportés par des éclaireurs après une longue chasse. Nul n'avait su expliquer comment le nourrisson avait survécu à la voracité des épis, mais chacun avait admis qu'il était magnifique. De grands yeux noirs encadraient un petit nez pointu, délicat. Ses lèvres, fines et mélancoliques, contrastaient avec les bouches épaisses des fermiers, et la longue chevelure corbeau semblait avoir trempé dans du cirage à affûter.

Le garçon avait peu à peu gagné en prestance et en douceur, jusqu'au jour où l'intérêt de ses parents s'était émoussé devant son mutisme songeur.

Comme si ce tempérament étrange ne suffisait pas, on finit par s'apercevoir qu'il ne grandissait plus. Détail bouleversant mais indiscutable, l'enfant n'avait pas pris un seul pouce en plusieurs années.

La nouvelle fit de nombreuses fois le tour de la friche. Chacun faisait part de ses conclusions au sujet de l'affaire. Quelques-uns proposèrent d'en débarrasser la communauté. Après tout, la survie de chacun était constamment en sursis, on ne pouvait se permettre de remettre en cause des générations de sélection naturelle pour finalement tolérer un infirme.

Akanem-Narak s'opposa à toute entreprise contre son dernier-né. Il ne le fit pas par affection mais pour protéger son autorité. En adoptant le garçon, il en avait fait l'un des siens. Il s'était réjoui à l'époque de voir de nouveaux bras rejoindre son clan, avait considéré cette venue comme un présent d'Ivi, la Déesse de la Fertilité. La déception avait été amère, mais laisser perdre un membre de sa famille, même déficient, eût été admettre la moindre valeur de son rang.

La réaction de la prétendue génitrice fut différente. Elle consulta à plusieurs reprises le sage du village, un vieil illuminé qu'on avait vu descendre du nord quelques années auparavant et dont l'activité principale consistait à alterner visions prophétiques et éthyliques. L'essentiel de ses revenus provenait des femmes enceintes qui désiraient connaître le sexe de leur futur bambin afin de s'en réjouir si c'était un garçon. Les épouses du village n'étaient en effet considérées que comme l'unique moyen de produire des mâles. Le devin avait la réputation de donner la bonne réponse dans environ un cas sur deux, ce qui convenait fort bien à ces agriculteurs peu férus de statistique.

La dernière visite de la mère de Maek eut lieu un soir. Après de nombreuses semaines d'hésitation, elle s'était enfin décidée à se renseigner sur l'origine et le destin de son protégé. Tenant son fils par le bras pour se rassurer, elle se dirigea vers la petite cabane.

Comme les autres bâtiments, la demeure du vieillard était bâtie sur pilotis, mais située à l'écart de la communauté ainsi qu'il se doit lorsqu'on veut marquer son statut particulier. Les nombreux madriers qui la supportaient avaient été si souvent rafistolés qu'ils la faisaient ressembler à une pelote d'épingles retournée.

L'intérieur était tenu avec la volonté d'impressionner. Une cohorte d'animaux exotiques empaillés accueillait les invités. Accrochées à quelques maigres étais, des calebasses de divination s'entrechoquaient lorsque le vent soufflait. Des tapis fanés recouvraient le sol et les murs. Leurs motifs donnaient un étrange aspect organique au logis, comme si le visiteur se retrouvait soudain plongé dans le ventre d'un monstre marin.

Après avoir bredouillé quelques mots respectueux et expliqué le but de sa visite, la femme remit l'enfant entre les mains noueuses du vieillard. Celui-ci l'observa, souffla dans ses oreilles et palpa les os de son crâne. Il respirait avec bruit en charmant les alentours d'effluves chargés.

— Je me prononce enfin, dit-il. Cet enfant est de sexe masculin, sans aucun doute.

La mère écarquilla les yeux.

— Très Saint-Père, ce n'est pas… Je veux dire, nous savions cela…

— Vous le saviez ? cria le vieil homme, offusqué.

Il se leva et se planta devant elle.

— Vous le saviez ? cria-t-il de nouveau.

Il se rapprocha encore.

— Compagne, écoutez-moi bien. Partout dans ce monde mon nom signifie Connaissance. Je chevauche – avec élégance – les infinis secrets de l'univers, les souverains des royaumes extérieurs me défient de résoudre leurs énigmes perverses, et vous venez me voir pour une question dont *vous connaissez la réponse* ?

Les yeux injectés de sang du patriarche envoyaient des éclairs. La mère de Maek ne savait que faire : afficher un profond respect ou se détourner des postillons alcoolisés.

— Je, Saint-Père, je viens pour…

— *Dehors !* rugit le vieil homme en brandissant un doigt taché vers la porte. Vous souillez la clarté de ma réponse avec vos parasites verbaux. Fuyez, et remerciez Magni de ma clémence, insolente !

La femme recula, épouvantée. Elle prit Maek par la main et l'entraîna vers l'extérieur. Le sage l'accabla d'injures jusqu'au seuil avant de claquer vigoureusement la porte.

Quand il fut de nouveau seul, ses traits se détendirent. Une expression soucieuse se forma sur son visage.

— Magni soit loué, souffla-t-il, c'est bien le premier Hempé. (Il ricana.) Je remercie les Dieux d'en être le témoin exclusif et privilégié. Mais la partie ne fait que commencer.

Il secoua la tête d'un air las et se mit à faire les cent pas en marmottant.

Devant l'impuissance évidente du sage, les potins sur Maek redoublèrent. On avait jugé son regard inexpressif, il devint étrange. Ses manières douces furent dénoncées comme peu naturelles. Sa taille devint prétexte aux élucubrations les plus pittoresques : s'il demeurait avorton, c'était parce que le développement de son âme ténébreuse éclipsait sa croissance.

Durant quelque temps, le quotidien monotone de la friche fut ravi de trouver un sujet sur lequel disserter, argumenter, trancher. Les fermiers débattaient sur le chemin menant au site de défrichage, les survivants concluaient au retour. On épiait les faits et gestes de Maek dans l'espoir d'y trouver matière à révélation.

Hélas, après quelques mois de commentaires et d'interprétations, même cette polémique bienvenue finit par s'essouffler. La conduite de l'enfant n'était pas assez fournie en détails croustillants pour alimenter les langues, encore moins pour perturber le rythme bien réglé de la communauté.

Un jour qu'il était en verve, son père en profita pour enterrer le sujet.

— Somme toute, affirma-t-il, le corps atteste de l'esprit. Nous savions déjà que l'âme de Maek était déficiente. Cette nouvelle tare, physique, découle de la précédente et l'explique. Je ne vois rien de plus à dire.

La démonstration parut logique à toute la communauté. On laissa donc Maek en paix la plupart du temps, les exceptions consistant à taquiner le fils pour atteindre le père.

Le garçonnet, personne ne sut pourquoi, revint souvent rendre visite au sage. Il s'installait près du seuil de sa cabane, les jambes ballant au-dessus des pilotis. Le vieillard le rejoignait alors et lui adressait ou non la parole, selon son humeur. Il évoquait ses aventures dans une multitude de lacs, quand chacun savait qu'Alamänder n'en possédait qu'un seul, central, immense, d'où partaient les différents royaumes à la manière des rayons d'une roue. Il racontait des histoires étonnantes sur les Dieux, qu'il appelait les « Concierges du Monde » en riant de son blasphème.

Ce n'était pas ce côté excentrique, auquel il aurait pu s'identifier, qui attirait le garçon. Simplement, le vieillard le traitait avec respect, presque avec déférence. Il semblait tout connaître de lui, même si aucune de ses paroles ne le laissait paraître.

La veille de son dixième anniversaire, le sage lui posa la question rituelle : *Grand Honneur ou Grande Faux ?*

L'enfant avait entendu cette formule de nombreuses fois au cours de la journée. Elle était censée faire pencher la balance du destin en sa faveur, symbolisait en quelque sorte l'entrée dans l'âge adulte. Dans son cas, la plupart des fermiers avaient lancé la question avec dédain, par superstition.

En réponse à l'ancêtre, Maek fit la grimace et s'installa en silence près d'un pilier de soutènement.

L'autre ne se découragea pas.

— Tu n'as pas peur d'être happé par les épis ?

Aucune réaction.

— Veux-tu apprendre quelques figures de style pour mieux mettre en valeur tes premiers exploits ? Il y a le *quatre-deux*, qui met l'accent sur la férocité du blé pour mieux souligner ta bravoure. Le *vingt-huit-douze*, qui...

Il s'arrêta et jeta un coup d'œil à son protégé. Maek ne l'écoutait pas. Son regard était fixé sur l'horizon. Les mains glissées sous ses fesses, il se balançait d'avant en arrière.

L'ancien n'insista pas et le silence s'installa.

Lorsque Maek ouvrit la bouche, le vieux sursauta mais tendit l'oreille.

— Ces gens sont pleins de leurs paroles. Ils sont comme des sacs de farine qui auraient appris à parler. Chacune de leurs phrases les vide un peu plus.

— Ne sois pas trop dur, petit. Les hommes parlent pour s'occuper. En général, cela ne porte pas à conséquence. Les vantardises sont le meilleur rempart contre la peur.

— Qu'y a-t-il de glorieux à faucher des épis ? Ils prononcent deux phrases pour un geste. On dirait qu'ils n'agissent que pour pouvoir en parler.

Les traits de Maek exprimaient le mépris et la détresse. Le sage s'approcha et l'entoura de son bras. Sa vieille robe raidie par la crasse, parsemée de taches indéfinissables, recouvrit les épaules de l'enfant.

— Alors que toi, ô grand Maek, tu es un homme d'action. Les mots ne sont à tes yeux que poussière de paille. Seul compte le souffle de tes gestes précis.

Le garçon ne releva pas l'ironie.

— Oui, dit-il d'un air buté. Marcher, courir, trancher, tuer. Tout cela est la vie. Les mots n'en sont que le reflet.

— Certes, mais une parole n'est-elle pas toujours à l'origine d'une action ?

Maek se tut un long moment.

— Oui. Mais dans ce cas, chacune de nos phrases doit servir nos gestes. Toutes les autres sont inutiles.

Le vieux hocha la tête.

— Que vas-tu faire de ta première journée de récolte ?

— Je ne sais pas.

— Et donc, si tes actes suivent tes paroles, tu ne feras rien. N'as-tu pas envie de rabattre leur caquet à ces paysans par quelque acte courageux ?

— Si je commence, je ne pourrai plus m'arrêter. Je me prendrai à leur jeu et vivrai de ma propre importance.

— Tu veux donc t'en aller ? Quelle activité te paraîtrait plus enviable que celle de fermier ? Ils sont respectés dans tout le royaume. C'est une noble besogne que de nourrir d'autres êtres vivants avec sa sueur et son sang.

— La nourriture ne me semble pas assez noble pour que l'on perde sa vie pour elle.

Le vénérable remua sur les planches mal jointes. Il avait du mal à cacher son émotion.

Nous y voilà.

Il reprit plus haut :

— Dans ce cas, pour quelle raison doit-on risquer sa vie, fringant Maek ?

— Pour la sauver. La vie n'a de prix que si on peut la perdre. À tout instant.

— Que voilà une belle recrue pour la garde de Sa Majesté.

Le sage lissa ses moustaches.

— Tu feras un grand soldat, petit. Une profession prestigieuse… qui consiste à supprimer la vie d'êtres humains pour en sauver d'autres.

— Un soldat ?

— Ou un assassin. Je connais ton obsession pour les guerriers T'Sanks. Tu ne penses qu'à cela depuis le premier jour où je t'en ai parlé. Hélas, ce n'est qu'une histoire pour les enfants qui ne mangent pas leur soupe de fétus.

Maek fronça les sourcils, ce qui dénotait chez lui de l'intérêt.

— Existe-t-il une école d'exécuteurs T'Sanks dans notre pays ?

Le vieux passa une main dans sa barbe. Cette conversation l'intéressait prodigieusement. En fait, il n'avait séjourné toutes ces années dans la friche qu'avec l'objectif de pouvoir un jour la tenir.

Il gloussa.

— Tu demandes cela avec l'air de quelqu'un qui chercherait une épicerie ouverte. Laisse-moi réfléchir. D'après la légende, il me semble bien que quelque part au nord se tient la Confrérie, l'école des Maîtres Noirs, perdue au milieu de la plaine des Macrovores.

Si je te connais bien, Hempé, ta prochaine question concernera ton inscription.

— Et que faut-il faire pour y être admis ?

Le vieux lui parla des conditions, en termes simples et précis. Des reflets d'acier s'allumèrent dans les yeux du garçon. Il se leva sans un bruit et s'en fut. Le sage resta là, à siffloter en profitant de l'air du soir. Il éprouvait une intense satisfaction.

Le lendemain, les festivités pour le dixième anniversaire de Maek se réduisirent à un baiser distrait de sa mère. Son père s'agenouilla près de lui et le prit par les épaules. Il le contempla en silence, puis soupira et prit la parole :

— Maek, tu es idiot et je ne sais pas ce que tu retiendras de ce que je vais te dire. Tu as maintenant l'Âge de la Faux. Que tu le veuilles ou non, tu dois t'éveiller à la dure condition de paysan-guerrier. Notre colonie n'est prospère que parce que chacun se sacrifie pour les autres. Chaque boisseau est un pas vers la vie comme il peut en être un vers la mort.

L'homme fit une pause, puis se releva. Il n'attendait pas vraiment de réponse.

Il se tourna vers sa femme.

— Demain, je l'emmène aux champs. Il n'a qu'à prendre la faux de Brekaïc. Plusieurs lames sont manquantes, mais il n'aura pas besoin de l'armer. Va la chercher.

À la mention de son nom, Brekaïc sortit la tête de sous un appentis.

— Si cet enfant est capable de tuer ne serait-ce

qu'un épi, intervint-il, cela freinera les quolibets. Mieux vaut être prudent avec sa première chasse. S'il meurt, les commères crieront au mauvais œil.

Il rejoignit son père d'un bond et se tordit comiquement les mains. Sa voix prit des intonations larmoyantes.

— *Oh, oooh*, Grande Déesse, épargne-nous, nous ne sommes pas dignes de recevoir ta punition. Épargne-nous afin que nous puissions nous *humiliiiiiiiier* devant toi !

Il s'arrêta net devant l'expression impassible de Maek. D'un coup de pied, il l'envoya promener.

— Dégage, paille des neiges. Par la Grande Faux, son regard vide me glace les sangs. Sait-il seulement qu'il existe ?

— Ça suffit, Brekaïc.

Le père ne plaisantait pas. Après réflexion, il décida que le petit se contenterait de les observer et imiterait à l'écart les feintes des guerriers.

— Marmaloar ! appela-t-il.

Dans la pièce voisine, l'aîné était occupé à vérifier les mécanismes complexes de son arme. Il posa son ouvrage et se présenta, l'œil sourcilleux.

— Oui ?

— Demain matin, j'emmène Maek aux champs.

Le bellâtre jeta un regard amusé à son jeune frère mais ne répondit pas.

— Tu partiras en avant pour préparer l'appât.

— Qui est mort ?

— Le vieux Keushek. Il est dans la réserve. Nous rejoindrons la gâtine de l'est. Nous lancerons le corps, puis nous commencerons à moissonner.

— Le champ est agité en ce moment. Est-ce qu'il ne faudrait pas semer un peu avant de récolter ? Les céréales pourraient délaisser le cadavre et nous attaquer.

— Fais à ton idée, mon fils. Maek fera partie des moissonneurs, mais il restera en retrait.

— Compris. Je m'en occupe.

Marmaloar rassembla quelques affaires. Il prit soin de se munir de pots de préparation d'appâts, des onguents à base de gelée de sang et d'extraits de glandes sudoripares. Les carno-céréales possédaient un odorat développé.

— Au fait, dit-il, Otliug a mis au point une nouvelle technique. Il jette des miches de pain complet au milieu du champ. Pendant que les céréales se recueillent autour de leurs parents, il a le temps de couper une ou deux brassées. J'aimerais essayer ça demain, en même temps que ma petite technique personnelle. (Il lança un clin d'œil à sa mère.) Il y aura Fénaëlle. Ça devrait lui plaire autant que ce que j'ai prévu pour elle ensuite.

Son père grogna.

— Le blé est gage de notre survie, mon fils. Pas de notre agrément.

Le jeune paysan éclata de rire.

— Se reproduire fait aussi partie de la vie ! À demain !

Il sortit sur un entrechat, saluant au passage les amis du chef qui se dirigeaient vers sa demeure.

— Grand Soleil à toi, défricheur ! s'exclama l'un des visiteurs en franchissant le seuil. Une moisson est prévue, réjouissons-nous d'être en vie ce soir avant de le regretter demain !

Ses compagnons prirent place dans divers fauteuils. Le père de Maek montra son présumé fils.

— Il a l'âge. Demain, il nous accompagnera à la chasse.

— Ce sera la première fois qu'un arriéré moissonnera dans notre colonie, dit un manchot après un court silence.

— Notre race est d'ordinaire robuste, ajouta un petit homme. Je ne sais si sa compagnie est un heureux présage ou un avertissement des Dieux.

L'assemblée contempla sombrement Maek. Ce dernier, s'il se rendit compte de l'attention qu'on lui portait, n'en montra aucun signe. Il se contentait d'aiguiser lentement la petite faux que sa mère venait de lui apporter.

— Les ressorts sont un peu rouillés, observa le manchot. Tu as un outil à l'image de ta cervelle.

Tout le monde rit du bon mot, y compris le père. La plaisanterie détendit l'atmosphère et l'on glissa vers d'autres sujets. La récolte du lendemain requérait toutes les attentions. Avant de se coucher, un plan global fut esquissé. On prit le verre de la chance, un mélange d'épices et d'alcool de carno-seigle, puis chacun regagna sa cahute.

Au moment de sortir, le manchot ne put résister à une dernière pique. Il interpella Maek :

— Eh, petit, quelle technique vas-tu utiliser demain ? (Il fit des passes avec sa longue main.) Tu vas les… endormir ?

Il sortit dans un grand rire, partagé par ses camarades.

Seuls les parents entendirent la réponse de Maek :

— Demain, je serai un Maître T'Sank. J'ai l'âge pour ça.

Son père frissonna malgré lui, mais il était trop fatigué pour défaire son ceinturon.

— Un Maître T'Sank, grommela-t-il à l'adresse de sa femme. Le vieux lui a encore mis la tête à l'envers. Qui voudrait d'un assassin de quatre pieds de haut, à moitié idiot ?

Jamais il ne fera un bon paysan. Mieux vaudrait encore qu'il tombe dans les blés, demain. Il rendrait un meilleur service en bon appât qu'en mauvais fermier.

Et sur ce, il rejoignit sa paillasse.

Au milieu de la nuit, Maek se leva en silence. Il prit un petit sac de voyage et y entassa quelques vêtements ainsi qu'une dizaine de plaquettes de gruau. Il saisit ensuite sa petite faux piquetée de rouille et émergea discrètement de la demeure.

Il jeta un œil au ciel. Les étoiles luisaient avec intensité en projetant sur toute chose des ombres spectrales. À l'horizon, le noir de la nuit prenait une délicate teinte bleu sombre.

Le garçon prit une inspiration et se dirigea d'un pas décidé vers l'entrée du village. Là se dressait la remise commune, la plus grande bâtisse de la friche. À en juger par son affaissement prononcé, c'était aussi la plus ancienne.

D'un geste précis, il fit sauter le vieux cadenas et pénétra dans la tiédeur du bâtiment. Il ne fut pas long à trouver ce qu'il cherchait. Dans une caisse ornée d'inscriptions de mise en garde, il préleva un imposant briquet. Un peu plus loin, il s'empara de quelques fioles d'huile, puis regagna l'appontement extérieur. Il fit alors une promenade dans le village, à pas lents et mesurés, s'arrêtant pour considérer une dernière fois chaque demeure et déposer le long des murs une mortelle offrande de combustible.

Revenu à son point de départ, il frotta le briquet et le déposa avec grâce sur le sillage huileux.

Le ponton s'embrasa avec une vigueur qui le surprit. Les flammes se mirent à sauter avec allégresse d'une maison à l'autre. En moins de trente secondes, leurs acrobaties mortelles muaient le paisible village en une formidable torche.

Peu d'habitants parvinrent à fuir les demeures embrasées. Ceux qui s'échappaient chutaient des pilotis dans les bouquets d'épis voraces.

Maek fixa les étoiles et repéra la direction du nord. Il descendit les marches qui menaient aux friches et se retrouva bientôt devant le champ de blé carnivore.

Les épis s'écartèrent.

Sans un regard en arrière, Maek s'engagea dans le passage et s'enfonça dans la nuit. De part et d'autre du sentier, des pans entiers de céréales se couchaient pour former autour de lui de gigantesques arabesques ondoyantes.

Sur le seuil de sa triste cabane encerclée par les flammes, le vieux sage observait le départ du garçon. Un léger sourire flottait sur ses lèvres, démenti par la douleur de son regard.

— Et d'un, murmura-t-il d'une voix tremblante.

Après quelques instants, il se détourna et se dirigea vers le fond de sa demeure, dans l'air surchauffé. Il plaça le bras au sein de la fournaise. Lorsqu'il l'en retira, son index rougeoyait. Entouré d'une corolle de fumée, il grava dans le bois d'une poutre le symbole du Dieu des Ténèbres : un cercle barré d'un trait oblique.

Puis il sortit de sa cabane et s'envola.

L'école T'Sank ne demande comme droit d'entrée aucun versement d'argent ou relation haut placée. Pour avoir l'honneur de voir sa demande examinée, une seule chose est exigée de la part du prétendant : l'élimination complète de sa propre famille.

Plutôt que de limiter son action à ses seuls parents adoptifs, Maek avait opté pour une destruction totale du village. Il ne prenait pas ses études à la légère et voulait mettre toutes les chances de son côté.

4

Nous l'avons vu, l'Aura d'un être est liée à sa force de vie. C'est l'une des raisons pour lesquelles il est si difficile pour un cadavre de lancer des sortilèges – en dehors d'autres considérations physiologiques secondaires. Mais l'Élan Vital d'un être ne s'évanouit pas tout de suite après son décès. Il met un certain temps à le quitter, et plus l'individu possédait une Aura puissante, plus le délai est important avant que celle-ci ne se dissipe totalement. Pendant cette période, il est possible de ramener à une apparence de vie certains individus. Hélas, comme la personne rappelée ne dispose plus de l'ensemble de son Aura d'origine, seule une fraction de ses facultés lui sera accessible. Elle sera condamnée à demeurer dans un état de demi-vie. C'est cette triste condition que traduit la sagesse populaire lorsqu'elle emploie le terme de « mort-vivant ».

Gôgo l'Indomptable, *Nécromancie pour tous*

*

Jon trouva ce qu'il cherchait.

C'était une chance, le soleil n'allait pas tarder à

regagner sa tanière souterraine. Les arbustes autour de lui se teintaient déjà d'obscurité.

Il arracha avec délicatesse quelques rameaux de Sélanelle, une petite plante rabougrie appréciée pour la souplesse de ses ramures, et regagna le camp en tressant deux cercles grossiers avec les tiges.

Il avait cédé à la demande d'Edrick, qui l'assiégeait de questions sur la magie depuis l'assistance spectaculaire apportée à son démon de poche. Il lui avait fait la promesse que le soir même, l'officier aurait droit à une petite exhibition.

Le mage accueillait cet intermède avec gratitude. Depuis leur départ, cinq jours auparavant, les seuls indices du temps qui passait étaient les ecchymoses qui fleurissaient à divers endroits de son corps. Les skorjs se révélaient à la longue des plus inconfortables. Il passait la moitié de son temps à trouver une position acceptable et l'autre moitié à se demander si elle l'était vraiment. L'avantage était que cela lui évitait de trop réfléchir.

Au cours des veillées, lorsque les deux gardes n'étaient pas d'humeur bavarde, il sentait le découragement le gagner. Sa quête avait-elle une quelconque chance de réussir ? Pouvait-il espérer trouver un interlocuteur bienveillant dans la capitale ? Il se sentait écartelé entre deux émotions contraires : la hâte de parvenir à destination, et la crainte, là-bas, de constater l'inutilité de son voyage.

L'intérêt d'Edrick pour la magie lui procurait une diversion salutaire. Jon savait qu'il n'aurait pas l'occasion de se sentir valorisé avant longtemps...

Kung-Bohr avait autant besoin d'un thaumaturge que les skorjs d'un cours de maintien.

Arrivé au campement, il vit que le soldat avait étalé une nappe pour marquer les limites de leur petite zone d'expérimentation. Il lui adressa un hochement de tête satisfait, constatant sans surprise l'excitation de son disciple d'un soir.

De son côté, Tech préparait le souper avec son habituel air renfrogné. Jon nota que l'officier, assis à même le sol, remuait comiquement des hanches. Sans doute souffrait-il lui aussi de l'inconfort de leurs longues chevauchées. Il préféra ne pas l'importuner et s'installa près du carré de tissu. La langue légèrement sortie, il ajusta les cercles de Sélanelle.

Edrick se rapprocha après un coup d'œil prudent à son supérieur. La vue des anneaux le plongea dans la perplexité.

— Vous produisez de la magie simplement avec du bois ?

Jon sourit en resserrant une boucle.

— Non, je fabrique le support d'un procédé très simple qui permet aux non-initiés de distinguer les auras.

— Des sortes de lunettes ?

— C'est cela. On nomme cet enchantement la *Lentille de Gôgo*. C'est l'un des premiers tours qu'apprennent les étudiants. Ils exécutent leurs exercices en regardant à travers cette lentille et l'abandonnent lorsqu'ils sont parvenus à acquérir le réflexe de la Vision.

— Ah ? Je pensais que cette perception magique était innée. Que c'était à elle qu'on reconnaissait les vrais talents.

— Non, ça, c'est ce que veulent faire croire les vieilles barbes imbues de leur pouvoir. La vérité est que chacun possède la faculté de distinguer le monde réel du monde des auras. Certains choisissent de la développer, d'autres non, même s'il est vrai que les potentiels varient selon les individus.

Jon posa les deux installations et réfléchit quelques instants.

— En fait, si mes souvenirs en histoire de l'Art sont exacts, le seul à être parvenu à accéder à la Vision magique sans entraînement fut Gôgo l'Indomptable. Il était tellement irrité de constater que ses contemporains ne percevaient rien de ce qu'il leur décrivait qu'il confectionna ses fameuses lentilles.

— Gôgo ? Étrange patronyme. Assez ridicule, en fait, sans vouloir vous offenser.

— Vous avez raison. Mais il l'avait adopté à dessein. Il n'aimait guère les humains et rien ne lui plaisait plus que châtier ceux qui osaient en rire. Ce surnom devint très vite synonyme de terreur. Gôgo accéda plus tard à une triste célébrité en inventant à lui tout seul une branche entière de notre Art : la Nécromancie.

— L'étude de la mort, c'est cela ?

Jon considéra son vis-à-vis avec étonnement.

— Pour un simple soldat, vous êtes bien renseigné. Jusqu'où avez-vous poussé votre intérêt pour notre profession ?

Edrick rougit jusqu'aux oreilles. Tech, qui s'était jusqu'à présent contenté de hausser les épaules, décida de se joindre à la conversation.

— Votre petit copain voulait plus que tout devenir

un lettré, mais sa mère a préféré le faire engager dans les Jeunesses Royales et récupérer sa solde.

— Je vois. Cependant, comme je vous l'ai dit, il n'est jamais trop tard pour apprendre.

— Ben voyons, répliqua Tech. Il s'y mettra lorsqu'il aura fini son temps au service du roi. Pour sûr que ça colle bien avec votre petite causerie !

— Qu'entend-il par là ?

Edrick déglutit.

— L'engagement dans les forces armées est contracté pour une durée de vingt ans. Si le soldat meurt avant terme, une clause stipule qu'il peut être ramené à la vie en tant que non-vivant et continuer à se battre.

— C'est parfaitement abusif ! s'indigna Jon. Les conventions martiales interroyaumes précisent que tout contrat s'achève avec le trépas du contractant. Cette clause devrait être dénoncée !

— Oh, mais c'est qu'elle n'est pas présentée de cette manière. Elle précise qu'« *en cas de blessure, et ce quel que soit le degré de gravité, tout devra être mis en œuvre par les autorités pour ramener le signataire à un niveau de santé compatible avec la reprise des hostilités* ». Je connais ce passage par cœur, je l'ai lu des dizaines de fois. Je me félicitais à l'époque de voir que notre bon roi faisait tout ce qui était possible pour maintenir notre condition physique.

— Incroyable. Ernst est parvenu à donner une apparence enviable à une tromperie qualifiée. Votre monarque est aussi habile que retors.

— Et bardé d'une armée d'avocats plus agressifs que ses propres troupes, ricana Tech. S'il le voulait, il pourrait justifier la réquisition du Lac rien qu'en mobilisant son appareil juridique.

Jon ramassa une brindille et joua avec elle un instant. Il soupira.

— Je découvre chaque jour de nouvelles raisons de demeurer un modeste habitant de Mehnzota.

Le silence s'installa. Le questeur redressa la tête et s'efforça de sourire.

— Pour revenir à notre propos, rien ne vous empêche de vous adonner au noble Art en amateur. Il n'y a rien de déshonorant à cela. Il vous faudra simplement renoncer à incanter des sortilèges professionnels ou à invoquer des entités parallèles.

Il s'interrompit brusquement et se dressa sur ses jambes.

— Où est Retzel ?

— Je m'assois dessus, lança Tech.

Jon pensa d'abord que l'officier lui faisait part de son indifférence avec sa délicatesse habituelle, mais en s'approchant du feu, il constata avec horreur que ce dernier lui avait dit la stricte vérité. Un petit bras écailleux dépassait du fessier du sergent en s'agitant faiblement.

— Vous allez le tuer !

— Pensez-vous, gronda Tech. Ça fait une demi-heure qu'il gigote et il n'a pas l'air de se fatiguer. Depuis que nous avons fait halte, ce sinistre cabot fait mine de me mettre son pied au derrière. Le voilà satisfait. Je me lèverai quand il arrêtera ses imbécilités.

Un murmure indistinct monta du sol. Tech avala une bouchée sans paraître s'en rendre compte.

— Ne vous inquiétez pas, ajouta-t-il devant la mine bouleversée du mage, il est bien au chaud. Nous allons enfin pouvoir passer une soirée tranquille.

Il pointa sa fourchette vers la marmite près du feu.

— À ce propos, vous devriez manger et parler après. Ça refroidit.

Edrick fit signe à son précepteur de se rasseoir et lui assura qu'il n'était pas au courant de cette initiative. Jon reprit le fil de la conversation, non sans jeter de fréquents coups d'œil à son protégé.

— Où en étions-nous ?

— Gôgo était un sale type qui a inventé les *Lentilles*. Comment bascule-t-on de la vision normale à celle des auras ?

— Difficile à décrire. Ce serait comme se découvrir un nouveau muscle et s'entraîner jusqu'à ce qu'il soit suffisamment développé. À la fin, la transition se fait aussi facilement que lorsqu'on cligne des yeux. Je vous en reparlerai après notre petite séance.

— Bonne idée, lança Tech la bouche pleine. Mais pas trop longtemps parce que demain nous arrivons à Ker Fresnel. J'aimerais être reposé pour présenter mon dernier rapport.

— J'ai confectionné deux anneaux, l'informa Jon. Il y en a un pour vous si vous le souhaitez.

— Désolé, répliqua l'autre en montrant les dents, je ne peux pas me lever pour l'instant. Lancez-le-moi.

— Je vais d'abord les activer.

Le questeur bascula en Vision magique. Il perçut d'emblée les nuances orangées de l'aura d'Edrick qui traduisaient son attention. Le guerrier se penchait pour mieux saisir les gestes de son professeur.

Il jeta ensuite un œil à Tech. Le sergent aussi se tordait le cou pour voir ce qui se passait. Le mage aperçut plus bas l'étrange énergie palpitante de Retzel et fut rassuré sur son sort : celle-ci arborait les langues bleues glacées qui traduisaient la colère du démon.

Jon revint à ses doigts qui avaient commencé à tisser l'amorce du sort. Il extrayait par à-coups un filament argenté de son aura. Lorsqu'il jugea le brin assez long, il se mit à l'ouvrage.

Il cala l'un des anneaux tressés à la base de son pouce et le fit tourner en s'aidant de l'index. De l'autre main, il enroulait le long des tiges de petites boucles d'énergie. Ses gestes étaient répétitifs mais devaient être soigneusement exécutés pour que le fil d'aura fusionne avec ce qui restait d'énergie vitale du végétal.

Quand il eut terminé, il passa au second anneau. Rassuré par l'automatisme de ses gestes, il observa son élève. Edrick était totalement absorbé par les passes. La concentration le faisait presque loucher.

Jon acheva son travail d'une longue vibration grave qui fit sursauter les deux soldats. Le silence avait été complet durant les quelques minutes qu'avait pris l'opération.

— Messieurs, voici deux *Lentilles de Gôgo* modèle standard.

Il tendit les artéfacts à Edrick, qui les recueillit comme s'il s'agissait de bulles de savon.

— Ne vous inquiétez pas, j'ai créé des liens étroits avec les tresses de Sélanelle. Le sort ne se dissipera pas avant un certain temps. Bien assez pour que vous puissiez observer la création d'un véritable sortilège.

L'apprenti se leva et se dirigea vers son collègue. Tech s'empara de la tresse et regarda au travers. Il ne put retenir un cri de surprise. Edrick poussa la même exclamation lorsqu'il regarda à son tour. Il regagna rapidement sa place.

Jon commença son exposé :

— Les franges pourpres qui jaillissent du sol sont les auras combinées de tous les insectes vivant dans l'herbe. Notez comme elles se mêlent aux ondulations turquoise de la végétation. Cet enchevêtrement révèle la relation symbiotique qui existe entre les deux partenaires. Lorsqu'on sait visualiser les auras, on comprend que chaque être vivant est en constante relation avec tous les autres. Hélas, beaucoup d'humains persistent à croire qu'ils vivent dans une vaste boutique à ciel ouvert.

— Le schéma vital de l'herbe ressemble à celui des arbres, là-bas, fit Edrick.

— En effet. À ce sujet, regardez plus attentivement l'ombelline. Des remarques ?

— Oui, lança aussitôt son protégé. On voit de minuscules éclairs blancs au centre de la ramure.

— Bien observé, le félicita Jon qui se prenait au jeu de cette première leçon. Ces pulsations étincelantes sont des signaux de détresse envoyés par les racines vers les branches supérieures. Il semble que l'ombelline soit victime d'une maladie. À la base du végétal et sous le sol, vous constaterez que les éclairs sont plus concentrés.

D'un seul mouvement, les lentilles des deux gardes s'abaissèrent.

Oooh, c'est beau ! songea l'enchanteur avec

dérision. Il se souvint lui-même de sa fascination la première fois qu'il avait accédé à la Vision. Les choses les plus insignifiantes avaient soudain pris un intérêt extraordinaire. Il se remémora comment il s'était enfui à la fin de son initiation, emportant avec lui l'étrange objet que lui avait remis son maître. À l'époque, sa lentille avait consisté en un cercle de bronze ouvragé, serti de perles noires comme autant de pupilles ouvertes sur un autre réel. Son mentor l'avait sévèrement réprimandé mais n'avait pu ôter du regard de son élève l'émerveillement qui ne l'avait plus quitté depuis.

Par la suite, Jon s'était orienté vers la carrière de détective simplement parce que cette discipline lui donnait plus que toute autre l'occasion de se plonger dans cette explosion perpétuelle de nuances oniriques. L'observation des objets, des corps, la recherche d'indices lui procuraient une satisfaction qui égalait presque celle de la résolution d'une enquête. Le métier de questeur était difficile, car l'emploi de la magie dans les entreprises criminelles rendait la découverte de la vérité beaucoup plus hasardeuse. Si Jon avait acquis une certaine réputation dans son domaine, il la devait au seul plaisir de parcourir les paysages intérieurs des êtres qu'il rencontrait.

Il ramena son attention vers les soldats. Edrick s'était levé pour s'approcher de l'ombelline, un résineux au large tronc dont les premières branches s'évasaient à plusieurs hommes au-dessus du sol. Tech, de son côté, pivotait sur lui-même en jetant des regards ahuris sur le moindre objet à sa portée : une goutte d'eau, une feuille morte, un caillou.

Jon les laissa quelques minutes à leur découverte, puis se manifesta à nouveau. Edrick accourut et l'observa à travers l'anneau.

— Qu'arrive-t-il si un magicien utilise une lentille alors qu'il se trouve déjà en Vision ?

— Bonne question. Si la lentille est identique à celle que vous tenez, rien. Mais il suffit de quelques modifications pour que les deux Visions conjuguées parviennent à traverser certaines matières. Je ne comptais pas vous le dire tout à l'heure, mais c'est en fait la vraie raison pour laquelle Gôgo inventa la *Lentille*. Il l'utilisait pour traverser les vêtements de ses collègues féminines. Quand je vous disais qu'il avait mal tourné…

Edrick ne comprit pas tout de suite. Tech, par contre, partit d'un rire épais bientôt tempéré par un cri de douleur. Profitant des convulsions du garde, Retzel venait de dégager sa mâchoire. L'officier bondit sur ses jambes et tenta de déloger le démon de poche arrimé à son fond de culotte.

Il disparut bientôt dans la nuit, hurlant et gesticulant. Si quelqu'un l'avait croisé à ce moment, il l'aurait sans doute pris pour une créature semblable à celle collée à son arrière-train.

Jon et Edrick échangèrent un regard, puis haussèrent les épaules et reprirent leur conversation. Le questeur fit quelques remarques d'ordre général avant de demander si le soldat désirait poursuivre. La nuit était tombée depuis un moment et demain allait être une rude journée.

Edrick répondit par un haussement de sourcils.

— Vous plaisantez ? Je ne sais plus depuis combien

d'années j'attends de rencontrer un vrai magicien. Non seulement j'en vois un à l'œuvre, mais en plus j'ai droit à un cours particulier ! Si cela ne tenait qu'à moi, je passerais la nuit à vous étourdir de questions.

Jon hocha la tête avec compréhension. Son élève avait le regard d'un petit garçon qui se voit offrir un tour du monde alors qu'il ne rêvait que d'une promenade en mer.

— Pourquoi ne pas m'avoir confié votre passion dès le premier jour ? Nous aurions pu faire cette expérience bien avant !

— Pour tout vous dire, j'étais sur la défensive. Quand nous sommes venus vous annoncer la réquisition de vos terres, je m'attendais que vous nous réduisiez en cendres ou nous changiez en moufres. Ensuite, au cours du voyage, en vivant à vos côtés, j'ai découvert que vous n'étiez qu'un homme désespéré de perdre sa maison. Pas un moulin à sortilèges.

— On nous apprend à rester discrets. Mon maître, par exemple, avait souvent l'air d'un vagabond, même si je pense que c'était une sorte d'affectation. Il allait parfois jusqu'à masquer son impressionnante aura lorsque nous voyagions.

— On peut donc camoufler son aura ? D'après ce que j'ai entendu dire, celle-ci représente l'essence d'un individu, une sorte d'émanation de son âme. Qui serait capable de dissimuler son âme ?

— Vous avez raison. Mais si c'était impossible, les mages les plus puissants ne pourraient parcourir le monde sans être aussi voyants que des phares dans la nuit. Certaines manipulations délicates permettent de confiner l'élan vital à la manière d'un bonnet dissimulant une chevelure. Le seul inconvénient est que cela demande beaucoup d'énergie.

Un long cri interrompit l'exposé.

Retzel jaillit soudain du sous-bois, Tech sur ses talons.

Le sergent écumait de rage. Il brandissait une branche morte que l'on voyait à peine tant ses moulinets étaient vigoureux. Le démon conservait assez d'avance pour lui adresser de temps en temps des gestes obscènes. Son inventivité suscita d'ailleurs des commentaires élogieux sur les lèvres des deux spectateurs.

Volant plus que courant, les adversaires disparurent de nouveau dans l'obscurité.

L'officier reprit comme si de rien n'était :

— Je suis sincèrement désolé pour la perte de votre foyer. J'espère que vous trouverez à Ker Fresnel la solution à vos problèmes. J'essaierai de mon côté d'appuyer vos requêtes du mieux que je le pourrai.

— Merci beaucoup, répondit Jon avec chaleur.

Il ne pensait pas qu'Edrick fût en mesure de faire grand-chose, mais sa sincérité le réconfortait.

— Où en étions-nous ? reprit-il avec entrain afin de dissiper l'embarras du garde.

— Vous vouliez me montrer comment on fabrique un sortilège.

— *Fabriquer* n'est pas le terme exact. Dans le cas de la magie organique mehnzotaine, on dit plutôt *tisser*. La Cité Sainte, qui emploie des algorithmes particuliers, parle quant à elle de *magigramme* ou d'*incantagramme*. Mais laissons cela. YArkhan affectionne plus que tout la diffusion d'un jargon hermétique.

Concentré, le mage leva le nez vers les étoiles.

— Je vais filer un sort très simple : le *Papillon de Lyme*. C'est un exercice pratique, prisé des débutants car il permet de s'entraîner à la plupart des manipulations de base. Des sortes de gammes, si vous voulez.

Edrick était tout ouïe. Jon poursuivit :

— Vous savez peut-être que lorsqu'un mage tisse une partie de son aura, ses gestes permettent d'épaissir ou d'amincir le filament au fur et à mesure qu'il le déroule. À cause de ces différences de densité, le brin a tendance à se replier sur lui-même.

Tandis qu'il parlait, il amorçait un fil d'énergie. Edrick porta aussitôt la lentille à ses yeux.

Jon tira sur le brin et illustra ses paroles en produisant d'abord de longs fuseaux épais. Pour cela, son pouce allait d'avant en arrière tandis que les autres doigts dirigeaient le faisceau. Ensuite, il serra progressivement les poings tout en fléchissant certaines phalanges. Le résultat fut l'apparition de zones plus étroites et distendues.

Pendant quelques secondes, il alterna les deux passes. L'apparente répétition des gestes s'accompagnait en fait de subtiles variations. Parfois l'index occupait telle position, parfois il déviait vers la gauche. Edrick comprit le pourquoi de la manœuvre lorsqu'il vit le fil d'aura se courber peu à peu dans cette direction.

Enfin, Jon traça dans l'air un geste ample qui rompit le fil d'aura. La boule d'énergie dériva dans les airs tandis que les dernières boucles se resserraient et achevaient de se mettre en place. La pelote, façonnée grâce à la nature hétérogène du brin d'aura, se stabilisa en une sorte de haricot animé de sourdes pulsations. À intervalles réguliers, le maillage était parcouru de nébulosités qui brouillaient la vision des brins. L'ensemble était d'une sombre beauté, à la fois fragile et bouillant d'une vigueur contenue.

— Les pulsations que vous apercevez sont les vestiges des battements de mon cœur, dit Jon après un instant de silence. Elles ne vont pas tarder à se résorber.

Le haricot approximatif se dilata. La nuée floue qui le sillonnait se divisa en nuages plus petits, qui parcoururent une dernière fois le réseau avant de se dissiper.

— Voici le premier domaine du sort achevé. Il est responsable de l'affaiblissement de la gravité.

— Parce que vous n'avez pas terminé ? s'étonna Edrick en ne quittant pas le globule des yeux.

— Ils disent tous ça la première fois. Non, ce n'est pas fini. Notez cependant que j'ai ralenti mes gestes afin que vous puissiez observer le processus. En temps normal, vous auriez eu du mal à me suivre.

Jon fit jouer ses doigts comme un marionnettiste.

— Tout est dans le poignet !

— Mais où est le papillon ?

— Un peu de patience, jeune homme. Sachez qu'un sortilège se compose habituellement de plusieurs modules comme celui-ci. On les appelle des *domaines*. Chaque domaine apporte sa collaboration à l'ensemble, comme différents organes constituent un être vivant. Celui que je viens de créer permettra au papillon de ne pas tomber au sol dès son apparition.

— Je comprends.

— Autre remarque : ne vous attendez pas à voir apparaître un vrai papillon ! Ce sera juste une illusion. Générer un véritable insecte demande une dépense d'énergie incroyable. L'acronyme ART signifie Altération de la Réalité Transformable, ce qui sous-entend qu'une partie de celle-ci ne l'est pas. Les êtres vivants, par exemple, ne peuvent être produits à la demande. Leur extrême complexité est d'ailleurs une sorte de magie en soi, bien au-delà de ce que peuvent concevoir nos esprits humains. Vous saisissez ?

— Affirmatif. Pas d'êtres vivants. Il est presque décevant d'apprendre que la magie possède des limites.

— Et des lois, que des expérimentateurs impénitents s'efforcent sans cesse de repousser. Nous comptons dans nos rangs de nombreux chercheurs dont la tâche est de percer les mystères de notre art. Quand un…

Il se jeta brusquement sur la gauche afin d'éviter le sergent talonné par Retzel. Le démon tenait à bout de bras un tronc d'arbre dont la taille dépassait d'une bonne tête celle du soldat. La nuit les avala de nouveau, mais leurs hurlements empêchèrent pendant un bon moment la reprise des explications.

— Lorsqu'un mage veut tisser un sort, reprit Jon, il doit d'abord choisir les domaines dont il sera composé. Je veux modifier un arbre de telle sorte qu'il croisse plus rapidement ? Dans ce cas, je placerai au cœur de la graine un domaine chargé d'accélérer son métabolisme. Une tempête de feu ? Un module sera responsable du mouvement, un autre de la combustion, un troisième permettra de contrôler la direction du charme. Indispensable si je ne veux pas me retrouver au beau milieu de ma création…

— Comment savoir quels domaines employer pour tel ou tel sort ?

— Deux réponses : l'expérience et le raisonnement. Il existe plusieurs manières de mettre au point des sortilèges. Les tâcherons accumuleront les domaines, d'autres n'en utiliseront que quelques-uns mais agencés avec élégance. C'est là que le vrai talent entre en jeu. On reconnaît souvent l'auteur d'un sortilège à la manière dont celui-ci est structuré.

— C'est aussi complexe que fascinant. Surtout complexe, en fait.

— Oui, mais un bon mage sait ne jamais douter de ses capacités. Lorsque vous avez commencé à conduire un skorj, vous pensiez ne jamais y arriver, n'est-ce pas ?

Le garde hocha la tête.

— C'est vrai. Comment l'avez-vous…

— … deviné ? Parce que je me fais cette réflexion chaque fois que je vous vois le manœuvrer. Et pourtant, vous le faites sans même y penser.

Il pointa un index sous le nez du soldat.

— Pour la magie, c'est exactement la même chose. En un peu moins douloureux, cependant, ajouta-t-il en se massant les côtes.

Edrick éclata de rire :

— Et ce papillon, vous allez le faire apparaître, oui ou non ?

— Il le faudra bien, si je veux aller me coucher. Soyez attentif. Je vais à présent filer un *Globule de*

Rama. Le seul rôle de ce domaine est de matérialiser l'une de mes pensées. Aussi simple que puissant ! Au cours du tissage, je vais me concentrer sur l'image d'un papillon, sur ses couleurs et le mouvement de ses ailes. Ces pensées vont imprégner mon aura, donc se retrouver dans le brin généré. Le maillage traduira alors ces idées abstraites en données visuelles. Prêt ?

Jon se concentra. La création du domaine exigeait des gestes plus amples, dans lesquels les coudes jouaient un rôle non négligeable. Les passes achevées, le globule évoquait la silhouette d'une larve à peine sortie de sa chrysalide. Celle-ci se rigidifia peu à peu, à la recherche de sa forme définitive. Lorsque son aspect approcha celui d'un papillon, Jon saisit le domaine en forme de haricot et le plaça avec application au centre de l'insecte. D'un long mouvement du bras, il libéra le sort.

Aussitôt, Edrick eut l'impression qu'un papillon multicolore s'échappait de la main du magicien. Ses grandes ailes battirent tour à tour au-dessus des têtes des deux compagnons. Il vint finalement se poser sur la lentille du soldat. Edrick n'en croyait pas ses yeux.

— C'est incroyable. Incroyable.

— Oui, n'est-ce pas ? Je ne m'en lasse pas.

— Il a l'air si réel. On pourrait le toucher.

— Et vos doigts passeraient au travers en dissipant les brins d'énergie. Une simple illusion, vous dis-je. Elle s'éparpillera au bout de quelques heures. Et je vais de ce pas rejoindre ma paillasse sous peine de subir le même sort – si j'ose dire. À demain !

— Une dernière chose. Comment faites-vous pour reproduire la réalité avec une telle précision ?

— Vos rêves reflètent le monde réel, n'est-ce pas ? Quand vous rencontrez un arbre au cours d'un songe, ce n'est pas un vague pâté vert. Tous les détails sont présents, vous pourriez même en compter les feuilles. Tout cela par la vertu du jeu chimique de quelques milliards de cellules incapables de la moindre fantaisie. La première chose que l'on nous apprend est d'utiliser nos rêves de manière consciente, éveillée. Embert Flets, un fameux théoricien de l'Art, a dit : « *Faire de la Magie, c'est donner vie à un rêve.* » On ne peut donner plus belle définition de ma profession.

— Je suis bien d'accord.

— Cela me rappelle une anecdote. Il est toujours de bon ton de finir un cours par une anecdote. Lorsque vous étiez enfant, ne vous est-il jamais arrivé de vouloir conserver à votre éveil un objet aperçu dans un songe ?

Edrick sourit.

— Bien sûr. Grandir, c'est se rendre compte que ce genre de choses est irréalisable.

— Je n'ai pas fait exception à la règle. La seule différence est qu'un matin, je me suis éveillé avec dans la main le jouet tant désiré. Pendant la nuit, mon esprit avait prélevé une partie de mon aura et l'avait façonnée de manière à créer l'objet. C'est ainsi que mes parents se sont rendu compte de mes talents et m'ont confié à un Maître.

Sur ces mots, Jon se leva et rejoignit son paquetage. Arrivé là, il entendit la voix d'Edrick, déjà gagnée par le sommeil.

— Jon ?

— Oui ?

— L'objet dont vous aviez rêvé, c'était quoi ?

Le détective bâilla et s'allongea sur sa couche.

— Je me le rappelle parfaitement. C'était un skorj. En peluche.

Il s'endormit sur le rire d'Edrick.

5

Huitième Maxime : La peur est le premier ennemi du T'Sank.

Le guerrier T'Sank est le seigneur de son corps. La peur est la seule émotion qui ne cesse de vouloir en prendre le contrôle. Le combat du guerrier T'Sank contre sa peur est la première épreuve à surmonter s'il veut pouvoir triompher de toutes les autres.
Un guerrier gouverné par la crainte est comme un animal aveugle : il court en tous sens sans parvenir à localiser sa cible. Quelle que soit la force de son adversaire, il perdra le combat.
À l'inverse, le T'Sank qui saura transférer sa peur vers son ennemi balaiera des armées, car nul combat ne saurait égaler celui que l'on mène contre son propre corps.

Neuvième Maxime : La dignité est la première arme du T'Sank.

Le guerrier qui a triomphé de la Huitième Maxime a gagné sa première arme et la plus redoutable : la dignité. Lorsque les circonstances se liguent contre le T'Sank et tentent de l'engloutir, la dignité demeure son seul rempart

contre le néant. Lorsque les difficultés assiègent le corps du guerrier et qu'il se sent tel une forteresse prête à tomber, la dignité est l'unique arme pouvant transformer le désastre en victoire. Elle est l'assurance d'être toujours le chasseur, jamais la proie.
N'est vaincu que celui qui se dit vaincu.
Le seul guerrier T'Sank vaincu est celui dont les cendres ont été dispersées.

Sentences T'Sank, auteur inconnu
(attribuées à Ninfell T'Sank)

*

Maek ressentait dans chacun de ses muscles la fatigue de la marche sur le sol rocailleux. Le soleil prenait plaisir à faire naître des cloques sur sa peau délicate, et les nuits glacées rendaient son sommeil difficile et tourmenté.

Cependant, sa progression était plus aisée qu'il ne l'avait imaginé. Il le devait au champ, qui s'était mué en allié inattendu.

Le blé continuait d'esquisser de gigantesques fresques tout le long de son chemin. À chacun de ses pas, des centaines d'épis se couchaient dans des directions qui semblaient dues au hasard. Pourtant, quand il se haussait sur la pointe des pieds, il les voyait converger depuis l'horizon pour former des arabesques. Elles demeuraient figées quelques secondes, puis disparaissaient pour céder leur place à d'autres. Lorsqu'il marquait une pause, les mouvements s'interrompaient, et ils reprenaient dès qu'il repartait.

Maek s'interrogea plus d'une fois sur la manière dont les épis parvenaient à se concerter pour produire les formes. Les premiers jours, il passa plusieurs heures à tenter de les décrypter, sans succès. Il finit par conclure que leur signification était secondaire ; leur existence seule importait. C'était comme si l'immense champ reconnaissait en lui un être hors du commun qu'il saluait avec déférence.

La sollicitude des graminées ne s'arrêtait pas là. Chaque fois que la faim se manifestait, un boisseau d'épis de bonne taille se penchait vers lui, presque avec timidité. Il tranchait alors les végétaux d'un coup de faux et se nourrissait des sucs capiteux.

Au fur et à mesure de sa progression vers le nord, le climat tempéré des friches fit place à un ciel pesant. De minces filets de nuages atténuaient parfois le feu du soleil, mais la plupart du temps, l'astre régnait sans partage sur une cour d'un bleu profond.

Après quelques jours, le jeune garçon se confectionna un couvre-chef en tressant des brins de paille. Lorsqu'il débuta son ouvrage, il ne put réprimer un cri de surprise. Le blé fraîchement coupé, toujours bienveillant, rassemblait ses dernières forces et se tortillait dans ses mains afin de lui faciliter la besogne.

Cette pauvre protection, hélas, n'empêchait pas Maek de ruisseler sitôt le soleil levé. La sudation mêlée à l'éclat insoutenable des cieux l'aveuglait parfois. Il trébuchait alors, et se recevait sur le tapis moelleux que faisaient naître aussitôt les céréales compatissantes. D'autres se rassemblaient au-dessus de lui pour lui fournir un abri en attendant la fraîcheur de la nuit.

Après quelques semaines de voyage, les brûlures sur ses épaules se muèrent en croûtes qui le protégèrent des morsures du soleil. Ses pas se firent plus assurés et il put s'imposer de plus longues périodes de marche.

Les céréales se firent alors moins amicales. Les épis ne se couchaient plus de part et d'autre du sentier, ils se regroupaient au contraire en murets compacts. Maek en fut bientôt réduit à jouer de sa faux une partie de la journée. Les mouvements latéraux, épuisants, lui permirent d'affermir ses gestes et de développer les muscles de ses bras.

À d'autres moments, les graminées se courbaient de manière étrange, dans le sens inverse de sa progression. Il devait alors les enjamber pas après pas, ce qui lui coupait le souffle et engourdissait ses membres. Mais le champ veillait toujours à le ménager. Lorsque les crampes devenaient insupportables, les paillons reprenaient aussitôt leur position habituelle.

Enfin, après deux mois de ce traitement, ils cessèrent de s'écarter pour ne plus former qu'un rempart éprouvant. Le garçon fut dans l'obligation de se frayer un passage à la seule force de sa volonté. Ses cuisses se développèrent, ses jambes gagnèrent en puissance. Après deux mois de ce traitement, il s'aperçut que la présence des céréales n'était plus une gêne.

Un matin, Maek aboutit dans une vaste clairière. Des fétus couchés en spirale délimitaient ce qui semblait être un cercle parfait. Il crut d'abord avoir atteint la limite du champ, mais l'horizon envahi d'épis le détrompa.

Il fit jouer ses jambes avec plaisir, riant de son aisance à se déplacer.

Son émerveillement l'empêcha de prévenir une attaque du blé. Celle-ci le renversa et le blessa aux mollets. Il se releva en déployant sa faux d'un coup sec.

Un peu plus loin sur sa droite, une autre vague se levait. Les céréales du front, toutes serres dehors, se dressaient tour à tour tandis que celles du sillage se repliaient. L'assaut, d'une surprenante vigueur, le culbuta en laissant sur ses jambes de longues traînées sanglantes.

Mugissant de douleur, Maek se retourna pour affronter la lame suivante. Il n'eut pas le temps de lever sa faux et préféra rouler hors de portée. Ce faisant, il se jeta dans une autre vague qui surgissait. Il hurla de colère et de frustration. Les épis ne lui causaient à chaque fois que des égratignures, mais chacune d'elles était autant de blessures faites à son amour-propre.

Avec un sifflement de défi, d'autres rouleaux se formèrent. Bien campé sur ses pieds, Maek leur fit face avec détermination, mais il maniait son outil trop lentement et il succomba une fois de plus.

Bientôt, l'enfant fut couvert de sang et acculé au bord de la clairière, essoufflé et pleurant de rage. Les blés se retirèrent comme si de rien n'était. Maek s'effondra sur la paille et perdit connaissance.

À son réveil, des épis se penchaient sur lui comme des fées sur un berceau. Il les arracha avec violence et se gorgea de leur suc velouté. Lorsqu'il fut rassasié, il en coupa d'autres qu'il pressa avec fureur. La sève gicla entre ses doigts sans que le champ réagisse.

Par défi, il empoigna sa faux et frappa au hasard.

Piaillant et jurant, il fit un massacre parmi ses adversaires passifs. Il finit par s'évanouir à nouveau, accablé de fatigue.

Lorsqu'il émergea de son inconscience, il eut de la peine à reprendre ses esprits. Il se sentait désorienté.

Il tenta aussitôt de se repérer sur les étoiles, ainsi qu'il le faisait après chaque période de repos. Le résultat le déconcerta. Le calcul de sa position lui indiquait une dérive vers l'est de plusieurs centaines de portées de flèche, inexplicable à moins d'admettre qu'il eût marché durant son sommeil.

Sur le moment, cela lui sembla sans importance. Il haussa les épaules et se réorienta avant de poursuivre son voyage.

D'autres joutes eurent lieu les jours suivants. Dès que Maek pénétrait dans une clairière, il brandissait sa faux et affrontait les vagues de céréales déchaînées. Parfois, les attaques étaient frontales, parfois elles surgissaient derrière lui, quel que soit l'endroit auquel il faisait face.

Après plusieurs mois de ce rude traitement, il finit par acquérir des techniques d'esquive et de feinte qui le mirent peu à peu à l'abri des houles meurtrières.

Le blé développa alors d'autres stratégies.

Un matin, les attaques consistèrent en vrilles sinueuses qui l'obligèrent à sauter par-dessus les fétus pour les éviter. Une autre fois, dix vagues se levèrent en même temps et tentèrent de le prendre en tenaille. À plusieurs reprises, enfin, Maek n'atteignit pas la clairière. Ce fut elle qui, en un éclair, se matérialisa autour de lui.

Régulièrement, les combats se déroulaient de nuit.

Le garçon affrontait les rouleaux en se fiant au seul bruit des paillons. Le moindre échec était sanctionné par une offrande de sang et une douleur cuisante.

À chaque nouvel artifice du champ, il finissait par opposer la tactique appropriée, et son ennemi répondait par une difficulté accrue qui le laissait exsangue. Le jeune guerrier était parfois des journées entières à se traîner, rompu de douleur, sur le sol poussiéreux. Inconscient ou trop exténué pour pouvoir saisir sa nourriture, les plantes se rassemblaient autour de lui. Pressées à mort par leurs voisines, elles se penchaient et faisaient goutter dans sa bouche le liquide nourricier.

Au début de chaque journée, Maek s'éveillait souvent à de nombreuses portées d'arc de l'endroit où il s'était effondré. Il finit par s'en inquiéter et décida de calculer avec précision la distance de ces déplacements inopinés.

À l'issue d'un affrontement particulièrement âpre, il puisa dans ses ressources et refusa de sombrer dans le sommeil avant d'avoir mémorisé la position exacte des astres principaux. Il se laissa tomber à terre face à Opamirazène, l'étoile la plus brillante de la voûte céleste, et essaya de se remémorer les instructions que lui avait fournies le vieil ermite. Il replia d'abord son bras gauche, coude au corps, puis fit en sorte que son index se confonde devant ses yeux avec l'astre. Il tourna ensuite la tête vers la constellation de la Moufre et compta le nombre de doigts qui séparaient l'extrémité de son index de celle de son nez. Enfin, il déplaça sa jambe droite vers Ir'Naël, l'Étoile des

Marchands, et compta de nouveau le nombre de doigts entre son genou et l'autre qui pointait vers Omteh.

Il se sentait vulnérable et un peu ridicule dans cette position, mais l'ancien lui avait assuré que cette méthode était infaillible pour se situer précisément. D'après lui, toutes ces contorsions permettaient de reproduire la forme d'un sextant, instrument coûteux utilisé par les marins du Lac. Maek n'avait pas prêté attention à la longue digression du sage sur ce thème, mais s'était en revanche efforcé de mémoriser les opérations à effectuer une fois les différents nombres de doigts obtenus.

Il refit les calculs à deux reprises puis, satisfait, se laissa enfin aller au repos.

À son réveil, la même opération confirma ses craintes : il dérivait à chaque fois non seulement vers l'est, mais aussi vers le sud.

En un mot, il reculait.

Sa première réaction fut un étonnement sans bornes. Il ne pouvait s'expliquer ce phénomène. Son inconscient tentait-il de le ramener vers les siens, où il savait pouvoir trouver du secours ? De mystérieux courants telluriques sillonnaient-ils le champ à son insu ?

Il demeura songeur un long moment, muré dans ses réflexions.

Lorsque la faim commença à se manifester, il tendit le bras vers les céréales.

Il ne ramena que du vide.

Il fit quelques pas et refit une tentative, mais les épis se desséchèrent aussitôt et s'affaissèrent dans un bruissement sec.

Le garçon fit la moue et se tint en alerte au cas où

cet incident aurait annoncé une nouvelle diablerie. Plusieurs minutes s'écoulèrent sans qu'il ait à essuyer la moindre attaque. L'immense champ continuait à onduler sous la brise.

Maek se dirigea en trottinant vers les épis les plus proches, qui fanèrent à leur tour.

Il fronça les sourcils. Soit les céréales devenaient allergiques à son contact, soit quelqu'un avait décidé de l'aider dans sa progression.

Il poursuivit son chemin de la sorte durant plusieurs heures, étonné et ravi de voir que le blé continuait à dépérir sous ses pas. Était-il enfin parvenu à se débarrasser de son ennemi ? Il se mit à courir à toutes jambes, riant de ne plus sentir les cruelles barbelures contre ses cuisses.

Pour la première fois depuis des semaines, son esprit se fit plus léger. Avec une telle vitesse de déplacement, nul doute qu'il atteindrait bientôt sa destination. Il se prit à évoquer son avenir et essaya de rassembler ce qu'il savait des Macrovores, territoire mythique à moitié vivant où était censée se trouver l'école T'Sank.

En prévision de son voyage, il avait interrogé quelques personnes mais n'avait reçu au mieux que des regards gênés. Ces légendes étaient taboues pour les paysans, qui préféraient chasser de leur esprit tout ce qui ne concernait pas la moisson. À force d'entêtement, il avait appris que les Macrovores étaient hauts comme des montagnes et qu'ils mangeaient les enfants trop curieux. Lorsqu'il demanda par quel prodige ces créatures pouvaient deviner qu'il posait des questions, on le rabroua d'un geste impatient.

Comme toujours, Maek s'était rabattu sur le sage. De manière surprenante, le vieux avait détourné la conversation, lui qui d'ordinaire ne manquait pas une occasion d'étaler son savoir. Le garçon ne s'était pas laissé distraire et était revenu plusieurs fois à la charge.

— Je ne peux rien te dire sur les Macrovores pour la bonne et simple raison qu'on ne sait rien sur eux, avait enfin craché son mentor exaspéré.

— Personne n'a jamais eu l'idée de monter une expédition ? Aucun des cerveaux de ces paysans n'arrive donc à se hisser plus haut que le sommet des épis ?

— Du calme. Lorsque tu dis *paysan*, on dirait que tu l'écris avec des lettres plus petites que des minuscules. Comment peut-on mettre autant de mépris dans un simple mot ? Tu t'entraînes le soir ?

— N'essayez pas de changer de sujet. S'il y a un secret, je veux le connaître.

— Ce serait tellement plus facile, hein ? Découvrir qu'il y a un secret, c'est être certain qu'il existe quelque part des réponses à ses questions.

Le sage introduisit un doigt dans son oreille et l'agita furieusement.

— Et donc ?

— Et donc le champ de blé est si vaste que personne ne sait s'il possède une fin. Beaucoup d'augustes penseurs affirment qu'il forme une sorte de barrière naturelle, infranchissable, dressée par les Dieux pour s'assurer que les hommes ne s'éparpillent pas trop. Tu nous connais : on découvre un nouveau lieu, on s'extasie devant tant de beauté, et puis on finit par semer des papiers gras un peu partout.

Le vieillard rit de bon cœur à sa plaisanterie. Il ne s'arrêta que lorsqu'il sentit Maek prêt à exploser.

— D'accord, d'accord. Selon mes anciens collègues – à ce propos, fais-moi penser à me renseigner sur ce qu'est devenu Enki –, les Macrovores auraient été créés pour décourager les voyageurs imprudents. Ce seraient des sortes de gardiens, des croque-mitaines, ce genre de bêtises.

— Comment sait-on alors que l'école des Maîtres Noirs s'y trouve ?

— Justement, on n'en sait rien ! Mais comme les guerriers T'Sanks sont aussi mystérieux que les Macrovores, les contes populaires les ont tout naturellement rapprochés.

— Et vous, qu'est-ce que vous en pensez ?

— Je pense que ça ne m'intéresse pas, comme d'ailleurs la majorité des habitants du continent. Plus de trois mille ans de prospérité ont émoussé la curiosité. Chacun s'occupe de ses petites affaires, la routine reprend le dessus et l'on oublie qu'étant enfant, on était terrifié par les sombres récits sur les Macrovores.

— Eh bien, moi, je suis sûr que l'école s'y trouve. Elle ne peut être que là.

— C'est une idée séduisante, qui expliquerait pourquoi on n'a jamais réussi à la localiser. Qui traverserait un immense champ assoiffé de sang et combattrait des bestioles inconnues pour tomber sous la dague d'un assassin ?

— Moi ! Moi, je le ferai !

— Qui sait. Maintenant que tu remues mes souvenirs, il me semble qu'une tentative a déjà été faite pour rallier les Macrovores.

Le sage se tut, puis reprit après un silence étudié :

— Le seul homme qui revint portait d'atroces brûlures sur l'ensemble du corps, comme celles produites par un acide. La tête avait plus souffert que les pieds, ce qui expliquait sans doute pourquoi il avait pu faire le voyage retour. Entre deux lèvres informes, il raconta qu'il avait percé le secret des Dieux mais que les larmes de Magni l'avaient meurtri et damné. Et sur ces mots, il était mort, complètement cuit. Ce qui me fait penser que je n'ai rien à manger pour ce soir. Cela te dérangerait d'emprunter deux ou trois légumes à ta mère ? Pas la peine de lui dire, elle serait capable de m'accuser de vol.

Maek sourit à l'évocation de ce souvenir. Il abattit une grande distance au cours de la journée. Il marchait comme s'il avait oublié ce qu'était la fatigue.

Le soir venu, cependant, il commença à réaliser l'inconvénient de sa situation. Les céréales constituaient sa seule nourriture, nutriments et eau. Sans elles, il ne pourrait survivre très longtemps.

Il courut, cette fois pour tenter d'attraper quelques épis. Fait étrange, plus il accélérait, plus la dégénérescence s'intensifiait, de sorte que quelques pas le séparaient toujours de son repas. Il s'arrêta, à bout de souffle. Il avait compris en un éclair la nouvelle stratégie du champ : l'affamer.

Entre deux expirations, il jeta un œil devant lui. Un peu plus loin, les végétaux se balançaient malgré l'absence de vent, comme pour le narguer. Il bondit, mais ils anticipèrent son mouvement et il se retrouva avec comme seule récompense quelques fétus desséchés. Il les enfourna dans sa bouche par défi, mais un horrible goût de putréfaction l'obligea à les recracher. Sur le sol, les plants décomposés libéraient une étrange poussière orange.

Maek lutta contre la panique. Il reprit sa course en maintenant sa faux devant lui. Il refusait de mourir d'inanition alors que la nourriture était à portée de main. Il préférait encore périr d'épuisement.

Il courut ainsi une partie de la nuit. Il tomba à deux reprises, peinant pour se relever. La troisième fois, il demeura étendu, la gorge en feu, espérant que le champ reviendrait vers lui pour le nourrir.

Il attendit en vain, de même que le jour suivant.

Ses forces l'abandonnèrent peu à peu. Il se résigna à marcher au lieu de trotter. Ses pas se firent hésitants. Après trois jours, déshydraté, les lèvres craquelées et le regard brouillé, il se laissa tomber parmi les débris végétaux.

Il reprit brusquement conscience. Il était en train de se noyer.

Il redressa la tête dans un ultime sursaut, toussa et cracha. Il était allongé au milieu d'une mare gluante de suc nourricier.

Une fois encore, le champ repoussait l'heure de sa mort. Pour mieux se repaître de sa détresse ? Maek laissa de côté ces sinistres pensées et se gorgea de sève. Elle était poisseuse et tiède, mais il l'absorba comme le plus fin des nectars.

Lorsque ses idées se furent éclaircies, il parcourut le lieu de son réveil. De longs bouquets de plantes s'étaient comprimés et avaient produit la flaque dans laquelle il baignait.

Le garçon se perdit en conjectures. Il se demanda si un ultime coup de faux ne réglerait pas la question. Devait-il s'entêter à survivre pour servir de distraction aux épis ? D'un autre côté, la mort n'était-elle pas l'ultime défaite ?

Finalement, il décida de se battre jusqu'au bout. Le blé n'assisterait pas, de ses milliards d'yeux, au spectacle de son suicide. Au contraire, il offrirait à son tourmenteur le rempart de sa dignité et de son courage. Il décida que ce serait le champ qui, las de l'impassibilité de son jouet, donnerait le coup de grâce et admettrait par ce geste sa défaite.

Maek insulta l'étendue anonyme, le poing levé, la bouche grimaçante. Il se remit en marche la tête haute. Ses longs cheveux corbeau voletaient derrière lui tel un fragile étendard.

Il progressa quelque temps retranché derrière sa décision, mais un nouveau coup l'atteignit, entamant de beaucoup sa superbe.

Son habitude de mesurer sa position lui apprit un matin que les mystérieux déplacements étaient devenus aléatoires. Tantôt il se retrouvait très loin au sud, tantôt il faisait un bond vers l'ouest ou demeurait à quelques portées de sa position précédente. Il rejeta l'hypothèse des courants souterrains dans la mesure où rien ne se produisait en journée.

Demeurait celle du somnambulisme.

Un soir, il lutta de toute son énergie contre l'endormissement. Il espérait passer une nuit blanche et se réveiller le lendemain au même endroit, ce qui confirmerait la thèse de la folie. Hélas, les combats étaient de plus en plus fréquents et il lui semblait impossible de vaincre son propre corps. Il piqua du nez à plusieurs reprises. À chaque fois, il avait un peu plus de mal à se redresser.

Alors qu'il se sentait basculer dans l'oubli, il obtint enfin la réponse à la question qui le taraudait depuis des mois.

Cela commença par un friselis le long de son corps. La caresse se mua en pression, puis en poussée. Il fut lentement soulevé de terre et comprit que des milliers de brins le soutenaient. Le vent sur son visage l'informa qu'il se déplaçait.

Il tenta de se débattre, sans succès. Réduit à l'impuissance, il finit par basculer dans une veille intermittente entrecoupée de crises d'angoisse.

À son réveil, il s'aperçut qu'il avait été transporté sur près de trois cents portées de flèche vers le sud. Un rapide calcul lui apprit que cette distance correspondait à celle qu'il avait parcourue depuis le début de son voyage.

En une nuit, il était pratiquement revenu à son point de départ.

Il devait se faire à cette idée. Jamais il ne quitterait le champ.

Il parvint à retenir ses larmes pendant près d'une journée, mais le soir il n'y tint plus et s'effondra en longs sanglots désespérés. Pour la première et dernière fois de son existence, il regretta d'avoir abandonné la friche, refuge si proche et pourtant inaccessible.

Après un débat intérieur qui dura près d'une semaine, il se résolut, la mort dans l'âme, à accepter son statut de naufragé perpétuel au milieu d'un océan terrestre.

À partir de ce jour, il ne calcula plus sa position. Tout cela était devenu inutile.

Il perdit peu à peu le sens de l'orientation, puis la notion du temps. Repousser les assauts quotidiens de son tortionnaire végétal occupait toutes ses pensées, devenait toutes ses pensées. Il ne vivait que pour la durée du jour et mourait avec chaque nuit.

Les combats se firent plus longs, plus éprouvants. Les défaillances étaient punies plus durement et l'amenaient souvent aux portes du martyre.

Mais sa technique se perfectionnait. Ses attaques précises faisaient tournoyer ses vêtements de paille comme s'ils étaient pris dans une tempête. Il se surprenait à rire lorsqu'il parvenait à faucher d'un coup puissant les vagues d'épis qu'il venait d'esquiver.

Il en vint à porter ses assauts sans y penser. Les réflexes se substituaient à la réflexion. Les stratégies du blé s'adaptèrent à ses réactions et l'obligèrent à s'adapter lui-même. Les graminées multipliaient les feintes et les assauts, mais Maek devenait chaque seconde un peu plus inaccessible.

Les mois, les années passèrent. Les combats succédaient aux combats, les jours se heurtaient aux jours pour fusionner en une longue agonie. Maek était comme un roc au milieu du champ, de plus en plus détaché, de moins en moins humain. Une machine à survivre.

Un matin, alors que cinq années venaient de s'écouler, se produisit un événement singulier. Les céréales suspendirent leur lent balancement. Un grand silence envahit l'étendue.

La forme des clairières avait varié au cours des milliers de combats : tantôt ovales, tantôt rectangulaires ou s'étirant en longs couloirs. Parfois même, il n'y avait aucun espace dégagé et le jeune guerrier était contraint de se battre en aveugle au milieu des blés.

Cette fois, les limites reculèrent à perte de vue.

Une intuition souffla à l'enfant que la moindre défaillance au cours de l'assaut qui suivrait lui serait fatale. Il ne bénéficiait plus de la faveur du champ, il le sentait au bruissement hostile qui montait des paillons couchés.

Dans un rugissement terrible, des épis d'une hauteur incroyable se dressèrent devant lui en un rempart de haine. Les tiges brassaient l'air avec tant de violence qu'un souffle tiède enveloppa le visage du garçon. Chaque chaume portait sur toute sa longueur de minuscules mâchoires aux dents effilées.

La muraille se jeta avec force sur son adversaire, qui se mua aussitôt en une tornade de mouvements indistincts. La lumière jouait sur le tranchant de sa lame tandis qu'il luttait contre le raz-de-marée sanguinaire.

Bientôt, les rôles furent inversés et le garçon passa du statut de défenseur à celui d'attaquant. Sa faux virevoltait et tournoyait, faisant jaillir des flots de sève, de poussière et de paille. Il semblait qu'une sphère métallique implacable pénétrait au plus profond de la forteresse d'épis. Les céréales, prises de folie, se tordaient en tous sens pour tenter de disperser aux quatre vents l'arrogant petit guerrier.

La déferlante se dissipa aussi subitement qu'elle était apparue. Maek reprit son souffle. Il comprit d'un coup d'œil que l'assaut n'avait été mené que pour lui dissimuler son véritable adversaire.

Devant l'enfant se tenait une créature démoniaque de trois fois sa taille, masse compacte et hurlante d'épis voraces. Ses énormes griffes étaient composées de milliers de brins enserrés dans des fourreaux de paille. Les membres, solidaires du sol, battaient l'air rageusement, tandis que les téguments de sa formidable queue sifflaient comme des fouets barbelés. Des couches de sève séchée formaient une armure ondoyante sous laquelle on devinait les tiges.

Maek raffermit sa prise sur sa faux. La première vague lui avait infligé de multiples égratignures. Des fétus collaient encore à sa peau et le transformaient en épouvantail sanglant. Pourtant, il ne s'était jamais senti aussi serein, aussi invincible.

Avec un calme surnaturel, il observa les évolutions de la bête.

La gueule, formée de centaines de panicules frémissantes, s'ouvrait et se refermait comme si elle se repaissait déjà de sa jeune proie. Un gémissement obscène, provoqué par les bouches avides de milliers de tiges, montait du large dos.

La créature rugit puis recula, plantant ses pattes dans la terre meuble. Ses yeux vides se fixèrent sur son ennemi et elle chargea.

Le combat dura des heures. Deux êtres hors du temps semblaient s'être décidés à s'affronter pour l'éternité.

La chimère connaissait les moindres faiblesses de sa cible. Elle s'acharnait aux endroits les plus vulnérables. Lorsque l'un de ses membres attaquait, il quittait brièvement le sol. Les épis fanaient aussitôt, mais pas avant d'avoir arraché à Maek un nouveau cri de douleur.

Le garçon, lui, n'occasionnait que peu de dégâts. Chaque fois qu'il frappait, les épis s'écartaient et se refermaient pour tenter de lui arracher son arme. De multiples tiges le ralentissaient en grimpant le long de ses jambes.

La bête redoubla de férocité. Elle semblait être partout à la fois. La plupart du temps, Maek ne distinguait qu'un amas flou en mouvement. Seules de fulgurantes intuitions lui permettaient à chaque instant d'échapper à la défaite.

Pourtant, il finit par atteindre ses limites. La fatigue s'imposa peu à peu, insensiblement.

La créature modifia sa stratégie. Elle alternait à présent les assauts près du sol, qui obligeaient le garçon à baisser sa garde, puis faisait jaillir vers son visage des fétus tranchés comme autant de flèches. Maek relevait sa faux et balayait la paille pour éviter d'être aveuglé. Ces gestes répétitifs achevèrent de l'épuiser. Les plaies se multiplièrent. Des dizaines de crampes sillonnèrent ses muscles.

Enfin, après une journée de combat, alors que le soleil rejoignait l'horizon, ses genoux se dérobèrent. Il tomba lourdement face au monstre à peine blessé. Il savait qu'il ne pourrait survivre dans l'obscurité et préférait succomber en se laissant une dernière fois baigner par la lumière du jour.

Son ennemi à ses pieds, l'abomination rugit longuement, puis se ramassa. D'un large bond, elle fondit sur lui.

Voyant qu'elle n'était plus reliée au sol que par ses pattes arrière, le guerrier rassembla ses dernières forces et plongea vers les membres. Il les faucha d'un geste ample qui le vida de toute son énergie.

La créature, dont le seul contact avec la terre venait de disparaître, s'effondra sur le sol en une pluie de fétus.

Maek hurla sa victoire et s'évanouit.

Quand il s'éveilla le lendemain, il regarda autour de lui.

Tout était calme. Les épis se balançaient mollement, bercés par le vent. Le ciel limpide ployait déjà sous la chaleur montante. Rien n'avait changé.

Il fit quelques pas vers le nord et sortit du champ.

Transporté une dernière fois par celui qui avait été son refuge et son bourreau durant toutes ces années, Maek venait de quitter sa prison de céréales.

Devant lui s'ouvrait la plaine des Macrovores.

6

Les Xéols constituent une énigme pour beaucoup d'anthropologues. Venus d'on ne sait où, ils émergèrent un matin des brumes du Lac et s'installèrent à l'endroit de leur débarquement, au beau milieu du royaume de Kung-Bohr. Dire que le souverain de l'époque, Eraïm LX, prit mal la chose serait un euphémisme. La colère l'emporta loin, très loin. Si loin, en fait, que son cœur refusa de l'accompagner. On enterra le monarque avec les honneurs.

Son successeur, Chadap XXI, s'empressa d'envoyer un émissaire convaincre les barbares de ses bonnes intentions. Nul ne revit le négociateur, du moins pas dans son intégralité.

Les choses en restèrent là pendant des décennies. Les dirigeants successifs alternaient assauts et indifférence sans que l'un ou l'autre ait beaucoup d'effet sur les sauvages. Aujourd'hui encore, il demeure très difficile d'approcher les mœurs de ces individus. Les premiers observateurs résumèrent leur organisation sociale en quelques mots : frapper fort et manger ce qu'ils frappaient. Ils avaient tort. Après de nombreuses années d'études et le remplacement d'un nombre encore plus grand d'observateurs, une conclusion s'imposa : les étrangers possédaient une culture si complexe qu'elle en paraissait désordonnée. Chacune de leurs actions était le fruit d'une accumulation de traditions que les Xéols mettaient des années à acquérir.

Et l'ensemble de cet édifice n'était dirigé que vers un seul but : survivre.

Mok Tadore, *Escales touristiques pour intrépides* (ouvrage inachevé)

*

Jon s'éveilla au bruit des skorjs qui revenaient de leur collation matinale. Encore embourbé de sommeil, il s'étira et essaya de se lever. Son flanc gauche était douloureux de l'épaule au bassin. Les paillasses des soldats étaient aussi peu confortables que leurs montures. Il songea que c'était sans doute voulu afin que leur vigilance ne se relâche jamais.

Magni me damne, voilà que je commence à penser comme un Kung-Bohréen.

Il se massa l'avant-bras en grimaçant, puis il gagna l'endroit où Tech avait préparé le dîner.

Avec un sentiment de honte diffus, il s'aperçut que, de tout leur périple, il n'avait jamais songé à participer aux tâches ménagères. Depuis que Retzel était entré dans sa vie, il devait bien s'avouer qu'il s'était peu à peu détourné des travaux domestiques.

Il faut que je fasse attention. Les corvées maintiennent dans l'humilité. En les délaissant, on en vient à se croire au-dessus de ses semblables.

Satisfait de cette philosophie matinale, il se mit

en quête de ses compagnons. Edrick dormait un peu plus loin, la tête tournée vers le feu à son habitude.

Jon le rejoignit. Au moment où il se penchait sur lui, le soldat ouvrit un œil.

— Déjà debout ?

— J'ai bien peur que oui. Je n'arrive pas à m'habituer à vos matelas.

— Oui, ils sont conçus pour empêcher les muscles de se relâcher pendant la nuit.

Et voilà.

— Faites comme moi, dormez à même le sol et roulez le matelas pour vous en faire un oreiller.

— Bonne idée. Dommage que nous rejoignions la capitale aujourd'hui. Vous avez vu les autres ?

— Non, pas depuis leur manège d'hier soir. Je n'ai guère eu le courage d'aller aux nouvelles. Pour tout dire, je les trouve aussi insupportables l'un que l'autre.

L'officier se leva d'un bond et roula sa paillasse.

— Je ne devrais peut-être pas parler ainsi de votre démon. Vous semblez y être attaché.

— Ce n'est rien et vous avez tout à fait raison.

— Parfois, je me demande si Tech n'a pas été invoqué par un mage, lui aussi.

Ils rirent de la plaisanterie.

— Partons à leur recherche, proposa le soldat. Si Tech ne nous a pas réveillés avec ses jurons habituels, c'est qu'il est mort ou hors de combat. Je vais de ce côté. Allez jeter un œil là-bas. Les skorjs sont plutôt calmes le matin, nous pouvons les laisser un moment sans surveillance.

Il se dirigea à petites foulées vers l'est.

Jon bâilla et se frotta les yeux. Il examina une

dernière fois son bras endolori, puis il prit la direction indiquée par Edrick. Un peu plus loin, un imposant amas de pierres faisait surplomb en bordure d'un cours d'eau. Il ramassa une branche morte et farfouilla sans conviction dans les anfractuosités en appelant son servant. Quand Retzel prenait peur ou qu'il était vexé, il se réfugiait dans n'importe quel trou à portée de griffes. Et quand il n'en trouvait pas, il creusait.

Tout en cherchant, il s'aperçut qu'il se faisait moins de souci pour son démon que pour Tech. Les ressources et la férocité de Retzel étaient surprenantes pour une créature de son cercle, si du moins il en avait un. Il espérait ne pas tomber sur les restes du soldat.

Il en était là de ses réflexions quand il crut entendre un appel lointain. Il revint en courant vers le camp et attendit.

De nouveau, on l'appela. C'était la voix d'Edrick.

Il s'élança et parvint bientôt, cramoisi et le souffle court, à proximité d'une des innombrables petites forêts pelucheuses qui parsemaient la plaine. Il allait y pénétrer quand l'appel se fit entendre une fois encore. Il provenait d'un peu plus loin sur sa gauche. Le mage pesta et repartit, alternant entre course et marche.

Au détour d'un bosquet, il aperçut enfin le soldat. Celui-ci affichait un large sourire, ce qui le rassura. En silence, il lui indiqua un arbre de belle taille.

Tech était avachi le long d'une branche haute, près du tronc. Il coupait la retraite à Retzel qui se trouvait à son extrémité. La nuit avait dû être longue car ils ronflaient tous les deux comme des sonneurs. Le spectacle était à la fois paisible et grotesque. Tech avait même gardé un bras tendu vers l'avant, persistant dans ses rêves à vouloir s'emparer du servant.

Edrick et Jon demeurèrent un moment immobiles, jouissant du calme. Ils savaient que dès que les frères ennemis seraient réveillés, ils pourraient dire adieu à leur tranquillité.

Edrick se décida. Il ramassa une pierre et demanda au magicien d'aller se poster sous son domestique. Le soldat visa et lança. Le projectile rebondit sur la cuisse du démon avec un bruit mat. Retzel poussa un cri perçant et tomba dans les bras de Jon, qui s'effondra sous l'impact.

Tech, aussitôt réveillé, cligna un moment des yeux. Son regard tomba sur son adversaire et il revint à la réalité. Il se mit à beugler des phrases inarticulées tout en cherchant un moyen de redescendre.

Edrick ouvrit la bouche pour tenter d'apaiser son supérieur, mais il n'en eut pas le temps.

— *Quand allons-nous pouvoir passer une journée sans conflits imbéciles ?* brailla soudain le mage hors de lui.

Il s'était relevé, manquant piétiner Retzel, et tremblait de tous ses membres comme après un effort violent. Son visage empourpré jurait tant avec son flegme coutumier que les autres se regardèrent avec des yeux ronds.

Il pointa un long doigt vers Tech.

— J'en ai plus qu'assez de votre caractère exécrable ! Vous vous dites officier mais vous avez autant de sang-froid qu'une vieille concierge ! Que penseraient vos hommes s'ils vous voyaient dans cet arbre, en train de faire la chasse à un imbécile ?

Le sergent ne broncha pas, surpris par la diatribe. Il regarda Edrick à la recherche d'un soutien, mais son subordonné détourna les yeux. Cette réaction fit à Tech l'effet d'une douche. Il ouvrit la bouche, la referma, l'ouvrit encore avant de s'apercevoir que toute parole ne ferait qu'accentuer le ridicule de la situation. Avec dignité, il remit un peu d'ordre dans sa tenue et entreprit de regagner le sol.

Mais Jon ne comptait pas en rester là. Il se campa face à Retzel et l'invectiva avec une telle rage que le démon se recroquevilla.

— La prochaine fois sera la dernière ! J'y passerai du temps, je ne réussirai pas tout de suite, mais je ferai en sorte d'appeler n'importe quel démon supérieur pour le seul plaisir de t'offrir en sacrifice ! *Est-ce que tu m'as bien compris ?*

Pour toute réponse, le servant déglutit bruyamment.

Son sermon achevé, Jon se détourna et repartit vers le bivouac. Tech et Retzel se dévisagèrent, puis se mirent en marche d'un même pas digne et emprunté. Edrick resta seul un instant. Il se souviendrait longtemps de cette mission de routine.

Le repas se fit dans un mutisme pesant, à l'exception des infâmes bruits de mastication du démon. Jon se sentait un peu honteux de s'être laissé aller à un tel accès. La maîtrise des émotions était l'une des premières règles de son ordre. Il se remémora les paroles de son maître : *Un homme peut-il bâtir sa maison en pleine tempête ? Et pourtant, c'est ce que fait celui qui tente d'écouter à la fois son esprit et son corps.*

Seul Edrick demeurait paisible, mais Jon le

connaissait assez pour savoir que sa nonchalance était feinte. Le garde détendait ses muscles en prévision d'un nouvel incident.

L'ambiance n'était pourtant plus à l'orage. Chacun semblait considérer qu'il avait été trop loin et qu'une accalmie s'imposait.

Après le repas, Edrick rassembla les gamelles et gagna un petit torrent afin d'y faire un peu de vaisselle. Retzel demanda à Jon la permission de suivre le soldat. Il souhaitait dénicher quelques poissons. Comme toujours, Tech se chargea du paquetage. Il mit à terre l'équipement qu'il avait dispersé sur sa monture au cours du voyage et le réorganisa avec minutie. Il voulait que tout soit en ordre pour leur retour dans la capitale.

Un peu plus tard, Edrick rapporta les plats, lavés pour la première fois depuis leur départ. Tech les emballa dans des linges huilés, puis fit une rapide inspection de son uniforme et de celui de son collègue. Les deux soldats étaient soucieux de faire bonne impression. Ernst XXX se flattait de posséder l'armée la plus efficace du Lac et il entendait que ça se sache.

Jon, désœuvré, gagna à son tour le ruisseau. Il devait s'efforcer, lui aussi, de soigner son apparence. Il se déshabilla et brossa ses vêtements poussiéreux. Retzel s'acquittait en général de cette tâche, mais il tenait à montrer au servant sa désapprobation en ne faisant pas appel à ses services. Il longea un instant le cours d'eau et prit soin de s'installer en amont de l'endroit où Edrick avait nettoyé les couverts.

Il mit le feu à quelques fougères et associa leurs cendres à l'huile d'une fiole qui ne le quittait jamais.

Après quelques passes destinées à accélérer le processus de catalyse, il obtint un petit savon tout à fait présentable.

Par dérision, il lui donna la forme de son démon et se mit à frotter. Les traînées vertes laissées par leur passage dans les herbes hautes étaient tenaces, mais il n'avait pas d'autre choix que celui de les ôter. Quand il avait voulu se changer, trois jours auparavant, sa mallette de voyage lui avait réservé une bien mauvaise surprise : une cinquantaine de paires de chaussettes en différents tons de mauve s'étaient étalées sous ses yeux écarquillés. De grands points de croix y figuraient des fleurs stylisées.

Jon avait écarté les chaussettes à la recherche d'autres vêtements mais il n'avait trouvé que deux ou trois tenues, à peine de quoi tenir quelques jours. Abasourdi, il s'était demandé à quoi il avait bien pu penser au moment du départ avant de se souvenir, un nœud à l'estomac, que Retzel s'était occupé de tout.

Il avait aussitôt réclamé à grands cris la présence du servant. Celui-ci avait accouru avec son éternel rictus ironique.

— Oui, Maître ? De quel noble sujet souhaitez-vous m'entretenir ?

Sans un mot, Jon lui avait montré le contenu de la valisette. Retzel en avait aussitôt extrait une paire qu'il avait présentée à la cantonade.

— Faits sur mesure, ces gants de pied à la fois distingués et très personnels se marient fort bien avec les tenues saugrenues qu'affectionne tout bon magicien. Avez-vous remarqué comme les motifs floraux s'accordent avec ceux du bagage ?

— Tu plaisantes ? s'était étranglé le mage. Et ma pèlerine, mon frac de rechange, mes aiguilles à chignon ?

Réalisant d'un coup l'étendue de la catastrophe, il avait supplié, d'une voix presque éteinte :

— Tu n'as pas oublié ma veste prune, au moins ?

Il adorait cette chasuble. Elle lui donnait un air docte et plein de bonhomie, tout à fait ce qui convenait à un questeur.

Mutisme accablant du démon.

— *Vas-tu répondre ?* avait hurlé Jon.

Du coin de l'œil, il lui avait semblé que les skorjs avaient sursauté.

— Maître, je n'ai emporté que le strict nécessaire, ainsi que vous me l'avez ordonné !

— Tu te fiches de moi ? Cinquante paires de chaussettes ! *Cinquante !*

— Désolé, c'est tout ce que j'ai pu trouver. Et sans vouloir chipoter, il y en a cinquante-deux.

— Tu ne vas pas me dire qu'il est vital de voyager avec *cinquante-deux* paires de chaussettes ?

— Pour vous, non, mais pour ceux qui vous entourent, cela restera indispensable tant que vous garderez la détestable habitude de vous déchausser après une longue journée de marche.

Sur ce, le démon lui avait tourné le dos avec élégance et était retourné à ses cabrioles. Jon en était resté sans voix durant plusieurs secondes.

Après avoir fait tant bien que mal sécher ses vêtements, le détective regagna le camp. Comme les jours précédents, il demeura près du feu mourant, à estimer ses chances de succès. Depuis le départ, son appréhension n'avait cessé d'augmenter. Elle atteignait à présent de tels sommets qu'elle lui causait des aigreurs d'estomac.

Les anecdotes rapportées par ses compagnons au cours de leurs veillées dépeignaient sa nouvelle patrie comme un constant piège à gogos. Il se sentait démuni face au cynisme affiché de Kung-Bohr et n'osait trop questionner les soldats au sujet de son problème. Il avait peur de leurs réponses.

Néanmoins, lorsqu'ils eurent achevé les préparatifs et qu'ils s'apprêtèrent à lever le camp, il n'y tint plus et leur demanda sans détour s'il avait une quelconque chance de récupérer son bien.

Tech le considéra avec ce qui ressemblait le plus chez lui à de la sollicitude : sourcils en bataille, bouche étirée et narines dilatées comme si on les lui avait écartées avec les doigts. Vu le caractère grincheux de l'officier, cette soudaine compassion résumait à elle seule l'ampleur de la tâche.

— C'est certain, grogna-t-il, ça ne va pas être facile. Si mes cours de droit martial sont encore valables, aucun édit ne stipule qu'on puisse récupérer un territoire nouvellement envahi. La seule exception concerne un amendement de 1632.

— L'édit Radbürn ? Il est de 1636, intervint Edrick.

— Très juste, oui, 1636. Assez tordu, d'ailleurs, même pour Kung-Bohr. Il stipule en gros qu'un territoire envahi a le droit d'entrer en guerre avec…

— Attendez, coupa le questeur. Personne n'a besoin d'un règlement pour déclarer la guerre !

— Laissez-moi terminer, Ser Je-Sais-Tout. Je

disais donc : les habitants d'un territoire conquis ont la possibilité de déclarer la guerre à l'occupant. S'ils parviennent à repousser l'envahisseur, figurez-vous qu'ils regagnent au-to-ma-ti-que-ment leur liberté… Incroyable, non ?

Jon leva les bras au ciel.

— Vous avez dit *tordu* ? C'est complètement idiot, oui ! Qui irait pondre une loi pour quelque chose d'aussi évident ?

— Et en cas de défaite, acheva Tech, le souverain de Kung-Bohr s'engage à ne raser que les trois quarts du pays.

Jon referma la bouche si vite qu'il se mordit la langue.

— Évidemment, dit-il avec des larmes dans les yeux. Vu sous cet angle…

— Plutôt *fair-play*, n'est-ce pas ? Le roi de l'époque, Trondheim CLXXVI…

— Trondheim CLXXXVI, corrigea Edrick.

— D'accord. Trondheim CLXXXVI, donc, promulgua cette loi pour fermer le clapet à ses opposants qui s'insurgeaient contre son manque de miséricorde. La petite histoire raconte qu'ils furent très satisfaits de cette décision. Enfin, leurs veuves le furent.

— Comment voulez-vous lutter contre une telle machine de guerre ?

— C'est vrai. En fait, vous n'avez pas une chance, admit le sergent.

— Il a raison, enchaîna Edrick avec autant de tact. À moins que vous puissiez bénéficier d'une grâce spéciale, vous pouvez dire adieu à votre cabane. Les skorjs de combat doivent déjà être en route.

— Et croyez-moi, conclut Tech, eux ne resteront pas longtemps collés à votre maison.

Devant la mine anéantie du mage, les deux hommes tentèrent de compenser leur franchise par des paroles réconfortantes. Ils eurent peu de succès. Ils finirent par hausser les épaules et rejoignirent leurs montures.

Jon, plongés dans de sombres pensées, sentit soudain qu'on le secouait. Quand Retzel voulait attirer son attention, il avait la fâcheuse habitude de tirer ses vêtements en tous sens au lieu de lui adresser la parole.

— *Quoi ?* demanda le mage avec humeur.

— Cette fois, patron, dites adieu à votre petit Retzel, geignit son compagnon.

Il pointait vers Tech une serre tremblante. Le garde était en train d'extirper de l'une de ses sacoches un instrument de torture tout en tiges et en pointes.

Jon bondit vers lui :

— Vous aviez promis de le laisser tranquille !

Tech le dévisagea un moment sans comprendre, puis il porta son regard sur ce qu'il tenait. Il renifla avec mépris.

— D'abord, la dernière promesse que j'ai faite, c'était à ma mère quand je lui ai juré de ne jamais m'engager dans l'armée. Ensuite, vous pouvez rassurer votre chouchou, l'oxymoron n'est pas pour lui.

Devant l'air sceptique du mage, il ajouta avec condescendance :

— Eh quoi, vous n'avez jamais vu un oxymoron ?

Jon détailla l'assemblage. Des appendices métalliques coudés se déployaient le long d'un manche tubulaire parsemé de trous. Si l'on en jugeait par la crasse qui le recouvrait, l'engin avait servi plus d'une fois à quelque obscure besogne.

— Et ça se met, je veux dire, on s'en sert comme…

— On s'en sert pour la chasse aux moufres, quoi d'autre ? J'ai repéré un beau troupeau, tout à l'heure. La viande est chère à Ker Fresnel. Si la chasse est bonne, on peut espérer un petit complément de solde.

Cette tirade rappela à Jon un rêve qu'il avait fait une fois. On lui montrait des objets de la vie quotidienne sans qu'il puisse deviner à quoi ils pouvaient bien servir.

Edrick lui vint en aide :

— Une moufre est un herbivore. Leurs troupeaux fournissent le gros du gibier de la région. Vous avez bien dû en entendre parler ?

— Évidemment, dit Jon un peu vexé. Mais si vous les chassez avec ça, il ne doit plus en rester grand-chose quand vous ramassez les morceaux.

Tech ricana :

— Ce n'est pas pour les moufres, c'est pour les skorjs. Vous êtes vraiment à plaindre, quelquefois.

Le sergent se détourna avec dédain et se dirigea vers sa monture. Il grimpa à l'échelle et, une fois installé, introduisit avec délicatesse la tige dans l'évent de la bête.

— Excités par la poursuite, expliqua Edrick, les skorjs deviennent difficiles à contrôler et ont tôt fait de démembrer leurs proies. C'est leur côté joueur. L'appareil met en contact des vacuoles cervicales éloignées et permet d'amplifier les ordres du conducteur.

— *Joueur*, dites-vous ? Je pense que je vais vous attendre ici.

Tech avait achevé de monter l'instrument. La plus grande partie dépassait de l'ouïe du monstre et remontait le long du tronc jusqu'au sommet, où deux épaisses pinces la maintenaient. L'autre section, face au cornac, se terminait par des manettes en acier. L'ensemble évoquait un appareil dentaire fixé à un rocher.

En entendant les mots du mage, Tech se retourna.

— Non.

— Ce qu'il veut dire, traduisit son second, c'est que sitôt la chasse terminée, nous nous dirigerons vers la capitale. Nous sommes déjà en retard.

— Je vois, répliqua Jon. Incroyable le nombre de mots que l'on peut faire tenir dans un simple *non*.

— C'est ça, ricana Tech. Et dépêchez-vous, il va pleuvoir.

Stoïque, le mage gagna son inconfortable perchoir. Des cliquetis lui parvinrent de l'avant. Edrick installait à son tour l'étrange ustensile.

Un instant plus tard, il entendit jouer la suspension de la selle. La bête se préparait au départ. Jon essaya de se retourner :

— Je persiste à me demander pourquoi nous devons chasser précisément aujourd'hui ! Nous sommes tout près de Ker Fresnel. Nous pourrions tout à fait nous passer de repas, non ?

La voix du garde lui parvint, étouffée par la masse du skorj.

— Négatif. *Vous* parvenez à destination, mais notre mission n'est pas terminée. Dès notre retour, nous repartons vers le nord. Si nous avions chassé il y a quelques jours, nous n'aurions pas pu conserver la viande. Nous profiterons de notre halte à Ker Fresnel pour la saler.

Jon hocha la tête en signe de compréhension, puis il se souvint qu'Edrick ne pouvait le voir. Il ajouta :

— Je comprends. Désolé, je pensais encore que le monde tournait autour de moi.

— Aucun problème. Je sais que votre position n'est pas très confortable, dans les deux sens du terme. Vous ne pourriez pas tisser quelque chose pour soulager vos muscles ?

— J'ai essayé, croyez-moi. Mais mes connaissances sur le corps humain sont limitées. En fait, depuis le début du voyage, je passe mon temps à me reprocher de n'avoir pas choisi la carrière de guérisseur. Parlons d'autre chose. Comment se fait-il que notre ami officier se préoccupe du temps ? Il est sujet à des accès de mélancolie ?

— Amusant. Non, il est toujours un peu nerveux lorsque des nuages apparaissent. Il y a quelque temps, une partie de sa garnison s'est fait massacrer par un assaut xéol.

— Quel rapport avec la pluie ? Ils attaquent en tombant du ciel ?

— Vous ne croyez pas si bien dire. Personne ne sait vraiment d'où ils viennent. Ils passent leur temps à vénérer un gros caillou et à tailler en pièces les émissaires qu'on leur envoie. À part ça, on ne sait pas grand-chose d'eux.

Le soldat s'interrompit. Tech commençait à s'éloigner et leur adressait des gestes impatients. Edrick garda le silence le temps de lancer sa monture.

Jon se plaqua contre le dos du skorj dans l'attente

du démarrage. La créature s'ébranla. Les bras écartés de part et d'autre du tronc, le mage banda ses muscles de manière à conserver un semblant d'équilibre. Cela ne l'empêcha pas d'être ballotté de droite à gauche jusqu'à ce que la bête atteigne sa vitesse de croisière. Il se détendit un peu, puis lança :

— Les éclaireurs essuient souvent des offensives xéoles, ces temps-ci ?

Un ange passa. Jon attendit, perplexe. En général, Edrick ne ratait guère une occasion de le renseigner sur sa patrie d'adoption. Son attitude évasive ne présageait rien de bon.

L'officier finit tout de même par répondre :

— Vous n'avez pas à vous inquiéter, Jon. Nous sommes bien armés et proches de la capitale. Aucune attaque n'est à redouter.

Le détective avait posé la question sans arrière-pensée, mais cette réponse éveilla en lui une brusque appréhension.

— Qu'est-ce que vous voulez dire ? Nous risquons d'être attaqués ?

— Je viens au contraire de vous dire que c'est très peu probable, répondit Edrick, tendu.

Tous les signaux d'alarme de Jon s'allumèrent. Malgré le peu de communication entre leurs deux pays, quelques rumeurs sur les terribles Xéols lui étaient parvenues. Si la moitié d'entre elles étaient vraies, il y avait franchement de quoi s'inquiéter.

Il espéra qu'Edrick ne compterait pas sur lui en cas d'attaque. Sa position inconfortable lui interdisait tout recours à la magie et il n'était pas question de le faire profiter de ses talents de guerrier. Sa dernière expérience avec une arme blanche avait été exemplaire : il s'était cruellement entaillé le pouce en épluchant des légumes.

Rien de tel que les voyages pour perdre les illusions sur soi-même. Mais cette leçon d'humilité tombe on ne peut plus mal.

Il ne renonça pas pour autant à en apprendre un peu plus.

— Les légendes de mon pays disent qu'ils ne sont pas humains. C'est vrai ?

Il avait posé une question naïve afin de réveiller la condescendance toute kung-bohréenne du soldat. Le ton docte qu'employa Edrick montra qu'il avait visé juste :

— Non, Jon. Les Xéols sont bien humains, mais c'est notre seul point commun avec eux. Du peu que j'en sais, le concept de pureté tient une grande place dans leur mythologie, qui tourne autour de l'eau. C'est la raison pour laquelle leurs attaques se font au cours d'averses. La pluie les dissimule et les purifie pendant le combat. Elle lave aussi les cadavres en cas de défaite. Croyez-moi, mon vieux, ces gars-là ne pensent pas comme nous.

Pas comme les Kung-Bohréens, en tout cas.

Pour tout dire, la mentalité des habitants de sa nouvelle patrie lui paraissait aussi opaque que celle des sauvages.

Leur conversation fut interrompue. Le skorj gravissait une pente. Jon n'eut pas trop de ses deux mains pour éviter que les bagages suspendus ne viennent le heurter.

Une fois au sommet, Edrick reprit :

— Tech avait raison. Il y a bien un troupeau de moufres. On peut dire ce qu'on veut, mais ce type possède un sacré sens de la traque. Si vous le désirez, je peux vous déposer ici pendant que j'effectue une petite reconnaissance.

Malgré son appréhension, le mage accueillit ces paroles avec gratitude. Ses crampes commençaient à se réveiller.

Il entendit Edrick quitter son siège. Lorsqu'il l'eut rejoint, le soldat se montra de nouveau rassurant :

— Je vais faire quelques cercles autour de Tech pour m'assurer qu'il n'est pas dérangé. Vous n'avez rien à craindre. Même si nous essuyons un assaut, les skorjs seront les cibles principales.

Jon comprit soudain pourquoi le soldat avait proposé de le laisser ici. Il voulait le mettre à l'abri en cas d'attaque.

Il se fit violence pour ne pas couvrir son compagnon de questions embarrassantes. Il n'avait pas l'habitude de gérer les situations où sa vie était en jeu.

— Merci, répondit-il d'un ton qu'il espérait léger. Je vais profiter du spectacle en vous attendant.

Il leva les yeux vers le sommet du skorj.

— Retzel n'est pas là-haut, par hasard ?

— Non. Malgré son animosité, il continue de voyager sur la monture de Tech. Pour le harceler pendant le trajet, je suppose.

Son hôte le laissa et regagna son siège. Quelques instants plus tard, sa monture s'éloignait.

Jon admira le panorama. Il se tenait au sommet d'une chaîne de collines disposées en un cercle grossier autour d'une plaine herbue. Au centre du bassin,

Tech se dirigeait vers les silhouettes longilignes d'une troupe de moufres.

Le mage se promit de demander à Edrick comment son supérieur avait pu les repérer d'aussi loin. Avait-il remarqué des traces de passage, des déjections, des boules de poils ? Il eut beau regarder autour de lui, il ne vit aucun indice de ce genre. S'il avait été à la place du gradé, il aurait tissé une boussole magique pointant vers le troupeau. Il fit la moue. La grande faiblesse des magiciens était de se reposer en toute situation sur leurs talents. Maîtriser la magie, c'était souvent se couper d'une partie de ses sens.

Le détective s'assit dans l'herbe et se laissa aller à ses réflexions. Le Noble Art était une maîtresse exigeante. Nombre de ses collègues s'enfermaient dans sa pratique, à tel point qu'ils ne se déplaçaient plus. Tous leurs besoins étaient satisfaits par des automates ou des sorts de synthèse de nourriture. Le peu d'entrevues qu'ils accordaient avait lieu par globules de Vision interposés, et lorsqu'une urgence les obligeait à se déplacer, ils n'auraient pour rien au monde employé leurs jambes. Ils se contentaient d'ensorceler leurs membres afin de voyager sans avoir à se préoccuper d'effectuer les mouvements.

Parvenus au degré d'avancement suprême, de tels archimages perdaient irrémédiablement contact avec la réalité. Esclaves de leur univers intérieur, ils se détournaient de toute vie sociale et dérivaient vers l'autisme. Dans les cas les plus extrêmes, leur corps privé des stimulations apportées par leurs sens mourait sans même que leur propriétaire s'en aperçoive.

Jon réprima un frisson. Au détour de ses voyages, il

avait rencontré plusieurs de ces êtres. Leurs sortilèges étaient devenus si puissants qu'ils avaient peu à peu remplacé les organes moins performants de ceux qui les employaient. Il s'était juré depuis de conserver un esprit en contact avec la réalité, même s'il savait que, privé de ses connaissances, il devenait aussi nu et sans défense que les bêtes pourchassées par Tech. Il se surprenait parfois à envier les simples humains qui faisaient des merveilles en ne se fiant qu'aux informations fournies par leur corps. Il éprouvait l'étrange impression qu'ils étaient plus réels que lui.

Il soupira. Ce genre de pensées convenait bien à une journée maussade.

Il reporta son attention sur les manœuvres du sergent. D'après ce qu'il pouvait en juger, la traque n'était pas d'une haute portée stratégique. Le soldat se contentait d'isoler les bêtes les plus lentes et les assommait d'un puissant coup de tentacule.

Après un bref examen des environs, Jon décida de se rapprocher. Edrick ne lui avait pas fait de recommandation particulière et il souhaitait étudier de plus près les fameux herbivores. Même si les moufres étaient connues à Mehnzota, la plupart des troupeaux se trouvaient sur le territoire kung-bohréen. Jon avait déjà eu l'opportunité de savourer leur chair épicée dans l'un des restaurants de sa capitale, où elle faisait office de plat exotique. En rejoignant ses compagnons, il pourrait se familiariser avec des animaux qu'il ne connaissait que par l'entremise de son estomac. En outre, si les Xéols devaient attaquer, mieux valait qu'il troque sa position voyante contre la protection des soldats.

Il commença à dévaler la pente. Il aperçut sur sa droite la hampe du skorj d'Edrick qui disparaissait derrière une butte.

Après quelques centaines de mètres, une pluie fine se mit à tomber.

Le mage s'arrêta et incanta une *Parabole d'Onagre*. Un disque bombé se forma au-dessus de sa tête. Par souci d'efficacité, il lui ajouta un composant de sa conception, un domaine luminescent qui imprimait à l'ensemble une rotation rapide. Les gouttes qui ruisselaient étaient ainsi éjectées et ne risquaient pas de l'atteindre. Un autre que lui aurait qualifié le procédé de tatillon, mais Jon détestait par-dessus tout être mouillé.

Satisfait, il reprit sa marche et s'arrêta de nouveau à quelques portées d'arc de Tech. Mieux valait demeurer à bonne distance afin de ne pas gêner ses manœuvres.

Il observa les ruminants.

Les moufres étaient de grandes bêtes assez laides. Leurs formes efflanquées semblaient étirées à l'extrême le long d'un torse noueux. Le crâne épais, disproportionné par rapport au reste du corps, possédait plusieurs paires de bois impressionnants disposés au hasard.

Le mage savait pourtant que Tech ne risquait pas grand-chose. Les appendices n'étaient pas constitués d'os, mais de cartilages. Ils étaient mous, tout simplement. Les bêtes ne s'en servaient que pour intimider l'adversaire. Cette ruse pitoyable, ajoutée à leur silhouette squelettique, achevait de les rendre misérables. Seule leur taille forçait le respect. Jon estima qu'il atteignait à peine l'épaule des herbivores. En levant la main, il aurait peut-être touché leur museau décharné.

Tandis qu'il les regardait évoluer, il retrouva une autre particularité qu'il avait oubliée. Pour conserver leur équilibre, les créatures possédaient deux balanciers de chair de chaque côté du tronc. Les os qui soutenaient ces excroissances étaient riches en moelle. C'étaient eux qui avaient fait le délice du questeur lors de son repas.

Le comportement des moufres était aussi pathétique que leur silhouette. Lorsque Tech se rapprochait, elles se dispersaient en poussant des cris plaintifs, puis se reformaient en troupeau dès que le garde avait jeté son dévolu sur une bête. C'était comme si elles avaient décidé une bonne fois pour toutes que refuser sa présence le ferait disparaître.

Le mot chasse n'est pas très adapté. Massacre serait plus juste. Étonnante, cette manie d'attribuer des noms glorieux à la poursuite d'animaux sans défense.

Jon ramena sur lui les pans de son frac. La bruine tournait à l'averse. Le paysage s'estompa peu à peu dans un flou déprimant. Il renonça à tisser un domaine supplémentaire pour éclaircir sa vision. La scène n'en valait pas la peine.

Peu après, il regretta sa décision lorsqu'il avisa un détail troublant : une dizaine d'animaux, demeurés jusqu'à présent au centre du troupeau, venaient de s'en détacher et galopaient vers Tech. Cette initiative contrastait tant avec l'attitude passive des autres bêtes que Jon s'en alarma.

Le garde leur tournait le dos, occupé à achever une proie. Jon cria pour le prévenir, mais l'averse étouffa sa voix. Il courut vers lui en agitant les bras, sans succès. Tech ne pouvait l'apercevoir. Le mage décida de faire un détour qui le placerait face au skorj.

Les ruminants se trouvaient maintenant à moins de cent pas du sergent et accéléraient. Jon plissa les yeux pour mieux percer les trombes d'eau.

Son cœur fit un bond au moment où les bêtes percutèrent le poulpe.

Le skorj, déséquilibré, battit l'air un instant avant de basculer lourdement. Tech disparut sous le monstre sans avoir vu venir la charge.

Les moufres se rassemblèrent autour du poulpe et l'assaillirent. Le détective se demanda stupidement si elles avaient décidé de venger leurs semblables. L'idée était grotesque, pourtant un frisson glacé le secoua lorsque plusieurs bêtes bondirent sur l'octopode. Celui-ci riposta et bientôt, une demi-douzaine de formes se débattirent dans ses tentacules.

Jon n'apercevait nulle part trace du soldat. Il espérait que sa monture le dissimulait et qu'il tenait tête aux moufres de l'autre côté.

Il se mordit les lèvres, mortifié. Il ne manquait plus qu'une attaque xéole pour que le désastre soit complet. Comment expliquer cette brusque furie ? C'était comme si un écureuil venait de déclencher une guérilla urbaine en bombardant les passants de noisettes.

Jon réalisa que, sans y penser, il amorçait un sortilège de clairvoyance. Il l'acheva et le projeta vers l'avant.

Un tunnel s'ouvrit entre lui et le combat. Au contact du charme, les gouttes d'eau perdirent leur propriété de réfraction et la lumière put les traverser sans être déviée. La vision du mage se clarifia. Il se concentra sur les événements.

Ses membres plantés dans le sol, le skorj se relevait péniblement. Sa masse continuait à masquer la majorité de la scène. Les moufres redoublaient de violence et se jetaient sur lui par groupes de deux ou trois. Le monstre avait bien du mal à maintenir son équilibre.

Il était aussi dans une colère noire. Son cuir était maculé d'une humeur pourpre que Jon espéra être le sang des ruminants. Il employait ses membres à la manière de formidables masses, balayant ou projetant ses adversaires comme des jouets. Parfois il se redressait et une bête disparaissait sous les tentacules. Un instant plus tard, sa dépouille disloquée réapparaissait.

Le combat était un maelström de rage et de sang. Pourtant, il se déroulait presque sans bruit. Noyés par le mur de pluie, les combattants semblaient répéter quelque sinistre ballet au fond de l'océan.

Trois tentacules serrés autour de moufres inertes se détendirent et les victimes furent catapultées dans les airs. L'une d'elles vint s'écraser non loin de Jon.

Le détective recula d'effroi. Accoutumé à demeurer spectateur en toute circonstance, voici que la réalité du combat le rattrapait.

Grelottant de froid et d'appréhension, il considéra un moment le tas sanguinolent. Ses longs cheveux imbibés d'eau pendaient sur ses épaules comme des lianes glacées. Les bourrasques avaient depuis longtemps rendu sa parabole inutile.

Son premier réflexe fut de contourner le cadavre.

Il fit quelques pas, puis s'arrêta. Devait-il laisser filer cette occasion de découvrir la vérité ? Il essaya d'oublier la boule qui grossissait dans son estomac et se dirigea, incertain, vers le cadavre.

Arrivé sur les lieux, il s'aperçut que la moufre n'était pas tout à fait morte. Son cou était parcouru de tremblements si violents que sa tête tressautait au contact du sol. Ses yeux, effarés, roulaient dans leurs orbites. La pauvre bête semblait se demander ce qui lui arrivait. Enfin, après quelques mouvements désordonnés des pattes, elle s'effondra.

Jon s'approcha avec précaution. Sa vision surnaturelle donnait à la scène un aspect irréel, lointain. Il mit fin au sortilège et détailla la triste carcasse.

La colonne vertébrale formait un angle bizarre. L'une des saillies osseuses qui partait des côtes était brisée, l'autre pendouillait misérablement. Une humeur malsaine coulait de la gueule distendue par la douleur. L'agonie de la bête avait dû être particulièrement éprouvante.

Jon la contemplait sans savoir quelle conduite adopter. Sa curiosité l'avait poussé vers la moufre, mais il se sentait incapable d'improviser un travail d'investigation. L'imposant herbivore, couché sur le flanc, lui arrivait à la poitrine. Qu'allait-il en faire ? Le mettre dans sa poche ?

Il sursauta. Le ventre de l'animal venait de frémir.

Intrigué, il reprit sa progression.

L'abdomen était bel et bien parcouru de tremblements. C'était comme si les intestins avaient négligé dans la mort d'interrompre leur besogne. Tremblant et claquant des dents, Jon avança une main.

Soudain, un long pan de fourrure se rabattit. Une serre difforme jaillit des entrailles du ruminant et le saisit au cou.

Jon hoqueta d'horreur. À l'intérieur de la moufre gisait une silhouette humaine, recroquevillée par la douleur. Ses membres étaient reliés à un entrelacs de câbles et de leviers qui plongeaient dans les organes de la bête. L'odeur des viscères mêlée au métal donna à Jon une brusque nausée. Il recula, mais la main le retint avec une force stupéfiante. Il se sentit inexorablement attiré vers le visage grimaçant. Des yeux d'un noir profond, injectés de sang, le fixèrent avec une telle haine que son cœur chavira. Autour des orbites, une multitude de scarifications concentriques se rejoignaient au-dessus d'une bouche aux dents effilées.

Un Xéol.

La lumière se fit jour dans l'esprit de Jon. Les guerriers avaient charcuté les moufres en leur enfonçant cet appareillage pour les contrôler de l'intérieur. Pas étonnant que la bête ait eu l'air folle de terreur. Ses membres ne lui appartenaient plus. Les Xéols avaient fait aux ruminants ce que les Kung-Bohréens avaient infligé à leurs poulpes, avec une ingéniosité et une cruauté cent fois supérieures.

Une vague de dégoût l'assaillit. Il se débattit, en vain. Même mourant, la poigne de l'homme menaçait de lui rompre l'échine.

Le Xéol lut la peur dans son regard. Un sinistre sourire apparut sur ses lèvres sèches. Lentement, il amena le mage près de sa bouche.

— *Amah Ana, Tien'Amen*, murmura-t-il.

Son haleine était effroyable, ses dents couvertes du sang de la moufre. Se pouvait-il que, non content de la manœuvrer, il s'en soit nourri ?

— *Gana Ana*, *Tien'Amen*, dit-il encore. *Nous ne sommes pas d'ici*.

Puis, dans un bref sursaut, son regard se figea. Le sauvage venait de rejoindre sa monture dans la mort.

Jon se dégagea avec peine et fit quelques pas, hagard. Il s'effondra. Plusieurs secondes s'écoulèrent.

Il se redressa lentement et s'assit dans l'herbe. Le temps semblait s'être arrêté. Autour de lui, la pluie ne formait plus qu'un rideau de perles immobiles et les silhouettes à l'horizon une œuvre abstraite.

Passés ces quelques instants d'hébétude, la réalité se remit à tourner à plein régime. Le détective s'ébroua. Il était loin d'être tiré d'affaire. Il se tourna vers la scène de l'assaut et découvrit sans surprise la masse inanimée du skorj. Le troupeau de moufres humaines n'était visible nulle part.

Il se releva et regarda de tous côtés. Il finit par les apercevoir.

Elles se dirigeaient vers lui au triple galop.

Les muscles de Jon se tétanisèrent. Il se sentait totalement impuissant. C'était un intellectuel, pas un guerrier. Toute son existence se résumait à des investigations entrecoupées de périodes d'étude. Lorsqu'il se risquait sur le terrain, la milice l'accompagnait et s'occupait de ce qu'il nommait avec dédain les *aléas physiques*. Ses adversaires, des cérébraux comme lui, se mettaient au pire à geindre ou à nier quand les preuves s'accumulaient. Aucun d'eux ne l'aurait jamais chargé, écume aux lèvres, dans l'intention évidente de le broyer sous ses sabots.

Par réflexe, il commença à incanter mais il s'arrêta vite. Ses mains tremblaient trop. Il recula de quelques pas, puis il réalisa qu'une fuite éperdue ne servirait à rien. Un nœud au creux de l'estomac, il en était réduit à suivre, foulée après foulée, la charge du troupeau possédé.

Les silhouettes noyées par l'averse prenaient forme peu à peu. À une demi-portée de flèche, il distingua une rangée de gueules béantes. Les yeux exorbités exprimaient l'aliénation la plus totale. Les énormes sabots, malgré les écarts des bêtes, continuaient de marteler l'herbe détrempée.

Lorsque les moufres ne furent plus qu'à quelques pas, il sentit l'odeur aigre de la sueur et celle des humeurs produites par les muscles suppliciés. Il percevait presque, sous la peau factice des pantins meurtriers, la présence des Xéols et leur inexplicable haine.

Il ferma les yeux.

Il se sentit projeté en l'air comme une poupée de chiffon. Un indicible vertige s'empara de lui tandis qu'il virevoltait sous l'averse. Il perçut au loin un vague hurlement avant de s'apercevoir que celui-ci provenait de sa gorge.

Après une éternité, il retomba. L'air fouettait ses paupières fermées. Il les serrait si fort qu'il pensa ne jamais les rouvrir.

Il attendit l'impact sur le sol et le bruit de ses os brisés sous la charge des bêtes hallucinées.

Il rejeta d'un seul coup l'air de ses poumons. Une

terrible douleur embrasait sa poitrine. Il lui semblait que la main d'un géant le broyait sans pitié.

Il voulut reprendre sa respiration mais en fut incapable. Son torse était empli de flammes liquides. Sa bouche s'ouvrit et se referma comme celle d'un poisson échoué.

Enfin, l'étreinte se desserra assez pour qu'il puisse faire le plein d'oxygène. Son visage se décongestionna mais il n'osait pas ouvrir les yeux. Son angle de chute avait changé, il le sentait à la manière dont la pluie le giflait. Il avait l'impression de tomber à l'horizontale.

Il risqua un œil et poussa un cri de stupeur.

Il volait !

Juste sous lui, les moufres poursuivaient leur chevauchée. Il tourna la tête et se retrouva face à un œil qui le contemplait fixement.

Il entendit la voix d'Edrick hurler à ses oreilles :

— Jon ? Vous êtes touché ?

Le mage comprit la situation. Il n'avait pas été projeté par le troupeau furieux mais saisi au vol par l'un des tentacules du skorj d'Edrick.

Il se contorsionna afin de soulager ses poumons en feu. Hélas, le monstre ne semblait pas vouloir relâcher son étreinte.

— Remuez le moins possible ! Vous êtes trop petit pour le poulpe. Il ne sait pas comment doser sa prise !

Jon s'immobilisa aussitôt. Dans un moment de distraction, le monstre pouvait le réduire en bouillie sans même s'en apercevoir.

Il regarda autour de lui. Il filait parallèle au sol, ses jambes à quelques mètres du troupeau emballé. Lancé à pleine vitesse, le skorj était peu à peu rattrapé par la meute. Les tentacules produisaient d'étranges bruits de succion sur l'herbe inondée. La pluie ruisselait en cascades sur le vieux cuir.

Les moufres accélérèrent encore, aiguillonnées par la soif de sang de leurs occupants. Certaines s'effondraient sous la tension musculaire, d'autres tentaient de les encercler. De chaque côté du skorj, des bêtes se rapprochaient dangereusement.

Elles percutèrent le poulpe, qui tangua sous l'impact.

Jon entendit quelque chose craquer. Le monstre resserrait sa prise. Il hurla tandis que l'air était de nouveau chassé de sa poitrine. Un voile noir passa devant ses yeux. La scène se mua en drapés flous.

À demi évanoui, il ressentit à peine les assauts suivants. L'énorme créature vibrait sous la violence des impacts. La taille de ses adversaires n'atteignait pas un quart de la sienne, mais ils se jetaient sur lui comme des déferlantes sur une falaise. Edrick avait du mal à maintenir l'assiette de sa monture. Il se démenait pour la contraindre à fuir sans affronter les bêtes. L'équipage filait à un train d'enfer, il glissait sur le terrain lourd comme un navire dans la tempête.

Du coin de l'œil, le soldat vit que Jon perdait conscience. Il tira si fort sur les manettes de direction que l'une d'elles se brisa net. Par bonheur, le membre se desserra assez pour que le magicien recouvre sa lucidité.

Des hurlements jaillirent des entrailles des moufres, de longs cris stridents modulés en une ébauche de mélodie. On aurait dit que les ruminants formaient le chœur d'un chant funèbre. Le contraste avec le silence précédent était si net que Jon sursauta. La douleur manqua le faire replonger dans l'inconscience.

Il ne comprenait pas ce triomphe soudain. Le poulpe évoluait avec aisance, et les manœuvres habiles d'Edrick lui permettaient d'esquiver la plupart des charges suicidaires.

En se dévissant le cou, il en découvrit la raison. Les fuyards n'allaient pas tarder à aborder la pente des collines. À moins de tourner éternellement en rond, ils seraient tôt ou tard obligés de s'extraire de la plaine.

Le mage serra les dents et passa une main sur son visage pour essuyer les gouttes qui l'aveuglaient. Les torrents qui dévalaient les pentes faisaient ressembler les herbes aux algues d'un cours d'eau.

— Attendez que la pluie cesse ! hurla-t-il à Edrick. Vous ne pourrez jamais gravir ces collines. C'est trop glissant !

— Ce n'est pas ce qui m'inquiète ! Les tentacules s'agripperont. Mais je maîtrise de moins en moins le skorj et la pente va nous ralentir.

Jon referma la bouche sur un rictus désespéré. Il n'avait donc été sauvé que pour affronter la mort une seconde fois ?

Il essaya à nouveau de produire une incantation, sans succès. Le chaos de leur fuite alimentait ses douleurs et le déconcentrait. Il jura.

Des mains apparurent sous les peaux factices des moufres et les rabattirent. Jon aperçut les silhouettes musculeuses de leurs ennemis. Ils savouraient par avance leur victoire et voulaient de leurs propres yeux assister à la curée.

Les hurlements reprirent, plus nets. Jon tremblait de froid et de terreur.

Il bascula d'un coup vers le bas. Le poulpe entamait son ascension.

La vitesse décrut de manière alarmante. Des moufres les dépassèrent de part et d'autre. Leur stratégie était claire. Une fois au sommet, elles reviendraient au galop se jeter sur le céphalopode pour le faire chuter.

Edrick luttait avec les commandes. Le skorj, à la vue des bêtes en amont, était de moins en moins contrôlable. De longues plaintes sourdes montaient de ses becs. Ses évents pulsaient un air moite qui giflait les joues de son conducteur.

Tout à coup, l'oxymoron se tordit dans les mains d'Edrick et fut éjecté de son logement. La bête eut un sursaut de douleur et mugit de rage. Elle était hors de contrôle. Ses pseudopodes arrêtèrent de battre l'herbe et la firent progresser en grands bonds maladroits vers les moufres. L'éperon osseux virevoltait en projetant au loin les bagages. Jon était ballotté comme une marionnette devenue folle. Il hurla et hurla encore. Un liquide poisseux envahit sa gorge.

Edrick se cramponnait au tronc de la créature tout en essayant de retenir son siège qui se descellait. Avisant l'état de son compagnon, il dégaina une lame et se jeta dans l'évent palpitant. Une fraction de seconde plus tard, la poigne autour du mage se relâcha et le tentacule retomba, sans force. Edrick réapparut, couvert de fange. Jon songea que l'officier devait avoir tranché quelque centre moteur. Il crut défaillir devant le bien-être qu'il ressentit.

Ils étaient pourtant loin d'être sauvés. Le skorj, tout à sa colère, trépignait autant qu'il avançait. Ses membres survoltés happaient les moufres par poignées. Il s'en servait pour se hisser vers le gros de la troupe, rassemblé plus haut.

Les silhouettes faméliques s'alignèrent tant bien que mal, puis dévalèrent la pente à pleine vitesse. Le skorj se pencha, éperon en avant, prêt à recevoir la charge.

Jon, hors d'haleine, presque inerte, combattait la douleur. Ses bras ankylosés tentaient vainement de le soustraire à la prise qui le meurtrissait. Même si le membre sans vie pendouillait, l'étau réflexe n'était pas près de se rompre. Le skorj le traînait sans y prêter attention. Ses sautillements hargneux faisaient rebondir le tentacule sur le sol, malmenant Jon un peu plus.

Le questeur sentit comme des bulles éclater au niveau de sa poitrine. Chacune d'elles éveillait une nouvelle souffrance. Il vomit une longue gerbe de sang qui le vida de son énergie.

Puis, sans que rien l'y prépare, une grande sérénité l'envahit. Il savait ce que signifiait ce soudain sentiment de paix. Son corps abandonnait le combat et n'avait plus qu'une priorité : le bombarder d'endorphines pour calmer la panique de ses organes et rendre sa mort acceptable.

Son instinct de survie tenta de reprendre le dessus. Il se débattit, réveillant le supplice qui lui déchirait la poitrine. Un sursaut d'adrénaline lui donna une telle chair de poule qu'il lui sembla que sa peau se détachait de ses os. Une sueur glacée recouvrit sa nuque et son dos.

Puis, plus rien. Plus de douleur, plus d'émotion. Il venait de dépasser le stade de la peur pour atteindre celui de l'acceptation.

Sa fin était inévitable. Même si les Xéols renonçaient par miracle à leur victoire, ses poumons percés d'esquilles d'os ne tarderaient pas à le lâcher. De ses lèvres jaillit une épaisse écume rose. Il suffoqua.

Il lui sembla que le sommet de son crâne se mettait à flotter. Drogué, apathique, il se laissa engloutir par ce qu'il voyait. La texture de la selle d'Edrick, le nombre de cornes de chaque bête, les furoncles sur la carapace du skorj, un millier d'infimes détails envahirent son esprit et s'y rangèrent dans un ordre impeccable. C'était comme si, à l'approche de la mort, son cerveau ne se souciait plus de trier les informations et se contentait de les accumuler.

Alors que les moufres s'apprêtaient à les percuter, Jon distingua derrière elles une montagne grisâtre qu'il n'avait pas remarquée auparavant. À l'endroit où se tenaient les bêtes, il y eut une brusque explosion de chair. Des éclaboussures de sang le couvrirent, lui et les alentours. Les animaux survivants glissèrent sur les entrailles répandues et s'abattirent autour du skorj. Le mage sentit plus qu'il ne la vit la panique des bêtes qui détalaient de tous côtés.

Un sourire de dément accroché aux lèvres, il se demanda si, finalement, ils n'étaient pas sauvés.

Puis il sombra dans l'inconscience.

7

TK : Ramachandara Witatzu, bonjour.
RW : Bonjour.
TK : Une première question, Rama : quelle est la forme exacte d'Alamänder ?
RW : Je vous demande pardon ?
TK : (court silence) Nos lecteurs aimeraient savoir si notre monde est plat, sphérique, ovoïde... le nombre de ses dimensions, sa taille, ses limites. Ce genre de choses.
RW : Je conçois que cette question puisse vous sembler importante. Hélas, elle n'est que dérisoire. Quel intérêt les hommes peuvent-ils tirer de ce genre de connaissances ? Font-elles progresser la justice en ce bas monde, les conduisent-elles vers le bonheur ?
TK : (un peu décontenancé) Sans doute pas, mais il y a le plaisir de la découverte, la curiosité, les questions sur notre place dans l'univers, le...
RW : La connaissance ne sera jamais qu'un prétexte pour se proclamer l'égal des Dieux. Entre nous, mon jeune ami, la forme d'Alamänder est bien le dernier sujet sur lequel s'interroge le sage. Chaque royaume croit être le centre de tous les autres, chaque individu celui qui permet aux autres d'exister. Que la vanité des hommes médite cela.

TK : Mais, tout de même…
RW : Fort bien, je vais vous répondre. Alamänder est une spirale excentrée, un ressort à boudin dont le centre de gravité se situe au niveau du museau de la moufre que vous voyez paître là-bas. Votre curiosité est-elle rassasiée ou, tel un incorrigible avare, ne se satisfait-elle que de ce qu'elle n'a pas ?
TK : Je… Nous n'avons que trop abusé de votre temps, Rama. Il ne nous reste plus qu'à vous remercier.
RW : (sourire entendu)

Thêta Klarque, *Rendez-vous avec Rama*

*

L'arrivée de Maek dans la plaine des Macrovores le galvanisa pendant plusieurs jours. À présent que le champ avait disparu, sa démarche lui semblait étrangement déliée, comme s'il se déplaçait sous une faible gravité. Il progressait par bonds, tout à sa joie d'avoir échappé à ses tortionnaires végétaux. L'air, débarrassé de la poussière dégagée par les fétus, était cristallin et régénérateur.

Hélas, à mesure qu'il s'acheminait vers sa destination, il dut se rendre à l'évidence : les céréales l'avaient protégé autant qu'elles l'avaient torturé.

Au cours des journées caniculaires dans les champs, l'eau capturée par les racines le rafraîchissait en s'évaporant. Ici, le sol rouge et oxydé absorbait jusqu'à la moindre parcelle d'humidité. Dans les champs, le rempart des paillons le protégeaient du vent. Ici, aucune végétation ne s'opposait à son souffle démoniaque. Seuls des affleurements de minerai et quelques aspérités tranchantes égayaient la lande infertile.

Le soir, une bise têtue l'obligeait à progresser courbé comme un vieillard. Les tourbillons le giflaient avec l'indifférence du destin. Ses pauvres vêtements couverts de givre crissaient à chacun de ses pas.

Au cours d'une nuit où le blizzard semblait ne jamais devoir s'arrêter, Maek s'effondra dans une dépression offerte par une plaque rocheuse. Le crâne contre la pierre, les dents serrées, il fit le point sur sa situation.

Sa seule nourriture se résumait à quelques boisseaux de céréales arrachés à la lisière du champ. Il sentait déjà fondre les muscles qu'il avait eu tant de mal à entretenir. Ses yeux s'auréolaient de cernes violacés, masque funèbre d'épuisement et de privation.

Un sombre sourire éclaira son visage. Il avait maudit les graminées pendant des années sans se douter qu'un sort pire attendait celui qui parvenait à leur échapper.

Après quelques minutes passées à ressasser sa misère, il parvint à la conclusion que sa seule chance de salut était d'être rapidement découvert par l'un des ressortissants de l'école. Dans le cas contraire, il mourrait ici, sous ce ciel de fer et ces astres de cendre, ses bras gelés serrés contre sa faux.

Pour la millième fois depuis le début de son périple, il se dit que le temps de la lutte était peut-être achevé. Au moins avait-il choisi son destin et découvert de quoi il était capable. La mort marquait simplement la fin d'une partie contre un ennemi invincible. Il se sentait presque heureux d'avoir pu lui arracher quelques points avant une défaite annoncée.

Au matin, il fut surpris d'être encore en vie. Il préféra ne pas nier la réalité : la seule chose que trouveraient bientôt les adeptes T'Sanks serait sa carcasse momifiée. Au cours des heures de marche harassantes qui suivirent, l'espoir de rallier l'école s'effaça peu à peu au profit d'un autre : celui de mourir rapidement.

Il découvrit son premier champignon à l'orée de la dixième nuit. Les doigts déjà gourds, il déblayait la poussière pour se ménager un abri quand sa faux retourna une sorte de tubercule corné. Des circonvolutions complexes émaillaient sa surface translucide et une poignée de radicelles émergeaient de sa base.

À l'aide de sa lame, Maek manipula son étrange découverte, puis il se décida à la toucher. Ses yeux irrités par la rouille s'agrandirent de surprise. Le bulbe était chaud.

Il s'en empara avidement et le pressa contre son torse. Le tubercule éclata, répandant un gel épais. Le garçonnet crut s'évanouir sous le réconfort de cette simple sensation. Il se recroquevilla et frictionna ses membres, puis il s'enfonça dans le sable afin de conserver la chaleur. À sa grande surprise, celle-ci se dissipa lentement. Elle baignait sa poitrine bleuie, animée d'une légère pulsation, à moins que ce ne fussent les battements de son cœur qui s'emballait.

Fébrile, il fouilla le sol à la recherche d'autres spécimens. Il se souvenait d'avoir croisé quelques-uns de ces végétaux mais il ne leur avait pas prêté attention. Au soleil, ils paraissaient secs et recroquevillés. Par une inexplicable alchimie, il les retrouvait sous terre à la nuit tombée, gorgés de chaleur et d'humidité.

Ses doigts atteignirent un autre bulbe mais ses gestes brusques l'éventrèrent. Aussitôt, la poussière absorba le liquide. Il dégagea sa main. Elle n'était même pas boueuse. L'enfant se demanda comment des plantes aussi simples pouvaient survivre à un tel enfer. Il reprit son exploration avec davantage de précautions.

Sa recherche fut bientôt récompensée. Il porta à sa bouche la précieuse tubérosité et mordit dedans du bout des lèvres. Une purée granuleuse jaillit dans sa gorge, manquant l'étouffer.

Un pur régal.

Il repartit à la chasse. D'autres racines rejoignirent la première.

Le visage poisseux de sève, Maek leva les bras vers le ciel et laissa éclater sa joie.

Sa vigueur recouvrée, il empoigna sa faux et délimita un carré de sable qu'il fouilla avec méthode. Il rassembla une dizaine de tubercules, qu'il disposa autour de lui avant de se recouvrir de limon. Protégé des morsures du vent, une douce chaleur baignant ses membres, il se sentit le plus heureux des êtres. Il jouit un instant de sa bonne fortune, puis il s'endormit. Pendant son sommeil, chaque fois que ses mouvements provoquaient la rupture d'un bulbe, un sourire fugitif passait sur ses lèvres tandis que la tiédeur du liquide l'enveloppait tels des bras accueillants.

Le lendemain, il se réveilla d'excellente humeur. Sa trouvaille nocturne lui permettrait de survivre encore quelque temps. Il avait dû se sentir bien désespéré pour songer à sa fin prochaine. Les dirigeants de l'école n'étaient pas des dieux. Ils connaissaient tous les secrets de cette région désertique. Ces végétaux bouffis constituaient sans nul doute l'une des clefs de leur repaire.

L'exilé se remit en route d'un bon pas. Il avait plus que hâte de rejoindre les mystérieux guerriers. L'essentiel à présent était d'avancer. Il lui suffisait, à la nuit tombée, de repérer les étendues de champignons et de s'y installer. Ils n'étaient pas très difficiles à trouver lorsque l'on savait quoi chercher.

Il progressa ainsi durant plusieurs semaines. Les tubérosités contenaient assez d'éléments nutritifs pour le maintenir en vie sans provoquer de carence. Ses muscles, forgés par la canicule et trempés par le froid nocturne, retrouvèrent leur vigueur. Sa foulée s'allongea. Il courut des journées entières, mâchoire serrée, traits figés.

Il aperçut un matin une ligne d'horizon chaotique, baignée d'une brume safran. Les bourrasques diurnes s'effacèrent pour laisser place à des alizés moites qui l'éprouvèrent durement. La sécheresse avait craquelé sa peau à de nombreux endroits. Ses plaies suppurèrent au contact de l'humidité.

Cela n'empêchait pas le moral de Maek de monter de jour en jour.

La taille de ses alliés végétaux augmenta. Les stipes s'allongeaient jusqu'à produire des menhirs difformes, aux boursouflures évoquant des coiffures burlesques ou de la cire fondue. Des lianes de mycélium reliaient parfois les protubérances en un réseau arachnéen.

Après quelque temps, le garçonnet dut se rendre

à l'évidence : ce qu'il avait vu au loin était en fait une gigantesque forêt de tubercules, aux dimensions proches de celles d'une montagne.

La chaîne des Macrovores.

Trottinant toujours, il se fraya un chemin parmi ses gardiens silencieux. Les volves des champignons fusionnaient à présent les unes dans les autres, ce qui rendait leurs silhouettes encore plus insolites. Le sol se couvrait d'un cuir souple couleur ivoire, parsemé de milliers de poils absorbants. Un liquide sourdait de la lèpre qui couvrait les végétaux et se répandait en ruisselets visqueux. Maek le goûta avec circonspection. Il avait la même saveur douce-amère que sa découverte du désert.

L'enfant décida qu'il était tiré d'affaire. L'environnement n'était pas hostile. Mieux, il pourvoyait à ses besoins et formait un agréable contraste avec la monotonie des régions précédentes.

Vers le sommet, l'épaisse brume orangée masquait la crête des champignons. Ceux-ci atteignaient à présent des tailles incroyables et s'achevaient sur des anneaux nus, sans chapeau.

Le garçon poursuivit, de moins en moins en terrain plat. Il distinguait parfois des tunnels ventrus qui serpentaient entre les stromas. Il prit l'habitude de s'y réfugier la nuit. Les sombres cavités diffusaient la chaleur de la journée et lui procuraient l'illusion d'un foyer.

Cet hébergement n'était pas sans contrepartie. Une nuit, Maek découvrit que l'écosystème possédait une activité nocturne. Quand il dormait, des dendrites lui soutiraient quelques gouttes de transpiration, modeste loyer en eau sans conséquence. Cet arrangement quotidien se poursuivit après qu'il eut atteint les rhizomes les plus massifs. Là, les bulbes fusionnaient et se dressaient en un rempart vertigineux. À leurs pieds, le sol disparaissait sous un entrelacs d'hyphes aussi larges que des moufres.

Maek décida de longer la barrière en quête d'un passage qui marquerait l'entrée de l'école.

Ses investigations durèrent des mois. Il sautait d'un spécimen à l'autre, grimpait sur les formes pansues, se hissait sur les chapeaux à la recherche de la trouée qui lui permettrait de poursuivre son odyssée. Il fit une multitude d'allers et retours le long des parois, ne rebroussant chemin que lorsque les obstacles devenaient infranchissables. Il accorda peu à peu son rythme à la vie du formidable organisme et finit par connaître intimement la géographie des lieux, mais il ne découvrit pas pour autant l'entrée convoitée.

Un matin, il s'éveilla avec le pressentiment que la journée serait déterminante pour la suite de son aventure. Il se leva, épousseta le sable sur ses membres puis fit quelques mouvements pour chasser l'engourdissement. Il balaya ensuite les peaux mortes que son abri avait perdues pendant la nuit. Enfin, il se risqua à l'extérieur.

Même après ce long séjour parmi ses bienfaiteurs, le garçon demeurait méfiant. Sans qu'il en ait conscience, son corps si souvent malmené imposait à son esprit une vigilance de chaque instant. Il prit la cosse qui lui servait de couvre-chef, l'ajusta et grimpa sur son refuge.

Quelques semaines auparavant, il avait décidé de faire de cet abri son quartier général. Les dimensions en étaient modestes mais il disposait de deux avantages. Le premier était qu'il débouchait sur une large terrasse en hauteur constituée de racines entassées. Maek y bénéficiait d'un point de vue dégagé sur le panorama, indispensable à la planification de ses raids quotidiens. Ensuite, la corniche se situait non loin de la barrière des Macrovores. Il pourrait ainsi percevoir tout mouvement des assassins le long de l'impressionnante falaise.

Comme chaque matin, il fit une brève inspection du massif.

La partie inférieure s'ornait d'une jungle de dendrites à la silhouette reptilienne. À sa suite, de monstrueuses poches vérolées s'étageaient vers les hauteurs. Elles semblaient promettre une ascension facile mais Maek savait à quoi s'en tenir. Les mamelons se révélaient glissants et crevaient parfois sous les pieds. Il en avait fait l'expérience à de nombreuses reprises.

Au-dessus des boursouflures, l'escalade se révélait impossible. Le rempart ivoire était presque lisse. Tout au plus voyait-on de temps à autre d'immenses replis, vestiges de la fusion des champignons.

Maek appréciait de pouvoir ainsi conserver la paroi sous ses yeux, comme une résolution que l'on porte sur soi pour ne pas l'oublier. En dépit de son apparente inviolabilité, le jeune explorateur n'avait pas encore renoncé à en gagner le sommet. L'école était là, elle l'attendait. L'escalade constituait peut-être la dernière épreuve de son admission.

Son estomac vide lui rappela qu'il avait pour le

moment d'autres priorités. Il empoigna sa faux et se mit à farfouiller parmi les racines.

Il avait découvert depuis peu une faune discrète mais active, en majorité des insectes nocturnes. Dès la tombée du jour, la plupart sortaient se gorger de suc tandis que les autres se repaissaient des premiers. Par bonheur, les prédateurs ne dépassaient jamais la taille de gros chats et préféraient se tenir à distance respectueuse du garçon.

Maek trouva ce qu'il cherchait. Une demi-douzaine de chenilles chitineuses se doraient au soleil autour de son abri. Gracieuses et amicales, elles étaient aussi grandes que son bras. Il jouait parfois avec elles avant de les manger.

Aujourd'hui, cependant, il avait autre chose en tête. Il les harponna avec sa faux et les fourra dans une racine conique qui lui servait de besace, puis il leva les yeux et étudia le ciel. La brume safran était beaucoup moins épaisse que d'habitude. La matinée serait chaude, c'était le moment où jamais. Si la chance était avec lui, il disposerait bientôt d'un point de vue plus étendu.

Il observa le relief au-dessus de son abri. Vers la droite, une série de lamelles aux allures de méduses s'élevait en paliers jusqu'à se perdre dans la brume. Maek savait qu'il devait atteindre le sommet avant le crépuscule : à cette heure, les protubérances s'amolliraient et ne lui seraient plus d'aucune utilité.

Il fit craquer ses jointures et poursuivit son examen. Il était convaincu qu'il tenait là son dernier atout. Ne pas le jouer, c'était se résigner à demeurer seul le reste de sa vie.

— Exactement.

Son cœur fit un bond dans sa poitrine.

Une voix.

Après une éternité de silence et de solitude, une voix.

Il se retourna.

Adossé à la paroi, un homme à la mise élégante le regardait en souriant. Devant la mine éberluée du garçon, le sourire s'élargit.

Les traits du visiteur étaient tout de beauté et de noblesse. Des cheveux courts bouclés encadraient un front pâle, majestueux. De longs sourcils s'allongeaient depuis les tempes et se rejoignaient au-dessus du nez en une fossette de concentration. Le regard, d'une rare intensité, exprimait à la fois une parfaite assurance et une parfaite ironie. Des favoris mêlés à des mèches de cheveux surmontaient la courbe pleine de la mâchoire.

Seules les oreilles brisaient l'harmonie irréaliste du visage. Le dessin des pavillons était étrange, comme inversé. Les lobes pendaient sous le poids de grappes de pierres noires.

Maek était tétanisé. Il avait tant de fois imaginé cette rencontre. Au cours de ses épreuves, le rêve avait souvent été l'unique fil qui le retenait à la vie. Il se voyait forcer le respect des guerriers T'Sanks par sa ténacité tandis qu'il leur relatait son incroyable périple. À la fin de son histoire, ceux-ci n'avaient d'autre choix que celui de le serrer fraternellement dans leurs bras.

Jamais il n'aurait imaginé se faire surprendre d'une manière aussi triviale par le seul être humain aperçu depuis plus de cinq ans.

— Et le dernier.

Maek ne réagit pas. L'inconnu croisa les bras. Il semblait attendre que le jeune homme revienne à la réalité.

— Qui êtes-vous ?

Les syllabes chatouillèrent désagréablement la gorge de l'enfant. C'est à peine s'il reconnut sa propre voix.

Le visiteur se redressa avec un claquement de langue satisfait.

— Nous y voilà. Heureux de te revoir parmi nous, Lan Maek.

Il pointa un long index sur sa tempe.

— J'ai cru un instant que ces rumeurs sur tes problèmes mentaux étaient vraies.

— Vous connaissez mon nom ? Je m'appelle Maek, pas Lan Maek.

— Mais si, à partir de maintenant. Lan signifie *solitaire*. C'est tout toi, ça.

— Vous faites partie de l'école T'Sank ?

— Sûrement pas, vu qu'il n'y a pas d'école T'Sank.

L'exilé fronça les sourcils. Il était impossible qu'il n'y ait pas d'école. La présence de cet homme en était la preuve flagrante. Soit le visiteur lui imposait une dernière et cruelle épreuve, soit Maek se mettait à produire des hallucinations pour peupler sa solitude.

L'inconnu se déplaça si vite que le garçon sentit le coup avant de l'avoir vu partir. Il fut projeté au sol sans avoir pu réagir.

— Voilà qui écarte la thèse de la folie, fit l'homme. Je suis bien réel, crois-moi. Relève-toi et prête-moi attention.

Maek se remit sur ses pieds, en position de combat. Si l'assassin désirait le tester, il en serait pour ses frais. Il courut jusqu'à sa faux, l'attrapa et bondit vers lui en visant la tête.

Son adversaire ne bougea pas d'un pouce. La lame déchira sa gorge sur toute sa longueur. Un flot de sang jaillit. L'homme souriait toujours.

Le sang se figea dans l'air en un sinistre bouquet noir. L'individu le brisa délicatement et en croqua une partie. Maek recula d'effroi.

— Nous avançons, dit l'intrus en mâchant. Je n'aurai pas besoin de faire tomber une pluie de skorjs ou de rayer quelques hectares de paysage pour te persuader de mes compétences. Mon nom ne te dira sans doute rien, ces imbéciles de paysans ne vénèrent que les dieux capables de leur faire moissonner quelques épis de plus que leurs voisins. Néanmoins…

Il avala et fit une courbette :

— Je me présente. Akir, Dieu de la Colère et de la Destruction – entre autres. Comme le disent mes adeptes, « *Le Courroux est sur mon Front et le Néant est mon Ami* ». Tu vois le genre. Je fais court, je n'ai pas toute la journée.

Akir cracha à ses pieds. À l'endroit où la salive toucha le sol, celui-ci se mit à bouillonner. Les racines alentour se déformèrent. De monstrueuses serres jaillirent et grifferent l'humus en direction de Maek. Ce dernier se mit à couvert, épouvanté.

Après quelques secondes, les ergots ramollirent et se fondirent en une masse grisâtre à l'odeur de rouille.

Akir ne cessait de sourire avec amabilité.

— J'aime impressionner. C'est ma carte de visite.

Mes interlocuteurs en concluent qu'ils doivent se tenir tranquilles et me prêtent une oreille attentive. Penses-tu accomplir une autre action désespérée dans les minutes qui suivent ?

Maek était aussi immobile que les racines qui l'entouraient.

— Parfait. Nous devons aborder de nombreux sujets en un minimum de temps. Mon agenda est chargé. Note bien que j'en suis le seul responsable, je déteste déléguer. Rejoins-moi sans plus attendre.

Maek se sentit transporté près de l'homme qui se prétendait dieu. L'intrus gagna la paroi, saisit une radicelle et la porta à ses lèvres.

— Nous montons, fit-il avec un clin d'œil à Maek.

Il se campa sur ses jambes et attendit.

La terrasse frémit sous leurs pieds, puis s'éleva à une vitesse vertigineuse. L'enfant tenta de conserver son équilibre. Le vent sifflait à ses oreilles. La vaste région des Macrovores s'éloignait d'eux comme s'ils tombaient vers le haut.

Ils atteignirent bientôt la vapeur ocre qui dominait la vallée. Maek eut l'impression de pénétrer dans un bain de boue. Il éternua.

Ils demeurèrent quelques secondes dans la brume, puis jaillirent de nouveau à l'air libre. Enfin, leur étrange véhicule décéléra avant de s'immobiliser. Le garçon risqua un œil vers le bas. Ils surplombaient le sol de plusieurs dizaines de portées de flèche. D'immenses pans d'embruns dérivaient paresseusement, laissant voir çà et là des entrelacs de champignons comme autant de vers grouillants.

L'exilé sursauta lorsque Akir reprit la parole.

— Ce brouillard sous nos pieds est en fait un nuage de spores produit par les champignons. Ils en rejettent plusieurs centaines de tonnes par jour. Portées par le vent, ces graines vagabondent et finissent par retomber. Celles qui ne germent pas forment le sable du désert que tu as traversé.

» Leur cycle de vie est complexe. Tu n'as pas besoin d'en connaître toutes les subtilités, mais sache néanmoins que respirer trop longtemps cette brume entraîne des effets indésirables. Les spores pénètrent dans les poumons et profitent de la chaleur et de l'humidité pour germer. En général, un homme bien constitué, sportif et qui prend soin de lui met plusieurs semaines à mourir. À la fin, il est tout simplement transformé en sac de spores.

Akir eut un petit rire.

— J'adore ce jeu de mots.

Déçu de voir que son hôte ne réagissait pas, il poursuivit :

— Les graines situées à la bordure des blés sont acheminées par les épis à travers l'ensemble du champ. Elles constituent sa principale source de protéines. C'est heureux pour vous car si le blé carnivore n'existait pas, votre continent aurait tôt fait de ressembler à ton lieu de résidence actuel.

Il écarta les bras pour embrasser le panorama.

— Cependant, les Macrovores ne se laissent pas vaincre si facilement. Les spores non digérées, disséminées à travers le champ, rencontrent parfois les conditions de leur germination. Elles transforment alors les céréales qu'elles tuent en agents de propagation. Dans une symbiose, deux êtres vivants s'apportent l'un à l'autre certains avantages. Ici, c'est le contraire : chacun des deux individus se nourrit de l'autre et travaille à sa perte. Néanmoins, dans la mesure où ces macro-organismes sont présents à des millions d'exemplaires, l'effet final est qu'ils limitent mutuellement leur prolifération. Astucieux, n'est-ce pas ?

L'homme fit une pause, le temps que Maek intègre ces nouvelles connaissances.

L'enfant était abasourdi. Jamais il n'aurait soupçonné que sous ses yeux, à chaque instant, deux titans se dévoraient en silence. Il frissonna d'excitation, mais aussi d'appréhension. Il sentait chez son mentor une hostilité à peine voilée. Pourquoi celui-ci se donnait-il tant de peine pour combler son ignorance ?

Akir ne lui laissa pas le temps de poser la question. Il pointa un doigt vers la chaîne des Macrovores. À cette hauteur, on voyait que la paroi formait un immense cercle irrégulier dont la courbe disparaissait dans la brume. Maek avait du mal à se représenter sa taille. Elle devait être incroyable, à l'échelle des Dieux.

Le visiteur s'éclaircit la voix et dit :

— Les champignons qui forment la muraille sont des êtres robustes car peu spécialisés. Et plutôt grands, donc inutile de chercher à les escalader. Beaucoup de scientifiques pensent qu'ils sont à l'origine de la plupart des êtres vivants. Leurs spores auraient un effet perturbateur sur les organismes qu'elles atteignent. Elles augmenteraient leur capacité à se modifier, à évoluer. Des *mutagènes*, dont certains prétendent qu'ils seraient à la base de toute vie. Je ne me suis pas penché là-dessus, ce genre de théorie m'ennuie profondément. Ainsi que tu peux le constater, la barrière des Macrovores ceinture ton monde et empêche les imbéciles de ton espèce d'aller voir ce qui se passe de l'autre côté.

— Pourquoi ?

— Parce que c'est *interdit*, voilà pourquoi. Quand les Dieux imposent quelque chose, ils n'ont pas besoin de se justifier. C'est l'un des avantages de notre condition.

Akir frappa dans ses mains. La racine géante replongea vers le sol aussi vite qu'elle était montée. Maek prit soin de retenir sa respiration au passage de la nappe de brume.

Le Dieu l'observait avec son étrange sourire condescendant. De retour sur la terre ferme, il prit une dernière fois la parole :

— Résumons-nous. Vers le nord, la barrière empêche toute progression et son ascension est contre-indiquée à cause des spores. Au sud, ton retour vers la civilisation est compromis par les céréales. Conclusion : tu vas rester ici jusqu'à la fin de tes jours.

Il écarta les bras, enthousiaste :

— Et voilà ! *Exit* le premier Hempé !

Maek sentit la colère le gagner.

— Vous ne m'avez expliqué tout cela que pour en arriver là ?

— Exactement. Cela dit, tu aurais pu tomber plus mal. Tu es entouré de racines gorgées de sels minéraux et de vitamines bonnes pour ta croissance. D'accord, le paysage est assez barbant et la compagnie restreinte, mais tu n'as jamais été très bavard, de toute façon.

— Pourquoi me retenir ici alors que vous pourriez me supprimer ?

Akir contempla les cieux avec affectation.

— Crois bien que c'est mon rêve le plus cher. Hélas, cela m'est impossible. Mes pouvoirs doivent bien s'arrêter quelque part, je suppose.

— Impossible ? Vous dites que vous êtes un Dieu !

— Le plus grand, oui. Le plus redouté. Mes buts sont opposés à ceux des autres Dieux, mes pouvoirs égaux aux leurs. Nombreux sont mes fidèles dont le cœur préférerait lâcher plutôt que de me rencontrer. Leurs offrandes ne sont d'ailleurs là que pour me supplier de ne pas m'occuper d'eux. Mais, comme je viens de le dire, il existe des lois dont je ne peux faire abstraction. Comme dit l'autre, « *Au long des ères peut mourir même la mort* ». J'ajouterai avec hardiesse : « *Ou les casse-pieds dans ton genre.* »

— Pourquoi moi ?

— Tu ne le sauras jamais. Il n'est donc pas nécessaire de répondre à ta question.

L'esprit de Maek tournait à toute vitesse. Comment se libérer de ce piège ?

— Pourquoi vous débarrasser de moi ? Je pourrais entrer à votre service sitôt achevé mon apprentissage à l'école T'Sank !

— *L'école T'Sank ! L'école T'Sank !* chantonna Akir en imitant la voix du garçon. Tu n'as que ce mot à la bouche. *Quand je serai grand, j'irai à l'école T'Sank, je prendrai des bains de sang et je ne me laverai jamais les dents...* Tu es idiot ou quoi ? Tu n'as pas entendu ? Elle n'existe pas, ton école T'Sank, mon bonhomme. Quel dommage, d'ailleurs, tu aurais fait une excellente recrue. Tsss tsss, massacrer toute sa famille, comme ça, sans ciller… très prometteur.

Le ton de l'homme monta d'un cran, ses traits se tendirent.

— Le problème, vois-tu, c'est que je déteste la concurrence. Si quelqu'un doit détruire cet univers, c'est bien moi. Tu en sais quelque chose. Je suis né dans ce but. C'est *mon* boulot.

Il cria soudain :

— Et je ne me laisserai pas damer le pion par un organique tel que toi !

Maek tressaillit. Dans le regard d'Akir, la haine qu'il contenait venait de se réveiller. Le Dieu trépignait sur place, hors de lui.

— Tu crois que c'est facile de remettre les pendules à zéro, de réduire à néant des siècles d'existence humaine ? Ma mission est d'abolir toute matière pour créer un modèle de vacuité, une utopie de courants d'air. Et donc, je me dépense sans compter, je corromps, je mens, je distribue rumeurs et médisances, je détricote des hiérarchies et tisse des complots, je maudis à qui veut m'entendre et tout ça pour quoi ? Pour me retrouver avec des Dieux du Bien sur le dos et un sinistre petit crétin qui vient marcher sur mes plates-bandes parce que je fais mal mon boulot.

Akir leva les bras au ciel comme pour le prendre à témoin.

— *Mal mon boulot !*

Il pointa un doigt vers l'enfant :

— Mais qui a mal fait son boulot au départ, je te le demande ! Quand on ne sait pas ce qu'on fait, on s'abstient !

Le Dieu se calma d'un coup. Il remit de l'ordre dans ses vêtements, puis :

— Pour en revenir à notre petit différend, chacun dans son coin et que le meilleur gagne. C'est tout ce que j'ai à dire.

Il expira un grand coup et jeta au garçon un regard en biais.

— Des questions ?

Maek ne savait plus où il en était.

— Mais le sage m'a dit que l'école était…

— Quoi ? Qu'elle était *quoi* l'école ? Peinte en bleu avec des néons verts ? Il travaille pour moi, ton gentil vieillard. Un précieux organique, retors et corruptible comme je les aime. J'ai adoré sa fable à propos du seul type revenu des Macrovores. C'est aussi ton ami qui a eu l'idée de t'isoler ici pour que je puisse avoir les mains libres. Et ce n'est pas tout. Tu ne t'es jamais posé la question de savoir par quel miracle les épis s'étaient effacés devant toi ? Tu crois que le vieux a fait un tour de passe-passe pour fermer leur clapet à cent mille hectares de céréales carnivores ?

— Je pensais que j'étais quelqu'un de spécial, destiné à…

— Un *élu* ?

Le Dieu manqua s'étrangler.

— Quelle dérision ! Tu es bien plus que cela. Tu n'es pas de ceux qui sont choisis, tu es de ceux qui *choisissent*. Un Hempé. Mais cela ne change rien à ta pitoyable situation. C'est moi qui ai manipulé les épis pour qu'ils te laissent passer, mon gars, personne d'autre. Je les ai dressés de sorte qu'ils se chargent de ton apprentissage, qu'ils fassent de toi ce que tu es, un petit morveux robuste et dur à la peine. Je n'ai pas compté mes heures et je suis satisfait de mon travail. Maintenant, tu peux toujours essayer de faire le voyage retour, si tu veux, histoire de voir si le champ se prosterne à nouveau devant toi.

— Mais pourquoi ne pas m'avoir amené ici, tout simplement ?

— Le libre arbitre. Ce satané libre arbitre. L'une des lois dont je te parlais tout à l'heure. Il fallait que la décision vienne de toi, je ne pouvais pas la prendre à ta place. Suggérer, manipuler, oui. Pas choisir. Un exemple ? Placer un vieillard rejeté par la communauté, comme toi, de manière à gagner ta confiance et te manœuvrer en te parlant d'une merveilleuse école pour enfants terribles. Il a d'ailleurs fait preuve d'une imagination remarquable.

» Quant à l'entraînement dans les champs, il était tout à fait indispensable. Il m'est interdit de te supprimer, tu te souviens ? Te laisser mourir revenait à commettre un meurtre indirect, ce qu'il me fallait à tout prix éviter. J'ai donc fait en sorte de te préparer à survivre dans cette terrible contrée.

— Et si je décidais de me suicider ?

— Eh bien, ce sera ta décision, n'est-ce pas ? Le produit de ton libre arbitre, et je n'aurai eu aucun rôle direct dans cette résolution. Fais-moi signe si tu essaies un jour, dans dix ans, dans cent ans peut-être, quand tu sentiras que tu deviens un peu plus fou chaque jour.

— Cent ans ? Je peux vivre cent ans ?

— Bien sûr, avorton. Cent, deux cents. Si tu savais ce que tu es en réalité, je serais en train de me prosterner à tes pieds. Mais revenons à l'idée plaisante de ton suicide. Je te conseille de ne pas te rater. Tous ces champignons dégoûtants passent leur temps à s'entre-dévorer. Ils sont constamment en recherche d'humidité, car celle-ci est absorbée en grande partie par la brume. Tu ne le vois pas car leur rythme de vie est beaucoup plus lent que le tien. Si tu te brises un membre et que tu ne peux plus te déplacer, ils mettront plusieurs jours à te vider de ton eau. Ta seule consolation sera dans mes fréquentes visites. Même avec un emploi du temps chargé, je prendrai des vacances afin de venir jouir du spectacle.

Akir bâilla et s'étira.

— Et maintenant, je dois te quitter. Je reviendrai dans quelques siècles assister à ton décès, lorsque tu seras à moitié momifié par les sels minéraux des milliers de litres de sève que tu auras ingérés. C'est donc le moment tant attendu de tes ultimes paroles. Trouve quelque chose d'original, elles risquent d'être les dernières prononcées à l'adresse d'un être pensant.

Maek ne dit mot. Il se contentait de fixer l'homme.

Pendant un moment, les deux ennemis s'affrontèrent du regard. Enfin, le visiteur rompit le silence.

— Adieu, Maek.

Et il disparut.

Le garçon s'effondra. À son réveil, il s'aperçut que ses loques étaient trempées des larmes qu'il avait versées durant son sommeil.

Sa première impulsion fut de se jeter dans le vide. Il s'approcha du bord de son perchoir et regarda vers le bas. À cette hauteur, la chute serait fatale. La longue litanie de ses souffrances prendrait fin et il partirait en paix. Il n'y avait aucune honte à perdre la partie contre un Dieu.

Pourtant, une chose le retenait. Pourquoi Akir s'était-il déplacé en personne pour lui offrir ce long entretien ?

La réponse ne se fit pas attendre : afin de lui ôter tout espoir.

Jusqu'à présent, seul l'espoir l'avait maintenu en vie. En décrivant le long cortège des épreuves à venir et sa trahison passée, Akir voulait anéantir toute justification à son existence. Il le poussait à se détruire en orientant son libre arbitre dans la direction qui lui convenait, ainsi qu'il l'avait toujours fait.

Maek se laissa tomber au sol, éperdu d'angoisse.

Sauter maintenant était faire le jeu du Dieu, mais avait-il un autre choix ? Rester en vie, sans but, en entendant à chaque instant le rire cruel d'Akir résonner dans sa tête ?

Soudain, la révélation jaillit en lui comme une lumière bienfaisante. Il se leva et affronta du regard l'espace hostile.

Puisque ses rêves n'existaient pas, il allait leur donner corps.

L'école T'Sank était une chimère ? Qu'à cela ne tienne : il allait la fonder.

8

Le panthéon d'Alamänder est une véritable foire à la brocante. Des Dieux de toutes appartenances et de toutes confessions se côtoient dans un maelström d'influences et de tensions. Les agnostiques estiment qu'il existe tellement de divinités qu'elles en sont réduites à cohabiter, serrées les unes contre les autres, dans un espace spirituel bien trop petit pour exaucer confortablement les prières. Je m'imagine pour ma part la demeure des Dieux comme une tornade infinie de formes entremêlées, ouragan formidable autour duquel des légions de serviteurs tourbillonnent en attendant le bon vouloir de leurs maîtres.
Au centre de cette tornade d'énergie se tient Magni, Père de tous les Dieux. Il n'existe pas vraiment d'origine à sa naissance. La plupart des mythologies officielles s'en tiennent au dogme selon lequel il était là avant et qu'il a tout fait après.
*Des exégètes plus prolixes racontent que Magni est l'*Œuf Originel Conscient *qui s'*Engendre Lui-Même*, ovule enfantant un ovule, et ainsi de suite pour l'éternité. Cette théorie a l'avantage d'éviter les questions idiotes du genre : «* Mais qui était là le premier, Magni ou l'œuf ? *», dans la mesure où Magni est l'œuf.*
Chaque facette du caractère de Magni est symbolisée

par une déité particulière, que ce soit une émotion, une profession ou un titre honorifique souvent obscur. Un exemple bien connu est représenté par Rjuikû, Dieu des Forêts et des Sources mais aussi des Systèmes Bactériologiques en Milieu Anaérobie.
(Note de l'éditeur : la version originale de l'ouvrage poursuivait avec la phrase suivante : « Magni n'est pas marié, ce qui prouve sans ambiguïté la supériorité du divin sur l'être humain. » Cette phrase a cependant été retirée des éditions ultérieures sur intervention de l'épouse de l'auteur.)
Le nombre des Dieux est lui aussi sujet à caution, car Magni extrait de son esprit autant d'entités qu'il lui est nécessaire à un moment donné. Et comme il est fort occupé, il sous-traite au maximum.
Vous avais-je menti lorsque je vous disais que le panthéon était un formidable bazar ?

Fenik Alarsouin, *La Loi du Chaos*
(édition épuisée, commander aujourd'hui évite les retards)

*

— (murmure) Une bonne chose de faite.
— Je te demande pardon, puissant magni ?
— Avec la majuscule, s'il te plaît.
— Comment ?
— Mon nom, avec la majuscule. Je ne suis pas une chaise.
— (léger rire) Oh, Pardon, Très Puissant Magni.
— Ne fais pas le malin, Ying-Ko. Je pourrais

t'obliger à énumérer mes attributs en plus de mon titre légitime.

— Oui, Trop Puissant Magni.

— Arrête ça et écoute-moi.

— Je t'écoute, Divin Magni, Maître des Cent Dix-Sept Éléments Constituant la Matière, Gardien de la Pénultième Flamme, Illustre Créateur des… je continue ?

— Tu as oublié « Pourfendeur des Insolents Qui Se Fichent de Moi et Qui vont Se Retrouver à la Circulation des Prières ».

— D'accord, j'arrête.

— Remonte au début de ce paragraphe, juste après la petite introduction que l'auteur se sent obligé d'ajouter en tête de chaque chapitre. Nous pourrons de nouveau synchroniser nos répliques.

— (relecture à voix basse) Voyons… mmmh… Ah, nous y voilà… *Une bonne chose de faite*, disais-tu ?

— Oui. Akir fait encore du zèle. Incroyable ce que ce petit bonhomme peut avoir d'énergie. Il n'a jamais pu souffrir la moindre concurrence.

— (bruit de vêtements froissés) Excusez-moi, je suis en retard.

— Comme si une Déesse pouvait être en retard. Coquette, va.

— Suffit, Ying-Ko. Nous sommes ravis de ta présence, Ivi.

— (minaudant) Bonjour, Auguste Magni.

— Bien, les majuscules.

— Ying-Ko, pas d'ironie. Ivi, je Vois que tu n'es pas venue seule.

— Non, j'ai pris en passant l'âme d'un de mes

prêtres qui vient de trépasser. Il avait l'air tout malheureux, le pauvre.

— Pas étonnant. Il a dû découvrir le paradis destiné à tes adorateurs. Tu n'as jamais été douée pour la décoration. Des fontaines rouges clignotantes et des nuées de poissons bleu électrique pour l'éternité, je comprends qu'ils demandent à se réincarner.

— Je te méprise, Ying-Ko. Tes plages de sable fin et tes grosses vahinés sont certainement d'un goût très chic ?

— Elles sont juste un peu enrobées. J'ai du monde à gérer, moi. Mes servantes ont besoin d'énergie pour être à la hauteur de leur réputation. Ce n'est pas le paradis des anorexiques, si tu parviens à te représenter à demi-mot ce que je veux subtilement te faire comprendre.

— Pourrions-nous reprendre ?

— Bien sûr, Puissant et Bienheureux Magni. Qu'est-ce que tu entends par « anorexiques », Ying-Ko ?

— C'est très simple. Se nourrir pendant des éons de feuilles de salade et d'eau minérale gazeuse provenant de fontaines rouges clignotantes, ce n'est pas ma conception du paradis. Je sais à présent pourquoi les mortels n'ont pas accès aux informations sur ce qui se passe après leur trépas. Ils mettraient encore moins d'entrain à mourir.

— Goujat. Tu n'as aucun goût.

— Tes Feuilles de Salade non plus.

— Très drôle. Dieu des Misogynes. Divin Crétin.

— Et moi j'attends.

— Mes plus plates excuses, Illustre Magni. Que disais-je ? Ah oui. Heureusement pour toi, chère Ivi, il n'existe pas de paradis-témoin à visiter avant que les novices choisissent leur culte. Tu pourrais diviser par deux le nombre de tes protégés.

— (silence hautain)

— Fini ?

— Oui.

— Oui.

— Bonjour.

— (sursaut) Qui c'est, celui-là ?

— Je vous l'ai dit, c'est un prêtre qui vient juste de décéder. Il a l'air perdu, le pauvre mignon.

— Ton nom, brave ex-mortel ?

— Tignigon Envelrasub.

— Ah. Très bien. On t'appellera Tigni. Moi, c'est Ying-Ko.

— Ying-Ko ? Attendez, ça me dit quelque chose. Mais oui, Ying-Ko ! J'ai très souvent entendu parler de vous !

— C'est un peu normal, Tigni. Je suis un Dieu. J'ai plusieurs millions d'adorateurs à mon service.

— Un peu moins, en fait. 10178, pour être exacte.

— Hin hin. Merci pour cette précision, Ivi. C'est très délicat de m'humilier ainsi devant un mortel.

— Veuillez nous pardonner, Tigni, mais nous étions en pleine conférence. À huis clos. Entre nous. Vous comprenez ?

— Vous êtes qui, vous ?

— Eh bien, euh ! Magni.

— Ah oui. (À Ying-Ko). Dites, vous pourriez me donner l'asile quelque temps ? Je… je n'arrive pas à retrouver le paradis de maîtresse Ivi.

— (voix douce) Mais il fallait le dire tout de suite,

cher adorateur. Je vais te confier à l'un de mes poissons ailés, qui va…

— Euh ! Non, pas la peine. Je trouverai bien tout seul. Je… je vous laisse.

— (tous) Salut Tigni.

— (voix douce) Tu disais, Magni ?

— (sans transition) Comme vous le savez, les Hempés ont pratiquement été annihilés lors du combat avec Rama.

— Un vrai désastre.

— Certes. Ce vieux roublard est parvenu à s'échapper, mais les Hempés ont été considérablement diminués. Figurez-vous qu'Akir a réussi à en localiser un dans le monde sensible.

— (en duo) Non ?

— Si. Je viens d'en avoir confirmation dans le chapitre précédent. Mais dans la mesure où les lois de cet univers sont les mêmes que dans l'autre, il ne l'a pas tué. Il n'en avait d'ailleurs pas besoin. L'enfant n'a plus aucune conscience de ce qu'il est. Il fait maintenant partie de la cohorte des mortels. C'est bien là le problème. Nous ne pouvons plus utiliser les Hempés pour nous débarrasser d'Akir.

— À terme, cela pourrait devenir fâcheux.

— (boudeuse) Bof. Nous sommes parvenus à le contenir un long moment, non ?

— Certes, mais regarde ce qu'il a fait de l'endroit où nous vivons. Il l'a presque détruit. Je ne tiens pas à prendre de risques avec l'autre. Les enjeux y sont autrement plus importants.

— Seule une erreur de sa part pourrait faire de nouveau pencher la balance de notre côté.

— C'est ce qui vient de se passer, Ivi. Ce jeune garçon, Makak…

— Maek.

— Oui. Il est toujours vivant. Il reste donc un espoir. Où est-il en ce moment, Ying-Ko ?

— Il est coincé sur la Frange 18, entre les Macrovores et le champ de blé.

— Intelligent de la part d'Akir. Mais j'y songe, les Hempés représentent-ils un danger pour nous ?

— Pas dans leur état. Ils pourraient même nous être utiles, en fait. La vraie menace demeure Akir, et, dans une moindre mesure, mon usurpateur.

— Bonjour.

— (étonné) Pardon ? Ah, bonjour. Tiens, une mortelle, cette fois. Quelqu'un a organisé une journée portes ouvertes ?

— Je viens voir mon maître, le Grand Ying-Ko.

— Approche, chère enfant. Je te reconnais, tu es Mouiren, l'une de mes sœurs de charité.

— (méprisante) Voilà de la charité bien en chair.

— Tu es très en forme, Ivi, ça fait plaisir. Que désires-tu, jeune beauté ?

— Nous sommes un peu ennuyées, Seigneur. Un homme demande à pénétrer sur la Plage Infinie des Plaisirs Infinis.

— *Pénétrer*, dis-tu ? Amusant. Et alors ?

— Il n'en a pas le droit. C'est un prêtre d'Ivi.

— (très en colère) Le sale petit rat !

— (ricanement) Merci Mouiren. Fais-lui remplir le formulaire 127 b.

— Celui qui permet de renier sa religion au profit de la nôtre ?

— C'est cela même, délicieuse créature. Le terme technique est *conversion*. Essaie de le distraire afin qu'il ne détaille pas les petits caractères. Je te fais confiance.

— (grand sourire) Bien sûr, maître.

(Bruit que fait une Vahiné Céleste en disparaissant).

— Voilà donc qui nous fait 10 179 fidèles, si je ne me trompe ?

— Fidèles ? Pfff. Adhérents spirituels, tu veux dire. Magni, que faisons-nous pour Maek ?

— Oh, c'est très simple. Rien. Le mieux est encore de rester neutre et d'observer la suite des événements.

— Et l'autre Hempé ?

— Jonas Alamänder ? Qui s'en soucie ? Rama a eu beaucoup de problèmes avec lui. Je doute de le voir débarquer avant quelques siècles. Allez, on est entre nous, je vous fais une Petite Prophétie™.

— Chouette.

— Voyons Voir. Si mes prévisions sont exactes, les choses vont commencer à se décanter dès les chapitres suivants. Le deuxième tome, ensuite, livrera quelques clefs mais suffisamment peu pour que le lecteur frustré se procure le dernier volume. Ne l'oublions pas : notre Existence est tributaire de sa lecture. Nous péririons si personne ne parcourt ces pages. Goûtons donc avec humilité notre peu enviable condition, qui nous donne vie dans les yeux de ceux qui nous lisent.

— (admirative) Puissant Magni, je célèbre à la fois ton Omniscience et la sagesse de tes paroles.

— (modeste) Ce n'est rien, vraiment. Si nous reprenions cette partie de croquet ?

9

L'année zéro du calendrier kung-bohréen correspond à l'unification d'Alamänder sous la bannière de celui qu'on peut considérer comme le premier monarque de la dynastie des Parsaïcres, le célèbre Solam IV.
Les rebelles de Mehnzota choisirent de caler leur calendrier sur cette même date, fait d'autant plus étonnant qu'ils avaient été les principales victimes de la gigantesque campagne d'expansion.
Le souverain mehnzotain de l'époque, dépossédé de son trône, justifia cette décision par les paroles suivantes :
« Nous modifions l'origine de notre calendrier car nous voulons graver dans nos mémoires l'affront qui nous a été fait par ce bardelat de Solam (que ses descendants se roulent dans la fange de ses excréments). Il marquera l'année zéro de notre détermination à rayer les Kung-Bohréens du monde des vivants. »
Paradoxalement, cette provocation permit un rapprochement diplomatique, quelques années de boucherie à grande échelle plus tard. La communication, qu'on le veuille ou non, est toujours plus facile lorsque les protagonistes partagent les mêmes repères temporels.
Le problème de la différence de langue avait, pour sa

part, été balayé par le discours fédérateur bien connu de Solam : « Comprenez-moi ou mourez. »

Une Brève Histoire du Royaume, Olem Shalaggani
(Tome 23)

*

Jon rêva.

Il rêva qu'il était allongé sur une table métallique, revêtu d'une simple chemise de flanelle. La fraîcheur de la desserte se diffusait à travers ses membres engourdis.

Il plissa les yeux, aveuglé par l'éclat des lampes disposées en cercle au-dessus de lui. Le bruit d'un énorme soufflet suppliciait son crâne de son martèlement ininterrompu. Ce n'est qu'après quelques secondes qu'il reconnut le rythme de sa respiration.

Le froid et le désespoir l'envahissaient comme une crampe que l'on sent monter durant son sommeil. Il tenta de s'arracher au feu douloureux des luminaires mais en fut incapable. Sa tête refusait de se mouvoir.

Devant lui s'étalaient des visages indistincts. Plus loin, une paroi de verre diffusait une lueur mélancolique. Il ne savait pas où il était. Tout apparaissait distendu et flou, comme si on avait étiré ses pupilles dans des directions opposées.

Soudain, un grand couvercle se rabattit sur lui. La cloison se referma dans un chuintement sec. Il sentit un liquide monter le long de ses jambes et les insensibiliser. Il voulut hurler, mais le flot bouillonnant atteignit sa gorge, ses lèvres, sa langue.

Le magicien ouvrit les yeux. Il avala une grande goulée d'air, comme un plongeur revenu des abysses. Dans le même temps, un éclair de douleur traversa ses poumons enflammés. Ses inspirations laborieuses lui donnaient l'impression de se dégonfler comme un vieux ballon.

Quelques secondes plus tard, il recouvrait la mémoire. Pas étonnant qu'il se sente si mal en point. Il avait presque été broyé par la poigne du skorj censé le tirer des griffes des Xéols.

Au moins, je suis vivant. Enfin, jusqu'à preuve du contraire.

Il se sentait détaché de la réalité, comme spectateur de lui-même, et un peu nauséeux.

Des voix lointaines lui parvinrent, déformées par la distance et provenant de beaucoup plus bas. Il essaya de regarder autour de lui sans trop mettre ses muscles à l'épreuve.

Les parois de sa couchette l'enserraient étroitement. Il devait nicher dans une sorte de hamac. Sur sa gauche se trouvait un mur ocre couvert de lichen. Au-dessus, des planches disjointes tenaient lieu de plafond. Le reste de la pièce s'ouvrait sur une nuit paisible. Il sentait sur son front la fraîcheur nocturne. Il jeta un coup d'œil à sa poitrine et découvrit sans surprise des bandages entrecroisés en une parodie de corset.

Avec mille précautions, il se hissa sur un coude. Ses élancements se muèrent aussitôt en calvaire. Il retomba, hors d'haleine. Il décida de se reposer quelques minutes avant de retenter l'expérience. Le regard fixé sur les étoiles, il se concentra sur l'un des astres nocturnes d'Alamänder, Omteh. La lune aux reflets moirés semblait le considérer avec bienveillance.

Sa couche de fortune se déplaça sur sa gauche. Ce qu'il avait pris pour des vertiges était donc bien réel. Il était ballotté avec douceur. Par bonheur, la suspension du hamac atténuait les mouvements. Mieux, elle le berçait.

Son rêve lui revint à l'esprit. L'étrange caveau glacé lui apparut comme familier, de cette fausse familiarité que l'on ressent au cours d'un songe réaliste. Peut-être n'était-ce là que la métaphore insistante de ce qu'il vivait à présent ?

Il en repoussa les dernières émanations. Outre le fait qu'elles n'étaient pas d'un grand réconfort, elles risquaient de le replonger dans une somnolence malvenue.

Il prit une longue inspiration et se pencha afin d'identifier l'origine des voix. Ses blessures se rappelèrent vite à son bon souvenir. Il lui sembla qu'on enfonçait des lames chauffées à blanc dans ses poumons. Il gémit, serra les dents et poursuivit la manœuvre, pouce par pouce. Il parvint enfin à se hisser sur un coude. En équilibre instable, il dirigea son regard vers le bas.

Ce qu'il vit le fit presque sursauter. Il se maîtrisa assez pour ne pas provoquer un nouvel accès de douleur. La tête d'Edrick reposait sur le sol et le considérait d'un air grave.

— Réveillé ? dit le soldat.

Jon se contenta de rouler des yeux.

— Vous avez une mine détestable, mon vieux. Rassurez-vous, vous êtes en sécurité. Une patrouille kung-bohréenne nous a rejoints *in extremis*. Nous poursuivons notre voyage vers Fresnel. Je vous exposerai les détails plus tard. Reposez-vous.

Jon tenta de sourire. Il n'y comprenait rien, mais son compagnon ne semblait pas souffrir d'avoir perdu la majeure partie de son corps. Lentement, le mage reprit sa position allongée et, bercé par les mouvements réguliers, retomba dans un sommeil agité.

Un brusque sursaut le réveilla. Après un instant de désorientation, tout se remit en place. Il se sentait plus dispos. L'impression pénible de flotter autour de son corps avait disparu. Comble du bonheur, la douleur s'éloignait.

Il se trouvait toujours en plein air. Quelques nuages dérivaient dans un ciel d'un bleu limpide. Le soleil était déjà haut. C'était le début de l'après-midi.

Avec un grognement d'appréhension, il tenta de se redresser.

Pas d'élancement fulgurant, même s'il lui semblait qu'un coffre-fort remplaçait sa poitrine. Ses paupières ankylosées étaient de plomb, ses membres comme ceux d'une poupée de chiffon après un sale quart d'heure passé entre les mains d'une gamine psychopathe.

Il entendit des bruits de pas au-dessous et revit apparaître Edrick. Le soldat avait retrouvé son corps et lui souriait d'un air espiègle.

— Que pensez-vous de notre médecine, Jon ? Impressionné ?

Le détective ouvrit la bouche et essaya de remuer la saucisse enflée qui lui tenait lieu de langue.

— Edwick. Hontent de wous woir.

— Croyez bien que c'est réciproque. Notre pratique de la médecine est basée sur le sommeil. Le corps se repose bien mieux lorsqu'il n'a pas à obéir aux désirs de son propriétaire. En outre, le guérisseur est dispensé des commentaires et états d'âme de son patient.

— He wois.

— Sans doute pas, mais ça viendra. Je vous dis tout cela pour vous avertir que vous êtes resté inconscient pendant plus d'une journée.

— Han que ça ?

— Pardon ?

— He isais : Han que ça ?

— Essayez d'ouvrir la bouche au maximum et faites de grands cercles avec la langue. Ça aide.

— Homme ça ?

— Oui. C'est assez déplaisant à regarder, mais c'est efficace.

Jon poursuivit l'exercice quelques secondes puis, guidé par le soldat, enchaîna d'autres mouvements. Il se sentit mieux.

— Où awez-vous appris tout cela, Edrick ?

— Il y a cinq ans, j'ai été gravement blessé au cours d'une simulation d'exécution sommaire. On m'a endormi six mois. Pendant ce temps, le médecin de l'armée a pu pousser mon métabolisme jusqu'à trois fois sa capacité de guérison. Cela n'aurait pas été possible si j'étais demeuré à l'état de veille, car la plupart des ressources de notre organisme servent à l'exécution de nos ordres conscients. Pendant le coma, plus de mouvements, plus de pensées. Le guérisseur peut détourner l'énergie économisée vers les fonctions de restauration.

— Je ne connaissais pas cette technique. Elle ne manque pas d'intérêt.

— Allons bon, ces sauvages de Kung-Bohréens seraient donc un tantinet civilisés ?

Jon sourit.

— En fait, je… oui, c'est ça.

— Selon certaines rumeurs, des spécialistes sont même parvenus par ce moyen à faire repousser des membres. Au prix d'un temps de sommeil prohibitif, il est vrai. De l'ordre d'une cinquantaine d'années. Devoir choisir entre rater une partie de sa vie et vivre amputé doit être assez difficile.

Il eut une mimique d'irritation.

— Désolé, comme d'habitude, je parle boutique alors que vous avez sans doute hâte de reprendre pied avec la réalité. Essayons de vous remettre debout. Prenez garde, le palier est assez étroit.

Le soldat passa un bras sous l'aisselle de Jon et l'aida à se redresser. Le blessé vacilla lorsqu'il découvrit l'endroit où ils se tenaient, une petite passerelle qui donnait sur le vide. Le hamac occupait l'essentiel de la surface disponible. Un escalier de bois partait du bord et s'enfonçait vers les niveaux inférieurs. Jon comprit pourquoi il avait eu l'impression de parler à un Edrick décapité : le soldat se tenait sur les marches au moment où il lui avait adressé la parole. Les brumes du sommeil et les drogues qu'on lui avait injectées avaient contribué à l'illusion.

— Où sommes-nous ? Vous trouvez que c'est l'endroit idéal pour une convalescence ?

— Non, mais c'est le seul que j'ai pu dénicher.

Jon considéra les alentours avec plus d'attention. La cage d'escalier laissait entrevoir de nombreuses terrasses empilées sans ordre apparent. Des dizaines de soldats s'y affairaient. De temps en temps, l'un d'eux lançait des directives répercutées par d'autres voix. Vers le bas, un nuage de poussière empêchait de distinguer le sol.

Jon sentait toujours le léger tangage qui avait accompagné son sommeil. Il découvrit soudain son origine : ils avançaient. Quel que soit l'étrange vaisseau sur lequel ils se trouvaient, ils progressaient à grande vitesse entre les contreforts naissants d'une chaîne montagneuse.

— Un navire ? Au milieu des terres ?

Edrick se contenta de sourire.

— Accompagnez-moi, vous allez découvrir l'une des merveilles de mon pays.

Soutenu par le garde, Jon descendit avec précaution quelques marches. Ce qu'il avait pris pour un mur faisait partie d'une tour décrépite autour de laquelle des étages étaient disposés en spirale. Les occupants se déplaçaient de l'un à l'autre grâce à des échelles de corde, des pontons décharnés, des escaliers articulés qui épousaient les contours du bâtiment. Un système élaboré de poulies, amas vibrant de contrepoids et de treuils, fournissait une suspension de fortune.

Pendant les quelques instants que dura la descente, le mage prit sa chevelure dans une estrope, fut bousculé à plusieurs reprises par des officiers impatients, et finit plaqué contre la paroi à la suite d'une embardée. À chaque incident, Edrick le rassurait autant qu'il le pouvait.

Ils parvinrent enfin au premier étage du bâtiment, près d'un hublot sombre d'environ un homme de diamètre. Jon vit son image se refléter sur le verre. Les yeux dans le vague, le visage amaigri et blanchâtre, il lui sembla qu'il revenait tout juste d'une croisière sur un fleuve des enfers.

Il demeura absorbé par sa triste mine, puis le hublot *cligna*: une énorme double paupière à la texture rocailleuse balaya toute la surface avant de reprendre sa place.

Jon fit un tel bond qu'il serait tombé par-dessus bord si Edrick ne l'avait pas retenu.

— Bienvenue sur Athanagor, annonça fièrement le soldat. L'un des fleurons de notre armada de skorjs de combat !

Agrippé à Edrick comme à un radeau, le mage considérait avec horreur l'orbite monstrueuse.

— C'est un *skorj* ?

— Oui, l'un des plus grands. Je vous ai amené près de son œil afin qu'il puisse vous identifier. À présent que vous avez fait connaissance, il ne risquera plus de vous prendre pour l'une des vermines qui infestent son organisme.

— J'en suis flatté.

Jon quitta l'étreinte de son ami et essaya de reprendre un peu d'assurance.

— Les mots me manquent.

— C'est pour moi le meilleur des compliments.

Nous ressentons parfois un complexe d'infériorité vis-à-vis des peuples qui maîtrisent la magie. Un peu comme des illettrés devant un alphabet.

— Je regrette de ne pas m'être documenté plus avant sur votre civilisation. Malgré votre cynisme et votre arrogance, vous possédez des trésors d'ingéniosité.

Edrick sourit jusqu'aux oreilles.

— Reprenez-vous, Jon. Vous allez finir par demander la nationalité kung-bohréenne.

— N'en espérez pas tant. Si c'est une manœuvre pour séduire le barbare que je suis, elle sera sans suite. À propos de nationalité, vous m'avez annoncé que j'étais demeuré une journée inconscient. Nous ne sommes donc pas encore arrivés ?

— Non. Le commandant a décidé de faire un détour afin de sécuriser la région. Nous arriverons demain en début de matinée. Il vous restera moins de deux jours pour plaider votre cause auprès des autorités compétentes.

— J'espère que cela suffira. J'ai plus que hâte de régler cette affaire.

— Vous ne goûtez donc pas notre petite croisière impromptue ?

— Vous êtes d'humeur taquine. Non, désolé. Pour tout vous dire, je ne me sens pas très à l'aise à l'idée de jouer les parasites sur un poulpe géant.

— Quel dommage ! Nous qui avions affrété ce skorj-témoin afin de vous convaincre d'investir dans ce modèle.

— Fi ! Mehnzotain je suis et mehnzotain je resterai.

Ce faisant, le mage se frappa la poitrine et gémit aussitôt.

— Je ne suis pas encore totalement remis, à ce qu'il semble. Pensez-vous que votre guérisseur va me prescrire une autre période de coma pour avoir la paix ?

— Je pense au contraire que vous avez assez dormi pour les dix ans à venir. Que diriez-vous de manger un morceau ? Vous devez être affamé.

— Pour être honnête, j'hésite entre mourir d'une hémorragie et d'inanition.

— Vous vous déciderez après un bon repas. Suivez-moi.

Les compagnons remontèrent dans l'échafaudage jusqu'à un petit restaurant perché à l'extrémité d'une plate-forme panoramique. L'endroit était aussi coquet que désert. Ils prirent place derrière une table en fer forgé, à l'ombre d'une tonnelle.

Un serveur replet surgit d'une casemate adossée au monstre, un carnet à la main.

Edrick détailla le menu.

— Donnez-moi un 1 400, et un 2 500 bien pesé pour mon ami. Il a besoin de reprendre des forces.

— Une boisson ?

L'officier se tourna vers son compagnon.

— Voulez-vous essayer le sang de skorj, Jon ? C'est très énergétique, et – il fit un geste qui embrassa les lieux – on en dispose ici en quantité.

— Eh bien, c'est très aimable, peut-être plus tard. En fait, je me rétablis de minute en minute. Je me contenterai donc d'un… d'un 2 500, ce sera très bien.

Le serveur prit note et s'en alla.

— Vous plaisantiez, pour le sang, non ? demanda le détective incrédule.

— Pas du tout.

— Ce serait bien la première fois que je goûterais à une partie de ma monture. Je pense que je guérirai d'autant plus vite que je me tiendrai à distance de ce breuvage. Le 1 400 est préparé à base de poulpe, lui aussi ?

— Négatif. L'appellation correspond juste au nombre de calories standard d'une ration militaire. Nous avons droit à un quota très précis par semaine. En tant que blessé civil, vous disposez d'un supplément. Mais je ne réponds pas à votre question. Ce sont des tablettes de carno-céréales mêlées à des lanières de bardelat et de moufre. Oh, excusez-moi. Je n'aurais pas dû parler de ça.

À l'évocation de l'animal, le visage de Jon s'était rembruni.

— Ce n'est rien. J'espère juste qu'ils sont garantis sans Xéol. Magni soit vert, j'ai rarement eu aussi peur de ma vie. J'y pense, savez-vous ce que Tech est devenu ?

Les épaules de l'officier s'affaissèrent.

— Il est porté disparu. Mon seul espoir est qu'il ait eu le temps de mettre fin à ses jours avant d'être capturé. Vous me trouvez peut-être insensible. Le fait est que je perds régulièrement des parents ou des amis au cours des échauffourées officieuses avec votre pays. Je ne peux me permettre de demeurer tourné vers le passé, je risquerais de perdre une partie de mes moyens et de mettre ainsi ma vie en danger.

— Ne vous inquiétez pas, je juge rarement les

personnes qui viennent de me sauver la vie. Revenons aux Xéols. Ils sont si terribles ?

— *Terribles* n'est pas le terme approprié. *Inhumains* serait plus exact. Ils ont tout de même réussi à contrôler leur natalité en mangeant les enfants non désirés. Quand vous savez cela, vous n'avez pas envie de découvrir comment ils traitent leurs prisonniers.

Le soldat fut interrompu par l'arrivée des rations. Jon jeta un œil distrait à ses tablettes.

— Leurs mœurs sont certes primitives, dit-il, mais leurs connaissances anatomiques et techniques sont remarquables. Regardez ce qu'ils ont fait à ces moufres ! C'est aussi cruel qu'ingénieux.

Edrick soupira et s'absorba dans la contemplation du paysage. Au bout de quelques instants, il répondit :

— Ils n'y sont pour rien.

— Comment cela ?

— Je vais vous faire une confidence. Je sais que cela restera entre nous. Les moufres ont été modifiées par nos scientifiques dans un laboratoire secret situé près de la frontière.

Jon le dévisagea, stupéfait.

— Ma hiérarchie cherchait depuis un certain temps à déstabiliser les forces mehnzotaines stationnées près de Malaspen. Elle désirait entretenir un climat de tension pour éviter que les troupes frontalières ne renforcent leurs positions. L'état-major a fini par trouver. Ce sont les Kung-Bohréens qui sont cruels et ingénieux, Jon. Les Xéols, eux, ne sont que cruels.

— Vous êtes en train de me dire que vous avez engagé des Xéols ?

— Absolument pas. Nous n'avions plus de

nouvelles de cette base avancée. Une partie de ma mission consistait à découvrir la raison de ce silence. Il est aisé de déterminer ce qui s'est passé : une troupe de Xéols s'est emparée des bêtes après avoir massacré les savants.

Jon repoussa ses couverts avec humeur.

— Quelle joie d'avoir pu contribuer à la découverte de la vérité ! Vous avez d'autres révélations dans ce goût-là ?

— Oui. Je soupçonne ce même état-major d'avoir permis aux Xéols de s'emparer des bêtes. Ainsi, d'éventuelles exactions commises à Mehnzota par les sauvages ne pourront être mises sur notre dos.

Le détective baissa la tête et se massa le front.

— J'en ai assez entendu, dit-il en se redressant. À chaque parole que vous prononcez, mon amour-propre descend d'un cran. Si j'avais un peu de dignité, je vous laisserais ma maison et je partirais m'installer dans un coin reculé de mon pays en m'efforçant d'oublier que nous sommes voisins.

— Vous savez très bien que vous ne le faites pas pour vous mais pour votre maître.

— Rien n'est plus vrai. Je m'en voudrais s'il retournait chez lui et découvrait une colonie de moufres téléguidées en lieu et place de son domicile.

— Ironisez si cela vous permet de mieux digérer cette mésaventure. Reste que les Xéols constituent un danger bien plus alarmant que nos petites joutes entre États voisins.

— Ils ne sont qu'une poignée.

— Une poignée de sable dans les rouages diplomatiques de nos deux pays. Dois-je vous rappeler que nos rapports sont plus que tendus ? La trêve n'est respectée que parce que personne n'a envie de voir débarquer les T'Sanks.

— Vous leur attribuez un bien grand pouvoir.

— Certainement pas. Souvenez-vous de la Guerre des Protectorats. Profitant d'un conflit entre nous et YArkhan, vous avez envahi plusieurs de nos territoires. Pris en tenaille, nous avons vite été débordés.

— Je me souviens de cette période, même si la version de mon pays précise que nous nous sommes contentés de reprendre ce qui nous appartenait.

— J'admets ce fait uniquement pour le plaisir de la conversation. De manière surprenante, les T'Sanks s'allièrent bientôt à Kung-Bohr. À leur habitude, n'ayant comme seuls maîtres qu'eux-mêmes, ils avaient opté pour l'équilibre d'Alamänder. L'école envoya deux exécuteurs, l'un à YArkhan, l'autre à Mehnzota. Quelques hauts responsables tombèrent de chaque côté. Malgré leur fureur, les deux puissances finirent par s'incliner et acceptèrent le pacte de non-agression proposé par Shaddrack IV.

— Et donc, d'après vous, nous ne sommes pas en guerre en ce moment uniquement grâce aux T'Sanks ?

— Pas grâce aux T'Sanks. Grâce à *un* T'Sank. Lan Maek, fondateur de l'école il y a plus de huit cents ans.

— L'Immortel ? Que me racontez-vous là ? Il n'est pas du tout intervenu !

— Il n'a pas eu besoin de se déplacer. Voyant le conflit s'éterniser, il a annoncé sa prochaine participation au combat. Maek était déjà célèbre à l'époque, et fort redouté. Cet ultimatum a eu un poids équivalent à celui d'une nation. *Voilà* la vraie raison de la fin de la guerre.

— Vous réalisez ce que vous dites ? Un seul homme ne peut avoir autant d'influence.

— C'est ce que rétorquent les historiens opposés à cette théorie. Mais réfléchissez. En temps normal, les généraux à l'abri dans leur forteresse envoient leurs troupes au combat. Avec Lan Maek, la logique est inversée : les soldats sont épargnés, seuls les dirigeants tombent. Ce seul fait justifie l'empressement avec lequel les royaumes se sont réconciliés. Bien sûr, sitôt la paix rétablie, ils n'eurent plus qu'une idée en tête : éradiquer une fois pour toutes ces rabat-joie de T'Sanks.

— Je connais la fin de l'épisode. Comme les précédentes tentatives, celle-ci se solda par un échec, même si les alliés revendiquèrent haut et fort la mort de deux assassins. Aucun belligérant ne précisa qu'environ huit mille combattants firent les frais de la campagne contre une poignée d'hommes.

— Maek, qui dirigea les manœuvres depuis son repaire, gagna dans l'affaire un statut de demi-dieu. Ainsi naissent les légendes.

Jon hocha la tête, songeur.

— Écoutez, dit-il, je vous propose une trêve. Mettons de côté cette affaire pour le moment. Moins j'en saurai sur les Xéols, plus j'aurai de chances de garder ce repas au fond de mon estomac.

Il songea que ce serait plus difficile que prévu lorsqu'il vit son compagnon vider d'un trait une chope de liquide écarlate, puis se lécher les babines d'un air connaisseur.

— Heureux de constater que vous allez de l'avant. De retour chez nous, je tâcherai de faire la lumière sur cette affaire. En attendant, Athanagor est en forme aujourd'hui ! Ce sang est excellent. J'espère que de votre côté vous appréciez votre en-cas.

Jon considéra les rations rectangulaires qui se trouvaient devant lui. Il se décida à en glisser un morceau dans la bouche. Malgré la douleur que lui causa sa langue convalescente, il constata avec surprise que c'était mangeable. Une pâte feuilletée craquante abritait un liquide piquant et rafraîchissant.

— C'est très bon, admit-il après avoir enfourné deux tablettes. Ça plairait sans aucun doute à… nom d'Akir, Retzel ! s'exclama-t-il en se levant. Vous l'avez retrouvé ?

— Asseyez-vous, Jon ! Vous allez rouvrir vos blessures. Retzel va très bien, il se promène sur le vaisseau.

Edrick aida son protégé à reprendre place avant de poursuivre :

— Nous l'avons trouvé errant sur le champ de bataille. Il se curait les dents avec un tibia de moufre. Je ne sais pas ce qu'il avait mangé, mais il semblait rassasié. J'ai même l'impression qu'il cherchait un endroit où faire la sieste lorsque nous l'avons découvert.

— Retzel, rassasié ? Je m'en veux d'avoir raté ça. Je n'ai jamais pu prendre le moindre repas sans qu'il lorgne sur mon assiette après avoir englouti l'essentiel de nos provisions de la semaine.

— Si vous n'y étiez pas aussi attaché, je vous avoue que nous ne l'aurions pas pris à bord. Il sème la panique partout où il passe. Athanagor lui-même n'attend qu'une occasion pour s'en emparer.

— Qu'a-t-il bien pu faire ?

— À ce que j'ai entendu dire, il s'est planté près des ouïes du skorj et a essayé de lui apprendre des chansons. Vous imaginez ça ?

— J'aimerais que vous me présentiez à votre guérisseur. Il devrait avoir sous le coude de quoi endormir Retzel un bon bout de temps.

— Je m'en chargerai, vous pouvez en être sûr, répondit le soldat d'un ton faussement solennel.

Edrick ayant quartier libre, les deux hommes poursuivirent leur conversation une partie de l'après-midi. Cédant aux insistances de son hôte, Jon accepta de tremper ses lèvres dans le sang du skorj. Il le trouva écœurant car trop sucré, mais il se garda bien de faire le moindre commentaire. Son compagnon semblait toujours aussi sensible à ce qu'il pouvait dire ou penser. Cette réceptivité le mettait mal à l'aise et le flattait à la fois. Il se sentait sincèrement admiré et n'en avait pas l'habitude.

En fin de journée, un subalterne vint prévenir Edrick de leur arrivée prochaine à Ker Fresnel.

— Parfait ! *Maison, Sucrée Maison*, comme disent les Mehnzotains. Si vous vous sentez d'attaque, je vous propose de rejoindre dès à présent le poste d'observation principal, un peu plus haut. Nous y croiserons peut-être Retzel. On m'a rapporté qu'il avait confectionné un nid au sommet de la crête du skorj. Il a conservé ses habitudes de voyage.

— Allons-y. Dites-moi, le messager ne vient-il pas de vous appeler capitaine ?

— En effet. J'ai obtenu cet avancement à la suite de notre échauffourée. J'ai hâte d'annoncer la nouvelle à mon cousin, il vient d'être promu, lui aussi.

— Toutes mes félicitations.

— Merci. Monter en grade n'est pas aisé en temps de paix. Par ici.

Edrick prit les devants. Les deux hommes empruntèrent diverses échelles et gagnèrent la structure la plus élevée de la créature. Celle-ci consistait en un demi-cercle relié à la crête du skorj par des vérins hydrauliques. L'imposante suspension, expliqua le guerrier, permettait d'amortir les oscillations provoquées par le déplacement. À cette hauteur, elles étaient très prononcées.

Sous un kiosque ouvragé, quelques officiers échangeaient leurs impressions sur le voyage. Ils saluèrent Edrick d'un hochement de tête et se contentèrent de dévisager Jon. Le soldat invita son compagnon à s'accouder à la rambarde piquetée de rouille.

— Vous voyez, là-bas ? Fresnel adossé à ce bon vieux Bohr.

Jon détailla le panorama. Le mont Bohr était impressionnant, même à cette distance. Le contraste avec les reliefs peu élevés qui l'entouraient était saisissant. Le massif prenait appui sur des contreforts timides, puis rassemblait ses flancs sombres et s'élançait obliquement à la conquête des cieux. La roche brune, comme taillée à coups de serpe, déployait ses formes à la fois sinistres et conquérantes.

Le questeur, subjugué, comprenait à présent pourquoi la souveraineté mégalomane de Kung-Bohr s'était entichée de ce monument à la gloire de la géologic.

Des traces d'habitations parsemaient le relief. À la base du mont, une sorte de gravière cubiste léchait les pentes escarpées. Plus haut, des tours pesantes dominaient une multitude de bâtisses dont la construction semblait ne suivre aucune règle. Elles se déployaient en une masse anarchique, comme des plantes à la recherche de lumière.

Jon nota avec surprise l'absence de toute ligne de défense. Aucune fortification ne ceinturait la ville. Il s'en ouvrit auprès de son compagnon.

— C'est ce qui fait la beauté de notre capitale. La majeure partie de Fresnel est bâtie en profondeur, dans les grottes qui sillonnent la montagne. Ce que vous voyez ne sont que les sommets des bâtiments. Lorsque Embru IV décida d'installer ses quartiers ici, il renonça à étendre la ville vers la vallée. Cela l'aurait laissée à la merci d'une attaque par l'ouest. Au lieu de dépenser des sommes folles à édifier des remparts qui finissent toujours par tomber, Embru préféra exploiter les galeries naturelles. Pas question pour des assaillants de creuser à travers des centaines de mètres de granit pour nous atteindre.

« Seuls les bâtiments situés à l'extérieur sont menacés par des attaques aériennes ou magiques, mais c'est un risque que prennent volontiers les nantis. Plus leur palais est élevé, plus leur prestige est grand par rapport au danger qu'ils courent. Une sorte de pied de nez au destin. Les plus renommés sont ceux dont les sommets accrochent le plus longtemps les rayons du soleil couchant.

— Votre société est plus complexe qu'on pourrait le croire au vu de votre passé belliqueux.

— Je vois ce que vous voulez dire, répondit le capitaine sur la défensive. On ne peut guère nier notre… culture de l'expansion.

— Bel euphémisme. Peut-être cela a-t-il un rapport avec la nature de votre capitale ? À vivre repliées sur elles-mêmes, il est possible que les familles régnantes aient contracté un sentiment de claustrophobie qui s'est traduit par un appétit des grands espaces.

— Claustro-quoi ?

— Claustrophobie. C'est la science de l'espace vital, développée par un obscur magicien au cours de ses nombreuses années de cachot. Peu importe.

— Je vous conseille de vous coucher tôt. À notre arrivée à la caserne, vous devrez marcher un bon moment avant d'atteindre les portes de la ville.

Jon fronça les sourcils. Il avait pensé qu'Edrick l'accompagnerait. Le soldat remarqua son trouble et reprit :

— J'aurais aimé vous escorter, mais je dois me présenter au rapport. Mon cousin n'aime pas attendre. Tech porté disparu, je suis pour mes supérieurs le seul témoin des événements. Vous ne comptez pas. Vous êtes un civil, mehnzotain de surcroît.

— Votre cousin ? Celui dont vous m'avez parlé précédemment ?

— Non, pas celui-là. Je vous parle du colonel de la base. Il nous a informés que tout renseignement au sujet des mouvements xéols était prioritaire. Je dois aussi me rendre à la forge afin de façonner mon nouvel insigne. Je vous mentirais si je vous disais que ma promotion m'est indifférente.

— Attendez, attendez. Chacune de vos phrases

éveille en moi plus de questions que vous ne me laissez en poser. Combien avez-vous de cousins, exactement ? Et qu'est-ce que c'est que cette histoire d'insigne ?

Edrick secoua la tête.

— Désolé, j'ai toujours l'impression que vous avez grandi ici. Nos royaumes sont si différents. Les officiers promus doivent eux-mêmes forger leur insigne au cours d'un rituel très codifié. Cette cérémonie est censée leur faire prendre conscience de leurs nouvelles responsabilités. Un emblème bâclé attire les railleries des subalternes. Évidemment, plus les grades sont élevés, plus les ornements et la liturgie sont complexes.

Le soldat montra un bout de ferraille qui pendouillait à son épaule. Jon l'avait toujours pris pour un défaut de l'armure.

— Vous savez ce que cela représente ? demanda Edrick avec fierté.

— Hmmm. Manifestement, c'est un… attendez…

— Ça va, laissez tomber, répliqua l'officier d'un ton pincé. J'étais malade pendant les cours de forge. Je me rattraperai avec le prochain. Les insignes les plus laids ont souvent les missions les moins intéressantes. Cela n'a aucun rapport avec notre venue chez vous, bien sûr.

— Bien sûr, monsieur le susceptible.

— Toujours est-il que je serai occupé plusieurs jours à la fabrication de mon écusson. J'essaierai de vous rejoindre dès que j'aurai terminé. Ne serait-ce que pour vous le montrer, monsieur le raffiné.

— J'espère que mon affaire sera réglée d'ici là et

que nous boirons ensemble à votre nomination et à ma demeure retrouvée.

Le soldat prit son protégé par l'épaule.

— C'est tout ce que je vous souhaite, Jon. Désirez-vous que je mette un skorj à votre disposition jusqu'aux portes de Fresnel ?

— C'est une provocation ? Les douleurs dans ma poitrine parviennent presque à égaler celles de mon fondement. Je vais de ce pas tenter d'oublier l'une et l'autre dans ma couchette. Merci pour votre offre.

Les deux hommes se séparèrent. Le mage eut un instant de désorientation. Sa santé avait été mise à rude épreuve et sa mémoire eidétique n'était pas parvenue à retenir leur itinéraire. Il n'osa rappeler Edrick pour lui demander son aide. Il se sentait assez redevable comme cela. Il expérimentait depuis le début de son séjour des émotions qu'il ne connaissait pas. Le capitaine se comportait en ami sincère, le seul qu'il aurait sans doute jamais dans ce pays où les militaires voyageaient à flanc de calamar et fabriquaient eux-mêmes leurs médailles. Il se sentait toujours incommodé lorsqu'il éprouvait de la gratitude. Cela le ramenait à ses années de noviciat, quand son maître l'assistait dans la découverte des merveilles de son esprit. Ressentir à nouveau cette émotion, c'était comme devoir enfiler un costume devenu trop petit.

Une situation exceptionnelle engendre des sentiments inhabituels, conclut-il en cherchant son chemin.

Après plusieurs tentatives infructueuses et quelques moments pénibles à interroger des soldats irascibles, il retrouva son hamac. Il s'y blottit avec le sourire d'un bienheureux.

Quelques heures plus tard, un vigile le secoua sans ménagement en l'accusant d'accaparer sa couchette. Jon s'excusa et expliqua sa méprise. Après quelques secondes, l'autre reconnut en lui le mage en visite.

— Désolé, fit le planton, je vous avais pris pour mon cousin.

Il indiqua à Jon le chemin de ses quartiers et le congédia d'un geste. Le détective marcha encore de longues minutes avant de se retrouver devant un hamac en tout point semblable à celui qu'il venait de quitter. Il fronça les sourcils et se mit en quête d'un détail qui confirmerait son retour. Dès qu'il aperçut sa mallette à fleurs près d'un pilier, il se jeta dans sa couchette et s'endormit.

Il rêva une partie de la nuit qu'un skorj lui labourait la poitrine de ses tentacules en lui reprochant d'avoir pris son hamac. Une énorme paille plongeait de son bec dans les entrailles du mage, et il roulait les yeux de plaisir tout en l'insultant.

Le lendemain, le premier geste de Jon fut de retourner son bagage à la recherche d'une tenue présentable. Parmi les rares vêtements qu'avait pris Retzel, il sélectionna une longue veste et un pantalon, tous deux noirs ourlés de blanc. Il ne doutait pas que l'uniforme officiel des questeurs fût inconnu à Kung-Bohr, mais cette tenue le rassurait et lui redonnait confiance en ses capacités. Étranger en un lieu où la magie était méprisée au profit de la science, il savait qu'il devrait à la fois déployer toute son ingéniosité pour entrer en contact avec Ernst XXX, et des trésors d'éloquence s'il voulait conserver la demeure de son maître.

En refermant la valise, il songea qu'il n'avait pas encore croisé Retzel. Cela ne l'inquiéta pas outre mesure. Il ne doutait pas que le démon de poche saurait se manifester à la moindre occasion de se rendre inopportun.

Ne sachant où aller, il opta pour un terrain connu et se dirigea vers la station d'observation. Un véritable essaim de soldats bruissait dans les coursives et sur les passerelles. Les uns préparaient les amarres, d'autres s'époumonaient dans un système acoustique dont la tuyauterie transitait sous la peau du skorj.

Après avoir gravi deux échelles de corde et franchi trois ponts suspendus, le détective aboutit à la cage d'ascenseur qui menait au poste d'observation. Là, des officiers à l'air concentré signaient les derniers rapports et faisaient d'ultimes recommandations aux navigateurs. Des quartiers-maîtres relayaient les ordres par l'intermédiaire d'une sorte de grand orgue vocal. Il régnait ce mélange de sérieux et de joie anticipée qui accompagne le retour d'un long voyage.

Edrick se tenait près d'une embouchure de cuivre et lisait les dépêches qui lui parvenaient. Tout en ouvrant une capsule pneumatique, il fit signe au questeur d'approcher.

— Désolé de n'avoir pu vous accueillir, mon vieux. Je viens d'apprendre que nous repartons sitôt le plein de vivres effectué. J'ai ici l'ordre de mission, qui…

Il parcourut le document et jeta au mage un regard embarrassé.

— Je vois que l'objectif d'origine du bâtiment

n'était pas de patrouiller. Avant d'intervenir au cours de l'attaque xéole, il se dirigeait vers votre territoire afin de le *débroussailler*, comme dit notre jargon. C'est-à-dire tout raser et implanter des échantillons de végétaux kung-bohréens. Ceux-ci valident en quelque sorte notre présence dans la région. L'assaut a modifié la donne et c'est pourquoi nous rentrons, en quête de nouvelles instructions. Lorsque ce sera fait, il est probable que nous repartions vers notre destination d'origine.

Le soldat chiffonna l'envoi.

— Je suis désolé, Jon. Dites-vous que si Athanagor n'était pas intervenu, non seulement vous seriez mort, mais votre maison aurait été détruite. Je comprends mieux pourquoi je dois rester à bord. Je connais déjà la région.

Le questeur ne pipa mot.

— Écoutez, nous ne serons pas sur place avant une bonne semaine. Vous disposez d'un répit plus important que prévu. L'espoir d'obtenir une entrevue avec le pouvoir suprême n'a jamais été aussi grand.

Jon voulut remercier Edrick, mais aucun mot ne put franchir ses lèvres. Par ironie du sort, sa demeure allait être rasée par ceux-là même qui lui avaient sauvé la vie. Il était partagé entre la colère et le cynisme, signe que ses émotions commençaient à prendre la couleur locale.

L'arrivée du vaisseau au poste de garde le dispensa d'avoir à répondre. Une ample rumeur discordante, que Jon attribua au skorj, retentit. Une immense entrée en forme de triangle s'ouvrit sur la paroi en face d'eux. Depuis l'intérieur, il vit des tentacules pousser les monstrueux battants. Au plafond, des silhouettes sombres se déplaçaient avec une lenteur menaçante. Le détective réprima un frisson. Il n'aurait pour rien au monde voulu prendre part à l'assaut d'une telle forteresse.

Athanagor pivota et s'aligna sur l'ouverture. Après un autre coup de trompe, il pénétra dans la bâtisse. L'agencement du bâtiment était calqué sur celui du poulpe, avec des paliers disposés à intervalles réguliers en face des passerelles. Chaque étage était découpé de manière à épouser le gigantesque tronc.

— Cela permet un maximum d'efficacité, expliqua Edrick. Les quartiers des soldats sur le skorj correspondent à ceux du fortin. En cas d'alerte, tout le monde est à son poste en quelques secondes. C'est le père d'Ernst XXX qui a eu cette idée et son fils en a amélioré le principe.

— À vous entendre, le roi ne serait donc pas seulement un expansionniste mégalomane qui veut me chasser de chez moi ?

— Quelque chose me dit que j'aurai du mal à vous en convaincre. Un dernier conseil : gardez-vous de le décrire de cette manière lorsque vous le rencontrerez. Il est plutôt du genre susceptible.

— Ne vous inquiétez pas pour ça. Je me contenterai de le supplier après m'être traîné à ses pieds.

La passerelle en face d'eux s'ébranla. Des vérins s'allongèrent par saccades et amenèrent le poste d'observation au niveau de son homologue de la caserne. La rambarde de sécurité s'ouvrit et livra passage aux officiers. La plupart disparurent dans la pénombre en discutant avec animation.

Les deux compagnons firent quelques pas sur la terre ferme.

— On ne voit pas grand-chose, souffla Jon.

Il détaillait avec inquiétude les formes qui se déplaçaient au-dessus d'eux.

— Rassurez-vous, la ville est beaucoup mieux éclairée. Le manque de clarté encourage les soldats à repartir en mission plutôt que de rester ici à ne rien faire.

— Et ces choses, là-haut, ce sont des skorjs ?

— Des larves, oui. On leur apprend à se mouvoir dans les combles. Cela évite les embouteillages. Essayez de ne pas traîner dans les environs. Vous n'avez pas l'allure d'un soldat, les larves pourraient vous prendre pour un intrus. Vous me comprenez.

— Tout à fait. J'imagine un tentacule se dérouler vers moi dans le noir. De quoi occuper de longues nuits de cauchemar.

Le moment du départ approchait. Un silence embarrassé s'installa. Aucun des deux hommes ne savait comment prendre congé de l'autre.

Edrick finit par tendre la main en souriant. Jon la prit et la serra chaleureusement.

— Vous refusez toujours une escorte jusqu'à la ville ?

— Plus que jamais. Si vous voyez Retzel, dites-lui que j'ai enfin réussi à me passer de ses services. Prenez soin de lui.

— Parce que vous croyez vous en tirer à si bon compte ? Me confier ce phénomène équivaut à déclarer une autre guerre entre nos deux pays. Je vous souhaite bonne chance, Jon.

— Merci, Edrick. À bientôt.
— À bientôt.
Le soldat tourna les talons et regagna le skorj. Jon soupira et fit face à la pénombre. Il devait se résoudre à affronter sa destinée. Il adressa une courte prière à Magni et s'enfonça au hasard dans un couloir.

10

Bienvenue à Ker Fresnel.

Le présent fascicule a pour but de vous familiariser avec notre capitale, joyau de l'empire kung-bohréen. […]

La monnaie du royaume s'étale du Triste au Joyeux, par ordre de valeur croissante. De nombreux guichets sont à votre disposition si vous souhaitez profiter du paiement de la taxe de séjour pour effectuer vos opérations de change. […]

Vous, agents secrets étrangers, êtes les bienvenus. Vous contribuez au prestige de notre pays en permettant à notre armée de s'entraîner à bas prix. Les survivants jouissent du droit à une juste servitude, régie par un cadre juridique rigoureux établi par des générations d'esclaves administratifs.

Notez qu'un espion peut faire à tout moment une demande auprès des services compétents afin de devenir agent double. Les structures sociales de notre capitale protègent aussi les activités de ses agents triples et quadruples. Au-delà, la complexité de la situation ne permet plus qu'une consultation régulière et gratuite chez un psychiatre homologué. […]

Les armes de nos vigiles ne sont pas munies de dispositif de sécurité. Vous serez donc avisé de ne pas vous

retrouver au contact de leurs lames pendant la répression des tentatives de soulèvement.
Une boîte à compliments est à votre disposition non loin de l'endroit où l'on vous a remis ce fascicule d'information. N'hésitez pas à l'utiliser.
Ernst XXX vous ordonne de passer un agréable séjour dans notre capitale.

Extraits du *Dépliant de Bienvenue à Ker Fresnel*

*

Après un long moment passé à errer dans le fortin, Jon tomba sur un adjudant qui lui indiqua avec obligeance le chemin de la sortie. Il lui offrit même de l'accompagner, mais le détective refusa avec courtoisie. Moins il serait redevable aux Kung-Bohréens, mieux sa santé mentale s'en porterait.

Peu après, il débouchait à la lumière du jour, dans un large défilé montant en pente douce. Des entailles longues de plusieurs hommes zébraient la roche, indices monstrueux du passage des poulpes géants. À certains endroits, elles semblaient avoir fondu ou étaient si lisses que l'image du magicien s'y reflétait.

L'endroit n'était pas très peuplé. Il ne rencontra au cours du trajet que quelques militaires. Les hommes le dévisagèrent avec curiosité mais ne l'abordèrent pas.

Au bout de quelques minutes, Jon se rendit compte qu'il prenait plaisir à cette promenade. Elle contrastait avec les longues journées de chevauchée où son attitude avait été pour le moins passive. Au moment où il se demandait depuis combien de temps il n'avait pas pratiqué le Noble Art, il s'aperçut que ses mains traçaient des gestes d'échauffement. Il poursuivit les mouvements et étira ses doigts, puis effectua quelques gammes magiques, exercices basiques d'assouplissement qu'il prit soin d'interrompre lorsqu'il croisa des uniformes.

Les passes lui remontèrent le moral. Même s'il ne trouvait pas de sitôt l'occasion d'employer sa magie, celle-ci demeurait en lui telle une amie bienveillante. Et puis, il pouvait toujours compter sur ses capacités d'analyse.

Sifflotant un air mehnzotain, il déboucha sur une avenue fréquentée qui se déroulait jusque dans la vallée. Chariots, caravanes et skorjs de taille modeste constituaient la majorité des véhicules. Il reconnut quelques diligences de la Friche, énormes conteneurs blindés renfermant des centaines de boisseaux de carno-céréales. Plus loin, des trémontaines, les longs convois marchands YArkhanies, se faufilaient habilement. La locomotion des wagons articulés était assurée par des légions de petits démons. Le mage se félicita que Retzel ne soit pas là pour assister à leur labeur, cela l'aurait sans doute révolté.

À l'évocation de son turbulent compagnon, il se dit que finalement, il avait bien du mal à ne plus y penser. Peut-être avait-il fini par s'habituer à sa présence, comme on s'accommode d'une vieille blessure de guerre. Il secoua la tête. Cette nostalgie soudaine lui passerait dès qu'il se remémorerait la conduite de son domestique en de trop nombreuses occasions. Il reporta son attention sur la foule hétéroclite.

Les couleurs des vêtements se mêlaient à celles des

marchandises et il régnait la même bonne humeur que celle que l'on ressentait les jours de foire à Mehnzota. Cette animation le rasséréna un peu. Il retrouvait des repères dans cette masse humaine pareille à toutes les autres. Avec ses odeurs, ses chansons et ses chicanes autour des étals, le spectacle de ses semblables était le meilleur antidote à ses récentes expériences surréalistes.

En outre, la langue n'était pas vraiment un obstacle. Mehnzota était longtemps demeuré un protectorat kung-bohréen. Le langage des envahisseurs s'était rapidement imposé, d'autant plus vite que le précédent avait été déclaré illégal. Il n'y avait que peu de temps que la langue maternelle refaisait surface – sans beaucoup de succès, d'ailleurs. Le mehnzotain était un dialecte complexe, tout en nuances et en métaphores. Les mots changeaient de sens selon les contextes avec l'imprévisibilité d'un transformiste. Le kung-bohréen, en revanche, malgré ses accents toniques abrupts, était un langage martial qui allait à l'essentiel.

Il se souvint que l'occupation du pays par leur ennemi s'était d'ailleurs révélée à double tranchant. Au cours des années de domination, les conquérants n'avaient pu empêcher le transfert de nombreux idiomes mehnzotains vers le kung-bohréen, en particulier dans les disciplines abstraites où certaines subtilités leur faisaient défaut. Cette étrange victoire culturelle avait eu pour conséquence un adoucissement du langage d'origine, qui entraîna à son tour un comportement moins belliqueux. C'est cet assouplissement qui avait finalement permis à Mehnzota de regagner son indépendance, un siècle plus tard. Jon appréciait beaucoup cette partie de l'histoire de son pays où les mots étaient venus à bout des épées.

Le questeur louvoya entre les convois ralentis par leur arrivée en ville. Des étals sauvages se déployaient un peu partout. Il devait à tout moment décliner des offres prétendument mirobolantes.

Il aperçut un vendeur de beignets Oulipo, dont les recettes juteuses étaient tenues secrètes. Il rassembla quelques piécettes et marchanda le prix de son repas. Le cuisinier fit grise mine à la vue de la monnaie mehnzotaine, mais empocha l'argent sans faire d'histoire. Jon mordit à belles dents dans le mélange d'épices et de viande grillée, puis se remit en marche.

À la lisière de l'avenue, des camelots ambulants chargés de bardas criards proposaient de l'huile de roche, des remèdes à base de fluides métalliques, des assortiments insolites de roues et d'engrenages.

Une compagnie de transport mehnzotaine, dans son imposante carriole à six roues, se frayait un chemin dans la cohue. Comme pour tous les véhicules de son pays, les marchandises étaient disposées à l'avant. Le conducteur, à l'arrière, pouvait à la fois surveiller son chargement et en faire l'article.

Jon se faufila à la suite du convoi. Il éviterait ainsi d'être déporté par la foule vers les stands.

Il déchanta rapidement. La carriole se traînait plus qu'elle n'avançait. Pour se consoler, le mage emplit ses narines des odeurs montant du véhicule. Il songea le cœur serré que sa patrie tout entière tenait dans ces quelques fragrances. Il ferma les yeux et s'accrocha au véhicule pour mieux s'imprégner des effluves.

Le conducteur s'aperçut de son manège et se retourna d'un air mauvais.

— Eh toi, le vagabond ! Tu n'oublieras pas de me payer pour les parfums que tu me voles !

Le questeur sursauta mais reprit vite ses esprits. Il connaissait bien la rapacité des commerçants de son pays. Il fit tinter les quelques pièces qui lui restaient dans sa poche et répondit d'une voix forte :

— Eh toi, le marchand qui prétend me faire acheter des odeurs, paie-toi donc du bruit de mon argent !

Les passants alentour ricanèrent. Le négociant marmonna une injure et dévisagea le plaisantin avec mépris. Soudain, ses yeux s'écarquillèrent. Il venait d'identifier la robe.

— Oh, Sang d'Akir, bafouilla-t-il. Je ne vous avais pas reconnu, Maître.

Il arrêta sa charrette et se poussa avec hâte sur un côté de son siège.

— Me permettrez-vous de vous accompagner ?

Malgré son manque de délicatesse, l'homme était suffisamment éduqué pour connaître la formule consacrée. Beaucoup de Mehnzotains considéraient comme un signe de bonne fortune le fait de pouvoir aider un mage détective au cours de sa mission.

Jon hésita un instant, puis accepta l'offre. Son hôte l'aida à se hisser et lui étreignit l'avant-bras en signe de respect.

— Que fait un questeur si loin de chez nous ? Il y a autant de magie à Kung-Bohr que de cheveux sur la crête d'un skorj.

— Vous avez parfaitement raison, répondit Jon

avec des airs de conspirateur. Mais vous comprendrez que je ne puis vous répondre.

Le marchand ouvrit la bouche, interloqué. Après quelques secondes, il secoua sa tête hirsute.

— Ah oui, je comprends. Motus. Mission secrète. Tout ça.

Jon acquiesça avec un sourire.

— Voilà. Peut-être pourrions-nous repartir ?

Leur conversation avait vite fait le tour de la carriole. En entendant parler de magie, les badauds qui les encadraient avaient reculé. Le véhicule se trouvait à présent au centre d'un espace vide. Le conducteur en profita pour le relancer à une allure plus confortable.

— Comme quoi, un peu de superstition ne fait jamais de mal, ricana-t-il. Ces ruffians ne vous regarderaient pas autrement si vous aviez deux têtes.

Jon s'abstint de répondre. Ils progressèrent en silence au milieu de la clameur ambiante.

Du haut de son perchoir, l'enchanteur embrassait une partie du formidable ruban humain. Il régnait une telle effervescence que les sens en étaient vite saturés. Jon se sentit de nouveau aussi seul que durant sa marche dans le défilé. Son protecteur nota son air renfrogné mais se garda du moindre commentaire. Les questeurs étaient réputés pour leur excentricité. Mieux valait peupler leurs bons souvenirs plutôt que leurs mauvais.

Perdu dans ses pensées, le détective remarqua tout de même un stand bariolé où officiait un prétendu Sage de YArkhan. L'individu gesticulait en scandant de pitoyables incantations. Des étincelles turquoise jaillissaient de ses doigts. Une troupe de curieux l'entourait et poussait des exclamations disciplinées à chaque nouveau tour.

Le charlatan aperçut Jon. Il sembla reconnaître ses vêtements car il lui adressa un clin d'œil complice. Le mage secoua la tête, écœuré. S'il ne parvenait pas à récupérer son bien, il pourrait toujours faire fortune en faisant rire les enfants...

Le voyage s'acheva lorsque la marée humaine s'échoua sur les étals d'une grande esplanade. Un immense marché s'étendait à l'entrée de la cité souterraine. Des bâtiments adossés contre la roche formaient les prémices d'une petite ville.

— C'est donc là Ker Fresnel ? demanda le questeur.

— Non, répondit son hôte, ravi de rompre le silence. C'est juste un complexe hôtelier, en plus des tavernes et des comptoirs traditionnels. L'accès à la ville est strictement réglementé. Comme elle est située sous la montagne, elle ne peut s'étendre à l'infini. Pour cette raison, les loyers y sont prohibitifs et une ville parallèle s'est développée autour de l'entrée principale. La plupart des touristes préfèrent y séjourner, de même que les immigrants en attente. C'est aussi là que se déroulent les tractations commerciales. Les Fresneliens de souche appellent ce lieu le Quartier des Étrangers. Il ne peut bénéficier de la protection de la forteresse en cas d'attaque. Ah, j'aperçois mon officine. Nous sommes arrivés, Ser. Désirez-vous que je vous accompagne plus avant ?

L'homme signifiait par cette autre formule qu'il s'apprêtait à prendre congé.

— Merci, je poursuivrai à pied. Vous plairait-il de me donner votre nom ?

— C'est un grand honneur, Ser. Je me nomme Emer Quederdricht.

L'homme arborait une mine réjouie. Jon venait de lui faire un présent de choix. Les questeurs n'oubliaient jamais un nom. Que l'un d'eux en conserve une trace était considéré comme l'accès à une sorte de postérité populaire. Le service que lui avait rendu le commerçant n'était pas de grande importance, mais Jon se sentait d'humeur bienveillante vis-à-vis d'un compatriote loin de chez lui. Il débarqua du convoi après avoir subi les effusions du conducteur et se dirigea sans plus attendre vers les portes de la ville.

L'entrée de Ker Fresnel était à la hauteur de l'arrogance de ses souverains. Une immense déchirure barrait la paroi rocheuse. On y avait édifié un rempart d'obsidienne fait de pierres cyclopéennes aux angles bizarres. Des arcades laiteuses aux galbes sculptés encadraient les blocs massifs. Elles s'achevaient sur des contreforts de plus en plus grossiers qui finissaient par se fondre dans la montagne.

L'intention était clairement l'intimidation. Plus Jon se rapprochait, plus il se sentait insignifiant, superflu, indésirable. Cela lui rappela les attributs d'un temple de Lustu'Chlu, sinistre Dieu des Abysses et de la Sieste, dont il avait combattu les séides en compagnie de son maître plusieurs années auparavant.

L'étrangeté du passage ne s'arrêtait pas là. Dans la partie supérieure d'une porte démesurée en forme d'ogive, des rangées de cylindres rosâtres de la largeur de son tronc jaillissaient des ténèbres pour s'élancer vers les cieux. Chaque tige se terminait par un énorme coussin ventru.

Jon complimenta malgré lui le sculpteur de cette œuvre énigmatique. Cependant, en se rapprochant, il s'aperçut que les membres oscillaient malgré l'absence de vent. Cela ne pouvait signifier qu'une chose. Il se figea sur place, interdit.

Puis il se ravisa. Connaissant le talent de Kung-Bohr pour la mécanique, il devait s'agir d'une quelconque machinerie destinée à impressionner les voyageurs. L'effet était d'ailleurs fort réussi. Jon se sentait plutôt indécis à l'idée de franchir le seuil de la ville.

— Déconcertant, n'est-ce pas ?

— C'est le moins qu'on puisse dire, admit le détective.

Il se retourna vers l'origine de la voix et se retrouva face à une jeune femme ravissante.

— Adrelle, pour vous servir, fit la jouvencelle avec une courbette. Première visite ?

— En effet. Comment avez-vous deviné ?

— À votre manière de vous arrêter dès que vous avez aperçu le porche. Ça fait toujours ça la première fois. Quand j'étais petite, la seule vue de ces tubes me donnait une peur bleue. Ma mère disait que les enfants désobéissants étaient donnés en pâture à Anquidiath afin qu'ils servent à quelque chose.

Jon n'osait comprendre. Il détailla les tiges monstrueuses.

— Vous voulez dire que cette chose est *vivante* ?

— Bien sûr ! C'est notre Anquidiath chéri, le

défenseur de la cité et le Père de Tous Les Skorj. Du moins, c'est ainsi qu'on le surnomme. En fait, il n'a rien d'un poulpe, mais personne ne l'a jamais vu en entier. Son corps plonge profondément dans les entrailles de la montagne et ne fait qu'un avec elle. Vous ne voyez ici que la partie ciliée d'une de ses bouches.

— Magni soit vert, j'en ai le vertige. Vous avez vu la taille de ces choses ? Elles font plus d'une dizaine d'hommes de haut ! Le sieur Anquidiath doit posséder une taille abyssale.

— Vous savez, au bout d'un moment on n'y pense plus et on considère qu'il fait partie des meubles. Plusieurs légendes rapportent qu'il a toujours vécu ici. Embru IV l'aurait défié au bridge et aurait gagné le droit de s'installer.

La femme prit un air perplexe.

— En fait, je pense que ce sont des histoires. Il faut être quatre pour jouer au bridge.

Jon songea en la regardant qu'un homme devait mobiliser toute sa volonté pour ne pas tomber à l'instant amoureux de cette moue pensive. Ce n'était pas là le seul de ses attraits. Une frange blonde très étudiée venait lécher deux sourcils décidés ourlés de noir. Des yeux verts attentifs accentuaient l'intelligence du sourire.

L'inconnue dévisagea Jon comme si elle attendait quelque chose.

— Ser ?

— Pardon ?

— Je vous demandais si vous aviez besoin d'un guide.

— Vous êtes… oh, je vois. C'est pour cela que…

— Oui ! Je connais tous les détails d'Anquidiath. Je peux même arranger une visite si vous le désirez.

— On peut *visiter* cette créature ?

— Évidemment ! Il ne s'est jamais formalisé des galeries creusées dans ses organes par les parasites. Nous, nous ne faisons que les emprunter.

Jon se sentit de nouveau happé par la sphère d'irréalité qui ne le quittait plus depuis son départ.

— Entre nous, dit-il, je ne suis pas sûr de…

— Si vous ne désirez pas pénétrer à l'intérieur, nous pouvons nous promener aux alentours. Vous ne voyez ici qu'une partie de la bête. Lorsque notre capitale est attaquée, un appareillage complexe amène l'intégralité de la gueule au niveau de l'entrée. La ville est protégée et Anquidiath peut se nourrir des envahisseurs. Ingénieux, n'est-ce pas ?

— Et comment procédez-vous en temps de paix ? Vous envoyez les touristes visiter son estomac ?

— Oh non, bien sûr. Regardez là-haut.

Jon jeta un œil aux coussinets. Ils devaient avoir un diamètre supérieur à sa taille. Au moment où il s'interrogeait sur leur utilité, un vautour vint s'y poser.

Aussitôt, le coussinet se referma et la longue tige redescendit pour disparaître dans la pénombre de l'entrée.

Jon ouvrit de grands yeux.

— Akir en jupe, murmura-t-il. Je commence à comprendre.

— Lorsqu'elle a achevé la digestion de sa proie, la tige remonte et expose les restes aux autres charognards, qui sont attirés. Et ce n'est pas tout.

— Offrez-moi la version censurée, voulez-vous ? Le beignet que je viens d'avaler ne demande qu'à me quitter.

— Plusieurs centaines de ces appendices s'enfoncent à travers la montagne. Magni seul sait ce qu'il peut bien dénicher là-dedans.

La guide était toute à sa visite, qu'elle menait avec un plaisir évident.

— Certains biologistes estiment qu'Anquidiath possède des centaines d'organes pour son alimentation, spécialisés en fonction de l'endroit où ils débouchent.

— Fascinant. J'espère qu'il n'aura pas un petit creux au moment où je passerai les portes.

Adrelle rit avec courtoisie. Ce fut comme une musique aux oreilles du mage. Il se sentit capable de faire n'importe quoi pour entendre ce rire à nouveau.

— Ne craignez rien, dit-elle, les tiges sont trop hautes. Vous voyez ce treuil, près de l'entrée ? Il sert à envoyer les offrandes des croyants.

— Ce monstre est adoré comme un Dieu ?

— Bien sûr. Les êtres humains ont souvent tendance à considérer comme des divinités les êtres qui dépassent le double de leur taille. Le treuil, donc, charge les offrandes dans cette petite catapulte qui les projette vers les hauteurs. Si l'une d'elles atteint un coussinet, le fidèle sera exaucé.

Adrelle lui sourit avec professionnalisme.

— Désirez-vous d'autres détails avant le début de la visite ?

— Mademoiselle, répondit Jon en cherchant ses mots, vous êtes réellement charmante, mais avant que vous ne me coupiez tout à l'heure, je vous disais que je n'étais pas sûr de pouvoir m'offrir vos services.

— Ah ? fit la guide d'une petite voix. Mais le gros marchand là-bas a dit tout à l'heure que vous étiez magicien. J'ai pensé que…

— C'est exact. Cependant, mon travail consiste à enquêter sur des méfaits liés à la magie. Vous pensez bien que je ne ferai pas fortune ici.

— C'est vrai. Le dernier mage à s'être illustré à Ker Fresnel a disparu tragiquement en 3062. Il était mêlé à un complot censé éliminer la secte des mécanicistes. Ce n'est qu'en 3064 que son corps partiellement digéré a été retrouvé dans… oh, excusez-moi, dit-elle en souriant. Déformation professionnelle. (Elle soupira.) Vous êtes vraiment certain que vous n'avez pas besoin de moi ?

— Eh bien, pour tout vous dire, je ne peux plus me passer de vous. Mais en ce qui concerne votre profession, j'ai bien peur de ne pouvoir vous assurer une rétribution décente. Je vous propose donc de nous marier, cela nous épargnera à l'avenir les sordides questions d'argent.

— Hélas, le mariage ne se résume bien souvent qu'à cela. (Adrelle était manifestement déconfite.) Je vous prie de m'excuser de vous avoir importuné.

— Comme si vous le pensiez. Je vous souhaite de trouver un riche touriste passionné d'histoire.

— Merci. Et bonne arrivée chez nous, comme nous disons ici. Au revoir.

Sans un regard en arrière, la jeune femme s'éloigna. Jon poussa un long soupir en voyant sa silhouette souple disparaître parmi les étals. Nul doute que s'il avait eu quelque argent, il se serait aussitôt passionné pour cette grosse bête repoussante d'Anquidiath. Il reprit sa route en essayant de remettre son cœur à sa place.

Au fur et à mesure que la masse des badauds s'approchait des portes, elle se distribuait entre les différents éventaires des marchands. La progression du questeur en fut facilitée.

Il aperçut bientôt, juste sous la grande ogive centrale, une imposante statue d'Ernst XXX. L'artiste avait représenté le souverain en train de déjeuner. Une serviette passée autour de son cou épais, il brandissait sa fourchette en signe d'exhortation.

Jon fronça les sourcils. Soit le roi possédait un humour très particulier, soit un penchant prononcé pour le ridicule. Il était curieux de savoir ce qu'aurait dit sa jeune guide de cet étalage de mauvais goût.

Après réflexion, il décida que l'œuvre n'était peut-être pas si anodine. Prise entre les masses contorsionnées des tentacules, cette vision triviale créait un contraste saisissant. Elle présentait Ernst comme un souverain accessible au milieu d'un environnement hostile. On en ressentait aussitôt un sentiment diffus de gratitude.

Jon changea d'avis. En fait, l'œuvre de propagande était plutôt habile. Ernst était tordu mais certainement pas à sous-estimer.

Une file de voyageurs prenait naissance au bas de la statue. Le piédestal partageait le flot humain en deux bras qui s'enfonçaient vers des officines aménagées dans les parois. Lequel devait-il emprunter ? Là encore, l'aide d'un guide eût été appréciable.

Arrête un peu, Jon. Tu te mens à toi-même. Tu peux très bien te débrouiller. Ce n'est pas d'un guide dont tu as besoin, mais bel et bien de la jeune fille. Oublie-la et pense à ton affaire.

En passant près du socle, il vit que des caractères minuscules le couvraient sur plus de deux hommes de haut. L'artiste qui avait effectué ce travail devait être extrêmement habile.

Jon se rapprocha et tenta de déchiffrer les pattes de mouche, sans succès. Il jeta un regard autour de lui, puis bascula en vision magique. Tout en murmurant, il enchaîna avec hâte les quelques passes du *Sténopé Magistral de Fenshûzu*. De longs filaments mordorés se détachèrent de son aura et se regroupèrent en un double cône imparfait. Le mage amena le domaine devant ses yeux. La lentille distendit les grains de lumière et magnifia les caractères. Jon découvrit avec stupéfaction le récit d'une journée du monarque :

5 h 00 Lever – 6 h 00 Conseil de Routine – 7 h 05 Recueillement auprès des tableaux de la Grande Galerie – 8 h 30 Réception des Syndicats – 8 h 36 Condamnation des principaux représentants –

Le questeur se redressa. Il était abasourdi. La propagande s'affichait jusque sous les yeux des habitants. Ceux-ci pouvaient constater à toute heure du jour à quel point leur monarque prenait soin d'eux.

— Poussez-vous, s'il vous plaît.

Un ouvrier le renversa presque. Son sort échappa à Jon et s'éparpilla en longs fils grenat.

Le gêneur était harnaché d'une structure métallique. Un étai fixé à l'abdomen portait ce qui ressemblait à une pièce d'artillerie. Il la dirigeait grâce à une manette placée dans le prolongement du bras. Des balanciers fixés aux épaules équilibraient le tout.

Quand l'ouvrier fut près du socle, une fine pointe jaillit du fût central. Elle s'agita avec nervosité tandis qu'il se déplaçait parallèlement à la paroi. Sur son autre bras, il disposait d'un petit clavier en bois sur lequel il tapait à un doigt. Il écoutait dans le même temps les indications en provenance d'une oreillette. Une épaisse fumée s'échappait à l'endroit où la pointe entamait la pierre.

Le magicien recula en toussotant. Lorsque la manœuvre fut achevée, quelques passants s'approchèrent et, à l'aide d'une petite loupe, déchiffrèrent ce nouveau rapport. Ils s'éloignèrent, satisfaits.

Jon ne prit pas la peine de tisser un nouveau charme pour découvrir l'annonce. Elle devait consister en : *8 h 40 – Le roi regrette d'avoir condamné les syndicalistes et réhabilite leur mémoire à titre posthume*, ou : *8 h 40 – Le roi mange une tartine et éternue deux fois*.

Ne sachant s'il devait rire ou pleurer, il se retourna et considéra les guérites de part et d'autre du monument. Après mûre réflexion, il se dirigea vers la plus proche. Il s'inséra comme il le put dans la file et se mit en devoir d'attendre son tour. Après quelques minutes, il se félicita de son choix. Une enseigne annonçait *Nouveaux Émigrants*.

Devant lui se trouvaient deux touristes des terres arables de l'est, sans doute des paysans guerriers. Ils discutaient du dernier modèle de faux sorti des ateliers kung-bohréens. Le premier avait hâte de l'acquérir, le second lui conseillait d'attendre que son oncle prenne sa retraite.

Jon réprima son impatience. Il n'avait pas l'habitude d'attendre, de surcroît en demeurant inactif. Il promena son regard à la recherche d'un peu de distraction. Ses yeux revinrent se poser sur les appendices qui oscillaient au-dessus de sa tête. Leur texture rocailleuse se confondait avec celle de la montagne, comme si celle-ci avait décidé de s'éveiller à la vie. À leur base, on distinguait des milliers de strates cornées irrégulières. Peut-être leur nombre correspondait-il à l'âge du poulpe ? Il se dévissa le cou en les comptant jusqu'à se retrouver nez à nez avec la personne qui le suivait, une matrone d'âge mûr qui lui lança un regard appuyé. Il la salua et reprit sa place.

Il arriva peu après devant le guichet. Un garde à l'allure concentrée recopiait les informations que venaient de lui fournir les agriculteurs. Son faciès de brute décourageait toute conversation d'un niveau plus élevé que celui du menu de la cantine. C'est donc avec surprise que Jon l'entendit s'adresser à lui avec une courtoisie étudiée.

— Le roi Ersnt XXX vous souhaite une bonne journée, Ser.

— Merci, répondit Jon sur la défensive.

— Ser vient-il pour affaires ou pour visiter ?

— Pour affaires.

— Fort bien. Il a donc l'intention d'acheter une patente commerciale ?

— En fait, pas pour le moment. Je viens d'abord me renseigner sur les opportunités, tâter le terrain, vous voyez.

— Je vois. Profession et nationalité, je vous prie ?

— Je suis Mehnzotain. Questeur.

Le garde se leva et parcourut un tableau de la pointe de son crayon.

— Mehnzotain, Mehnzotain. Voilà. Nous disons donc : questeur. Ça fait quoi, un questeur ?

— Ça enquête dans le milieu de la magie.

— Ah. J'ai sourcier, là. C'est un peu dans le même genre, non ?

— Pas vraiment.

— Astrologue ? Liseur d'entrailles ? Derviche ?

— Non plus.

Le garde eut l'air ennuyé. Il jeta un regard en coin au magicien, puis griffonna quelques mots sur le tableau. Il décrocha ensuite un cornet relié au mur par un tuyau de cuivre, actionna une manivelle et demanda à ce que la catégorie *Questeur* soit ajoutée. Il revint s'installer au guichet.

— Voilà. Questeur. Parfait. Revenons à nos moufres. Ser a-t-il l'intention de se laisser pousser barbe ou moustache ?

— Je vous demande pardon ?

— Notre bon souverain combat la vermine avec détermination. Une taxe est prélevée pour tout porteur d'un attribut viril de ce type. Notez qu'une formule spéciale est disponible pour l'ensemble barbe *et* moustache. Ce n'est pas tout. Une partie de la somme est reversée à une association féministe pour compenser le fait que ces dames ne peuvent disposer de cet avantage masculin. Intéressé ?

— Pas pour le moment, mais je vais y réfléchir.

— Dans ce cas, je dois fournir à Ser une autorisation de rasage. Notre bon souverain lutte chaque jour contre les accidents domestiques causés par l'utilisation de rasoirs en mauvais état. Notez qu'une partie de la somme est reversée à l'association féministe sus-décrite pour les raisons invoquées précédemment. Vous m'écoutez, là ?

— Pardonnez-moi, un soudain mal de tête. À combien notre bon souverain estime-t-il le droit de se raser ?

— Cela dépend de la durée de votre contrat. Vous raserez-vous tous les jours ?

— Eh bien, pour tout vous dire, je ne me rase jamais.

— Vous préférez donc opter pour la taxe sur la barbe ?

— Non plus. Voyez-vous, nous autres Mehnzotains avons les poils de barbe qui poussent vers l'intérieur. Ils gagnent ensuite le haut de la tête pour y produire les cheveux.

Le soldat, yeux grands ouverts, considéra Jon un court moment, puis revint à sa feuille. Il répéta plusieurs fois la manœuvre avant de reprendre la parole :

— Ah.

— Oui. Je suppose que nous pouvons écarter la question. Autre chose ?

— Bien sûr. Étudions ensemble la question de la coiffure. Toujours dans le cadre de la lutte contre les parasites, pouvez-vous estimer le nombre de vos cheveux, à cinq mille près ?

— Attendez, attendez. Vous avez d'autres questions comme celle-ci ?

Le vigile le regarda sans comprendre. Jon prit sur lui de ne pas hurler.

— Les questions ? Combien ?

L'autre sembla saisir. Avec une lenteur affectée, il compta les lignes de sa feuille de route.

— Cent vingt-sept pour les catégories principales, annonça-t-il enfin. Vous avez le résumé de la fiche d'admission derrière moi.

Le garde pointa un pouce vers ce que Jon avait pris jusqu'à présent pour une tapisserie brouillonne. Il entendit derrière lui les grognements impatients de la foule.

— Mais on va y passer la journée ! s'exclama-t-il.

L'homme posa sa feuille et le regarda droit dans les yeux.

— Oui.

— Prenez le forfait ! lança une voix dans la queue.

— Le forfait ? demanda Jon.

Avec satisfaction, le garde mit le formulaire de côté.

— Ser est intéressé par le Forfait Citoyen ? C'est un paiement reprenant la moyenne de toutes les taxes que je suis en devoir de lui décrire. Ser se voit ainsi octroyer le pouvoir de modifier les lois de l'espace-temps : il comprime par un trivial don de matière – quelques piécettes – les nombreuses heures perdues à répondre au questionnaire.

— Qu'est-ce que c'est que ce charabia ?

— C'est très simple, papa, répondit le garde brusquement. Tu balances l'oseille tout de suite ou tu passes une partie de ta vie à remplir mon questionnaire. T'as compris, maintenant ?

— C'est du racket !

— Ce terme est couramment employé, en effet. Ainsi que vous pouvez le constater, notre bon roi maîtrise la corruption en réglementant les manœuvres illégales.

Une clameur impatientée s'élevait maintenant de la file de voyageurs. L'un d'eux enjoignit vertement au mage de se dépêcher, un autre compara sa tenue à celle de sa mère. Jon leva les yeux au ciel et s'avoua vaincu.

— Combien ?

— Quatre-vingt-dix-neuf Rêveurs.

— Ça fait combien, en trisks mehnzotaines ?

Le vigile consulta un tableau de change.

— Vingt-deux trisks. Plus dix pour cent pour les frais de change. Mettons vingt-quatre trisks.

Jon compta sa fortune.

— Je suis loin du compte, désolé.

— Pas autant que moi. Le plus ennuyeux, c'est que la procédure est lancée. Je ne peux pas l'annuler comme ça et vous envoyer promener.

Un lourd silence s'installa. Jon sentit qu'on le poussait. La matrone s'était retournée et tentait de contenir la foule. Ses coudes s'enfonçaient douloureusement dans le dos du mage.

La sentinelle se leva et prit les voyageurs à témoin :

— Il n'a pas de quoi payer l'entrée ! Que voulez-vous que j'y fasse ?

Un bruissement furieux lui répondit. Le questeur sentit un impact à l'arrière de son crâne. Quelqu'un venait de lui lancer un légume. Le soldat se rassit, l'air faussement ennuyé.

— L'émeute n'est pas loin. Qu'avez-vous à proposer ?

— Je ne sais pas, on pourrait peut-être… s'arranger.

— S'arranger.

— Oui, oublier toutes ces questions idiotes contre une petite gratification.

— Une petite gratification.

— Enfin, par Akir, vous avez abusé du sang de skorj ? Je vous donne ce que j'ai et on oublie tout ça !

— Ah oui ! Un pot-de-vin !

Jon se passa une main sur le visage.

— Voilà.

— Voyons, dit le garde en plongeant le nez dans un épais volume, je suis habilité à percevoir un dessous-de-table d'un minimum de… vingt trisks.

— Ernst réglemente ça aussi ? Qu'est-ce que c'est que ce royaume de fous !

— Vous désirez englober l'amende pour insulte dans le forfait général ?

Le détective sentait qu'il perdait pied. Il se voyait déjà en train de faire la manche avec des tours idiots pour régler son droit d'entrée. L'haleine de la ménagère échauffait sa nuque, et les remous de plus en plus chaotiques de la foule menaçaient de l'éjecter hors de la queue.

Le garde avait l'air de prendre plaisir à la situation. Il attendit quelques instants, un aimable sourire aux lèvres, puis il actionna une crécelle métallique.

— Allez, je vous embarque. Vous troublez l'ordre public, insultez notre beau pays et essayez de corrompre un représentant de Sa Majesté. Emmenez-moi cet imbécile, lança-t-il à une patrouille qui végétait non loin de là.

— Une minute, je vous prie, objecta quelqu'un.

Jon n'en crut pas ses oreilles. Il se retourna malgré

la cohue et aperçut Adrelle qui se frayait un passage. Il joua des coudes de son côté pour faciliter sa progression.

— Attendez, reprit-elle à l'adresse du garde lorsqu'elle fut parvenue à sa hauteur. Vous n'avez pas respecté la procédure.

— Ah ouais ? Sans blague ?

— Relisez l'intitulé du tableau des professions, celui où vous avez cherché en vain l'activité de l'émigrant. Il est inscrit : « *Les professions suivantes doivent se conformer au questionnaire fourni sous peine de poursuites*. »

La bousculade se résorba de manière surnaturelle et un grand calme s'installa. Chacun suivait attentivement les événements.

— Et alors ?

— Et alors la profession de questeur ne fait pas partie de cette liste.

Les yeux de la foule allaient de la guide au soldat.

— Tatata, fit le garde. Je viens d'en faire l'ajout sous les yeux de votre petit copain. Selon l'article annexe de la section 3, « *une catégorie socioprofessionnelle est validée dès l'instant où le suppléant administratif en fait la demande* ». Vous avez manqué un épisode, ma belle, cracha-t-il.

— Je ne le pense pas. Au moment où vous avez débuté le questionnaire, le magicien n'était pas inscrit sur la liste, n'est-ce pas ? Il n'était donc pas concerné par la procédure.

Le détective attira son attention.

— Vous pouvez m'expliquer, là ?

— C'est très simple, Jon. Avant sa demande de

tout à l'heure, vous n'aviez pas d'existence légale, vous étiez une sorte de fantôme administratif. La sentinelle ne pouvait donc que vous laisser entrer sans formalité. Ce n'est pas votre faute si les responsables ont oublié d'ajouter votre profession *avant* votre venue.

Jon ne comprenait pas tout, mais il vit à la mine défaite du garde qu'Adrelle avait gagné. L'homme se pencha et agita sa liasse de feuillets sous leur nez.

— Croyez-moi, grogna-t-il, vous ne vous en sortirez pas aussi bien la prochaine fois. On y passera la semaine s'il le faut, mais vous répondrez à chacune de ces satanées questions !

— La prochaine fois, répliqua la jeune femme, Jon ne sera plus considéré comme nouvel arrivant, mon cher, puisque vous venez de valider son entrée. Il passera par l'autre guichet, celui sans formalité.

Le menton haut, elle prit Jon par le bras et passa devant le soldat médusé.

Après un court moment de flottement, la foule se remit à bourdonner. On entendit çà et là des voix s'élever :

— Garde ! Je suis philologue !

— Et moi épidémiologiste !

— Plombier-zingueur itinérant !

La guide conduisit le mage dans la fraîcheur d'une ruelle.

— Je vous dois la vie.

— N'exagérez rien. Je vous ai tiré d'un mauvais pas, c'est tout.

— C'est bien la première fois qu'on me qualifie de fantôme administratif. Comment m'avez-vous retrouvé ?

— Je vous ai suivi. Je pensais bien que vous vous attireriez des ennuis avant longtemps. Vous semblez incapable de retrouver votre nez au milieu de votre visage.

— Très aimable. Voyez-vous, dans mon pays, on ne passe pas son temps à escroquer les visiteurs. Les prisons de Mehnzota sont un univers de laxisme à côté de ce cauchemar bureaucratique. Et mon nez se trouve exactement ici.

— Un peu plus à gauche, en fait.

Ils se regardèrent un instant et éclatèrent de rire.

— Je suis désolé, s'excusa le détective. Je suis loin de chez moi.

— Je comprends. Si vous n'y voyez pas d'inconvénient, je vais vous accompagner jusqu'au marché aux fruits. Vous y serez en relative sécurité.

— Et en échange ?

— Disons que je vous considère comme un investissement. Vous me paierez si vous parvenez à vous enrichir. Je vous laisserai mes coordonnées en partant. Vous me semblez du genre à faire preuve de gratitude.

— Je n'en attendais pas tant. Voulez-vous une reconnaissance de dette pour le temps passé à mes côtés ?

— Ne me tentez pas. Allons de ce côté, il y a un tas de choses intéressantes.

— C'est bien là le problème. Pour tout vous dire, je ressens en ce moment un intense besoin de choses *inintéressantes*. Mais je vous suis.

Adrelle le mena à travers divers passages. Elle faisait des haltes commentées aux endroits les plus remarquables. Jon était sidéré par la beauté des arcades étroites et des tunnels peints. Certaines structures accumulaient des trésors d'équilibre, d'autres ressemblaient à des jeux de construction abandonnés par des géants faibles d'esprit. Devant lui, des minarets voisinaient avec des formes plus étranges, renflées comme des légumes. Plus haut, des grappes d'immeubles s'accrochaient aux parois et s'élevaient à des hauteurs vertigineuses. Des passerelles métalliques en reliaient les sections éloignées. Un peu partout, des funiculaires ornés de moulures pimpantes faisaient la navette entre des bâtiments au sol et ceux nichés sur les immenses stalagmites qui obstruaient l'horizon.

Les murailles rocheuses de la caverne rehaussaient ce mélange de magnificence et de chaos. Des strates de basalte sombres alternaient avec des inclusions d'ambre, et des plaques de calamine muaient de loin en loin les parois en étendues d'eau verticales.

À mi-chemin de la voûte, Jon aperçut des centaines de luminaires de toutes tailles et de toutes formes. Certains étaient accolés à la paroi, d'autres juchés sur les mâts métalliques de petites tours. Tous diffusaient sur la ville une même lueur nacrée, onirique, dans laquelle dansait la poussière de roche. On se sentait baigné par l'éclat d'un éternel crépuscule.

Les deux compagnons empruntèrent un passage surélevé dont les colonnes de soutènement faisaient office de fontaines pour les niveaux inférieurs. L'espace étant précieux, chaque élément de la ville possédait plusieurs emplois ou servait de fondation à d'autres. Jon aperçut ainsi une forêt de beffrois employés comme arcades pour un hangar à marchandises. Plus loin, des habitations colmataient les fissures naturelles de la grotte. Ailleurs, des demeures en adobe formaient les contreforts d'une cathédrale. Des toits en carène recueillaient les eaux de pluie de la surface et les amenaient, cascade après cascade, vers des bassins suspendus ou des canaux d'agrément. L'espace était surexploité et le vide même semblait constituer un ornement au sein de la débauche architecturale.

Le mage fit part de ses réflexions à Adrelle, qui acquiesça avec force.

— Ker Fresnel a été fondé il y a trois mille ans et la cité est demeurée habitée tout ce temps. Des quartiers entiers ont été bâtis en écrasant d'autres secteurs plus anciens. Le fait de nous trouver sous terre permet des fantaisies qui ne seraient pas envisageables à l'air libre. Ici, pas de vent, de pluie ou d'érosion. Nos artistes peuvent réaliser les projets les plus extravagants. Certains viennent de très loin pour donner vie à des ouvrages irréalisables ailleurs. C'est aussi ce qui explique le foisonnement singulier de notre capitale, sa complexité architecturale. Lire un plan est un art qui a même donné naissance à une profession. Les cartographes sont à la fois explorateurs et historiens. Ils représentent l'une des fonctions les plus respectées de Fresnel.

En discutant, ils passèrent sous un groupe de maisons qui épousaient les formes torturées de monstrueuses concrétions. De l'une des demeures jaillissait un torrent qui rebondissait sur des murets ornés de vaguelettes.

— C'est ici que Leiber VIII voulut se pendre pour

échapper au chagrin d'avoir perdu sa sœur, épousée par un rival. Mais il était si désespéré qu'il ne savait plus où se situaient ses différentes extrémités. On le recueillit avant qu'il ne meure d'une commotion cérébrale, pendu par les chevilles.

— Ce qui en dit long sur les ravages de la consanguinité.

— Ne riez pas. C'est une histoire romantique.

— Autant que celle que vous m'avez contée sur le suzerain qui ne pouvait choisir entre ses deux concubines, et qui décida finalement d'en tuer une au hasard.

— C'est beau et tragique, comme Ker Fresnel.

Ils débattirent du beau et du tragique jusqu'à leur arrivée sur une vaste place de marché. Établies sur deux bras de pierre, les boutiques à ciel ouvert faisaient résonner leurs boniments à travers les roches encaissées. Un canal couvert d'une végétation luxuriante serpentait entre des pilotis et se jetait un peu plus loin dans une faille imposante.

Adrelle lui proposa d'emprunter la promenade du canal qui s'étendait entre le marché et l'abîme.

— Nous sommes presque à la halle aux fruits. Vous pourrez vous y restaurer. C'est là que nous nous séparerons.

— Vous partagerez bien une mangue des rochers avec moi ?

— Ce serait avec plaisir, mais mon employeur m'attend. Il est très à cheval sur l'horaire.

— Dans ce cas, je me contenterai de vous dire *à bientôt*. Je pense me perdre avant la fin de la journée. J'attendrai votre venue avec impatience.

Adrelle sourit.
— La flatterie ne vous mènera nulle part.
Elle s'appuya contre le parapet.
— C'est amusant. Vous savez comment s'appelle ce chemin ?
— Le Passage des Écorchés ? Ah non, nous venons de le dépasser. La Flânerie du Bourreau ? La Passerelle des Damnés ?
— Sot. C'est la Promenade des Époux.
— Vraiment ? Un îlot de sentimentalisme au milieu d'une mer de sang.
— Oui, ces deux amants se sont jetés dans la chute d'eau à la suite de… qu'y a-t-il ?
— Rien. Arrêtez là. Laissez-moi imaginer que le nom de cet endroit évoque notre avenir.
— Vous êtes vraiment impossible, répondit la guide, mais son rire léger démentait ses paroles.
Leur badinerie, au goût de Jon, les mena bien trop vite à la halle.
— Prenez cette direction, indiqua Adrelle. Vous trouverez des aliments à bon prix. Je dois vous quitter, je suis déjà en retard.
— Votre patron, c'est cela ?
— Oui. Et puis, je dois passer chez le bijoutier réserver nos alliances. (Elle pointa son index sur un Jon interloqué.) Là, c'est moi qui vous ai eu ! Ne faites pas cette tête. Peut-être nous reverrons-nous bientôt. D'autant plus vite, je l'espère, que vous aurez fait fortune. *Tout est dans le Coffre de Pallas !*
Devant la mine intriguée du mage, elle précisa :
— C'est un dicton de chez nous. Cela signifie que l'avenir demeure inviolé. Eh bien, au revoir, Jon.

Que la chance vous accompagne entre ici et notre prochaine rencontre.

— Au revoir, Adrelle.

La guide hocha la tête, puis bondit dans un escalier et disparut. Le mage se surprit à lui faire au revoir de la main, comme un collégien. Décidément, cette fille lui plaisait. Il avait croisé de nombreuses femmes séduisantes au cours de ses enquêtes, mais celle-ci possédait un charisme discret, une détermination tranquille qui l'attirait. Son assurance surtout l'intriguait, lui qui était si habitué à douter de tout, y compris de lui-même.

Il secoua la tête et se dirigea vers une série d'échoppes organisées en nids d'abeilles. C'était un bazar à ciel ouvert, bien que l'expression fût ici impropre. Des maraîchers en tablier vantaient les vertus de leurs primeurs en arrivage direct des fosses de culture.

— Ser veut-il goûter à mes rinelles de soirée? l'aborda un jeune commis. Pêchées de ce matin. Vous ne trouverez pas plus frais à moins de plonger vous-même.

— Pêchées ?

— Ser nous vient de loin, pour sûr, lança le garçon à ses collègues agriculteurs. Les rinelles sont des champignons aquatiques, Ser. On les récolte comme des algues. Un morceau ?

— Eh bien, pourquoi pas.

L'apprenti lui tendit un long morceau de chair olive évoquant un poireau verruqueux. Jon l'enfourna sans hésiter. La vue de ces stands lui avait ouvert l'appétit et il n'était pas de ceux qui ont des préjugés face aux nourritures inhabituelles.

Excepté le sang de skorj.

Il s'attendait à une verdure insipide mais le mets se révéla fort délicat. La texture était veloutée, comme celle d'un poisson. Lorsqu'on mordait dans l'une des verrues, celle-ci libérait un suc liquoreux qui soulignait la finesse de la chair. Le vendeur attentif fut payé par la mine réjouie de son client.

— C'est absolument délicieux.

— Mon plaisir, Ser. Mon père vend des rinelles frites, un peu plus loin. Dites-lui que vous venez de ma part, il vous fera un prix. Bonne arrivée chez nous !

Jon le remercia et poursuivit son chemin. Il aurait voulu poser une centaine de questions au jeune homme, mais il ne désirait pas pousser trop loin sa vulnérabilité de touriste. Il avait tout à découvrir dans cet endroit où le fait même de se nourrir était une aventure. Cependant, il sentait sa bonne humeur revenir. Le monde entier ne s'était peut-être pas ligué contre lui pour le tourner en ridicule chaque fois que c'était possible.

À une portée de flèche de là, il repéra aisément le père du garçon. Ils se ressemblaient beaucoup, à une grosse moustache près. Après avoir été informé de sa recommandation, le commerçant lui remit un imposant cornet fumant de champignons frits.

— En vous souhaitant bonne journée, Ser, cela fera un Rêveur.

— Magni, dit Jon en se mordant les lèvres. Je n'ai que de la monnaie mehnzotaine. Je suis désolé, je n'ai pas encore eu le temps de me rendre dans une boutique de change.

— N'y mettez surtout pas les pieds ! Ils vous plumeraient à force de règles d'équivalence et autres retenues sur investissement. Combien avez-vous ?

— Environ quinze trisks.

— Attendez.

L'homme mit une main en porte-voix et apostropha un marchand de l'autre côté de l'allée.

— Eh, Temvouth, toi qui reviens juste de Mehnzota, à combien est la trisk en ce moment ?

— Attends voir. Si tu permets que j'enlève la virgule, ça fait à peu près vingt trisks les cent Tristes.

— Merci ! Et ta femme, tu la vends combien ?

— Prends-la maintenant, je te paierai plus tard !

La foule aux environs s'esclaffa bruyamment, de même que Jon et le moustachu. Celui-ci compta les piécettes du mage et farfouilla dans sa caisse. Il lui tendit sept pièces hexagonales et cinq carrées.

— Voici votre argent converti, Ser. Je vais vous prendre un Rêveur pour les rinelles. Ce sont les pièces à six côtés, là. Merci. Je ne vous ai pas pris d'intérêt pour le change.

Jon regarda autour de lui. Personne n'affichait cet air de détachement amusé qu'on prend devant un touriste qui vient de se faire avoir. Un peu honteux, il remercia à son tour le commerçant et regarda sa monnaie. Sur l'une des faces du carré, on voyait Ernst arborer une expression nostalgique. Sur les autres, il souriait distraitement. Le côté pile des deux pièces portait la même gravure, le blason de Kung-Bohr aux sept épées sur fond de relief montagneux.

— Rangez-moi ça, Ser.

— Je vous demande pardon ?

— Vous avez l'air de tomber d'Omteh. Rangez vos pièces au lieu de montrer à tout le monde que vous êtes un arrivant. Vous croyez que vous allez les garder longtemps ?

— Je comprends. Merci du conseil.

— Ne vous inquiétez pas, je ne vous ai pas escroqué. Mangez vos champignons, ils vont refroidir.

— Oui, je… bien sûr. Vous serait-il agréable de me donner votre nom ?

Le marchand fronça les sourcils devant la demande incongrue. Cet étranger avait-il l'intention de lui attirer des ennuis ?

Jon regretta sa question. Bien sûr, les habitants de Fresnel ignoraient totalement l'honneur qui leur était fait quand un questeur leur demandait leur nom.

— Ophita Ranenko. Pourquoi, vous êtes milicien ?

— Pas du tout. Chez moi, c'est une formule de politesse pour signifier qu'on est l'obligé de quelqu'un.

— Ah, je préfère ça. Il y a tellement de coups tordus dans le coin en ce moment. Et le vôtre ?

— Jonas Alamänder.

Les deux hommes se serrèrent la main.

— Et dites-moi, Ser Alamänder, où comptez-vous passer la nuit avec vos six malheureux Rêveurs ?

— Je ne sais pas encore. Je suppose que j'improviserai le moment venu.

— Ben voyons. Emerlada !

— Oui ?

Une femme entre deux âges, aux manières frustes et aux yeux cernés, vint prendre place aux côtés du marchand.

— Dis-moi, ma douce, on a de la place à la maison ?

— Avec l'aînée en vadrouille, c'est sûr qu'on a du vide. C'est pour lui, là ?

— Oui. À moins que Ser trouve à se loger avec six Rêveurs.

La femme eut un rire sec.

— Il a pas l'air bien gros, mais tu sais que l'apprentis est bourré de carno-céréales fraîches. Certaines arrivent à survivre à la coupe en boulottant leurs voisines. Ton protégé va se faire charcuter. J'ai pas envie d'avoir des ennuis avec la milice.

Jon sentit le rouge lui monter aux joues. Il n'avait pas l'habitude de mendier gîte et couvert. Les Mehnzotains se seraient battus pour lui offrir un toit. *Ce périple est un trésor d'apprentissage de la modestie.*

— Ne le prenez pas mal, Ser, dit Ophita lorsque sa femme se fut éloignée. Emerlada a aussi bon cœur qu'elle a mauvais caractère. Elle doit déjà songer à ce qu'elle vous préparera au dîner.

— Ce n'est rien et je vous remercie de votre générosité.

— Arrêtez de me remercier. Pointez votre nez ici ce soir, on vous prendra en rentrant chez nous. Vous nous aiderez à porter les cageots.

— Mer… je veux dire : à tout à l'heure. Dites, je suis navré d'avoir à vous demander cela, mais pourriez-vous m'indiquer la valeur de ces pièces ?

L'homme eut un bon sourire.

— C'est bien parce que vous me faites pitié. Regardez, plus la pièce a de côtés et plus sa valeur est grande. On part de la monnaie triangulaire, les Tristes, jusqu'aux cercles, les Joyeux. Tenez, j'en ai un, là.

Jon emprunta la pièce et l'observa de plus près. Sur l'une des faces, Ernst souriait en montrant les dents. Pour un peu, on aurait cru qu'il allait vous serrer dans ses bras.

— Je suppose qu'on appelle la pièce ainsi à cause de son expression, dit Jon en rendant le Joyeux.

— Tout juste. Et inversement pour les Tristes. Cela renseigne sur les idées du roi en matière de circulation des capitaux. Il dit souvent que l'argent est comme un requin : s'il ne se déplace plus, il meurt. Sa face hilare sur la monnaie la plus élevée est une sorte d'encouragement à la dépense. C'est *subliminal*, comme qui dirait.

— Je vois, dit Jon en étudiant ses propres Rêveurs. C'est intéressant.

— C'est ça, et soyez prudent. Si vous n'êtes pas là ce soir, c'est soit que vous êtes un as de l'improvisation, soit que vous n'êtes plus rien du tout. Et sans votre argent, de surcroît…

Avec un hochement de tête, le marchand se détourna et s'occupa d'un autre chaland.

Jon s'abstint de le remercier une fois encore et se concentra sur ses champignons. Il en préleva quelques-uns et souffla dessus avant de s'en repaître. Ils étaient succulents. Il mâcha avec plaisir, puis songea qu'il vaudrait mieux en conserver quelques-uns pour le repas du soir, au cas où. Il replia sagement le sachet.

Il s'apprêtait à poursuivre son chemin lorsqu'un spectacle ahurissant manqua le faire avaler de travers. À quelques pas de là, un homme coiffé d'une couronne en or massif et revêtu d'une capeline fourrée faisait son marché comme si de rien n'était. Les commerçants lui parlaient comme à un autre client. Fébrile, Jon sortit quelques pièces et compara le visage gravé à celui qui lui faisait face. La ressemblance était stupéfiante. Même cou de taureau, même nez cassé, même barbe carrée.

Mais cela ne pouvait pas être Ernst XXX. Pas ici, en plein marché ! C'était effarant, inconcevable. Il devait s'agir d'un déguisement, d'un acteur ou de quelque autre farce.

Pourtant, en s'approchant, il entendit un commerçant l'appeler distinctement Majesté, et un autre se pencher pour le saluer par son nom. Tous semblaient très sérieux, y compris le monarque qui regardait à deux fois avant de choisir ses légumes. Il remerciait les détaillants d'un petit geste sans régler aucun de ses achats.

Le cœur de Jon bondit dans sa poitrine. Il n'osait y croire. Et pourtant, tout dans ce royaume contribuait à faire accepter l'impossible : Ernst XXX, souverain de plusieurs centaines de milliers d'âmes, faisait tranquillement ses emplettes à dix pas de lui.

Avant d'aborder l'inconnu, il préféra s'assurer de sa bonne fortune. En deux enjambées, il fut sur Ophita :

— L'homme, là-bas, c'est Ernst ?

Le marchand et son client haussèrent les épaules comme s'ils voulaient dire : « Et qui d'autre ? »

Jon sauta de joie et se précipita vers le souverain. Celui-ci était occupé à évaluer la fraîcheur d'un gros melon. Le détective mit un genou en terre et courba l'échine :

— Sire, je me nomme Jonas Alamänder. Je viens de faire un long voyage pour vous soumettre une requête. Pouvez-vous m'accorder une audience ?

Le roi fut si surpris qu'il manqua basculer dans une cagette de fruits. Il se redressa tant bien que mal et considéra Jon avec effarement.

— Qui êtes-vous, bon sang ?

— Je viens de vous le dire, Majesté, je…

Il s'interrompit. Quelque chose clochait dans l'attitude du roi, et tous les badauds contemplaient la scène avec des yeux ronds.

Irrité, le magicien se redressa et les harangua :

— Quoi ? Vous l'appelez tous « *Votre Majesté* » ! Ce n'est pas Ernst ?

— C'est lui. Enfin, pour ainsi dire, murmura une voix à ses côtés.

Jon se retourna et vit Ophita.

— Comment ça, « *pour ainsi dire* » ? Vous croyez que ça m'amuse d'avoir l'air d'un imbécile dès que j'en ai l'occasion ? Expliquez-vous !

— Je suis désolé. Tout cela est ma faute. C'est bien Ernst. Enfin, *un* Ernst.

L'enchanteur était sur le point d'exploser. Le monarque battit en retraite et s'absorba dans l'inspection de ses pieds. Le regard de Jon fusilla la foule qui commençait à murmurer, puis revint se planter dans celui du marchand.

— Vous allez vous expliquer, oui ? Qu'est-ce que j'ai fait ?

— Rien du tout, Ser, calmez-vous. Vous avez sans doute entendu parler de ces légendes où les rois se déguisent pour se mêler au peuple ?

— Quel rapport ? Lui, on voit parfaitement bien que c'est Ernst !

— Justement, Sa Majesté a mis au point une stratégie inverse. Chacun sait que s'il se déguise, il sera reconnu tôt ou tard. Alors il paie une trentaine de quidams qui lui ressemblent à travers Ker Fresnel et il prend quelquefois leur place. Ainsi, on ne peut jamais être sûr de l'endroit où il se trouve. La meilleure cachette, c'est de se montrer. Ça décourage les attentats.

— Magni, je comprends. Je suppose qu'il y a peu de chances que nous soyons en face du véritable Ernst.

— Oui, elles sont assez faibles. Regardez-le.

Jon considéra le pseudo-souverain. Celui-ci ne savait plus où se mettre. Quelques commerçants l'entouraient et lui passaient une main dans le dos pour le rassurer.

— Je ne sais pas quoi vous dire, Ser, conclut Ophita.

— Laissez, vous n'y êtes pour rien.

Suivi du marchand, Jon s'approcha du sosie. Celui-ci jetait des regards paniqués à droite et à gauche. On le sentait prêt à pleurnicher.

— Écoutez, je suis désolé, murmura Jon. Je ne voulais pas vous faire peur.

— Comme c'est gênant, répondit l'homme en clignant des yeux. Vous m'avez pris pour, euh… l'Autre.

— Exactement. Il y a tellement de choses incroyables ici que…

— Jon vient d'arriver, précisa Ophita.

— Ah, d'accord. J'ai cru qu'on se fichait encore de moi.

Ophita prit Ernst-bis par l'épaule et se tourna vers le mage :

— Jon, je vous présente Emecca. Il représente Ernst dans ce marché depuis… depuis combien de temps, Emecca ?

— Douze ans. Ça fait douze ans. C'est pas toujours facile, vous savez. On a tôt fait de voir que je ne suis pas le roi quand j'arrive. Dès que je prends un air digne, tout le monde rigole.

— Allons, le consola le marchand, il y a aussi des compensations. Tu peux te servir gratuitement, non ? Et puis, tu ressembles beaucoup à Ernst. C'est un grand honneur, ça.

Emecca hocha plusieurs fois la tête, comme un enfant. Ophita jeta un regard aux alentours. Les passants avaient repris leur conversation, mais les regards demeuraient chargés de moquerie.

— Akir, que tout cela est pénible, soupira le commerçant. Ser, je suis désolé, mais après ce qui vient de se passer, je vais être la risée de mes collègues si je vous accueille ce soir. Comme l'argent, la réputation sur ce marché est une chose difficile à gagner et très facile à perdre. Je devrai renoncer à pas mal de clients, sans compter Emerlada. Vous me comprenez ?

— Ne vous inquiétez pas, Ophita. Vous en avez déjà beaucoup fait. Je vais essayer de me tenir tranquille. Dès demain, je demanderai bien sagement une audience à Ernst.

— Ce serait plus prudent. Tenez, voici de quoi passer quelques nuits dans une auberge pas trop miteuse.

— Gardez vos Joyeux. Ma profession m'interdit

de mendier. Et puis, j'ai l'impression qu'il se fiche de moi, là-dessus. Je crois que j'ai assez vu sa tête pour aujourd'hui.

Il se tourna aussitôt vers le sosie.

— Je ne disais pas ça pour vous, Emecca.

— Oui, oui… Pas de souci, je souris. Tout cela est peut-être un peu ma faute, d'ailleurs. Vous pouvez venir chez moi, si vous voulez.

— Mais oui, bien sûr ! s'écria Ophita. Vous n'avez pas de respectabilité à défendre, vous. Vous n'accueillez personne en ce moment, au moins ?

— Non, non, répondit Emecca, gêné.

— Les personnes du sexe faible sont toutes folles de lui, glissa le marchand à Jon. Elles se disent qu'avec un peu de chance, elles pourraient avoir affaire au véritable Ernst. C'est excitant.

— J'en frétille.

— Bon, excusez-moi, je dois y aller, dit le commerçant. À bientôt, peut-être.

Emecca et Jon saluèrent Ophita et s'empressèrent de battre en retraite loin des railleries. Sorti du marché, l'homme sembla se détendre.

— Alors comme ça, vous venez d'arriver, dit-il. Vous n'avez pas vraiment l'air à votre place.

— C'est ce que je n'arrête pas de me dire. Heureusement, quelques bonnes âmes se sont manifestées. Vous, Ophita et une jeune guide qui m'a tiré d'un mauvais pas.

— Une petite blonde ? Avec un visage d'ange ?

— Vous la connaissez ?

— Adrelle ? Bien sûr ! Elle ne dort jamais. Toujours à vouloir dénicher le pigeon. Elle sillonne la ville jour et nuit. Je n'ai jamais vu quelqu'un de si affairé. Je l'aime bien.

— Elle vous a aidé, vous aussi ?

— Euh, non. Elle vient juste me voir, de temps en temps. Comme ça. Vous voyez.

Une flambée de jalousie empourpra le visage de Jon. Il serra les dents et se concentra sur sa marche. Pied gauche, pied droit. Pied gauche, *le sale pervers*, pied droit. Emecca se méprit sur son silence qu'il prit pour de la pudeur. Sans un mot, les deux hommes empruntèrent une série de passages tarabiscotés.

— Veillez à bien repérer le chemin. J'habite dans un endroit peu accessible. C'est pour éviter qu'on vienne sans cesse m'importuner.

— Ne vous inquiétez pas, j'ai une excellente mémoire.

De fait, le cerveau de Jon enregistrait déjà le tracé des rues. Il aurait pu les dessiner dans les trois dimensions avec leurs proportions exactes. La mémoire était l'un des atouts majeurs de sa profession, sans compter que cela le distrayait de ses sombres pensées.

Après avoir longé deux arcades, passé un pont et descendu plusieurs volées de marches, il se sentit de nouveau maître de lui-même.

— Au fait, je n'ai pas eu l'occasion de vous remercier.

— Ce n'est rien. Entre nous, je n'ai pas l'habitude d'héberger des hommes. Vous me tiendrez compagnie en me racontant ce qui se passe à l'extérieur. Je n'ai pas le droit de sortir sans faire une demande écrite au service de sécurité. C'est l'un des inconvénients de ma fonction.

— Je comprends.

— Tenez, on arrive. Faites attention à votre tête, le tunnel passe sous les canalisations de l'aqueduc. Prenez cette clef. Au bout du couloir, il y a une porte qu'on ne peut ouvrir que si l'on déverrouille les deux serrures en même temps. Elles sont trop éloignées l'une de l'autre pour que je puisse le faire seul.

— Comment faites-vous lorsque vous n'êtes pas accompagné ? demanda Jon, étonné.

— Ça n'arrive pas très souvent. Et quand c'est le cas, je vais dormir chez maman.

Chez maman, hein ? Quel tombeur.

Ils déverrouillèrent la porte et se retrouvèrent devant un autre sas, blindé celui-ci.

— Vous êtes du genre paranoïaque ? Laissez-moi deviner. C'est pour éviter que ces dames ne prennent d'assaut votre garçonnière ?

— Il y a un peu de ça, répondit Emecca avec un pauvre sourire. L'avantage de ma position est que je suis bien protégé, au cas où Ernst voudrait prendre ma place. Maintenant, regardez bien.

L'homme frappa trois fois dans ses mains, claqua des doigts et renifla bruyamment.

— Vous avez un problème ?

— Serrure sonore. N'oubliez pas de renifler et de claquer des doigts en même temps la troisième fois, sinon ça ne s'ouvre pas. La serrure est un peu grippée.

L'issue s'entrebâilla. Ils s'engouffrèrent dans les ténèbres.

Emecca fit un peu de lumière. Jon fut impressionné par la taille de la pièce. Des colonnes de cuivre massif étaient disposées entre des tapis aux motifs recherchés. Il leva les yeux et aperçut au plafond des plaques d'or blanc ciselées.

Son hôte se dirigea vers le fond de la salle. Chaque fois qu'il passait devant un pilier, une source lumineuse invisible éclairait les alentours. Il atteignit un imposant fauteuil de velours, déposa sa couronne sur un accoudoir et prit place sur des coussins.

— Eh bien, Ser Alamänder, que puis-je faire pour vous ? lança-t-il d'un ton amusé.

Au moment où il prononçait ces paroles, des gardes à l'allure sinistre se postèrent devant chaque colonne.

— Oh non, répondit Jon, stupéfait. C'est *Vous* ? Vous êtes Ernst XXX !

— Gagné. Il semble d'ailleurs que dans votre émoi vous en ayez oublié mon titre.

Jon s'approcha du trône, le regard perdu dans le vide. Ses pensées cognaient dans son crâne comme des phalènes contre une vitre.

— Je vous prie de me pardonner, Votre Majesté, dit-il lorsqu'il fut parvenu à quelques pas du monarque.

La position menaçante que prirent les gardes le dissuada d'avancer davantage.

— Allons, allons, Jon, pas de Majesté entre nous. Appelez-moi Sire, ça ira très bien. Je vous écoute.

— Quel hasard de tomber sur vous, Sire ! Juste au moment où vous remplaciez Emecca !

— Hasard ? Le hasard n'a rien à voir avec l'art de régner, Jon. La chance, je ne dis pas. Le hasard, jamais. Gouverner consiste justement à exclure le hasard. Cela dit, je n'ai que peu de temps à vous consacrer. Ne gaspillez pas votre part de chance avec des propos sans intérêt. Que me vaut la visite d'un auguste Questeur de Mehnzota ?

Le ton était ouvertement ironique. Jon préféra l'ignorer.

— Il se trouve que j'ai été injustement chassé de mes terres.

— Sire.

— Euh, oui. Sire.

— Mais encore ? Je suis *bougrement* intrigué.

— Un mariage a eu lieu entre l'un de vos parents et la famille royale de Mehnzota. La mariée apporte avec sa dot un minuscule morceau de terrain qui se trouve être mien.

« *Sire !* » scandèrent les soldats à l'unisson. Jon fit un bond qui lui valut un regard compréhensif du monarque.

— Sire, Sire, bien sûr. Or, sur ce…

— Attendez, attendez. Vous m'avez parlé d'injustice. Ce mariage est tout à fait légal, il me semble.

— Certes, Sire, répondit Jon qui commençait à transpirer. Mais vos monstres de combat menacent de raser entièrement mes terres.

— Oui, c'est la procédure habituelle. Détruire pour reconstruire, mourir pour mieux renaître. Ce genre de choses. Comment voulez-vous qu'un noble kungbohréen exploite une nouvelle région s'il sait qu'elle a auparavant été souillée par la présence mehnzotaine ?

— Sire, je ne sais que répondre. Je vous demande simplement…

— De ne pas toucher à votre petit chez-vous ? Je vais vous parler sans détour, Jon. Je déteste les Mehnzotains, leur bonne volonté maladive et leurs magiciens. Les pires sont les questeurs, dont le talent se résume à une seule chose : montrer à quel point ils sont indispensables. *La sagesse du mage liée aux compétences du détective*. Laissez-moi rire.

Les gardes impassibles s'esclaffèrent avec une cadence maîtrisée.

— Sire, je fais appel à votre mansuétude. Ce ne sont que quelques arpents. Ils appartenaient à mon maître. J'y tiens plus que tout.

— Mes yeux se mouillent. N'y songez plus. Je vais vous faire raccompagner jusqu'à votre futur ex-terrain. Avec un peu de chance, le nouveau propriétaire acceptera un loyer dans une bicoque que vous reconstruirez. Mais j'en doute.

— N'y a-t-il rien que je puisse faire pour trouver grâce à vos yeux, Majesté ?

— Voyons voir, réfléchissons…

Le silence dura quelques secondes.

— Non. Désolé. Voyez-vous, Jon, il n'y a pas de magie ici. Pour paraphraser un célèbre propagandiste, *Lorsque j'entends le mot magie, je sors Monrev Olver* – c'est le nom de mon skorj de combat. Un esprit aussi fin que le vôtre ne peut que savourer l'ironie de la situation : vous qui représentez l'intelligentsia dans votre royaume, vous êtes ici au mieux inutile. Nous avons des meurtres en pagaille, je ne vous le cache pas, mais rien qui ne puisse être géré par un monarque compétent.

Ernst le considérait d'un air désolé, mais son regard était inflexible. Jon eut soudain une idée :

— Y a-t-il déjà eu un crime en rapport avec la magie à Fresnel, Sire ?

— Bonne question. En effet, je crois me souvenir qu'un tel meurtre a été commis il y a neuf cents ans. Suffisamment peu pour se sentir à l'abri, n'est-ce pas ?

— Et qu'est-ce qui vous garantit qu'il n'y en aura plus ?

Ernst haussa un sourcil.

— Rien du tout, j'en conviens. Cependant, qu'un tel forfait survienne au cours de mon règne semble assez improbable, vous l'admettrez à votre tour.

— Justement ! s'exclama Jon. Vous avez dit que le hasard n'avait rien à faire avec l'art de gouverner. Pouvez-vous vous permettre de courir un tel risque ?

Ernst XXX fit une moue peu convaincue.

— Réfléchissez, Majesté, poursuivit le mage. Nous savons tous deux que vos relations avec Mehnzota sont tendues. Si un événement de ce type survenait, jamais ils ne vous dépêcheraient un enquêteur. Au contraire, ils spéculeraient sur votre faiblesse en la matière.

Jon avait le cerveau en ébullition mais il voyait bien que ses arguments portaient. Ernst l'écoutait avec attention, un peu déstabilisé.

— Votre analyse est pertinente, je le reconnais, dit le roi. Elle rejoint d'ailleurs en partie les conclusions de mes conseillers. Tout cela est fort attendrissant. Et que proposez-vous en échange de ma bienveillance ?

— C'est fort simple, Sire, répondit Jon en essayant de masquer sa joie. Je m'engage solennellement à vous venir en aide en cas de pépin. Prenez cela comme une sorte d'assurance contre la magie qui vous mettrait à l'abri des événements *hasardeux*.

— *Solennellement*, hein ? Vous y tenez vraiment, à votre taudis.

— Oui, Sire. Mon maître m'a fait promettre de veiller sur sa propriété avant de disparaître. Il m'a confié que, lui parti, elle devenait la clef de mon avenir.

— Je reconnais bien là la préciosité de mes voisins. Ils se sentent obligés de déclamer *solennellement* chaque fois qu'ils vous demandent de leur passer le sel. Passons. Si j'ai bien compris, vous me proposez votre aide en cas de problème magique, quel qu'il soit ?

— Absolument.

— Et les autorités de votre pays vont vous laisser faire comme si de rien n'était ?

— Oui. Dans la mesure où je me suis engagé, elles ne pourront que s'incliner.

— Je vois. Il est vrai que la parole d'un questeur est, de notoriété publique, aussi solide que le roc de notre bonne vieille capitale. C'est pour cette unique raison que je ne vais pas vous faire signer une pile de contrats aussi haute que vous.

— Vous acceptez donc ?

— Oui, si vous prêtez serment.

— Sire, Votre Majesté, commença Jon avec lyrisme, je m'engage non solennellement à vous apporter de manière inconditionnelle toute l'aide dont je suis capable dans la résolution d'un éventuel forfait passé, présent ou à venir ayant un rapport avec la magie.

Le souverain se leva.

— Et moi, Ernst XXX, monarque absolu de ce

royaume, prend acte de votre engagement et l'accepte de bon gré devant témoins.

— *Oï !* ajoutèrent en chœur les vigiles.

— Merci, Majesté. Je bénis Magni d'avoir su trouver en vous un Puissant éclairé et prévoyant.

Jon soupira, soulagé. Voilà, c'était fini. Il était presque chez lui, à potasser ses ouvrages et à écrire un nouveau chapitre de ses mémoires. Finalement, il ne s'en était pas si mal tiré.

— Une bonne chose de faite, confirma Ernst en se frottant les mains. Et maintenant, au travail.

— Pardon ?

— J'ai dit : au travail. La responsable de ma police secrète va vous exposer tous les détails. C'est une affaire délicate.

— Je ne comprends pas. Un meurtre magique a eu lieu ici, à Fresnel ?

— Mais oui, mon cher. Vance ?

Une jeune femme à l'air efficace entra dans la grande salle d'un pas alerte.

— Votre Majesté, se présenta-t-elle avec un salut militaire.

— Que faites-vous ici, Adrelle ? bredouilla le détective.

Le roi se leva et rendit son salut à la nouvelle venue.

— Je vous présente Vance, dit-il au mage. La responsable de ma police secrète et, accessoirement, une personne fort avenante.

— Vous êtes trop aimable, Sire.

— Il y a quelque temps, Vance m'a sauvé la vie. L'ancien directeur du contre-espionnage complotait contre moi – c'est un peu le sport national, ici. Que devient-il, à ce propos ?

— Il a presque fini de sécher, Sire.

— Parfait. Eh bien, remettez-vous, Jon ! On dirait que vous venez de croiser un fantôme administratif.

Le mage était sans voix. Son regard allait de Vance à Ernst. Il avait peur de comprendre. Le roi reprit :

— Comme vous nous l'avez si bien exposé tout à l'heure, je ne pouvais pas demander l'aide de Mehnzota. Ils m'auraient ri au nez. Je ne pouvais pas non plus convoquer un questeur par la force, il aurait refusé tout net de travailler pour moi. Il me fallait donc non seulement en amener un ici, mais aussi m'assurer de sa collaboration. Deux conditions difficiles à rassembler. Monter ce projet n'a pas été aisé, je l'avoue, mais avec l'aide de Vance et de quelques autres, nous avons pu le mener à bien. Merci à toute l'équipe.

— Vous m'avez manipulé depuis le début ? Cette histoire de mariage était donc un mensonge ?

— Pas du tout. C'est ce qu'il y a de plus beau. Expliquez-lui, Vance.

La jeune femme s'exécuta avec sobriété.

— Un mensonge de notre part vous aurait permis de vous délier de votre engagement en dénonçant une tromperie. Or, je peux vous assurer que tout est rigoureusement vrai. Le mariage a eu lieu il y a quelques semaines. Aux yeux de Mehnzota, vous êtes venu ici pour trouver un compromis, compromis que vous avez trouvé. Personne n'a été floué car à aucun moment de son discours Ernst ne vous a menti, votre mémoire fidèle vous le confirmera. C'est vous qui avez insisté pour vous mettre à son service, pas lui. Fin de l'histoire.

— Et début de l'enquête ! s'exclama Ernst, enthousiaste. Vance, emmenez Ser Alamänder et exposez-lui la situation, je vous prie. J'ai à faire.

Jon enrageait. Lui qui pensait avoir déployé des trésors de persuasion, on l'avait manœuvré depuis le début. L'apparente hostilité du roi et son indifférence n'avaient été que des feintes destinées à le circonvenir. Il exprima à voix haute son amertume.

Ernst rit de bon cœur.

— Vous savez, je n'ai aucun mérite, je fais ça toute la journée. Mais vous me voyez un peu chagrin. Vous auriez pu me féliciter pour mon rôle d'Emecca. Par un *hasard* incroyable, Vance vous a conduit juste à l'endroit où nous devions nous rencontrer.

— Cela n'a pas été facile, ajouta l'espionne. Il y a eu quelques imprévus. À notre première rencontre, je devais vous séduire et vous emmener au marché. Vous avez tout gâché en m'avouant que vous ne pouviez vous offrir mes services. Nous ne vous pensions pas si démuni. Ayant mentionné mon statut de guide, je ne pouvais pas vous accompagner gracieusement, cela aurait immédiatement éveillé vos soupçons.

Jon n'en était hélas pas du tout certain, mais il ne l'interrompit pas.

— Je vous ai donc suivi en attendant une occasion de renouer le contact. Elle ne s'est pas fait attendre. Il faut que vous me compreniez, Jon. Nous avons vraiment besoin de votre aide. Notre royaume est en danger.

— Je l'espère pour vous, répliqua le mage sèchement. Edrick était dans le coup, lui aussi ?

— Non, répondit Ernst. Nous avons choisi à dessein un jeune idéaliste, qui plus est amateur de magie. Juste après que vous l'avez quitté, l'équipage du skorj de combat s'est vu annuler sa mission de destruction. Le pauvre capitaine ne doit toujours pas comprendre pourquoi, même s'il doit en être ravi. Vous vous êtes fait un copain, Jon. Un vrai.

— Un contrordre, dites-vous ? s'exclama Jon avec des trémolos dans la voix. Vous saviez donc que j'allais accepter ? Akir en pique-nique, suis-je si prévisible ?

Un silence gêné lui répondit sans équivoque.

— Tous les gens intègres le sont, reprit le roi. Plus un homme est juste, plus on sait comment il va réagir. Considérez cela comme la faiblesse de votre force.

— Vous savez, confia Vance, cela n'a pas été facile de vous utiliser ainsi.

— J'en suis sûr. Arrêtez, avec vos scrupules hypocrites.

— Allons, allons, ce n'est pas le moment de nous prendre le bec. L'heure est grave. Comme je viens de vous l'annoncer, Vance va vous exposer les tenants et aboutissants de cette affaire. Accrochez-vous, c'est coton.

— Dites-moi au moins en quoi cela est-il si important. On vous a volé un objet précieux ? Quelqu'un a été éliminé ?

— Tout juste, et c'est le seul événement qui pouvait balayer mes principes au sujet des magiciens. Il y a peu de temps, Pallas, mon plus proche conseiller, a mis à jour un complot. L'origine en était la Cité Libre, YArkhan. Hélas, l'analyse de Pallas était en partie erronée. L'attaque ne m'était pas destinée.

Le roi marqua une pause. Il semblait sincèrement attristé.

— C'est Pallas qui en a été la victime. Il a été assassiné il y a un peu moins d'un mois. À vous de trouver par qui et pourquoi.

11

Deuxième Maxime : Le T'Sank construit dans la victoire.

Un ennemi n'est jamais plus vulnérable que lorsqu'il vient de triompher. Son ego le convainc un court moment de sa supériorité. Dans cet état d'ébriété psychique, il est empli de lui-même et n'est plus en phase avec la réalité. L'Assassin l'atteindra aussi sûrement que son adversaire se sentira hors de danger.

Septième Maxime : Le T'Sank construit dans la lumière.

L'ennemi connaît ses faiblesses, les zones d'ombre de son être. Il les observe sans cesse car il voit en elles l'instrument de sa défaite.
Il ne se penche jamais sur ses forces. Il ne met pas en doute ses qualités. Il s'appuie sur elles et les néglige comme les places fortes d'une forteresse.
Le T'Sank bâtit toujours aux endroits laissés sans attention.

Sentences T'Sank, auteur inconnu
(attribuées à Ninfell T'Sank)

*

Maek avait forgé sa persévérance dans le sang et le renoncement. Son inépuisable volonté ne considérait plus les obstacles que comme des distractions passagères. Il était devenu une lame dont les épreuves constituaient le fourreau. Invulnérable. Presque immortel.

Du moins était-ce ainsi qu'il se voyait.

Avec un dédain absolu pour ses talents, inconsciente même de son existence, la muraille des Macrovores lui avait opposé une terrifiante indifférence.

Face à l'irréductibilité de ce nouvel adversaire, Maek s'était peu à peu étiolé, il le reconnaissait à présent. La quête qui devait le mener à l'école T'Sank avait basculé dans la brume qui entoure le réveil du dormeur, elle était devenue aussi impalpable que l'espoir du condamné. Durant ses longs mois d'errance le long de la barrière, il avait fini par s'endormir chaque soir face au seul ennemi qu'il se savait incapable de vaincre : l'inertie.

Akir avait cherché à le précipiter dans un sombre désespoir en lui révélant la vanité de ses ambitions. Mais comme le bourreau qui tente de briser sa cible et ne fait qu'attiser sa haine, le Dieu de la corruption n'avait pu anéantir la résistance qu'il avait contribué à façonner. Mieux, il avait fourni au garçon une raison de vivre.

Maek s'était ainsi trouvé le seul adversaire qu'il pensait à sa mesure, le seul pour qui il était prêt à sacrifier sa vie et sa santé d'esprit : Akir, le Dieu Noir.

L'exilé énuméra ses atouts. D'après ce que lui avait révélé son visiteur, il disposait de temps à profusion. De plus, sa situation isolée était propice à la réflexion, loin de l'agitation vaine de ses contemporains. Enfin, les Macrovores lui offraient une source inépuisable de nourriture. Les conditions idéales étaient rassemblées pour qu'il puisse se focaliser sur ce nouvel ennemi.

Ses alliés ? Les rêves qu'il faisait au cours d'interminables nuits tièdes et moites. Il se voyait surpasser Akir dans sa folie de destruction. Il l'humiliait en le forçant à le considérer. Il le soumettait et en faisait son vassal.

Sa ténacité retrouvée, Maek se mit tout entier au service de la première étape de son projet : quitter son repaire et y revenir quand il le souhaitait.

La solution n'apparut pas tout de suite.

Pendant des années, il explora son royaume jusqu'à saturer sa mémoire de passes, de tunnels et de trouées. Une telle quantité d'informations exigeait qu'il se penchât sur un moyen de les archiver. Au bout de quelques mois d'expérimentation, il s'aperçut que les copeaux de champignon coupés noircissaient à l'air. Profitant des nuits où les radicules étaient plus souples, il découpa de grandes plaques d'écorce et les fit sécher.

Il se préoccupa ensuite de l'encre. Après d'innombrables essais, il découvrit le candidat idéal. Une moisissure laiteuse prisait le support organique. Elle s'y incrustait de manière indélébile, blanche sur fond noir.

Le garçon entreprit alors de cartographier la région. L'accumulation de croquis et de notes révéla que la conformation des Macrovores se modifiait tout au long de l'année. Pendant les périodes de reproduction, certains passages menant aux lieux d'ovulation s'ouvraient. D'autres, au contraire, se refermaient, sans doute pour mieux mettre les premiers en évidence. Cette mouvance cyclique n'était pas pour déplaire à Maek car elle rendait son lieu de résidence difficile d'accès, voire dangereux. Un bon point pour la future école.

Une étape importante fut franchie lorsqu'il s'aperçut qu'un peu de sève fertile appliquée sur un passage entraînait sa dilatation. Cela lui permit de poursuivre ses explorations en des lieux autrefois inaccessibles, muni d'une provision d'encre et de feuillets épais. Les plans s'accumulèrent, d'autant plus nombreux que chacun d'eux était décliné en de multiples répliques saisonnières. À chaque retour de ses expéditions, il les classait chronologiquement dans une grotte de belle taille.

Il profita aussi de ses reconnaissances pour dresser l'inventaire de tout ce que son domaine recelait de faune et de flore. Au premier abord, l'observateur était saturé par l'omniprésence des thallophytes. Cependant, lorsqu'il se tenait immobile quelques heures, il parvenait à distinguer les signes d'une intense activité. L'écologie de la région s'était parfaitement adaptée à ses conditions de vie extrêmes. La plupart des animaux étaient, comme lui, des parasites plus ou moins déclarés des rhizomes. Chaque fois qu'il rencontrait une nouvelle espèce, il se hâtait de goûter sa chair et l'ajoutait à sa collection.

Le matin du dixième anniversaire de son arrivée, la chance lui sourit. Ce ne fut certes pas le sourire béat du miracle, mais plutôt la risette timide d'une opportunité inattendue.

Maek venait de planter sa faux, réduite à l'état de dentelle, dans l'abdomen d'un animal qu'il avait baptisé Épidianmidès. Lorsqu'on parvenait à capturer l'un de ces insectes, la tête se détachait et s'enfuyait sur de courtes pattes en ne laissant au prédateur qu'un corps peuplé d'organes primitifs. La partie avant contenait en fait l'ensemble du système digestif et reproducteur et se suffisait à elle-même.

Autre stratégie de génie, la chair était savoureuse. Pendant que le chasseur s'en repaissait, l'animal avait le temps de s'enfuir et générait par la suite un nouveau corps.

Ce jour-là, alors que Maek se concentrait habituellement sur les parties tendres du tronc, il décida de goûter la moelle des pattes. Il tenta de briser les longues phalanges ridées, en vain. Il fracassa l'Épidianmidès contre une paroi sans plus de succès. Il le projeta finalement depuis les hauteurs, mais les membres éparpillés n'en furent pas rompus pour autant.

Le garçon sentit l'irritation le gagner. Il referma rageusement sa mâchoire sur ce repas récalcitrant. La chitine ne fut même pas rayée et il se cassa une dent.

Fou de douleur, il immobilisa la carcasse entre deux racines et abattit sa faux. La lame se brisa net. Une partie alla se planter dans un bassin de sève qu'il aménageait, l'autre le blessa cruellement au visage. Tandis qu'il hurlait, il réalisa avec horreur qu'il venait de détruire sa seule et unique arme.

Une main sur la joue, il chercha le cadavre des yeux. Sous le choc, celui-ci avait sauté un peu plus loin mais ne portait aucune trace d'impact. L'assassin examina les pattes, songeur. Quelle force pouvait venir à bout d'une telle chose ? Aucune, sans doute.

Quel gâchis, songea-t-il. Trop petite pour en faire une arme, trop dure pour la transformer en outil. Une armure, peut-être. En nouant des phalanges bout à bout, il pourrait peut-être confectionner une cotte de mailles.

L'idée le séduisit. Restait à rassembler une grande quantité de créatures. Tout à son idée, il en oublia sa faux brisée, sa joue en sang et il se mit au travail. Il passa le reste de la journée à essayer d'attraper des Épidianmidès. Son succès fut mitigé. La technique de fuite de l'animal, très au point, soustrayait le plus souvent les têtes à ses bons soins.

Il décida de changer de stratégie et se mit à construire un enclos. Il utilisa pour cela la sève fertile qu'il avait employée auparavant. Dès qu'il peignait des lignes de ce sérum, les racines se mettaient à croître en suivant le tracé. Il suffisait alors de badigeonner ces dendrites pour que d'autres les recouvrent et produisent ainsi plusieurs étages. L'édification du corral en fut grandement facilitée.

Lorsqu'il estima son œuvre achevée, il se mit en chasse. Il rassembla le plus d'insectes possible et les plaça dans leur nouvelle demeure. Il espérait que ses hôtes se reproduiraient avant longtemps.

Quand il revint le lendemain, sa surprise fut de taille : le parc débordait littéralement d'occupants. Leur capacité à proliférer défiait toute logique.

En regardant de plus près les captifs, il comprit le pourquoi de cette fécondité anormale : elle était nécessaire à leur survie. Beaucoup de sujets présentaient en effet des déformations ou des organes atrophiés. Certains avaient plusieurs têtes, d'autres des pattes à la place des yeux ou l'inverse. Quelques-uns étaient si mal en point qu'ils se traînaient misérablement.

Maek réfléchit avec intensité. Akir lui avait révélé que les spores des Macrovores étaient capables d'altérer le code intime des êtres qu'elles pénétraient. Comment la déité les avait-elle appelées ? Des mutagènes. Dans la mesure où ses hôtes se nourrissaient exclusivement de cet étrange pollen, il n'était pas étonnant de les voir développer ces incroyables caractéristiques. La fragilité des Épidianmidès aux mutations était compensée par leur nombre.

Maek eut une soudaine illumination, qu'il qualifia plus tard de meilleure inspiration de sa vie. Sans le vouloir, Akir lui avait peut-être fourni un moyen de s'évader de sa prison végétale.

Il écarta les insectes inutilisables et ne conserva que ceux aux pattes les plus longues. Il espérait que ce tri contiendrait autant de mâles que de femelles. Il découvrit par la suite que le sexe n'avait aucune importance : les animaux se reproduisaient par bourgeonnement. L'absence d'une sexualité différenciée, qui aurait permis un brassage efficace des gènes, accentuait encore l'apparition d'altérations.

Après quelques mois de sélection, il parvint à obtenir des descendants qui possédaient en moyenne une longueur de patte de plus que leurs parents.

Un fol espoir s'éveilla en lui. Dès lors, il passa la majeure partie de son temps auprès de ses protégés, à décider quels insectes survivraient jusqu'au lendemain. Il privilégiait les plus grands et mangeait les autres. Cela lui évitait de perdre du temps en recherche de nourriture.

Au bout de cinq années d'écrémage rigoureux, ses Épidianmidès atteignaient une taille proche de la sienne. La majeure partie de leur corps se composait des longues pattes à l'incroyable résistance. Les yeux formaient un bouquet d'ocelles regroupés à l'avant et la bouche, située sous le ventre entre les membres filiformes, aspirait la sève grâce à une trompe noire.

Sa petite entreprise de sélection sur la bonne voie, Maek put se pencher sur le moyen de remplacer son arme. Il frotta pendant des semaines des pattes d'Épidianmidès contre des rochers sans parvenir à les effiler, puis tenta d'aiguiser des coques de racines mortes sans plus de succès. Les pointes s'émoussaient trop vite.

Devant de si piètres résultats, il préféra renoncer temporairement. Il n'avait aucun mal à trouver sa pitance et se défendait très bien à mains nues contre les prédateurs. Cependant, il gardait à l'esprit qu'un jour ou l'autre, ce manque de moyens lui ferait défaut.

Le hasard lui offrit finalement une solution bien plus efficace que tout ce à quoi il aurait pu prétendre.

Il avait fait de l'endroit où il avait brisé sa faux une sorte de salon de méditation. Le bruissement léger d'une fontaine de sève alimentée par des canalisations végétales constituait une distraction de choix au sein de l'étendue silencieuse. C'était dans ce bassin que s'était fichée l'extrémité de son arme lors de sa colère contre l'Épidianmidès. Elle était demeurée là, pointée vers le ciel en une parodie de commémoration.

Toutes les semaines, l'exilé venait méditer en ces lieux sur les étranges paroles d'Akir. Même si le Dieu avait joué avec lui en ne lui offrant que des fragments de vérité, Maek était certain d'y déceler tôt ou tard des révélations cachées. Qu'avait dit le Noireau ? Qu'il était incapable de supprimer Maek. Ce seul fait plongeait le garçonnet dans des abîmes de perplexité. Quelle force incroyable pouvait dicter son comportement à une divinité ? Il ne voyait que deux alternatives possibles : soit la solution était indépendante de son existence, soit elle se trouvait en lui.

Le premier cas signifiait qu'Akir devait se plier aux désirs d'une volonté supérieure. Il avait cependant affirmé que son pouvoir égalait celui de tous les autres Dieux. Le panthéon d'Alamänder recelait-il une puissance transcendant le terme même de déité ?

Dans le second cas, une caractéristique du garçon faisait obstacle à Akir. Le Dieu avait admis qu'il était un Hempé, une sorte d'élu. Maek ne possédait pourtant aucune faculté extraordinaire. Son unique talent était peut-être de ne pouvoir être détruit par le Noireau, ce qui paraissait bien dérisoire.

Les deux alternatives le menaient en général à une même conclusion : il était un Dieu exilé, fils d'une Puissance du Bien. Il avait été kidnappé par son éternel adversaire contre une rançon céleste, et Akir ne pouvait le tuer car il aurait été contraint de renoncer à ses exigences. Cette théorie avait l'avantage d'expliquer à la fois l'incroyable longévité de Maek et l'intérêt que lui vouait le Dieu Noir.

À ce point de sa méditation, le garçon se dirigeait vers le bassin et s'y mirait en essayant de déceler dans ce regard hanté l'étincelle de pouvoirs enfouis.

Un matin, alors qu'il se livrait à ce rituel, il s'aperçut que la partie immergée de la lame était recouverte d'une matière laiteuse. Il extirpa le fragment et l'observa. Une couche translucide l'enveloppait bel et bien.

Il se réjouit de sa découverte. Avec un peu de chance, il tenait un moyen efficace de lutter contre la rouille. L'explication du phénomène semblait évidente. Comme les huîtres perlières enrobent de nacre les grains de sable indésirables, la plante avait tenté d'isoler ce corps ferreux sans doute toxique.

Il remarqua que la partie orientée dans le sens du courant était plus effilée. Il la toucha du bout du doigt. L'étrange lame pénétra dans sa chair aussi aisément que dans de l'eau. Elle était si acérée qu'il ne ressentit pas tout de suite la douleur. Celle-ci explosa dans sa tête lorsqu'il atteignit l'os.

Maek lâcha la lame et maudit tout ce qui passait à sa portée. Lorsqu'il eut stoppé l'hémorragie, il finit par admettre qu'une partie de ses problèmes était peut-être résolue. Il alla chercher l'autre segment brisé et le jeta à son tour dans le bassin. Il verrait bien si le phénomène se reproduisait.

À partir de ce jour, il préleva régulièrement les morceaux à l'aide de deux pattes d'Épidianmidès, notant la progression de la sève durcie. Comme chez les huîtres, l'enrobage se révélait assez lent.

Deux ans après sa découverte, il le jugea suffisant pour mériter un test. Avec mille précautions, il engagea l'une des lames dans ce qui restait de sa faux, préparée pour l'occasion. Il saisit cette arme de fortune et l'abattit sur une racine. Elle fut coupée net en deux comme une courge trop mûre. Il s'arracha quelques cheveux et en approcha le fil. La mèche fut tranchée sans même avoir fléchi.

Avec des exclamations de joie, Maek testa sa faux sur tout ce qui l'entourait. Seules les pattes de ses insectes fétiches résistèrent à ses assauts. Peut-être les deux éléments étaient-ils constitués de la même matière.

Satisfait, il retourna à ses activités quotidiennes, toujours très nombreuses.

Il passait d'abord une partie de la matinée à étendre le parc où vivaient ses créatures. Son objectif premier demeurait l'expansion de son cheptel car cela augmentait les chances de voir apparaître les mutations qu'il désirait. Vers midi, il gagnait la fontaine de sève. Là, il déjeunait tout en façonnant son armure de pattes d'insectes. Il liait patiemment les phalanges grâce à des lianes de mycélium. Le reste de la journée se partageait en exploration, expérimentations et prélèvements des vastes quantités de nourriture exigées par son élevage.

Pendant plus de cinq ans, il poursuivit sa politique de tri. Avec patience, il écartait les Épidianmidès qui ne donnaient pas satisfaction et laissait se reproduire les autres. Il parvint peu à peu à éliminer le leurre que constituait le corps pour ne conserver que la tête.

Il s'attaqua alors au problème des dimensions,

dont il parvint au fil des ans à reculer les limites. Le jour où il considéra son labeur achevé, les hexapodes disposaient d'une taille double de la sienne. Ils répondaient à des ordres simples tels que s'éloigner, revenir ou s'arrêter. Leur tête ronde et plate, d'un demi-homme de diamètre, était assez robuste pour l'accueillir. Maek disposait donc désormais d'un poste d'observation mobile, juché sur des membres délicats mais indestructibles. C'était uniquement pour eux que le garçon s'était plongé avec tant de passion dans son entreprise de sélection. Grâce à son improbable véhicule, il espérait se mettre hors d'atteinte des carno-céréales. Et si les épis s'avisaient de croître jusqu'à lui, il réglerait le problème à l'aide de sa nouvelle arme.

Un matin, près de vingt ans après son départ de la friche, Maek se déclara prêt.

Il avait construit au sommet de sa monture un petit abri de coques fraîchement coupées. Il espérait que leur humidité résiduelle le protégerait de la chaleur.

Il s'assura que sa faux se trouvait à ses côtés. Il avait confiné son redoutable fil dans le seul fourreau utilisable, une patte d'Épidianmidès. Le vent jouait avec sa cotte de mailles. Les phalanges de chitine s'entrechoquaient avec un bruit agréable. Il emmenait aussi des poches de sève déshydratées et quelques outils et ustensiles, résultat de ses différentes trouvailles végétales.

La traversée du désert fut étonnamment aisée. Sa monture pourvoyait à leur subsistance en fouillant le sol à la recherche des tubercules. L'abri était confortable et lui permettait d'évacuer la chaleur. Face à l'aller, le retour avait tout d'une excursion. Seules les nuits demeuraient éprouvantes. Chaque soir, il s'enterrait avec sa monture dans un nid tapissé de tubercules à la tiédeur réconfortante.

Après trois jours de voyage, il aborda le champ de céréales.

Les graminées assistèrent à son arrivée avec curiosité. Quel était donc ce drôle d'équipage, surgi d'une région qui ne leur apportait que sable et vent ?

Maek entra sans hésiter. Méfiants, les épis se courbèrent d'abord de part et d'autre de l'Épidianmidès. Leur mémoire commune avait reconnu l'enfant qui les avait humiliés longtemps auparavant. Poussés par une force qu'ils n'avaient pu identifier, ils s'étaient livrés pendant des années à une chorégraphie ridicule avec pour seul résultat de laisser filer cette proie juteuse.

Ils prirent leur temps et évaluèrent la situation. Tous leurs recoupements aboutirent à la même conclusion : le garçon avait grandi de quelques pouces mais la force mystérieuse qui les avait subjugués avait bel et bien disparu.

Avec un glapissement vorace, ils se jetèrent sur les pattes de l'insecte. Celui-ci s'immobilisa aussitôt, terrorisé. Maek attendit, mâchoire serrée, prêt à dégainer. Pendant quelques minutes, ce fut la ruée. Les épis s'entretuaient pour participer au carnage. Un nuage de fétus et de poussière montait lentement de l'étrange scène.

Lorsqu'il retomba, la monture tremblante était toujours debout.

Une onde de stupeur parcourut le champ. Fait sans précédent, les carno-céréales, dont les centaines de millions de crocs meurtrissaient les chairs et déchiraient l'acier, venaient d'être tenues en échec par un seul être insignifiant.

Sans attendre, une seconde vague se jeta à l'assaut de la créature. Maek ordonna à l'Épidianmidès d'avancer. Ils accélèrent jusqu'à être lancés à pleine vitesse. Les fétus sifflaient aux oreilles du garçon dans l'air surchauffé. Il essuya leur colère comme autant de rouleaux dévastateurs. Les épis les plus proches, coassant de haine, se hissaient jusqu'à son refuge, mais Maek taillait sans effort dans la paille en prélevant un lourd tribut de sève.

Les déferlantes se brisèrent une à une. L'assassin laissait dans son sillage une coupe claire témoignant de sa course victorieuse.

Après plusieurs heures de cette joute, le champ finit par s'avouer vaincu. Les épis humiliés se tournèrent vers d'autres proies et laissèrent Maek déambuler dans une indifférence feinte. Seules de fréquentes ondulations rageuses témoignaient de leur impuissance à stopper l'équipage. Le garçon riait de leur déconvenue. Il avait mis des décennies à triompher de cet obstacle, mais sa victoire était totale. Il était sans doute le premier être humain à revenir des Macrovores.

Après quelques jours, il aborda la friche. Dédaignant les paysans médusés, il tourna son attention vers la ville la plus proche. Les rares survivants du Grand Incendie avaient reconnu le garçon devenu personnage de légende, mais son regard impitoyable découragea toute tentative belliqueuse.

Maidugri, petite bourgade de la côte, constituait la destination en vogue pour tout ce qui concernait le commerce des céréales. On y croisait aussi bien des mercenaires moissonneurs que des trafiquants de liqueur au célèbre slogan : « *L'alcool qui rappelle la morsure* ». Toujours à bord de sa monture exotique, Maek exécuta les deux gardes de faction et pénétra avec aplomb dans la ville. Il ne tenait pas à rester discret mais à se faire au contraire un peu de publicité.

Il demanda son chemin aux passants sidérés jusqu'au seul orphelinat des environs. Arrivé là, il déposa de la sève séchée près de l'Épidianmidès et pénétra dans l'établissement. Les pupilles étaient rassemblés dans le réfectoire pour le déjeuner. Maek s'en félicita. Il ne pouvait rêver meilleur moment pour sa campagne de promotion.

Il faucha d'un geste négligent les jambes de trois matons et sauta sur une table. Il essuya le sang de sa lame et s'adressa à l'assistance :

— Que ceux qui désirent apprendre à tuer s'approchent.

Après un instant de stupeur, la panique s'empara de la salle. Un tumulte épouvantable s'éleva tandis que chacun s'efforçait de gagner la sortie avant son voisin. Maek s'assit en tailleur et attendit.

Lorsque la poussière fut retombée, quelques garçons, tremblants mais déterminés, étaient rassemblés autour d'une desserte.

L'assassin sauta au sol et marcha vers eux. Tous eurent un mouvement de recul, excepté un petit individu au nez camus et aux traits ingrats qui dévisageait le jeune tueur avec vénération.

Maek fit signe aux autres de décamper et considéra l'orphelin. Dehors, le tumulte avait fait place au calme qui annonce l'arrivée des autorités.

— Comment te nommes-tu ? demanda abruptement Maek.

— Ninfell, Ser.

— Ne m'appelle pas Ser. Appelle-moi Maek.

— Bien, Maître, dit le garçon en déglutissant.

— Ce terme n'est pas plus approprié. Reste derrière moi et regarde. Ceci est ta première leçon.

Maek ouvrit d'un coup de pied la porte battante menant vers l'extérieur. Une dizaine de soldats attendaient, épées au clair et arcs bandés.

Dix seulement, songea l'assassin, déçu.

— Vous n'êtes qu'une poignée, déclara-t-il. C'est à ce genre de détail que l'on se sait inconnu. Mes prochaines visites verront ce nombre augmenter, puis diminuer jusqu'à devenir nul. Cette date marquera le jour de mon avènement, celui où plus personne n'osera affronter Lan Maek.

Le garçonnet était assez content de son petit discours. Il l'avait travaillé au cours de son voyage, prenant soin de compenser par un air solennel une voix qui n'avait pas encore mué. Hélas, un obscur sergent vint tout gâcher. L'indésirable s'approcha de lui, planta un genou en terre et murmura d'un ton de conspirateur :

— Dis-moi, petit, est-ce qu'il reste quelqu'un à l'intérieur ? As-tu vu le méchant qui vous a attaqués ?

Tout en parlant, le vétéran essayait de percer la pénombre de la grande salle. Maek eut un geste d'irritation. Avec un hoquet de surprise, le soldat porta la main à sa gorge béante et s'affaissa.

Dans le même instant, deux archers décochèrent. Maek laissa son armure dévier les flèches et reprit la parole :

— Je ne vais pas vous tuer. Veuillez répandre la nouvelle : l'École T'Sank est ouverte aux inscriptions.

Sans leur laisser le temps de réagir, il bondit parmi les vigiles. Sa petite taille et la morsure de sa faux l'aidèrent à se frayer un passage. Après quelques secondes de combat, il se retourna. La plupart de ses adversaires, amputés d'une ou deux jambes, roulaient au sol en gémissant.

Le tueur examina sa lame d'un air approbateur, ramassa l'épée d'un des vigiles et se dirigea vers sa monture, suivi de son apprenti. Ils grimpèrent et gagnèrent les portes de la ville, franchies moins d'une heure auparavant. Personne n'avait encore découvert le corps des sentinelles. Le temps qu'une patrouille se lance aux trousses de l'agresseur, Maek avait déjà disparu.

L'assassin était satisfait de ce premier contact avec la civilisation. Tant d'années s'étaient écoulées qu'il avait redouté de ne pas être à la hauteur des affrontements. Après tout, son unique adversaire avait été le champ. Les stratégies à tenir face à des êtres humains lui faisaient défaut. Seuls ses réflexes surhumains et la précision de ses assauts permettaient de faire la différence. Pour combien de temps ? Il devait se pencher sur la question.

Tandis qu'ils progressaient à travers les épis, Maek se tourna vers son élève. Il lui fit reprendre en détail le récit du combat et le guida dans les moments décisifs. Ils revinrent plusieurs fois sur les techniques employées jusqu'à ce que Ninfell parvienne à saturation.

Maek le poussa alors sans ménagement dans les paillons. Ceux-ci quittèrent aussitôt leur réserve et se ruèrent sur ce repas inattendu. Le garçon cria et se débattit, mais il fut bientôt submergé. Les fétus glissaient les uns sur les autres en produisant un bruit de crécelle.

Au moment opportun, Maek plongea dans la mêlée. Il en retira un Ninfell choqué, couvert d'entailles et hurlant comme s'il ne devait jamais s'arrêter. Son précepteur le remit d'aplomb, l'épousseta et lui dit avec douceur :

— Tu ne connaîtras la fatigue que lorsque je te l'ordonnerai.

L'apprenti hocha la tête comme un possédé. Maek reprit sa route, répétant une fois de plus les détails de la mêlée : tierce à gauche puis coup à droite en repérant la flèche de l'archer à trois heures. Baisse de la garde sur la droite le temps de laisser passer le projectile, puis déséquilibre feint qui permet d'esquiver une attaque dans le dos. Bond vers le centre de la troupe, coup sur le poignet du soldat pour que son arme se plante dans le pied d'un confrère, et ainsi de suite.

À la nuit tombée, Maek laissa son étudiant s'endormir. Il s'assura que celui-ci, saturé des scènes de la bataille, les revivait en rêve en murmurant les indications de son mentor.

Ils firent halte pour la nuit.

Maek contempla les étoiles. Cette première journée

s'était révélée concluante. L'orphelin ne s'était pas évanoui pendant le combat et avait vite repris ses esprits après sa confrontation avec le champ. Maek était confiant. La prochaine étape consisterait à gommer du regard de son élève la lueur d'étonnement devant celui qu'il considérait encore comme son égal en âge.

L'arrivée à l'école fut une amère déception pour Ninfell, bien qu'il la dissimulât de son mieux. Il avait vite compris que son professeur récompensait la moindre faiblesse par une épreuve cruelle. Pourtant, à aucun moment il ne regretta sa décision. Il savait que l'orphelinat n'était qu'un réservoir à main-d'œuvre pour les agriculteurs de la périphérie. Il serait mort avant longtemps d'avoir respiré trop de poussière de paille, à moins qu'il ne termine sa vie en appât pour les faucheurs.

Maek mit aussitôt en pratique les éléments théoriques abordés au cours du voyage. Ninfell apprit les bases de l'escrime très personnelle de son maître, constituées de mouvements rotatifs et de saillies d'estoc.

L'élève eut bientôt à sa disposition une petite arène où Maek introduisait tour à tour tel ou tel prédateur. Les ombiliks, dont le défaut de la cuirasse se situait sous les pattes, étaient parfaits pour travailler l'allonge basse et le combat au sol. L'ombremelle, qui évoquait un vieux champignon mais frappait avec la vitesse de ses douze pieds griffus, permettait le développement des réflexes.

Longtemps après que l'école eut atteint son âge d'or, Maek ne rencontra pas d'étudiant plus persévérant que Ninfell. Il songea plus d'une fois à la chance qu'il avait eue de le débusquer. Le garçon faisait preuve d'un sang-froid à toute épreuve et assimilait les enseignements à une vitesse qui surprit plus d'une fois son précepteur.

Après plusieurs années d'un entraînement dur et sans bienveillance, Maek conduisit son élève à la fontaine de sève. Là, il sortit l'arme qu'il avait empruntée au soldat lors de son combat à Maidugri. Il la montra à Ninfell et la plaça dans le bassin.

— Ton enseignement parviendra à son terme lorsque la vie qui coule ici aura forgé la mort contenue dans cette arme. Elle sera prête quand tu n'en auras plus besoin.

L'apprenti trouva la formule énigmatique et un tantinet ronflante, mais il ne fit pas de commentaire. Il ne comprit l'importance du rituel que longtemps après, lorsqu'il vit l'épée se couvrir peu à peu de la même substance effroyable que celle de la faux de son maître.

Il s'était plus d'une fois demandé d'où provenait l'impitoyable lame de Maek. Il l'avait imaginée prélevée sur une mâchoire de cauchemar ou arrachée à un endroit mortel et inaccessible. La simplicité du procédé était à la fois décevante et stimulante. Plus que tout, elle en disait long sur les trésors que recelait l'apparent dénuement de leur habitat.

Subjugué par la marque de confiance, le garçon lança de nouvelles ressources dans son apprentissage. Il se mit en tête de dépasser son professeur, moins par volonté de le dominer que de s'en rendre digne. Il se mit à arpenter sans relâche leur royaume, en quête d'expériences et de révélations qui assureraient leur mainmise sur le monde.

Plus que tout autre disciple après lui, Ninfell poussa très loin ses expéditions. Il découvrit plus d'une application à leurs hôtes végétaux, et les multiples outils et procédés qui portent son nom témoignent encore aujourd'hui de son incroyable ingéniosité.

Cédant à ses demandes répétées, Maek gagnait régulièrement la civilisation à la recherche d'ouvrages sur les sujets les plus divers : linguistique, chimie, ophtalmologie, balistique, immunologie, mathématiques… Pendant quinze ans, l'assassin pilla les bibliothèques. La plupart du temps, les autorités le laissaient faire. Quelques volumes ne valaient certes pas leur poids en membres tranchés.

Les monceaux d'ouvrages qu'il rapportait, empilés en tas sur l'Épidianmidès, satisfaisaient pour un temps la soif de connaissance de son élève. Ninfell restait des jours entiers le nez dans ses livres, ne les délaissant que lorsque l'ankylose de ses muscles menaçait de se transformer en escarres.

Maek prêtait volontiers l'oreille aux divagations de son fils adoptif. L'apprenti s'extasiait de tout, s'enthousiasmait pour les sujets les plus triviaux. L'assassin se souvint longtemps de la conférence que lui fit Ninfell sur le fonctionnement d'un tympan. La présentation avait été si fervente et si détaillée qu'elle en avait confiné à la spiritualité.

Au fil des années, le disciple finit par égaler son mentor puis le dépassa, en connaissances comme en taille. Alors que Maek conservait une silhouette préadolescente, Ninfell, lui, approchait de l'âge adulte. Sa croissance se poursuivait normalement. Celle de son maître demeurait compromise.

Le respect de l'apprenti était tel qu'il ne s'en aperçut pas vraiment. Lui en aurait-on fait la remarque qu'il en aurait été fort surpris, autant qu'un observateur s'il avait découvert cet enfant pâle réprimandant un individu à l'aspect bien plus redoutable. Aucun des deux n'évoqua jamais cet état de fait. Après toutes ces années, la situation leur semblait naturelle, tout simplement.

Un matin, Ninfell vint quérir son précepteur et l'emmena jusqu'à la paroi des Macrovores. L'assassin le suivit avec curiosité. Après une si longue période passée à recenser les secrets de leur étrange territoire, Maek avait fini par se désintéresser des veilleurs silencieux. Il préférait employer son énergie à rendre viable le site en prévision des élèves à venir. Qu'un autre poursuive son œuvre lui donnait le sentiment d'accéder à la paternité, chose qu'il ne connaîtrait sans doute jamais si l'on en jugeait par sa physiologie immature.

Après quelques heures d'escalade, ils parvinrent au pied de la muraille. Ninfell dégagea de sa besace un petit coléoptère. Maek le connaissait bien : c'était un berect, un vulgaire suceur de sève. Sa trompe dentée en os était redoutable mais l'animal bien trop frêle pour éveiller l'intérêt ou l'appétit.

Ninfell s'approcha de la paroi et l'y déposa. L'insecte se mit aussitôt à fureter. La falaise était ponctuée de plaies, de saillies et de cavités abritant une faune grouillante et affairée. Des verrues monstrueuses et des kystes translucides lui conféraient un air inquiétant. Plus haut, l'éternelle brume enfouissait dans une teinte mandarine la crête irrégulière des champignons.

Ninfell écarta une colonie de collemboles qui s'apprêtait à capturer son protégé. Il suivait sa progression avec attention. Maek se tenait un peu plus loin, aussi taciturne que d'habitude.

Après un long moment, le berect se figea. Il effectua des cercles de plus en plus serrés autour d'une petite étendue, puis y planta fermement son éperon. Ninfell claqua des doigts.

— C'est ici. Pourriez-vous découper la paroi ?

— Tu perds ton temps. J'ai tenté à plusieurs reprises de créer des tunnels mais ils finissent toujours par être comblés. Nous risquons d'être pris dans la chair ou de nous perdre.

— Vous dites vrai. C'est pourquoi nous allons emprunter un passage déjà existant.

Maek baissa les yeux, signe chez lui d'un profond étonnement. Ninfell indiqua plusieurs points sur la paroi.

— Ici, là et là.

L'assassin dégaina sa faux. En deux mouvements mesurés, il pratiqua une découpe circulaire d'à peu près sa taille. Il recula, planta la lame dans la section et tira d'un coup sec. Un flot épais faillit l'éclabousser. Il bondit hors de portée et considéra son élève sans aménité.

— As-tu pris plaisir à cette facétie ? gronda-t-il.

— Regardez la sève. Elle monte !

Maek se tourna vers le liquide propulsé à l'intérieur d'une artère de belle taille. Il dévisagea Ninfell dans l'attente d'une explication.

— Le berect se nourrit de sève brute. Tel un sourcier, il nous a permis de repérer un vaisseau principal. J'ai procédé à une expérience similaire il y a quelques heures, mais le conduit s'est déjà refermé.

— Sais-tu où mène celui-ci ?

— Pas du tout. C'est pourquoi je vous ai appelé. Il serait trop imprudent de m'engager seul dans ce boyau.

— Parce que tu comptes l'emprunter ?

— J'ai calculé la vitesse du fluide. Nous devrions être capables de retenir notre respiration jusqu'au sommet.

— À un détail près. Nous ne savons ni où se situe ce fameux sommet, ni où mène le canal. Il peut aussi bien bifurquer et repartir vers le bas, ou se scinder en deux vaisseaux plus petits. Périr coincé dans une artère ne me tente guère.

Ninfell, tout au plaisir de sa découverte, ne prêta guère attention aux objections.

— Nous aviserons à ce moment-là !

— Tu n'as pas encore appris à te méfier de ta curiosité, insista Maek. Elle t'a pourtant déjà assez coûté.

Il baissa le regard vers deux doigts tranchés de son élève.

— On ne peut apprendre sans risque, répondit Ninfell d'un air dégagé. Vous-même ne seriez jamais arrivé jusqu'ici si vous n'aviez pas choisi d'affronter l'inconnu.

Maek pinça les lèvres. Son élève marquait un point. Celui-ci ne lui laissa d'ailleurs pas le loisir d'argumenter plus avant et pénétra dans le flot bouillonnant.

Sans prendre le temps de réfléchir, Maek le suivit.

Il fut violemment happé par une main invisible. La vitesse du flux était vertigineuse. Il emprunta une série de conduits irréguliers. Écartant les bras, il sentit que les parois demeuraient à bonne distance, ce qui le rassura. Il n'osait entrouvrir les paupières de peur que le liquide épais ne l'empêche de les refermer. Des milliers de particules le giflaient dans leur course vers le sommet.

Il raffermit sa prise sur sa faux. Elle seule pourrait les libérer s'ils prenaient la mauvaise direction.

Après un moment qui lui sembla une éternité, désorienté par le tumulte de la sève, à bout de souffle, il fut projeté dans les airs. Il se rétablit aussitôt et se prépara à la réception.

Il heurta un terrain meuble. Il se releva d'un bond et dégagea la sève de ses yeux.

La première chose qu'il vit fut l'humus qui avait amorti sa chute. C'était un étrange tapis orangé et cotonneux, parsemé de bosquets blanchâtres, qui s'étendait en prairie à perte de vue.

L'assassin parcourut quelques mètres. Sous ses pas, des flocons se soulevaient, puis retombaient lentement. L'horizon disparaissait derrière des collines à l'aspect flou.

Il entendit plus qu'il ne vit son acolyte, étendu de tout son long dans la mousse et hurlant de rire près d'un arbrisseau couleur crème. Quand il vit son précepteur maculé de liquide nourricier, des monticules de chatons parsemant ses vêtements, il eut un nouvel accès d'hilarité.

— Bienvenue dans le jardin de l'école, Ser! coassa-t-il dès qu'il eut recouvré l'usage de la parole.

Maek acquiesça. Ils se trouvaient en effet dans un jardin, aussi incroyable que cela puisse paraître. L'arbuste près de Ninfell portait de lourdes grappes de fleurs aux longs pistils éclatants. Plus loin s'étendait une étrange forêt. Les troncs ne se dressaient pas vers le ciel mais replongeaient vers le sol en circonvolutions gracieuses. On aurait dit la chevelure frisée d'un géant.

Sur leur droite, un colossal pilier d'ivoire s'élançait vers les cieux. Il se recourbait à une hauteur incroyable et s'évasait en une sorte de spatule striée de milliers de fentes. Des nuages de spores s'en échappaient et dérivaient vers le bas. À travers cette brume, le soleil d'Alamänder brillait de mille feux. Autour de lui s'étendaient les ténèbres. Une lumière fantomatique nimbait le paysage d'un halo imprécis qui ajoutait encore à l'étrangeté des lieux.

Ninfell se remit sur ses pieds. Comme son maître, il étudia le ciel.

— Nous sommes à une altitude telle que l'atmosphère ne masque plus les étoiles. C'est curieux. L'air devrait être trop ténu pour que nous puissions respirer.

Il se pencha jusqu'à toucher du nez le sol spongieux. Il renifla deux ou trois fois et se releva.

— De l'oxygène, presque pur. Je comprends pourquoi je n'ai pu m'empêcher de rire, tout à l'heure. Le gaz m'a rendu euphorique. Le tapis doit en produire des quantités astronomiques.

Il se frotta les mains pour se débarrasser des flocons.

— La couche atmosphérique n'a donc pas besoin d'être épaisse pour être respirable.

Maek montra le sommet de l'appendice recourbé.

— Je doute qu'il y ait de l'air là-haut.

— C'est une bonne chose pour les Macrovores. Sans présence d'air ou de vent, les spores flottent dans l'espace et sont disséminées sur des distances considérables. Nous découvrons enfin l'origine du brouillard orange.

Les deux hommes échangèrent un regard. Ils étaient les premiers mortels à assister à pareil spectacle. L'étendue sous leurs pieds était à la mesure des Dieux. La contempler, c'était s'introduire parmi eux et voler leurs secrets.

Ninfell brossa ses vêtements. La sève qui le recouvrait commençait à sécher et s'effritait en poussière. Maek fit de même en gardant un œil sur les environs. Ce nouvel écosystème possédait sans doute sa propre faune. Il tenait à anticiper toute rencontre inopportune.

Son apprenti n'avait manifestement pas les mêmes préoccupations. Il furetait partout et soliloquait avec excitation. Maek essuya sa faux sur le tapis végétal et lui emboîta le pas.

Dans leur dos, une explosion soudaine les fit sursauter. Maek se retourna pour voir un jet d'écume jaillir d'un sphincter luisant. Ninfell courut vers lui.

— Voici comment nous sommes arrivés. Pas très appétissant.

Son regard se perdit dans le lointain.

— Là-bas. Un petit lac.

La sève projetée par le geyser ruisselait sur le sol duveteux et rejoignait en contrebas d'autres bras gluants. Ceux-ci se jetaient dans un lac où flottaient de gros amas de flocons marron. Sur les berges, des agrégats d'humus s'élevaient lentement et disparaissaient vers les hauteurs. On aurait dit qu'il neigeait à l'envers.

— Étrange, murmura Maek.

— Pas nécessairement. L'oxygène est un gaz léger, il emporte avec lui l'écume au cours de son ascension. Cela explique aussi pourquoi la couche cotonneuse qui couvre le sol est si peu épaisse. Les monticules flottants m'intriguent beaucoup plus. En fait, la région entière est encore vierge de théories à son sujet. Tout est à découvrir.

— Certes. Et pour commencer, je te propose de percer le mystère des Macrovores. On m'a seriné toute mon enfance que le monde était clos, mais personne n'a jamais su m'expliquer pourquoi.

Ninfell ne répliqua pas. Tous deux percevaient la portée de ces paroles. Depuis l'origine des temps, la ceinture bordant leur univers avait fait l'objet des hypothèses les plus folles. La majorité des théoriciens soutenaient que la demeure des Dieux s'étendait au-delà, et que la muraille végétale faisait office de palissade contre les curieux. Une doctrine moins établie ajoutait que ces mêmes Dieux employaient les champignons comme nourriture pour des légions de monstres mythiques. Quelques penseurs, enfin, affirmaient que la barrière était naturelle. Au-delà, d'autres imbéciles se demandaient ce qu'il pouvait bien y avoir derrière. Cette dernière hypothèse avait beaucoup moins de succès, sans doute parce qu'elle n'évoquait rien de plus qu'un autre quotidien.

Après un dernier échange empreint de gravité, les deux hommes se mirent en route. Ils se dirigèrent vers le petit lac où ils se restaurèrent en y prélevant leur repas. Le mélange visqueux de flocons et de sève était digeste mais difficile à mâcher. Comme ils ne s'en portèrent pas plus mal, ils décidèrent de poursuivre vers le nord.

Ils croisèrent plusieurs espèces de végétaux inconnus ainsi qu'un autre boqueteau de racines bouclées. Ninfell émit l'hypothèse que ces organes prélevaient dans la chair du sol des éléments nutritifs bruts qu'ils raffinaient avant de les réinjecter.

— À moins que ce soient des conduits évacuateurs de chaleur ? Le nombre de calories véhiculées dans ces artères doit être colossal.

Maek écoutait d'une oreille distraite. Après des dizaines d'années passées dans le morne environnement de la falaise, il se sentait boulimique de sensations. Une odeur indéfinissable flottait dans l'air. Elle évoquait celle de concombres sucrés.

Le silence était total. Quelques rares souffles de vent soulevaient des nuages d'aigrettes filandreuses. La température elle-même était source de confusion. En général, il régnait un froid sec, presque agréable. Aux environs des arbustes blancs, en revanche, la chaleur était intense. Les lourdes fleurs blafardes luisaient à la manière de feux de camp organiques.

C'est près de l'une de ces plantes qu'ils décidèrent

de faire halte pour la nuit. Ils n'avaient marché que quelques heures, mais leurs sens saturés d'inconnu les avaient épuisés en peu de temps.

Le lendemain, ils croisèrent plusieurs autres piliers dispensateurs de spores, dont un qui venait à peine d'éclore si l'on en jugeait par sa taille.

— Il faudrait en trouver un que nous puissions escalader, dit Ninfell. Nous aurions une vue imprenable sur ce qui nous attend plus loin.

— Ou une vue imprenable sur le brouillard. Nous avons parcouru des dizaines de portées de flèche sans atteindre l'autre versant. Cette barrière naturelle s'étendrait-elle à l'infini ?

L'élève adressa à son mentor un regard empli de respect.

— C'est ce que je pensais des champs carnivores avant de vous rencontrer.

Les deux compagnons poursuivirent avec une légère appréhension. Ils n'avaient même pas encore réfléchi au moyen de redescendre lorsqu'ils parviendraient de l'autre côté. Ils échangèrent quelques idées sans rien trouver de concluant. Ils en vinrent à espérer que leur destination se résoudrait en pente douce ou en paliers rocheux qu'ils pourraient dévaler sans trop de difficulté.

Ils croisèrent leur premier spécimen d'animal à l'orée de la deuxième journée. Maek se demanda d'ailleurs si une racine dotée de pattes malhabiles méritait bien ce terme. Ils ne prirent ni l'un ni l'autre la peine de la baptiser. Cela n'empêcha pas Ninfell de tirer de la rencontre assez de matière pour un long monologue.

— Cette bestiole pose tout de même de sérieuses questions, lança-t-il en guise de conclusion. Si nous la rapprochons de cet organisme géant qu'est le Macrovore, nous pouvons presque en déduire que celui-ci constitue une soupe élémentaire à l'origine des autres espèces.

— Sois plus clair.

— Ce que je dis, c'est que nous sommes en présence d'un être capable de croître indéfiniment et de donner naissance au ver que nous venons de croiser. Qui sait si les champignons géants, au cours de leur évolution, n'ont pas produit des centaines de branches secondaires, insectes et vertébrés ? La manière incroyable dont se multiplient les Épidianmidès pourrait constituer un vestige de leur ancêtre végétal.

— Akir avait évoqué cette éventualité lors de sa visite. Pourquoi ne pas pousser ton raisonnement jusqu'aux mammifères ?

— C'est tout à fait possible, nous inclus. Si l'on admet l'idée que le champignon ceinture notre monde, nous pourrions considérer Alamänder comme un gigantesque bouillon de culture, une pouponnière où le géant procéderait à ses petites expériences.

— Dans quel but ? Engendrer un descendant digne de lui ? Cela supposerait une volonté consciente.

— Tout juste.

— Dans ce cas, ce serait un échec.

— Pourquoi donc ? Si cette hypothèse est juste, le Macrovore a réussi son pari ! Il a créé des êtres intelligents, aptes à raisonner sur leurs origines et à modifier leur propre destinée. Des organes indépendants, capables d'assurer eux-mêmes leur survie. Des bras doués de conscience !

— C'est là que se situent les limites de ton raisonnement. Les organes indépendants que nous sommes n'ont qu'une aspiration : dominer tous les autres. À cause de cela, notre espèce est la seule en mesure de compromettre sa propre évolution. Je pense au contraire qu'un organisme complexe n'a de chance de survivre que si ses différents éléments n'ont pas conscience d'exister.

Gêné par ces arguments, Ninfell suspendit la conversation. Ils marchèrent quelques heures en silence. Maek se tournait de temps à autre vers la nuit éternelle afin de s'orienter sur les constellations.

Leur seconde rencontre fut moins agréable que la première. Alors qu'ils longeaient une radicule noueuse, celle-ci s'ouvrit sur toute sa longueur en laissant apparaître plusieurs rangées de dents. Par bonheur, la créature se déplaçait lentement, par bonds maladroits. Ils la distancèrent bientôt, même si Ninfell jeta longtemps des coups d'œil par-dessus son épaule.

La découverte d'une source alimenta de nouveau la conversation. Elle jaillissait d'un renfoncement écumeux. Ninfell se pencha et goûta le liquide.

— De la sève, évidemment. Concentrée, de surcroît.

— Le courant va nous servir de guide. Suivons-le.

Le torrent se mua bientôt en rivière, puis en fleuve qui fut rejoint par d'autres. De chaque côté des berges, aussi loin que portait le regard, on distinguait les lignes d'affluents parallèles.

Ils empruntèrent un large isthme de mousse entre deux cours de sève. Le courant accélérait en entraînant avec lui une grande quantité de flocons prélevés sur les berges.

— Rejoignons-nous une mer ? demanda l'apprenti.

— Si c'est le cas, nous ne devons plus considérer cette région comme un plateau. C'est Alamänder qui, au contraire, se trouve dans un fossé.

— Bizarre comme quelques heures de marche peuvent modifier une perspective. Le plus étrange est que nous ne rencontrons toujours pas âme qui vive.

Maek hocha la tête.

— Ce qui nous maintient en vie est peut-être un poison pour d'autres.

Ninfell profita de la remarque pour se lancer dans une étude comparée des différentes sources de protéines de la contrée. Cela ne le mena pas loin. Il achevait de s'empêtrer dans ses démonstrations lorsque Maek lui fit signe de se taire.

— Vas-tu jusqu'à te parler pendant ton sommeil ? Tends l'oreille.

Ninfell réprima un sourire.

— Je n'entends rien.

— Une cataracte. Mais le bruit est trop intense pour un simple cours de sève.

— Tous les affluents doivent se jeter dans le même océan. Peut-être ces canaux sont-ils des artères à ciel ouvert responsables de l'évacuation des déchets ?

— Ton imagination n'est jamais en repos. Avançons.

Le fleuve charriait désormais de véritables icebergs

de chatons aux formes oniriques. Ils teintaient le liquide en lui donnant l'apparence d'un jus de fruit. Le silence avait fait place à la rumeur d'une chute d'eau. Tandis qu'ils avançaient, le bruissement s'épaissit jusqu'à devenir grondement.

— Quel que soit l'intérêt de notre aventure, nous parvenons à son terme, cria Ninfell pour couvrir le fracas. Ces cascades doivent être gigantesques. Vu la quantité de nourriture transportée, j'espère que ces fleuves ne se jettent pas dans la gueule d'un animal ! Qui sait si nous n'approchons pas de la bouche du Macrovore ?

Maek ne répondit pas. Les paupières plissées, il tentait de distinguer les contours du paysage à travers l'écume qui envahissait l'horizon.

— Plaçons-nous au centre, entre les deux fleuves ! Nous y verrons plus clair.

Ce qu'ils firent. Ils poursuivirent un moment, un peu plus à l'abri des gouttelettes visqueuses.

La rumeur atteignait son paroxysme. Maek ralentit l'allure et fit signe à son élève de faire de même. Le terrain s'interrompait un peu plus loin.

Ils approchaient d'un rebord, quel qu'il soit.

Ninfell avisa l'éperon d'une racine. Elle leur permettrait de dominer le spectacle des chutes. Ils gravirent la pente dans un même effort. Parvenus au bord, ils se retrouvèrent face à l'incroyable.

Il n'y avait pas d'horizon. De part et d'autre de leur position, un flot gigantesque de sève et de spores mêlées se déversait avec une feinte lenteur vers de monstrueuses racines en contrebas. La plus petite aurait aisément pu soutenir une métropole. La masse de liquide scintillait en ricochant sur les formidables appendices et se muait en une pluie drue qui tombait dans le néant. Car entre les rhizomes il n'y avait rien d'autre que la noirceur d'une nuit piquetée d'étoiles.

Ninfell eut un haut-le-cœur. Il recula précipitamment et heurta quelque chose qui le fit trébucher. Il demeura allongé, à tenter de contenir sa nausée.

Maek s'efforçait de calmer les battements affolés de son cœur. Il banda sa volonté et se força à gagner l'extrémité de son perchoir pour mieux distinguer le panorama.

Les rhizomes les plus impressionnants pénétraient loin au cœur du vide. Ils enserraient entre leurs anneaux des pans entiers de continent. Le garçonnet aperçut un membre titanesque ramener lentement vers les niveaux inférieurs un astéroïde de la taille d'une montagne.

Et il comprit.

Il comprit que le monstrueux champignon était le gardien de leur univers. Qu'il maintenait entre ses racines l'intégrité d'Alamänder, l'empêchant de se disloquer en millions de fragments dans l'éther. Mieux encore, que la cascade de sève et de spores assurait sa croissance et lui permettait de faire reculer les frontières du néant.

Il comprit le sens du nom donné à leur protecteur.

Le Macrovore.

Le Dévoreur d'Espace.

12

Athrastan VI succéda à Embru IV, son grand-père. Hélas, l'aïeul avait déployé un tel zèle dans l'élaboration de sa demeure que son petit-fils prit le pouvoir sans parvenir à imposer son empreinte. D'où qu'il se tournât, les délires architecturaux d'Embru menaçaient jusqu'à l'identité de son règne.

Un autre qu'Athrastan eût emménagé ailleurs, mais ce souverain était fier et têtu. Il décida d'adjoindre aux édifices ses propres dépendances, aussi différentes que possible de celles de son parent. La ville commença à perdre sensiblement de son harmonie. Le monarque ne s'en émut point : c'était un guerrier, pas un esthète. À force d'acharnement architectural, la couche urbaine d'origine finit par disparaître sous les ajouts de toutes sortes. Après quelques années, son existence même fut oubliée.

Le fils d'Athrastan, Trejuh I, suivit l'exemple de son père, et ainsi fit la longue suite des monarques après lui. L'adjonction d'ornements devint une coutume, presque une obligation. Chacun faisait assaut d'originalité, parfois même de goût, trouvant dans l'architecture un moyen insoupçonné d'accéder à la postérité.

Fedrik XII inventa ainsi les Passages Secrets Publics,

moins engorgés que les voies principales. Bert II, de nature indolente, aimait moins que tout gravir des marches ; il mit au point l'escalier plat. Hygnimon XIV, enfin, élabora les Coursives de Torture Automatisées. Les victimes pénétraient à une extrémité, on recueillait les aveux à l'autre. Aujourd'hui, après quelques milliers d'années de cette joute monumentale, Ker Fresnel n'est plus un château. C'est une masse torturée de bâtiments où chaque couloir est une rue et chaque habitant un locataire...

Enech Lamnior, *Les Saisons du Ker*

*

Prétextant l'imminence d'un conseil de routine, Ernst congédia Jon et Vance d'un geste. Les associés traversèrent la salle du trône, franchirent les trois postes de garde d'une issue secondaire et se retrouvèrent dans une ruelle adjacente. L'après-midi était déjà bien entamé. Ils se mêlèrent à la foule, puis quittèrent le marché et empruntèrent un long boulevard qui débouchait non loin du gouffre central.

Alors qu'ils longeaient le parapet, Vance se décida à prendre la parole.

— Vous m'en voulez toujours ?

— Pourquoi me demandez-vous cela ?

— Vous n'avez pas desserré les dents depuis la fin de l'audience. Vous avez pourtant obtenu gain de cause, non ?

— Je ne vous trouve pas drôle du tout.

— Vous n'avez pas répondu à ma question.

L'espionne semblait regretter sa conduite. Jon décida d'oublier pour un temps sa rancune.

— Pour être franc, je n'ai pas encore réussi à me faire à la situation. Tant de choses ont changé depuis notre promenade de tout à l'heure…

— Je vous ai déjà dit trois fois que j'étais désolée. Cela ne vous suffit pas ?

Jon tenta de maîtriser sa voix, en vain. Son amertume ne comptait pas se laisser écarter aussi facilement. Il répliqua d'un ton sec :

— Je n'ai pas l'habitude de me faire manipuler par des personnes que je considère comme des alliés, voilà tout. Je pensais avoir affaire à une jeune femme séduisante, pas une jeune femme qui désirait me séduire. La nuance est de taille.

— C'est parce que vous êtes resté trop longtemps le nez dans vos bouquins. Vous ne savez plus faire la différence entre une personne qui essaie de vous enjôler et celle qui se contente d'être amicale.

— Peut-être, mais je sais quand une intrigante riposte avec des reproches pour renverser une situation délicate.

— Misogyne.

— Courtisane.

Ils se lancèrent un regard venimeux, puis détournèrent les yeux. Vance soupira.

— Nous n'allons nulle part.

— Vous avez raison. Excusez-moi.

Ils firent quelques pas en s'absorbant dans les moulures des bâtiments.

— En fait, reprit-il, j'ai compris pourquoi vous me troubliez tant. Je m'en suis rendu compte au cours de notre entrevue avec Ernst. C'est parce qu'à notre première rencontre, vous m'avez appelé Jon alors que je ne vous avais pas donné mon nom.

Vance sursauta comme si on venait de la piquer.

— Akir, c'est vrai, souffla-t-elle.

— Notre maîtresse-espionne serait-elle capable de commettre des impairs ?

Vance prit un air rusé.

— J'ai une meilleure explication. Vous n'avez pas relevé cette erreur parce que vous étiez troublé.

— Touché. Vous gardez votre sang-froid en toute circonstance, n'est-ce pas ?

— Je suis payée pour ça.

— Asseyons-nous sur ce banc, nous profiterons mieux de la gueule si attrayante de ce gouffre béant. Vous travaillez pour Ernst depuis longtemps ?

— Depuis une dizaine d'années. J'officiais sous les ordres de Pallas. Il y a quelques mois, lorsque j'ai découvert la trahison de mon supérieur, le roi m'a confié la direction des services secrets. Rien de plus banal.

— À Kung-Bohr, en tout cas. Je réfléchissais à une chose : fallait-il vraiment monter toute cette mascarade pour m'amener devant le roi ?

— Je le pense. Ernst n'a pas exposé toutes les raisons justifiant mon intervention, mais je veux bien vous mettre dans la confidence en guise de bonne foi. Vous présenter en grande pompe aurait aussitôt braqué tous les regards sur vous, amis et ennemis. Vous n'auriez pas survécu une semaine. Nous avons donc fait en sorte de montrer à tous que vous n'étiez pas une menace. À Fresnel, où la réputation compte beaucoup, il suffisait pour cela de vous discréditer. Vous nous y avez aidés à deux reprises : d'abord devant le poste de garde, à l'entrée, où vous avez failli provoquer une émeute. Et lors de votre rencontre avec le roi, au marché. Vous vous êtes totalement ridiculisé en vous agenouillant pour lui demander audience.

— C'est très aimable à vous de me le rappeler. Je suppose que désormais les rumeurs sur l'arrivée d'un questeur à Kung-Bohr feront l'effet d'une bonne farce. Et maintenant ?

— Vous êtes en sécurité. Pour le moment. Tâchez de garder profil bas et tout se passera bien.

— Je suppose que vous allez demeurer à mes côtés pour vous en assurer.

— Non, même si en dépit de tout ce que vous pensez, cela me plairait assez. Je suis constamment sur la brèche. Je dirige plus d'hommes dangereux que vous n'en avez vu au cours de votre existence. L'essentiel de mes responsabilités consiste à les convaincre qu'ils travaillent pour une bonne cause : garder Ernst en vie. Je prends du retard dans la gestion des complots à venir, mais je tenais à vous accompagner.

— Pour me consoler.

— Oui. J'ai l'habitude de duper des criminels, pas des innocents. Comme je n'arrête pas de vous le répéter, je m'en veux un peu. Vous aviez l'air de m'apprécier.

— C'était réciproque, non ?

Vance réfléchit quelques instants.

— Vous êtes plus intelligent que vous en avez l'air. Et d'une compagnie agréable, je dois l'avouer.

— Vous me transportez d'aise.

— Vous vous attendiez à quoi ? Que je tombe dans vos bras, accablée par le remords ?

— Cela m'est venu à l'esprit, en effet. Merci de me détromper avec cette délicatesse dont vous avez le secret.

Le visage de l'espionne se rembrunit.

— Quand nous aurons fini de jouer au chat et à la souris, nous pourrons aborder les dessous de notre affaire. Ernst n'exagérait pas lorsqu'il parlait de crise. La mort de Pallas remet en question la légitimité de l'ensemble des services de sécurité. Elle montre aussi et surtout que nous avons affaire à un adversaire particulièrement retors.

— Qu'est-ce qui vous fait croire qu'un mage est impliqué ?

— Vous comprendrez lorsque vous verrez Pallas.

— Ce que nous allons faire dès à présent, j'imagine.

— Pas tout de suite. J'ai d'abord une surprise pour vous.

— Quel genre de surprise ? Vous êtes un homme ?

— Je vois que votre mésaventure n'a pas entamé votre sens de l'humour. Dirigeons-nous vers ce promontoire, là-bas.

Jon se permit une dernière remarque caustique, puis suivit Vance jusqu'au lieu indiqué. C'était un petit kiosque en aplomb au bord du gouffre, au centre occupé par un puits surmonté d'un palan. Suspendue par des câbles d'un autre âge, une cabine se balançait mollement. L'espionne apostropha un soldat qui paressait. Celui-ci la salua, puis dégagea une grille d'accès. Vance invita son compagnon à entrer et prit place à ses côtés. Le vigile rabattit le garde-fou et disparut derrière un pupitre.

— Cet ascenseur a été l'un des premiers à être construits à Ker Fresnel. Il descend le long de l'abîme jusqu'à une annexe des prisons inférieures.

— C'est là que vous emmenez toutes vos conquêtes ?

La réponse de l'agente se perdit dans une succession de grincements inquiétants. La cabine vibrait tant que Jon dut se retenir aux poignées de l'habitacle. Ils s'enfoncèrent dans un conduit étroit. Une applique clignota plusieurs fois avant de décider qu'elle pouvait tout aussi bien demeurer éteinte. Cela n'empêcha pas le mage de remarquer des traces de sang séché sur le sol. Redressant la tête, il jeta à Vance un regard indigné.

La femme se méprit sur son air :

— Tranquillisez-vous, la descente n'est pas longue. Vous savez, je trouve parfois que cet endroit a quelque chose de romantique. Ne louchez pas comme ça, je plaisantais.

La cabine déboucha du conduit. Fixée à un rail vertical, elle s'enfonçait dans le gouffre tel un ver métallique. Seule la grille du fond les séparait du néant.

L'obscurité s'épaissit. Vance alluma une petite lampe à huile. Une boîte à musique invisible égrena quelques notes. La lueur blafarde et la triste mélodie ajoutèrent à l'impression d'isolement. Jon frissonna, et il n'était pas certain que c'était seulement dû à la baisse de température.

— Nous y sommes presque, dit l'agente en haussant la voix pour couvrir les cliquetis du treuil.

Quelques instants plus tard, un sursaut les informait de leur arrivée. Vance tira la grille et s'engagea dans un tunnel dont l'éclairage s'harmonisait merveilleusement avec celui de l'élévateur. Jon hésita un moment sur le seuil, puis il sauta dans le couloir. Il jeta un œil derrière lui. Il s'attendait à moitié à voir la cabine se décrocher et plonger dans les ténèbres.

L'espionne pressa le pas. Elle enfila un long boyau humide sans même saluer les gardes de faction. Courant à sa suite, le mage songea qu'elle était aussi à l'aise ici que chez elle. Cette pensée était sans doute plus proche de la vérité qu'il ne l'aurait souhaité.

Leur randonnée s'acheva sur une petite porte en métal aux barbillons menaçants. La jeune femme glissa la main dans un judas et attendit. Peu après, Jon entendit jouer une colonne de verrous. Vance recula de quelques pas. Sur sa gauche, un passage dissimulé s'entrouvrit. L'affidée fit signe à son compagnon de passer et le suivit.

— La porte métallique n'en est pas une. C'est un butoir. En cas de danger, il se déclenche et repousse les assaillants jusqu'au gouffre.

— Merci pour la précision. Je suppose qu'on ne s'échappe pas des geôles de Ker Fresnel ?

— Nos clients sont notre meilleure publicité, répondit l'espionne avec malice. À une exception près : l'un des vôtres, Mobas Nob.

Jon écarquilla les yeux.

— Nob, l'agent mehnzotain ? Il a été retenu ici ?

— Pendant trois jours. Personne n'a réussi à

comprendre comment il nous a faussé compagnie. Vous pourrez toujours vous pencher sur cette affaire pendant vos heures de loisir.

— Mobas Nob. Ça alors.

L'agent spécial était une célébrité dans son pays. Jon ne l'avait rencontré qu'une fois, au palais présidentiel. C'était un petit homme voûté, aux sourcils broussailleux, qu'on pouvait prendre pour un jardinier jusqu'au moment où l'on croisait son regard. On lui prêtait nombre d'histoires plus incroyables les unes que les autres. Les observateurs le qualifiaient souvent de fou, parfois de génie. Tous s'accordaient à lui reconnaître une capacité surnaturelle à demeurer en vie.

Le questeur avait eu le privilège de pouvoir s'entretenir un bref instant avec l'agent. Nob ne lui avait pas fait grande impression. À l'époque, Jon travaillait sur une affaire délicate impliquant plusieurs personnalités haut placées. Nob avait fait preuve d'un intérêt poli en lui posant quelques questions anodines. Après la résolution du mystère, Jon s'était aperçu avec stupeur que les suggestions du petit homme avaient joué un rôle décisif dans le succès de l'enquête. Il en avait gardé un profond respect et une certaine inquiétude. Le manque de charisme de Nob était en fait l'un de ses plus précieux atouts.

Il rapporta son expérience à Vance tandis qu'ils parcouraient une série de galeries interminables.

— Notez qu'à l'époque nous ne savions pas à qui nous avions affaire, se défendit la jeune femme. Dans le cas contraire, nous n'aurions pas commis l'erreur de l'enfermer dans une simple annexe.

— Sans doute, mais trois jours est un délai dont

vous pouvez être fiers. Aucune geôle n'a pu retenir Mobas plus de quelques heures.

— C'est ce que j'ai entendu dire. La rumeur prétend qu'il n'accepte jamais une mission avant d'avoir étudié en détail les centres de détention où il est susceptible d'aboutir. Baissez-vous. *Maintenant*.

Jon eut à peine le temps de s'exécuter. Une dizaine de crochets glissèrent près d'eux en tournoyant. Il sentit passer sur ses joues un courant d'air.

— Rappelez-moi de ne jamais me fâcher avec Ernst.

— Nous arrivons. Cette partie du bâtiment est réservée aux prisonniers en transit.

L'agente fit halte aux abords d'une guérite encaissée. Un soldat barbu, en tenue négligée, produisit une loupe qui aurait pu servir de masse et demanda à Vance d'ouvrir grand les yeux. Il observa ses pupilles puis, satisfait, baissa un levier. Devant eux, deux battants aux ornements macabres s'écartèrent.

— Ne dites rien, dit le mage. Le garde vous a identifiée grâce à vos rétines.

— Pas du tout. C'est un ami qui s'inquiète pour ma santé. Un cousin lui a donné des cours de médecine et il aime s'entraîner. Il n'apprécie pas de me voir traîner ici, il dit que l'air est vicié.

— Ah. Au fait, je n'ai toujours pas compris cette histoire de cousins. C'est une sorte de…

Il ne termina pas sa phrase. Devant lui s'étendait un vaste entrepôt où s'entassaient des dizaines de cages et de cellules. Une lumière chiche tombait des arcades mangées par l'humidité. Elle transformait les occupants en silhouettes fantomatiques.

L'agente s'engagea dans les allées, suivie de Jon. Le questeur vit des cartes à jouer disposées entre deux geôles face à face. Plus loin, un homme recroquevillé dans une cage minuscule en profitait pour se curer les orteils. Il lança un salut distrait à Vance lorsqu'elle passa à sa hauteur. La plupart des captifs l'imitèrent.

La jeune femme flâna de cachot en cachot, serrant une main ici, resserrant une sangle là. Elle traitait les prisonniers avec égard, lançait parfois des plaisanteries ou des encouragements. L'ambiance était décontractée, comme si le fait d'être là était pour chacun la chose la plus naturelle du monde.

— C'est la période de congé du tourmenteur, expliqua l'espionne. Les pensionnaires savent qu'ils seront pour la plupart libérés avant son retour. À cause de cela, les délits augmentent généralement à cette date.

— Il n'est donc pas remplacé pendant ses vacances ?

Vance et les prisonniers dévisagèrent le mage avec incrédulité.

— Vous êtes bien inhumain, Jon. Vous ne considérez donc pas cette trêve comme une bonne chose ?

Le détective s'empourpra. Il bafouilla une vague excuse et s'absorba dans l'examen du plafond. Il y aperçut une cage longiligne où gisait un squelette racorni. Une note manuscrite collée à l'un des barreaux demandait : « *Qui est-ce ?* »

Il déglutit avec peine et rattrapa Vance.

Au fond du hangar, l'agente s'arrêta devant un cube d'acier d'un demi-homme d'arête. Chaque face portait deux à trois verrous. À la grande surprise du mage, un air de folklore mehnzotain s'échappait du caisson.

La jeune femme s'adressa à l'occupant :

— J'ai ici un humain que tu seras ravi de revoir. Je ne sais pas si la réciproque sera vraie.

Quelque chose remua dans le cube. Une voix caverneuse suggéra à la visiteuse d'adopter une position anatomiquement impossible. Le cœur de Jon fit un bond.

— Retzel ? C'est toi ?

La cage en fonte devait bien peser cinq hommes. Pourtant, elle fit une embardée qui la souleva du sol de plusieurs pouces.

— Maître ! Quelle bonne surprise ! Moi qui étais justement en train de repasser votre linge. Pourriez-vous demander à cette mégère de me libérer ? J'ai passé assez de temps avec moi-même pour ne plus avoir envie de me fréquenter avant un moment.

— Il exagère, dit Vance. Nous l'avons capturé il y a à peine trois heures, juste avant votre arrivée à Fresnel. Il se livrait à des facéties obscènes sur la statue d'Ernst. Il a achevé sa prestation en faisant semblant de s'embrocher sur la fourchette. Beaucoup d'habitants ont cru à un spectacle. Quelques-uns lui ont même lancé des pièces. Les choses se sont gâtées quand on a essayé de le faire redescendre. Deux de nos gardes ont été blessés, un troisième a disparu.

Elle décocha un coup de pied dans le caisson.

— Où est-il, d'ailleurs ?

— Un peu de patience, belle morveuse. Le travail de mes intestins n'est pas terminé.

Pour illustrer son propos, le démon se lança dans

une série de flatulences sonores. Les deux humains échangèrent un regard lourd de signification.

— Je suppose que vous désirez reprendre possession de votre servant.

— Pour tout vous dire, j'hésite. Vous serait-il possible de le conserver ici pendant la durée de l'enquête ?

À ces mots, la caisse sembla prise de folie. Elle bondit en tous sens et manqua enfoncer les barreaux d'une cellule voisine.

— Vous n'y pensez pas, maître ! Vous ne pouvez pas vous passer de moi ! Vous récoltez les félicitations des affaires que je résous !

— Je n'y vois pas d'inconvénient, le coupa la jeune femme en hochant la tête avec compréhension.

Un concert de protestations s'éleva aussitôt des cachots alentour. Vance essaya de faire taire les détenus en leur promettant des remises de peine. Plusieurs réclamèrent leur exécution si le domestique demeurait là plus longtemps. L'agente finit par hausser les épaules.

— Nous pouvons toujours le transférer dans les prisons internes. Mais les skorjs qui les gardent risquent vite de faire sécession.

— C'est parfait, je vous remercie. Si nous laissions derrière nous cet endroit sinistre ? Je ne sais pas pourquoi, je me sens revivre. Comme si un grand poids quittait mon estomac.

— Maître, attendez ! Où sont passées nos années d'amitié et de joyeuse complicité ?

— De joyeuse complicité ? Comme la fois où tu as décoré la maison avec des entrailles de moufre ?

— C'était pour célébrer la visite du consul !

— Par Akir, j'avais oublié ce détail. Allons-nous-en, Vance.

Un œil humide se colla à l'un des trous de la caisse.

— Si vous saviez comme je regrette mon geste. Je n'étais pas vraiment moi-même à l'époque, je traversais une période difficile sur le plan personnel qui… dites, vous m'écoutez quand je parle ?

Des pas en train de s'éloigner lui répondirent.

— Je promets de vous aider ! Je vous promets de me tenir tranquille jusqu'à…

Les pas firent halte, puis rebroussèrent chemin.

— Jusqu'à… ? suggéra Jon en s'agenouillant au niveau du trou.

— Jusqu'à la fin de l'enquête, acheva Retzel, lugubre.

— Cette chère Vance, ici présente, connaît fort peu le code d'honneur de nos amis cornus. Pourrais-tu nous en dire un mot ?

— *Un démon se tient à ce qu'il a promis sous peine d'annihilation*, récita le servant, écœuré. *Un démon qui s'est engagé respecte sa parole ou se voit dissous dans la géhenne qui l'a conçu. Bla-bla-bla. Bla-bla.*

Jon se releva et cligna de l'œil à l'adresse de sa compagne.

— En d'autres termes, le serment d'un démon est aussi solide que cette caisse d'acier. Il ne peut pas plus se parjurer que nous ne pouvons nous empêcher de respirer. C'est bon, Retzel, nous allons te délivrer.

— Ah, merci patron. Par ici.

Un bras osseux s'agitait de l'autre côté de la cage. Jon en fit le tour et, stupéfait, s'aperçut que le cube ne possédait pas de paroi arrière.

— Mais, mais… ce n'est pas fermé !

L'enchanteur se tourna vers Vance, qui regarda à son tour sans comprendre. Il reprit :

— Tu pouvais sortir quand tu le voulais ?

— Bien sûr que non, c'est une *cage* !

— Elle est ouverte !

— Qu'elle soit ouverte ne change rien au fait que c'en est une. Et on ne s'échappe pas d'une cellule parce que si on le fait, ce n'en est plus une et là, ça devient *terrible* ! La réalité est altérée, tout s'estompe, se dilue dans le chaos et…

— Tu te fiches de moi ?

— Un peu. Remarquez, même si la réalité s'était fait la malle, je n'aurais pas eu le courage d'aller à votre recherche. La ville est trop grande pour nous deux, étrangers. Mieux valait attendre ici, au calme.

— Parle pour toi ! lança une voix depuis une basse-fosse.

— Je vois, reprit le questeur, qui ne voyait rien du tout. Tu as promis, pourtant !

— J'ai vu le clin d'œil que vous avez lancé à la dame. Vous aviez l'air tellement content de vous, je me suis dit que votre pitoyable vie sexuelle valait bien un petit sacrifice. On y va ?

Le démon les salua en faisant un V avec les doigts et trottina vers la sortie.

Jon se passa une main sur le front.

— La logique de ces créatures m'échappe parfois, avoua-t-il à sa compagne.

— Vous n'êtes pas le seul. Encore heureux qu'il vous considère comme un ami.

— Un ennemi me ferait moins de tort. Suivons-le

avant que le garde de l'entrée insiste pour s'assurer de sa bonne santé.

De retour dans l'ascenseur, Jon ne put cacher sa nervosité. Retzel ne se pendait pas au plafonnier. Retzel ne passait pas la main ou toute autre partie de son anatomie à travers les grilles. Retzel ne simulait pas un malaise dû à la claustrophobie. Il demeurait debout, immobile, souriant à ses compagnons comme s'il venait de mordre dans un citron. Il tenait sa promesse tout en leur signifiant qu'ils ne perdaient rien pour attendre.

Vance semblait perdre patience rien qu'à le sentir à ses côtés. Jon ne pouvait lui en vouloir. Même sans faire l'imbécile, le servant gardait intact son talent à vite devenir insupportable. Lui-même ne s'était habitué à sa présence que parce que les années passaient et qu'il n'avait pas d'autre choix. Avant de lancer le sort funeste qui devait l'invoquer, il avait lu nombre d'histoires sur les conséquences désastreuses d'un rituel manqué. Jamais il n'aurait cru que l'une de ces conséquences puisse être un impitoyable attachement affectif.

À mi-chemin de la montée, un souffle de vent éteignit la lampe à huile. La mélodie macabre les accompagna dans la pénombre. Jon tenta de meubler leur attente.

— Depuis quand l'ascenseur n'a-t-il pas été révisé ?

— Il est contrôlé régulièrement, répliqua Vance, crispée.

— J'aurais préféré que vous me disiez *souvent* plutôt que régulièrement.

L'espionne acquiesça sans mot dire. Ils atteignirent

enfin le sommet. Jon fit la moue lorsque Retzel s'inclina respectueusement devant le vigile. Le démon bondit ensuite sur un réverbère et se mit en demeure de saluer les passants. Tous les passants. Après quelques instants, Jon n'y tint plus et le rappela. Son domestique vint se coller à sa jambe et attendit la suite des événements.

— Votre enquête, annonça Vance, débute officiellement à partir de maintenant. Je vais vous conduire auprès de la dépouille du conseiller, puis je vous fausserai compagnie. J'ai assez de missions sur les bras pour occuper mes prochaines heures de sommeil. Rassurez-vous, vous ne serez pas laissé à vous-même. Ernst m'a dépêché un remplaçant qui devrait vous convenir.

— Vous reverrai-je ?

— Très peu si tout se passe bien. Mon rôle se résumait à faciliter votre engagement envers la couronne. Je réapparaîtrai lorsque vous tiendrez un suspect. Le mettre hors d'état de nuire fait partie de mes attributions.

— À qui ferai-je mes rapports ? insista Jon en surveillant Retzel d'un œil.

— Au Conseil et à Ernst lui-même, ce qui vous permettra d'échapper à une légion de gratte-papiers. Le terme n'est pas trop fort. En temps normal, notre bureaucratie fait office de forteresse administrative contre les tentatives de déstabilisation. L'affaire qui nous occupe est différente. Dans la mesure où Ernst est la cible probable de l'assassin, il tient à superviser l'enquête. Le roi déteste déléguer lorsque ses intérêts personnels sont en jeu. En outre, moins il y aura d'intermédiaires, moins il y aura de fuites.

Vance fit une pause, le temps pour Jon de digérer ces informations. Elle reprit :

— Vous ferez vos rapports à l'endroit où Ernst vous a reçu la première fois. Voici la seconde clef ouvrant le passage sous l'aqueduc. Le roi vous recommande cette issue car elle écarte le danger de voir pénétrer un tueur isolé.

— Qui se chargera de la deuxième serrure ?

— Retzel, bien sûr. Qui d'autre ?

— Qui d'autre, en effet, soupira Jon. Une tentative solitaire se solderait par un échec, je suppose.

— Pas du tout. La porte s'ouvrirait sans problème, puis se refermerait hermétiquement après votre passage. Des blocs de granit viendraient alors combler le couloir. Ernst n'aime pas être pris au dépourvu.

— Je m'en étais rendu compte. Je logerai à quel endroit ? Chez vous ? Je prends le canapé ?

Vance ne put s'empêcher d'esquisser un sourire.

— J'ai bien peur que non. Même si c'était le cas, vous ne me verriez pas avant longtemps. Je vais de caserne en poste de garde, de séminaire en réunion. Je ne sais plus depuis combien de temps je n'ai pas regagné mes quartiers. Nous sommes en crise, Jon, même si vous persistez à fanfaronner. Un assassin, sans doute un mage tueur, a exécuté le conseiller principal du monarque le plus puissant d'Alamänder. Le roi vous a paru détendu mais il met le royaume sens dessus dessous pour le débusquer. Il préférerait abdiquer plutôt que de le reconnaître, mais je crois qu'il voit en vous son dernier atout.

— Merci pour ces précisions. Je ne donne le meilleur de moi-même que lorsque je dois sauver le monde.

L'espionne leva les yeux au ciel.

— Vous seriez énervant si vous n'aviez pas votre air de chien battu. Suivez-moi. Je vais vous dresser les grandes lignes de l'affaire sur le chemin des cuisines.

Retzel se décolla aussitôt de Jon pour poser son hideux visage sur la cuisse de la jeune femme.

— Les cuisines ? J'ai cru que vous n'alliez jamais en parler

En parlant, il maculait de salive le pantalon de l'espionne.

— Détrompe-toi, ventre à pattes, nous n'allons pas déjeuner mais examiner les restes de Pallas.

— Même les restes, ça me va. Je ne suis pas difficile.

— Les cuisines sont les seuls bâtiments à posséder des chambres froides, précisa Vance au mage. Nous savons que les questeurs préconisent ce traitement de manière à conserver en état un maximum de preuves. D'ordinaire, les cadavres des nantis sont placés dans des alcôves creusées dans la roche.

— Et les autres ?

— Ils aident la communauté en servant de repas aux skorjs de combat.

— Skorj de combat ? intervint Retzel. *Voilà* un métier séduisant ! Comment fait-on pour postuler ?

Jon mit une tape sur la tête du domestique. Il sourit à Vance :

— Un peu plus, et vous reprendriez votre rôle de guide.

La jeune femme rougit.

— J'aime beaucoup notre ville, c'est vrai. Je m'y suis intéressée au tout début de ma carrière. Mettre au jour ses petits secrets m'apprenait à mieux contrôler les allées et venues. À la longue, c'est devenu une marotte.

Elle baissa les yeux sur le servant.

— Quand votre démon aura fini de lessiver mes vêtements, nous pourrons y aller.

— Je vous suis. Retzel, tu nous suis.

— Bien, maître. Quel bonheur de subir à nouveau votre charisme, maître.

— Je suppose que ta promesse de bonne conduite n'inclut pas les sarcasmes ?

Un sourire entendu lui répondit. Ils se mirent en marche.

— Il faudra que j'ajoute cette clause, la prochaine fois. Reste près de nous sans agresser les passants. Cela signifie ne pas leur parler. À la réflexion, ne les regarde pas non plus.

Ils s'engagèrent dans une succession de ruelles populeuses. Le bruissement de la ville les enveloppa de son flot rassurant.

— Cette travée rejoint le quartier des restaurants, annonça Vance. C'est plus de temps qu'il n'en faut pour vous exposer le problème.

— Je vous écoute.

— Il y a environ trois semaines, la moitié du corps de Pallas a été découverte au pied d'une vieille tour d'un quartier déshérité. Le conseiller avait été coupé en deux, et pas très proprement. Le plus troublant est que nous avons retrouvé l'autre partie dans l'une des annexes du bâtiment. Nous avons donc tout de suite pensé à un sortilège.

— Je comprends cela, mais un meurtre énigmatique

n'inclut pas forcément l'usage de la magie. Le tueur a très bien pu découper ce pauvre type et jeter l'une des parties par une ouverture.

— Il n'y a aucune fenêtre dans les annexes, pas même une meurtrière. Vous comprendrez mieux quand vous les visiterez. Pour agir ainsi que vous le dites, l'assassin aurait dû transporter le corps jusqu'à une passerelle et le lancer de là. Pourquoi aurait-il fait une chose pareille ? Ce n'est pas tout. Nous n'avons retrouvé aucune traînée de sang en dehors du lieu du décès. Si le criminel avait déplacé le cadavre, il aurait laissé de nombreuses traces. Enfin, il faut préciser que ce soir-là, le bâtiment était désert. Les sentinelles, des hommes sûrs, n'ont vu entrer personne d'autre que Pallas.

— Parce que ce sont eux qui ont commis le meurtre !

— C'est possible, mais une enquête poussée n'a rien donné de ce côté. Les gardes ont été soumis à plus de tests de mensonges que vous ne pouvez l'imaginer. Ils ont avoué la liste exhaustive de leurs crimes et délits depuis leur plus jeune âge, mais rien concernant cette fameuse nuit.

— Je les interrogerai tout de même, ne serait-ce que pour commencer quelque part. La thèse de la magie est encore fragile… Il suffit que l'assassin soit entré bien avant le conseiller et l'ait attendu tranquillement. Cela s'est déjà vu.

— Impossible. La tour est gardée en permanence. Nous veillons jalousement sur notre patrimoine – un attentat est si vite arrivé. Les allées et venues sont consignées de jour comme de nuit. Des rondes sont effectuées, et les parois sont trop minces pour dissimuler un passage secret ou un piège.

— Je dispose de sortilèges qui me permettront de déterminer si des êtres vivants ont fréquenté les lieux dans les semaines précédant le crime.

Ils s'engagèrent sous une rangée d'arcades sculptées. Retzel suivait à bonne distance en faisant mine de s'intéresser à l'architecture.

Vance reprit :

— Un autre événement nous fait suspecter la présence de magie. Un moment après l'entrée de Pallas, les vigiles ont entendu un cri horrible provenant du sommet de la tour. Ils n'ont pas réussi à le décrire. Ils ont juste parlé d'une sorte de hululement monstrueux, confirmé par de nombreuses autres personnes. Tout cela est incompréhensible…

— … à moins d'impliquer la magie, j'ai compris. Vous avez raison, cette accumulation d'éléments est tout à fait suspecte. Vous me fournirez les rapports de tous les interrogatoires ainsi que les plans complets du quartier et des bâtiments concernés. Je vais être occupé pendant plusieurs jours.

— Après le cadavre, vous pourrez jeter un œil à la tour. La milice est au courant. Vous pourrez y séjourner autant que vous le désirez. Aurez-vous besoin de gardes du corps ?

— Retzel suffira. Plaisanterie mise à part, des chaperons me gêneraient dans mes recherches. Et puis, j'ai cru comprendre que je ne représentais pas un bien grand danger pour le tueur.

— Vous ne croyez pas si bien dire. En plus d'exploiter votre talent inné pour le burlesque, j'ai pris la liberté de lancer une campagne de rumeurs autour de votre arrivée chez nous. Pour l'homme de la rue, vous êtes un charlatan qui essaie de se faire un petit bénéfice en vantant ses méthodes au roi. Le fait que vous soyez mehnzotain facilite le travail. Beaucoup voient en vos compatriotes des femmelettes parfumées qui passent leur temps à s'entretenir avec leurs animaux de compagnie.

— J'aimerais être certain que cette description est loin de la vérité. Cependant, ce manque de crédit ne va-t-il pas me nuire lors de l'exposé de mes conclusions ?

— Selon les dernières recommandations du Conseil, c'est moi qui les présenterai au roi.

— Bien sûr, fit Jon avec aigreur. Comment n'y ai-je pas pensé. Voilà qui devrait faire progresser votre carrière. Sans compter que le poste de Pallas est à pourvoir, après tout.

Jon se retrouva plaqué contre un mur avant d'avoir pu esquisser le moindre geste. Les yeux de l'espionne, à quelques doigts des siens, lançaient des éclairs. Avec une voix contenue, elle murmura :

— Pallas était l'une des personnes les plus intelligentes que je connaisse. Il m'a appris tout ce qu'il y a à savoir sur cette ville. Il était redoutable et cassant mais je le respectais comme j'ai respecté peu d'hommes dans ma vie. Compris ?

— Compris. Ce genre de supposition fait partie de mon enquête. Vous permettez ?

Jon se dégagea.

— D'accord, je vous dois des excuses. Ce n'était pas très subtil de ma part, mais je tenais à voir quels sentiments vous liaient au chambellan. Rien de tel qu'un peu de provocation pour réveiller les mobiles. Vous le détestiez cordialement, c'est ça ?

— Pas plus que n'importe qui à Fresnel. Pallas était comme Ernst, la fantaisie en moins. Une machine bien huilée, efficace et sans âme. Vous auriez eu des conversations plus stimulantes avec un Xéol.

— Désolé d'interrompre cette fougueuse étreinte, intervint Retzel, mais mon odorat délicat indique que nous sommes arrivés à destination. Maître, vous conviendrez que ma promesse me permet de me restaurer, n'est-ce pas ?

— Je suppose que oui. À condition que tu évites tout ce qui ressemble à un être vivant.

— J'essaierai de m'en souvenir.

Le démon de poche disparut par une poterne. Un peu plus loin, une large porte en bois pétrifié s'ouvrait. Sur des gonds cuivrés disproportionnés étaient suspendues des pièces de charcuterie. De grandes lettres blanches s'étalaient sur le chambranle : *Cuisines du palais. Vente au détail.*

Jon profita de l'intervention de Retzel pour changer de sujet.

— Avez-vous touché au corps ?

— Le moins possible. Mais nous l'avons tourné et retourné à la recherche d'indices. En vain, d'ailleurs. Peut-être aurez-vous plus de chance.

— Je pourrai déjà déterminer s'il a été victime d'un sortilège.

Vance s'annonça auprès d'un commis, puis ils franchirent le seuil graisseux.

Il régnait dans l'établissement un mélange de

concentration et d'indolence. De grandes tables occupaient la majeure partie d'un hall immense, avec leur cortège de denrées et d'ingrédients. Sous l'œil vigilant de maîtres queux, des marmitons aux uniformes impersonnels s'appliquaient à transformer les matières brutes en plats raffinés. Jon aperçut des volailles empalées sur d'imposantes brochettes reliées entre elles par des rouages. Des abats bouillaient dans d'immenses chaudrons en répandant une odeur douceâtre. Une moufre dépecée emplissait le centre de la salle, juste au-dessus d'une cheminée circulaire. Un commis arrosait la bête d'un épais jus frémissant. Des escouades de cuisiniers entraient et sortaient des couloirs attenants, les bras chargés de plats colorés. Une nappe de vapeur flottait dans la salle en dépit d'un efficace système de ventilation.

Tout en déambulant derrière l'espionne, Jon cherchait son familier du regard. Il s'attendait à chaque instant à entendre des hurlements ou des cris de fureur. À sa grande surprise, ils parvinrent aux chambres froides sans avoir à s'expliquer sur la disparition d'un gigot ou, plus problématique, d'un ouvrier.

Dès qu'ils furent entrés, Jon avisa quatre soldats à la mine rétive autour d'une épaisse porte en acier. Une armée de pâtissiers s'affairait sans faire cas de leur présence.

Vance salua les factions et ordonna l'évacuation de la salle. Les mitrons protestèrent mais s'exécutèrent avec promptitude, comme s'ils avaient l'habitude d'être dérangés. L'officier à la tête des soldats plaça aussitôt deux hommes à l'entrée. L'espionne s'approcha de la glacière et procéda à l'ouverture. Des fumerolles glacées se déroulèrent depuis l'intérieur.

— Restez ici, je reviens.

Elle disparut dans le réduit et ressortit un instant plus tard, poussant devant elle un chauffe-plat à roulettes. Des pièces d'étoffe raidies par le gel recouvraient deux formes indistinctes. Un garde rabattit la lourde porte.

Vance saisit les coins du linceul.

— Prêt ?

— J'ai déjà vu pas mal de cadavres, vous savez. Allez-y.

Dans un geste ample, l'agente découvrit la partie supérieure du corps. Jon s'approcha. Il commençait déjà à enregistrer les caractéristiques de la victime. S'il avait besoin de s'y référer plus tard, il n'aurait qu'à piocher dans sa mémoire visuelle.

Il se pencha sur le visage. L'individu avait les traits tirés. Ses yeux n'étaient plus que deux cernes autour de puits noirs. De grandes rides zébraient les joues de chaque côté d'une bouche aux lèvres presque absentes. La mort allait assurément bien à cet homme qui en portait déjà les stigmates de son vivant.

— Il n'a plaisanté qu'une ou deux fois dans sa vie, non ? demanda Jon en se redressant.

— C'est à peu près ça. Et je pense que la seconde fois, il s'est dit qu'il devrait éviter de recommencer vu les réactions de son entourage. J'ai affecté au cadavre un légiste qui a passé près de six jours à en faire l'examen. Il doit connaître ce corps mieux qu'il ne connaît le sien.

Vance se tourna vers le chef de la brigade. Sans un mot, celui-ci fit un pas et lui remit un dossier.

— J'ai ici les conclusions de l'autopsie. Vous trouverez le menu de ses derniers repas et le nombre de ses poils de barbe, mais aucune piste sérieuse.

— Je suppose que vous avez analysé le sang ?

— Là encore, rien d'extraordinaire.

— Excepté les pétales de Corz, acheva Jon.

— De Corz ? Je connais cette substance. Notez qu'elle n'est pas illicite à Kung-Bohr, seulement déconseillée. Comment avez-vous trouvé ça ? Le légiste n'en fait pas mention.

Jon sourit mais ne répondit pas tout de suite. Il aimait ménager ses effets. Le fait est qu'il avait lui-même ingéré de grandes quantités de cette plante lorsqu'il menait des enquêtes difficiles. La drogue permettait d'inhiber la synthèse de sérotonine par le système nerveux, ce qui retardait la venue du sommeil. Hélas, elle provoquait aussi des migraines dantesques.

— Il en serait mort un jour ou l'autre, poursuivit-il. Sa consommation était plus qu'excessive.

— Beaucoup de rumeurs couraient sur Pallas. L'une d'elles affirmait qu'il ne dormait jamais. Nous voici éclairés. Je commence à croire que nous avons fait le bon choix en vous amenant à Fresnel.

— Vous *commencez* ? demanda Jon, faussement choqué. Il suffisait pourtant de savoir où chercher. Je parle de Pallas, bien entendu.

Il invita la jeune femme à se pencher sur la nuque du conseiller.

— Regardez ici, ces fines couperoses. Elles sont

d'ordinaire invisibles. C'est par ces canaux que la sérotonine dégradée rejoignait la circulation générale. Le fait qu'on puisse les distinguer en dit long sur les habitudes de notre homme. Son cerveau devait lui reprocher nuit et jour ses infidélités.

— Je pensais ma connaissance des drogues étendue. Vous m'impressionnez.

— Merci. Pour la première fois depuis mon arrivée, j'ai le sentiment de servir à quelque chose. C'est une sensation étrange, comme si je retrouvais de vieux chaussons.

Une voix retentit derrière lui :

— De vieux chaussons ? Pas de doute, Jon, vous savez parler aux femmes.

Surpris, le mage se retourna. Devant lui se tenait Edrick, prêt à le serrer dans ses bras. Ce qu'il fit.

— Et voilà, s'exclama l'officier avec entrain. Il suffit que je vous laisse quelques heures pour vous retrouver face à un cadavre !

— Par tous les poils d'Akir, que faites-vous ici, Edrick ?

— C'est à Ernst de le demander, mon vieux. Juste après votre départ, notre opération de *débroussaillage* a été annulée. On m'a fait piétiner un long moment avant de me mettre dans la confidence. Je vous avoue que je me suis senti extrêmement soulagé. L'idée d'avoir à incendier votre maison ne m'enchantait pas le moins du monde.

Le soldat se tourna vers Vance avec un regard de connaisseur.

— Excuse-moi, ma cocotte, j'ai horreur de snober les beautés locales. Tu travailles ici ?

— En quelque sorte, répondit l'espionne avec froideur.

Edrick lui prit le menton.

— Et on peut connaître ton nom, mignonne petite mitronne ?

— Vance, commandant en chef des forces spéciales internes.

L'officier ouvrit la bouche comme s'il manquait d'air. Il lança un regard suppliant à Jon, qui confirma la gaffe d'un hochement de tête. Le soldat relâcha aussitôt la femme et se mit au garde-à-vous.

— Commandeur, je ne sais comment expliquer ce geste déplacé.

— Moi, je sais, fit le mage avec bonne humeur.

Vance pinça les lèvres, agacée.

— Je pensais vous faire plaisir, Jon, mais je doute à présent de la pertinence de mon idée. Ser Dernesat paraît être d'aussi peu de secours que votre domestique.

— C'était une excellente idée, au contraire, répondit l'enquêteur. Edrick est courageux et de bon conseil. Il saura me seconder avec tout le talent nécessaire.

L'individu concerné, toujours impassible, regardait droit devant lui.

— Rompez, sergent, lui intima Vance avec raideur.

— Merci, Serre. Je fais remarquer à Serre que mon nouveau grade est capitaine. Je n'ai pas encore eu le temps de forger mon insigne, mais…

— Je ne me suis pas trompée, *sergent*, répéta l'espionne avec un sourire carnassier.

Les épaules du soldat s'affaissèrent mais son expression ne changea pas d'un iota.

— À présent, reprit la jeune femme, et à moins que vous désiriez exprimer votre affection aux autres officiers de la salle, j'aimerais que le questeur reprenne son examen.

— Affirmatif, Serre. Que Serre me pardonne, je suis le plus souvent en mission à l'extérieur. Je n'avais pas encore eu le plaisir de faire sa connaissance. Je suis profondément navré, Serre.

— D'avoir perdu votre grade, sans doute. Repos. Comportez-vous dorénavant comme si j'étais votre égale. Je ne veux pas distraire Jon avec les impératifs de notre hiérarchie.

— Entendu, Serre. Je vous remercie. Heureux de vous retrouver, Jon.

— C'est réciproque. Nous allions nous pencher sur la cause probable du décès. Votre point de vue nous sera utile.

Le questeur replia une frange du linceul. Le froid fit craquer le tissu. Arrivé au niveau de l'abdomen, les entrailles du conseiller apparurent. Quelques restes d'organes couverts de liquide lymphatique coagulé dépassaient de la partie inférieure. Par bonheur, le corps était gelé. L'odeur du spectacle ne s'ajoutait pas à sa vue.

— Qu'est-ce qui a bien pu faire ça ? demanda Edrick en fronçant les sourcils. On dirait que le corps a été écartelé.

— Bien observé, approuva Jon. Aucune trace de coupure ou d'arme blanche. Pas de morsure. C'est comme si quelqu'un l'avait pris par les extrémités et avait brusquement tiré.

L'enquêteur amena son nez à quelques doigts des viscères.

— Cependant, l'écartèlement est exclu. La longueur d'intestins déroulée serait plus importante. Une arme contondante de belle taille pourrait expliquer ces marques. Maniée avec force, elle aurait pu écraser le corps contre un obstacle et le disloquer.

— Excusez-moi, fit soudain Edrick, j'ai cru reconnaître un cousin au fond de la salle. Je reviens.

Le soldat disparut en se tenant la bouche.

— Je vais examiner le corps en phase magique, dit Jon à Vance. Mes pupilles vont se modifier. Ne vous inquiétez pas.

Il bascula. Les auras des occupants emplirent une bonne partie de son champ de vision. Il ne put s'empêcher de jeter un œil à celle de sa partenaire. La jeune femme se tenait au centre d'une flamboyante corolle d'un bleu presque noir. Des tigelles blanches ondulaient en partant de son nez, de sa bouche, de ses yeux. Elles se recourbaient vers le bas en une pluie lente de particules incandescentes. Jon fut surpris par la beauté et la puissance de cette aura. Il s'attendait à une démonstration d'énergie, pas à cette débauche de pulsions de vie.

Il demeura quelques instants à la contempler, puis il se détourna et se lança dans l'étude du cadavre. L'élan vital achevait de se dissiper comme une nuée de vapeur après la pluie. Autour de la partie déchirée, l'accumulation de bactéries attirées par la putréfaction formait un voile mauve dentelé. Le détective ne put déceler aucune trace de magie, ce qui l'étonna. Un sortilège aurait laissé des vestiges évidents.

Il eut cependant la confirmation que la blessure n'était pas d'origine animale. Une mâchoire ou des griffes auraient déposé sur la plaie des résidus d'aura. Chaque espèce, y compris l'être humain, laissait derrière elle une signature spécifique. Elle variait légèrement d'un individu à l'autre, aussi distinctive que des empreintes digitales. Il n'y avait rien de tel ici.

Jon repassa en vision ordinaire et dévisagea Vance, l'air préoccupé.

— Tout va bien ? demanda-t-elle. Vos yeux sont vraiment devenus bizarres, à la fin. Transparents, comme de l'ambre.

— C'est tout à fait normal. Plus nous passons de temps en phase magique, plus le cerveau a tendance à prendre le pas sur les yeux, comme s'il tenait à se rendre compte par lui-même de la situation. Les globes deviennent translucides, de sorte que les ondes d'aura atteignent directement le thalamus. C'est efficace mais très fatigant. Au bout d'une heure passée en phase magique, je suis aussi épuisé que si j'avais transporté des briques toute la journée.

— Vous avez trouvé quelque chose ?

— C'est bien là le problème. Rien. Ni sortilège, ni présence organique autre que la sienne.

— Vous êtes sûr ? Le coupable serait une sorte de démon, alors ?

— Un démon laisserait une aura visible à travers les murs. C'est pour cela que Retzel disparaît toujours lorsque je bascule. Il doit avoir peur que je prenne un coup d'aura. Pour en revenir à ce que vous disiez, aucun être vivant ne peut s'empêcher de déposer des traces de son corps astral.

— Attendez. Un *coup d'aura* ?

— Certains élans vitaux sont si puissants que le commun des mortels ne peut en supporter la vue. Évidemment, ajouta-t-il en riant, ce n'est pas le cas de Retzel. En résumé, l'aura est l'émanation visible d'une âme. Observer celle d'un être permet, avec un peu d'entraînement, d'en découvrir la nature profonde.

L'agente écarquilla les yeux.

— Vous m'avez regardée, tout à l'heure !

— Rassurez-vous, je n'ai pas vu grand-chose. Je ne suis pas un spécialiste de la lecture d'aura. Ceux de mon pays sont capables de répertorier l'ensemble de vos blessures mentales rien qu'en observant les fluctuations de votre énergie. On emploie leurs analyses pour travailler à la guérison de l'âme. La seule chose que je peux vous révéler est que vous êtes d'une vitalité peu commune, avec un penchant assez net pour le morbide. Rien que je ne sache déjà.

Vance montra les dents.

— Vous êtes trop mignon. Quelle ironie, ajouta-t-elle d'un ton rêveur. Vous en savez plus sur moi-même que je n'en verrai jamais. C'est un peu déconcertant, comme si on venait de me dire que j'ai un joli foie.

— Pour en revenir à notre ami, je suis formel : il n'a été assassiné ni par un sortilège ni par un être vivant, du moins pas de manière directe.

— Alors par un mort ? suggéra Edrick en les rejoignant.

Le soldat avait le teint cireux mais semblait remis de ses émotions. Il se plaça près de Vance. Jon leur faisait face de l'autre côté du cadavre.

— C'est cela ! s'exclama l'espionne. Un mort-vivant ne déposerait pas d'élan vital, forcément !

— Remarque pertinente. Mais je verrais la marque laissée par le sortilège qui aurait servi à l'animer.

— Oui, bien sûr. Excusez-moi.

— Le décès n'a pas non plus été causé par un élément organique mort, comme du bois ou de l'os. Dans le cas contraire, j'aurais perçu le reliquat d'aura de l'être vivant d'origine. Reste le règne minéral. Un instrument métallique, peut-être.

— Vous voulez dire une lame ? lança Edrick. Bon sang, Jon, vous avez idée de la taille du joujou capable de produire ce genre de dégâts ? Pallas n'a pas été coupé en deux, il a été *broyé* en deux !

— Si c'est une arme, confirma Vance, et vu l'état du corps, la créature qui a porté le coup devait être d'une force colossale. Cela collerait avec le cri entendu au moment du meurtre.

— Cela peut être aussi le fait d'un piège, objecta Jon.

— Dans la Tour de l'Horloge ? fit Edrick, sceptique. Ce n'est qu'un vieux musée. Il y a plus de pièges dans ma salle de bains. Qui serait assez pervers pour construire un attrape-Pallas dans les murs d'une ruine ?

— Le corps a peut-être été déplacé, insista le magicien.

— Je vous ai dit que personne n'avait été capturé, dit Vance. Aussitôt le meurtre commis, toutes les issues ont été bloquées. Des vigiles ont été postés sur les édifices des environs pour empêcher une fuite par les airs.

— D'autre part, fit Edrick, si ce qu'on m'a dit est exact, on a retrouvé le corps dans l'une des tourelles annexes du bâtiment principal. Une gerbe de sang décorait les murs alors qu'aucune traînée ne quittait ou ne menait à cet endroit. Il n'a pu se faire charcuter que sur place.

— Soit, dit Jon. Restons-en là en ce qui concerne les hypothèses. Notre prochaine étape est la tour. Si j'y découvre une aura suspecte, nous tiendrons peut-être notre tueur. Quelle que soit la clef de l'énigme, nous la trouverons là-bas.

Vance hocha la tête avec amertume.

— C'est ce que je me suis dit la première fois que je m'y suis rendue. En fait, ce fut tout le contraire. Mais vous verrez bien. Messieurs, au risque de me répéter, je dois vous quitter. Je n'ai que trop tardé.

— Vous ne restez pas pour l'examen de la seconde partie du cadavre ? demanda Jon, étonné.

— Sans façon. Ce serait de la gourmandise. Mais j'accepte de prendre congé dès que vous aurez confirmé votre diagnostic en ce qui concerne la déchirure.

— Parfait. Edrick, si vous voulez bien soulever le drap, nous allons examiner l'abdomen et les jambes.

Plusieurs émotions parcoururent le visage du soldat. Il finit par fermer les yeux et écarta l'étoffe. Jon avait déjà basculé et étudiait le corps au fur et à mesure que l'officier le découvrait.

— Je confirme. Aucune trace ici non plus. Tiens, c'est étrange.

— Oui ? demanda Vance avec espoir.

— La jambe a été amputée à partir du mollet.

Le détective parcourut le dossier légiste.

— Il n'en est pas fait mention ici.

— Je suis certaine qu'il avait tous ses membres quand on l'a découvert, s'inquiéta Vance.

— C'est tout frais, ajouta Edrick en touchant la partie sectionnée. L'échauffement causé par la découpe a amolli les chairs.

L'espionne dégaina une large lame en fusillant les vigiles du regard.

— Par Magni, qu'est-ce qui se passe ici ?

Un fracas de caisses renversées lui répondit depuis la glacière où avait été entreposé Pallas. Vance fit un signe de tête à Edrick, qui rejoignit le sas. Avec des gestes précis, le sergent déverrouilla le loquet et tira vivement.

Au même instant, comme une chorégraphie longuement répétée, les gardes se postèrent en demi-cercle autour de l'entrée, sabre au clair. Vance les devançait de deux pas. Edrick se plaqua contre la porte rabattue, son arme à moitié sortie dans l'attente d'un signal de son chef.

Jon ne savait que faire. Il se mit vaguement à incanter un sortilège d'immobilisation, au cas où. Il espérait que cela suffirait à stopper leur adversaire, quel qu'il soit.

Les bruits reprirent, puis s'interrompirent. À travers la brume de la chambre froide, Jon vit s'avancer une silhouette ramassée.

Après quelques secondes, elle se précisa. C'était Retzel. Le démon léchait consciencieusement le mollet sanglant de Pallas à la manière d'un cornet de glace. Les soldats baissèrent leur garde de surprise.

Jon écarta tout le monde et se planta devant le servant.

— Je croyais que tu devais te tenir tranquille ? s'exclama-t-il.

Retzel le regarda avec de grands yeux innocents.

— Vous m'avez donné la permission de me restaurer, maître ! Notez bien que je n'ai rien mangé de vivant.

— Par tous les diables, tu te rends compte de ce que tu fais ? Donne-moi ça tout de suite !

— Certainement pas. Si vous en voulez, vous n'avez qu'à aller vous servir.

Le démon pointa une serre accusatrice vers le cadavre du conseiller.

— D'ailleurs, à ce que je vois, vous ne m'avez pas attendu pour vous réserver le plus gros morceau.

— Je te le répète une dernière fois, rends-moi cette jambe.

— Non. J'ai une idée : pourquoi n'iriez-vous pas vous faire… tiens, ça sent quoi ici ?

Une insoutenable odeur d'ammoniac venait d'envahir la pièce. En se baissant, Retzel vit ses pieds disparaître sous des flammes vertes à l'aspect huileux. Le démon hoqueta de douleur et tendit rapidement le membre tranché au magicien. Les flammes s'évanouirent aussitôt, laissant derrière elles des orteils noirs et recroquevillés.

— Voilà qui te servira de leçon, l'avertit Jon. Désobéir à un ordre direct semble être considéré comme une entorse à ta promesse.

— On dirait bien, répondit laconiquement Retzel en contemplant ses jambes calcinées.

Le questeur se tourna vers Vance pour faire amende honorable. La jeune femme avait disparu.

— Elle vous demande de l'excuser, fit Edrick, gêné. Elle est partie dès que la situation lui a paru sans danger. Désolé.

— Ce n'est rien. Allons à la tour. Nous avons assez perdu de temps avec cet imbécile.

Le mage décocha un coup de pied à Retzel qui alla rouler dans la réserve.

— Sortons d'ici.

Les deux hommes laissèrent les gardes remettre de l'ordre et gagnèrent la sortie. Edrick les dirigea aussitôt vers le quartier de l'horloge, le long d'une allée bordée de sabots de pierre de différentes dimensions.

Jon ne demanda aucune explication sur les œuvres étranges. Il était dépité par l'attitude de Vance. L'espionne ne lui portait manifestement pas assez d'intérêt pour se plier à des adieux convenables. L'erreur de Jon était peut-être de s'entêter à voir en elle la guide de leur première rencontre. Vance n'était que rigueur et discipline, tout le contraire d'Adrelle. Il doutait de rester assez longtemps à Kung-Bohr pour comprendre la manière dont elle appréhendait l'existence.

Peut-être est-ce cet antagonisme qui me séduit. Comment diable notre ego peut-il se satisfaire d'aimer une personne différente de lui-même ?

13

Ta vie comportera toujours moins de jours qu'il n'y a de grains dans une poignée de sable.

Proverbe Mehnzotain

*

Jon s'intéressa de nouveau à son environnement lorsqu'ils parvinrent à destination. La tour se dressait à quelques portées de flèche, sombre colonne noyée parmi les autres fantaisies architecturales du lieu. Le mage repoussa toute émotion parasite et s'absorba dans l'examen de l'imposante bâtisse.

Bien entendu, Edrick choisit ce moment pour relancer le sujet fâcheux.

— À propos de Vance, dit-il d'une petite voix. Avec ce qui vient de se passer, elle est vraiment sur les dents. Elle doit aussi préparer l'accueil d'une délégation mehnzotaine. Un banquet célébrera bientôt l'année sans escarmouche entre nos deux royaumes. Je crois qu'elle a dépensé ses maigres moments de détente pour vous accompagner.

Le mage balaya la remarque d'un revers de main

mais au fond de lui, il se sentait mieux. Ils parvinrent au pied de l'édifice.

— Au travail, lança Jon. Où sont les soldats qui étaient de faction le soir du meurtre ?

— Vance les a rassemblés dans la pièce principale. C'est la dernière tâche dont elle s'est chargée avant de me passer le flambeau. Mes instructions sont de demeurer attaché à vos pas en tant qu'escorte officielle, guide et garde du corps.

— Bigre. J'espère que vous recevez triple solde pour cela.

— Si vous menez à bien cette enquête, je ne vous cache pas qu'il y aura des retombées en ma faveur.

— C'est évident. D'autre part, notre ami Ernst a pris soin de m'adjoindre une personne envers qui j'ai de l'estime. Une manière supplémentaire de me motiver.

— Vous croyez ?

— Une fois qu'on a compris comment fonctionne votre roi, il devient aussi transparent qu'un courant d'air. Laissez-moi deviner. En cas d'échec, vous serez rétrogradé ?

Le silence d'Edrick fut éloquent.

Jon ne désirait pas plonger son ami dans l'embarras. Il changea de sujet :

— Allez avertir les vigiles de ma venue et disposez-les de manière à ce qu'ils ne puissent communiquer entre eux. Je ne voudrais pas que leurs souvenirs s'influencent les uns les autres. Vous seriez surpris de voir à quel point notre mémoire est sans cesse en reconstruction. Je vous rejoins dans un instant, je fais le tour du bâtiment.

Le sergent acquiesça et se dirigea vers le musée.

Jon mit ses mains sur ses hanches et recula de quelques pas pour embrasser la tour. La première chose qu'il remarqua fut un imposant bas-relief au-dessus de l'entrée, une étoile stylisée à cinq branches noyées dans une vigne vierge poussiéreuse. De part et d'autre de la gravure, les murs étaient régulièrement ornés de symboles figurant des lunes et des soleils entrecroisés. Un peu plus haut, le corps central était ceint de deux impressionnants anneaux d'acier, chacun large de plusieurs hommes. Ils servaient d'assise à des arches métalliques en croisillons qui retombaient loin vers le sol, ancrées dans des dalles de fonte dont les rivets atteignaient la taille de sa tête. Ces contreforts assuraient à l'ensemble une stabilité dont il n'avait pas vraiment besoin. Soit le maître d'œuvre avait voulu marquer sa création du sceau de la pérennité, soit il s'était associé à un courant architectural prônant la pesanteur.

Il leva la tête. La tour s'évasait vers le haut. Près du sommet, une passerelle reliait l'édifice principal à une tourelle étroite dont la base disparaissait dans les quartiers en contrebas.

Le détective fit quelques pas autour du bâtiment et se heurta bientôt à une palissade. Par-dessus la clôture, on apercevait la silhouette d'un autre étai métallique avec sa tourelle.

Si l'on en croyait la gravure du porche, l'édifice possédait donc cinq tours filles, de même hauteur que leur mère et reliées à celle-ci par des ponceaux. Les dimensions du complexe forçaient le respect, même si l'impression d'abandon lui ôtait beaucoup de sa majesté.

Le quartier lui-même semblait faire partie d'une zone sinistrée. Quelques curieux l'observaient depuis leurs fenêtres. Leur mise confirmait l'indigence des lieux.

Jon avança vers l'entrée, un lourd portail orné de formes célestes brutes. Il aperçut une petite pancarte avec les heures d'ouverture. Une moitié était couverte de végétation, l'autre disparaissait sous la crasse.

Les objets de culture ne sont souvent rien de plus que l'expression de la mode élitiste du moment. Peut-être la nouvelle de l'assassinat fera-t-elle renaître l'endroit.

Jon décida que cela suffisait pour une première approche. Il ne désirait pas faire attendre son chaperon. Il était ravi qu'Edrick ait pu le rejoindre. Direct et sans manières, le soldat était beaucoup plus facile à côtoyer que la pétulante espionne.

Il s'apprêtait à franchir le porche lorsque Retzel refit son apparition. Sa tête de cauchemar surgit pardessus un toit, puis ses membres noueux se plantèrent à califourchon sur le faîtage. D'un bond impressionnant, il rejoignit le magicien. Son atterrissage fut cependant ponctué par un cri de douleur. Il souffla sur ses pieds carbonisés.

— J'ai mis du temps à vous retrouver, maître. Il m'a fallu marcher sur les mains.

— Très drôle. Tu es quadrumane.

— N'empêche, ça pique.

— Rappelle-moi de te plaindre quand tu le mériteras. Tiens-toi tranquille. C'est un ordre direct.

Sans attendre, Jon entra dans le musée.

Il pensait découvrir une suite de pièces vétustes flanquées de babioles antiques. Il fut surpris en pénétrant dans une large coursive circulaire entretenue avec soin. Des appliques discrètes noir et or étaient disposées le long de murs capitonnés de soie. Devant lui se dressait une seconde entrée d'apparat, aussi massive que la première mais plus ouvragée. À son sommet, des chapelets d'astres stylisés se mêlaient à un réseau d'étoiles aux branches filiformes. Ce firmament retombait en entrelacs dorés, filet délicat dans lequel s'ébattaient des messagers célestes. Plus bas, les figurines s'adressaient à des silhouettes humaines amassées au ras du carrelage de marbre noir lustré. Une grille ornementale était entrouverte.

De toute évidence, les monarques kung-bohréens avaient favorisé l'intérieur au détriment de la façade. Les dorures ne présentaient aucune trace de poussière et le sol lui-même était peu marqué par le passage des années. L'ensemble, bien qu'un peu clinquant, alliait goût du faste et gravité.

Retzel faisait des allers et retours frénétiques entre les deux ailes de la galerie, comme s'il ne savait par où commencer sa visite et avait décidé de tout faire en même temps. Il marchait sur les mains de manière aussi naturelle que s'il avait utilisé ses pieds, même si cela lui donnait un air encore plus étrange que d'habitude.

Jon tenta de garder son calme, mais l'irritation le gagna lorsque le servant se mit en tête de tester l'écho de ses cris perçants. Il se dit avec amertume que le serment de Retzel avait une interprétation bien élastique du concept *se tenir tranquille*.

Edrick attendait de l'autre côté de la grille, adossé à

un vitrail dont le sombre motif restait à élucider. Jon lui fit part de sa surprise devant la beauté et l'austérité des lieux.

— Ce bâtiment est l'un de nos trésors culturels, expliqua le soldat. Malgré cela, peu de personnes viennent ici.

— Je peux les comprendre. Je n'ai vu que très peu d'objets exposés.

— Les autorités considèrent que l'intérêt du musée est le musée lui-même. Il n'y a donc pas grand-chose à faire si ce n'est flâner en admirant les murs. Et encore, avec tout ce noir et ces dorures, on se croirait dans un corbillard.

Il se redressa et s'étira.

— Mais je m'égare. La sécurité est organisée de la manière suivante : le jour, quatre sentinelles parcourent l'édifice et surveillent les visiteurs. La nuit, la tour est fermée à triple tour et des patrouilles sont organisées autour du bâtiment. Voici une copie des interrogatoires préliminaires. Les gardes sont à côté, dans la pièce principale. Par ici.

Ils franchirent une petite porte pratiquée dans le vitrail et pénétrèrent dans une vaste salle circulaire. D'après ce que Jon put en juger, son diamètre avoisinait les trente pas. Les parois reprenaient le leitmotiv aperçu dans la coursive, à quelques exceptions près. De longues tentures brodées de constellations argentées étaient disposées sur les murs. Leur orientation correspondait à la réalité céleste. Plus haut, elles cédaient la place à un tissu bleu foncé qui évoquait un ciel nocturne. Un éclairage périphérique par le sol renforçait l'effet. Les pommettes illuminées et le nez dans l'ombre, les deux hommes avaient l'air de spectres.

— L'architecte était dépressif ? s'enquit le mage.

— Je n'en serais pas étonné. C'est peut-être pour cela qu'il a conçu une tour. Comme la voûte est inaccessible, on ne peut pas se pendre. À ce propos, avez-vous remarqué le plafond ?

Jon leva la tête. Ce qu'il découvrit lui causa un bref sursaut de panique.

Une horloge monumentale les dominait de son œil unique. Tournée vers le bas, elle occupait tout l'espace de la voûte et semblait tomber vers eux. L'effet était saisissant.

— Pas mal, hein ? ricana Edrick. D'après ce que j'ai lu, cette sensation de vertige est exactement le but recherché. Une belle métaphore : le temps, suspendu au-dessus de nos têtes, nous écrase un peu plus chaque instant.

— Très impressionnant, admit le questeur après un autre coup d'œil timide. Au moins autant que votre prose. Nous possédons à Mehnzota quantité de proverbes sur la vanité de l'existence, mais rien d'aussi *concret*. J'admets avoir failli me jeter par terre.

— L'effet est d'autant plus saisissant que la tour s'élargit vers le sommet. Le cadran est donc beaucoup plus grand que ce à quoi on pourrait s'attendre.

— Les aiguilles doivent peser des tonnes, non ? Où se situe le mécanisme ?

— À l'étage. C'est aussi de là que partent les passerelles vers les tours filles. Nous les rejoindrons tout à l'heure. Les gardes sont à votre disposition. J'ai essayé de les placer comme vous me l'aviez demandé.

— Ils sont ici ?

Edrick désigna un coin sombre en guise de réponse. Sur une petite chaise, un soldat attendait sagement qu'on lui prête attention. D'autres hommes étaient disposés régulièrement contre les murs de la salle.

Jon s'excusa de les avoir fait patienter, puis se dirigea vers l'un d'eux et débuta son interrogatoire. Il le répéta auprès de chaque vigile. Ses questions se concentrèrent sur les emplois du temps et sur ce que les sentinelles avaient noté d'étrange le jour du meurtre.

Le dernier garde congédié, Jon rejoignit Edrick et lui confia sa déception.

— Vous devez en avoir l'habitude, le rassura l'officier. Une déposition, c'est comme si chaque témoin revivait sa propre réalité des faits. D'autre part, vous avez sans doute remarqué que certaines haleines étaient chargées.

— J'entends bien, mais là ils exagèrent. J'ai effectué un test en leur demandant de me décrire ce qu'ils voyaient au cours de leur ronde. Le comble concerne les tourelles. Un premier garde m'a dit que certaines étaient en ruine mais pas les autres, un second m'a affirmé le contraire. À croire qu'elles sont décrépites un jour sur deux. Dire qu'ils leur font face jour après jour.

— Justement, on ne voit plus ce qu'on voit trop souvent.

— Poète, et maintenant philosophe ? Vous avalez aussi des épées ? Excusez-moi, je suis d'une humeur détestable. Au moins, j'ai pu confirmer les premiers rapports de Vance. Il semble qu'une nuit, il y a environ un mois, Pallas se soit présenté au poste d'entrée sans s'être fait annoncer. Il y avait là quatre gardes. Je suppose qu'il n'existe pas d'autre sortie ?

— Et aucune porte dérobée. Nous avons fait besogner une armée de monte-en-l'air avec remises de peine à la clef, sans succès. D'après eux, les murs des tourelles sont trop minces pour abriter issues secrètes ou pièges.

— Je m'en assurerai tout à l'heure. Je continue. Pallas leur adressa quelques mots, puis rallia rapidement l'une des annexes. Entre nous, quatre vigiles pour une vieille tour, ça ne fait pas un peu beaucoup ?

— Depuis que nous avons été informés de la venue de la délégation mehnzotaine, il y a deux mois, la garde a été doublée, en particulier sur les lieux emblématiques ou culturels. Ordre de Pallas lui-même. Notez qu'après le meurtre, elle a été quadruplée.

— Ce qui nous fait plus de gardiens que de visiteurs.

Jon marqua une pause, le temps de compulser les notes qu'Edrick lui avait remises.

— Personne ne s'est rendu sur les lieux au cours de la journée précédant la mort de Pallas. En fait, la dernière visite remonte à quatre jours avant sa mort. On ne se bouscule pas, ici.

— Vous l'avez sans doute remarqué : le secteur est sinistre. Les touristes préfèrent découvrir l'anatomie des Kung-Bohréennes dans les quartiers chauds plutôt que de s'adonner aux joies de l'architecture antique. Quant aux habitants de la cité, ils visitent la tour à l'école, et le souvenir de cette randonnée les en tient éloignés pour le reste de leur vie.

— Les dernières entrées étaient de cet ordre, d'après ce que je lis.

— Oui. Tout le monde est fouillé et on s'assure que le nombre des admissions correspond au nombre des départs. Je vous remettrai ce soir la liste exhaustive de toutes les personnes ayant parcouru les lieux au cours des trois derniers mois, aujourd'hui compris. Notez que tous ces individus ont fait l'objet d'une enquête rigoureuse sans que l'on découvre quoi que ce soit. Sachez aussi qu'il est impossible de se dissimuler dans le bâtiment pour la simple raison qu'il n'y a aucun endroit où se cacher.

Jon pointa un doigt vers le haut.

— Dans les engrenages, peut-être ? Ils doivent être imposants, non ?

— Ce serait insensé. On ne peut progresser dans la machinerie que lorsque l'horloge est arrêtée pour entretien, ce qui n'a pas été le cas depuis six mois. Tout contrevenant serait aussitôt déchiqueté par les centaines de pièces qui virevoltent et s'entrechoquent. En outre, lorsque le mécanisme est stoppé ne serait-ce que dix secondes, une alarme à réveiller les morts retentit. Le conseil ne plaisante pas avec le patrimoine.

— On n'entend aucun bruit d'horlogerie. Le vacarme devrait pourtant être infernal.

— Nous sommes trop bas. Même à l'étage, c'est tout à fait supportable. Technologie kung-bohréenne, ajouta Edrick avec un sourire. Désirez-vous examiner le lieu du crime ?

— Dans un moment. Je vais d'abord tisser quelques outils de recherche. Le seul problème est que l'attaque des Xéols m'a fait perdre de précieuses ressources, dont mon répertoire de sorts. Pourriez-vous essayer de dénicher Retzel ? Je vais avoir besoin de lui.

— Jamais je n'aurais imaginé qu'on puisse avoir besoin de Retzel. Je vous retrouve ici.

Le sergent regagna la galerie, laissant à Jon le loisir d'explorer les lieux. La pénombre de la salle ne facilitait guère les choses. Le mage bascula en phase magique afin de gagner un peu de clarté. Il distingua plusieurs nuées pourpres qui déformaient les objets derrière elles : les vestiges des auras d'Edrick et des vigiles. Il fouina un peu partout, observa le cadran avec attention, mais ne décela aucune trace de magie.

Il incanta avec soin un émetteur de rayons X. Le sortilège consistait en une juxtaposition de microdomaines reliés entre eux par des filaments couleur caramel. Le sort achevé, ils se contorsionnèrent pour former une torsade excentrée. Jon entreprit de régler la longueur d'onde. L'outil était délicat. Il lui fallut plusieurs minutes pour s'estimer satisfait.

Quand ce fut le cas, il amena la partie la plus étroite devant ses yeux. Les fréquences lumineuses visibles dispersées dans la pièce furent captées à l'entrée du cône et concentrées en ondes plus courtes avant d'être renvoyées. L'utilisateur devait prendre bien soin de se trouver en phase magique lorsqu'il activait le module. Dans le cas contraire, le rayonnement risquait de le rendre aveugle ou de griller ses lobes frontaux.

Muni de son étrange entonnoir, Jon balaya plusieurs fois la salle. Il découvrit, dissimulée derrière une tenture, l'entrée d'un escalier dont la spirale s'élevait vers l'unique étage de la tour. Il suivit des yeux les marches jusqu'à l'horloge. Le cadran ne se révéla être qu'un mécanisme classique d'engrenages et de chaînes. D'un côté comme de l'autre, rien à se mettre sous la dent.

Avec un sifflement d'irritation, il bascula de nouveau en vision normale. Edrick apparut peu après, Retzel sur le dos. Le servant faisait mine de s'extasier devant la beauté des lieux.

— Je dois lancer un gnomon, fit le détective. J'espère que tu as sur toi quelques amorces ?

— Bien sûr, maître. Je ne pars jamais sans mon petit catalogue. Vous n'avez qu'à demander.

— Qu'est-ce que c'est que ce charabia ? s'enquit le sergent.

— Du jargon, tout simplement. Chaque profession possède le sien et celui de notre ordre est des plus abscons. Je vais essayer de vous expliquer. Tisser un sort se révèle dans la plupart des cas extrêmement difficile et surtout très long. Pour faciliter le processus, nous nous munissons de modules de base, des sortes de domaines préfabriqués qui nous permettent de bâtir des sorts plus complexes. Même de simples blocs de pierre peuvent construire des cathédrales.

— Et les rognons ?

— Les gnomons. Un gnomon est un automate magique, programmé pour exécuter certaines tâches délicates ou répétitives. C'est très utile. Je vais tisser de ce pas un gnomon de recherche qui va parcourir l'ensemble de la tour et en tirer un modèle tridimensionnel.

— Nous tenons tous les plans à votre disposition.

— Ce n'est pas la même chose. Le sortilège sera

équipé de capteurs qui permettront de déceler à coup sûr toute trace de magie, passages dérobés et souterrains, le tout avec une marge d'erreur négligeable. Cela nous épargnera de longues et fastidieuses investigations.

— Je veux bien le croire ! Dire qu'une armée de brigands a campé ici des jours dans ce même but. Je suppose qu'avec deux ou trois marionnettes dans ce goût-là, les affaires sont vite réglées.

— En général, c'est le cas. Mais n'oubliez pas que tout ce qui implique la magie décuple les possibilités de nuisance. Beaucoup de mages criminels développent des trésors d'ingéniosité. Je me souviens…

Retzel se racla la gorge et recracha ostensiblement une boule de poils. Le détective fronça les sourcils.

— Avec sa délicatesse habituelle, Retzel me demande de faire court. En gros, les méchants et autres génies du mal sont confrontés à un seul obstacle incontournable : l'impossibilité de masquer l'utilisation de la magie. Quelle que soit la forme que celle-ci revêt, elle laisse toujours une trace de son emploi, même infime. C'est l'une des lois que nous impose la réalité.

Il réfléchit quelques instants, puis :

— Prenons un parallèle pour illustrer ce phénomène. Imaginons qu'un mage physicien désire observer l'infiniment petit. Pour cela, il a besoin d'une source de lumière et va donc envoyer des photons sur le sujet qu'il étudie. Hélas, ceux-ci possédant une énergie, ils ne pourront empêcher de perturber ce que le mage regarde ! Conclusion : *le simple fait d'observer une scène la modifie*. C'est la même chose avec la magie : elle ne peut éviter d'altérer la réalité puisque c'est dans ce but qu'elle est employée. C'est en débusquant cette altération que nous pourrons déterminer si un sortilège a été utilisé.

Edrick hocha la tête, un peu perdu. Retzel fit mine de tourner de l'œil, puis cracha une autre pelote de la taille d'un poing.

— Ça va, ça va, j'ai fini, grogna Jon. Vous avez compris ?

— Je crois, oui.

— Ou du moins vous avez essayé. Bien. Il se fait tard, j'aimerais ne pas m'éterniser ici. Retzel, s'il te plaît.

Le servant empoigna sa gueule à deux serres et tira en tout sens pour la désarticuler. Il plongea une patte à l'intérieur de son corps, farfouilla quelques secondes, puis ramena une demi-douzaine de globes mous et opalescents. À l'intérieur, des particules se déplaçaient en tous sens comme des têtards survoltés.

— Demandez mes globules ! croassa le servant une fois sa mâchoire remise en place. Tout frais sortis de ma panse de ce matin !

Edrick n'en croyait pas ses yeux. Il voulut poser une question mais Jon prit les devants :

— Retzel possède plusieurs estomacs. Il me sert de malle lorsque je voyage. Ce n'est pas son seul avantage : les globules, alimentés par son aura, y sont maintenus en état de marche. Je me mets à votre place, ajouta-t-il en riant, cela fait beaucoup de choses à digérer, si j'ose dire. Vous avez un aperçu de ce que je vis depuis mon arrivée, à essayer de comprendre vos mœurs plus étranges les unes que les autres.

Jon passa en phase magique et prit les corpuscules que lui tendait le démon. Il façonna rapidement une lentille de Vision à l'attention d'Edrick afin que celui-ci puisse assister à la création.

— Ce globule, dit le mage en montrant une sphère, est un ensemble d'instructions qui permet le déplacement. À ma gauche, nous avons un gnomon primitif, une sorte de larve exigeant peu d'énergie pour sa survie. Je vais lui insuffler une petite partie de mon fluide vital, ce qui amorcera sa croissance.

Edrick s'approcha du sortilège. Au centre du domaine, on distinguait les contours d'un ovocyte ventru. Il était entouré de mantras vibrants qui s'entrecroisaient.

— C'est… c'est vraiment…

— Je sais. Certains mages sont capables de créer des compagnons à l'intelligence artificielle remarquable, même si cela prend des années et n'est pas réservé au premier venu. J'ai acheté ce gnomon chez un mage artisan. Ils façonnent des domaines génériques ou personnalisés et les vendent, ce qui nous évite un laborieux travail de mise au point – sans compter les erreurs de tissage.

Le questeur plaça le globule en suspension entre ses mains, puis préleva un fil d'aura de sa poitrine et le connecta à une embouchure du domaine. La larve de gnomon se dilata d'un coup, prenant l'apparence d'une roue de charrette. De longs membres diaphanes, aux mouvements erratiques, apparurent. Ils étaient reliés au moyeu central par des dentelles d'aura frissonnantes.

Jon imprima au domaine une légère rotation et

commença le tissage. Le fil se dévida entre ses doigts et s'enroula autour des membres. La créature gagna peu à peu en taille et en substance.

Quand il eut terminé, le gnomon déploya ses longues pattes et, sur un dernier geste du magicien, sauta au sol où il se reçut confortablement. Cinq longs appendices se déroulèrent de chaque côté de la tête géométrique et attendirent les ordres du mage.

Jon lui donna trois autres domaines à ingérer, qui se liquéfièrent à l'intérieur du corps transparent. De nouveaux membres biscornus crûrent aussitôt sur la créature. L'enchanteur expliqua :

— Ces modules ajoutent des fonctionnalités supplémentaires : passages secrets, mécanismes et vestiges d'aura.

Il lança son outil à l'assaut de la tour. L'automate grimpa le long d'un mur et disparut.

— Allons à l'étage, proposa l'enquêteur. Nous aurons le temps d'étudier la scène du crime avant qu'il ne revienne faire son rapport.

Jon se dirigea vers la tenture qui dissimulait les marches. Il la releva afin de livrer passage à ses deux compagnons.

— Comment avez-vous su que l'escalier était ici ? demanda Edrick.

— Le simple fait de poser la question est insultant.

— D'accord, d'accord. Il y a autre chose qui m'intrigue.

— Allez-y, mais soyez bref. Comme vous pouvez le constater, le gnomon est relié à mon aura. Il tire son énergie de ma carcasse. C'est assez fatigant.

Le sergent regarda à travers sa lentille le long fil scintillant qui se perdait dans les hauteurs.

— Pourquoi Retzel crache-t-il des boules de poils ? Il n'a pas de poils !

— Vous êtes aussi observateur qu'une vieille concierge, ricana Retzel. Je n'ai pas de poils, c'est vrai, mais ce que j'ai mangé tout à l'heure en avait.

Le démon se figea dans une pause élégante, produisit un pet sonore et fila dans l'escalier.

— Le dernier arrivé est un sjotiyul ! lança-t-il avant de disparaître.

— C'est quoi, un sjotiyul ?

— Aucune idée. Ne cherchez pas à comprendre ou vous serez vite bon à enfermer. Revenons à la tour. Qu'allons-nous trouver là-haut ?

— Une salle similaire à celle du bas, aussi vide mais plus petite. Un sol en verre permet d'observer le mécanisme d'horlogerie. Cinq passerelles mènent aux tours de soutènement.

Le mage commença l'ascension.

— Combien de marches à monter ?

— Quatre cents exactement, le nombre de jours dans une année alamändrine. Toute l'architecture du bâtiment est basée sur des données astronomiques. Les cinq tourelles, par exemple, font référence aux vingt heures de notre journée, soit une dépendance par période de quatre heures. La hauteur de la tour correspond aussi à une mesure précise, mais je ne sais plus laquelle. J'ai demandé au conservateur de nous rejoindre. Il pourra vous renseigner mieux que moi. Il arrivera dans un petit moment, il marie sa fille.

— Il y a donc un conservateur. C'est une bonne chose. Il doit connaître l'édifice sur le bout des doigts.

— Pas vraiment. Il possède une remarquable connaissance de l'histoire de la ville, c'est vrai, mais il n'est pas très doué en architecture. Pour tout vous dire, son poste n'est pas très demandé. Le brave homme est en fin de carrière, il a insisté pour le décrocher car il le pensait de tout repos. Il a bien failli avoir une attaque quand il a appris le meurtre. Les noces sont arrivées à temps pour lui changer les idées.

— Vous ne le considérez donc pas comme un suspect.

— Attendez de le voir pour vous faire une idée.

Le soldat montra un écusson sur la paroi.

— Nous sommes au mois d'Ernal. Plus que trois cent cinquante marches. J'espère que vous avez pris l'option *sport* dans votre école de magie.

— Nous ne possédons pas ce genre d'établissement à Mehnzota. Les mages de mon pays n'aiment pas la promiscuité. Mais laissons cela. Vous avez dit qu'il y avait deux salles dans la bâtisse principale. Et les tourelles ?

— Elles ne méritent pas vraiment le terme de dépendance. Ce sont juste cinq gros piliers. Je ne sais même pas pourquoi on a pris la peine d'y aménager des escaliers. Par fantaisie, je suppose. Ils sont très étroits, mal éclairés et dégagent une pénible odeur de fermentation. L'endroit rêvé pour se faire étriper. Pallas a dû penser la même chose. Qu'est-ce que vous faites, là ? Vous regardez dans la Magie ?

— Comme c'est joliment dit. Oui, je suis en phase magique. Je fouille les lieux à la recherche d'indices.

Toujours aucune trace de sortilège. Je distingue juste les vestiges d'aura des derniers visiteurs. Je vais me concentrer là-dessus à défaut d'autre chose.

Edrick laissa son ami à sa besogne. Ils se turent afin d'économiser leur souffle.

Parvenus au sommet, ils firent une pause sur les dernières marches. Après quelques instants, un homme aux yeux globuleux se manifesta depuis la salle.

— Excusez-moi, dit-il d'une voix de gorge, vous êtes bien le capitaine Edrick ?

— Le *sergent* Edrick, rectifia le soldat avec aigreur. Jon, je vous présente Ser Maher, le conservateur du musée. Vous êtes arrivé plus tôt que prévu, Ser.

Jon serra la main du responsable. Maher était un petit homme ventru, aux traits mal définis. Sa caractéristique principale était une calvitie qu'il s'efforçait de masquer en rabattant sur son front de longues mèches de cheveux. La plupart ne tenaient pas en place et retombaient de manière grotesque de chaque côté du crâne.

— J'avais à faire ici. J'ai préféré vous attendre plutôt que d'affronter les marches une fois de plus. (Il se tourna vers Jon.) Vous êtes le questeur, c'est bien ça ? C'est la première fois que j'ai la chance d'en rencontrer un.

— Voilà un accueil aussi chaleureux qu'inattendu. Vos contemporains semblent tout ignorer de ma profession. Vous êtes en fonctions ici depuis combien de temps ?

— Cela fait trois ans, répondit Maher en se frottant la joue. Qui aurait dit que cela finirait de cette manière ? Au fait, vous avez trouvé quelque chose ?

— Rien, et c'est là le plus étonnant. Mais je ne pourrai conclure que lorsque j'aurai examiné le lieu du drame.

— Bien sûr. Je vous y conduis.

Leur hôte traversa la pièce jusqu'à une porte matelassée de cuir. Il marchait le dos voûté et les pieds en canard. Jon le suivit en jetant des regards alentour. Quatre autres issues étaient disposées sur le mur circulaire. L'endroit faisait environ la moitié de la salle inférieure et le sol était, comme l'avait annoncé Edrick, constitué de blocs de verre. Le détective fit une pause et laissa son regard se perdre dans la machinerie. Les rouages en mouvement étincelaient dans la pénombre.

Le conservateur le rejoignit.

— Cette structure n'a pas été mise en place pour des raisons esthétiques. En cas de panne, le verre permet aux techniciens de découvrir rapidement l'origine du problème. Cette modification a été conçue sous le règne d'Hygnimon XIV, réputé pour son grand sens pratique. On lui doit aussi les échafauds automatisés qui font encore de nos jours la joie des bourreaux surmenés.

L'homme se lança dans une conférence improvisée sur les avantages et les inconvénients de la mécanisation. Jon l'écouta à peine. Edrick, lui, dissimula son désintérêt en clignant des yeux avec régularité.

Après quelques minutes, Maher se décida enfin à les escorter jusqu'à l'issue capitonnée. Jon n'osa pas montrer trop d'intérêt pour l'ouvrage de maroquinerie, pourtant remarquable, de peur de déclencher une autre tirade.

— Je vous accompagne ? demanda l'homme avec courtoisie.

Après s'être consultés du regard, les deux enquêteurs répondirent par la négative.

— Dans ce cas, je retourne auprès de ma fille. Je repasserai plus tard. Ser Questeur, votre chien vous attend sur la passerelle. Messieurs, je vous souhaite bonne chance.

Le conservateur fit une courbette et s'éloigna vers l'escalier.

Edrick saisit la poignée de la porte.

— Vous comprenez pourquoi ce type est insoupçonnable ? Il n'a pas besoin de couper ses victimes en morceaux, il lui suffit de leur adresser la parole pour les pousser au suicide.

Ils s'engagèrent sur la passerelle. C'était un appontement large de deux hommes et long de dix, séparé du vide par des parapets de faible hauteur. Au sommet de la tourelle qui leur faisait face, Retzel prenait un bain de soleil. Jon nota qu'une épaisse couche de poussière couvrait les tuiles d'ardoise. Il se souvint qu'ils n'étaient pas à l'air libre. Sans averse pour les chasser, les fragments de roche tombés de la voûte se déposaient ici depuis des siècles. Pour la même raison, on ne sentait pas le moindre souffle de vent. À cette hauteur, c'était déconcertant.

Devant eux, un portillon aussi sec que du bois pétrifié marquait l'entrée de la cage d'escalier. Jon estima la largeur de l'annexe à moins d'une dizaine de pas. Si l'on considérait l'épaisseur probable des murs, l'aménagement de pièces intérieures était exclu.

Il agrippa la balustrade et se pencha pour observer

le pied de la tourelle. À intervalles réguliers, des anneaux d'acier la ceinturaient. Ils allaient par paire, deux anneaux accolés séparés des suivants par une courte distance. Des soleils stylisés en fonte faisaient office de fixations. Comme pour le corps principal, l'architecte avait pris soin de mettre son œuvre à l'abri de l'usure du temps.

Jon demanda son aide à Edrick afin d'examiner la partie inférieure de la passerelle. Le sergent cala ses pieds contre la rambarde, puis il saisit le poignet du mage qui en fit autant avec le sien. Jon enjamba le parapet et, doucement, se pencha vers le bas.

— Dépêchez-vous, fit le soldat, je crois que cette rampe est plus décorative qu'autre chose.

— Je veux juste avoir une vision d'ensemble.

De fait, le détective acheva rapidement son examen. La passerelle était doublée d'un ponceau de renforcement. Les deux structures étaient reliées entre elles par des chevrons métalliques entrecroisés. À chaque extrémité, des arcs-boutants s'encastraient profondément dans les parois des deux tours.

Jon demanda à remonter.

— L'ingénieur était paranoïaque, souffla-t-il. Il y a de quoi soutenir le passage d'une garnison, là-dessous.

— Avec une chaussée aussi étroite, ça paraît un peu idiot, je vous l'accorde.

— Cette bâtisse possède un je-ne-sais-quoi d'étrange.

Il hocha la tête en direction de l'annexe.

— Avez-vous touché à quoi que ce soit ?

— Croyez-moi, il n'y avait pas grand-chose à déplacer. C'est juste une interminable volée de marches. Les enquêteurs ont rapatrié le corps et fouillé les lieux en profondeur, sans résultat.

— On peut voir les autres dépendances, d'ici ?

— Oui. Vous en avez une là-bas, à moitié cachée par la masse du bâtiment. Pourquoi ?

— Pour rien. Elles sont toutes dans le même état ?

— À peu près. Sur cinq, une n'a plus de charpente. On peut à peine parler d'ossature. Trois autres, dont celle-ci, possèdent des toitures en plus ou moins bon état. La dernière, située dans cette direction, est la mieux conservée des cinq. Et pour cause, les tuiles sont en acier poli épais d'un pouce.

— En acier ?

— Eh oui. Maher dit qu'elle fut le premier acte d'une politique de rénovation, il y a un siècle de cela.

— Un souverain quelconque s'est sans doute levé un matin avec la furieuse envie de bâtir des toits chromés. Si j'en crois ma petite expérience, Ker Fresnel n'est pas avare de ce genre de fantaisie. Je vais devoir me documenter sur la période de construction du bâtiment.

— Ne vous inquiétez pas, tout a été prévu. Il vous est possible d'accéder à tous les niveaux de la bibliothèque royale, y compris les fonds réservés.

— Voilà une preuve de confiance bien surprenante de la part du roi.

— Vous avez raison. Bien que l'autorisation vous ait été officiellement accordée, quelques ouvrages sensibles resteront sur les rayons. Secret défense.

— Combien de volumes ?

Edrick se racla la gorge.

— Environ vingt pour cent. On m'a d'ailleurs recommandé de ne pas vous en parler. Ernst désire par-dessus tout vous montrer qu'il vous tient en grande estime.

— Merci pour la confidence. Dès que j'en aurai fini ici, je rendrai visite aux archives. Les *moins secrètes* en l'occurrence. À ce propos, savez-vous qui a ordonné la construction de la tour ?

— Sans hésitation, Shaddrack IV. Je m'en souviens comme si c'était hier. J'ai eu à plancher sur sa réforme de l'armée plus d'une fois.

— Que pouvez-vous m'en dire ?

— Il vaudrait mieux demander à Maher.

— Je préfère la version courte.

— Très drôle. D'après mes souvenirs, Shaddrack était un dingue du protocole. Tatillon, méticuleux, pas du tout comme Ernst. Il mettait un point d'honneur à peaufiner les moindres détails de son règne. Il s'était par exemple attaché un valet dont la seule tâche était de lui donner l'heure. Pas étonnant qu'il ait voulu édifier l'objet de son obsession.

— J'éprouve une certaine appréhension à l'idée de démêler cette période de votre histoire.

Il prit le chemin de la tourelle.

— Bon, ne repoussons pas plus longtemps notre descente. Combien de marches avant de parvenir au lieu du crime ?

— Trente exactement.

— Bonne nouvelle. L'escalier principal m'a mis sur les genoux. Pallas aura eu le bon goût de mourir à un endroit qui épargne nos forces.

— C'est à peu près ce qu'ont dit les manœuvres

chargés de rapatrier le corps. La mentalité de Fresnel commence à déteindre sur vous, Jon.

— Magni m'en préserve. Allons-y.

— Et Retzel ?

— Ne parlez pas trop fort. Il pourrait avoir l'idée de nous accompagner.

L'entrée de l'annexe disparaissait rapidement dans l'obscurité. Il montait des profondeurs une odeur âcre de bière éventée.

Jon descendit en se tenant à la paroi.

— J'ai l'impression de pénétrer dans une crypte.

— Vous n'êtes pas loin de la vérité, si l'on considère ce qui s'est passé. Pouvez-vous nous faire un peu de lumière ?

— Je préfère éviter. Le gnomon me prend déjà beaucoup d'énergie. Un sort supplémentaire va rapidement m'épuiser.

— J'avais oublié. Il doit y avoir ce qu'il faut par ici.

Edrick chercha à tâtons. Il trouva dans une niche une poignée de torches et un briquet à amadou. Après quelques tentatives, une flamme de belle taille fit reculer les ténèbres. L'officier tendit un flambeau à Jon et en alluma un pour lui. Ils poursuivirent leur descente.

Les marches étaient luisantes d'humidité. Par endroits, le mur était parsemé de plaques de moisissures. Ils croisèrent les paires d'anneaux qui enserraient les tours. La rouille avait affaibli les rivets, mais il en faudrait plus pour mettre à mal les formidables mesures de préservation adoptées par les concepteurs.

L'étroitesse de la cage d'escalier et la moiteur firent

peu à peu monter en Jon un profond sentiment d'oppression. Se retrouver enfermé dans une tour au tréfonds d'une gigantesque caverne, c'était beaucoup pour un habitué des grands espaces. Il maîtrisa son envie de remonter aspirer une bonne goulée d'air. Son front transpira bientôt autant que les parois qui l'entouraient.

Edrick semblait partager son état d'esprit. Ils essayèrent d'échanger quelques mots, mais leurs paroles furent absorbées par l'atmosphère pesante. Ils finirent par s'abstenir. Le guerrier entreprit de compter les marches à voix basse pour se donner une contenance.

Ils parvinrent au nombre annoncé. Sur le mur, une tache brune écaillée s'étalait des marches jusqu'à la poitrine. Elle vernissait les anneaux de soutènement qui se trouvaient là. En face, une éclaboussure identique maculait la colonne centrale du colimaçon.

— L'analyse du sang a confirmé qu'il s'agissait bien de celui de Pallas, dit Edrick. Quand la patrouille est arrivée ici, elle a découvert le bas du corps. L'autre moitié se trouvait à plusieurs dizaines d'hommes en contrebas, dans une ruelle. Si l'on écarte la thèse du mage assassin, le tueur se serait donc amusé à remonter une moitié de la victime et à la jeter du sommet de la tour.

— Je suppose que les murs ont été sondés ?

— C'est par là que nous avons commencé. Les anneaux sont en acier massif, je vous le garantis. Comme vous pouvez le constater, on a descellé toute cette partie de la maçonnerie pour voir si elle ne recelait pas une lame ou un mécanisme quelconque capable de couper en deux le pauvre homme. La tour a été examinée de haut en bas, à plusieurs reprises, sans que l'on puisse découvrir quoi que ce soit.

— Où débouche-t-on si nous continuons à descendre ?

— Sur un cul-de-sac. C'est d'ailleurs parfaitement déroutant. Descendre quatre cents marches pour se retrouver face à un mur…

— Là non plus, aucun passage ?

— Aucun. C'est un bloc d'un seul tenant, épais d'au moins deux hommes. Nos meilleurs détectives ont passé des nuits blanches à la recherche d'une issue cachée, en vain. Ils ont fini par laisser tomber en invoquant l'usage probable de la magie.

— Je n'en suis pas surpris. Lorsqu'on ne comprend pas quelque chose, on dit que c'est magique. C'est tellement plus confortable.

— Admettez que c'est la seule hypothèse raisonnable.

— Je suis en phase magique depuis que nous avons commencé notre descente, Edrick. Il n'y a aucune trace de sortilège dans cette tour.

— Mais voyons, c'est impossible ! Il n'y avait personne, Pallas a été le seul visiteur en trois semaines. Et que faites-vous du bruit effroyable qu'ont entendu les gardes ?

— Tout cela est étrange, je vous l'accorde. Mais au moment du meurtre, il n'y avait ici que l'aura de Pallas. Le conseiller était aussi seul qu'on pouvait l'être.

— Alors quoi ? Il s'est suicidé en jetant la moitié de son corps depuis les hauteurs ?

— Je n'en sais encore rien, répliqua le détective avec patience. Je décris les faits, c'est tout.

L'air soudain las, Edrick s'adossa à la paroi.

— Excusez ma réaction. Je suis un peu secoué. La thèse du surnaturel était notre dernier espoir. Vous êtes en train de me dire qu'il n'y a pas de solution.

— Non. Je vous dis juste qu'il n'y a ni magie, ni meurtrier identifiable. Arrêtez de geindre et laissez-moi réfléchir.

Jon gratta un peu de sang séché sur le mur et le porta à sa bouche. Edrick ouvrit grand les yeux.

— J'alimente le gnomon avec de nouveaux éléments. Simple routine.

— Ah.

— Je préfère ne négliger aucune piste. Mieux vaut accumuler des détails que d'en laisser échapper un seul. C'est ce que disait mon maître et ce n'était pas un amateur.

— Souhaitez-vous poursuivre la descente ?

— Ce n'est pas nécessaire.

Jon nota avec amusement le soulagement du soldat.

— Je pense que vos enquêteurs savent ce qu'ils font. Regagnons la grande salle et attendons l'automate. Il ne devrait plus tarder.

Il se tassa contre la paroi pour laisser passer Edrick. Ils remontèrent avec hâte malgré leur fatigue.

— Au fait, demanda le questeur, les autres tours ont été visitées ?

— Vaguement. L'équipe a préféré concentrer ses efforts ici. Je suppose qu'avec votre gnomon, ce ne sera d'ailleurs pas nécessaire. Dommage qu'Ernst n'ait pas eu l'idée de vous recruter avant. Nous aurions gagné du temps.

— Ah oui, c'est *vraiment* dommage, ironisa Jon. Je vous rappelle que je suis ici contre ma volonté.

— Excusez-moi.

— Ce n'est rien. Les cinq annexes ont-elles été conçues sur le même schéma ?

— Affirmatif. Comme je vous l'ai expliqué, toutes les mesures du bâtiment sont reliées à des données temporelles. Les tourelles ne font pas exception.

— J'y songe, comment faites-vous pour vous repérer dans le temps à Fresnel, vous qui ne disposez pas de la course du soleil ? Je n'ai pas entendu de cloche égrener les heures.

— Et pour cause. Imaginez une trentaine de clochers dispersés à travers la ville, sonnant à tout rompre.

— Eh bien ?

— Les vibrations auraient tôt fait de faire écrouler la voûte sur nos têtes.

— J'oubliais. Je me crois encore trop souvent à l'extérieur.

— Nous avons mis au point une autre méthode. Elle est assez récente, à peine cinq siècles. Au début de chaque période, l'intensité des luminaires qui éclairent la ville est modifiée. Elle croît par palier jusqu'au milieu de la journée, puis décroît jusqu'à un minimum nocturne. Cette variation ne saute pas aux yeux des nouveaux arrivants, mais elle devient vite perceptible. C'est ce passage d'une période à l'autre qui renseigne les habitants sur le moment de la journée.

— Comment procédait-on avant cela ?

— À la nuit tombée, tous les déflecteurs s'éteignaient d'un seul coup. C'était assez démoralisant. L'inventeur du rhéostat s'est fait anoblir pour sa découverte.

— Comment font les Fresneliens pour connaître l'heure quand ils ne se trouvent pas dans la rue lors de la transition ?

— Vous ne vous en êtes pas aperçu, mais la plupart des habitations populaires de la ville sont à ciel ouvert. Pourquoi s'embarrasser d'un toit quand il ne pleut jamais ? Les plafonds sont considérés comme un signe de richesse. Les nantis peuvent se passer de l'heure indiquée par les déflecteurs parce qu'ils disposent d'horloges. C'est là la manière qu'ont les riches de se distinguer des pauvres : trouver des moyens coûteux de satisfaire des besoins simples.

— Je croirais entendre notre amie espionne dans ses élans pour touriste naïf.

— Ce n'est pas tout. À l'intérieur d'une même période, l'intensité augmente ou diminue progressivement. Les habitants de Fresnel sont capables de déterminer l'heure rien qu'en observant la quantité de lumière présente chez eux. Leur inconscient se charge de la conversion.

— Cela pourrait devenir une faiblesse. Imaginez que des comploteurs s'approprient le contrôle des luminaires. Ils pourraient déstabiliser la population en jouant avec les intensités.

— Une tentative de ce genre s'est produite il y a cent vingt ans. Des terroristes ont réussi à plonger la ville dans le noir. Vous imaginez la panique.

Depuis, les déflecteurs sont soumis à une surveillance stricte, et les centres de contrôle sont décentralisés afin d'éviter…

Un cri démoniaque retentit soudain au-dessus d'eux, suivi de gargouillements horribles. Edrick éteignit sa torche et dégaina son épée.

— Sang d'Akir, qu'est-ce que c'est que ça ?

— Ça, répondit tranquillement Jon, c'est la raison pour laquelle Retzel ne nous a pas accompagnés. Il voulait nous coller la frousse.

Le questeur plaça ses mains en porte-voix et cria :

— Désolé, Retzel, c'est raté !

Une exclamation de dépit lui répondit, suivie d'un autre cri, de douleur cette fois.

— Tiens, on dirait que son serment vient de se rappeler à son bon souvenir. Dépêchons-nous, je ne veux rien rater du spectacle.

Arrivé au sommet, la vision des pieds de son servant ôta cependant à son maître toute trace de ressentiment. Retzel éventait comme un forcené des membres antérieurs qui ressemblaient de plus en plus à du charbon. Jon lui fit quelques remontrances d'usage, puis regagna avec Edrick la salle du premier étage.

Ils ne virent pas trace de Maher, mais une charmante vieille dame les attendait. Avec son chignon soigné et sa robe en dentelle d'un rose antique, elle avait l'air d'une grand-mère en goguette. Un valet, en collant et culotte bouffante de soie mauve, l'accompagnait. Son physique contrastait furieusement avec sa tenue. Il avait une stature de lutteur et une expression que n'aurait pas reniée une pierre tombale. Jon lui arrivait à peine à la poitrine.

L'enchanteur entendit Edrick étouffer un juron dans son dos, puis son ami le dépassa pour aller présenter ses respects à la femme. Jon demeura en retrait, ne sachant que faire.

Après quelques instants, la visiteuse daigna lui jeter un regard. Le sourire qu'elle lui adressa sonnait aussi faux que les vêtements de son domestique. Elle le détaillait comme s'il était une espèce nouvellement découverte.

Voyant que l'on attendait en retour quelque chose de lui, il s'avança d'un air pénétré.

Edrick le prit par le bras :

— Ser Alamänder, j'ai l'honneur de vous présenter Dame Égolia Sertine, de la maison de Valhan. Dame Sertine est l'une des conseillères de notre bon souverain.

Jon ne connaissait pas assez l'étiquette pour déterminer l'attitude à adopter. En dernier ressort, il choisit de s'incliner avec respect. Cela eut l'air de convenir à la femme. Elle s'adressa à lui sans quitter son sourire figé.

— Je suis heureuse de rencontrer la personne qui va régler cette affaire. Vous venez de Mehnzota, c'est cela ?

— Oui, Votre Honneur. Le roi de Kung-Bohr semble penser que seule la magie est en mesure d'expliquer cet horrible forfait.

— Roi de Kung-Bohr qui est désormais le vôtre, si je ne me trompe. C'est le propre neveu de mon grand-oncle qui a convolé il y a quelques semaines avec cette obscure petite noble de votre ancien pays. Mais je vous ennuie avec ces considérations. Vous n'avez sans doute que peu d'attrait pour les coulisses du pouvoir.

— Je vous donne raison, Dame Sertine. Le seul empire que je brigue est, si je puis m'exprimer ainsi, celui que j'ambitionne d'avoir un jour sur moi-même.

La femme se tourna vers les deux autres et les prit à témoin :

— Voilà une formule tout à fait délicieuse. Vous devez vous sentir bien loin de chez vous, en territoire inamical ?

— Mes livres me manquent, Serre, il serait vain de le nier. Seul votre accueil cordial a su me les faire oublier un instant.

Le sourire de la femme s'élargit. On aurait dit qu'une crampe à la mâchoire venait de la saisir.

— Je ne vous cache pas que j'étais opposée à votre venue, poursuivit-elle. Je considère que nos ressources peuvent se passer d'éléments rapportés. J'espère néanmoins que votre mission sera couronnée de succès. Dans le cas contraire, vous pourrez toujours compter sur ma sympathie.

Jon s'inclina à nouveau, cette fois pour cacher son air narquois.

— Ser Dernesat, enchaîna l'ancêtre en se tournant vers le soldat, je suis fort attristée de constater que vous n'avez conservé votre grade de capitaine que quelques heures. Je souhaite que cette mission vous permette de demeurer officier.

— Je vous remercie de votre bienveillance, Dame Sertine.

— Et sur ces paroles d'exhortation, je prends

congé et regagne les quartiers royaux. Ernst attend mon rapport avec impatience.

Sertine fit signe à son gorille et se dirigea à petits pas vers l'escalier. Jon jeta un coup d'œil à Edrick. Le soldat transpirait.

— Ser Alamänder, dit-il à voix basse, vous venez de rencontrer l'une des plus fines politiciennes de la cour. Avec son allure de mamie gâteau, elle a réussi en quelques phrases à vous montrer que votre présence est indésirable, que le moindre faux pas me sera sanctionné, et que notre bon roi est un crétin influençable qui ne peut se passer d'elle. N'importe quel serpent fait figure d'ami sincère à côté de cette citerne à venin. Mais vous vous en êtes bien sorti.

— La cour de Mehnzota m'a appris à manier la langue de bois. Rassurez-vous, je pense que sa visite n'avait d'autre but que de m'évaluer. Elle voulait savoir si je comptais sur la résolution de cette affaire pour m'élever dans votre hiérarchie.

— Comment cela ?

— Souvenez-vous de ses premières paroles : « *Vous n'avez sans doute que peu d'attrait pour les coulisses du pouvoir.* » Sertine est venue s'informer si j'avais l'étoffe d'un rival.

Edrick réfléchit quelques instants.

— Vous avez peut-être raison. Si elle vous connaissait comme je vous connais, elle n'aurait même pas pris la peine de se déplacer.

— N'en croyez rien. Je tire mes ficelles dans l'ombre. D'ici peu, une chaire de Grand Maître Spirituel sera créée à Fresnel. Avec dévotion et humilité, j'enseignerai à mes ouailles la meilleure manière de me considérer comme un grand homme.

Le rire du soldat fut interrompu par l'arrivée du gnomon.

— Je vous abandonne quelques instants, dit l'officier. J'ai des instructions à donner et un rapport à faire. Retrouvez-moi dans la salle principale quand vous aurez terminé.

Edrick prit congé, laissant Jon face à la montagne de données collectées par l'automate. Retzel refit son apparition alors que le questeur extrayait le bloc d'informations. Le moment était mal choisi pour être dérangé. Il rembarra le servant, qui retourna bouder sur la passerelle.

Le mage s'assit en tailleur sur le sol de verre. Il sentait sous lui les vibrations de l'horlogerie. La sourde rumeur meublait agréablement le silence.

Il maintint le bulbe de données face à lui, puis écarta les bras. Le bloc grossit jusqu'à emplir la salle. Des lignes colorées s'étalèrent devant ses yeux, révélant le plan en trois dimensions de la tour. Il rompit le lien qui le reliait au gnomon. Celui-ci dériva dans les airs. Dans quelques heures, ses vestiges rejoindraient les auras primitives des bactéries présentes dans l'air.

Jon voulait d'abord s'assurer de la qualité des données rassemblées. Avec des gestes précis, il se mit à naviguer au sein de la projection. On aurait dit qu'il répétait une chorégraphie d'avant-garde.

Ce survol achevé, il lança une routine chargée de collecter chaque trace d'aura apparue dans la tour depuis trois mois. Cette période lui semblait amplement suffisante, d'autant plus que les services de police n'étaient pas remontés au-delà. Il n'imaginait pas un assassin se dissimuler aussi longtemps sans être découvert dans un lieu qui ne comptait aucune cachette. En outre, les vestiges d'élan vital se désagrégeaient rapidement. Pousser plus avant la détection aurait augmenté de manière exponentielle la durée de la recherche.

Les premiers résultats apparurent. L'enchanteur les classa selon le sexe des visiteurs. Quand il eut terminé, il disposait d'une cinquantaine de signatures énergétiques.

Il produisit alors un graphique où les auras s'étalaient dans l'ordre chronologique de leur apparition. Sans surprise, elles se concentraient surtout après le meurtre, à cause de l'enquête. Il reconnut au passage diverses émanations : la flamboyante énergie de Vance, la fontaine falote du petit conservateur, et plusieurs nébuleuses groupées qui correspondaient aux différentes vagues d'investigateurs.

Une fois qu'Edrick lui aurait fourni la liste des visiteurs, il pourrait comparer les noms aux auras détectées par l'automate. Il espérait ainsi découvrir une signature non identifiée qui aurait toutes les chances d'être celle de l'assassin.

Il songea que ce travail ingrat attendrait bien le lendemain. Dehors, la lumière des déflecteurs déclinait déjà. Depuis son arrivée, dans la matinée, les événements s'étaient succédé à un rythme échevelé. Il aspirait à un peu de repos et à un repas chaud. Il réalisa qu'il n'avait rien mangé de la journée, excepté ce qu'il avait acheté au marché. Il fouilla dans sa casaque à la recherche du cornet de papier et grignota son pauvre souper en poursuivant son exploration du plan en relief.

La dernière rinelle enfournée, il décida de faire un gros plan sur le lieu du crime. Une explosion d'aura à cet endroit confirmait la mort violente du conseiller. Pallas avait été un homme d'une formidable vitalité. Son décès avait perturbé jusqu'à l'énergie minérale contenue dans la paroi de la tour. Cela se traduisait sous ses yeux par une altération des lignes de force du plan holographique. Impressionnant, mais pas très utile. Son graphique temporel confirma que le conseiller était bien seul au moment du décès.

Par acquit de conscience, il parcourut plusieurs fois la cage d'escalier de l'annexe. Sans surprise, le gnomon n'avait signalé aucun passage dérobé, aucun piège, aucune trappe. Seule la gigantesque machinerie de l'horloge revêtait la nuance olive employée pour indiquer la présence de pièces mobiles.

Il put à loisir observer la formidable complexité du dispositif. Une première couche d'engrenages cédait la place à une succession de balanciers au lent mouvement horizontal. Venaient ensuite des bouquets de vérins en forme de V fixés à des barres crénelées d'un diamètre impressionnant. Le tout était assorti de structures de contrôle, de poids et de contrepoids. Le cliché pris par le gnomon n'était qu'une représentation en lignes claires, mais Jon imaginait sans peine le ballet immuable qui rythmait la vie de l'édifice.

D'un geste, il suspendit l'animation. Ses compétences en matière d'horlogerie étaient modestes, mais il se demanda néanmoins si la pendule avait besoin de toute cette ferraille pour fonctionner. Il prit note d'interroger Maher à ce sujet.

Il décida de terminer son inspection par la grande salle. Il ramena ses mains vers l'arrière afin de gagner les lieux.

Un détail attira son attention. Dans une autre tourelle que celle du meurtre, le plan affichait la nuance rouge pâle associée au sang du conseiller. Jon ordonna aussitôt un agrandissement de la zone.

Il ne put s'empêcher de jurer devant ce qu'il découvrit.

L'automate, alimenté avec le sang de Pallas, avait bel et bien mis en évidence une seconde tache de sang. Jon demanda confirmation. Il n'y avait aucune erreur de lecture. Les fluides vitaux du chambellan étaient donc répandus en trois lieux différents, deux annexes et le sol, sans que rien justifie le passage de l'un à l'autre.

Seule la magie pouvait expliquer une telle simultanéité.

Le problème était que le bâtiment ne contenait pas un seul brin de sortilège, Jon était prêt à jouer sa réputation là-dessus. C'était totalement déconcertant. Pire, illogique.

Il devait en avoir le cœur net. D'un bond, il fut debout. Il repéra la porte de la passerelle qu'ils venaient d'emprunter et prit celle à sa droite. Il traversa le ponceau au pas de course sous le regard éberlué de Retzel, puis s'engouffra dans l'escalier obscur.

Après sa seconde chute, il se fit une raison et incanta un sortilège de vision. Les photons à l'extérieur de la tourelle furent invités à considérer que les murs n'étaient pas un obstacle crédible et rejoignirent le mage dans sa progression.

À bout de souffle, il s'arrêta à l'endroit indiqué par le gnomon. Il balaya la paroi du regard et finit par apercevoir une tache brune. Il préleva quelques écailles coagulées. C'était bien du sang.

Plus il avançait dans l'enquête, plus celle-ci devenait incompréhensible. Il remonta l'escalier, perdu dans ses pensées. Il faillit percuter son servant qui descendait les marches quatre à quatre.

— Vous vous êtes trompé, maître ! Ce n'est pas la bonne tour !

— Merci, je suis au courant. Regarde, ajouta-t-il en montrant ses doigts rougis. Notre ami conseiller a laissé un autre souvenir de sa visite.

Retzel ouvrit des yeux ronds.

— Il s'est téléporté au moment de mourir ?

— J'aimerais bien. Hélas, je te rappelle qu'il n'y a aucune trace de magie dans le bâtiment. Si cela avait été le cas, une demi-douzaine d'explications pourrait justifier cette fantaisie macabre.

— Peut-être que l'agresseur est venu ici et a peinturluré le mur, histoire de vous rendre moufre ?

— Il essaierait de brouiller les pistes ? Comme pour la moitié du corps jetée de la passerelle ?

Le démon acquiesça avec ferveur.

— Mais dans quel but ?

— Peut-être est-il fou lui-même ? Ou simplement espiègle ?

— C'est évident. Chacun sait que les tueurs capables de démembrer leurs victimes sont d'un naturel malicieux.

— Tout à fait. Moi-même, par exemple, il m'est arrivé de…

— Tu ne raconteras pas cette histoire parce que je n'ai pas envie de l'entendre.

Le mage poursuivit sa remontée.

— Cependant, tu as peut-être raison. Ne pas admettre la thèse de la démence mène à une impasse. Ou alors cette affaire possède une logique propre dont je n'ai pas encore la clef. J'ai besoin d'informations supplémentaires.

Ils regagnèrent en silence la salle du plan. Retzel pénétra aussitôt dans la projection et se mit à l'explorer en mimant un monstre affamé.

Jon mit fin au sortilège, ce qui lui valut un déluge de protestations. Il espéra que son valet retournerait bouder, mais celui-ci l'accompagna dans sa descente vers la salle principale. Au moins, il ne pipa mot et le laissa aller à ses réflexions. Parfois, Retzel avait des sursauts de clairvoyance qui en faisaient un compagnon estimable. Hélas, ces moments étaient trop rares pour faire oublier les fois où il ne l'était pas.

Jon revint à son enquête. Il était plus qu'embarrassé. Sans trace de magie, il en était réduit à jouer les simples investigateurs. Ses outils d'analyse et ses routines étaient inutiles face à un meurtrier ordinaire.

Il réprima un sourire. D'un autre côté, cela lui permettrait de regagner plus vite sa demeure. Plus il côtoyait les Kung-Bohréens, moins il se sentait concerné par leur duplicité et leurs petits jeux de pouvoir.

Il ne s'aperçut qu'il était parvenu au terme de sa

descente que lorsqu'il se retrouva face à la grande tenture du rez-de-chaussée.

Derrière, une surprise l'attendait. Au centre de la pièce, ridiculement petit par rapport aux dimensions de la salle, trônait un guéridon. Deux couverts étaient disposés et une desserte garnie de plats attendait à proximité. Un serveur guindé se tenait près de l'un des sièges, une bouteille à la main. Il commença à verser lorsque Jon fit son entrée. Quand il eut terminé, il fit une révérence et prononça quelques mots, mais la distance empêcha le mage de les distinguer. Il supposa qu'on lui souhaitait bon appétit.

Jon traversa le hall comme dans un rêve. Retzel le dépassa bientôt en galopant. Lorsque son maître arriva, le servant avait déjà disposé une montagne d'aliments dans un plat à viande. Le majordome lui nouait une élégante serviette autour du cou.

— Ser, déclara le valet, notre bon souverain vous fait compliment et vous accompagne en pensée durant cette collation.

Le détective fit une courbette.

— Vous remercierez Ernst de veiller à la bonne marche de mon tube digestif.

— Cette saillie drôlatique vous honore, Ser. Ser désire-t-il jouir du plaisir de ma compagnie ou aspire-t-il à plus d'intimité ?

Voyant la voracité avec laquelle Retzel engloutissait son repas, Jon se dit que son intimité était de toute manière compromise. Il congédia le maître d'hôtel avec tact et disposa son siège dos au servant. Il avait pris cette habitude depuis qu'il l'avait découvert en train de régurgiter ses aliments. Le démon lui avait expliqué que c'était pour avoir le plaisir de savourer son repas une seconde fois.

Le détective mangea de bon appétit. La journée avait été longue.

Au milieu du souper, un soldat fit son entrée, une lourde pile de livres dans les bras. Il se dirigea vers la table. La fourchette suspendue devant la bouche, Jon le regarda avancer. L'homme posa la pile à même le sol et repartit sans un mot.

L'enchanteur considéra les ouvrages, mais décida d'achever son repas avant de satisfaire sa curiosité. Un second soldat entra et fit comme le premier, bientôt suivi par un autre.

Durant tout le repas, une dizaine de conscrits effectuèrent ainsi des allers et retours. Les uns portaient des livres, cartes ou parchemins, d'autres des candélabres qu'ils perchaient sur les volumes. Lorsque le majordome revint débarrasser la table, des monceaux d'ouvrages s'entassaient en demi-cercle autour du détective.

Enfin, deux vigiles soufflant et pestant apportèrent un lit et un fauteuil qu'ils disposèrent non loin de la table. Ils donnèrent du volume aux oreillers, vérifièrent que tout était en ordre, et repartirent satisfaits.

Alors que Jon achevait son dessert, Edrick entra à son tour. Le sergent semblait agité. Il ne jeta pas même un œil à Retzel qui se curait les dents en expulsant des fragments d'os.

— Désolé de n'avoir pu dîner en votre compagnie. J'ai remis mon rapport à Vance, qui m'a en retour transmis les ordres du roi. Pas de magie, pas de suspect… Ernst n'est pas très content.

— Mon cœur se brise.

— D'après ce que m'a dit notre amie, il va rassembler un conseil extraordinaire d'ici à demain matin.

— D'où le petit manège auquel je viens d'assister. Avec son efficacité coutumière, notre bon souverain estime que je dois passer la nuit à travailler pour faire avancer l'enquête.

— J'en suis désolé, croyez-le bien. Votre venue a causé plus de troubles qu'elle n'en a réglé. Tout le monde pensait classer l'histoire en invoquant un mage assassin. Non seulement vous les mettez en porte-à-faux en révélant qu'il n'y a jamais eu le moindre sort, mais vous leur signifiez qu'ils ont été incapables de régler une affaire ordinaire.

— Plus j'y réfléchis, moins je trouve cette affaire ordinaire.

Il lui raconta sa découverte de la seconde tache de sang. Edrick sembla hésiter entre s'arracher les cheveux et se mordre les doigts.

— C'est de pire en pire !

— Pas nécessairement. Cela vous paraîtra peut-être paradoxal, mais c'est le nombre de détails contradictoires qui permettent de circonscrire un forfait. Les indices aberrants, pour peu qu'ils soient authentiques, marquent les limites du périmètre d'investigation et facilitent l'édification d'hypothèses. Dans le cas présent, les données divergentes permettent de mettre en avant deux questions fondamentales : *primo*, pourquoi avoir ourdi un assassinat d'une telle complexité ? Et *secundo*, pourquoi en un tel endroit ? Je suis certain que ces deux interrogations sont liées. Rassurez-vous, je compte bien travailler une partie de la nuit afin d'affronter le conseil dans la sérénité.

— Merci. Vous savez, Ernst ne vous a pas isolé ici uniquement pour faire pression. Une vingtaine de gardes patrouillent à l'extérieur. Le bâtiment est bien plus aisé à surveiller que le domaine royal.

— C'est évident et Pallas est là pour le prouver. Excusez-moi, je prends la mauvaise habitude de vous prendre comme souffre-douleur. Remerciez Ernst de sa sollicitude et oubliez ce que je viens de dire.

Les deux hommes échangèrent encore quelques informations, puis Edrick quitta les lieux. La nuit serait longue pour lui aussi. Il devait prévenir la plupart des conseillers de l'avancement de l'enquête, et organiser les recherches des experts à qui les découvertes de Jon donnaient de nouveau du grain à moudre.

L'enchanteur se versa une infusion et se promena, tasse à la main, parmi les volumes de la bibliothèque improvisée. C'étaient pour l'essentiel des livres d'histoire concernant la période d'érection de la tour. Il dédaigna pour un temps les biographies de Shaddrack IV et préféra se focaliser sur les ouvrages d'architecture. Il se décida pour deux brochures de rapports de travaux et regagna son fauteuil.

Les pages du premier registre consignaient les principales étapes de l'avancement du chantier ainsi que les noms des ouvriers, contre-maîtres et artisans qui y avaient participé. Un chapitre entier était même consacré aux victimes d'accidents durant l'édification. La liste était longue et se concentrait sur la période de mise au point du mécanisme d'horlogerie. Rien de bien utile.

Il passa encore moins de temps sur le second volume. Celui-ci ne contenait rien d'autre que des factures et des commandes de matières premières, ainsi qu'une comptabilité rigoureuse.

Le mage reposa les registres, déçu. Il quitta son siège et repartit à la chasse. Cette fois, il décida de ratisser plus large. Il sélectionna une monographie sur le contexte politique de la cité au temps de la construction et quelques rouleaux de plans.

Il commença par l'étude historique. La propagande et la censure constituaient déjà à l'époque l'ordinaire de la vie littéraire. Jon passa en revue une dizaine d'odes à la gloire du souverain régnant, une description lyrique de la tour et de ses prouesses technologiques, et finit par les portraits humoristiques des différentes personnalités ayant pris part au projet. Il découvrit ainsi le nom de l'architecte, un certain Cuberth Afon, dont la liste des diplômes et autres distinctions occupait la moitié de l'annexe qui lui était consacrée.

Cuberth avait commencé ses études auprès de son père. Celui-ci, bâtisseur impérial émérite, l'avait initié très tôt aux joies de cette noble activité. Brillant et têtu, le jeune homme représentait déjà l'élite de sa caste lorsque Shaddrack l'avait mis au défi de concevoir l'horloge. D'après l'auteur, le roi « *aspirait à faire don à Fresnel d'un ouvrage fédérateur visible de tous, qui rythmerait la vie de sa chère cité à la manière d'un cœur d'acier* ».

Jon fit la moue devant la phrase pompeuse, puis

consulta les chapitres concernant les conducteurs de travaux et assistants de l'architecte. Là encore, peu d'éléments retinrent son attention.

Le détective s'apprêtait à se lever de nouveau lorsque Maher refit son apparition. Jon ne le remarqua qu'au moment où le petit homme passa la tête par-dessus les ouvrages. Le conservateur venait lui remettre la fameuse liste des visites survenues au cours des derniers mois. Il jeta un regard sourcilleux aux piles de volumes entassés pêle-mêle et lança une remarque amère sur l'inconscient qui avait permis le transport d'œuvres aussi fragiles.

Jon approuva ses réserves, puis il lui demanda si l'horloge, même colossale, justifiait la présence de toutes ces couches de mécanismes.

— Il se trouve que je me suis moi-même posé la question, se rengorgea Maher. La conclusion de mes recherches est qu'une partie de la machinerie est redondante.

— Redondante ?

Maher garda le silence un instant, dissimulant avec peine son autosatisfaction.

— Redondante, oui. La plupart des engrenages sont présents en double exemplaire. Vous devinez pourquoi ?

— Je crois. En cas de panne du mécanisme principal, la machinerie peut basculer sur les rouages de secours.

— C'est cela, répondit le notable, un peu déçu. Et les pièces de rechange sont disponibles sur place. Inutile de stopper l'horloge pendant leur remplacement.

— Que ce soit dans l'architecture ou dans les parties mécaniques, on retrouve cette volonté de l'entrepreneur de défier le temps lui-même.

Maher acquiesça avec un hochement de tête résolu. Il se mit à fureter parmi les livres en lisant les titres à voix haute et en faisant des remarques qu'il pensait judicieuses. Jon le laissa faire, jusqu'au moment où le conservateur s'étonna de ne pas le voir prendre de notes.

Le mage rétorqua, l'air inquiet, qu'il se préparait au réveil de Retzel. Il mêla quelques remarques habiles sur la faim qui taraudait le servant à son réveil et sa haine des visages étrangers. Il n'en fallut pas plus pour que Maher prétexte une fatigue soudaine et quitte les lieux.

Jon lança un regard approbateur au démon qui dormait comme un bienheureux. Le domestique avait posé ses fesses contre le dossier du fauteuil, les pieds dressés vers le haut pour les soulager.

Avec un peu d'imagination, on pourrait presque trouver une utilité à ce gros parasite.

Il soupira et se plongea dans le volume suivant de sa sélection.

Le Contexte de Fresnel – Année 2723 se révéla particulièrement assommant. Alors qu'il achevait l'introduction sur la glorieuse vie administrative de la ville, il sentit ses paupières s'alourdir. Seuls les ronflements sonores de Retzel l'empêchèrent de piquer du nez. Il possédait sans doute la seule créature des enfers à posséder des végétations.

Il se leva, s'étira, puis fit quelques pas et saisit un rouleau de plans qu'il étala sur la desserte. Il parcourut le bleu à la recherche d'un détail qui le mettrait sur une piste. Hélas, les longues séries de coupes et de cotes étaient bien moins parlantes que sa version tridimensionnelle.

Il eut soudain une idée. Il allait modifier le sortilège qu'il avait employé pour sa projection en relief. Cette fois, au lieu de prendre les informations fournies par le gnomon, il utiliserait les plans qu'il avait sous les yeux. La comparaison des deux versions permettrait peut-être de mettre au jour des différences entre la tour actuelle et celle d'origine.

Il bascula en vision magique et aperçut, loin au-dessus de lui, le bulbe de cartographie qui dérivait avec indolence. Il tissa un module tracteur, le ramena et l'examina. Les brins n'étaient pas trop altérés ; l'entropie n'avait pas encore accompli son œuvre. Il resserra les filaments, puis réorganisa le charme de manière à ce que celui-ci matérialise cette fois les données du plan.

Il le brancha sur son encéphale et lut l'une après l'autre les cotes du schéma. Une armature en trois dimensions commença à prendre forme. Le travail était fastidieux mais se révéla payant. Il fut bientôt en possession de deux versions, distantes de plusieurs siècles, du même bâtiment.

Sans attendre, il lança une routine de comparaison.

Des différences apparurent dans les ornements extérieurs et la décoration générale, mais rien de concluant. La principale divergence se situait au niveau du mécanisme d'horlogerie.

Jon plissa les yeux. Il tenait peut-être quelque chose.

Après une analyse minutieuse, il découvrit que seul le premier jeu de rouages avait été monté dans le bâtiment d'origine, pas le second. D'autre part, et c'était le plus ahurissant, le cadran de l'horloge lui-même n'apparaissait pas dans les anciens plans ! Pourquoi l'élément le plus important n'avait-il pas été intégré dès le début ? Avait-il fait l'objet d'une planification séparée ? Mais, dans ce cas, pourquoi insérer tout de même le premier jeu d'engrenages ?

Le magicien se frotta le menton. D'où qu'il se tournât, l'enquête menait à la confusion. Plus il se familiarisait avec la tour, plus celle-ci s'éloignait de toute compréhension.

La fatigue se faisait insistante. Il s'obligea pourtant à creuser cette piste. Il devait découvrir quand le second système et l'horloge avaient été montés, ne serait-ce que pour avoir l'impression d'avancer.

Il reprit la chronologie de construction du bâtiment et compara les dates de départ et d'achèvement des travaux. Il siffla entre ses dents. La conception s'étalait sur plus de deux siècles ! Shaddrack n'avait donc pu de son vivant contempler le fruit de sa volonté. Ni son fils, ni son petit-fils.

Même si la tour avait été conçue pour résister aux outrages du temps, rien ne justifiait une si longue période. Il approfondit sa lecture du calendrier et finit par en découvrir la cause.

Cinquante ans après le début du projet, alors que la bâtisse était achevée aux trois quarts, un conflit éclata entre Kung-Bohr et YArkhan. C'était la fameuse Guerre des Protectorats, dont il avait discuté avec Edrick à bord du skorj de combat. Maek s'y était illustré en menaçant de participer aux hostilités. Les travaux dans la capitale avaient donc été interrompus au profit de l'effort de guerre.

Lorsque la trêve forcée avait été signée, le bâtiment était depuis longtemps tombé dans l'oubli. Jon s'en étonna. Il lui semblait difficile de négliger un tel monstre.

Ce n'est que lorsque Shaddrack VI prit le pouvoir que le projet fut réhabilité. Monarque éponyme de son illustre prédécesseur, Shaddrack s'intéressa tout naturellement à l'œuvre de son ancêtre. Il s'enthousiasma pour la tour, reconvertie à l'époque en sanatorium. On évacua les lits et la construction reprit.

Après un ajournement de près de cent cinquante ans, l'édifice fut donc enfin achevé. Le mécanisme principal et le glorieux cadran furent mis en place, à la grande joie du potentat qui avait hérité des traits tatillons de son aïeul.

Le volume s'achevait sur une sentence aussi plate que superflue : « *En hommage à Shaddrack IV, notre bienveillant souverain s'engage à ce que chacun des habitants puisse régulièrement contempler l'œuvre de son ancêtre.* » Sans doute une manière d'annoncer l'ouverture du bâtiment au public.

Jon bâilla à deux reprises. Peut-être aurait-il dû choisir une profession un peu plus physique. Devoir sans cesse parcourir des ouvrages interminables lui donnait parfois l'impression d'être victime d'une punition imméritée.

Il se leva et sillonna une fois encore les rayonnages improvisés, mais le cœur n'y était plus. Quand il regagna son fauteuil, il avait les mains vides et l'esprit préoccupé. Il ferma les yeux et essaya de faire le point.

La grande majorité des documents qui lui avaient été remis concernait la seconde période de la tour, la plus récente, celle de son achèvement. Par accident ou par volonté, on ne lui avait fourni que quelques plans d'origine et deux ou trois ouvrages datant de la première période.

La raison en était compréhensible. Dans beaucoup d'esprits, Shaddrack IV et Shaddrack VI devaient se mêler pour ne plus former qu'un seul monarque. Jon reconnut qu'il avait lui-même prêté peu d'attention à cette question de position. Il avait sans doute lu plusieurs fois les deux noms sans les distinguer l'un de l'autre.

Il se demanda si beaucoup d'historiens s'étaient laissé duper par la graphie proche, à commencer par Maher. Dans la jungle que constituait l'histoire de Kung-Bohr, il était facile de tomber dans ce genre de confusion. Après tout, cette période remontait à près de quatre cents ans…

Jon secoua la tête. Ces considérations historiques n'étaient d'aucune utilité dans la résolution de l'affaire. Il ramena son attention vers une réalité plus concrète, celle des nombreux ouvrages en attente. Il étouffa un grognement devant l'ampleur de la tâche et préféra se distraire en consultant la liste des visiteurs que Maher lui avait remise.

Le délassement tourna vite au fastidieux. Il devait reprendre les informations associées à chaque individu, tels le sexe ou l'âge, et les rapprocher d'une trace d'aura stockée dans la base de données du gnomon. Le problème était qu'il savait ne pas être à l'abri d'une erreur. Pire, ce processus d'appariement n'était que le prologue au véritable travail. Il devrait ensuite rencontrer chacune des personnes identifiées pour confirmer sa première analyse.

Alors qu'il reprenait sans cesse les noms, comparant et annotant, une intuition lui souffla que cette triste besogne était inutile, et pas seulement parce que le nombre des visiteurs correspondait exactement au nombre d'auras relevées. Au cours des années, il avait appris à respecter ces avertissements, signe que son inconscient travaillait de son côté à la résolution de l'énigme. Il lui arrivait parfois même de pressentir qu'il tenait la solution avant que celle-ci se manifeste de manière consciente.

Il se trouvait dans cet état d'esprit, à présent, et seule cette curieuse sensation l'empêchait de succomber au sommeil. Il devait débusquer le petit détail, l'indice insignifiant qui lui ouvrirait l'arrière-boutique de son cerveau. En s'endormant, il avait peur de laisser retomber cette effervescence et de perdre le bénéfice de son obstination.

Les yeux brouillés de fatigue, il vint à bout de la répartition. Ainsi qu'il le redoutait, personne depuis plus de trois mois n'était entré dans la tour sans d'abord avoir été identifié.

Pas d'invité surprise, pas de fantôme.

Une seule alternative demeurait : le forfait avait été accompli par l'un des visiteurs.

Cette conclusion le gênait car elle revenait à ignorer le considérable travail d'investigation réalisé par les enquêteurs auprès de ces individus. Il savait qu'il pouvait faire confiance aux services spéciaux du roi pour ne négliger aucune piste.

Une fois de plus, il essuyait un échec.

Avec un gémissement, il quitta son fauteuil. Cette fois, il prit bien garde de ne sélectionner que des ouvrages datant de Shaddrack IV, cette première période tombée dans l'oubli.

Il se remit au travail.

Il passa beaucoup de temps entre les querelles de pouvoir et les fantaisies architecturales en vogue, mais rien ne lui apporta l'étincelle dont il avait besoin. En désespoir de cause, il s'empara d'un recueil de gravures à l'eau-forte. Il avait tant lu qu'il en avait mal à la tête. Quelques images feraient diversion et éloigneraient peut-être la fatigue.

Il se pencha sur la première œuvre, une lithographie naïve fort bien conservée. Elle représentait Shaddrack IV entouré de ses sujets, le doigt tendu vers un avenir radieux qui devait s'étaler en dehors du dessin. L'artiste avait poussé la flagornerie jusqu'à nimber le visage du roi d'un halo lumineux. L'effet lui donnait l'air d'un dieu tombé du ciel, comblant de sa seule présence des mortels éperdus de gratitude. Il était toujours édifiant d'observer la manière dont les souverains kung-bohréens considéraient leur mission auprès du peuple.

L'enchanteur feuilleta les autres gravures, consterné. On voyait Shaddrack IV en train de prendre des mesures, Shaddrack IV attablé devant des plans, Shaddrack IV entouré de dizaines de pendules, souriant comme s'il ne savait rien faire d'autre.

Sur la dernière fresque, l'artiste avait représenté le

souverain de dos, sur son balcon, face à la tour qu'on distinguait un peu plus loin. La légende indiquait : « *Shaddrack IV rend hommage à l'œuvre achevée.* »

Jon fit la moue. *Quel imbécile*. Comme tout mégalomane, le roi se réjouissait par anticipation de ses lubies, ignorant que « *l'œuvre achevée* » ne le serait pas avant deux bons siècles.

Le questeur considéra le bâtiment, irrité. Il en avait vu tant de répliques au cours de ses lectures qu'il se sentait guéri de l'architecture pour plusieurs vies. Il reconnut cependant que celle-ci avait fière allure, avec sa masse dressée vers les cieux et ses cinq tours annexes qui la soutenaient loyalement.

Un détail curieux attira son attention. Comme le visage de Shaddrack, l'une des toitures était entourée d'un halo brillant qui n'apparaissait pas sur les autres. Jon songea immédiatement aux tuiles d'acier poli qu'Edrick avait mentionnées lors de leur visite. Cette structure avait-elle donc été édifiée dès la construction de la tour ? Maher s'était-il trompé en supposant une rénovation ultérieure ?

Sans qu'il sût pourquoi, cette vétille le chiffonnait.

Il se renversa dans son fauteuil, décidément bien confortable, et commença une synthèse de tous ces éléments.

Trente secondes plus tard, il dormait.

Le lendemain, Retzel trouva son maître affalé sur un accoudoir, la marque du cuir sur ses joues. Il le regarda un instant avec tendresse, puis lui décocha un méchant coup de pied au visage pour le réveiller.

14

Les mages ne mangent pas simplement parce qu'ils sont mages. Ils doivent, comme le commun des mortels, trouver un moyen de gagner leur vie.
Le plaisantin rétorquera que produire des repas à volonté à partir des molécules de l'air dispense de bien des tracas. Il oublie que le tissage de ce genre de sortilège exige toujours plus d'énergie qu'il n'en génère sous forme d'aliments. Le mage sera donc bien obligé de trouver le déficit quelque part : dans sa nourriture, en l'occurrence. De même, si de nombreux praticiens choisissent de vivre en reclus, ceux qui désirent frayer avec leurs contemporains s'aperçoivent vite qu'il leur faut justifier d'une activité professionnelle. Rien n'est plus énervant pour des travailleurs que de voir un oisif claquer des doigts et aussitôt banqueter.
L'histoire elle-même nous enseigne que les mages désœuvrés finissent toujours par mépriser les non-initiés. On peut les comprendre : il est difficile de ressentir de la compassion quand on se sait soi-même à l'abri du besoin. Les gens ordinaires acquièrent tôt ou tard le statut de curiosité, ou pire, celui d'instrument. Rien ne hiérarchise plus vite la valeur des vies que le pouvoir.
Pour toutes ces raisons, la plupart des castes s'emploient à fournir un minimum d'efforts en vue de leur intégration.

Les mages architectes sont à l'origine de constructions défiant les années, les lois physiques ou le bon goût.
Les mages artisans exploitent leurs connaissances des propriétés intimes de la matière pour créer toutes sortes d'artefacts, reliques à vil prix ou objets clinquants et mystérieux.
Les mages questeurs tentent de protéger les masses des pulsions criminelles de leurs semblables. Leurs talents sont liés à une profonde compréhension des mécanismes magiques, là où d'autres se contentent de tisser des globules comme on tricote un chandail. Leur faible goût pour la violence et leur médiocre aptitude au combat les éloignent des manœuvres sur le terrain. Ils préfèrent laisser à leurs collègues, les mages chasseurs de primes, le soin d'appréhender les malfaiteurs qu'ils ont pour mission de démasquer. Les mages mercenaires se vendent comme machines de guerre au plus offrant. Ils sont prisés des monarques soucieux d'établir leur autorité sans avoir à s'embarrasser de valeurs rétrogrades telles que justice ou concertation.
À force de modestie et d'affabilité, les mages sont parvenus à endormir les craintes des gens ordinaires. Leurs facultés ne sont désormais plus ressenties comme une menace, mais comme le terreau de professions honorables.

Ramachandara Witatzu, *Introduction au Noble Art*

— Et c'est ainsi, estimés conseillers, que je conclurai cet exposé : aucune magie n'a été à l'origine du meurtre de Pallas Den Kernel.

Jon mit à profit les commentaires animés que suscitait son verdict pour se désaltérer.

Les mines défaites et les visages tendus ne le surprenaient pas. Il venait de jeter un pavé dans la mare de beaucoup de certitudes. Même si la majorité des dignitaires avait déjà eu vent de ses conclusions, s'entendre dire que le dernier espoir de régler une crise vient de partir en fumée n'est jamais exaltant.

Deux heures auparavant, alors que Jon se frottait la joue en invectivant son serviteur, Edrick était venu le chercher. Le mage avait enfilé des vêtements de rechange, puis la garde rapprochée d'Ernst l'avait escorté jusqu'à ce conseil extraordinaire. Le détective avait commencé à mettre au point son discours pendant la traversée de la ville avant de s'apercevoir que quelque chose clochait.

— Dites-moi, que signifie cette pénombre ?

— La nuit tombe, Ser, avait aimablement répondu un garde, comme s'il trouvait tout naturel qu'un magicien pose cette question saugrenue.

— Je vous dois une explication, Jon, avait soufflé Edrick. J'ai préféré vous laisser vous reposer. Vous paraissiez épuisé. Rassurez-vous, une journée n'a pas été de trop pour rassembler les membres du conseil.

— J'ai dormi tout ce temps ?

— D'après Retzel, vous vous êtes assoupi au lever du jour. Au fait, où est-il ?

— Je ne l'ai pas revu depuis que nous avons quitté la tour. Faites comme moi, dites-vous que si vous ne pensez pas à lui, il vous oubliera aussi.

Edrick sourit, et ils poursuivirent leur chemin.

Vu son état de fatigue, Jon aurait juré n'avoir

dormi que quelques heures. Le point positif était que ses blessures avaient cessé de l'élancer. Il essaya de rassembler ses esprits.

Son entrée dans la salle du conseil acheva de le réveiller. La pièce était vaste mais peu éclairée, ce qui donnait l'impression d'une réunion à l'air libre. Les reliefs tourmentés de colonnes monumentales dansaient à la lueur d'un feu de bois, dans une cheminée où la moitié de sa maison aurait pu prendre place. Autour d'une grande table antique se tenaient les quinze membres les plus influents du royaume.

Le questeur essaya de distinguer des visages familiers. Il repéra Vance, qui lui sourit en lui adressant un petit signe. Il aperçut également Sertine, la conseillère du troisième âge. La douairière le dévisagea sans aménité, puis se détourna et s'entretint avec ses voisins.

Les autres lui étaient inconnus.

Edrick serra l'épaule du détective pour l'encourager et prit place à ses côtés. Ernst présidait la séance, légèrement en hauteur sur un trône métallique à l'aspect inconfortable. Il affichait son habituelle mine de dédain amusé, celle qui vous faisait toujours vous sentir plus idiot que ne vous ne pensiez l'être.

Dès que le mage fut installé, Ernst salua l'assemblée et entama l'ordre du jour : la personne qu'il avait engagée avait des révélations à faire. D'un geste, il donna la parole à Jon.

— Un instant, l'interrompit Sertine. Que fait un obscur sergent au sein d'un haut-conseil ?

Elle fusillait Edrick du regard. L'officier eut l'air de vouloir rentrer dans son armure comme un escargot dans sa coquille. Il s'apprêtait à prendre congé, mais Jon posa la main sur son bras pour le retenir.

— Ne bougez pas, souffla-t-il. On ne chassera pas comme un malpropre celui qui m'a assisté pendant toute l'enquête.

Il allait ouvrir la bouche pour faire part de son indignation, mais Ernst ne lui en laissa pas le temps.

— Il est là sur mon ordre, trancha le roi. Le mage a l'air de s'être entiché de lui. Comme ce dernier ne bénéficie pas de beaucoup de sympathie de notre part, j'ai cru bon lui associer ce confident et va-chercher. Considérez-le comme l'huile dans les rouages mentaux du questeur.

Quelques commentaires licencieux saluèrent l'explication. Les Kung-Bohréens considéraient au mieux leurs voisins mehnzotains comme des mauviettes efféminées. Jon ôta précipitamment sa main du bras du sergent.

Ernst décrédibilise Edrick pour mieux faire accepter sa présence. Après tout, si cela a marché pour moi…

Sertine sourit avec morgue mais n'insista pas. Le magicien lança un regard de gratitude au roi et commença son exposé. Il présenta avec minutie le détail de ses investigations, soulignant à plusieurs reprises l'absence de magie. Chaque fois qu'il abordait un point délicat, il se tournait vers Edrick afin de s'assurer que ses explications étaient compréhensibles. Lorsque le soldat faisait la grimace, il reformulait ses phrases en des termes moins techniques.

La plupart des notables demeuraient impassibles, même si des tortillements ou des froncements de sourcils trahissaient parfois leur émoi. Quelques-uns posaient des questions, d'autres exigeaient des précisions le plus souvent inutiles.

De temps en temps, Sertine ouvrait la bouche comme si elle s'apprêtait à prendre la parole, mais elle n'en faisait rien. Jon en déduisit qu'elle cherchait à le déstabiliser et ne lui prêta plus attention. Vance, de son côté, plongea dès le début dans une sombre méditation. Elle ne s'anima que lorsqu'il exposa ses conclusions.

Le détective reposa son verre.

— J'insiste, noble assemblée, lança-t-il pour couvrir le bruit des conversations. La magie n'est à aucun moment intervenue dans l'assassinat de Pallas. Je suis prêt à jouer ma réputation sur cette affirmation.

Quelques ricanements fusèrent, suivis d'un long silence. Les visages étaient fermés. On sentait dans l'air un mélange d'incrédulité et de désarroi. Même la bonhomie étudiée d'Ernst était teintée d'inquiétude.

Le silence fut rompu par un petit homme aux joues rebondies qu'on lui avait présenté sous le nom de Magna Vaul.

— Pas de magie, dites-vous, mais êtes-vous certain d'avoir bien cherché partout ?

Jon haussa les sourcils, interloqué. La question incongrue eut au moins le mérite de détendre l'atmosphère. Certains, dont Sertine, ne se privèrent pas pour se gausser avec ostentation.

Le petit homme conserva toute son assurance. Il soutint le regard du mage dans l'attente d'une réponse.

— Je le pense, oui, Ser, confirma Jon. Évidemment,

je ne suis pas à l'abri d'une erreur de protocole. D'autres questeurs, dont le talent dépasse le mien, discuteraient peut-être mes méthodes.

— S'il n'y a pas de magie, intervint un vieillard au crâne rasé, je vais vous donner ma version. Pallas est allé se promener dans la tour, a glissé et s'est malencontreusement coupé en deux. Comble de malchance, il a envoyé dans sa chute la moitié de son corps remonter les escaliers et s'écraser trente hommes plus bas. Tout cela est ridicule. Refuser l'existence de la magie équivaut à refuser la mort de Pallas.

Sertine se leva et prit les conseillers à témoin.

— Vous entendez le doyen Drepir ? dit-elle. Ce que déclare cet étranger est tout bonnement inconcevable. La crise que nous traversons ne mérite-t-elle pas mieux qu'un champion de la langue de bois ?

Ernst la coupa tranquillement :

— Ce n'est certes pas le qualificatif qui vient à l'esprit quand on parle de *votre* langue, Sertine. (La saillie fit jaillir quelques rires.) Le haut commandement de Mehnzota m'a assuré de l'extrême compétence de notre protégé. Et si cela ne suffisait pas – le roi fit une pause entendue qui déclencha de nouveaux rires –, mes propres services ont confirmé la valeur de Ser Alamänder. S'il affirme que le meurtrier n'a pas eu recours au Noble Art, nous n'avons pas d'autre choix que celui de le croire.

Nouveau silence pesant, mais différent du précédent. Le roi avait parlé et le fait de la compétence du mage était désormais coulé dans le bronze. Plus personne autour de cette table ne remettrait en question ses conclusions.

Sertine ne s'avoua pas vaincue pour autant. Elle changea de stratégie :

— Nos enquêteurs vont être tournés en ridicule. Nous n'avons échappé au discrédit qu'en prétextant un meurtre d'origine magique. Était-il vraiment nécessaire de voir confirmer notre incompétence par un étranger ? Son intervention était un pari que nous ne pouvions que perdre. En cas de succès, le crédit de l'affaire revenait à nos voisins. Avec cet échec, nous retombons de plus haut dans notre manque de clairvoyance.

Le jeu de scène de la vieille dame était très convaincant. Tantôt raisonnable, tantôt fougueuse, ses interventions étaient étudiées pour produire un maximum d'impact.

Ernst donna la parole à un homme rigide, au menton aussi carré que ses épaules.

— Égolia oublie qu'elle a voté cette décision, déclara le notable.

— Évidemment ! enragea la mégère. Personne n'a jamais voulu prendre au sérieux ma proposition. C'était pourtant la seule qui s'imposait.

— Je crois m'en souvenir, minauda Ernst. Ah oui, exécuter tous les individus ayant visité la tour dans le mois précédant la mort de Pallas.

Jon se mit à rire, mais se tut aussitôt. Le roi ne plaisantait pas. Consterné, il baissa la tête pour esquiver les coups d'œil réprobateurs.

L'homme carré insista :

— C'est justement ce qui vous a fait pencher pour la venue du mage. Vous pensiez qu'il pourrait nous aider à dresser la liste des individus à supprimer.

— Et cette liste, nous l'avons !

Le regard de la femme passait par-dessus les têtes mais elle s'adressait sans équivoque au roi. Elle poursuivit :

— Le Mehnzotain a confirmé sans erreur possible les identités de ceux qui ont fréquenté l'édifice. Des mises à mort indolores permettront de s'assurer que l'assassin faisait partie des visiteurs.

Jon contempla l'assistance avec incrédulité. Son aide n'avait-elle été requise que pour en arriver là ? Non pour débusquer un criminel mais pour servir de sous-traitant au bourreau ?

Sertine pensait ce qu'elle disait et son point de vue n'était pas isolé. Ernst lui-même affichait cet air matois qu'il prenait quand les choses allaient dans son sens.

— Des victimes innocentes ! lança en se levant un homme plutôt grand, au faciès de babouin. Osez-vous affirmer que la mort du coupable justifie celle de dizaines de pauvres gens ?

Le mage enchaîna avec hâte :

— D'autre part, rien ne nous dit que l'assassin a visité les lieux au cours de cette période. Il peut très bien l'avoir fait avant ou pas du tout, en ayant dépêché un homme de main.

— C'est évident, reprit le babouin avec un regard de gratitude. Nous exécuterions des innocents tout en continuant à ignorer la véritable identité du tueur. Des enfants ont visité cette tour. Pouvons-nous les abattre sans remords et faire face à l'inévitable vindicte populaire ? Non, chers amis. Seule une enquête méticuleuse sera en mesure de mettre l'assassin hors d'état de nuire.

Jon hocha la tête avec conviction. L'homme lui plaisait. Il ne perdit son sourire qu'à l'intervention de Vance.

— Notre pair Obédiat omet de préciser qu'il a lui-même visité la tour. C'était il y a deux semaines, en compagnie d'une courtisane.

— Et alors ? lança le babouin en pointant un doigt vers l'agente. Vous aussi, vous y avez passé du temps, dans cette fichue tour.

— À des fins d'enquête, c'est exact. Cependant, je donnerai ma vie sans hésiter si cela nous permet d'éliminer une menace pour le trône. Pas vous ?

Le babouin ne trouva rien à redire. Il se rassit et se massa frénétiquement les tempes.

Sertine enfonça le clou :

— Les exceptions sont toujours vécues comme des passe-droits par la population. Si nous adoptons cette solution, personne ne pourra s'y soustraire.

Jon essuya la sueur brûlante qui coulait sur sa nuque. Ces gens étaient-ils réellement capables d'exécuter une foule entière ?

Oui, sans l'ombre d'un doute. Il tenta le tout pour le tout :

— Il existe un obstacle de taille à cette décision.

— Ah oui ? Lequel ? demanda Ernst avec un intérêt poli.

— Moi. Si vous supprimez tous les visiteurs, vous devrez m'exécuter aussi.

— Vous n'êtes arrivé qu'hier, tempêta Sertine. Personne ne peut vous mettre cet assassinat sur le dos !

— Vous l'avez dit vous-même, Serre. Une

exception serait mal vécue, d'autant plus si elle me concernait. Que dirait le bon peuple si le seul individu à être épargné était un ressortissant mehnzotain ?

— Très juste, intervint le babouin. Les rumeurs diront que nous avons préféré éliminer des enfants et protéger un étranger. On nous accusera de sympathie avec l'ennemi, ou pire. Il a raison. Si vous tuez tout le monde, il ne faut pas l'oublier.

Jon remercia *in petto* l'homme pour son élan de solidarité et poursuivit :

— D'un autre côté, comment réagira mon gouvernement quand il apprendra l'exécution de celui qu'il vous a recommandé ?

— Depuis le mariage, objecta Vaul, vous n'êtes plus mehnzotain. Vous êtes kung-bohréen.

— Dans les faits, oui. Cependant, et si je connais bien mes compatriotes, leur conclusion sera la suivante : vous avez éliminé le gêneur qui vous renvoyait à votre incompétence.

Jon entendit presque des dents grincer autour de la table. Ernst ne souriait plus. Le visage de Sertine, quant à lui, évoquait celui d'un cobra à qui on vient de retirer son repas.

— J'insiste, reprit le détective en haussant le ton. Comment réagira mon ancienne patrie à l'annonce du meurtre, sans motif valable, de l'un de ses questeurs les plus respectés ?

— Ce sera la guerre, fit à mi-voix l'homme à la mâchoire carrée.

Chacun autour de la table se lança dans l'examen de ses ongles. Le roi considéra son hôte d'un air connaisseur. À ce regard, Jon sut qu'il avait gagné.

Comme si de rien n'était, le débat s'orienta vers des sujets moins extrêmes. On décida de réorganiser les sections d'enquêteurs et de multiplier les ressources extérieures. Jon faillit proposer Mobas Nob, mais il se souvint que le petit homme s'était échappé des geôles fresneliennes. Son offre aurait sonné comme une provocation.

Alors que le débat approchait de son terme, le détective prit une dernière fois la parole.

— Noble souverain, estimés conseillers, il ne me reste plus qu'à prendre congé. Je quitte votre belle capitale pour ne jamais y revenir. Je vous adresse mes adieux.

Stupeur générale.

— Comment cela ? dit Vaul, le double menton tremblotant. Et l'enquête ? Elle est loin d'être terminée !

— J'ai bien peur que si, du moins en ce qui me concerne. Je me suis engagé à aider votre souverain en cas de crime de nature *magique*. Tout le monde ici a fini par admettre mes conclusions. En conséquence de quoi : pas de magie, pas de questeur. En vous souhaitant bonne nuit.

Sans plus de cérémonie, Jon fit une courbette, tourna les talons et se dirigea d'un pas léger vers la sortie.

— *Attendez.*

Le ton impérieux du souverain le fit se retourner presque malgré lui. Les traits du roi étaient tendus, son regard implacable. Ernst laissait tomber le masque pour révéler sa véritable nature de monarque absolu.

Jon revint sur ses pas et le dévisagea posément.

— Autre chose, Majesté ? s'inquiéta-t-il avec une ironie à peine voilée.

— Vous partez bien vite, Mehnzotain. Qui nous dit que vous n'avez pas prêché l'absence de magie uniquement pour nous fausser compagnie ?

Des murmures parcoururent l'assistance.

— Votre Altesse, dans mon pays, la parole d'un questeur est proverbiale. Nous sommes respectés car nous travaillons de manière désintéressée au bien commun. Votre accusation équivaut à remettre en question la foi d'un prêtre.

Il fit une pause. Ce qu'il s'apprêtait à révéler allait faire l'effet d'une bombe.

— Cependant, reprit-il, et dans la mesure où le concept d'honneur semble avoir une interprétation particulière à Kung-Bohr, je consens à vous donner une preuve de ce que j'avance.

— Laquelle ?

— Mais la plus évidente, Sire. *Je sais comment Pallas a été assassiné.*

Le silence qui accueillit cette révélation évoqua celui des cryptes chthoniennes de Shylock, auxquelles on accède après un voyage souterrain de trois jours. On aurait dit qu'un peintre surréaliste venait de figer un mélange de bouches et d'yeux, aussi grands ouverts que ceux de créatures marines.

Ernst était écarlate. Sa voix résonna dans la salle comme un coup de fouet.

— *La réunion est terminée.*

Le peintre redonna vie à ses sujets. Ce fut la ruée.

Le roi continuait de fusiller Jon du regard. Celui-ci

se dressait le menton haut, les bras croisés. Il tenait sa revanche et il le savait.

Quand il ne resta plus que les deux hommes face à face, Ernst parut se détendre. Des personnes de la réunion précédente refirent peu à peu leur apparition et s'installèrent aux places qui étaient les leurs quelques secondes auparavant.

Edrick se rassit auprès du magicien. Il se pencha vers lui :

— Le conseil auquel vous venez d'assister n'était qu'un préliminaire destiné aux maisons régnantes. La véritable réunion va commencer.

— Qu'est-ce que vous racontez ?

— Nous vous devons certes une explication, Ser, dit Ernst. Avant d'aborder les points cruciaux de l'ordre du jour, j'aime donner des os à ronger à la petite noblesse. Celle-ci déteste les crises autant qu'elle apprécie la dramaturgie.

— En ce moment, enchaîna Vance, tous sont persuadés que vous avez mis Ernst hors de lui et qu'il s'apprête à vous chasser du royaume. Ce faisant, il vous protège de votre propre légèreté.

— *Mais qu'est-ce que vous racontez ?* s'étrangla Jon.

L'espionne pinça les lèvres.

— En révélant ouvertement que vous tenez la clef de l'énigme, vous vous exposez aux ennemis de la couronne, qui n'ont pas du tout envie de la voir résolue. Point positif, tout le monde est convaincu qu'à cet instant Ernst vous tombe dessus à bras raccourcis. Ils vous considèrent donc temporairement moins comme un danger que comme une victime. Cela nous laisse quelques heures de répit.

— Excellente analyse, Vance, comme toujours, approuva le roi.

— Vous n'étiez donc pas réellement en colère ?

— Je ferais un bien mauvais suzerain si je perdais aussi facilement mes moyens. Un politicien est un artisan dont la matière première est l'humain. Le peuple a besoin de signes de faiblesse. Cela lui permet de mieux s'identifier à ses dirigeants.

— Une fois de plus, je suis tombé dans le piège.

— Gouverner, c'est mentir, Jon. Mettez-vous ça dans le crâne. Vous connaissez la différence entre un roi et un démocrate ? Le roi manipule ses sujets en leur faisant croire qu'il a été choisi par des instances supérieures. Le démocrate fait le contraire : il affirme que c'est le peuple qui représente l'autorité sacrée. Qu'on soit désigné par le haut ou par le bas, le résultat est le même : le pouvoir va à celui qui est le mieux capable d'utiliser son prochain. Je dois cependant reconnaître que vous m'avez surpris. Cette bravade sur ce que vous auriez découvert avait-elle un autre but que celui de me provoquer ?

— En fait, euh… non.

— Pas de motif caché en dehors d'une pulsion de votre ego, donc ?

— Vous êtes incroyable, s'enflamma Jon. Vous parvenez encore à retourner la situation en me faisant passer pour un imbécile !

— Je pense que vous n'aviez besoin de personne pour cela, Ser, intervint l'homme au menton carré. En ne nous confiant pas le résultat de votre enquête avant la réunion, vous vous êtes montré d'une extrême imprudence.

— C'est que je n'avais à ce moment aucune idée de la solution. À qui ai-je l'honneur ?

— Thoriad Fédéhul, général en chef des armées de Fresnel. Que voulez-vous dire ?

— L'illumination s'est faite à la fin du conseil. Ce sont d'ailleurs vos paroles qui m'ont éclairé, Sire.

— Ravi d'avoir été votre muse. Mais encore ?

— Je me suis de nombreuses fois demandé pourquoi l'assassinat revêtait toutes les apparences de la magie alors qu'il n'y en avait aucune. La réponse est : *parce que c'était la volonté du meurtrier*. En m'accusant de nier la présence de sortilèges pour mieux m'esquiver, vous m'avez mis sur cette piste. Le tueur et moi aurions en quelque sorte développé des processus mentaux inverses. De mon côté, j'infirmais la thèse de la magie alors qu'elle était présente. Le meurtrier, lui, souhaitait faire croire à son implication alors qu'elle était absente.

— Faire croire à la présence de magie ? demanda Edrick. Dans quel but ?

— Je n'en ai aucune idée. Pour plonger les investigateurs dans la confusion, peut-être, ou lui laisser le temps de s'enfuir. Là n'est pas l'essentiel. L'important, c'est que le forfait me semblait inexplicable avant la découverte de cette motivation. Cette découverte effectuée, le cheminement de ma pensée s'est trouvé libéré et a ouvert la porte à tout le reste, c'est-à-dire aux circonstances de la mort de Pallas.

Fédéhul leva les bras au ciel :

— Arrêtez de nous faire languir et dites-nous !

— Vous ne me croirez que si vous contemplez la cause du décès de vos propres yeux. Par une belle ironie du sort, la solution serait d'ailleurs apparue dans quelques jours, et ce même si vous n'aviez pas fait appel à moi.

Il se tourna vers Edrick.

— Après-demain, Pallas sera mort depuis un mois, n'est-ce pas ?

— Tout à fait.

— Assurez-vous de vous trouver à ce moment sur l'une des passerelles de la tour. Vous tiendrez la clef de l'énigme. Attention, j'ai dit sur les passerelles, surtout pas dans les annexes. En assistant au phénomène, vous découvrirez aussi que votre assassin possède une profonde connaissance de l'histoire de Kung-Bohr. À ce propos, pensez donc à mettre à la retraite le conservateur. Ses analyses m'ont lancé sur plus de fausses pistes que je ne saurais le dire.

— Par exemple ? fit Ernst.

— Il m'a affirmé que la toiture métallique était la première d'une série de rénovations. Or, cette structure était présente dès l'origine. Je l'ai remarquée sur l'une des gravures mises à ma disposition.

— Et alors ? s'exclama Edrick, qui n'en pouvait plus. Vous allez nous dire que ce chrome à un rapport avec le meurtre ? Ce serait une sorte de paratonnerre ? Mais comment expliquer le corps coupé en deux, il n'a même pas été brûlé !

— Après-demain, vous saurez tout. Encore une fois, une démonstration sera beaucoup plus éloquente que n'importe quel exposé. En outre, je n'ai aucune envie de m'étaler en discours interminables. Je désire quitter cet endroit le plus vite possible. Vous vouliez une preuve de ma probité, vous l'aurez dans deux jours. Notez bien que tout ne sera pas résolu pour autant. Même si nous savons que l'assassin a voulu nous faire croire à la magie, nous ne connaissons pas ses motivations. Quant à son identité, elle reste hors de portée. La nature de ce crime est telle que le meurtrier peut l'avoir préparé des mois à l'avance.

— Encore des énigmes, grogna Fédéhul. Ne dites pas que vous ne le faites pas exprès.

— Peut-être est-ce là le dernier sursaut d'orgueil de notre ami, railla Ernst. Il a l'impression de retrouver le contrôle d'une situation qui lui échappe depuis le début.

Jon lui lança un regard peu amène mais ne répondit pas.

— Vous comptez vraiment nous quitter ? demanda Vance.

— Hélas, oui, chère amie. Ma demeure et mes expériences me manquent. Je me sens vite mal à l'aise lorsque je suis loin de chez moi. Et, ainsi que je vous l'ai dit, je ne ressens aucune affinité pour ma nouvelle patrie.

— Je comprends. Cependant, il y a encore un point qui m'intrigue. Comme vous le savez, nous avons placé un agent expérimenté au cœur même de la hiérarchie YΛrkhanie. Celui-ci m'a confirmé, après une enquête longue et délicate, qu'un Mage Sanglant avait quitté la Cité il y a quelques semaines. Les dates coïncident parfaitement avec l'exécution de Pallas.

— Un Mage Sanglant ? demanda le général en s'adressant à Jon. Vous savez ce que c'est ?

— Ce sont les guerriers des instances suprêmes de la Cité. De véritables arsenaux ambulants. Un seul combattant peut provoquer autant de dégâts qu'une petite armée. Ils sont en théorie impossibles à stopper par des non-initiés.

— Vous voulez dire que nous serions impuissants face à une attaque ?

— Oui. L'étonnant, dans ce cas, est qu'un tel maître ait préféré assassiner Pallas en n'ayant pas recours à la magie. Se priver de son meilleur atout ne me paraît pas très pertinent. À moins qu'il n'ait eu de bonnes raisons de faire croire qu'il ne possédait pas de tels pouvoirs.

— Bien sûr ! s'écria Edrick. Si YArkhan a envoyé un tueur, elle ne voulait pas que nous puissions la suspecter. N'importe quelle offensive magique ferait pointer illico les soupçons vers la Cité !

— Certes, objecta le général, mais dans ce cas, pourquoi prendre un moyen ayant toutes les apparences d'un sortilège ?

Edrick ne se démonta pas :

— Parce qu'elle savait qu'on enverrait un questeur mener une enquête et certifier qu'il n'y en avait pas. Quand un spécialiste vous affirme qu'il n'y a pas de magie, on le croit et on détourne son attention de YArkhan.

— Pourquoi envoyer un magicien si c'est pour ne pas s'en servir ? intervint Ernst. S'ils avaient voulu un tueur efficace, ils auraient engagé un T'Sank.

— Les T'Sanks ne sont pas des mercenaires, Sire, objecta Vance. Personne ne les engage. Ils n'ont même pas de maître reconnu.

— Excepté leur fondateur, ajouta Jon. Le sinistre Lan Maek.

— Merci pour ces détails, le coupa Ernst, mais un cours d'histoire ne nous sera ici que peu d'utilité. Les T'Sanks ne sont pas des mercenaires, c'est entendu. Maintenant, la question est de savoir si nos connaissances suffiront à mettre en échec ce Mage Sanglant. J'attends vos suggestions.

— Doublons la garde et quadrillons la ville, proposa le général. Un seul homme, même doué de pouvoirs magiques, ne pourra que ployer sous le nombre.

— Theriad, ironisa le roi, votre solution à la plupart de nos problèmes consiste en un multiple de nos soldats. Je vous rappelle que depuis le décès de Pallas, la garde a déjà quadruplé. Je ne voudrais pas que notre belle armée prenne des allures de culture bactérienne. Une autre idée ?

— Il est évident que nous n'arrêterons pas cet individu par la force, dit Vance. Je suggère que nous renforcions notre réseau d'indicateurs. Quel qu'il soit, ce magicien doit entretenir un minimum de relations au sein de la cité. C'est en exploitant au mieux nos services de contre-espionnage que nous serons en mesure de l'appréhender.

Ernst soupira :

— Je n'en attendais pas moins de vous, très chère. Je suppose que si un boulanger faisait partie de ce conseil, il me recommanderait de faire cuire des petits pains en arguant que des ventres pleins augmentent l'efficacité des recherches. Vous voyez où je veux en venir ?

Vance rougit mais ne répondit pas.

— Quelqu'un ici a-t-il une proposition qui soit sans rapport avec ses intérêts ? Une fois de plus, Jon, je suis contraint de me tourner vers vous. Votre neutralité vous permet de garder l'esprit clair.

Le mage hocha la tête en signe de compréhension :

— Je suis pour ma part convaincu que cette rumeur de Mage Sanglant n'est qu'une fable destinée à vous déstabiliser. Quand on envoie un Mage Sanglant, c'est pour s'en servir. Cette histoire de tour n'est qu'une amusette face aux dégâts qu'un tel individu pourrait causer. D'autant plus, je le répète, qu'il aurait en face de lui des non-initiés.

— Vos propos ne sont guère flatteurs, renifla le général. Vous oubliez que nos forces ont maintes fois repoussé les combinaisons de ces intrigants.

— Si votre contact a dit vrai, Ser Fédéhul, nous avons ici affaire à l'élite de l'élite. Un expert en sciences thaumaturgiques doublé d'un tueur accompli. Une sorte de T'Sank ayant appris le Noble Art.

Ernst s'empourpra.

— N'exagérez pas ! C'est Aquilon lui-même que vous nous dépeignez là !

— Sans doute. Mais l'un de ces sorciers constituerait un adversaire de taille, y compris pour un T'Sank. Vous auriez à essuyer bien plus de dégâts que ceux causés par un simple assassinat. Encore une fois, chercher du côté de la magie me paraît peine perdue. La question que vous devez vous poser est : votre contact à YArkhan est-il digne de foi ?

— Je m'en porte garant, affirma Vance. Nous louons ses services depuis des années. Il nous a toujours donné entière satisfaction.

— Vous *louez* ses services ? C'est un mercenaire ?

— Évidemment, répondit Ernst avec humeur.

Vous croyez qu'il risquerait sa vie par amour de la couronne ?

— Si j'en crois votre politique, je ne le pense pas, en effet. Mais certaines choses ne s'achètent pas. La confiance, par exemple, acheva le mage avec un sourire entendu.

— Ou la candeur, répondit Ernst avec le même sourire. La loyauté de notre agent n'a pas à être mise en doute. Olyakine prend chaque jour de très gros risques pour nous tenir informés des manœuvres de la Ville Sainte.

Le cœur de Jon manqua un battement.

— Olyakine ? s'exclama-t-il. Rachelle Olyakine ?

— Que vous êtes irritant, à crier sans arrêt. Oui, Olyakine, Rachelle Olyakine. C'est l'une des mercenaires magiques les plus douées d'Alamänder. Elle donnerait du fil à retordre même aux sbires de la Cité.

— Son appât du gain est proverbial. Elle vous a sans doute trahi au moment même où les Archimages lui ont proposé la même somme que vous, *plus* une pièce d'or.

— Vu ce que nous lui donnons, ricana Edrick, ils auront bien du mal à ajouter une pièce d'or. Mais il est clair que son salaire est justifié. Elle est diablement habile.

— Et diablement instable, aussi.

— Vous semblez bien la connaître, intervint Vance. Vous l'avez déjà rencontrée ?

— Mieux que ça. Il y a plusieurs années, mon maître, malgré l'avis contraire de la plupart de ses confrères, se mit en tête de former deux apprentis en même temps. Il disait que la charge de travail serait la même pour aboutir à deux mages de valeur égale à la sienne. Une manière intellectuelle de se reproduire, j'imagine. J'étais l'un d'eux. Rachelle était l'autre. Linn Petrossian, mon maître, l'a chassée le jour où elle évoqua les richesses qu'elle pourrait tirer de son enseignement. Il ne s'est jamais pardonné son erreur. L'avenir, hélas, a confirmé ses craintes.

— Comme c'est touchant, ricana l'espionne. Vous désapprouvez notre choix car cela vous rappelle de mauvais souvenirs. Très professionnel.

— Vance, déclara Ernst admiratif, vous êtes parfois aussi perfide que Sertine.

Il reprit à l'adresse du mage :

— Vous nous déconseillez donc à demi-mot cette aventurière.

— Ne riez pas. Rachelle ne sert que ses propres intérêts. Vous pensez être aussi retors qu'on peut l'être, mais à côté d'elle, vous n'êtes que des enfants. Si vous ne possédez qu'Olyakine comme source de renseignements, vous confirmez mon analyse : il n'y a pas plus de magie à Kung-Bohr que de comptines dans la tête d'un skorj.

— J'ai connu un skorj qui… commença Fédéhul.

— Très bien, coupa Ernst, admettons que vous ayez raison. Pas de magie à Fresnel. Vous voici donc délié de votre serment. Est-ce pour autant que vous deviez tourner le dos au combat qui s'annonce ?

— Je vous l'ai déjà dit, Sire, je ne suis qu'un intellectuel amateur d'énigmes. Je n'ai pas du tout l'étoffe d'un homme d'action.

— J'entends bien, répliqua le roi en s'efforçant de rester patient. Mais vous êtes le seul détective de valeur que nous ayons sous la main. Vous avez fait avancer l'enquête plus rapidement en deux jours que mes propres services en trois semaines. Jonas Alamänder, je vous le demande sans détour. Rien ne peut donc vous faire changer d'avis ?

— Non, Sire. Je pars. Ma décision est prise.

— De l'or ? Des bijoux ?

— En aucun cas.

— Le pouvoir ?

— Vous plaisantez.

— Vance ?

— Eh bien, je, euh… je ne sais pas si vous pouvez parler en son nom.

— Ne vous emballez pas, mon vieux. Je ne vous la proposais pas, je l'appelais. Vance ?

— Oui, Majesté ? répondit l'interpellée, tandis que chacun riait de la déconvenue du mage.

— Existe-t-il un moyen quelconque de faire entendre raison à notre hôte ?

— En première analyse, je ne le pense pas, Majesté. Ser ne résisterait sans doute pas longtemps à la torture, mais cela ne nous attacherait pas sa motivation. Or c'est de celle-ci que nous avons besoin.

Jon ouvrit de grands yeux. Il était abasourdi. Ces deux-là évoquaient sur le ton de la conversation la meilleure façon de le plier à leur volonté. Il se réprimanda de s'être laissé prendre une fois de plus à l'apparente amitié de l'espionne. Elle n'était rien de plus qu'un rouage dans la mécanique torturée du roi.

Il se tourna vers Edrick. Le sergent faisait lui aussi une tête de carême, ce qui le rasséréna un peu.

Mais Vance n'avait pas terminé :

— Une incarcération assortie d'un léger jeûne se révélerait sans doute payante. Hélas, nous accueillons dès demain une délégation mehnzotaine.

— Je les avais presque oubliés, ceux-là, ronchonna le roi. Curieux comme nos voisins débarquent dès que s'annonce une crise. Bien. Ser questeur, il semble donc que vous soyez autorisé à retourner chez vous. Rendez-vous service et quittez au plus vite le pays. Je sens monter en moi une furieuse envie de bafouer les règles de la diplomatie.

Sans plus de manières, Ernst détourna son regard et engagea la conversation avec ses officiers du renseignement.

Jon avait du mal à y croire. On venait de lui notifier sa remise en liberté.

Sans tarder, il se dirigea à grands pas vers la porte, salua les gardes de faction et fut bientôt dans le couloir. Là, il s'adossa à une colonne et poussa un profond soupir de soulagement. Le cauchemar prenait fin. Il se voyait déjà derrière son bureau aquatique, une tasse de thé à la main, au milieu d'ouvrages dont la sagesse n'attendait qu'un peu d'attention de sa part.

Il remonta le passage obscur. Des colonnes torsadées agrémentaient d'antiques murs salpêtrés. De temps à autre, un garde niché dans une alcôve le saluait avant de replonger dans l'ombre.

Au premier carrefour, le mage s'orienta sans hésitation. Sa mémoire totale n'avait pas à se soucier de guide.

Cette pensée le ramena aussitôt vers Vance. Nul doute que si l'espionne avait été laide, il l'aurait oubliée dans l'instant. Seulement voilà : elle ne l'était pas. Il se demandait encore s'il devait éprouver des regrets lorsque Edrick, sorti d'on ne sait où, lui rentra presque dedans.

— Ah, vous voilà. Je suis désolé pour ce qui vient de se passer.

— La seule personne dont je reçois des excuses est la seule à n'avoir rien à se reprocher.

— Je sais, Vance vous a sans doute paru inhumaine. Mais je suis sûr qu'elle n'a fait cela que pour vous protéger.

— Arrêtez de me prendre pour un idiot. J'ai déjà l'air assez ridicule avec mes airs d'amoureux transi. Si elle avait voulu s'expliquer, elle ne vous aurait pas envoyé à sa place, n'est-ce pas ?

— Je suis là, Jon.

L'agente se tenait contre un mur, les mains derrière le dos, l'air sombre. Jon se tourna vers elle, les dents serrées. L'atmosphère se chargeait d'électricité. Edrick, qui n'avait aucune envie de jouer les paratonnerres, prétexta une vague excuse et s'éclipsa.

Le magicien n'y prêta pas attention. Il dévisageait l'espionne. À la faible lueur des torches, elle ressemblait à une enfant abandonnée, épuisée.

— Allez-vous une fois de plus essayer de me manipuler ? demanda-t-il d'un ton sec. Votre maître vous a envoyée me faire considérer son offre sous un meilleur jour ?

— Jon, répondit Vance d'un ton très las, je ne vous ai menti qu'une fois. Et encore, par omission.

— C'est vrai, où ai-je la tête. La plupart du temps, vous vous contentez de décider du sort à réserver aux récalcitrants dans mon genre.

— Edrick vient de vous le dire, j'ai répondu de manière à vous protéger. Pensez-vous qu'Ernst aurait tenu compte de mon avis s'il avait décelé en moi la moindre sympathie à votre égard ?

— Le roi, toujours le roi. Comment puis-je croire que vous agissez dans mon intérêt ? Tout dans ce royaume pue la corruption. Aucun être vivant à Kung-Bohr ne sait se comporter sans détour. Vous êtes aussi glissants et tortueux que vos skorjs.

— Et vous, vous êtes trop épris de votre vertu pour prêter attention à celle des autres. Depuis des années, vous vivez à Mehnzota au milieu des honneurs et des flatteries. Vous pensez que tout le monde doit vous respecter simplement parce que vous existez. Ici, au moins, quand on se moque de quelqu'un, on le regarde droit dans les yeux. Chacun connaît les règles et elles sont les mêmes pour tous. Ce n'est certes pas très glorieux, mais nous ne nous cachons pas derrière un code de l'honneur qui n'est qu'hypocrisie.

Edrick passa non loin d'eux. Il sifflotait en examinant avec une passion toute neuve les motifs sur les murs. Les deux adversaires lui lancèrent des regards furibonds. Il s'éloigna avec un sourire contrit.

— Vous perdez la tête, riposta Jon. Vous êtes censée m'amadouer, pas me sortir des aphorismes blessants.

— C'est parce que je n'ai aucun argument à opposer à votre départ. Seulement ma volonté.

Jon cilla. Elle avait l'air sincère. Sans doute aussi sincère qu'un loup se désolant de vous voir quitter sa demeure avant le dîner.

— Vous avez répété cette petite tirade ou vous

improvisez ? Comment puis-je vous croire maintenant, alors que vous n'avez jamais eu autant de raisons de me soumettre ?

Vance fit quelques pas vers lui. Jon eut d'abord un mouvement de recul, puis se détendit. Si la jeune femme avait voulu l'agresser, il ne l'aurait pas vue arriver. Elle avança son visage tout près du sien et dit d'une voix très calme :

— Parce que je sais que rien ne pourra vous faire changer d'avis, imbécile.

Leurs lèvres se frôlèrent un instant, puis l'espionne se détourna et disparut dans un couloir.

Edrick se précipita vers son ami.

— Tout va bien ? Elle est assez terrible quand elle s'emporte. J'ai préféré rester dans le coin, au cas où.

— Ça va, elle ne m'a pas fait de mal.

— C'est ce que j'ai cru comprendre, gloussa le soldat. En fait, je suis surtout resté pour vous dire au revoir. Rassurez-vous, mes adieux seront moins physiques.

— Désopilant. Promettez-moi de me rendre visite si une autre mission de débroussaillage vous amène à Mehnzota. J'essaierai de vous faire rejoindre nos rangs.

— Je prends note de l'invitation. Hélas, pour des raisons sur lesquelles je ne peux m'étendre, je vais devoir rester ici un bout de temps.

— Je comprends. Soyez prudent, Edrick. Vous évoluez dans un nid de serpents.

— *À trop vivre avec les serpents, on en devient un.* C'est un vieux proverbe Kung-Bohréen. Je ferai attention, Jon. Adieu. Prenez soin de vous.

— Adieu, Edrick.

— Partez vite où nous allons finir comme vous et Vance tout à l'heure.

Les deux hommes se donnèrent l'accolade, puis se séparèrent. Edrick repartit vers la salle du conseil, Jon s'enfonça dans la semi-obscurité.

Il erra un moment dans le dédale de boyaux, tunnels et autres passages de Fresnel. Des lueurs perçaient parfois sous le seuil des maisons, mais il ne croisa personne. Un couvre-feu avait peut-être été déclaré depuis la mort de Pallas. Les seuls signes de vie étaient ceux que singeaient les sculptures à forme humaine des bâtiments.

Il déboucha sur une grande place. Celle-ci avait abrité le marché aux fruits quelques heures auparavant. Une fontaine chétive en constituait l'unique attrait. Le silence était total.

Il jeta un œil aux alentours pour se repérer. S'il prenait vers l'est, il rejoindrait le canal du gouffre. Il se remit en marche.

Arrivé au centre de l'esplanade, il entendit le cri fugace d'un animal. Il baissa les yeux et aperçut une petite forme qui titubait dans l'obscurité. Il s'approcha.

C'était un rat, manifestement pas dans son assiette. Lorsqu'il vit Jon, l'animal émit un cri de détresse et s'effondra. Le mage eut une mimique dégoûtée. Un rat venait de mourir à ses pieds. S'il avait été superstitieux, il aurait pris cela pour un mauvais présage.

Il entendit d'autres piaillements. Une dizaine de rongeurs arrivaient de l'ouest en courant. Ils rejoignirent leur frère moribond et expirèrent à leur tour en se serrant contre lui.

Cette place ferait-elle office de cimetière pour mulots suicidaires ?

Le petit tas de fourrure gisait non loin du mage. D'autres bestioles survinrent. Elles bâtirent une seconde pyramide près de la première.

Jon croisa les bras. Sans doute une nouvelle caractéristique de cette ville inoubliable, où des vermines venaient s'entasser à vos pieds en guise d'adieu. Ils continuaient d'affluer et de se grimper dessus comme s'ils voulaient faire une dernière cabriole avant de mourir. Le spectacle était à la fois ridicule et troublant. Jon imagina le roi et sa clique en train de pouffer, dissimulés dans un coin sombre. Peut-être était-ce là un nouveau stratagème destiné à l'impressionner pour qu'il rebrousse chemin ? Si c'était le cas, la manœuvre était pathétique.

Le questeur observa la place vide. Personne ne jouait de la flûte.

Il ramena son attention vers les monticules. Le manège avait cessé. Les deux colonnes de rongeurs se rejoignaient désormais à hauteur de sa poitrine, en une arche funèbre.

À mon rat défunt.

Il haussa les épaules. Après tout, si des animaux désiraient passer ainsi de vie à trépas, rien ne l'autorisait à les juger. Il s'apprêtait à reprendre sa route quand un détail attira son attention. Un bruit de succion déplaisant montait des piles de cadavres.

Il fit quelques pas et s'aperçut avec stupeur que, même morts, les rats continuaient de se comprimer les uns les autres. Alors qu'il les observait, fasciné, la formidable étreinte acheva de les disloquer. Devant lui, il n'y eut bientôt plus qu'un mélange torturé d'organes et de fourrure souillée.

Jon trouvait la plaisanterie d'un goût douteux, mais il avait du mal à détacher son regard de la sculpture de chair. Sa curiosité était éveillée. À quoi devait-il s'attendre ensuite ?

Il perçut un mouvement sur sa gauche. Alerté, il recula de quelques pas. À une dizaine d'hommes vers l'est, une colonie d'araignées progressait vers lui en trottinant. Elles étaient aussi larges qu'une main et velues à souhait, mais ne semblaient pas animées d'intentions hostiles. En fait, elles ne firent même pas attention à lui. Elles escaladèrent l'arche les unes après les autres et se rejoignirent au sommet pour former une colonne ondulante. Les pattes remuaient avec une lenteur obscène. Jon commençait à s'inquiéter. Que diable signifiait tout cela ?

L'édifice le dépassait d'une bonne tête. Jon recula encore, de peur que les araignées se rendent compte de leur position grotesque et lui dégringolent dessus.

Un moment s'écoula sans autre acrobatie macabre. Jon soupira. L'expérience était charmante mais ne menait pas loin. Un voyage de plusieurs jours l'attendait. Il se détourna et reprit son chemin.

Après une dizaine de pas, il jeta un regard en arrière. Ce qu'il vit ne lui plut pas du tout.

Des serpents se joignaient à l'orgie. Ils se lançaient à l'ascension de l'étrange totem et s'entrelaçaient de chaque côté de la pile d'araignées, comme des bras.

Comme des bras. Jon comprit soudain ce qu'il avait sous les yeux. Avec ses jambes de fourrure, sa colonne vertébrale arachnéenne et ses membres reptiliens, le monument ressemblait à une horrible parodie d'être humain. Un golem grouillant qui avait le double de sa taille. Il prit une profonde inspiration pour se calmer, mais il chassa vite l'air de ses poumons. L'odeur était atroce.

Il n'avait encore rien vu. Avec un bruit gluant, l'une des jambes s'arracha du sol et se posa un peu plus loin.

Dans sa direction.

Jon sentit tous les poils de son dos se hérisser. Sans réfléchir, il se mit à courir. Lorsqu'il jeta un regard derrière lui, il s'aperçut que la créature avait pris de la vitesse. Des parasites venus des quatre coins de l'esplanade la rejoignaient. Elle prenait de la substance, de l'épaisseur. Les bras se terminaient à présent par des grappes de scorpions aux pinces cliquetantes. En lieu et place de la tête se trouvait la plus monstrueuse araignée que Jon eût jamais vue. Noire, luisante et boursouflée, ses membres se tortillaient comme des brindilles jetées au feu. Son thorax se redressait déjà en position d'attaque. Une colonie de sangsues plus grandes que sa main se fixèrent sur la poitrine de l'abomination. Elles ouvraient et fermaient leurs gueules avec avidité.

Jon accéléra, la créature aussi. Ses longues enjambées l'amenèrent bientôt sur les talons du mage. Il sentit des insectes se prendre dans ses cheveux. Hors d'halcine, il voulut hurler mais ne produisit qu'un gargouillis. Il tenta d'incanter, dernier réflexe d'un homme dont le destin est scellé. Il entendait les queues des scorpions siffler de chaque côté de son crâne.

Dans un ultime effort, il bondit en avant et s'affala face contre terre. Il se retourna, hurlant, au moment où la créature fondait sur lui.

Il se débattit par principe, mais il fut bientôt subjugué par la masse fétide. Des dizaines d'insectes le piquaient, parcouraient sa peau à la recherche d'un orifice par où s'insinuer. Les viscères des rats se pressaient contre son visage en une parodie de masque mortuaire, l'étouffant peu à peu. Il se battait avec la fureur du désespoir mais les muscles des rongeurs resserraient leur étreinte autour de ses épaules, de ses bras. Il imagina plus qu'il ne l'entendit la créature lancer un bruissement moqueur.

Soudain, il fut projeté en arrière. Les entrailles qui l'étranglaient se distendirent et cédèrent brusquement. Le choc de l'atterrissage manqua lui démettre une épaule. Couvert de fange et de sang, il débarrassa son visage de la vermine et essaya de voir ce qui se passait.

Il aperçut son adversaire aux prises avec un nouveau combattant, d'une taille et d'une stature peu communes. La face justifiait à elle seule un long séjour en maison de repos. Un œil cerné de cils de chair occupait la moitié du visage. L'orbite contenait une humeur bilieuse où baignaient trois sphères bleues à l'iris irrégulier. Plus bas, une gueule distendue, articulée en plusieurs endroits, engouffrait des quantités ahurissantes de parasites. La créature n'avait pas de cou, mais un fatras chaotique de ligaments qui aurait donné des sueurs froides à un anatomiste. Le torse aux côtes saillantes frémissait sous le jeu des muscles tandis que de multiples bras violacés se démenaient pour contenir la rage du golem. Au sol, deux larges colonnes sans pied évoquaient les pattes d'un éléphant qui se serait rongé les orteils jusqu'au sang.

La masse de vermine n'avait pas dit son dernier mot. Des centaines de griffes, de crocs et de pinces fendaient l'air. Les sangsues se cabraient haineusement et les mandibules des énormes arachnides fouaillaient les chairs de leur ennemi.

Le démon, couvert de milliers d'insectes, n'en avait cure. Curieusement, tous ceux qui atteignaient le rebord de l'œil se flétrissaient et tombaient aussitôt, vidés de leur substance. Les sphères azur continuaient de flotter dans l'orbite glaireuse comme des poissons paisibles.

Le colosse souleva son adversaire et le porta à bout de bras. L'une de ses serres se rapprocha de la tête-araignée et l'empoigna. Les serpents se déployèrent autour du membre en feulant de rage.

Toujours à terre, Jon s'éloignait autant qu'il le pouvait de cette scène irréelle, à mi-chemin entre un ouragan et une curée. L'ogre improbable continuait de dévorer vivant son opposant. Celui-ci, sentant sa fin prochaine, redoublait de vigueur.

Mais sa fureur fit long feu. Le colosse joignit sa seconde patte à la première, et l'araignée noire éclata en une gerbe de sanie qui éclaboussa tous les belligérants. Une pluie de parasites recroquevillés tomba à ses pieds. Ceux qui échappèrent à la voracité du cyclope s'égaillèrent rapidement.

La créature balaya l'obscurité du regard, à la recherche de Jon. Dès qu'elle l'eut repéré, elle marcha vers lui. Les cadavres d'insectes crissaient sous ses pas. Elle saisit le mage dans l'une de ses énormes serres et le remit sans peine sur ses jambes.

Elle prit la parole d'une voix si grave que Jon eut du mal à la comprendre.

— VOUS N'AVEZ RIEN ?

— Non, je… je vous remercie.

— LA PROCHAINE FOIS, ÉVITEZ D'ASSISTER COMME UN BENÊT À LA CRÉATION D'UN SORTILÈGE SANGLANT. VOUS NOUS ÉPARGNEREZ DES EFFORTS INUTILES.

— Vous voulez dire que vous n'êtes intervenu que pour me protéger ?

— PAR LE DÉSIR DE MON MAÎTRE, MORTEL. SI CELA NE TENAIT QU'À MOI, VOUS SERIEZ EN CE MOMENT UN PARC D'ATTRACTIONS POUR PARASITES.

— Qui est mon bienfaiteur ?

— VOUS N'AIMERIEZ PAS LE SAVOIR. JE VOUS DÉPOSE QUELQUE PART ?

Le mage considéra sa tenue en pièces et son corps boursouflé par les piqûres. Il sentait la tension refluer peu à peu mais ses jambes étaient encore flageolantes.

— Je veux bien, oui. Vous savez où est la salle du conseil ?

— JE CROIS.

La créature le souleva et le prit dans ses bras comme un enfant. Ils rebroussèrent chemin. Le détective tremblait de tous ses membres. La fièvre montait. Le venin avait certainement déjà parcouru plusieurs fois sa circulation. Par bonheur, le trajet fut bref. La créature avançait plus vite que ne le laissaient supposer ses enjambées.

Ils ne croisèrent personne. Jon s'en félicita. Il

aurait eu bien du mal à expliquer la présence de son compagnon.

Après quelques minutes, ils parvinrent aux abords de la salle de réunion. Le démon le posa avec délicatesse, l'épousseta, le salua d'un hochement de tête et s'éloigna d'un pas pesant. Jon était trop épuisé pour lui demander des explications. Il se sentait brûlant et prêt à sombrer dans l'inconscience.

Les deux gardes à l'entrée de la salle écarquillèrent les yeux devant sa tenue mais ne dirent rien. Il poussa la lourde porte.

Dans la pièce, les conseillers étaient debout et devisaient de choses et d'autres, en petits groupes. La réunion était sur le point de s'achever. Tous se retournèrent comme un seul homme à l'entrée de cette apparition d'outre-tombe. Les vêtements en lambeaux, couvert de souillures et de cadavres d'insectes, Jon déclara d'une voix mesurée :

— Finalement, il y a peut-être un magicien dans cette affaire.

Et il s'effondra.

15

1. La Magie Organique, son tissage des sorts et leur agglomération en domaines la rapproche du système de synthèse des protéines. C'est brouillon, approximatif, artisanal.
L'Art de YArkhan, lui, n'est pas synthétique. Il est analytique.
Notre magie est avant tout rationnelle. Elle se présente sous la forme de programmes et de sous-programmes, liés par des conditions, des boucles, des instructions. Telle routine atténuera les effets de la gravité, telle autre modifiera les lignes d'énergie d'un être de manière à le métamorphoser.

2. La magie organique est basée sur des notions aussi aléatoires que l'intuition ou l'inspiration. Elle est éthérée, aérienne, intangible. Celle de YArkhan est pragmatique et concrète. L'étude est au cœur de notre pratique. Nous préférons l'exhaustivité à l'improvisation.

3. Comment un sortilège est-il mis au point ?
En premier lieu, grâce à une phase de planification. Le mage organise son projet, liste ses caractéristiques et met en place un cahier des charges rigoureux. Ensuite,

il rassemble les ressources thaumaturgiques dont il a besoin, organiques ou minérales, ainsi que les ingrédients qui constitueront l'épine dorsale de son œuvre. Débute alors le délicat processus d'encodage : le praticien raffine l'énergie brute en un produit qui correspondra à son objectif. Pour cela, il réarrange les lignes vitales, les altère, ôte certaines parties ou effectue des greffes.

Deux exemples illustreront notre propos.

Exemple 1 : soit un mage A désirant maudire un individu B.
A décide de lancer une malédiction qui rendra B infertile. Pour cela, il étudiera d'abord le jeu d'énergie parcourant sa victime – ce que les organiques nomment Aura. Lorsqu'il aura localisé le site des gonades, il supprimera les lignes de vie correspondant aux fonctions génitales.

Exemple 2 : la création d'un véhicule volant. Avant toute chose, le magilogicien construit un châssis en sélectionnant ses matériaux. Il pénètre ensuite l'aura de la matière et affaiblit la pesanteur jusqu'à la rendre nulle, voire négative s'il est particulièrement doué.

L'identification des lignes de force des différents êtres, c'est-à-dire ce qui fait qu'ils possèdent une existence plutôt que rien, vous entraînera dans un premier cycle d'études de deux ans.
Le cycle suivant, de durée égale, abordera la manière de modifier ces forces.

Le dernier cycle, enfin, pénétrera la création du code de programmation en relation avec l'aura brute de certains végétaux et animaux primitifs.
Au terme de ces trois périodes, votre initiation sera achevée. Alors seulement commencera votre apprentissage de la programmagie.

Rol Toyerdhal, *Discours de bienvenue*

*

Jon rêva.

Il rêva qu'il était un géant, courant sur d'étranges bandes de terrain parsemées de maisons, de forêts, de mers. Certaines étaient si étroites qu'elles ne contenaient que des arbres en file indienne, d'autres si larges qu'elles abritaient plusieurs nations. Il distinguait de minuscules habitants vaquer à leurs occupations. Il percevait, en dépit de son incroyable taille, le moindre détail de leurs visages.

Tous ces rubans formaient un amas noueux dans lequel il pataugeait. À chacun de ses pas, des villes étaient détruites, des milliers d'êtres tombaient dans le vide. Jon courait de plus belle. Il savait que s'il s'arrêtait, le néant l'engloutirait à son tour.

Sa taille diminua sans qu'il en ait conscience. À présent, il sautait de lanière en lanière. Elles se déroulaient sous lui de plus en plus vite. Il allait de plages de sable en zones urbaines, de jungles exubérantes en déserts de glace.

Enfin, à l'horizon, il distingua dans l'enchevêtrement l'esquisse d'un visage titanesque. Les dents étaient des montagnes, les yeux des volcans à la lumière crue d'où jaillissaient des torrents de lave.

Avec horreur, il vit que le visage engloutissait les rubans comme des nouilles monstrueuses. Il voulut faire demi-tour, mais tout ce qu'il avait laissé derrière lui se disloquait. Les lanières se couvraient de parties cornées, métalliques, pulsant d'une vie abjecte et désincarnée. Elles se tendirent vers Jon et le saisirent, puis le portèrent lentement vers la bouche du titan. Le visage n'était plus constitué de paysages agrégés mais de la même matière luisante que les liens d'acier.

Alors que la créature allait l'avaler, le magicien reconnut les traits de son maître.

Il hurla.

Une douleur sourde acheva de le ramener à la conscience.

Il se sentait aussi creux qu'une vieille souche. Son cerveau, rempli d'eau, était en train de se vider. Ses membres n'étaient plus que des blocs de chair moite.

Il voulut prononcer quelques mots mais ses lèvres étaient insensibles. Il avait l'impression d'avoir un bec à la place de la bouche.

Quelqu'un s'approcha. Il entendit la voix d'Edrick contre son oreille.

— Tout doux, Jon. Vous êtes en sécurité. Inutile de me raconter votre vie maintenant. Essayez juste d'ouvrir les yeux.

Le questeur voulut suivre le conseil, sans succès. Ses paupières étaient prises dans une sorte de mucus. Il tenta de secouer la tête pour manifester son impuissance, mais sa nuque avait gonflé, elle aussi. Il ne put que dodeliner faiblement.

— Allez-y, fit Edrick en s'adressant à un personnage invisible.

Jon sentit un liquide couler sur son visage, puis on passa un linge brûlant sur sa bouche et ses yeux. Après quelques instants, il put enfin ouvrir les paupières.

Il était en position debout, presque nu, maintenu par des sangles sur une paillasse métallique.

Il fronça les sourcils, ce qui lui arracha un grognement de douleur. C'était comme si on venait de lui greffer un nouveau jeu de muscles à la place de l'ancien.

Il baissa la tête. D'étranges appareils couraient à intervalles réguliers sur sa poitrine, ses bras et ses jambes. Ils consistaient en globes de verre de la taille de son pouce, maintenus sur la chair par des ventouses crochetées. Ces sphères étaient reliées à des bulbes plus petits dans lesquels tournoyaient des ailettes de cuivre. Un liquide rouge jaillissait régulièrement du corps central en direction des appendices. Plus près de sa peau, un tube s'emplissait d'une substance liquoreuse à l'aspect malsain. On aurait dit du miel moisi.

Il leva les yeux et s'efforça d'accommoder. Des flammèches noires mangeaient la plus grande partie de son champ de vision.

Un inconnu rejoignit Edrick, un vieillard dont la couronne de cheveux évoquait des œufs en neige. Quand il vit que Jon revenait à lui, il envoya une tape sur l'épaule du sergent et déclara :

— Il mourra sans aucun doute. Mais pas aujourd'hui.

Puis il s'éloigna en chantonnant.

Jon ouvrit et referma plusieurs fois les paupières. Les langues sombres s'estompèrent. Il balaya la pièce du regard.

Edrick et lui étaient entourés d'un incroyable capharnaüm. Près du soldat se trouvait un ovoïde métallique couvert de feuilles d'or disposées en spirale. Des lames pendaient du plafond, connectées à ce qui semblait être un bouquet de longues-vues. Au fond de la salle, des tores surmontés d'ampoules en forme d'yeux étaient empilés. Des pistons s'extrayaient régulièrement d'un tonneau et retombaient en éclaboussant les alentours. À sa droite se dressait une vierge de fer, le sinistre instrument de torture qui épouse la silhouette humaine. Celle-ci ne possédait pas de pointes mais une multitude de tiges prolongées par des tubes de verre. Ils rejoignaient une console translucide remplie de fibres baguées d'acier.

Edrick montra le sarcophage.

— C'est dans cette machine que nous aurions dû vous placer. Nous avons finalement renoncé. Ce n'était peut-être pas le meilleur endroit pour se réveiller.

— Vous avez bien fait, voulut répondre Jon, mais seule une suite de grondements monta de sa gorge.

Le soldat agita sous son nez une petite fiole remplie d'un liquide sombre.

— Vous allez ingurgiter ce fluidifiant. Il permettra d'évacuer les humeurs que vous avez absorbées.

Il maintint le cou de Jon et l'aida à boire. Après quelques secondes, le mage vomit un mélange de bile et de sang où flottaient de petites boules blanches.

— Des œufs, commenta Edrick en les écrasant du talon. Nous avons ôté tous les parasites sur et sous votre peau, mais nous ne pouvions nous occuper de l'intérieur tant que vous étiez inconscient. Encore quelques heures et les araignées-vers auraient éclos dans votre estomac. Vous connaissez la suite, je pense.

Jon vomit encore. Cette fois, le remède n'y était pour rien.

— J'oubliais. Les petites pompes que vous avez sur la peau purifient votre sang et isolent les toxines.

L'officier les détacha une à une. Quand il préleva celle plaquée sur son crâne, Jon écarquilla les yeux. Il remua la tête en tous sens.

— Vous m'avez rasé ! coassa-t-il.

— Oh, vous avez retrouvé la parole. Parfait. Oui, je me doutais bien que cela vous poserait un problème. Mais vous aviez des parasites plein les cheveux. Vous n'avez rien à regretter. Cette longue tignasse vous donnait un air un tantinet efféminé.

Il lui tendit un miroir. Jon s'examina sans y croire. Un fin duvet occupait le sommet de sa tête.

— Cela n'a rien de drôle, articula-t-il avec peine. Nous autres Mehnzotains tenons beaucoup à nos cheveux.

Le soldat se contenta de hausser les épaules.

— J'ai conservé votre pince à chignon. Vous pourrez toujours vous en faire une broche. J'ai du mal à comprendre comment vous pouvez vous préoccuper de ça alors que vous venez d'échapper à la mort. Permettez.

Il retira les derniers cabochons et les déposa avec précaution sur une crédence métallique. Il se tourna de nouveau vers son ami.

— Et maintenant, une question importante : combien de temps comptez-vous rester parmi nous avant votre prochaine raclée ?

— Vous êtes irrésistible. Ma période d'inconscience a dû être bien courte pour que vous n'ayez pas trouvé mieux. Excusez-moi.

Jon se racla plusieurs fois la gorge. Quelques glaires coulèrent de sa bouche et de son nez, mais il se sentit moins nauséeux.

— Désolé. Où sommes-nous ?

— Dans le laboratoire de médecine expérimentale de Fen Tarba. C'est l'homme que vous venez de voir.

— Vous le remercierez de tout cœur. Son invention m'a épargné une fin atroce.

L'officier eut l'air embarrassé.

— Aucun des instruments que vous voyez ici n'a été conçu par nos soins. Nous nous contentons de les utiliser. Ils ont été mis au point par un savant que vous connaissez peut-être. Amanem Vilo.

À cette évocation, Jon poussa un cri. Il tira comme un beau diable sur ses liens, ce qui eut pour seul résultat de réveiller ses crampes.

— Vous le connaissez donc. Ne vous inquiétez pas, il est de notre côté.

— Vous savez que ce sinistre individu se proclame

l'héritier de Ninfell T'Sank, le premier apprenti de Lan Maek ? C'est l'un des fous les plus dangereux d'Alamänder. Je le pensais mort depuis longtemps.

— C'est presque le cas, mais il se révèle souvent de bon conseil. Nous l'endormons entre les périodes où nous avons besoin de lui. N'ayez crainte, nous savons ce que nous faisons.

— Je ne crois pas. Comme nous disons à Mehnzota, vous défendez vos nuits avec un scorpion sous votre oreiller. Mais je suppose que ça vous regarde. Je lui dois la vie, c'est ça ?

— J'en ai peur. C'est une habitude chez vous de ne jamais vous endormir convenablement ou c'est exceptionnel ?

— J'ai pris cette résolution depuis que Kung-Bohr a décidé de s'intéresser à moi. Je suis resté inconscient combien de temps ?

— Environ deux jours.

— Vous êtes seul ?

— Huit vigiles montent la garde derrière la porte. Il n'y a ici que vous, moi et Fen Tarba. Tous les autres sont partis pour la tour de l'Horloge. Pallas est décédé il y a un mois, pratiquement heure pour heure. Vous avez annoncé que la clef du mystère serait révélée cette nuit. Je dois vous avouer que je me suis fait violence pour ne pas vous laisser tomber et rejoindre les autres. Même la délégation de votre pays, arrivée hier, a tenu à assister à ce qu'elle appelle déjà le *triomphe de la pensée mehnzotaine*. C'est pour cette raison que j'ai pris la liberté de vous réveiller. Je me suis dit que vous voudriez peut-être assister au phénomène.

— Je vous remercie, mais là n'est pas la question. La seule chose importante est qu'on ait bien suivi mes instructions.

Le regard interrogateur d'Edrick réveilla ses craintes.

— Tout le monde est bien sur les passerelles ? Aucun visiteur dans les tours filles ?

— En fait, Ernst a déclaré qu'on ne connaîtrait jamais le mot de la fin si personne n'était là pour le voir. Il a placé quelques sentinelles dans les différents escaliers. Très peu, rassurez-vous.

— L'imbécile ! s'exclama Jon en tirant de nouveau sur ses liens. Il va les tuer !

— Comment ça ? L'assassin fait partie des enquêteurs ? Il serait sur les lieux ?

— En quelque sorte. Ce serait trop long à vous expliquer. Ne perdons pas de temps. Libérez-moi et filons vers la tour.

— Vous êtes encore très faible. Je ne sais pas si…

— Ma vie vaut bien celle d'un autre ! Si je ne les avertis pas tout de suite, plusieurs hommes risquent de mourir. L'échange est plus qu'acceptable. Hâtez-vous !

Après quelques secondes d'hésitation, Edrick se résolut à l'assister. Ils vinrent à bout des sangles et gagnèrent la sortie.

Les rues de la capitale étaient baignées de crépuscule. Comme deux ombres, les compagnons enfilèrent avenues et couloirs. Hélas, l'effet des analgésiques finit par s'estomper. Jon se mit à claudiquer avec peine. Il jeta un regard misérable à Edrick et s'adossa contre un mur en essayant de reprendre haleine.

Le sergent ne perdit pas de temps. Il se mit en quête d'une patrouille qu'il réquisitionna sur-le-champ. Six hommes robustes saisirent le mage et l'entraînèrent dans une course à travers la ville. Edrick demeurait à sa hauteur en lui adressant des paroles d'encouragement.

Ils furent bientôt en vue de la tour. Le quartier était méconnaissable. Malgré le couvre-feu, un millier de personnes faisaient le siège du bâtiment, informées par la rumeur de la révélation imminente.

Edrick écarta la foule à coups de pied et d'invectives. L'équipage se fraya un chemin jusqu'au porche. Les vigiles de l'entrée s'écartèrent et ils purent entrer dans l'édifice.

Le silence de mort qui régnait dans l'enceinte contrastait avec les vendeurs de sandwichs à l'extérieur. Quelques sentinelles désœuvrées faisaient les cent pas, l'air de ne pas comprendre ce qu'on attendait d'eux.

Sans ralentir, la troupe pénétra dans la chambre intérieure et se dirigea vers l'escalier. Ils gravirent les marches au pas de course. Le soldat le plus gradé se tenait à l'avant et rythmait la montée d'une voix forte. Tressautant, les dents serrées, Jon fermait les yeux pour ne pas assister au spectacle. Un faux pas et la chute serait mortelle. Edrick lui demanda entre deux halètements s'il tenait bon. Jon hocha la tête avec force en espérant avoir l'air convaincant.

Ils débouchèrent au premier étage en manquant percuter les gardes de faction. Certains crurent à une attaque par bélier vivant.

Les porteurs remirent Jon sur ses pieds. Le mage

était pantelant. Des élancements couraient dans tous ses membres. Il se mit pourtant à incanter sans hésiter. Après quelques instants, son regard se fit plus clair et son visage reprit des couleurs. Il semblait même avoir dégonflé.

— Ça devrait aller, dit-il. J'ai transféré une partie de l'énergie de mes cellules graisseuses vers mon foie, puis j'ai accéléré mon métabolisme. J'ai perdu quelques kilos dans l'opération mais la dégradation des toxines devrait s'accélérer.

— J'ai une tante boulimique qui donnerait cher pour connaître ce sortilège, répondit Edrick avec le plus grand sérieux.

Jon laissa échapper un rire qui s'acheva sur une quinte de toux. Il s'étira et prit une longue inspiration.

— Allons-y. Vous êtes certain que nous approchons de l'heure du forfait ? Nous sommes censés être au milieu de la nuit. Pourtant, il fait clair, dehors.

— C'est tout à fait normal. Lors d'événements spéciaux, nous conservons les projecteurs à pleine puissance. C'est l'avantage de vivre dans une caverne. On garde le contrôle des éléments.

— Tout le monde est sur les passerelles, j'imagine ?

— Presque. Quand Ernst a su que les émissaires mehnzotains brûlaient d'assister à votre triomphe, il a préféré demeurer à résidence. Il ne voulait pas donner trop d'importance à l'événement. Vance doit être avec lui.

Jon fit signe aux soldats de le rejoindre. Edrick confirma l'ordre d'un hochement de tête.

— Écoutez-moi bien, dit le mage. Vous allez

immédiatement gagner les différentes tourelles et obliger tous les occupants à descendre le plus bas possible. Compris ?

— Par les nez de Ying-Ko, fit Edrick, comment voulez-vous identifier le meurtrier dans cette foule ?

— Vous n'avez donc pas compris ? Ce n'est pas un être humain qui a exécuté Pallas. C'est la tour. La tour n'est qu'un gigantesque piège !

Le détective envoya les soldats à leur tâche, puis ouvrit une porte au hasard. Coup de chance, le ponton ne comptait qu'un faible public. Une poignée de nobles accoudés à la balustrade se montraient divers points du panorama. Des généraux commentaient les rumeurs sur l'assassinat. Tous froncèrent les sourcils à la vue du questeur.

Jon se fraya un chemin jusqu'au centre du passage. Il chassa d'un geste irrité les questions des nobliaux.

— Quelqu'un peut-il me donner l'heure exacte ?

Un jeune homme roux leva la main :

— La lumière vient de changer, Ser. Nous entrons dans la dixième période.

Le mage écarta les jambes et saisit fermement la rambarde.

— Accrochez-vous tous ! cria-t-il avec force.

Quelques spectateurs ricanèrent, et l'un des nobles fit même mine de s'envoler. Mais la plupart obéirent.

Edrick se tenait juste derrière son ami. Agrippé sans conviction au garde-fou, il le considérait de l'air de celui qui doit vous annoncer votre internement. Il allait ouvrir la bouche quand un horrible grincement lui vrilla les tympans. Il porta les mains à ses oreilles, mais il sentit le sol s'ébranler et se raccrocha aussitôt.

Toutes les personnes présentes se couchèrent à moitié ou se cramponnèrent à ce qu'elles pouvaient.

Ils bougeaient. À vitesse moyenne, la passerelle pivotait autour de l'axe constitué par l'énorme tour centrale.

Jon hurla à l'attention d'Edrick en montrant son oreille :

— Voilà l'origine du bruit ! Les rouages de la bâtisse auraient besoin d'un bon graissage !

— Mais que se passe-t-il ?

— C'est très simple : tous les ponceaux sont en train d'effectuer un cinquième de tour.

La rotation lancée, le grincement s'estompa. Le détective poursuivit :

— Les tourelles n'ont pas été conçues par fantaisie, mais pour indiquer l'heure ! Vingt heures dans une journée, cinq annexes, c'est vous qui l'avez dit. À chaque début de période, toutes les deux heures, elles tournent toutes en même temps. Cinq rotations le jour, cinq rotations la nuit. Cette horloge sommaire pouvait être aperçue de tous les balcons. Shaddrack lui-même n'avait qu'à jeter un œil depuis son palais pour s'informer du moment de la journée. La toiture chromée servait de repère. C'était bien avant que les rhéostats des déflecteurs fassent varier leur éclat au cours des périodes.

Edrick regarda vers le bas. Le vent ébouriffait ses cheveux tandis qu'ils survolaient le quartier. C'était comme s'ils chevauchaient une incroyable monture de pierre et d'acier. La sensation était grisante. Il tendit un doigt vers la tourelle.

— Toute l'annexe se déplace avec nous ?

— Le haut seulement. Regardez là-bas.

Jon indiquait un point en contrebas. À l'endroit où le sommet de la tourelle aurait dû se prolonger vers le sol, il n'y avait rien. Tel un bras gigantesque, le ponceau portait le moignon supérieur de la dépendance.

— Voilà qui explique la robustesse des passerelles. Elles doivent soutenir une partie des annexes durant leur course. Les cercles de métal autour du corps principal et des filles trouvent aussi leur justification. Ils assurent leur maintien pendant les rotations. S'ils n'étaient pas là, les frictions et les vibrations auraient tôt fait d'abattre l'édifice.

Edrick interrompit son ami, le visage muet d'horreur. Il fixait un point situé juste sous la dépendance. Jon suivit son regard et poussa une exclamation. Une paire de jambes pédalait désespérément dans le vide.

— Nom d'Akir ! s'écria le soldat. Ce doit être l'un des détectives qui étaient postés dans l'escalier. Il n'est pas descendu assez vite et s'est fait surprendre.

Jon se plaça dans la direction de la rotation. Ils approchaient de leur destination. La base de la tour suivante se dressait à quelques dizaines d'hommes, prête à recevoir son nouveau sommet.

Plusieurs personnes avaient aperçu le malheureux. Elles criaient ou lui donnaient des conseils. De petits groupes pariaient sur ses chances de s'en tirer. Ceux qui se prononçaient pour sa mort tentaient de faire taire les encouragements.

Jon, lui, tissait. Un œil sur la tour, l'autre sur son fil d'aura, il confectionnait un filet sommaire. Il le lança en direction de l'annexe. Comme douée d'une vie propre, la toile se disposa sur le pourtour inférieur.

Elle emprisonna les jambes du malheureux, qui s'immobilisa.

La dépendance approchait. Ils ralentissaient.

Jon avait conservé en main un filament qui le reliait à la toile. Au moment où la tourelle prenait place dans son nouveau logement, il tira de toutes ses forces sur le câble. Le maillage d'énergie se tendit brusquement, faisant remonter les jambes de l'homme.

La plupart des spectateurs poussèrent un soupir de soulagement. Aucun ne s'était aperçu du stratagème. Le détective songea que c'était aussi bien comme ça. Il n'était pas assez en forme pour affronter des remerciements exubérants.

Ce n'était pas l'avis d'Edrick qui lui sauta dans les bras en criant dans ses oreilles. L'officier ne s'interrompit que lorsqu'il sentit sur lui le regard des autres visiteurs.

— Je vous ai vu, c'est vous qui avez sauvé cet homme !

— Calmez-vous et aidez-moi à redescendre. J'ai eu mon content d'émotions pour aujourd'hui.

Edrick soutint son ami et ils firent la queue vers le bâtiment central. La foule était très animée. Chacun livrait ses impressions ou donnait son interprétation du meurtre à la lumière du phénomène. Plusieurs individus voulurent intercepter le questeur, mais la mine revêche d'Edrick les en dissuada.

Dans le hall bondé, les occupants des autres passerelles rejoignaient peu à peu l'escalier. Quelques nostalgiques s'attardaient, émus de voir que le vieux bâtiment recelait encore un soupçon de mystère.

Les deux compagnons se postèrent dans un coin où ils ne risquaient pas d'être bousculés. Personne ne leur prêta attention. Les visiteurs discutaient avec animation, comme à la première d'un spectacle remarquable.

Assis contre un mur, Jon récupérait. Il se sentait comme quelqu'un qui vient de nager pour sauver sa vie. Sa perte de poids et son sortilège impromptu l'avaient considérablement affaibli.

Il se releva pourtant. L'ambassadeur mehnzotain venait droit sur lui, escorté d'une poignée de favoris. Le notable, poudré et pomponné, se dégagea d'une cape toute en ribambelles et lui saisit les deux mains.

— Ser Alamänder, je vous adresse mes plus vives félicitations pour cette brillante démonstration.

Jon se força à sourire.

— Merci, Votre Honneur.

— Quelle belle leçon de sagacité pour ces grands singes de Kung-Bohréens. Je me réjouis de vous retrouver sous peu à la réception.

— Ce sera avec joie, Ser, si les exigences de l'enquête me permettent de me libérer.

— Ah oui, l'enquête. Mais vous êtes mon invité. Vous allez donc faire ce qui est le plus difficile pour un questeur : *oublier ça !*

La clique du diplomate salua la plaisanterie de rires élégants. Le légat prit congé avec grâce et se dirigea d'un pas lent vers l'escalier. Il n'avait pas jeté le moindre regard sur Edrick.

Celui-ci se pencha vers son ami :

— Rappelez-moi pourquoi nous restons en paix avec ces imbéciles, je viens d'oublier.

— Ne vous fiez pas aux apparences. Enel Chans est un esprit redoutable.

— Ce sont ses vêtements qui sont redoutables. Comment vous sentez-vous ?

— Aussi bien qu'on peut l'être après avoir perdu cinq kilos et véhiculé quelques litres de venin.

— Tant que vous serez capable de pleurer sur votre sort, je ne me ferai pas trop de souci.

Un bruit de vieux klaxon l'interrompit. Il provenait d'un petit dispositif plaqué sur la rampe d'escalier. Edrick s'y rendit et extirpa un cornet ouvragé. Il dialogua un bon moment, puis revint vers Jon.

— Depuis votre dernière visite, expliqua-t-il, nous avons placé un cordon acoustique entre ici et le rez-de-chaussée. C'est plus simple que d'avoir à monter et descendre sans arrêt. Vance et Fédéhul sont en bas. Ils ont beaucoup de questions à vous poser. Je les fais monter ?

— J'imagine qu'ils ne sont pas venus prendre des nouvelles de ma santé. Allez-y.

Edrick hocha la tête et retourna vers le cornet.

Quelques minutes plus tard, Vance pénétrait dans la chambre, accompagnée du général. La jeune femme prit le mage dans ses bras, la mine soucieuse.

— Cher Jon. Je suis si heureuse de vous voir de nouveau sur pied.

— Merci, Vance. Votre présence ne pourra qu'accélérer mon rétablissement.

Elle gloussa et se tourna vers Edrick.

— Il va beaucoup mieux. Le revoilà déjà en train de me courtiser.

Son regard clair revint se poser sur le détective.

— Que cela ne vous fasse pas oublier le travail qui nous attend. J'ouvre officiellement ce conseil de guerre. Nous devons faire le point et organiser une contre-offensive. Pour cette raison, Ser Fédéhul m'accompagne. Comme vous le savez, il est le commandant en chef des armées de Ker Fresnel.

Elle s'effaça. Fédéhul et Jon se saluèrent. La poigne du soldat laissait entendre qu'il dressait des skorjs à mains nues pendant ses heures de loisir.

— Ser Questeur, vous nous avez vraiment fait peur, l'autre nuit. Avez-vous pu apercevoir votre agresseur ?

— Non, général, je n'ai vu que son sortilège. Cependant, je peux d'ores et déjà vous apprendre que nous avons affaire à forte partie.

— C'est-à-dire ?

— Ce sort m'était inconnu. Dans le cas contraire, je ne serais pas resté planté devant comme un ahuri. Or, seuls les maîtres conçoivent leur arsenal magique, un peu comme un guerrier forgerait ses propres lames.

— Je vois. Vous revenez donc sur votre déclaration selon laquelle aucune magie n'est intervenue au cours du meurtre ?

— J'y suis contraint, même si je ne comprends toujours pas pourquoi l'assassin n'a pas fait appel à son principal atout pour supprimer le chambellan.

— Nous y avons réfléchi de notre côté, intervint Vance. Peut-être aviez-vous raison quand vous avez dit qu'il préférait garder l'anonymat.

— Certes, mais cela soulève deux objections. Un : pourquoi dans ce cas élaborer un stratagème visant à soulever la question de la magie ? Et deux : pourquoi, s'il souhaitait tant ne pas dévoiler ses compétences magiques, les avoir employées contre moi ?

— Parce qu'il pensait ne pas vous voir vous en tirer, répondit Edrick. Et il a été bien près d'avoir raison.

— Exact. Sans la présence du démon, je ferais office en ce moment de sac à œufs.

— Du démon ? fit Vance.

— Croyez-le ou non, mais la version infernale d'une armoire à glace est intervenue *in extremis*. Cette créature a tout simplement dévoré vivant mon assaillant. Ernst aurait-il dans ses relations un invocateur inféodé à Akir ?

— Certainement pas, affirma l'espionne. Je suis formelle. Ernst déteste la magie, comme tout ce qu'il ne peut contrôler, d'ailleurs.

— Alors je ne vois pas. Ou plutôt si : un seigneur des abysses s'est entiché de moi.

— Vous vous flattez. Même avec votre crâne ras, vous êtes encore beaucoup trop beau pour cela.

Jon et Vance échangèrent un sourire complice, que Fédéhul brisa aussitôt :

— Auriez-vous pu à votre insu invoquer votre sauveur ?

— J'en doute. Je me tue – littéralement – à vous répéter depuis mon arrivée que je n'ai rien d'un guerrier. D'autre part, ce n'est pas la première fois que j'étais en danger depuis que j'ai quitté mon foyer. Je n'ai jamais rien invoqué de la sorte.

Le général hocha la tête, perplexe.

— Si vous le voulez bien, proposa Vance, revenons

à ce qui nous occupe aujourd'hui. Il semble que vous ayez visé juste, à propos de la tour.

— Oui, malgré tous les bâtons qu'on a pu mettre dans mes roues. À commencer par le conservateur.

Edrick l'interrompit :

— En vous entendant décrier Maher lors du dernier conseil, j'ai mené mon enquête. En fait, il n'occupe sa place que par relation. Je le crois plus incompétent que dangereux.

— Admettons. Autre chose me préoccupe.

Jon garda le silence, le temps de rassembler ses souvenirs.

— Les documents qui m'ont été fournis étaient nombreux et non censurés, mais sélectionnés de manière à me lancer sur une fausse piste. J'ai perdu ainsi de précieuses heures à démêler les deux règnes de Shaddrack IV et VI. Cependant, à la lumière de ce que nous venons de vivre, je peux vous faire un résumé succinct de notre affaire.

— Ah, la clef de l'énigme, dit Fédéhul en se frottant les mains. J'attends ça depuis des semaines.

— Dans ce cas, le coupa Vance, vous pourrez bien attendre quelques minutes de plus. Le repas doit être prêt, en bas.

— En bas ? dit Jon.

— Oui, Magna Vaul a fait installer une cantine au rez-de-chaussée. En arrivant tout à l'heure, j'ai vu des cuisiniers plumer des locasses et mettre un bardelat à rôtir. Edrick, pourriez-vous donner l'ordre de monter tout cela ?

— Avec plaisir.

Le sergent se dirigea vers le tube acoustique. Vance

mit le couvert, qu'elle préleva d'une petite malle en osier. Fédéhul resta assis à ne rien faire, plongé dans ses pensées.

Ses instructions données, Edrick rejoignit Jon.

— Décidément, dit le mage, Ernst ne sait plus quoi faire pour me gâter. Cet édifice aura servi tour à tour de bibliothèque, d'hôtel et maintenant de restaurant.

— Je crois qu'un fleuriste est aussi envisagé. Plus sérieusement, vous auriez besoin d'un bon bain et d'un tailleur.

— Vous avez raison. Je suppose qu'un tub chauffe déjà quelque part.

— Tout à fait. Nous allons essayer d'écourter cette réunion. Vous avez gagné le droit à une vraie nuit de sommeil.

— Je suis donc une fois de plus consigné ici ?

— Eh oui ! Vance a tranché. La tour est facile à défendre. C'est le meilleur refuge possible, même s'il manque un peu d'animation.

— Après tout, pourquoi pas. Je crois que je commence à m'attacher à cette ruine. L'empathie de l'otage pour son ravisseur, je suppose.

— Ou le plaisir d'avoir à vos côtés l'objet de votre réussite, le taquina la jeune femme en s'approchant. Voici le souper.

Un horrible bruit de crécelle résonna dans l'escalier. Jon crut que le bâtiment s'était remis en branle, puis il comprit. Retzel venait d'apparaître en haut des marches, scandant une comptine des enfers. Il avait les bras chargés de plats et une toque sur la tête.

— Alors, toujours occupés à réfléchir ? Continuez comme ça et vous aurez bientôt l'air intelligent. En attendant, Tonton Retzel vous a mijoté un petit en-cas à réveiller Pallas : tripes de moufres et langue de Xéol sauce piquante.

— Il plaisante, glissa Edrick à Jon.

— J'avais compris. Je ne fais pas cette tête à cause des plats mais à cause de celui qui les apporte.

Vance délesta le démon de son chargement.

— Ne soyez pas injuste, lança-t-elle derrière son épaule. Il s'est conduit de manière exemplaire depuis votre mésaventure.

— J'en suis sûr. Il préfère me réserver ses pitreries.

Retzel courut vers lui et lui pinça les joues :

— Alors, votre Retzounet vous a manqué ?

— Tu me fais mal.

— Tiens, c'est fou ce que vous ressemblez à ma tante Mao comme cela.

Jon se dégagea avec humeur.

— Où étais-tu, il y a deux jours, pendant que je me faisais attaquer ?

— Avec moi, intervint l'espionne. Il m'a rejoint juste après votre départ du conseil. Il m'aide à préparer des listes d'exercices pour les bourreaux en formation. Pourquoi cette question ?

— Pour rien. Je me demandais si…

— Si Retzel n'était pas votre mystérieux bienfaiteur ? suggéra Edrick.

— Avec les démons, on ne sait jamais, maugréa le mage.

— En tout cas, je réponds de lui, dit Vance en caressant la collerette d'écailles du servant. À moins qu'il ne possède le don d'ubiquité.

— Qui sait, ma jolie ? ricana Retzel en roulant ses

yeux de caméléon. Tu verras ça quand je viendrai te border cette nuit. Je peux être à plein d'endroits en même temps !

Vance retira sa main, dégoûtée.

— Merci beaucoup pour le service, Retzel, conclut Edrick. N'hésite pas à revenir pour le dessert.

— Pour sûr.

Le démon ne bougea pas.

— Le terme *revenir* sous-entendait un départ, suggéra le sergent avec tact.

— Vous voulez que je m'en aille ?

— *Oui*, firent les quatre humains en chœur.

— Mais d'abord, une chanson !

— *Non*.

— Pas de problème. À plus tard, les filles.

En deux bonds, le démon fut sur la rampe d'escalier. Il disparut dans une glissade vertigineuse accompagnée de crissements insupportables.

— Ce sont ses serres, précisa Fédéhul en se bouchant les oreilles. Il les frotte contre la pierre en descendant. Il a fait ça tout l'après-midi.

— Pourquoi ne suis-je pas resté évanoui ? se lamenta le mage.

Il prit l'assiette que lui tendait Edrick.

— Mangeons, lança Vance, je meurs de faim. Au menu : soufflé de locasse et consommé de bardelat. Quelqu'un veut du pain ? N'oubliez pas que de courageux moissonneurs se sont battus pour l'obtenir.

Les convives s'installèrent sur des coussins, leur assiette sur les genoux. Ils soupèrent en débattant de choses et d'autres. Fédéhul vanta ses talents cachés de cuisinier, Vance conta quelques anecdotes macabres avec une bonne humeur communicative. Edrick s'empiffra consciencieusement en expliquant qu'il n'avait rien mangé depuis la veille. Chacun prit soin de ne pas commander de dessert afin d'éviter une nouvelle visite de Retzel.

Les couverts débarrassés et les ventres pleins, Fédéhul prit la parole :

— Rien de tel qu'une bonne histoire pour finir un souper. Qu'en dites-vous, Ser Alamänder ?

Le détective s'essuya la bouche.

— Message reçu, général. Je vais vous livrer sans plus tarder ma version des faits.

Il se tut quelques instants, puis :

— Pointilleux et formaliste, Shaddrack IV décida un jour que toute la noblesse de sa capitale se devait de posséder l'heure exacte, en l'occurrence celle qu'il leur donnerait. Pour cela, il conçut un bâtiment mobile, une horloge gigantesque qui indiquait le début des dix grandes périodes de la journée, cinq diurnes et cinq nocturnes. À chaque nouvelle période, les sommets de l'édifice central et des annexes pivotaient à la manière d'un immense carrousel.

« Shaddrack IV mourut peu après l'érection de la tour. Sa folie des grandeurs rejoignit l'Histoire et l'on s'intéressa aux lubies du souverain suivant. Ce n'est que lorsque son arrière-arrière-arrière-et-j'en-passe-petit-fils Shaddrack VI monta sur le trône que la bâtisse fut remise au goût du jour. Entre-temps, le but de la machinerie initiale avait été oublié. Le nouveau roi fit construire un vertigineux cadran tourné vers le bas, affichant ses convictions philosophique sur le temps qui passe.

« La structure d'origine fut cependant conservée par égard pour l'aïeul éponyme et cohabita avec la nouvelle. J'avoue ne pas m'être assez arrêté sur la présence de ce double mécanisme. J'ai préféré m'en tenir à la théorie de Maher selon laquelle elle était là en tant que dispositif de secours. Je ne suis pas très content de moi, mais j'ai des circonstances atténuantes. Si l'on m'avait fourni autant d'archives sur Shaddrack IV que sur son descendant, j'aurais fini par dénicher une allusion directe au carrousel.

« C'est là que je voulais en venir. Je ne vois que trois raisons possibles à ce défaut de documentation : la négligence, la confusion entre les monarques, et la préméditation.

Vance haussa les sourcils :

— Vous évoquez à la fois une complicité au niveau de la bibliothèque royale et une culture historique ahurissante !

— Historique et technique. Une connaissance intime de l'horloge était nécessaire non seulement pour permettre son redémarrage, mais aussi pour que ce redémarrage survienne pile au moment de la visite de Pallas. Dans ce but, je pense que notre homme a relancé la machinerie mais l'a aussitôt bloquée, sans doute à l'aide d'une cale attachée à une petite bombe à retardement. Cela lui a permis de préparer son forfait des mois, voire des années à l'avance. Je n'avais aucune chance dans ces conditions de trouver ne serait-ce qu'une parcelle de son aura.

« Et nous arrivons au soir du meurtre. Le conseiller a, je pense, reçu un billet le pressant de se trouver à une heure précise et sur une marche précise de l'une des tours filles. Arrivé là, il attend. À l'heure fatidique, la bombe éclate : le mécanisme redémarre dans un fracas indescriptible, conséquence de siècles d'immobilité. C'est ce bruit que les gardes de faction assimileront à un hurlement monstrueux. La surprise de Pallas fait place à l'horreur lorsqu'il voit le mur de la tour se rapprocher. Il est brutalement plaqué contre la colonne centrale de l'escalier, puis coupé en deux par les anneaux de soutènement. La moitié inférieure de son corps tombe dans la partie fixe, l'autre est emportée avec le sommet mobile et s'écrase au sol.

Le regard des trois auditeurs était dans le vague. Ils se rejouaient la scène macabre.

Edrick reprit ses esprits le premier et claqua des doigts :

— C'est la raison pour laquelle on a découvert le sang de Pallas à deux endroits différents !

— Exactement. Au moment où Pallas est broyé par la tourelle, son sang jaillit et asperge à la fois le mur de la partie fixe et celui de la partie mobile. Le sommet de l'annexe continue son déplacement et se retrouve, quelques instants plus tard, un cinquième de tour plus loin.

— Votre raisonnement tient debout, c'est indéniable, dit Fédéhul. Mais un détail détruit ce bel édifice. Que faites-vous des gardes postés en bas de la tour ? D'après ce que vous affirmez, ils se trouvaient aux premières loges. Nous aurions dû être aussitôt alertés !

— Pourquoi donc ? Mettez-vous à leur place. Ils patrouillent aux abords du bâtiment lorsqu'ils entendent un cri terrible provenant du sommet. Levant la tête, ils ne voient rien d'autre que l'obscurité. N'oublions pas que Fresnel est une caverne : aucune lueur ne provient des lunes ou des étoiles, et les ténèbres sont d'autant plus épaisses que la ville traverse à ce moment la période la plus sombre de sa nuit. Le temps d'ouvrir les différents accès vers la salle principale, puis de monter les centaines de marches de l'escalier, les tours ont largement eu le temps d'achever leur rotation.

— Ils auraient dû s'apercevoir que les tourelles n'étaient plus à la même place !

— Ils l'ont sans doute consigné dans leur rapport, mais personne ne les a pris au sérieux. Les soldats eux-mêmes doutaient de leurs perceptions. Ils ont préféré ne pas insister de peur de passer pour des ivrognes.

— Vos propos sont insultants. La majorité des secondes classes sont sobres la plupart du temps.

— C'est pourtant la seule explication. Et elle est tout à fait plausible, vous en conviendrez. À votre décharge, j'avoue avoir moi-même fait preuve de légèreté lorsque je les ai interrogés. Aucun d'eux n'a pu me décrire précisément l'aspect du bâtiment. Ceux qui m'ont affirmé que certaines tours avaient meilleure mine que la veille avaient raison, car la rotation avait remplacé des tourelles décaties par d'autres mieux conservées. Tous ces détails me sont revenus après coup, comme les pièces d'un vieux puzzle qu'on retrouve sous une armoire. Si je m'étais montré moins condescendant, la vérité me serait apparue plus tôt.

— Ne jouez pas les modestes, l'interrompit Vance avec une pointe d'admiration. Votre analyse est remarquable.

Le général se leva.

— Excusez-moi un instant. Je dois vérifier vos dires, à propos des rapports. Les résultats devraient nous parvenir dans l'heure.

Il s'éloigna vers le tube où il dialogua quelques secondes, puis il revint s'asseoir.

— J'ai gros à perdre dans l'histoire, soupira-t-il. En tant que commandant des forces intérieures, je suis responsable de Fresnel.

— Je pensais que vous étiez le plus haut gradé du royaume, dit Jon. En fait, vous n'avez pour tâche que la capitale.

Fédéhul haussa les épaules. Edrick expliqua :

— Le commandement de l'armée est réparti entre deux responsables. Le premier, Eder Nayel, est un homme taciturne que vous avez aperçu au conseil. Il assure la défense des frontières. Fédéhul s'occupe du reste, dont Fresnel.

— Il faut vous dire, précisa Vance, que la ville accueille plus du tiers de la population du royaume. C'est à la fois une redoutable forteresse et notre point faible, car la renverser équivaut à ouvrir les portes du pays.

— D'où votre psychose de la sécurité, fit Jon. Je me souviens encore des gardes à l'entrée…

— Passons, l'interrompit le général. Une dernière chose m'intrigue. Comment pouviez-vous savoir que la tour se remettrait en mouvement précisément un mois après la mort du conseiller ? Relancée, l'horloge aurait dû se remettre à pivoter à chaque nouvelle période, c'est-à-dire toutes les deux heures ! Comment saviez-vous qu'elle suspendrait ainsi son mouvement ?

— La réponse est : je ne le savais pas. Ce n'est pas une boutade. Tandis que je m'évertuais à percer le secret de la tour, la conclusion d'un ouvrage me laissa sur ma faim. Une phrase, en particulier, disait ceci : « *En hommage à Shaddrack IV, notre bienveillant souverain s'engage à ce que chacun des habitants puisse régulièrement contempler l'œuvre de son ancêtre.* » J'ai d'abord cru à l'ouverture du bâtiment au public, mais ce n'était pas cela. Cette fameuse phrase signifiait que le roi, malgré la mise en place de la nouvelle horloge intérieure, promettait de déclencher le carrousel de temps en temps.

« Restait à déterminer quand la tour allait de nouveau pivoter une fois le meurtre commis. La fréquence ne pouvait être de l'ordre de la journée ou de la semaine, dans ce cas vous auriez assisté au spectacle bien avant mon arrivée. L'intervalle suivant étant le mois, j'ai pris le risque de le considérer comme celui choisi par Shaddrack VI. S'il avait envisagé une manifestation annuelle, j'étais dans l'erreur. Ma réputation à Fresnel serait demeurée au plus bas, mais je n'en avais cure. Tout ce que je désirais à ce moment était quitter ce triste royaume.

— Vos méthodes me sidèrent, grogna Fédéhul. Vous utilisez quelques déductions comme tremplin vers des intuitions à la limite du rationnel. Comment faites-vous pour toujours tomber juste ?

— Pas toujours, mais mon pourcentage d'erreur n'est pas assez élevé pour que je songe à me reconvertir. Hypothèses et déductions sont le lot des questeurs, et l'intuition forme le fil conducteur. J'ai eu un bon professeur. Mon maître parvenait à résoudre des énigmes sans même quitter son fauteuil.

Edrick frappa dans ses mains.

— Ce qui ne sera sûrement pas notre cas ! Parlons de la suite de l'enquête. Nous n'avons encore rien décidé de concret.

— Je vais vous en donner du concret, moi, renifla le général. D'ici à ce soir, j'envoie une section de détectives à la bibliothèque pour découvrir qui a sélectionné les ouvrages de notre ami.

— Une bonne chose, approuva Jon.

— Je n'ai pas fini. Ensuite, je fais surveiller les marchands d'ingrédients ésotériques. Si l'assassin a besoin de quoi que ce soit pour ses sortilèges, on le saura.

— Je ne sais pas si cela sera efficace. La magie YArkhanie est analytique. Elle n'emploie guère d'apports extérieurs, elle se contente de modifier l'élan vital existant. Voyez le golem de vermine que le Mage Sanglant m'a envoyé. Il n'a pas tissé son aura mais a utilisé les ressources de son environnement.

— Je n'ai rien compris à ce que vous venez de dire, répondit Fédéhul sur le ton de la conversation.

— Ce n'est pas très grave. Revenons à Pallas. Quelles sont exactement les conséquences de sa disparition ?

— Dramatiques, répondit Vance. Il supervisait l'administration centrale.

— Les autres ministères demeurent donc opérationnels ?

— C'est plus compliqué que ça. Cette administration centrale contrôle les données de tous les autres services : renseignements, justice, armée. C'est le cœur du système. Tuer Pallas, c'est sonner le début de la récréation. Chacun va profiter de la confusion pour se hisser un peu plus haut dans la hiérarchie, si possible en écrasant quelques rivaux au passage. J'ai même entendu parler d'un coup d'État en préparation dans la haute noblesse.

— Mené par Ernst, sans aucun doute. Pour être certain de conserver le pouvoir, il n'hésiterait pas à se renverser lui-même. Plus sérieusement, ce que vous dites confirme mon impression. Le meurtrier tape dans la fourmilière et profite de la diversion pour atteindre son but, quel qu'il soit. Qui est en charge de la sécurité du roi ?

Edrick se figea.

— Vous pensez que l'assassin pourrait viser Ernst ?

— Qui d'autre ? Les conséquences de la mort d'un conseiller ne seraient rien comparées à celle du roi.

— Certes, mais tuer le chambellan et le roi sont deux choses très différentes. Aucun de nos monarques n'a été assassiné depuis cinq siècles. Et vous savez pourquoi ? Parce que leur invulnérabilité est la garantie de la cohésion du royaume. La mort d'Ernst serait susceptible d'entraîner la désagrégation de Kung-Bohr.

— À ce point ?

— Imaginez une peau tendue sur un cadre. Une cordelette court le long du châssis et la maintient en place. Ernst est cette corde. Coupez-la et tout est par terre.

— L'image a le mérite d'être claire. Je reformule donc ma question. Dans quelle mesure la perte de Pallas affecte-t-elle la sécurité du roi ?

L'espionne prit le relais :

— Elle ne l'affecte pas. Ce n'est pas une bravade. La garde rapprochée est fournie par Fédéhul mais n'obéit qu'à Ernst. Elle est en outre contrôlée par mes services, et son entretien est assuré par la fiscalité générale dont est chargé Magna Vaul. C'est une structure en étoile dont le centre est le roi. Chacun concourt à sa sécurité sans en être totalement responsable. Cette répartition réduit de manière considérable les risques de putsch. De plus, elle permet de faire fonctionner l'ensemble en cas de défaillance de l'une des branches.

— Pallas se situe où, dans tout cela ?

— Il ne gère que le calendrier des inspections. Par mesure de prudence, il n'intervient pas dans les questions de sécurité directe. Son rôle central lui permettrait de renverser le régime trop facilement.

Edrick écarta les mains en signe de perplexité :

— Comme vous le voyez, rien à redouter de ce côté. Et encore, on ne vous parle pas des hiérarchies croisées qui se surveillent les unes les autres et des agents chargés de mettre du sable dans les rouages afin de les éprouver. Ce n'est pas par hasard si le roi de Kung-Bohr est considéré comme le souverain le moins vulnérable d'Alamänder.

Un appel du tube en caoutchouc les fit sursauter.

Le général se précipita vers l'embouchure. Au bout de quelques minutes, il reposa l'appareil, consterné.

— Vous aviez raison pour les rapports. Certains affirment que des tours ont été détruites le soir du meurtre, d'autres qu'on les a *restaurées*. Nous avons mis ces incohérences sur le dos des soldats, ce qui est compréhensible. La garde du vieux patrimoine est souvent considérée comme une sanction disciplinaire. Leurs supérieurs n'avaient que peu d'estime pour ces troupiers. Bon, je dois tirer cela au clair. Edrick, je compte sur vous pour me faire un rapport circonstancié sitôt la fin de cette réunion.

Sans attendre la réponse du sergent, Fédéhul disparut dans les escaliers.

Vance pinça les lèvres à l'adresse de Jon.

— En pointant du doigt cette négligence, vous avez mis le général en difficulté. Vous avez remarqué son soulagement lorsqu'il nous a quittés ? Le pousser dans ses retranchements ne vous en fera pas un ami.

— Je ne suis pas là pour cultiver mes relations mondaines mais pour mettre fin aux agissements d'une crapule. Si Fédéhul prend conscience de ses limites, peut-être me laissera-t-il un peu plus de champ.

— Ou il mettra des obstacles sur votre route, dit Edrick. Et vous, que comptez-vous faire ?

Jon se leva et fit quelques pas, songeur.

— Mettre ma capacité de réflexion à votre service. Ce que nous avons vécu jusqu'à présent n'est rien face au combat qui s'annonce. Le criminel court toujours et il est redoutable. Rendez-vous compte. Tous mes efforts et ceux de vos meilleurs détectives ne sont parvenus qu'à une chose : découvrir comment il s'y est pris pour tuer Pallas. Nous ne connaissons ni son identité, ni l'étendue de ses pouvoirs, ni son objectif principal.

« Ce que vous m'avez appris ce soir est aussi

rassurant qu'inquiétant. Vance, vous nous révélez que la mort de Pallas a plongé la capitale dans une période d'instabilité. L'émissaire de YArkhan ne pourrait rêver meilleur contexte pour préparer son prochain forfait. De votre côté, Edrick, vous affirmez qu'Ernst est à l'abri pour le moment mais que s'il tombe, c'est tout le royaume qui sombre avec lui. Dans ces conditions, que pourrait viser un émissaire de YArkhan si ce n'est la tête du pouvoir ?

Le sergent hocha la tête.

— Je parie que l'avenir va s'empresser de vous répondre.

16

Si tu ne bois pas ta soupe
Ouïng Ouïng, Zing Zing et Zang
Si tu ne bois pas ta soupe
Le T'Sank viendra petit Ser

Il te la finira toute
Ouïng Ouïng, Zing Zing et Zang
Il te la finira toute
Et il mangera ton dessert

Si tu ne fais pas ton lit
Ouïng Ouïng, Zing Zing et Zang
Si tu ne fais pas ton lit
Le T'Sank viendra petit Ser

Il dormira à ta place
Ouïng Ouïng, Zing Zing et Zang
Il dormira à ta place
Toi tu dormiras par terre

Si tu t'enfuis de chez toi
Lors le T'Sank t'emportera

Comme lui tu deviendras
À ton tour tu chanteras :

(*retour au premier couplet*)

Comptine traditionnelle

*

D'un commun accord, Maek et Ninfell décidèrent de longer la barrière de néant. L'apprenti demeura silencieux plusieurs jours, ce qui en disait long sur son trouble. Pourtant, le naturel finit par reprendre le dessus et il se mit à échafauder les théories les plus extravagantes sur ce brusque arrêt de leur univers. Chacune d'elles se heurtait à la perplexité de son maître.

Tandis qu'ils débattaient, ils récoltaient différents spécimens de flore et de faune. Ninfell les baptisait avant de les enfourner dans un sac à dos qui semblait sans fond.

— Vous comprenez, expliqua-t-il, nous ne reviendrons peut-être pas ici avant plusieurs années. Autant se documenter sur place.

— Il serait judicieux de faire de ce plateau notre donjon. En cas de problème, nous pourrions nous y replier.

— Excellente idée. Il suffirait d'emprunter une artère, puis de la condamner derrière nous avec le dosage d'hormones adéquat. Nous serions hors de portée de nos adversaires.

L'apprenti s'interrompit.

— Mais au fait, qui sont nos adversaires ?

— Nous en aurons. Le nombre d'ennemis d'un individu témoigne de sa puissance.

— À vous entendre, nous n'aurons donc pas trop de cet endroit. Quand rebrousserons-nous chemin ?

— Ta demeure est là où tu te trouves. N'oublie jamais cela lorsque tu commenceras à enseigner.

— Votre tutorat arrive donc à son terme ?

— Il s'est achevé le jour où tu m'as appris quelque chose.

L'apprenti baissa les yeux, flatté.

— Je reformule ma question. Quand souhaiterez-vous redescendre ?

— Tu redescendras lorsque nous serons certains que la ceinture des Macrovores effectue le tour complet de notre monde, ainsi que nous le pensons.

— Mes calculs sont presque achevés. J'ai pris comme repère ce gros stipe, là-bas, afin de déterminer le périmètre par triangulation. Mais qu'avez-vous dit ? *Tu ?*

— Je reste ici.

Ninfell demeura bouche bée.

— Vous me laissez seul ? dit-il d'une voix qu'il aurait préférée plus ferme.

— Tu ne le resteras pas longtemps. Dès ton retour, tu te mettras en quête d'un apprenti. Lorsque tu estimeras sa formation achevée, tu lui ordonneras de venir me trouver. Je jugerai de ses capacités et, s'il est digne de l'école, je l'enverrai à son tour former un élève.

— Et moi ?

— Je t'ai offert le plus beau et le plus redoutable

des présents : la liberté. Je ne te parle pas de cet expédient que nomment les philosophes, qui consiste à n'effectuer des choix que parmi ceux que te laissent les puissants. Je t'offre une liberté totale et irréductible, dans la mesure où personne ne pourra s'opposer à tes décisions.

— Le libre arbitre de quelques-uns entraînant la captivité de tous les autres, murmura l'apprenti.

— C'est cela. De ta conduite dépendra la course du monde. Tu as la capacité, à toi seul, d'influer sur Alamänder. Tes choix sont désormais au-delà de la morale, car celui qui ne peut être arrêté ne peut être jugé, et celui qui ne peut être jugé ne peut être condamné. Pèse les conséquences de ce pouvoir.

— Je ne sais que dire, Maître.

— Tu as le temps de réfléchir. Ta préoccupation première doit être ton apprenti.

— J'ai déjà une petite idée de ce que j'aimerais réaliser. Vous plairait-il de l'entendre ?

— Ce serait pour moi un honneur.

— Je pense que tout pouvoir met par définition celui qui ne l'exerce pas en position d'infériorité. Les hommes ne sont réellement égaux que dans la mort. Il faut qu'ils le soient de leur vivant. Je vais m'employer à ce que chaque être, aussi influent soit-il, sache qu'il existe une force capable de le réduire à néant. La fraternité entre les hommes n'est possible que si chacun vit dans la crainte d'une même autorité.

Ninfell fit une pause et se gratta l'oreille.

— Nous serons l'exception à la règle, bien sûr.

— *Je* serai l'exception, corrigea Maek, amusé.

Si ta quête de justice est bien ton souci premier, tu dois d'ores et déjà me considérer comme ton contre-pouvoir. Dans le cas contraire, qui t'empêcherait de devenir le tyran de notre univers ?

— Je me soumets à vos désirs, Maître. Mais vous, qui vous surveillera ?

— Connais-tu quelqu'un qui puisse s'en charger ?

— Non.

— C'est pourquoi je dois demeurer ici. L'isolement effacera la tentation. Je serai à la fois gardien et prisonnier, et ne descendrai que lorsque cela se révélera strictement nécessaire.

— Et la solitude ?

— Je suis resté seul la plus grande partie de ma vie. De plus, je recevrai des visites régulières.

— Les novices en fin d'apprentissage. Tous les dix ou quinze ans…

— C'est un rythme qui me convient.

Maek hocha la tête, signe que la conversation était terminée. Ninfell ne chercha pas à discuter. Il savait que les choix de son mentor étaient longuement pesés, parfois pendant des années.

Quelques jours plus tard, Maek prit congé de son élève. Les adieux furent brefs. Le maître leva vers Ninfell son visage juvénile et le regarda droit dans les yeux.

— Tu es une pièce de la partie qui se joue entre moi et Akir. Garde cela à l'esprit.

Puis il tourna les talons et s'en fut.

Tout le reste de la journée, tandis que Maek se fondait dans le lointain sans horizon, Ninfell fut incapable de détourner le regard. Les heures défilèrent. Vers le soir, il se haussa sur la pointe des pieds pour tenter de l'apercevoir encore.

La nuit venue, il s'assit par terre et demeura deux jours immobile, à attendre le retour de son maître. Lorsqu'il fut certain que Maek ne rebrousserait pas chemin, il se leva et mit le cap sur leur ancien foyer.

Pas une larme ne coula de ses joues. Aucun désespoir ne teinta ses pas. Pourtant, ses mécanismes internes se brisaient les uns après les autres. Après des années passées en ce lieu hors du temps, étrange autel dont Maek avait été le seul dieu et lui l'unique adorateur, la réalité le rattrapait et le foulait aux pieds avec un mépris aveugle.

Son mentor avait représenté pour lui plus qu'un précepteur, plus qu'un père. Ninfell avait entendu parler de ces âmes torturées qui produisaient parfois des personnalités fictives. Lui, à l'inverse, avait intégré celle de Maek. Privé de sa présence, il éprouvait un sentiment au-delà de la solitude : il ne vivait plus qu'avec la moitié de lui-même.

Sur le chemin du retour, il alterna longues marches et périodes de stupeur au cours desquelles il demeurait assis, le regard fixe, sans même avoir conscience de son hébétude. C'était comme si son esprit, privé de la protection de son propriétaire, creusait loin à l'intérieur de son âme pour y trouver refuge.

Il ne basculait pas dans la folie. Au contraire, les pans de sa conscience se repliaient sur eux-mêmes afin d'y échapper. Laisser le moindre interstice, la moindre faille, c'était permettre au chaos de l'envahir.

Quand sa psyché malmenée eut achevé son labeur, Ninfell était devenu une vessie cousue, insensible, hermétique à toute souffrance comme à toute joie. Pour échapper à l'aliénation, il avait dû se résoudre à se couper de son humanité, comme ces animaux qui s'amputent d'un membre piégé pour prix de leur survie. Il retrouva alors sa sérénité et mit son retour à profit pour réfléchir au sens qu'il donnerait à son existence. Son maître lui avait offert un credo. Mieux, un idéal. Il était hors de question de tourner le dos à l'école.

Il mesurait aussi ce que sa situation avait de cocasse. En temps ordinaire, l'apprenti partait à la fin de son initiation. Ici, c'était le tuteur qui avait pris congé. Peut-être était-ce là une stratégie de Maek pour conserver son influence ? En prenant l'initiative, il redonnait à son élève sa liberté sans pour autant rompre le lien qui les unissait.

Ninfell tourna ses pensées vers son propre apprenti. Serait-il capable de le former ? Lui-même n'avait jamais tué personne, à l'exception des captifs que ramenait parfois Maek. Terrorisés, à bout de forces, ces cobayes faisaient de bien piètres adversaires. Si Ninfell voulait devenir une source d'effroi pour les puissants de ce monde, il devait se mettre en quête d'un tout autre type de proie.

Qui lui apporterait la notoriété désirée ? Une cible renommée, bien sûr. La nouvelle de son exécution se propagerait bien plus vite que celle d'une cohorte d'inconnus. Une fois la réputation de l'école établie, les candidats afflueraient pour suivre les cours.

C'était donc une sorte d'assassinat promotionnel.

Ninfell dressa la liste des héros, souverains et notables qui se partageaient le pouvoir à son époque. Après mûre réflexion, il arrêta son choix sur Rol Toyerdhal, l'Empereur Mage de YArkhan. Ses connaissances thaumaturgiques et sa sinistre notoriété le plaçaient bien au-delà du commun des mortels.

Ninfell prit aussitôt quelques notes mentales :

La recherche du pouvoir est à l'opposé de celle de la sagesse. Quel que soit le domaine dans lequel nous excellons, notre ego enfle et se distend jusqu'à affecter les lois de gravité sociale. Les autres humains deviennent alors de simples satellites de nos intérêts, leur valeur assujettie à ce qu'ils peuvent nous apporter.

Ça sonnait bien, presque comme du Maek. Son Maître avait toujours eu la curieuse habitude de s'exprimer par maximes solennelles. Ninfell se promit de rassembler ses propres sentences dans un manuel à l'usage des étudiants. Afin de se développer et de gagner en crédibilité, l'école devrait avant longtemps délaisser la tradition orale au profit de l'écrit.

Insensible au paysage qui l'entourait, ne s'arrêtant que lorsqu'il s'écroulait de fatigue, son esprit vagabonda entre l'organisation à donner au futur établissement et la stratégie à adopter pour éliminer Toyerdhal. Même si cette dernière tâche s'annonçait comme la plus ardue, Ninfell disposait de deux atouts de taille : l'étendue de ses connaissances, et le fait qu'il était encore inconnu. Une fois l'école implantée, ses élèves ne bénéficieraient plus de l'effet de surprise.

Pris dans le flot de ses pensées, il ne s'aperçut

pas tout de suite qu'il était parvenu à destination. Lorsque la réalité s'imposa de nouveau à lui, ses projets se brisèrent d'un coup sur le formidable obstacle que constituait la falaise.

Il étudia le paysage.

À ses pieds, le versant plongeait à pic dans l'éternel nuage de spores. Un peu plus loin, l'implacable étendue du désert de rouille perçait à travers la brume effilochée. À l'horizon, il crut discerner la frange des céréales carnivores, ligne chaotique contrastant avec le paysage désolé.

Il ramena son regard vers le bas. Toute tentative de descente en rappel était irréaliste. L'épais brouillard aurait tôt fait de l'étouffer ou de le déshydrater. Il s'était aperçu quelques années auparavant qu'il empêchait même parfois la pluie de tomber.

Indécis, il fit de nombreux allers et retours le long du rebord, en quête d'un vaisseau de sève dirigé vers le bas. Hélas, ils étaient tous à sens unique. Il essaya alors de dénicher une faille dans la paroi organique, une cheminée qui le mettrait à l'abri de la brume et lui assurerait une descente aisée. Là encore, des semaines de recherches ne lui apportèrent qu'une amère désillusion.

Ninfell sentit l'impatience le gagner. S'il était incapable de retourner chez lui, il s'écoulerait bien de la sève avant qu'il constitue ne serait-ce qu'un début de menace. L'Archimage avait encore de beaux jours devant lui.

Pour meubler son ennui, puis plus tard par curiosité, il se mit à étudier son lieu de captivité.

La faune et la flore du plateau se révélèrent aussi

captivantes que celles de la plaine. Les étranges arbres aux fleurs blanches, en particulier, étaient fascinants. Ils émettaient une chaleur incroyable sur environ un homme de diamètre, et leurs frondaisons abritaient de petits insectes qui profitaient de la touffeur des lieux en se nourrissant du tapis végétal orange.

L'attention de Ninfell se tourna vers le sol et sa production d'oxygène. Comment la niche écologique se défendait-elle contre les inflammations spontanées ? Il tergiversa quelques mois, puis se résolut à observer l'effet des flammes sur l'environnement.

Avant de procéder à sa périlleuse expérience, il prit soin d'escalader l'un des pieds de reproduction géants qui se courbaient sur la lande comme des parents sur leur progéniture. Il grimpa jusqu'à une cavité qu'il avait aménagée, juste en dessous de la zone où l'air commençait à manquer. Il frotta son briquet, seul vestige de sa vie passée, puis enflamma un bouquet de fibres qu'il avait emporté. Il jeta le brûlot et se recroquevilla contre la paroi.

Le résultat de l'expérience échappa d'abord à sa compréhension. Un rideau de flammes circulaire balaya l'étendue pour venir s'échouer au pied des arbustes blancs. Les larges pétales se dressèrent alors à la verticale tandis qu'un halo lumineux les nimbait d'un éclat insoutenable. Des vagues de chaleur fusèrent de tous côtés, déformant l'air alentour. Les feuilles vibraient sous l'impact invisible de l'énergie.

Tétanisé, Ninfell attendit la suite des événements. Le phénomène finit par refluer. Les branches retombèrent avec grâce, comme à regret.

L'élève prit sa tête dans ses mains et se rejoua la

scène de nombreuses fois, puis il poussa un cri de joie. Il avait compris : lorsque l'émission d'oxygène provoquait un micro-incendie, l'écosystème transformait cette énergie en nourriture pour les arbustes. Ceux-ci géraient donc à la fois les débordements énergétiques du lieu et contribuaient à l'essor de la vie en redistribuant le trop-plein autour d'eux.

Ninfell baptisa les végétaux des *diliéphénum*, du nom de l'un de ses frères orphelins qui s'enflammait à tout bout de champ. Il redescendit de son perchoir et courut vers le végétal le plus proche. À sa périphérie, le tapis de spores incendiés fumait encore. La chaleur qu'avait émise l'arbre à cet endroit devait avoir été bien plus intense que l'embrasement des environs.

Il saisit une poignée d'insectes carbonisés, souffla dessus et les porta à sa bouche. Ils croustillaient de manière désagréable, comme du gravier, mais leur goût évoquait celui de fruits fumés. Ce nouveau menu le distrairait pour un temps des éternels amas de flocons trempés dans la sève.

Tandis qu'il mastiquait avec enthousiasme, il s'aperçut qu'il n'était pas le seul à profiter des largesses de l'arbuste. Un flot d'animalcules rescapés de l'incendie envahissaient la partie sinistrée en dévorant les cadavres de leurs semblables.

Ninfell préleva vite une autre portion de son repas avant que celui-ci ne lui soit ravi. Il n'était pas au bout de ses surprises. De la base du diliéphénum surgirent de grosses outres, de la taille d'une jambe, qui aspirèrent avec bruit le sol consumé. Elles procédaient à tâtons, engouffrant aussi bien les insectes vivants que les morts.

Le disciple acheva en hâte son menu improvisé puis il considéra, songeur, les arbustes blancs des environs. Il obtenait confirmation de leur statut d'îlots nourriciers : au moins deux espèces y proliféraient.

Une stridulation aiguë retentit dans son dos. Il sursauta et se retourna en position de combat. Face à lui, un genre de phasme aux pattes distordues le dominait de deux bonnes têtes. L'animal ne semblait posséder aucun organe vulnérable où frapper. Ninfell choisit donc la voie de la sagesse et s'écarta avec précaution.

L'insecte poursuivit son chemin vers l'arbuste. Il fit halte au beau milieu du cercle grouillant, planta la partie inférieure de son corps dans le sol et ne bougea plus.

Ninfell sentit presque la colère des petits hexapodes lorsque ceux-ci se lancèrent à l'assaut de l'intrus. Loin de s'en formaliser, le phasme demeura aussi immobile que son voisin végétal. Au bout d'un moment, incapables de s'emparer de leur proie, les animalcules décidèrent de s'entre-dévorer. Plus d'un vaincu tomba sur le sol où ses congénères l'achevèrent.

Ninfell fronça les sourcils. D'où sortait ce nouvel arrivant ? L'acte pyromane de l'apprenti l'avait-il amené à se découvrir ? Comme dans les Macrovores, l'endroit abritait une faune aussi riche que discrète.

Il soupira. Ces trouvailles étaient fascinantes, mais sans moyen de redescendre, elles ne serviraient qu'à meubler son ennui.

Il chercha l'inspiration du côté de son Maître. Qu'aurait fait Maek dans une telle situation ?

La réponse s'imposa, lumineuse : il aurait parcouru le Plateau sans relâche, dans l'attente d'un moyen d'évasion offert par la providence.

Ninfell sourit. Son sort était donc réglé pour le moment.

17

Ser, Serre,

Les Entreprises d'État YArkhanies vous remercient de votre confiance et vous félicitent de votre achat. Nous avons apporté le plus grand soin à la programmation de ce sortilège et espérons qu'il vous apportera toute satisfaction.
Vous trouverez dans cette brochure les caractéristiques techniques de ce modèle ainsi que son mode d'emploi détaillé.

Le Cube de Sûreté est un article haut de gamme et bénéficie à ce titre des avantages suivants :

– Assurance Pérennité. Le produit est assorti d'une garantie intégrale de deux siècles, brins d'énergie et main-d'œuvre compris. Nous nous engageons à ramener à la vie le programmeur principal en cas de besoin.

– Assurance Efficacité. Au cas où des intrus survivraient au magigramme, nous fournissons le mercenaire qui achèvera le travail.

– Assurance Entretien. Des cobayes, criminels de droit commun ou condamnés à mort, sont à votre disposition afin de tester la bonne marche des mesures défensives.

– Assurance Vie. Indemnisation inconditionnelle de vos descendants en cas de défaillance du système.

Nos ingénieurs demeurent à votre disposition pour toute question concernant nos pratiques thaumaturgiques. Avant tout contact télépathique, munissez-vous du numéro de série du sortilège que vous trouverez au dos de ce manuel.

Nous attirons votre attention sur la lecture minutieuse exigée par le guide de l'utilisateur. En cas de non-respect des consignes de sécurité, les Entreprises d'État YArkhanies ne sauraient être tenues pour responsables des glissements de réalité, mutations psychiques ou calvities précoces qu'entraînerait un emploi inapproprié du Cube.

En vous souhaitant longue vie aux côtés de nos produits.

Entreprises d'État YArkhanies,
Manuel d'utilisation du Cube de Sûreté

*

Edrick salua les sentinelles de la Tour de l'Horloge et gagna la première coursive. Il fit halte un instant, assena quelques tapes affectueuses sur l'un des murs comme sur une bête sauvage que l'on vient de dresser, puis se remit en route.

De guerre lasse, la petite équipe constituée de Jon, Vance, Fédéhul et lui-même avait écourté la réunion de la veille et décidé de la reporter après une vraie nuit de repos. Hélas, malgré sa fatigue, le capitaine avait peu dormi. Il demeurait partagé entre l'excitation d'avoir résolu une énigme épineuse et l'inquiétude de ce qui les attendait.

Il franchit d'un pas alerte la herse ornementée et pénétra dans la grande salle. La tenture qui masquait l'escalier était rabattue. Retzel dormait juste en dessous, allongé sous un énorme livre déplié à la manière d'une tente. Le démon avait sans doute chipé l'ouvrage dans la bibliothèque improvisée qui avait occupé les lieux quelques jours auparavant.

Edrick le dépassa sur la pointe des pieds et se mit à gravir les degrés de la même manière. À mi-chemin de l'escalier, il se demanda s'il pouvait se permettre de reprendre une démarche normale. Il décida que non. Entre le réveil de Retzel et les crampes, le choix était vite fait. Il reprit donc son manège, grimaçant mais heureux de n'entendre dans son dos que des ronflements.

Parvenu au sommet, il découvrit son ami qui faisait les cent pas sur le carrelage de verre.

— Salut, Jon. Déjà debout ?

— Oui. En ce moment, je ne dors pas, je tombe dans le coma. C'est assez réparateur, et ça rend surtout réfractaire à toute perte de conscience. Les autres sont avec vous ?

— Ils ne devraient pas tarder.

— Parfait. Vous avez un problème ?

— Un peu mal aux jambes. Rien de grave.

— C'est vous qui avez insisté pour que je m'installe ici. Sans doute l'idée que se font les Kung-Bohréens de la promotion sociale.

— Je vous le répète, vous êtes moins vulnérable en hauteur.

— Ce n'est pas vous qui jouez la princesse dans son donjon.

— Vous faites beaucoup moins princesse depuis que vous avez les cheveux courts. Invitez Retzel, il vous tiendra compagnie.

— Un cor au pied me tiendrait compagnie. J'ai passé deux heures à essayer de le convaincre de monter la garde en bas. Il a fini par accepter lorsque j'ai laissé entendre que, coincé ici, je ne pourrais pas l'empêcher de faire ce qu'il voudrait aux visiteurs.

Il s'interrompit. Vance et Fédéhul faisaient leur entrée, accompagnés d'une dizaine de vigiles qui prirent position autour de la salle. Tous avaient des démarches bizarres.

— Tout va bien ? demanda le mage.

— Parfaitement bien, répondit Fédéhul en se massant les mollets.

Après les salutations d'usage, Jon et Vance s'installèrent sur le lit, et les deux officiers sur de petits tabourets.

Le détective entra dans le vif du sujet :

— J'ai passé une partie de la nuit à me demander pourquoi le Sanglant avait décidé de s'attaquer à Pallas.

— Comme si vous étiez le seul, répliqua Fédéhul avec un bâillement.

Le questeur se tourna vers Vance :

— Qu'a donné votre enquête sur les activités du conseiller ?

— Presque rien. Pour tout vous dire, trouver moins que ce que nous avons découvert serait suspect.

Edrick se croisa les bras et se balança sur son tabouret.

— Ce qui m'intrigue le plus est que Pallas ait accepté une entrevue dans un endroit aussi lugubre que cette tourelle. Et sans sa garde rapprochée, de surcroît.

— Je sais, murmura l'espionne avec fatalisme. La moitié de mon équipe travaille là-dessus.

— Et sur son passé, des éléments intéressants ?

— Pas plus. En deux mots, Pallas a grandi dans les hautes écoles administratives de la capitale. Il a montré très tôt un talent certain pour manœuvrer ses camarades. On raconte qu'il n'effectuait jamais un devoir. Il avait à sa disposition une équipe d'étudiants prête à œuvrer en sa faveur en échange de renseignements qu'il récoltait via un autre groupe. À la fin de ses études, la moitié de la faculté était à ses ordres, professeurs compris. Les rumeurs le décrivaient comme un maître en psychologie, en chantage, en désinformation.

« Malheureusement pour lui, même le plus doué des manipulateurs ne peut rien contre un arbre généalogique rachitique. Sa descendance était beaucoup trop éloignée du trône pour qu'il puisse un jour aspirer à la haute noblesse. C'est ce qui explique son rapprochement avec Ernst. Il gouvernait par procuration.

Jon pinça les lèvres.

— Il est certain qu'ils se sont bien trouvés, tous les deux.

— L'enquête est partie sur un mauvais pied précisément pour cette raison. Pallas avait tant d'ennemis que l'assassin s'est retrouvé noyé dans la foule des suspects. Avec sa mort, Ernst a perdu plus qu'un conseiller : il a perdu une cible pour ses détracteurs.

— Je me souviens que lors de notre première rencontre, vous avez employé une expression à propos de Pallas et de son coffre.

— Oui, *Tout est dans le coffre de Pallas*. On raconte qu'il possédait un caisson inviolable dans lequel il conservait les documents les plus précieux du royaume. Nous avons bien découvert une cachette dans ses quartiers, mais elle ne contenait rien du tout.

— Vide, dites-vous ? C'est étrange.

— Pas tant que ça quand vous connaissiez le véritable Pallas. Il m'a toujours fait l'effet d'un gratte-papier assez terne. Très éloigné de la légende.

— C'est aussi mon impression, confirma Edrick. Vous n'avez jamais eu de conversation avec lui, Jon, mais je peux vous affirmer qu'au bout de deux minutes, vous décrochiez invariablement. Il maniait les chiffres à la manière de passes hypnotiques.

— De là à conclure que sa réputation n'était qu'un instrument de propagande, il n'y a qu'un pas, renchérit l'espionne. Devinez où nous avons trouvé le coffre ? Derrière un tableau. Incroyable, non ? Et encore, pas n'importe quel tableau : un portrait du conseiller. Entre nous, je ne sais pas s'il est urgent de persister dans cette voie.

— Au contraire. Si la demeure du chambellan ne

recèle aucun secret, nous en ferons vite le tour et nous pourrons passer à la suite. Ne négliger aucune piste ne signifie pas que nous devions commencer par la plus difficile.

— Je n'y vois pas d'objection, acquiesça Edrick. Une petite visite nous mettra en jambes. Faisons-y un saut dès la fin de cette réunion !

— Les affaires reprennent, dit Jon en se frottant les mains. Ma passivité commençait à me peser. À présent que nous savons comment aborder le passé, interrogeons-nous sur l'avenir. Je voudrais évoquer avec vous la seule et unique faiblesse de Fresnel : la lumière. On ne s'en préoccupe jamais en surface, mais elle revêt ici une importance capitale dans la mesure où elle est artificielle. Si l'assassin décidait de s'y attaquer, il pourrait à la fois jeter le trouble et agir en toute discrétion.

Ses compagnons firent la moue, sceptiques.

— En théorie, vous avez raison, intervint le général. En pratique, vous faites fausse route.

— Comment cela ?

— Vous avez de la chance, j'ai justement l'autorisation de vous en parler depuis ce matin. Dans la mesure où vous avez fait preuve de votre loyauté, Ernst m'a permis d'aborder avec vous certains points de sécurité nationale.

— J'en suis flatté, et je le dis sans ironie. Il ne doit pas être facile pour le roi de se confier à un ancien Mehnzotain. Je vous écoute.

— En fait, les déflecteurs ont très peu de chances de constituer une source de problème. La caverne compte une quinzaine de générateurs monumentaux, à la localisation bien entendu tenue secrète. Quand l'une de ces structures est endommagée, les autres prennent le relais. S'il voulait nous plonger dans les ténèbres, l'émissaire devrait détruire les quinze alternateurs en même temps.

— Ne le sous-estimez pas.

— Ne nous sous-estimez pas non plus ! Chaque fois qu'un district présente une activité suspecte, l'ensemble de ses ressources énergétiques est aussitôt redistribué vers ses voisins. Il y a moins de luminaires en fonctionnement mais leur intensité augmente, ce qui permet de conserver intacte la luminosité globale.

— Le Sanglant, enchaîna Vance, devrait localiser chaque générateur, mais aussi chaque câble provenant de ce dernier à destination de tous les autres. Or, plus le nombre de générateurs désactivés est important, plus la redistribution complexifie le réseau. Impossible dans ce cas de détruire tous les câbles !

— L'idée est astucieuse, je l'admets. Cependant, votre énergie doit bien trouver sa source quelque part. L'émissaire pourrait s'attaquer directement à elle. Supprimez l'eau qui alimente un arbre et il périra quelle que soit la complexité de son système racinaire.

Vance gloussa, imitée par ses compagnons.

— Votre question montre bien que vous ne vous êtes jamais interrogé sur l'origine de cette énergie.

Jon haussa un sourcil :

— Vous avez raison. Je suis si habitué à la lumière du jour que je ne m'en suis pas préoccupé.

— Nos ancêtres ont eu l'idée d'employer le flux sanguin d'Anquidiath. Les artères du demi-dieu parcourent la montagne en tous sens. Certaines sont microscopiques, d'autres aussi larges que des boulevards. Dans ces dernières, nous avons arrimé des centaines de roues à aube. Ce sont elles qui alimentent les générateurs.

— Je comprends mieux. Dans ces conditions, en effet, impossible de mettre à mal l'ensemble du système. On ne vous prend pas facilement au dépourvu.

— Et ce n'est pas tout ! se rengorgea Fédéhul. D'autres dispositifs placés dans les artères, plus petits mais plus nombreux, sont couplés à des engrenages de friction. Leur mouvement n'est pas exploité mais dissipé sous forme de chaleur. C'est ce qui permet d'élever la température de la caverne à un niveau confortable.

— Qui se charge de l'entretien des infrastructures ?

— Des ouvriers spécialisés. Ils parcourent sans cesse les galeries qui longent les vaisseaux sanguins. Bien entendu, aucun ne connaît le réseau dans son intégralité.

Le détective hocha la tête en connaisseur.

— C'est un gigantesque chauffage central organique que vous me décrivez là. Moi qui pensais avoir fait le tour des curiosités de Fresnel, je n'en avais effleuré que la surface. Au sens propre du terme.

Edrick rit de bon cœur.

— La devise de notre belle capitale est *Ne crois pas ce que tu vois*. Chez nous, rien n'est jamais ce qu'il paraît être.

— Leçon retenue. Dans ce cas, quelle est la faiblesse du système, selon vous ?

— Justement notre talent à anticiper, dit Vance.

Nous y consacrons tant d'énergie que notre capacité d'adaptation s'émousse. Lorsqu'un incident auquel nous n'avions pas songé nous frappe, nous nous retrouvons démunis. Pour cette raison, nous surveillons sans cesse les facteurs d'instabilité. Il y en a un, en particulier, qui nous inquiète beaucoup et sur lequel nous n'avons aucun contrôle. Cependant, je ne sais pas si j'ai le droit de vous en parler.

Elle quêta l'approbation du général.

— Au point où nous en sommes, grogna celui-ci, sortez-lui le grand jeu. Il doit connaître tous les secrets de cette ville si nous voulons qu'il nous soit utile.

— Jon, ce que vous allez entendre est à la fois confidentiel et de la plus haute importance.

— Allons donc.

— Je ne plaisante pas.

— Je sais, j'essaie juste d'exorciser le lapin démoniaque que vous vous apprêtez à sortir de votre chapeau. Croyez-moi, je vous écoute avec la plus grande attention.

— Lorsque Embru le Quatrième vint s'installer à Fresnel, il ne trouva pas les lieux déserts. Anquidiath était déjà là, bien sûr, et Magni sait depuis combien de temps. Mais il n'était pas seul. D'autres créatures peuplaient la plus grande partie de la montagne. Elles adoraient Anquidiath à la manière d'un dieu.

— On peut les comprendre.

— Embru se mit en tête de chasser ces habitants, qu'on nomma les *gretchens*. La tâche fut rude mais il parvint à leur ravir les étages supérieurs de la montagne.

Fédéhul l'interrompit.

— Il faut vous dire que le mont Bohr est divisé en multiples niveaux de profondeur que nous appelons *cathèdres*. Ces niveaux ne sont pas empilés à la verticale mais en diagonale, depuis le sommet jusqu'au cœur du massif. Fresnel, qui occupe les treize cathèdres supérieurs, est organisé ainsi : les trois premiers niveaux sont aménagés au plus près de la surface, dans la masse rocheuse qui surplombe la ville. Ils abritent des corps de garde, d'imposants conduits de ventilation et des demeures de luxe. En outre, une forteresse métallique suspendue se déplie depuis la voûte. Elle nous sert de refuge en cas d'invasion.

« Les quatre cathèdres suivants constituent la ville proprement dite, avec ses marchés, ses canaux ou la Tour de l'Horloge, pour ne citer que ceux que vous connaissez. Viennent ensuite les cachots, les entrepôts et les laboratoires, ainsi que des institutions discrètes tels que les bureaux de la pègre. Ces structures s'échelonnent sur trois niveaux. Les deux derniers, enfin, abritent les vestiges de nos conquêtes souterraines. On y trouve surtout des tunnels fortifiés, garnis de pièges à l'intention des gretchens. Plus bas, c'est l'inconnu.

— Pas tout à fait, objecta l'espionne. Les cinq premiers siècles de notre occupation, on s'acharna à repousser les créatures le plus loin possible. À cette époque, les royaumes qui ceinturaient Kung-Bohr étaient très puissants. Notre soif d'expansion se heurtait à celle des autres monarques. Pour cette raison, on décida d'étendre la ville vers le bas. La capitale se doubla ainsi pendant des décennies d'une banlieue souterraine, minière et touristique. Elle compta alors jusqu'à seize cathèdres.

— Touristique ?

— Les gretchens avaient laissé derrière eux de somptueux jardins minéraux dont il ne reste aujourd'hui que des descriptions. Nous occupâmes cette zone pendant des décennies, puis nous fûmes finalement repoussés. En une nuit, les quartiers les plus bas furent détruits et les habitants massacrés sans que l'on sût comment nos ennemis avaient procédé. L'incident convainquit le roi de l'époque de ne plus s'intéresser qu'à ses voisins terrestres. Il dédaigna donc les profondeurs et ses habitants, qui depuis nous le rendent bien.

— Je comprends mieux ce que vous entendez par *facteur d'instabilité*, murmura le mage. Je suppose qu'on peut considérer les derniers niveaux comme des zones tampons entre Fresnel et les gretchens.

Il se tourna vers Edrick qui était demeuré muet pendant l'exposé.

— Vous saviez tout cela ?

— Non, répondit son ami comme si on l'éveillait brusquement. Je pensais que c'étaient de simples légendes.

— Et la population est éduquée en ce sens, confirma Vance. Vous comprenez pourquoi nous demeurons toujours en alerte, même en temps de paix.

— Cela me rappelle une fable mehnzotaine sur un paysan qui découvre une bombe dans son champ. Il n'arrive pas à décider si la laisser tranquille empêchera ou non son explosion. Quand a eu lieu la dernière offensive gretchen ?

— Il y a quatre cents ans, répondit Fédéhul. Hélas, le temps qui passe n'est pas une garantie valable. Surtout quand on connaît les circonstances de ce terrible assaut.

— Soyez aimable et accordez-moi un niveau d'accréditation supplémentaire. J'ai soif de connaissances.

— Méfiez-vous, cet échelon est si élevé que toute tentative d'humour y est aussitôt considérée comme de l'antipatriotisme. Jusqu'à présent, je n'avais évoqué que douze cathèdres. Le treizième est en rapport avec l'attaque que je viens de mentionner. Poursuivez, Vance, ma gorge se noue à l'idée d'en parler.

— Je comprends, général.

L'espionne prit une longue inspiration, puis :

— Le treizième niveau n'est pas situé sous le douzième, mais sur le même plan que le onzième. Il n'a été baptisé ainsi que par superstition, à cause de l'effroyable histoire qui s'y joua. À l'époque, un conflit divisait deux grandes maisons. Le jeu des généalogies avait placé deux prétendants, Dekkan XI et Filandre VII, à égale distance du trône. Comme toujours dans ces cas-là, le plus corrompu parvint à ses fins et s'empara du pouvoir. L'autre, écœuré, décida de faire sécession : il s'enfonça dans les tréfonds de la montagne avec la ferme intention de créer un royaume alternatif. Une grande partie des intellectuels de l'époque le suivirent, outrés par les pratiques du nouveau souverain. Cette fuite des cerveaux produisit d'ailleurs une période d'obscurantisme dont le royaume principal se remit à grand-peine, même s'il permit à Dekkan de mieux asseoir sa tyrannie.

« La communauté alternative de Filandre, au contraire, prospéra. Les scientifiques, exaltés par leur souverain, mirent à profit leur imagination et reculèrent peu à peu les frontières de leur nouvel univers. Après une cinquantaine d'années, le règne de Dekkan était celui de la répression, celui de Filandre tendait vers l'utopie. La jalousie du premier atteignit son apogée lorsqu'il découvrit que ses concitoyens, malgré les menaces et les exécutions, rejoignaient en masse la nouvelle colonie. Il ne pouvait cependant se payer le luxe d'une guerre civile. Le conflit l'aurait affaibli face aux appétits des souverains voisins. Dans le plus grand secret, il rassembla donc quelques savants sans scrupule et leur fit concevoir une arme invisible : un terrifiant micro-organisme. Un scientifique du nom d'Amanem Vilo dirigeait les recherches.

— Encore ce fou dangereux ! s'exclama Jon. Edrick m'en a parlé pendant qu'on me ranimait après ma rencontre avec le golem de vermine. Mais un détail me chiffonne. D'après ce qu'a dit Edrick, Vilo serait encore en vie et retenu à Kung-Bohr. Or, votre histoire remonte à près de quatre siècles !

— Il est dépositaire d'un secret qu'il est le seul à connaître. Une technique de momification sur tissu vivant.

— Le nom seul est déjà un enchantement.

— Les organes sont séparés du corps et alimentés par des fluides que l'on peut régénérer. Nous le maintenons en vie dans l'espoir qu'il nous livrera un jour son secret.

— Quelle félicité, gronda le mage. J'imagine un Ernst en bouteille pour des siècles.

— Qu'est-ce qui vous empêche de vous montrer plus persuasif ? suggéra Edrick.

— Il n'a plus de système nerveux, il est donc insensible à la douleur. Même si la torture était possible, elle serait inefficace. Il connaît toutes nos méthodes d'interrogation.

— Et pour cause, ajouta Fédéhul. Il en a mis au point la plupart.

Jon passa une main sur ses cheveux ras.

— Magni m'en est témoin, j'ai plus que hâte de quitter ce royaume où l'on parle de torture comme de recettes de cuisine à échanger entre amis.

— Je peux finir ? demanda Vance.

D'un geste irrité, le mage lui redonna la parole.

— Le virus, poursuivit la jeune femme, n'était pas destiné aux êtres humains. Si cela avait été le cas, les savants de Filandre auraient eu tôt fait de le neutraliser. Son objectif était Anquidiath lui-même.

— Je vous demande pardon ?

— L'équipe injecta le microbe dans une artère, d'où il se propagea en direction du royaume voisin. Les vaisseaux infectés se nécrosaient sur son passage. Il s'agissait d'affamer l'adversaire, de le priver de chaleur et d'énergie.

— Mais le virus aurait pu se retourner contre Dekkan ! Le roi courait le risque de voir sa propre civilisation s'effondrer.

— Les chercheurs avaient pris soin de cultiver une souche instable. Celle-ci se déliterait après quelques mois, le temps que le rival disparaisse. Dekkan pouvait se passer un moment d'Anquidiath, pas son adversaire. Les gens de Filandre découvrirent bientôt que les tentacules autour d'eux dépérissaient. Ils se jetèrent sans tarder à l'assaut de ce nouveau défi.

— J'ai hâte d'entendre la suite.

— Elle est pourtant loin d'être réjouissante. Après plusieurs échecs, ils se résolurent à l'inconcevable : faire en sorte que les tentacules poursuivent leur croissance malgré l'infection.

— Ils y parvinrent ?

— En partie. Je ne suis pas une spécialiste du sujet. Il faudrait demander à Vilo lui-même.

— Vilo par-ci, Vilo par-là, grogna Jon. Vous jouez avec le feu en conservant cette créature abjecte. Il est bien plus nuisible que n'importe quel virus.

— Peut-être, répliqua Fédéhul, mais conservé en l'état, il nous est fort utile. Nous ne le réanimons que lorsque nous découvrons des technologies dont nous ne saisissons plus le fonctionnement. Que vous le vouliez ou non, c'est un lien essentiel entre notre passé et notre présent.

— Vous faites bien de ne pas mentionner l'avenir.

— Je continue. Une recherche poussée permit donc à l'équipe de Filandre de revitaliser les radicules nécrosées. Hélas, ce faisant ils réveillèrent les mécanismes de défense du dieu. Une partie de son code intime, inactive en temps normal, se déclencha. Des protéines inconnues furent produites, qui altérèrent en profondeur la physiologie des nouveaux membres. Une débauche de tentacules pervertis envahit les terres du monarque. Les pseudopodes désorientés attaquaient toute forme de vie pour s'en repaître. Des centaines de soldats capturés furent intégrés au sein du génome corrompu. De nouveaux êtres naquirent, hybrides d'humains et de dieu, qui montèrent à l'assaut de l'utopie. Ce ne fut bientôt plus qu'horreur et désespoir.

— Et les gretchens ? demanda Edrick.

— J'y viens. Comme si cela ne suffisait pas, ces créatures choisirent ce moment pour entrer dans la danse. Ils surgirent des abysses et attaquèrent indifféremment humains et monstres. Ils furent absorbés à leur tour. Une seconde vague d'abominations, pétries de haine et de douleur, rejoignit les précédentes. Il ne lui fallut que quelques jours pour anéantir le royaume parallèle. Dekkan lui-même prit peur à la nouvelle du carnage. Il mura toutes les voies de communication entre lui et le duché maudit, qu'on appelle désormais « le Treizième Cathèdre ».

— C'est tout ? demanda Jon avec avidité. On ne sait pas ce qu'est devenue la ville ?

— Non, rétorqua le général, et on ne tient pas à le savoir.

— La seule chose que je peux vous dire, précisa Vance, c'est que quelques siècles plus tard, un souverain lança une expédition de reconnaissance. On rouvrit plusieurs laboratoires de Filandre, très avancés pour l'époque. Je ne sais pas s'ils sont encore employés. Même à mon niveau, je n'ai pas accès à tout et Ernst ne fait pas de publicité là-dessus.

— J'aimerais poursuivre, fit Edrick. Des histoires de soldats courent sur ce qui serait arrivé au Roi Meurtri, comme on appelle parfois Filandre.

Certains affirment qu'il a conclu une trêve avec les organismes mutants. Il régnerait désormais sur des monstruosités auxquelles il a lui-même été intégré.

— Pour ma part, lança Fédéhul, j'ai entendu dire que les créatures étaient parties à l'assaut des gretchens et que c'était pour cela qu'on n'en avait plus entendu parler.

— Quant à moi, conclut Vance, je crois savoir que les abominations ont finalement surfusionné et ne constituent plus qu'une unique entité maléfique opposée aux bienfaits d'Anquidiath. Cette théorie a même donné naissance à un mouvement religieux. D'après ses adeptes, la fin du monde se produira lors d'un ultime affrontement entre les deux entités.

— Vous l'avez compris, dit Fédéhul, personne ne sait vraiment ce qui s'est passé et encore une fois, tout le monde s'en fiche du moment qu'on n'est pas obligé d'aller voir. Voilà une petite conversation qui nous a tenus en haleine le temps du réveil, mais qui nous éloigne de notre sujet.

— Je n'en suis pas si sûr, objecta Jon. Vous l'avez dit vous-même, général : tout ce qui concerne Fresnel peut se révéler crucial dans la suite de l'enquête.

— Ce n'est pas ça. En fait, j'ai peur qu'en vous livrant nos petits secrets, nous n'en venions à trop nous reposer sur vous.

— Ce serait une erreur, en effet. J'ignore autant de choses sur Kung-Bohr que sur les affidés de la Cité Sainte. Avec si peu d'informations, ma marge de manœuvre demeure limitée.

L'espionne eut l'air embarrassé.

— Cette ignorance ne devrait plus durer longtemps. Lorsque vous avez annoncé votre départ, Ernst a dû prendre certaines décisions.

— C'est-à-dire ?

— Vous devez comprendre qu'à ce moment de l'enquête, nous venions de perdre notre unique consultant. Cela nous laissait sans défense contre les sbires de YArkhan.

— Par le bouc d'Akir, allez-vous en venir au fait ?

— Le roi a décidé de rapatrier notre agent à YArkhan. Olyakine devrait être là d'ici quelques jours.

Jon bondit du lit.

— Vous êtes fous ? Vous croyez que j'ai besoin de cette intrigante dans mes pattes ?

Vance se leva à son tour.

— Qui pouvait deviner que vous alliez changer d'avis ? Je vous rappelle que vous êtes resté inconscient deux jours. Nous devions tenter quelque chose.

— Je suis réveillé, maintenant, renvoyez-la ! Rachelle est un véritable char d'assaut. Savez-vous que mon maître a fini par la chasser, du temps où nous étions ses apprentis ? Autant engager un skorj pour faire le service au cours d'un repas intime.

— Et alors ? Vous n'arrêtez pas de pleurnicher que vos talents de guerrier ne valent pas tripette. Il serait peut-être temps d'ajouter des muscles à ce cerveau.

Jon fit un pas en direction de la jeune femme.

— Vous faites entrer un Dépliant dans la bergerie, voilà ce que je dis. Qui sait même si cette magicienne de seconde zone n'est pas à l'origine du meurtre ?

Une voix douce monta des escaliers.

— Qui est de seconde zone ?

Tous se retournèrent.

Une femme aux longs cheveux noirs se tenait dans l'embrasure. Son nez pointu et ses tresses lui donnaient l'air d'une adolescente montée en graine. Sa bouche maquillée à la va-vite dessinait un sourire en demi-lune, presque un rictus. Ses yeux noirs, rieurs, un peu trop écartés pour être beaux, les fixaient avec curiosité.

La nouvelle venue fit quelques pas dans la pièce. Sa démarche, légère et assurée, mettait en valeur une robe sombre ajustée avec soin. Sa voix s'éleva, aussi étudiée que son allure.

— Bonjour Jonas.

— Rachelle, répondit simplement le mage.

Il se rassit, accablé. Du coin de l'œil, il vit qu'Edrick était déjà sous le charme. Si l'officier persistait à avaler comme il le faisait, les crampes dans ses jambes gagneraient bientôt ses glandes salivaires.

Le regard d'Olyakine se posa un instant sur Vance, puis s'attarda sur l'officier. Edrick évacua quelques litres de liquide supplémentaires.

— Tu ne me présentes pas à ton ami ?

— Arrête ça, veux-tu ? Nous ne sommes pas dans une soirée mondaine.

L'arrivante changea aussitôt d'attitude. Elle battit des mains et se jeta sur le détective, qu'elle serra dans ses bras comme un enfant.

— Oh, Jonas, je suis si heureuse de te revoir. Tu as l'air en pleine forme !

Elle recula un peu.

— Euh, en fait non, tu es horrible. On te dirait

victime d'un sortilège de résurrection amateur. Akir ! *Et tes cheveux ?*

Elle regarda derrière le mage comme s'il les avait cachés derrière son dos.

Jon repoussa ses attentions et se leva brusquement.

— Ce serait trop long à t'expliquer. Essayons plutôt de faire les choses dans les règles. Rachelle, je te présente Vance, commandante en chef du renseignement.

— Nous nous connaissons déjà.

— Tant mieux, nous gagnerons en efficacité. Et voici Edrick, sergent et ami de valeur.

Le soldat fit une courbette empruntée.

— En fait, Jon, je suis désormais capitaine des Forces Intérieures. Je ne rends de comptes qu'à Fédéhul.

— Votre grade a été rétabli ?

— Oui, enfin… ce sera officiel bientôt, ajouta-t-il avec un sourire à l'ensorceleuse.

— Je vois. Et pour finir, nous avons l'honneur de compter dans nos rangs le général Fédéhul.

L'officier se fendit d'un baise-main impeccable.

Vance fit claquer sa langue.

— Messieurs, vous voici entre de bonnes mains. Veuillez éclairer Serre Olyakine sur les derniers événements. Dès cet instant et par ordre de Sa Majesté, je vous charge tous les trois de mettre fin aux agissements du Sanglant. Et sur ce, je dois vous quitter. On m'attend.

Elle se dirigea vers l'escalier.

— Une fois de plus, constata le mage, vous nous faussez compagnie.

— Oui, Jon, à mon grand regret. J'espère pouvoir vous rejoindre chez Pallas. À bientôt.

Elle disparut dans le passage. Fédéhul, après quelques vagues excuses, la suivit.

— Alors, quelle est la situation ? demanda Rachelle.

— Je te raconterai en chemin. Ne perdons pas de temps.

Il se dirigea vers l'une des passerelles.

— Tu peux nous faire descendre d'ici ?

— Oui, pourquoi ?

— Tu as sans doute croisé Retzel, en bas. S'il nous voit, il va insister pour nous accompagner.

La jeune femme étouffa un rire.

— Tu as toujours cette bestiole ? À notre dernière rencontre, tu comptais t'en débarrasser.

— J'ai bien tenté une quinzaine d'exorcismes différents. À chaque fois, il se lance dans des râles théâtraux, puis il s'interroge poliment sur les raisons de mon échec. Allons-y.

Rachelle se tourna vers Edrick.

— On ne s'est pas déjà vu quelque part ?

— Pas que je sache, non.

— C'est étrange, vos manières me rappellent quelqu'un.

— Vous savez, si je vous plais, vous n'avez qu'à me le dire.

La mercenaire haussa les épaules. Elle rattrapa Jon.

— Le soldat nous accompagne ?

— Oui, le soldat vous accompagne, répliqua Edrick qui suivait, agacé. Je suis le garde du corps de Ser Alamänder.

— Un garde du corps ? Il n'en a plus besoin, maintenant. Je suis là.

L'officier jeta un regard incrédule au mage, puis :

— Je suis *aussi* son ami. D'après mes sources, on ne peut pas en dire autant de tout le monde.

Rachelle plissa les paupières mais ne dit rien. Elle s'engagea sur le ponton, d'où elle observa les environs.

— Je peux courber la gravité ici. Il y a une légère faiblesse du continuum.

Elle enjamba le garde-fou et fit quelques passes, comme si elle tricotait un chandail. Les deux hommes avaient du mal à suivre ses mains.

— Observez la manière dont elle modifie les lignes d'énergie, murmura le mage. Quelle habileté.

— Jon, je ne vois rien du tout.

— Ah oui, j'oubliais. Et je n'ai pas de lentille sur moi. À ce propos, avez-vous noté l'étrangeté de son regard ?

— Non, mais ne vous inquiétez pas, je compte bien découvrir tout ce qu'il y a à découvrir.

— Méfiez-vous, vous ne seriez pas le premier à succomber.

Il fit une pause.

— Et je parle au sens propre.

Rachelle acheva le sortilège, puis ramassa une brique descellée qui traînait là. Elle la leva à hauteur d'yeux et exécuta deux ou trois gestes. La brique tomba en poussière. La femme souffla sur les scories et s'essuya sur sa robe.

— Fini ! La singularité est étroite. Nous allons devoir nous serrer.

Sans crier gare, elle sauta dans le vide. Jon et Edrick

s'engagèrent à sa suite. Ils glissèrent vers le sol comme trois feuilles d'automne.

— J'ai réduit la gravité de deux tiers. C'est tout ce que j'ai pu tirer de ce débris.

— La magie de YArkhan, expliqua le détective à l'officier, consiste à transférer l'énergie d'un élément vers un autre. Rachelle a utilisé l'essence minérale présente dans la brique pour altérer un court instant la pesanteur.

— Ce n'est pas tout à fait cela, coupa sa collègue. Vous connaissez les forces qui régissent notre univers, officier ? J'en serais surprise, les militaires sont si incultes qu'on entend presque des fautes d'orthographe dans les mots qu'ils prononcent. *Électromagnétisme*, *gravitation*... Tout apprenti sait que ces vecteurs ne sont que les émanations d'une seule et même énergie, laquelle prend tel ou tel aspect selon qu'on regarde l'univers sous tel ou tel angle. J'ai converti les liaisons fortes présentes dans les atomes de la pierre en force gravitationnelle. Ce faisant, mon poids a augmenté de manière massive, de sorte que ce n'est plus moi qui tombe vers le sol, mais l'inverse. En ajustant juste ce qu'il faut ma masse, je peux régler la vitesse de ce déplacement. Notez que vous êtes aussi concerné car de la même manière qu'il attire le sol, mon corps vous attire.

— Sur ce dernier point, je suis bien d'accord.

La jeune mercenaire le dévisagea, sidérée par son audace. Comme la promiscuité l'empêchait de manifester sa désapprobation, elle se contenta de baisser le regard et de suivre leur progression. Jon sifflotait pour détendre l'atmosphère.

— Merci, Rachelle, dit-il lorsqu'ils eurent atteint le pavé. Edrick, à vous de jouer. Menez-nous chez Pallas.

— Par ici.

Ils empruntèrent un long tunnel ponctué de boutiques creusées dans la roche. À cette heure matinale, toutes les échoppes étaient fermées. Quelques torches faisaient ressembler les devantures à autant d'yeux embués de sommeil. Une brume épaisse montait de soupiraux. Les vêtements des enquêteurs se couvrirent bientôt d'une pellicule d'humidité.

Tandis qu'ils marchaient, les deux hommes exposèrent la situation à Rachelle. Celle-ci les écouta dans un silence recueilli. À la fin du rapport, elle s'anima :

— Qu'est-ce qui vous fait penser que l'assassin est toujours ici ? Sa besogne accomplie, il est peut-être reparti chez ses maîtres.

— Ce ne serait pas cohérent, répondit Jon. S'il avait projeté de quitter la capitale, il n'aurait pas pris la peine de m'attaquer. Quelque chose me dit qu'il n'a pas achevé sa mission. Ce meurtre cache un forfait plus ambitieux.

— Plus ambitieux ? s'exclama Edrick. Ne sous-estimez pas l'importance du meurtre de Pallas ! De nombreuses maisons pressent Ernst de choisir un nouveau chambellan, si possible dans leurs rangs. Tous crient au loup et prétendent craindre pour la sécurité du roi. La plupart considèrent que seule la destitution serait en mesure de le mettre à l'abri.

— C'est très délicat de leur part. Laissez-moi deviner, Sertine mène le bal ?

— Elle n'est que le dessus de l'iceberg et possède au moins l'avantage de constituer une menace révélée. Ce n'est pas le cas de beaucoup. La ville est en émoi, proche du point d'ébullition. Vous n'en avez pas conscience car nous avons préféré vous isoler, mais des émeutes éclatent un peu partout en journée. Les pillages se multiplient. La pègre elle-même réajuste ses forces au plus près de l'autorité royale. Vous n'avez pas idée de l'ampleur des intrigues qui se nouent autour du trône. Vance aussi est sur la sellette. L'une des réunions qu'elle a évoquées est en fait un interrogatoire préalable à sa mise en examen. Beaucoup l'accusent de n'avoir su prévenir l'attentat. Le peuple exige un coupable.

Jon se tut, songeur.

— Elle n'a pourtant pas l'air d'être déboussolée, fit Rachelle.

— C'est une professionnelle. Et puis, elle a d'autres chats à fouetter. Entre autres, les mesures de protection autour de la délégation mehnzotaine. Ajoutez à cela l'affaire qui nous occupe et vous comprendrez pourquoi elle n'a pas une minute à elle.

Jon hocha la tête. Il savait que les paroles de l'officier s'adressaient avant tout à lui. Il ralentit son allure, pensif. La mercenaire ne l'attendit pas. Elle jetait des regards un peu partout, reprenant contact avec la ville.

— Je suis parfois injuste avec Vance, confia le mage à Edrick. Le fait est qu'elle me plaît et me rebute à la fois. C'est d'autant plus insupportable que je me croyais au-dessus de ça.

— Comme je vous comprends, murmura son

compagnon en lorgnant du côté de Rachelle. Au fait, vous aviez raison, à propos de ses yeux. À côté de la pupille principale, il y en a une plus petite.

— Les deux pupilles de YArkhan. Chaque légat possède cette caractéristique. La seconde est dédiée à la perception des flux magiques.

— Vous voulez dire qu'elle ne bascule jamais en Vision, comme vous ?

— Non, elle y est plongée en permanence. Mais le prix à payer est élevé : le sommeil est perturbé par certains phénomènes désagréables. En gros, les rêves deviennent peu à peu perméables aux élans vitaux.

— Comment cela ?

— Ce n'est pas facile à expliquer. Disons que les *magilogiciens* s'observent en train de rêver. Ils sont à la fois conscients de leurs songes et impuissants à les transformer, comme s'ils en étaient prisonniers. C'est très déconcertant.

— Je veux bien le croire. Elle n'en est que plus attirante.

Jon leva les yeux au ciel. Il espéra que ses propres sentiments ne le rendaient pas aussi navrant que son ami.

Ils rejoignirent la mercenaire. Celle-ci dévisagea Edrick une fois encore.

— C'est incroyable, dit-elle. Je suis certaine de vous avoir déjà croisé.

— Et moi, rétorqua l'officier, je suis certain de n'avoir jamais été entrepris de manière aussi effrontée. Demandez ma main à Jon, on gagnera du temps.

Rachelle fronça le nez comme si elle venait de

surprendre une odeur déplaisante, puis elle repartit vers l'avant avec hauteur.

Le détective considéra ses acolytes en silence. Il songea, narquois, que leur petite troupe avait toutes les chances de se révéler un atout de poids. Pour leur adversaire.

18

Ninfell passa les années suivantes à explorer chaque recoin de son nouveau domaine. Il répéta plus d'une fois ses expériences de combustion en modifiant à chaque fois l'un des facteurs : il se plaçait plus ou moins loin des arbustes, employait des matières inflammables différentes, essayait de quantifier la chaleur dégagée par les diliéphénums. Il observa aussi les incendies spontanés qui survenaient en lisière de falaise. Leur origine, estima-t-il, était liée aux turbulences qui remontaient le long du versant. La masse froide s'opposait aux courants chauds des diliéphénums du plateau, et leur friction enflammait l'oxygène.

Par chance, des crépitements d'électricité statique précédaient l'ignition. Dès qu'il les entendait, l'assassin se repliait en toute hâte vers un stipe géant.

Un soir, hélas, un incendie le surprit loin de tout perchoir. Ses jambes et son abdomen furent durement touchés. Il fut des semaines à ramper dans la mousse, cherchant sa pitance comme un ver d'une espèce inconnue. Après l'incident, il se pencha avec zèle sur les outres qui se repaissaient des insectes grillés par la combustion. Il espérait tirer parti de leur résistance à la chaleur. Il les baptisa *vaurins*, découvrit finalement un moyen de les tanner et s'en fit des bottes. Il promenait partout avec lui leur odeur d'huile brûlée et attirait parfois les prédateurs, mais le souvenir de ses blessures le convainquit de les conserver.

Il perça ensuite le mystère des phasmes, les étranges visiteurs qui faisaient leur apparition après les incendies. Ils reposaient simplement sous terre, en position repliée, et ne s'animaient que lorsque la chaleur augmentait. Un cadavre de cet animal lui révéla que la créature était en fait constituée de centaines de minuscules bâtonnets, qui se déployaient à la demande afin de créer des organes de locomotion ou de préhension. Les bras, identiques à ceux des mantes religieuses, attirèrent particulièrement l'attention du jeune homme. Il en détacha un et s'en servit pour découper l'éponge afin d'explorer le sous-sol. Il y découvrit toute une chaîne alimentaire, depuis de paisibles sporovores en forme de mains couturées jusqu'aux petits insectes dont il avait observé la combativité. Il dressa avec soin un inventaire des espèces, dont la première application fut la mise en place d'une gastronomie d'exil.

Un peu plus tard, alors qu'il creusait la mousse pour voir jusqu'où celle-ci s'enfonçait, une brusque et intense lueur jaillit de la tranchée. Ninfell se protégea les yeux et découvrit une artère brûlante parcourue d'un liquide pailleté d'or. Le spectacle était féerique. Il suivit le vaisseau en dégageant l'éponge sur son passage et s'aperçut que les artères formaient un vaste réseau reliant entre eux les diliéphénums. Voilà qui expliquait pourquoi le froid n'était pas plus sensible à cette altitude : le quadrillage assurait la diffusion de la chaleur à travers le sol cotonneux. Quant aux arbustes, ils devaient se multiplier comme les bambous, grâce à des tiges souterraines. Lorsque les conditions de germination étaient remplies, un nouveau spécimen émergeait des profondeurs.

Cette trouvaille rejoignit les autres dans une accumulation de connaissances tendues vers un seul but : regagner son foyer. L'apprenti parcourait chaque jour de longues distances, allait voir le résultat d'une expérience ici, observait le développement d'un organisme là, faisait à haute voix la synthèse de ses travaux dans l'espoir d'y déceler un moyen de s'échapper. Le soir, il ne cherchait pas à rallier un lieu précis. Il se bornait à dégager une couche d'éponge et se glissait à proximité d'un canal de chaleur.

Son histoire lui rappela plus d'une fois celle de son maître, lorsque celui-ci avait vaincu le froid grâce aux champignons du désert de rouille. Maek lui avait souvent raconté cet épisode. Ce parallèle avec son professeur porta Ninfell à voir dans son épreuve un ultime rite d'initiation. Sa pénible expérience, symétrique de celle de Maek, le rendait digne de poursuivre l'œuvre entreprise. Plus l'obstacle serait difficile à franchir, plus il témoignerait de sa valeur.

Ninfell mesurait la durée de son exil à l'aide d'un calendrier gravé sur le tronc d'un stipe. Alors que sa détention se prolongeait depuis près de trois ans, il découvrit finalement le moyen de redescendre.

Ce jour-là, il avait décidé de tester la rapacité des

vaurins. Il s'interrogeait depuis des mois sur la taille exacte de ces charognards. Il rassembla donc une énorme provision d'animalcules carbonisés, qu'il commença à jeter en pâture à l'un des locataires d'un diliéphénum. Le vaurin engloutit poignée après poignée sans se faire prier.

Au bout d'une heure, il avait absorbé le tas. Son diamètre atteignait la taille d'un homme et pourtant, d'autres anneaux continuaient de se dérouler depuis le centre de l'arbuste. Avec fièvre, l'apprenti enflamma une autre portion d'insectes. Le vaurin l'engloutit sans plus de cérémonie. Sa peau se distendit jusqu'au point où Ninfell crut qu'elle allait se rompre.

Il n'en fut rien. L'animal acheva son repas comme s'il n'avait jamais mangé de sa vie. L'assassin n'en croyait pas ses yeux. Le spécimen le dépassait presque, grosse masse informe vaguement sphérique. Et pourtant, l'outre qu'il avait choisie était parmi les moins grandes.

Ninfell s'approcha. Incapable de rejoindre sa tanière, le vaurin se contenta de rebondir avec peine pour lui échapper. Le garçon le toucha. L'enveloppe, devenue transparente sous la pression du festin, laissait entrevoir des milliers de petits corps. Quelques survivants dévoraient leurs semblables sans s'apercevoir qu'ils étaient eux-mêmes digérés.

Pris d'une impulsion, Ninfell saisit l'arrière de la créature et tira de toutes ses forces. D'autres anneaux surgirent. Malgré les morsures de la chaleur, le disciple persévéra. Le vaurin se débattait comme un beau diable, mais ses dimensions ne lui permettaient pas d'opposer une grande résistance.

Enfin, Ninfell parvint à dégager l'ensemble de la créature.

Il recula de surprise. L'extrémité du charognard s'achevait sur un réseau de fibrilles semblable à celui qui parcourait le sous-sol. L'outre n'était donc pas un animal, mais un organe de l'arbuste incandescent ! Cela expliquait beaucoup de choses, à commencer par leur insensibilité à la fournaise. Il était même possible que les arbustes produisent cette chaleur afin de griller les petits carnivores et s'en repaître.

Dans tous les cas, Ninfell était désormais l'heureux possesseur d'un vaurin distendu. Il examina la peau, songeur, puis avec une excitation croissante. Peut-être tenait-il là le moyen de rentrer chez lui, un moyen qu'il avait eu sous les yeux depuis son arrivée. Il essaya de garder son calme. C'était une idée folle. Dans cet environnement échappé de la raison, elle avait donc toutes les chances d'aboutir.

Sa décision prise, il se mit au travail.

La première étape consistait à creuser sous l'un des diliéphénums. Il sélectionna un arbuste vigoureux au bord de la falaise, s'en éloigna d'une dizaine de pas et commença à piocher dans sa direction. À l'aide de sa machette, il découpait facilement de gros blocs d'éponge. Il progressa ainsi en pente douce jusqu'à atteindre les racines du diliéphénum. Il en dégagea sans les couper les grappes de vaurins. Les appendices se contentèrent de ballotter, amorphes.

Il creusa alors des cercles de plus en plus grands autour des racines. La besogne était monotone mais peu fatigante. Il faisait des allers et retours entre le sous-sol et la surface, les bras chargés de quartiers de mousse qu'il empila pour se ménager un abri. Les animaux dénichés dans les blocs lui fournissaient ses repas. Quand il tombait sur une veine de chaleur, il prenait soin de la laisser intacte. Il était indispensable que le végétal continue d'être alimenté. En outre, les conduits lumineux lui évitaient d'œuvrer dans l'obscurité.

Quand il eut achevé sa besogne, il disposait d'une aire souterraine circulaire d'un diamètre d'environ quatre fois sa taille, dont le centre était la colonne de racines du diliéphénum. Il espérait que la matière spongieuse en surface résisterait à son poids lorsqu'il y prendrait place.

Cette première étape achevée, il se mit en quête de phasmes géants. Cette partie du projet se révéla plus délicate que la précédente car les créatures se montraient fort discrètes. Peut-être disposaient-elles en sous-sol d'une source d'alimentation secondaire qui leur permettait de demeurer cachées.

Après quelques jours de recherches, il déterra un spécimen qui lui convint, puis un second. Il les ramena à son quartier général, les planta dans le sol et repartit en chasse. À son retour, il constata avec plaisir que les phasmes étaient toujours là. Cela tenait peut-être au fait qu'il enflammait régulièrement les lieux. Il s'en réjouit d'autant plus qu'il ne savait pas comment les obliger à demeurer sur place.

Chaque fois qu'il se rendait dans sa caverne, l'exilé pestait devant la multitude d'animaux qui y avaient débouché au gré de leurs errances. Il les chassait aussitôt car il s'était aperçu que leur présence augmentait la vitesse à laquelle la cavité se comblait de mousse.

Quelques semaines après le début de son projet, il était parvenu à rassembler une dizaine de phasmes. Il les disposa en cercle autour du diliéphénum, puis empila des blocs d'éponge en un échafaudage approximatif. À l'aide d'intestins prélevés sur des vers rouges qu'il récolta dans ce but, il tressa des cordes qu'il tendit entre les insectes filiformes.

Le jour du départ approchait. Il rejoignit sous terre le bouquet de vaurins et préleva le plus gros. Il regagna la surface, sa prise dans les bras comme un bébé monstrueux. Il l'examina toute une journée, à la recherche de blessures ou d'imperfections susceptibles de fragiliser l'enveloppe. Par bonheur, il n'en trouva aucune. Le spécimen était à la fois énorme et en excellent état.

Ninfell s'installa en tailleur et commença à écarter les rebords de l'orifice qui tenait lieu de bouche. L'odeur était abominable, mais il ne se laissa pas distraire. Il tira de longues heures sur le sphincter pour l'assouplir jusqu'à ce que le diamètre de l'ouverture atteigne la moitié de sa taille. L'élasticité de l'organe semblait sans limite.

L'apprenti emporta son ouvrage vers son échafaudage de fortune. Il tendit tant bien que mal le vaurin sur l'armature de phasmes, son orifice tourné vers le bas juste au-dessus de l'arbuste. Il pratiqua des incisions dans la peau à l'aide de sa patte, y enfila les intestins, et relia ceux-ci à sa charpente d'insectes.

Il travailla plusieurs jours sur l'ouvrage, le consolidant, testant la solidité de l'ensemble, repérant ses faiblesses. Quand il estima son labeur achevé, il se plaça à bonne distance de la structure et l'admira longuement en massant ses paumes couvertes d'ampoules. L'assemblage ne payait pas de mine, mais l'assassin y avait investi l'ensemble de ses connaissances accumulées depuis des années. Il ne lui restait plus qu'à vérifier si son projet était viable.

Il pénétra dans la chambre souterraine, noua des bouts de corde autour des conduits d'énergie jusqu'ici épargnés et sectionna l'un d'eux. Un flot de lumière bouillant s'en échappa. Ninfell esquiva tant bien que mal et serra avec force. Le flot s'interrompit. Il réitéra l'opération avec les autres artères et attendit. L'ouvrage tint bon. Il hocha la tête et regagna la surface. Si ses estimations étaient exactes, l'arbuste contenait encore assez de sève pour survivre quelques heures.

Le travail était presque achevé. Ninfell s'efforça de maîtriser sa fébrilité, indigne d'un T'Sank, et se concentra sur la suite des événements.

Il s'éloigna à une distance précise du diliéphénum, distance qu'il avait passé de longues heures à calculer. S'il allumait le feu trop près, la chaleur dégagée par l'arbre serait insuffisante pour gonfler l'outre. Trop loin, et la dilatation risquait d'arracher l'armature.

Une dernière fois, du moins l'espérait-il, il frotta son briquet. Il inspira un grand coup et abaissa la flamme vers le sol. Ainsi qu'il l'avait observé des centaines de fois, le tapis cotonneux s'embrasa. La fournaise s'étala dans toutes les directions, relayée par l'oxygène du sol. Il ne prêta pas attention à la morsure des flammes. Ses yeux étaient braqués sur le diliéphénum.

Dès que le brasier atteignit l'arbuste, il fut comme

aspiré et les frondaisons se muèrent en torches étincelantes.

Ninfell dégaina son arme, courut vers le végétal et en fit le tour en découpant le sol à l'endroit où celui-ci n'était séparé de la chambre souterraine que par quelques doigts de mousse. Un bras sur les yeux pour se protéger de la chaleur, il se jeta sur la plate-forme et leva la tête. La peau de vaurin enflait à vue d'œil sous l'effet de l'air surchauffé. En quelques secondes, le sac fut dilaté à l'extrême. L'enveloppe transparente laissait entrevoir les étoiles. Le plancher décolla du sol, les phasmes craquèrent. L'un d'eux lâcha prise et fut projeté au loin par les câbles qui se tendaient.

Le dirigeable commença à s'élever, de plus en plus vite.

Ninfell enfonça ses mains dans l'éponge et se cramponna. Bientôt, l'accélération le plaqua au sol. Il se rétablit au prix de pénibles efforts et demeura allongé sur le pourtour du disque, là où la chaleur était presque supportable. Il risqua un œil vers le bas. Le plateau s'éloignait telle la dernière vision d'un mourant. Il avait pensé dériver quelques heures avant de retomber sur le sol, lorsque l'air dans le vaurin se rafraîchirait. Il s'élevait au contraire en ligne droite vers les cieux. Alors que le manque d'oxygène asséchait sa gorge, il comprit la raison de cette incroyable vélocité. L'atmosphère raréfiée du plateau ne possédait pas assez de pression pour ralentir le ballon.

De manière incongrue, Ninfell se demanda si, quelque part, son maître n'était pas en train de contempler cet incroyable spectacle, un diliéphénum coiffé d'un vaurin filant vers l'éther. Il chassa cette vision et revint à ses problèmes. S'il ne les réglait pas dans la minute, il deviendrait le premier habitant à atteindre les lunes. Ou, du moins, le premier habitant mort.

Brusquement, la structure stoppa net son ascension. Une violente secousse l'ébranla, un bon tiers se rompit et s'abîma vers le sol.

Ninfell jura. Que se passait-il ? Il rampa autour du disque, la tête au-dessus du vide à la recherche du problème. Il le repéra vite. Une artère de conduction retenait encore l'arbre au sol. Loin en contrebas, elle avait dégagé une longue travée dans la mousse jusqu'à l'arbuste qui empêchait le vaisseau de s'envoler.

Comme si cela ne suffisait pas, l'une des cordes qu'il avait attachées autour des artères s'était desserrée. Le vaisseau tranché déversait des flots de lumière qui donnaient au dirigeable un effet de rotation.

Les choses se présentaient mal.

L'armature de phasmes se mit à osciller. Des quartiers d'éponge retombaient en virevoltant. Ninfell planta son stylet dans la mousse et pencha le buste sous la plate-forme. Le câble, arrimé au centre du disque, était inaccessible. Le garçon se déchaussa et coinça son arme entre ses orteils, puis il jeta ses jambes par-dessus bord en visant le conduit. Il réessaya plusieurs fois, sans succès. Il finit par renoncer. Son souffle se faisait court, des étoiles envahissaient son champ de vision.

Un mouvement en provenance du diliéphénum attira son attention. Les feuilles blanches reprenaient peu à peu leur position horizontale. La fournaise commençait à décliner. Le conduit libéré avait fait perdre beaucoup de sève au végétal. Ninfell se retrouvait donc écartelé entre deux destins aussi funestes l'un que l'autre : soit il demeurait dans les airs et mourait asphyxié, soit la chaleur refluait et le vaurin dégonflé l'entraînait dans sa chute.

Que faire ? Ses options de survie se réduisaient à chaque seconde. Prise entre la force d'ascension et l'artère qui la retenait, entraînée dans sa rotation infernale, la plate-forme vibrait de plus en plus. Des quartiers continuaient à partir en vrille de tous côtés.

Ninfell se redressa et prit une difficile inspiration. À situation désespérée, décision désespérée. Le ballon contenait encore de nombreux volumes d'air. C'était son unique chance.

Il bondit sur le réseau de filins et grimpa, pouce après pouce. Malmené par les embardées du vaisseau, supplicié par la morsure du brasier, sa volonté était tournée vers un seul but : ne pas lâcher prise.

Dans un ultime effort, il se hissa à l'intérieur du ballon. Malgré l'odeur infecte, il se colla le dos à la paroi et aspira de grandes goulées d'air. Quelques secondes de vie gagnées.

Il vit l'arbuste se flétrir à travers la membrane. Dans son dos, l'enveloppe s'affaissait sous son poids.

Une fois de plus, il joua sa vie sur une intuition. Il passa le haut de son corps par l'ouverture et trancha les câbles qui retenaient le ballon. Libéré, celui-ci bondit dans les airs. Ninfell s'y attendait, mais il ne put se cramponner et s'en alla rebondir contre la paroi.

Après quelques instants, l'accélération ralentit et il put regagner l'embouchure. Le souffle qui s'en échappait était tiède. La partie la plus chaude du gaz se trouvait au sommet de l'enveloppe, ce qui expliquait qu'il montait toujours.

Cela ne durerait pas. Tôt ou tard, le froid environnant ferait retomber le dirigeable. Ninfell devait découvrir sans délai comment contrôler sa descente.

Il rassembla la longueur de corde qui courait encore le long du pourtour et tira comme un forcené sur les extrémités, ce qui réduisit le diamètre de l'orifice.

Il était sauvé. Pour le moment.

Les heures suivantes furent parmi les plus éprouvantes de son existence. La majeure partie du temps, il maintenait l'ouverture écartée afin que l'air chaud s'échappe et lui permette de perdre de l'altitude. Et lorsque la descente s'accélérait, il resserrait le cordon afin de la ralentir.

Survinrent alors plusieurs problèmes.

Tout d'abord, le soleil chauffait l'air confiné à travers l'enveloppe translucide, ce qui avait tendance à la faire remonter. Ninfell devait alors desserrer l'orifice du vaurin, mais avec mesure s'il ne voulait pas perdre trop d'air.

Ensuite, il y avait les caprices du vent. L'apprenti ne contrôlait que son altitude, pas sa direction. Lorsque le ballon se dirigeait vers le continent, les turbulences atmosphériques induites par les falaises le rabattaient vers le plateau. À deux reprises, il faillit s'échouer non loin de l'endroit où il avait décollé. La seconde fois, alors qu'il effleurait la mousse, il coupa un morceau de corde et parvint non sans mal à l'enflammer. Il la jeta par l'ouverture. Le sol cotonneux s'embrasa et la chaleur fit remonter le vaurin.

L'apprenti erra ainsi pendant ce qui lui sembla être une éternité. Il ne pouvait se laisser aller au repos car le contrôle du sphincter exigeait une attention constante. À l'abattement s'ajouta bientôt l'épuisement nerveux. De nombreuses fois, il vit le ballon se diriger vers la civilisation pour changer brusquement de direction, le laissant désespéré et pleurant de rage.

La frustration lui faisait presque oublier ses autres difficultés : la faim, la soif, les crampes dans ses avant-bras lorsque l'effort se prolongeait, et une lente asphyxie quand il devait à tout prix maintenir l'embouchure fermée.

Malgré les sombres pensées qui l'envahissaient, il parvint à puiser dans l'enseignement de son Maître la force de poursuivre ce combat pathétique contre les éléments. Maek aussi était arrivé plus d'une fois au bout de ses ressources. Mais ses terribles épreuves avaient fait de lui ce qu'il était : un bloc d'acier incorruptible. Chaque douleur faisait de Ninfell son successeur, chaque obstacle son égal.

Alors que l'esprit du garçon basculait peu à peu vers la folie et que l'univers se réduisait à ses mains meurtries par le cordage, un miracle se produisit. La conjonction improbable d'une baisse de la pression atmosphérique et d'un courant ascendant lui fit franchir les perturbations de la falaise.

La bulle dérivait à présent au-dessus de la brume orange, que jamais l'apprenti n'avait autant appréciée. Il fit jouer la corde et amorça la descente. Il espérait que le vaurin résisterait aux assauts des spores en quête d'humidité. Il le découvrirait bien assez tôt.

Le ballon sombra dans la masse nuageuse. Ninfell

s'efforça de sceller l'ouverture mais ne put empêcher une nuée de spores de pénétrer dans l'enveloppe. Quelques-unes atteignirent sa peau, qui se dessécha aussitôt. Du sang jaillit des craquelures et attira le reste de la semence qui s'ajouta à la plaie. Celle-ci se couvrit d'une écume semblable à celle du plateau. Les graines venaient de trouver un terrain propice à leur développement.

Ninfell serra les dents et ne lâcha pas prise. Juste avant de plonger dans l'obscurité, il aperçut au-dehors un étrange être plat qui dérivait dans l'éther. Des rangées de fanons étaient alignées dans une large gueule. La brume possédait donc elle aussi ses prédateurs. Des impacts secouèrent la membrane, de plus en plus forts.

Heureusement, une faible clarté informa Ninfell qu'il quittait l'épais nuage. Cependant, des plaques de spores couvraient à présent le ballon et masquaient le paysage. Sans visibilité, il ne pouvait déterminer la vitesse de sa descente ni savoir quand faire varier l'ouverture. Il espéra que la couche n'alourdirait pas trop le dirigeable. Cela n'avait d'ailleurs plus d'importance. Dans quelques secondes, il saurait s'il avait réussi ou ne saurait plus rien du tout.

Dans la pénombre, il découvrit avec horreur que le pollen avait germé. Son bras était couvert de minuscules racines qui ondulaient vers lui avec défi. D'autres couraient sous son épiderme en s'abreuvant de son sang. La douleur était insoutenable.

Il plongea les dents dans sa chair et arracha racines et peau, qu'il recracha avec une sombre satisfaction. La descente s'accélérait. L'enveloppe du vaurin se craquelait sous les assauts de l'écume en quête d'humidité.

Avec un bruit mou, il s'écrasa au sol. Par chance, les plaques spongieuses sur la membrane amortirent la plus grande partie du choc. À moitié assommé, Ninfell regarda autour de lui. L'ankylose mettait ses membres à la torture, mais il était vivant.

Il dégaina son stylet et taillada son bras à la recherche des racines les plus grosses, puis il se remit debout et sprinta sans but à travers les Macrovores. Le sang, propulsé par son cœur en plein effort, jaillit de ses blessures en chassant les spores et les dernières radicules.

À bout de forces, il s'effondra.

Alors seulement, il sut que son épreuve était terminée. Malgré son état critique, il se sentait plus vivant que jamais, comme s'il venait de remporter la première manche d'un jeu contre la réalité.

Il n'était plus un apprenti. Il était un Maître T'Sank.

19

Nous avons vu la dernière fois que les sortilèges étaient tissés en un ruban d'épaisseur variable. Ces altérations amènent le filin à se contorsionner en une forme caractéristique de la fonction qu'on veut le voir exercer.
À des fins pédagogiques, nous allons aujourd'hui visiter un sortilège. L'opération est simple à décrire bien que techniquement complexe. Vous n'aurez pas à vous soucier de théorie à moins d'orienter vos études vers la carrière d'ingénieur.
Cet instrument en forme de narguilé devant vous est un navigateur.
Sa fonction est double :
a) réduire votre corps
b) le transférer dans la dimension magique, la même que celle où sont situés les sortilèges, où vous serez propulsé le long du brin d'énergie.

À ce point de l'exposé, je me permets d'introduire deux précisions. Primo, la réduction de votre corps n'est, en théorie, pas difficile à concevoir. Nous savons tous que nos atomes sont essentiellement constitués de vide. Un noyau entouré d'électrons est comme un grain de blé au

centre d'une place de village. Il suffit de réduire l'espace vacant pour réduire la matière.
Secundo, l'énergie nécessaire au passage en phase magique est obtenue par l'oxydation des cellules mortes de votre épiderme. On emploie ce combustible dans la mesure où il manque rarement à son propriétaire. Pour cette raison, l'expression passer à la douche désigne parfois le phénomène de réduction.
Au sommet du narguilé se trouve un long tube. Son extrémité rougeoyante plonge déjà en phase magique. Vous pouvez dès à présent la brancher sur le sortilège cible, si possible au début ou à la fin de celui-ci. Assurez-vous auparavant d'avoir équilibré les pressions thaumaturgiques en employant cette petite pompe latérale. Je n'entrerai dans les détails techniques que si vous survivez à l'expérience.
Quand tout est en place, actionnez l'interrupteur situé au sommet. Vous serez aussitôt aspiré par la machine, réduit, puis projeté le long de l'incantagramme dans un élégant petit wagon dont le navigateur contient plusieurs exemplaires. Veillez d'ailleurs à en renouveler régulièrement le stock, il est toujours incommodant de parcourir un sortilège sans possibilité de freinage.

Détaillons à présent les commandes du véhicule. Veuillez pour cela vous reporter à la planche 3 de l'Annexe C.

Transcription d'une intervention
de Gôgo l'Indomptable, 1278

*

Les trois compagnons cheminèrent un moment avant de ressortir à l'air libre. Quelques passants déambulaient malgré l'heure matinale. De nombreux détritus attestaient d'une vie affairée en journée.

Jon n'avait visité la capitale qu'une seule fois pendant qu'elle était en activité. Depuis, chaque sortie successive lui donnait l'impression de parcourir une ville fantôme.

Ils empruntèrent une grande avenue torsadée faite de volées de marches et de passages en pente douce. Tout en marchant, ils échangeaient idées et hypothèses. À la fin du débat, ils admirent tout de même manquer d'une réelle stratégie.

Ils atteignirent les quartiers aisés. De chaque côté d'une artère sinueuse, des ponts de pierre superposés se scindaient en autant de bras à destination de logis perchés les uns sur les autres. Des passages sur pilotis couraient dans les parois creusées des nombreuses stalagmites. Des commerces surélevés s'adossaient à de vénérables concrétions luisantes.

— C'est un véritable labyrinthe, constata le mage une fois de plus. Comment faites-vous pour vous y retrouver ?

— Notre capitale est complexe mais statique, rappela Rachelle. Fresnel est prisonnier de la pierre. Il ne peut ni s'étendre ni se transformer. Une fois qu'on a mémorisé une partie de la ville, elle l'est pour longtemps.

Un léger tremblement de terre interrompit ses paroles.

— Aucune raison de s'alarmer, expliqua Edrick. Ces séismes sont sans danger. Ils surviennent parfois lorsque le dieu remue dans son sommeil. Nous y sommes presque.

Ils enfilèrent une série de chambres jusqu'à une guérite coincée entre deux immeubles de rapport. Derrière le guichet, un garde somnolait les yeux ouverts.

À la vue du capitaine, il se redressa avec lenteur.

— Puis-je voir votre accréditation, Ser ?

Edrick décrocha l'insigne qui pendait à son épaule. Le vigile le détailla sans se presser.

— Pourquoi n'empruntez-vous pas l'entrée officielle, Ser ? Il est très tôt. Je vais devoir faire un rapport. Vous passerez dès que j'aurai reçu confirmation de votre identité.

— Laissez-nous entrer et faites votre rapport après, répondit l'officier avec irritation. Je n'ai pas le temps de jouer au chat et à la souris avec vous.

— Comme vous voudrez, capitaine. Pas la peine de vous mettre dans cet état. Je ne suis qu'un sous-fifre.

Le soldat déverrouilla l'entrée et s'effaça pour leur livrer passage. Il manœuvra trois ou quatre loquets sur un panneau qui en comptait une cinquantaine. Derrière lui, la roche s'entrouvrit. Il les invita à passer avec un sourire pincé.

— Il vous a reconnu, fit Edrick au détective sitôt l'issue refermée. Il sait que, par votre faute, des soldats sont mis en examen. Préparez-vous à affronter la rancune de l'appareil militaire.

Ils se faufilèrent dans une faille étroite qui déboucha peu après sur une ruelle. Des façades austères se fondaient dans la pierre. Des éclairages tamisés augmentaient la solennité du lieu.

— Les quartiers résidentiels de la haute administration, annonça le soldat.

Face à eux, une falaise couleur rouille encadrait une porte de granit. Sur le fronton, un bas-relief représentait des légions de gratte-papiers en plein effort. De part et d'autre, des fenêtres aveugles s'étiraient vers le haut. Elles servaient d'assise à des corniches en surplomb qui se penchaient sur les passants de manière menaçante. Une poussière séculaire emplissait le moindre recoin.

— J'ai l'impression de visiter un mausolée, fit Rachelle.

— Tu n'es pas loin du compte, si l'on considère ce qui s'est passé, répondit Jon à voix basse.

Edrick gravit la courte volée de marches qui menait à l'entrée. Il se retourna et écarta les bras pour les accueillir.

— Nous sommes à l'intérieur d'une gigantesque coulée de basalte pétrifiée. Celle-ci traverse la caverne principale et se jette dans l'abîme. Ces immeubles ont été aménagés dans l'une des bulles de cette coulée, c'est pourquoi ma voix vous parvient si étouffée.

— De quoi rendre claustrophobe n'importe quel cafard, confirma la mercenaire avec une grimace.

— Certes, mais il est plus facile de défendre l'appareil administratif lorsque celui-ci est confiné dans une forteresse naturelle. Nous sommes totalement coupés du reste de la capitale. Même en cas d'invasion, le noyau dur de l'intendance continue à fonctionner et poursuit l'effort de guerre. Pallas occupait l'aile ouest, la moins sèche et la plus confortable. Par ici.

Il cogna au portail en divers endroits, apparemment au hasard. L'un des battants pivota.

— Où sont les gardes ? demanda Jon.

— Pas besoin de gardes. Comme vous pouvez le constater, les portes sont épaisses d'un homme. Lorsqu'elles sont closes, elles sont inviolables. Autant essayer d'enfoncer la paroi de la caverne.

Ils pénétrèrent dans un hall ovale où aurait pu tenir une maison. Sur les murs, des entrées d'appartements étaient disposées avec régularité. Au centre se dressait un majestueux escalier en colimaçon. De longues tubulures enchevêtrées tenaient lieu de rampe. Sa surface, rayonnante comme de la soie, était constellée de petites épines, certaines redressées, d'autres inclinées. Jon s'approcha et effleura l'étrange structure. Elle était tiède au toucher. Il se retourna et interrogea Edrick du regard.

— C'est un escalier gretchen. La seule œuvre d'eux dont nous disposons, avec le Grand Tunnel.

Ils entamèrent l'ascension. Les marches consistaient en larges sillons crénelés.

— C'est à la fois beau et inquiétant. Un tunnel, dites-vous ?

Le soldat haussa les épaules.

— L'ouvrage tient tout entier dans son nom. Nous n'aurons jamais l'occasion de le parcourir, il est situé dans une zone interdite. Pour en revenir à l'escalier, vous noterez qu'il ne présente aucun joint de maçonnerie. Et pour cause, il est constitué d'un seul tenant, taillé dans un bloc d'une matière inconnue. Personne dans tout Alamänder n'est parvenu à découvrir la technique employée pour réaliser ce tour de force. Sa seule présence propulse l'immeuble au rang de trésor culturel le plus précieux de la capitale. L'appartement de Pallas se trouve au sommet. Il n'y en a qu'un à cet étage.

— Quelque chose m'intrigue, coupa la mercenaire. Comment avez-vous franchi la porte, en bas ? Vous n'aviez pas de clef.

Edrick prit un air rusé.

— Vous comprendrez bien que je ne peux répondre à cette question, Serre Olyakine. C'est l'un de nos petits secrets.

Rachelle se pencha à la balustrade et étudia les battants un long moment. Les deux hommes finirent par s'impatienter.

— Un problème ? demanda Jon.

La mercenaire ne répondit pas. Edrick haussa les épaules et poursuivit son ascension.

Jon le rattrapa.

— Un conseil, glissa-t-il à son oreille. Ne la laissez jamais seule.

L'officier hocha la tête et redescendit les marches quatre à quatre. La jeune femme était toujours accoudée à la rampe, plongée dans son examen. Elle se tourna vers lui :

— Vos mesures de sécurité sont impressionnantes pour des non-magiciens. Cette serrure basée sur les vibrations d'une caisse de résonance est très astucieuse.

Edrick gonfla les joues de surprise.

— Par Saint-Skorj, comment avez-vous découvert ça ?

— Si je suis si bien payée, jeune homme, c'est parce que, par-dessus tout, j'aime comprendre.

— Ne vous avisez pas de répéter ça à quiconque, Jonas compris. Je pourrais perdre bien plus que mon grade.

— Ne vous inquiétez pas. Une question demeure : il est très risqué de placer les creux à des endroits fixes. Une fois que l'on sait où frapper, n'importe qui peut entrer.

— Arrêtons là cette conversation. Jon nous attend.

— La solution est peut-être dans ces blocs à l'intérieur du battant, qui se déplacent comme dans un jeu de taquin géant. Cela permet de faire varier la position des cavités.

Le soldat prit la jeune femme par les épaules, furibond.

— Comment pouvez-vous être au courant de ça ? Seuls quelques officiers sont dans la confidence !

Rachelle se contenta de sourire et poursuivit comme si elle évoquait la météo du jour.

— Bien entendu, le déplacement ne peut être aléatoire. Il doit suivre une séquence, sans doute cyclique. Peut-être basée sur des données astronomiques ?

— Ne comptez pas sur moi pour vous répondre ! Et je vous ordonne d'arrêter de penser !

Il la libéra et repartit vers le sommet. Le rire effronté de Rachelle le suivit dans l'escalier.

— Agaçante, n'est-ce pas ? s'amusa Jon à l'arrivée de son ami. Et terriblement douée. Son seul problème est qu'elle ne possède aucune moralité.

— Non, ça, ce n'est pas son problème. C'est le nôtre.

Ils se trouvaient face à une grande porte d'onyx

noir, aux moulures chargées d'or. Après avoir jeté un œil derrière lui, le capitaine fit basculer quelques ornements qui formèrent un nouveau motif. La porte s'entrouvrit.

Ils entrèrent.

Jon effectua une première inspection. Le logement était sobre, à la limite de l'austère. La seule fantaisie provenait de lourds abat-jour disposés dans toutes les pièces. Leurs circonvolutions farfelues faisaient presque oublier la pesanteur des lieux.

Le domicile comportait une chambre, une vaste bibliothèque très ordonnée, une salle à manger avec monte-plat et un boudoir aménagé en salon. Dans un coin de cette dernière pièce, un bloc de granit faisait office de bureau. Il ne possédait aucun tiroir et pas la moindre fioriture. C'était un simple pavé couvert d'un sous-main en cuir. Un stylographe à l'aspect précieux trempait dans une petite cavité remplie d'encre séchée.

— Combien de décisions capitales ont été signées sur ce bureau, Magni le sait, commenta Edrick.

— Notre homme cultivait la simplicité.

— Vous connaissez la maxime : « L'humilité est la plus grande des vanités. » Pallas pouvait obtenir tout ce qu'il désirait. Savoir cela lui suffisait.

À côté du bloc, à hauteur de regard, un tableau était suspendu. C'était la seule œuvre de tout l'appartement. De la taille d'un tronc humain, elle représentait le conseiller, l'air grave, un index levé comme s'il faisait la leçon.

— Charmant, fit Jon. Notre amie espionne n'a pas menti. C'est un beau spécimen d'art pompier. Où est le coffre ?

— Par ici.

Edrick avança vers la toile et la tira à lui. Elle glissa, parallèle au mur, le long de quatre grosses tiges de métal placées aux coins. Ils passèrent sous l'œuvre et découvrirent, scellée au mur, une plaque d'acier poli. La paroi renvoyait aux deux hommes leur image déformée.

— C'est un Longhinam, un coffre de maître, expliqua Edrick. Chaque exemplaire possède une serrure différente. Nos spécialistes ont mis un moment à en venir à bout. Ils n'ont même pas été récompensés de leurs efforts. Comme vous l'a dit Vance, il était vide. En vous retournant, vous remarquerez aussi que l'œuvre n'est pas opaque, mais transparente. Une sorte de toile sans tain où l'on voit notre Pallas à l'envers. Exotique et inutile.

— Les narcissiques ne pensent pas de cette manière, sourit Jon. Je parie que, même lorsqu'il tripotait son coffre, le conseiller tenait à contempler son auguste face derrière lui.

Il se pencha sur la plaque.

— J'ai déjà eu affaire aux Longhinam. Ce sont des œuvres d'art, mais rien qui justifie la rumeur d'inviolabilité du *Coffre de Pallas*. Voyons voir. Aucune empreinte sur l'acier. D'autre part, je doute qu'il réagisse à un code oral, la masse de granit dans laquelle nous sommes étouffe les bruits.

Il examina de plus près la patine de l'ouvrage, puis passa un doigt sur la bordure.

— L'étonnant dans ce cas est l'aspect du métal. En général, les Longhinams sont en acier brossé. Je me demande pourquoi celui-ci est réfléchissant.

Il collait presque son nez sur le coffre. Quand il aperçut les traces que faisait sa buée, il se redressa et éclata de rire.

— J'ai trouvé.

Il embrassa la cloison. Celle-ci pivota pour laisser apparaître l'intérieur.

— Avec un tel orgueil, expliqua-t-il, Pallas ne pouvait ouvrir son coffre qu'en rendant hommage à son reflet. Une sorte de déclinaison du portrait.

— Vous êtes stupéfiant, concéda Edrick. Nos meilleurs experts ont transpiré sur cette serrure pendant deux semaines. Ils n'ont découvert le pot aux roses que quelques jours avant votre arrivée. Et encore, par hasard.

— Le hasard est souvent l'allié le plus précieux de l'enquêteur.

Le mage passa une main dans la niche, puis se redressa.

— Vous aviez raison : rien d'autre ici qu'un peu de poussière. Se sentant menacé, Pallas en a peut-être vidé le contenu.

— Lui ou son agresseur. Je referme ?

— Allez-y.

Ils repassèrent sous les tiges métalliques. Edrick remit la toile en place.

Les deux hommes gardèrent le silence un moment. Le seul bruit qu'on entendait était la mélodie que fredonnait Rachelle en parcourant le logement.

— Et maintenant ? demanda le capitaine.

— Maintenant rien. Cette partie de l'enquête s'achève ici, dans l'impasse de ce petit coffre. Voyons si notre mercenaire préférée a eu plus de chance.

Edrick alla chercher la jeune femme. Ils arrivèrent quelques instants plus tard.

— Désolée, annonça Rachelle en entrant. Rien de mon côté.

Elle s'adossa à un mur, résignée. Edrick s'affala dans un divan où il s'enfonça de manière alarmante.

— Cette pièce est la seule qui reste, ajouta la mercenaire, et elle respire autant la joie de vivre qu'une tombe fraîchement creusée.

Elle se redressa soudain.

— Vous avez vu, là ?

— Quoi ? demandèrent ses compagnons avec espoir.

— Il y a un coffre derrière le mur. Vous le saviez ?

Jon fit mine d'arracher sa chevelure absente. Edrick secoua la tête.

— Nous le savions, oui. Comment avez-vous fait pour le dénicher ?

— Mes pupilles, dit-elle en montrant ses orbites. Vous n'avez pu manquer de les apercevoir, vous qui me collez dès que vous en avez l'occasion.

— Nous l'avons déjà examiné, dit Jon. Il est vide. Une fantaisie de plus de notre ami décédé.

— Il connaissait la magie, votre ami décédé ?

Le détective sursauta. Edrick tenta lui aussi de bondir, mais il ne réussit qu'à s'enfoncer un peu plus dans le canapé.

Jon se précipita et déplaça la toile, puis ouvrit le coffre. Il passa en vision magique. L'intérieur se nimba d'un vert mordoré caractéristique.

Le questeur secoua la tête.

— Quel imbécile je fais. Je n'ai même pas pensé à

basculer en Vision. Mais aussi, comment aurais-je pu me douter qu'il y a un sortilège ici alors qu'il n'y en a aucun dans tout Fresnel ?

— C'est parce que tu vieillis, mon pauvre vieux, ricana Rachelle. C'est un volume de phase. Du beau travail. Il est homogène en tout point.

— Un quoi ? demanda Edrick en essayant toujours de s'extirper du divan.

— Un sort statique. Comment expliquer ça à un sauvage en cuirasse…

Jon prit le relais :

— Imaginez un aquarium rempli d'eau, puis remplacez l'eau par de la magie. C'est ça, un volume de phase. Un espace saturé d'énergie passive.

— Et ça sert à quoi ?

— On l'utilise en général comme saisie de mouvement, fit Rachelle. Le volume est programmé pour réagir à un objet ou à un geste précis.

Jon glissa une main dans la cavité et accomplit quelques passes.

— Les clefs standard ne fonctionnent pas, évidemment. Qui a bien pu avoir l'idée de croiser un Longhinam avec une phase ?

— Quelqu'un qui veut conserver un gros secret, assura sa collègue. Je peux essayer ?

Elle fit courir ses doigts le long des parois. Son visage d'adolescente se ferma, son regard devint impénétrable. Enfin, elle se redressa :

— Je confirme. Ceci n'est pas un coffre mais bel et bien une serrure. D'après ce que je Vois, soit la phase attend une position particulière de la main, soit il faut trouver l'endroit à l'intérieur où appuyer.

Elle fit mine d'actionner des boutons invisibles, sans résultat.

— Rien à faire. Et je ne peux dissoudre le sortilège. Nous n'aurions plus devant nous qu'une boîte vide.

— Je reconnais bien là tes méthodes, lança Jon, moqueur.

— Dans ce cas, Ser Questeur, à vous de jouer. C'est votre boulot d'ouvrir ce qui ne peut l'être.

— Crois bien que je n'ai pas besoin de tes sortilèges de guerre pour cela. Mes cellules grises me suffisent. Car j'ai trouvé, chère et douce Rachelle.

La jeune femme accusa le coup. Elle parcourut la pièce de son regard aiguisé, à la recherche d'indices.

— La vérité se trouvait non loin de la question, poursuivit Jon. Et comme toujours à Fresnel, elle se cachait sous un masque anodin. Pallas a voulu nous abuser en mettant en avant son narcissisme. Lorsque nous découvrons un trait de caractère peu flatteur chez nos contemporains, nous le gratifions de notre dédain, pas de notre intérêt. Le chambellan s'est servi de nous-mêmes pour nous égarer.

Il se plaça devant la toile.

— Que voyez-vous ? demanda-t-il.

— Un sermonneur, dit Rachelle.

— Tu n'y es pas. Songez aussi que le tableau ne pivote pas pour révéler le coffre.

Il posa les mains de chaque côté et tira.

— Il glisse vers nous. Qu'en déduisez-vous ?

— Qu'il essayait de se débarrasser des imbéciles qui voudraient le faire pivoter ? proposa Edrick.

— Allons, allons, vous pouvez faire mieux que ça.

Rachelle prit la pose du conseiller. D'une voix pontifiante, elle déclara :

— Venez admirer mon doigt !

— Précisément.

— Mais oui ! s'exclama le capitaine. Pallas ne nous prend pas de haut, il nous *montre quelque chose*. Et comme le tableau est parallèle à l'ouverture du coffre, son index indique l'endroit où il faut appuyer !

— Un doigt pour Edrick, lança le mage avec un sourire.

Rachelle avait toujours le sien en l'air. Le rouge lui monta aux joues.

— Ce ne peut être que ça, poursuivit l'officier en passant sous les tiges. L'œuvre est transparente. On peut donc tracer une ligne imaginaire entre le bout de son index et le fond du coffre.

Il joignit le geste à la parole. Son doigt, suspendu dans les airs, se dirigea vers la cavité.

— Attendez, l'avertit Jon. Nous ne savons pas ce que vous allez déclencher. Le Longhinam peut aussi bien commander la destruction du bâtiment ou se refermer sur votre bras !

— Ou lancer un sortilège qui te rendra courageux, ironisa Rachelle. Allez-y, Edrick, je me sens aussi excitée qu'une jouvencelle.

Un peu moins enthousiaste, le soldat poursuivit. Une veine battait sur ses tempes.

Sa main pénétra dans le coffre.

Tous retenaient leur souffle. Ils ne quittaient plus des yeux cette ligne droite qui les reliait à travers le temps et l'espace au conseiller disparu.

Alors que le capitaine s'apprêtait à toucher le fond, Rachelle poussa un petit cri.

— Vous avez réussi ! La phase vient de virer au rouge. Il ne nous reste plus qu'à attendre.

Ils levèrent la tête, en quête d'un mouvement ou d'un bruit. Après quelques secondes, le sol se mit à trembler. Le bureau massif s'enfonça dans le parquet. Par la porte entrouverte, la paroi rocheuse défila vers le bas. Ils montaient.

— Nous sommes dans un ascenseur, annonça Jon. Le bureau en est le contrepoids. Pas étonnant que les enquêteurs de Vance n'aient pas découvert le passage. C'est toute la pièce qui en fait office.

— En route pour le plus grand secret du royaume, murmura Edrick avec solennité.

La pièce s'immobilisa. À présent, au-delà de l'entrée, un couloir sombre s'étendait.

— Après vous, fit Rachelle au capitaine. Je suis trop jeune pour mourir. Vous ne pouvez pas en dire autant.

Edrick pinça les lèvres et pénétra dans la galerie. Une épaisse couche de poussière couvrait le sol. Les parois rocheuses étaient si lisses qu'elles en devenaient réfléchissantes.

— Qui a bien pu façonner ça ? chuchota la magicienne.

Elle se planta devant le mur pour se recoiffer.

— Les gretchens, bien sûr, répondit Edrick. Quelque chose me dit que ce couloir n'est pas répertorié. Pallas l'aurait-il découvert par hasard ?

— Les réponses à vos questions sont toutes proches, fit Jon. Regardez.

Une lueur blanche marquait la fin du tunnel.

Ils débouchèrent dans une petite salle. Un cube immaculé d'environ deux hommes de côté en occupait le centre. Ses flancs nimbés d'un léger halo ne portaient aucune inscription.

Jon et Rachelle se consultèrent du regard, l'air soucieux.

— Eh bien ? demanda le soldat. On dirait que vous hésitez entre le bronze et l'étain pour les poignées de vos cercueils.

— Edrick, annonça Jon, vous avez devant vous l'un des chefs-d'œuvre de l'artisanat YArkhanie. La Cité n'a programmé que sept de ces coffres avant d'en interrompre la production.

— On les appelle des *Cubes Invertis*, ajouta Rachelle à l'adresse de l'officier, en articulant comme si elle s'adressait à un enfant.

— Épargnez-moi votre jargon, s'il vous plaît.

Le capitaine pointa un doigt accusateur vers le sortilège.

— C'est déjà assez frustrant de se retrouver devant ce gros machin alors qu'on pensait résoudre un gros mystère.

— *Ne le touchez pas !* s'écrièrent si fort les deux mages qu'Edrick sursauta en effleurant le cube.

Il étouffa un cri de douleur et contempla son index. Le bout de son ongle et quelques épaisseurs de peau avaient disparu. Le sang se mit à sourdre du derme.

— Tu crois qu'on va pouvoir s'en débarrasser ? demanda Rachelle à Jon.

— Ça ne va pas être facile. C'est un sortilège de haut niveau.

— Je parlais de ton copain. Cet imbécile va tous nous faire tuer.

— Ce n'est plus la peine de l'évacuer, il a été identifié. Il n'est plus en sécurité nulle part.

— Que voulez-vous dire ? grogna l'interpellé, le doigt dans la bouche.

— C'est un Cube de Sûreté, répéta Rachelle comme si cela expliquait tout. Un gardien semi-conscient, programmé pour défendre son contenu coûte que coûte.

— Et comment on ouvre cette saleté cubique ?

— On ne l'ouvre pas, répondit Jon. Vous avez vu ce qui est arrivé quand vous l'avez touché. Tout ce qui entre en contact avec la surface est aussitôt dissous. Si vous aviez glissé la main, le bras ou même la moitié du corps, rien ne se serait passé. Mais au moment de les retirer, vous auriez été tranché net et le cube se serait nourri de ce que vous auriez laissé. Là, vous lui avez juste permis de vous *goûter*. Il a dû décider que vous n'étiez pas son maître. Autant vous dire qu'il vous a dans le collimateur.

— Et alors ? Il va me poursuivre dans tout Kung-Bohr avec ses petites jambes carrées ?

— Je n'en sais rien. Mes connaissances en programmagie sont limitées. Je sais juste qu'on alimente le sortilège en lui jetant parfois un peu de nourriture. Quand le maître du coffre veut accéder à son contenu, il pénètre à l'intérieur. Le magigramme compare son code intime avec celui qu'il a en mémoire. S'il correspond, le visiteur passe. Dans le cas contraire, il est dégradé sous forme de nutriments. Impossible à tromper, impossible d'entrer.

— De la nourriture, dis-tu ? lança Rachelle. Pallas est mort depuis un moment. Le sort doit être affamé.

— Le pauvre, fit Edrick avec hargne. Qui veut recueillir un gros cube orphelin ?

Il prit une profonde inspiration pour se calmer.

— Résumons-nous : nous sommes à un doigt – il montra son index entamé – de mettre au jour les secrets de Pallas, et vu la personnalité du conseiller, je m'attends à trouver autre chose que son journal intime. Nous n'aurions fait tous ces efforts que pour nous retrouver devant une paroi infranchissable, à peine plus épaisse qu'un cheveu ?

— J'ai dit impossible d'entrer, précisa Jon. Je n'ai pas dit impossible à forcer.

— D'autre part, ajouta Rachelle, la paroi ne possède pas vraiment d'épaisseur. Ses deux dimensions et demie la rapprocheraient plutôt d'une entité fractale qui…

— Oh, taisez-vous, la coupa Edrick avec impatience.

Rachelle n'aurait pas ouvert de plus grands yeux si on l'avait frappée. Le capitaine n'y prêta aucune attention. Il se tourna vers Jon :

— Vous pouvez y pénétrer, oui ou non ?

— En théorie, oui. Dans les faits, c'est assez risqué.

Je vois où tu veux en venir, intervint la mercenaire. Chevaucher le sort. C'est hors de question. J'ai moins dangereux et plus simple.

Elle préleva de sous sa robe, qu'elle remonta bien haut sous le nez d'Edrick, un petit flacon émaillé couleur citron. Elle le brandit avec fierté, comme si elle s'attendait à les voir pousser des cris de joie.

— C'est un *dissociant*, expliqua-t-elle, agacée par leur absence de réaction. Voyons, comment traduire cela en langage bovin ? C'est un algorithme liquide capable de dissoudre les sortilèges YArkhanies. La manière dont je me le suis procuré mériterait à elle seule un roman.

— Un roman pour adultes, sans aucun doute, railla Edrick.

Rachelle ôta le bouchon, s'approcha du cube et l'aspergea. La paroi blanche se mit à couler sous l'effet de l'acide thaumaturgique. La mercenaire se retourna et considéra ses compagnons comme seules les femmes qui viennent de prouver leur supériorité savent le faire.

Après quelques secondes, cependant, l'érosion ralentit. Dans un bruit de papier froissé, une fine pellicule blanche se forma sur les franges du sortilège. Elle se mua en écailles qui recouvrirent bientôt l'endroit endommagé.

— Eh, c'est pas du jeu ! explosa Rachelle.

— Un derme de régénération, expliqua Jon au capitaine. Le dissolvant n'a affecté que les routines extérieures, laissant aux réparateurs le temps d'agir.

— *Jonas !* cria soudain la jeune femme.

Une dizaine de petits cubes blancs venaient d'émerger du coffre et flottaient dans sa direction.

— Le flacon ! lança Jon.

Rachelle arrosa les cubes avec frénésie. Elle poussait des petits cris d'animal effrayé, qu'Edrick aurait sans doute trouvés très excitants en d'autres circonstances. Après quelques secondes, ne restèrent plus que des paillettes blanches qui tourbillonnèrent vers le sol.

— Merci, j'ai cru que j'allais finir en morceaux. Comment as-tu deviné qu'ils n'allaient pas se régénérer ?

— Je ne le savais pas. C'était juste la seule chose à faire. J'espère qu'il ne va pas remettre ça, tu n'as plus de dissolvant.

Rachelle fit la moue devant le flacon vide. Elle le jeta et se réfugia dans les bras du mage.

— Le coffre doit être furieux, dit-elle d'une petite voix.

— Certainement, ironisa Edrick. Je le vois, il vous fusille du regard. Jon, quel est le plan B ?

— Chevaucher le magigramme.

— Très bien. Explication du plan B ?

— Je vais entrer dans le sortilège et le désactiver de l'intérieur.

Le questeur fouilla dans ses poches et en sortit un instrument tirebouchonné.

— Qu'est-ce que c'est que ça ? demanda le soldat. Un narguilé pour enfants ?

— C'est un *Navigateur*, petit plaisantin. Il permet de réduire, puis de projeter un mage au sein des lignes d'énergie d'un sortilège. Vous allez m'accompagner pour m'assister. Rachelle restera ici en tant qu'équipe de secours. Rachelle, qu'en penses-tu ? Rachelle ?

La magicienne n'écoutait pas. Elle fixait un point derrière eux, une expression d'horreur sur le visage.

Jon se retourna. De grandes taches iridescentes venaient d'apparaître sur les murs de la pièce. Sous leurs yeux, elles s'élargirent, puis fusionnèrent en une seule pellicule identique à celle du cube. Elle commença à se rapprocher.

— Par tous les trous d'Akir ! lança Edrick.

— Je viens de comprendre le mécanisme de défense du coffre. Il a projeté une réplique de lui-même à quelques pas de nous et à présent, il ramène ses filets. Nous allons être pris entre les deux parois.

— Heureusement que la salle n'est pas de forme cubique, hoqueta Rachelle, nous aurions déjà les pieds dissous. Vous n'avez pas un instant à perdre. Plongez !

Jon préleva un fil incandescent au sommet du narguilé et le brancha sur le cube. L'appareil se mit à bourdonner. Il noua un second fil à son poignet et saisit celui d'Edrick, puis il actionna un interrupteur.

Dans un claquement sec, les deux hommes furent happés par le dispositif.

Le soldat, totalement désorienté, se retrouva à tournoyer au sein d'un vortex liquide semblable à du sucre filé. Même s'il sentait la main de Jon sur son bras, la silhouette de son ami virevoltait loin vers l'avant, noyée dans un chaos de formes géométriques molles.

Sans transition, il se retrouva à bord d'un chariot filant comme l'éclair le long d'un câble luminescent. Jon était assis à ses côtés, déjà aux prises avec les commandes du véhicule.

— Désolé, cria son ami pour couvrir la rumeur du vent, je n'ai pas eu le temps de vous avertir.

— Où sommes-nous ?

— Nous nous apprêtons à entrer dans le cube. Le navigateur nous a propulsés sur un brin d'initialisation. Ce que vous voyez devant vous est le Coffre de Pallas.

Edrick leva les yeux. À une portée de flèche du wagon s'étalait une muraille étincelante. Sa trame était constituée de câbles identiques à celui qu'ils chevauchaient, imbriqués en amas argentés. Certains se croisaient à angle droit, d'autres dessinaient des figures complexes et changeantes. Le halo du cube trouvait son origine dans l'étonnante clarté qui filtrait de l'intérieur. On y discernait, noyé dans la lumière, le jeu de mécanismes gigantesques. Des rais laiteux jaillissaient des trous du réseau, comme des lances parties à l'assaut du néant.

Edrick examina leur véhicule. L'habitacle à ciel ouvert était confortable mais antique. L'élégance naïve de ses formes rappelait celle d'une voiture d'enfant, y compris dans ses proportions. Les deux passagers étaient presque à l'étroit sur la banquette de velours grenat. Seul un petit accoudoir pelé les séparait.

Devant l'officier s'étalait un tableau de bord chargé d'instruments ésotériques. Un pentacle tourbillonnait comme une boussole au centre d'une demi-sphère, des leviers en ivoire cohabitaient avec des commutateurs cristallins. Les commandes semblaient avoir été fixées à la va-vite, ce que Jon confirma lorsqu'une manette lui resta dans la main. Le reste du véhicule était en bois peint, au vernis écaillé.

Le soldat se pencha par-dessus bord. Des traces d'impacts zébraient les portières décoratives. Plus bas, des serres d'acier maintenaient le wagon en contact avec le câble.

Malgré la suspension, une série d'à-coups fit sagement revenir le passager à sa place. Il regarda vers l'avant. Le véhicule se dirigeait vers un chapelet de nœuds disposés à l'entrée du labyrinthe tridimensionnel. L'air sifflait autour d'eux.

Jon fouilla dans la boîte à gants. Il en sortit des lunettes de cuir qu'il enfila, puis il leva un pouce en direction d'Edrick. Ainsi attifé, on aurait dit un vieux hibou.

— Simple coquetterie, cria-t-il. Je me sens plus en situation avec ça.

— Promis, je ne dirai rien à Vance. Combien de temps avons-nous avant que les deux exemplaires du cube ne fusionnent ?

— Difficile à dire. Chaque sortilège possède ses propres dimensions. Le temps devient une donnée tout à fait relative. Ne vous inquiétez pas pour Rachelle, c'est une dure à cuire malgré ses airs de petite fille. Elle doit déjà être en train de dresser une contre-mesure. Croyez-moi, nous sommes bien plus en danger qu'elle !

Edrick pâlit.

— Que voulez-vous dire ?

— Tout sortilège évolué abrite des mécanismes de défense. Vous avez remarqué, devant nous, ces nœuds couleur de glace ?

— Vu leur taille, on ne peut pas les manquer. Nous nous apprêtons d'ailleurs à les percuter.

Jon actionna un levier. Une salve de petites torpilles argentées surgit de l'arrière et fusa le long du câble. Elles frappèrent les nodules qui volèrent en éclats dans un silence incongru. Le wagon les franchit en tressautant.

— Ces amas marquaient le début du code. Ils sont

aussi là pour bloquer les mages amateurs ou mal équipés. Une sorte de point de contrôle.

Ils pénétrèrent dans le Coffre. Partout, des cordons chamarrés s'entrecroisaient dans un équilibre instable. Certains formaient des amas, d'autres couraient en lignes droites, en spirales, en torsades ombilicales. L'ensemble du réseau fluctuait et se réorganisait sans cesse.

Ils passèrent au-dessus d'un tourbillon de flagelles qui filait à vive allure. Leurs mouvements saccadés s'accompagnaient d'éclairs stroboscopiques. Plus loin, une étoile tressée se déformait à intervalles réguliers en aiguillant des paquets de données le long des câbles.

— Attention, avertit Jon, nous tournons.

Le terme était faible : ils bifurquaient vers le haut à angle droit. Le soldat s'accrocha à son siège, mais il ne ressentit ni changement d'orientation ni ralentissement. C'était comme s'ils avaient poursuivi tout droit.

— Le chariot possède sa propre gravité, expliqua Jon d'une voix forte. Quelle que soit notre position, celle-ci demeure dirigée vers le plancher. Vous tenez le coup ?

— Je n'en sais rien, fit Edrick, penaud.

Cette absence de sensations le perturbait. À chaque virage, il tentait de compenser un mouvement qui n'avait pas lieu et se retrouvait déséquilibré.

Une longueur de câble barbelé aux aiguillons luisants apparut soudain devant eux. Jon manœuvra quelques boutons. Deux patins se rejoignirent dans le prolongement de la coque et pivotèrent autour du brin comme une hélice. Les spicules furent tranchés net.

— C'était un *naï*, un Nodule Anti-Intrusion, expliqua le mage quand ils l'eurent dépassé. On en trouve un peu partout, disposés au hasard. La plupart sont passifs, c'est-à-dire destinés à freiner la progression des intrus. Celui-ci était couvert d'acide. Au moindre contact, il aurait rongé le fil sur lequel nous sommes, nous empêchant d'aller plus loin.

— Il en existe d'autres ?

— Des quantités. Vous avez sans doute remarqué les tourbillons que nous avons croisés tout à l'heure ? Ce sont des écumeurs. Leur mission est de parcourir le sortilège pour le débarrasser des morceaux de code altérés par le temps.

— Ou par les parasites dans notre genre ?

— Ne vous inquiétez pas, je suis équipé pour faire face à toutes les situations.

Leur incursion se poursuivit. Un vol de billes dorées les accompagna un long moment avant de les dépasser, leur curiosité satisfaite. Plus tard, ils empruntèrent l'une des gigantesques étoiles ondoyantes. Leur vitesse augmenta encore lorsque la structure les propulsa sur un câble parallèle.

Edrick apercevait de loin en loin des entités baignées dans une clarté aurorale. Des ombrelles retournées papillonnaient autour de certains brins. Un insolite double bulbe les effleura dans sa course. La partie la plus épaisse glissait le long du filin tandis que l'autre débitait d'interminables tronçons d'énergie. Le soldat demandait parfois des explications, mais la plupart du temps il contemplait en silence l'incroyable machinerie.

Au détour d'une procession de boucles, il aperçut

dans le lointain un dispositif d'une taille impressionnante. Même à cette distance, celui-ci emplissait un quart de l'horizon. Une moitié de l'édifice était constituée d'une pyramide reposant sur l'un de ses sommets tronqué. Deux faces se prolongeaient en circonvolutions semblables à des coquilles de nautile. Des dizaines d'orifices les parsemaient, d'où jaillissaient autant de bras mécaniques. Les appendices découpaient et déplaçaient des pans entiers de l'édifice afin de remplacer des fragments qui s'en détachaient. Ces débris flottaient jusqu'à un couloir de verre cerclé d'or. Au fur et à mesure qu'ils progressaient dans le tube, ils s'agrégeaient en petits cubes irradiants.

Edrick jeta un œil à son ami. Celui-ci, concentré sur sa conduite, avait fort à faire pour maintenir leur vaisseau le long du magigramme. À chaque nouvelle embûche, il proférait des jurons en mehnzotain.

— Tout va bien ? demanda le soldat.

— Oui. C'est juste que je n'ai pas un instant à moi. Ce sortilège est une véritable vitrine de naïs passifs.

Il ne put en dire plus. Un essaim de coléoptères en bronze venait de se coller à la carrosserie afin de les ralentir. Le conducteur négocia une série de tête-à-queue pour s'en débarrasser.

— Vous avez remarqué l'espèce de coquillage, là-bas ? demanda Edrick quand ils furent hors d'atteinte.

— Oui, c'est le cœur du système de défense. Nous devons nous hâter, il en train de produire une seconde cohorte de cubes d'assaut. Rachelle va être mise en difficulté.

— Que cherchons-nous, au juste ?

— L'origine du sort, la déclaration de variables sur laquelle les techniciens ont bâti tout le reste.

— Vu la complexité de ce bidule, nous pouvons aussi bien errer sans fin, non ?

Jon montra une sorte d'anémomètre sur un coin du tableau de bord.

— Ceci est un gyroscope temporel. Il nous dirige sans erreur possible vers la partie la plus ancienne du magigramme.

Edrick sentit soudain le mage se contracter. Il scruta les brins devant lui et en découvrit la raison. Un vortex enflammé noir et or venait de rejoindre leur câble. Au centre du tourbillon, immergées dans une écume maligne, des lames de rasoir s'entrecroisaient en figures géométriques. Le naï fonçait droit vers eux dans un hurlement à glacer le sang.

— Voici ce que je craignais, souffla Jon. Un patrouilleur, le pire des passifs. Je ne pensais pas en rencontrer.

— Nous n'avons pas le temps de le convaincre qu'il n'a rien à faire ici. Que suggérez-vous ?

Le questeur poussa une lourde manette des deux mains. Des moulures furent éjectées des bords du chariot et fusèrent vers le gardien. Elles le découpèrent en deux parties nettes, qui se reconstituèrent aussitôt.

— C'était ce que vous espériez ?

— Pas vraiment.

Jon essuya quelques gouttes de sueur sur son front.

— Essayons ceci.

Il fit pivoter deux manivelles dans le sens contraire

l'une de l'autre. Le chariot effectua une brusque rotation sur lui-même. De l'arrière jaillit un harpon aveuglant qui fila vers leur adversaire.

Le vaisseau reprit position tandis que la lance frappait le gardien en plein centre. Le naï fut traversé de longues ondulations vert vif, mais il ne ralentit pas pour autant.

Jon accusa le coup. Il parcourut du regard le tableau de bord à la recherche d'une arme efficace. Rien ne sembla le satisfaire. Il fronça les sourcils et se mit à réfléchir.

Edrick distinguait à présent le cœur du tourbillon. Devant les lames défilaient des instructions rendues floues par la vitesse. Il se demanda si elles contenaient des commentaires du genre *YArkhan vous remercie de votre visite* ou *Vous l'avez bien cherché*. Le cri strident lui martelait le crâne. Ses yeux faisaient des allers-retours de plus en plus rapides entre le patrouilleur et le mage.

— Accrochez-vous, dit soudain celui-ci.

Il se pencha sur les commandes et accéléra.

— Vous essayez de l'intimider ? lança Edrick. Le premier qui fait un écart est un dégonflé ?

— Accrochez-vous, vous dis-je.

Le capitaine se recroquevilla sur son siège. Le vortex les dominait de toute sa taille. L'air vibrait avec violence autour de lui, on entendait les lames glisser les unes contre les autres. Le choc semblait inévitable.

Au moment où le naï dilatait sa gueule pour les engloutir, Jon appuya sur un bouton minuscule. Les serres repliées sous le plancher se tendirent vers un câble proche et s'y agrippèrent. Le wagon fut entraîné dans le mouvement. En une fraction de seconde, ils venaient de sauter d'un brin à un autre tout en poursuivant leur train d'enfer.

Edrick se retourna pour suivre le monstre des yeux.

— Que fait-il ? demanda Jon, inquiet.

— Il poursuit sa route.

Le questeur poussa un long soupir.

— Magni, c'était juste. C'est la première fois que je vois un passif d'une telle vigueur. Pendant un moment, j'ai cru que nous avions affaire à…

— Il s'arrête.

— *Quoi ?*

Jon lâcha les commandes et se retourna.

Le patrouilleur avait stoppé net sa course. Il se figea quelques secondes, puis sa ramure se pencha sur le câble qu'ils venaient d'emprunter. Les flammes se déployèrent comme les bras d'une amibe, puis le cœur rejoignit la corolle et la poursuite reprit. Même si le wagon avait un peu d'avance, le gardien ne tarderait pas à les rattraper.

Jon poussa à fond la manette des gaz. Le chariot grinça de protestation. Leur vitesse élevée devint sidérante.

Le gardien ne se laissa pas distancer. Au contraire, il accéléra à son tour. Sa vélocité effilochait sa couronne de flammes.

— Il était censé demeurer sur son bout de brin ?

— C'est ce qu'aurait fait n'importe quel passif. Ils sont dépourvus d'intelligence. Ils se contentent de parcourir le code et de faire le ménage. Celui-ci est capable d'apprendre. C'est un Actif.

— Dois-je d'ores et déjà confesser à Magni mes pensées impures concernant ma cousine, ou vous avez autre chose à proposer ?

— Plaidez votre cause, on ne sait jamais.

Le questeur déclencha toute une série de dispositifs, sans succès. Le gardien poursuivait son allure démoniaque. Sa gueule commençait déjà à s'élargir.

— Nous allons essayer de le semer. Vous allez vous occuper des serres de droite, je prends celles de gauche. Visez avec ce petit collimateur en face de vous. Chaque fois qu'un filin sera à votre portée, actionnez les manettes. Le plus difficile sera de coordonner nos mouvements. En sautant d'un câble à l'autre, nous devrions le désorienter. Prêt ?

— Non, et vous ?

Le magicien ne répondit pas. Il visa avec soin et baissa un premier levier. Les serres de métal qui entouraient le cordon se déplièrent en longs bras hydrauliques et empoignèrent un brin d'énergie.

— À vous ! cria le mage.

Edrick attendit d'être sûr de la distance, puis il déclencha à son tour la commande. Les bras situés de son côté s'emparèrent d'un second fil.

Ils alternèrent ainsi les manœuvres et bondirent de câble en câble à la manière d'un singe de métal. Chacun avertissait l'autre lorsqu'il lançait ses grappins. Les collimateurs, doués d'une intelligence sommaire, signalaient les configurations favorables à leur progression.

Le naï ne se laissa pas abuser. Il se lança à leur poursuite toutes lames dehors, s'emparant l'un après l'autre des filins qu'ils venaient d'emprunter. Comme deux acrobates devenus fous, les adversaires parcoururent les méandres du sortilège.

Au bout de quelques minutes, Jon demanda :

— Il est toujours là ?

— Plus que jamais. En fait, il vient de générer plusieurs pattes. On dirait une araignée en train de flamber. Il sera bientôt sur nous. Accélérons, je sens déjà la chaleur du code.

— Nom d'un Dépliant, il faut trouver autre chose.

— Je suis ouvert à toute proposition.

— Nous allons devoir nous résoudre à endommager le cube. J'espère qu'il ne va pas réagir de manière agressive.

— Parce qu'il fait quoi, là, il nous escorte en chanson ?

Jon effectua sa part de manœuvre avec les serres, puis il fit surgir un canon ouvragé de sa portière. Au moment où le vortex allait saisir un brin, le mage fit feu. Le câble se rompit et un torrent de lumière en jaillit. L'une des pattes du naï se referma sur du vide, ce qui le déséquilibra. Alors qu'il gesticulait pour se rétablir, le flot d'énergie le frappa de plein fouet. Il lâcha prise et disparut dans les profondeurs. Il hurlait toujours.

— *Hourra !* exulta Edrick en surgissant à moitié du wagon.

— C'était moins une. Regardez, voici les réparateurs.

Une procession de petits globes munis de voiles venaient de faire leur apparition. Ils s'agglutinèrent sur l'hémorragie et la colmatèrent. Un autre outil surgit, un ovoïde miroitant au centre d'une double pyramide. Les deux formes se dissocièrent et se fixèrent chacune sur une extrémité du brin. Elles initièrent une rotation qui s'accéléra, puis se rapprochèrent l'une de l'autre en dévidant du câble neuf. L'ovoïde flottait à mi-chemin entre les deux. Lorsqu'elles se rejoignirent, le cordon était de nouveau entier. L'organite repartit d'où elle était venue.

Le magicien ramena les serres sous le châssis.

— Ce gardien avait tout d'un être vivant, observa Edrick. Je me demande quel génie a pu concevoir un algorithme d'une telle complexité.

— La plupart d'entre eux sont des routines standard développées en sous-traitance. Même l'usine aux cubes d'assaut peut avoir été assemblée par une maison indépendante. Des dizaines de mages se relaient sur un naï de ce type comme des charpentiers sur un chantier naval.

— Comment tout cela tient-il dans un si petit volume ?

— Pas si petit. Souvenez-vous, chaque sortilège possède son espace-temps privé. Nous nous trouvons dans l'épaisseur de la paroi du cube, mais cette épaisseur peut être aussi importante que le désirait son concepteur.

— C'est-à-dire ?

— Je ne veux pas vous embrouiller avec de longs discours. Sachez simplement que les incantagrammes sont de nature fractale. Vous pouvez agrandir n'importe quelle partie d'un élément et y insérer d'autres fonctions, un peu à la manière de poupées gigognes. Si vous plongiez au sein du gardien de tout à l'heure, vous trouveriez des brins d'énergie comme celui que nous parcourons, avec son lot d'outils de maintenance.

— Et ses lignes de code indiquant comment boulotter les intrus.

— C'est ça.

— C'est vertigineux. On peut imbriquer autant de couches que l'on veut ?

— La seule limite est votre talent et le temps que vous comptez y passer. En général, on trouve deux à trois niveaux d'intégration. Au-delà, tout s'embrouille. Nous approchons. Regardez là-bas.

Jon indiquait une suite démesurée d'entonnoirs imbriqués qui émettaient des grains de lumière. Il tapota le tableau de bord, satisfait.

— Nous abordons les fonctions vitales du cube. Ce gros intestin mécanique est l'unité de traitement des protéines. La nourriture est transformée en énergie, puis véhiculée dans les brins à destination des différents organites. Le câble constitue donc le code du sort, mais aussi le moyen d'acheminer la puissance qui l'alimente. Astucieux, non ?

L'important est que nous touchions au but. Quel est ce bruit ?

Les deux hommes se retournèrent. De tous côtés surgissaient des vortex semblables à celui qu'ils venaient de semer. Certains allaient par grappes, d'autres formaient des processions. Tous convergeaient vers le wagon.

Ils reprirent position, consternés. Jon parcourut des yeux les filins aux alentours. Il pointa le doigt vers une zone dense.

— Là-haut ! Le cœur !

Il orienta aussitôt le vaisseau dans cette direction.

Les gardiens continuaient d'affluer. Edrick en dénombra une trentaine. Leur clameur stridente enflait peu à peu. Par chance, il n'y en avait aucun devant le véhicule.

À l'arrière, c'était autre chose. Cinq créatures disposées en quinconce formaient un chœur compact. Le fil d'énergie se contorsionnait à travers chacun de leurs centres.

Jon mit le pied au plancher. La carlingue se mit à vibrer.

Un patrouilleur les accompagna un instant le long d'un câble parallèle. Au moment où il lançait ses bras à l'assaut du wagon, son brin bifurqua et il se retrouva écartelé. Il se scinda en deux entités plus petites dont Jon n'eut guère de mal à se débarrasser.

Ils abordèrent la région du cœur, une sphère grouillante de brins comme un nid de serpents. La chasse était cependant loin d'être terminée. Edrick se retournait régulièrement pour évaluer la progression des actifs. À chaque fois qu'il reprenait position, son air était un peu plus abattu.

Les cerceaux hurleurs semblaient bien décidés à ne pas les laisser s'échapper. Ils bondissaient de brin en brin comme des hyènes épileptiques. Toutes les directions de l'espace étaient saturées de leurs silhouettes gémissantes.

Le wagon fut bientôt cerné par les flammes. Les gueules s'élargissaient dans un bel ensemble. La clameur insoutenable vrillait les tympans des deux hommes.

Au moment où le piège allait se refermer, leur

véhicule jaillit au sein de la sphère. Aucun câble n'emplissait l'horizon. C'était juste une formidable bulle de vide.

Ils filèrent dans l'immensité. Loin vers le centre, un minuscule filament suspendu s'achevait sur une spirale rougeoyante.

Derrière eux, les naïs se heurtèrent aux frontières du domaine. Sans câble pour les porter, ils se contentèrent de flotter là, inertes. Edrick se retourna encore, cette fois pour leur adresser un pied de nez. Il perdit le sourire lorsqu'il vit que les parois se tapissaient peu à peu de patrouilleurs. Ils arrivaient par dizaines, les uns après les autres. La sphère prenait des allures de pelote de laine incendiée.

— Nous ne sommes pas sortis d'affaire, n'est-ce pas ?

Le questeur secoua la tête sans répondre.

Dans un silence de cathédrale, ils fendirent l'éther vers l'origine du sort. Le temps semblait suspendu, l'amorce toujours aussi lointaine. Edrick avait l'impression de vivre l'instant de grâce qui précède une chute. Quel que soit l'endroit où portait son regard, les naïs s'amassaient aux frontières de l'immensité. Il avait même l'impression que, malgré l'allure de leur véhicule, le diamètre des gardiens ne diminuait pas.

— Ils se dilatent, fit Jon en réponse à ses pensées.

— Pourquoi donc ? Nous sommes hors de portée !

— Croyez-moi, je ne comprends pas plus que vous.

Ils filaient depuis plusieurs minutes lorsqu'un trait de lumière illumina la paroi. Ils levèrent la tête. Deux patrouilleurs venaient de fusionner.

D'autres éclairs jaillirent. Les actifs se mêlaient en

plaques gangréneuses qui s'assemblaient à leur tour. Bientôt, la sphère ne fut plus qu'un magma noir et or. La chaleur était insupportable.

— Nous arrivons à la variable d'initialisation, souffla Jon. Hélas, notre vitesse est trop élevée pour que je puisse freiner à son approche. J'ai besoin de vous.

— Que dois-je faire ?

Le mage farfouilla dans une cavité et lui présenta une petite bielle de métal. Des runes parcouraient l'instrument à quelques pouces de sa surface.

— Ceci est un démantibulateur. Au moment où nous dépasserons la spirale, vous sauterez sur elle et vous visserez cet appareil. L'amorce commencera à se désagréger. J'espère qu'elle sera détruite avant que j'atteigne les flammes.

— Par Akir, la sphère rétrécit ! Je crois que le nuage de gardiens enfle vers le centre de…

Edrick s'interrompit.

— Attendez, vous avez bien dit *sauter* ? Quand j'ai proposé de faire un saut chez Pallas, je ne pensais pas à ça !

— Tenez-vous prêt.

La taille de la spirale augmenta jusqu'à emplir leur champ de vision. Elle était constellée de brisures semblables à des cristaux de neige.

— Vous voyez l'extrémité rouge, au centre ? Je vais passer juste à côté. Encore quelques secondes…

Le soldat déglutit. Sa vue était rendue trouble par la vitesse. Il se cramponna à une traverse de cuivre et se hissa sur son siège, tendu comme un arc. De violents soubresauts secouaient le véhicule captif des forces gravitationnelles. L'amorce traçait des zébrures dans l'air surchauffé.

— *Maintenant !* cria Jon.

Edrick bondit. Ses membres ballottèrent en tous sens, malmenés par l'accélération. Il serra la bielle et tenta de se rétablir. L'extrémité du brin avait l'air de tomber sur lui.

Il était en train d'évaluer ses chances lorsqu'il percuta la spirale de plein fouet. Par chance, le centre fit office de ressort et absorba la majeure partie du choc.

Le soldat reprit ses esprits avec peine. Il saisit le démantibulateur et chercha l'instruction zéro à tâtons. Plaqué contre les cristaux de code, le ventre engourdi par le gel et le dos rôti par la nuée de naïs, il n'osait se déplacer de peur de lâcher prise et de tomber dans une direction quelconque.

Enfin, il sentit sous ses doigts le dardillon qui marquait l'origine du coffre. Il tenta de visser la bielle mais n'y parvint pas. Les microlites gelés insensibilisaient ses phalanges.

Le temps pressait. Du coin de l'œil, il vit le chariot plonger dans la masse incandescente. Avec un cri de rage, il se cambra et planta le démantibulateur dans les congères. Il vissa avec force sans se soucier de ses paumes meurtries.

Soudain, des turbulences parcoururent la spirale. Elle se recroquevilla comme un animal blessé, emprisonnant son tourmenteur dans ses anneaux. La nuée de patrouilleurs stoppa net sa progression. Elle flotta quelques secondes, indécise, puis recula avec la même frénésie qu'elle avait mise à poursuivre les intrus.

Pris dans l'étau du code, Edrick luttait contre les

cristaux qui l'écorchaient. La volute glacée se convulsait comme un ver à l'agonie.

Il ne se démena pas longtemps. L'amorce s'illumina, puis se brisa en milliers de fragments translucides. Le phénomène se propagea le long du brin en un délire pyrotechnique de glace et de feu.

Edrick tomba, vers le haut puis vers la droite. Les lois physiques du sortilège se délitaient. Sa chute s'accéléra avant de se heurter à une force contraire, et il se mit à tomber dans deux directions à la fois. Ses muscles écartelés et son cerveau désorienté lui donnaient la nausée.

Il atterrit avec rudesse sur le siège du chariot éthéré.

— Toujours en train de faire le pitre ? demanda Jon avec jubilation.

Le mage avait le visage zébré de traînées noires mais il semblait indemne.

Edrick se rétablit tant bien que mal sur la banquette.

— Rappelez-moi de vous frapper dès que je n'aurai plus besoin de vous. J'ai l'impression d'avoir été mâché par un géant et recraché.

— J'ai de quoi vous consoler : regardez, nos amis fuient leur fin prochaine.

Autour d'eux, les brins se disloquaient dans un déchaînement de couleurs. Les gardiens parcouraient les câbles avec frénésie afin d'échapper à leur dissolution.

Les deux compagnons virent des organites éclater comme des fruits trop mûrs, des structures se distendre ou se fondre les unes dans les autres. Le formidable centre de défense, la pyramide prolongée par une coquille, se rompait de toutes parts et sombrait lentement dans les abysses. Des organites de réparation fusaient autour d'eux avec l'énergie du désespoir.

Le wagon, malmené par l'agonie du sort, tressautait de manière alarmante. Le brin sur lequel ils se trouvaient commença à se dissoudre. Ils allaient bientôt être privés de fil conducteur.

Edrick ouvrit la bouche, inquiet. Son ami le rassura :

— Depuis notre départ, l'arrière du chariot tisse un câble de retour. Son diamètre est infinitésimal mais il est très résistant. Je viens de lancer sa dilatation. Nous disposons de notre propre voie vers la sortie. Aucune chance de se perdre !

Dans un ultime sursaut, ils jaillirent de l'enfer de lumière. Le néant n'avait jamais été aussi accueillant.

— J'ai l'impression que nous sommes ici depuis des heures, dit Edrick.

Il se retourna une dernière fois. Un orage de code propulsait des ondes de choc dans toutes les directions. Des coulées d'instructions tavelaient les parois corrodées. La masse du sort s'effondrait sur elle-même comme un gigantesque bloc de guimauve plongé dans un feu.

— Des heures ? répondit Jon. C'est tout à fait possible, même si de l'extérieur cela ne fait que quelques secondes. J'espère que Rachelle s'en est tirée.

Edrick lui donna une tape dans le dos.

— Croyez-moi, elle ne renoncera pas si facilement à d'autres occasions de nous casser les pieds. Regardez, j'aperçois les parois du navigateur.

L'éclat vieillot du narguilé se profilait à l'horizon. Au fur et à mesure qu'ils s'en approchaient, les images se firent moins tangibles, comme celles d'un rêveur en plein soleil.

Sans transition, ils se retrouvèrent assis près du navigateur. Devant eux, le cube achevait de se liquéfier. Des brins évoquant du fromage fondu nageaient dans une mare de code blanchâtre.

Edrick contempla ses mains en sang. Avec une grimace, il les essuya sur ses vêtements.

— Au moins, nous sommes entiers, soupira-t-il.

Jon l'aida à se relever.

— Vous voyez Rachelle ? demanda l'officier.

Jon ne répondit pas. Lui aussi cherchait son amie du regard.

Des sanglots résonnèrent derrière le coffre. Les deux hommes se précipitèrent.

Rachelle était prostrée dans un coin, le visage dans ses mains. Elle leur fit signe de reculer.

— Ne regardez pas, c'est affreux !

— Que se passe-t-il, tu es blessée ?

— Pire que ça.

La mercenaire écarta ses doigts. La pénombre empêchait de distinguer ses traits.

— J'ai essayé de contrôler l'avancée des parois, sanglota-t-elle. J'ai pu mettre au point un anticube, mais cela n'a pas suffi.

— Dites-nous ce qui s'est passé ! brailla Edrick.

— Je me suis retrouvée plaquée contre la paroi interne, la tête tournée sur le côté pour ne pas toucher les répliques qui se rapprochaient. Le cube m'a atteinte juste avant que le sortilège ne soit détruit.

Elle se releva et s'approcha. Les deux hommes retinrent leur souffle.

Au moment d'entrer dans la lumière, elle se retourna et montra l'arrière de sa tête. Les cheveux au-dessus de sa nuque semblaient avoir été coupés au rasoir. On devinait la peau sous la tonsure.

— Regardez ! Ma permanente est fichue !

Edrick et Jon poussèrent un soupir de soulagement, ce qui éveilla la colère de la mercenaire.

— Bien sûr, vous êtes des hommes ! Votre vision de la séduction consiste à prendre un bain mensuel ! Vous savez le temps que je passe chaque jour à mon entretien ? Je vais devoir tout couper !

— Et alors ? fit Edrick, interloqué.

Il jeta au mage un regard en coin, puis :

— Ah oui, ça me revient. Quand nous avons rasé la tête de Jon à la suite de son rendez-vous galant avec le golem de vermine, il m'en a touché deux mots : « Nous autres mehnzotains tenons beaucoup à nos cheveux ». Croyez-moi, dans quelques semaines, vous aurez oublié tout ça. D'ailleurs, pourquoi n'utilisez-vous pas vos pouvoirs pour les faire repousser ?

— Espèce de *pervers* !

Rachelle le gifla à toute volée. Le soldat se tourna vers Jon, une main sur la joue.

— Qu'est-ce que j'ai dit ?

— Je n'arrête pas de vous répéter que la chevelure a un statut particulier à Mehnzota. Pour nous, c'est un lien spirituel avec le divin. Proposer à Rachelle de recourir à la magie, c'est un peu comme si une courtisane offrait un accessoire à son client pour compenser la faible taille de son attribut viril. Vous voyez ? C'est un peu insultant.

Edrick hocha la tête, gêné, et présenta ses excuses à la jeune femme. Celle-ci hésita une fraction de seconde, puis se jeta dans ses bras en sanglotant. Le capitaine l'enlaça avec douceur. Il lui murmura qu'elle était encore très belle, que les cheveux courts lui iraient à merveille. Au moment où il lui suggérait de profiter de la repousse pour se faire des mèches colorées, Jon détourna le regard, écœuré par tant de servilité. Il reporta son attention sur le coffre.

Le sortilège n'était plus qu'une mare crayeuse. L'obscurité enveloppait peu à peu les trois enquêteurs.

Ils sursautèrent lorsque le démantibulateur, son labeur achevé, atterrit sur le sol dans un fracas métallique. Rachelle quitta les bras d'Edrick et programma une routine d'éclairage. Les ténèbres reculèrent timidement.

— Désolée, dit-elle, je ne peux pas faire mieux. Toutes ces mesures de protection m'ont épuisée.

Elle essuya ses larmes et considéra les restes du cube.

— J'avais presque oublié ! s'écria-t-elle, toute peine enfuie. Les secrets du conseiller n'attendent plus que nous !

Au centre de la flaque, une colonne torsadée soutenait un petit coffret de bois. L'objet était d'une sobriété affectée, comme si la valeur de ce qu'il recelait rendait vaine toute fioriture.

Ils se consultèrent du regard.

— Se pourrait-il qu'il soit piégé ? demanda Edrick.

— Pas par un sortilège, en tout cas, répondit Rachelle. Il ne dégage aucune énergie. Reste la possibilité d'un mécanisme.

— Nous allons bientôt être fixés, trancha Jon. Après un tel déluge de magie offensive, je doute que Pallas ait fait appel à un dispositif aussi trivial.

Il se plaça devant la cassette et, d'un geste sûr, en rabattit le couvercle.

À l'intérieur, deux objets étaient disposés sur un coussin de soie.

Le premier était un rouleau de parchemin d'une teinte mauve passée. Un sceau brisé, circulaire, pendait à ses côtés.

L'autre était une dague à la lame ondulée, translucide aux endroits où son fil était le plus fin. Le manche consistait en une étrange phalange insectoïde couverte de radicelles entremêlées.

Ils contemplèrent sans un mot le spectacle morbide.

Devant eux reposait l'une des armes les plus redoutées de leur univers, une arme que peu de personnes pouvaient se vanter d'avoir vu et d'en avoir parlé ensuite. Une arme capable de plonger les puissants dans l'angoisse la plus noire, d'éveiller la convoitise des héros les plus vertueux.

Un poignard T'Sank.

20

Communiqué T'Sank à l'usage des condamnés

Ser, Serre, bonsoir.

Nous avons l'honneur de vous informer que vous avez été choisi(e) comme victime de l'École.

Le nom de votre exécuteur est : (nom, prénom)
....
Vous pouvez, si vous le souhaitez, mettre fin à vos jours avant le : (jour, mois, année)
....

Nous vous suggérons de dire adieu à vos proches et de régler d'éventuelles affaires en cours.

La raison pour laquelle vous avez été désigné(e) est la suivante : (réponse cochée)

O Votre malveillance constitue une menace pour l'équilibre d'Alamänder.

O Votre bienveillance constitue une menace pour l'équilibre d'Alamänder.

O Votre pouvoir constitue une menace pour l'équilibre d'Alamänder.

O La manière dont vous menez votre existence ne convient pas à l'école T'Sank.

O Autre raison, laissée à la discrétion de l'École.

Vous trouverez ci-dessous quelques notes d'intérêt général concernant notre institution.
Merci de les lire avec attention et de les diffuser.

Torture : nombre de rumeurs courent sur les tortures infligées aux prisonniers T'Sanks. Elles sont erronées. Les T'Sanks ne pratiquent pas la torture dans la mesure où ils ne font pas de prisonniers. Leur vocation est de supprimer la vie, non de perpétrer des pratiques qu'ils considèrent comme dégradantes.

Échappatoire : les Maîtres Assassins sont garants de l'équilibre entre les royaumes humains. Il est aussi vain de les condamner que de condamner un phénomène naturel. De la même manière, il est aussi vain d'essayer de leur échapper que d'éviter un tel phénomène.

Annulation de la mission : les T'Sanks ne sont ni des tueurs à gages ni des mercenaires. Il est inutile de chercher à acheter votre partenaire exécuteur, de le supplier ou de le détourner de son objectif. Celui-ci *a été mûrement réfléchi et ne peut donner lieu à un contrordre.*

Décès : les circonstances de votre décès sont laissées à la discrétion de votre partenaire exécuteur. Sachez que nous mettons tout en œuvre pour que votre fin soit rapide et, dans la mesure de nos moyens, indolore. En cas d'échec, un second exécuteur vous sera envoyé dans les meilleurs délais.

Notez cependant que cette éventualité ne s'est encore jamais produite.

En vous souhaitant une agréable fin de vie,

L'École T'Sank

*

Au cours des semaines qui suivirent sa chute, Ninfell se demanda s'il n'existait pas un moyen plus commode de redescendre. Il songeait avant tout aux élèves qu'il enverrait bientôt rencontrer Maek.

Il fit quelques tentatives infructueuses, puis il décida qu'il ne pourrait contourner seul cet obstacle. Il remit donc son projet à plus tard et préféra se focaliser sur son futur apprenti, c'est-à-dire sur l'exécution de Toyerdhal.

L'assassin avait mis à profit ses années d'apprentissage pour étendre sa connaissance des poisons. Il dédaignait à présent les drogues ordinaires, par injection ou ingestion, et préférait se consacrer à des préparations plus personnelles. Il inventa ainsi des combinaisons particulières de toxines. Sans danger lorsqu'elles étaient inoculées séparément, elles se révélaient mortelles lorsque leur absorption s'effectuait un certain temps les unes après les autres, ou dans un ordre précis.

Il se pencha plusieurs années sur les poisons de contact, plus faciles à administrer. Il allongea la durée de la plupart d'entre eux, de sorte que le décès ne survenait que des semaines ou des mois après l'effleurement. Il découvrit aussi des substances réagissant aux phases des lunes, ou létales seulement à certains moments de l'année. Ces dernières permettaient à l'exécuteur d'annoncer avec précision la date de sa mort à sa victime, parfois au jour près.

Il faisait de nombreux allers et retours entre son domaine et les friches qui bordaient le champ de céréales, en quête de sujets sur lesquels expérimenter. Avec les années, il finit par faire office de croquemitaine. On le baptisait de différentes manières selon les endroits. Son surnom préféré était « la Mort aux Yeux Pourpre », en référence à son regard injecté de sang. On pouvait faire confiance aux moissonneurs pour intégrer des consonances pittoresques aux légendes locales.

Avec le développement de ses recherches, ses besoins en matière première se firent plus pressants. Hélas, les paysans guerriers devenaient prudents. Ses incursions ne lui permettaient plus de ramener qu'un ou deux individus à la fois, parfois aucun. S'il désirait poursuivre ses études, il lui fallait se mettre en quête d'une source régulière de sujets. Seules les tendances grégaires de la civilisation étaient en mesure de satisfaire ses ambitions.

Bardé de recettes et d'ustensiles étranges, il quitta donc son foyer pour une durée indéterminée. Il préleva son arme T'Sank, un stylet étroit qui achevait sa croissance dans le bassin de sève, et gagna les royaumes du centre, écrasés entre le Lac et leurs puissants voisins. Kung-Bohr et Vihn, trop bien organisés, ne l'intéressaient pas. Chasseurs de primes et services de renseignements l'auraient gêné dans son travail.

Il finit par jeter son dévolu sur Copépode, un duché à la population suffisante pour que la vie humaine y soit considérée comme une marchandise de valeur modérée. Arrivé dans la capitale, il ouvrit une boutique dans le quartier le plus dangereux et se lança dans un commerce florissant d'herbes médicinales, épices et poisons. Certaines substances mettaient un terme aux conflits qu'on entretenait avec son corps, d'autres à ceux qu'on entretenait avec autrui.

La qualité de sa marchandise justifiait ses prix élevés, qui ne tardèrent pas à intéresser la pègre locale. Un matin, une petite délégation de coupe-jarrets vint l'exhorter en des termes choisis à ouvrir les portes de sa conscience et à partager avec ses frères le fruit de ses ventes. « Partage » était d'ailleurs un bien grand mot, ils se contenteraient d'un petit cinquième des bénéfices.

Au troisième groupe envoyé sans retour, Grabbam, le chef incontesté du milieu, décida de régler le problème lui-même. Il se prépara à ce qu'il appelait une *opération de prestige*, visite musclée au cours de laquelle il exposait sa vision de la diplomatie. Il s'équipa à cette occasion de ses arguments préférés, une machette d'abattoir et une masse ornée de lambeaux de chair. Quand un petit creux se manifestait au cours d'une bagarre, il en prélevait une généreuse ration qu'il veillait à renouveler sitôt qu'il le pouvait.

Ce soir serait l'occasion rêvée.

Le parrain se mit en route, accompagné d'une dizaine d'acolytes armés jusqu'aux dents. Le terme n'était pas trop fort : certains arboraient les défenses d'acier en vogue qui s'adaptaient à la mâchoire. La présence de ces hommes, avait bien précisé Grabbam, n'avait d'autre but que celui de témoigner, le moment venu, du courage de leur chef.

Quand ils entrèrent dans la boutique, Ninfell venait de vendre un onguent contre les vergetures à une vieille prostituée. Le malfrat et ses sbires étaient des gentilshommes. Ils attendirent leur tour.

D'un regard, la courtisane se rendit compte de la situation. Elle prit la poudre d'escampette en prétextant un client attaché à son lit.

Ninfell prit quelques notes dans un registre, puis leva la tête. Grabbam se fendit d'un large sourire et cracha sur le comptoir.

— Suis-je bien en face de Ninfell Sans-Nom ? demanda-t-il d'un ton compassé.

À cette bonne plaisanterie, car c'en était une, la plupart de ses hommes ricanèrent en claquant des défenses.

Ninfell fronça les narines devant l'haleine chargée du chef, bien plus redoutable que tout son arsenal.

— C'est bien moi, seigneur Grabbam.

Le susnommé gonfla la poitrine, flatté d'être ainsi baptisé.

— Belle machette que tu as là, ajouta le marchand. Je peux ?

Grabbam plissa les yeux, mais sa cible était seule contre dix. Elle n'irait pas loin. D'un geste élégant, il lui tendit le manche de son arme.

Ninfell étudia la lame en connaisseur, puis la lui rendit.

— Superbe. Elle doit faire un malheur chez les bardelats. Que puis-je pour toi ?

— Cela fait un moment que je n'ai plus de nouvelles de mes associés. C'est chagrin. Or, ils ont été vus pour la dernière fois en ta compagnie. Dans la mesure où ils ne m'avaient pas communiqué leur date de congé annuel, j'en déduis qu'il leur est arrivé quelque chose.

Nouveaux gloussements. Ninfell se permit aussi un sourire, même s'il ne s'y trompait pas : les voyous serraient leurs armes si fort que leurs phalanges en étaient blanches. Ils n'attendaient qu'un signe de leur chef pour le mettre en pièces.

Grabbam n'était pas pressé. Il s'amusait beaucoup.

— Note bien que je les aurais tués moi-même s'ils s'étaient présentés devant moi les mains vides. On dit que tu es très fort.

— On le dit.

— Hélas, je ne suis pas venu t'enrôler afin de compenser les pertes que tu m'as infligées.

Cette fois, Ninfell se joignit aux rires. On aurait dit les retrouvailles de vieux amis. Le T'Sank écarta les bras pour protester de son innocence.

— Aucun de tes hommes n'est mort, Grabbam.

— Où sont-ils, dans ce cas ?

— Dans ma cave.

— Les vingt ?

— J'ai une grande cave. De plus, des corps soulagés de leurs membres prennent bien moins de place. Je n'aime pas que mes sujets d'étude se promènent un peu partout en piaillant. Ça augmente le débit sanguin et ça fausse les résultats.

Grabbam se sentit soudain très mal à l'aise.

— Qu'est-ce que tu as fait ? Tu les as torturés ?

— Ce serait du gaspillage. Ils servent la science, voilà tout. Comme vous en ce moment.

— Qu'est-ce que tu racontes ?

— Laisse-moi t'expliquer.

L'assassin montra ses paumes luisantes.

— Tandis que je remplissais mes registres, j'ai couvert mes mains d'un poison de contact de mon invention. Il imprègne à présent ta machette, celle que je t'ai empruntée il y a un instant.

Grabbam jeta un regard interloqué à ses doigts, puis à Ninfell.

— Ne t'inquiète pas pour moi, je suis immunisé. Cette substance est fascinante, elle détourne la production des glandes salivaires vers les globes oculaires. Les yeux gonflent et finissent par exploser. Enfin, en théorie. Tous les hommes à qui je l'ai administrée ont préféré se donner la mort plutôt que de mener l'expérience à son terme. La douleur, sans doute, à moins qu'ils se soient soustraits au test juste pour me provoquer. Avec une telle mesquinerie, on s'étonnera que le progrès dans ce pays avance à si petits pas. J'ai pensé qu'un dur à cuire tel que toi aurait le courage d'aller jusqu'au bout. Tu n'es pas chef de bande pour rien.

Ninfell se courba sur son registre.

— Je t'écoute. Essaie de me décrire avec le plus de précision possible ce que tu ressens.

— Je vais te réduire en bouillie ! éructa Grabbam, les yeux déjà exorbités.

— Non.

L'assassin fit un geste. Le chef garda le silence quelques secondes, puis sa tête glissa de ses épaules et tomba sur le sol avec un bruit mat.

Personne ne rit.

Ninfell rengaina son stylet et fixa la troupe.

— Désirez-vous le rejoindre ou considérez-vous qu'il s'est trouvé un successeur ?

Les armes se baissèrent les unes après les autres. La peur qu'on lisait dans les yeux était bien plus éloquente que le meilleur des contrats.

Dès lors, les choses changèrent. Au bout de tant d'années de persévérance, Ninfell disposait enfin de moyens à la hauteur de son génie. Il se jeta à corps perdu dans le travail.

Il réorganisa le syndicat du crime, puis emménagea dans un vaste laboratoire souterrain aux confortables cellules. Les rapts sans demande de rançon augmentèrent dans les quartiers miteux sans que personne s'en émeuve. Toujours soucieux d'efficacité, Ninfell choisissait souvent ses victimes dans les gangs adverses, bien pourvus en hommes robustes. Et lorsque les sujets venaient à manquer, l'assassin poursuivait ses expérimentations sur ses propres troupes, ce qui maintenait la recherche de cobayes à un degré élevé de motivation.

Il dédaigna les enfants. La compassion n'y était pour rien. Ses drogues étaient destinées aux adultes. Des organismes plus petits auraient faussé la mise au point des dosages.

Pendant des années, la liste de ses centres d'intérêt s'allongea. Il étudia les maladies les plus dangereuses, parvint à en isoler certains germes. Il élabora des cultures ultravirulentes à la durée de vie très courte, idéales pour décimer rapidement une famille sans affecter le reste de la population.

Parfois, il fit aussi le bien, par accident. Lorsqu'il découvrit l'usage qu'on pouvait faire de souches virales atrophiées, il communiqua ses résultats à des médecins qui les utilisèrent pour produire des vaccins. Lui-même n'avait aucun intérêt à poursuivre dans cette voie. Il préférait la laisser à ceux dont c'était le gagne-pain, ou qui cultivaient leur notoriété en guérissant ceux susceptibles de la diffuser. De même, ses percées sur les glandes hormonales lui permirent de bâtir une fortune en proposant des remèdes contre la calvitie ou le rhume chronique.

Son renom augmenta. Il s'entoura d'apprentis, qu'il formait lui-même ou qu'il invitait parmi ses collègues empoisonneurs. Le célèbre Ven Yamant, du futur royaume de Mehnzota, vint un jour le trouver pour évaluer l'étendue de ses connaissances. Il fut si impressionné qu'il quitta son foyer sur-le-champ et se mit au service de l'assassin.

Le nombre de disparitions au sein de la population

miséreuse augmenta. Personne ne s'en inquiéta. Au contraire, le préfet de la ville se félicita de voir reculer les chiffres de la pauvreté. Il n'avait lui-même jamais songé à la réduire en éliminant ceux qui en étaient victimes.

Ninfell poursuivit donc un temps ses expériences sans être dérangé.

Il se tourna vers des poisons activés par l'environnement. Après contamination de la cible, on l'exécutait en lui faisant humer une fleur, goûter un plat, écouter certains sons dont les vibrations déclenchaient l'effet létal.

L'un de ses élèves se servit d'une telle substance pour torturer l'homme qui lui refusait la main de sa fille. Il le toucha, puis lui annonça la funeste nouvelle : un aliment bien précis activerait la toxine, aliment qu'il se garda bien sûr de révéler. Le beau-père mourut de faim, terrifié à l'idée d'avaler le moindre morceau de pain.

Ninfell châtia sans pitié le coupable. Il abhorrait toute forme de torture. Lorsque ses victimes commençaient à ressentir l'effet de ses produits, il leur injectait une drogue qui muait la douleur en simple information. En contrepartie, il exigeait une description précise de l'action du poison. Hélas, malgré sa mansuétude, bien peu collaboraient.

Il s'intéressa ensuite aux allergies, qu'il employa dans la confection de poisons personnalisés. L'analyse de la collecte de fragments de la victime, cheveux ou ongles, permettait de mettre au jour d'éventuelles faiblesses immunologiques. Son équipe préparait alors un cocktail composé de l'allergène purifié et d'un alcaloïde augmentant la sensibilité du sujet à cette substance. Le poison était aussi efficace qu'écologique car sans danger pour tout autre être vivant que la cible.

Ninfell tenait beaucoup à ce dernier point. Il remerciait ainsi la nature de lui avoir tant donné.

Après une décennie d'efforts, d'échecs et de succès, le Maître finit par déranger suffisamment de personnes en haut lieu pour que l'on se soucie de son existence. L'affaire de l'empoisonnement de l'ambassadeur de Kung-Bohr, alors en pleine expansion, fut la goutte de ciguë de trop. Quand les indigents sont atteints, on dit que c'est le destin. Quand ce sont les nantis, on dit qu'il n'y a pas de fatalité.

Ninfell n'avait pourtant joué qu'un rôle mineur dans l'affaire. L'un de ses fournisseurs en matières premières lui avait dérobé un échantillon en cours de validation, qu'il avait ensuite revendu à prix d'or à un groupuscule anarchiste.

Le résultat fut qu'un matin, après le petit déjeuner, la langue de l'ambassadeur se racornit et tomba comme une brique. Ses yeux se révulsèrent, il se leva d'un bond et esquissa quelques pas d'une danse frénétique, conséquence de la dégénérescence rapide de son système nerveux. Enfin, il s'écroula, sous les applaudissements nourris de ses proches qui s'étaient mépris sur sa prestation. Détail cocasse, tous les hortensias du jardin se flétrirent et moururent en même temps.

Dès qu'on lui rapporta les faits, Ninfell arrêta aussitôt la production de la toxine. Il adorait les hortensias.

Les espions du roi sur les talons, il dut songer à son départ. Même si les agents ne constituaient pas une véritable menace, le fruit de son labeur subirait trop de dommages lors de l'inévitable affrontement.

Il quitta à regret son laboratoire. Avant de partir, il dispersa une fine poudre sur le seuil de l'entrée. Ceux qui la franchiraient verraient leurs os se liquéfier après quelques jours. Une manière personnelle de faire ses adieux.

Accompagné d'une poignée d'hommes, dont l'inséparable Ven Yamant, il se réfugia dans un manoir à la périphérie de la ville. C'était une antique bâtisse, acquise des années auparavant en prévision des jours sombres. Il restaura et aménagea l'édifice de manière remarquable. Des apprentis se relayaient pour surveiller les cachots individualisés, d'autres dosaient les toxines à tester, d'autres encore prenaient soin des patients le temps de l'expérience. Dans cet endroit à l'opposé d'un établissement hospitalier, tout était mis en œuvre pour éliminer la vie.

De temps à autre, un détenu survivait malgré toutes les attentions qu'on lui portait. On le laissait alors partir, la mort dans l'âme. Ninfell était contre toute forme d'acharnement antithérapeutique.

Parfois, ses élèves le retrouvaient le regard fixe, suspendu entre deux tâches. Ces périodes d'hébétude entretenaient la peau de chagrin qu'était devenue son âme. S'attacher à l'animal humain, c'était risquer à terme de revivre le traumatisme de ses adieux à Maek. De manière paradoxale, c'était la fréquentation des hommes qui empêchait tout lien psychique, comme sa solitude avait empêché tout lien physique.

Incapable d'empathie, d'assimiler autrui à d'autres lui-même, il était un exilé au milieu des siens.

Certains jours, son corps se rebellait contre la servitude que lui imposait son âme. Il était alors des journées entières à verser des larmes, vaquant à ses occupations sans même en avoir conscience. Tout juste essuyait-il parfois les sanglots qui brouillaient sa vue.

Son insensibilité ne l'empêchait pas d'être courtois envers ses semblables. Simplement, son corps n'était plus que le réceptacle vide d'une humanité enfuie en même temps que son Maître.

Lorsque la pérennité de ses nouvelles installations ne fit plus de doute, l'empoisonneur mobilisa toutes ses ressources à l'assaut de son objectif ultime : l'élimination de l'Archimage Toyerdhal. Même s'il disposait d'assez d'élèves pour assurer plusieurs décennies d'enseignement, il continuait à se focaliser sur ce but. Le potentat avait commis bien plus de méfaits que l'assassin ne pourrait en perpétrer au cours de son existence. L'éliminer, c'était rétablir l'équilibre de la balance qui penchait du côté des puissants. C'était aussi et surtout faire entrer l'École dans l'Histoire par la grande porte, lancer à la face du monde qu'il faudrait désormais compter avec Elle.

Accomplir une prouesse n'est rien si on n'en assure pas la promotion.

Il commença par s'enquérir des habitudes du mage et étudia son impressionnant système de défense. À YArkhan, la Cité Sainte, il était intouchable. Ses quartiers se trouvaient au niveau le plus élevé du palais. Les contre-mesures magiques repéraient jusqu'au moindre microbe qui tentait de se frayer un passage.

À l'extérieur, la situation n'était guère plus enviable. Lorsque le thaumaturge se déplaçait, il était escorté d'une vingtaine de mages mercenaires et de démons majeurs. Leur seule présence suffisait à glacer le sang ou, du moins, à influencer favorablement les tractations commerciales.

Avec l'âge, Ninfell s'était fait casanier. Il attendit donc, araignée dans sa toile, que sa proie vienne à lui.

Ce fut le cas une décennie plus tard, quand un baron parvint à unifier plusieurs clans sous le nom de Mehnzota, terme qui signifiait « Petit Royaume Mignon ». Cette appellation, ainsi que la manière pacifique dont il s'y était pris, lui valut plus tard de nombreux soupçons sur ses préférences sexuelles. Malgré cela, Toyerdhal ne pouvait manquer de reconnaître la légitimité de cette nouvelle nation. Peut-être même pourrait-il s'en faire un allié contre Kung-Bohr, son éternel et impétueux rival.

Ninfell apprit le passage du convoi dans sa ville le jour de son cinquantième anniversaire. Le temps avait couvert son visage d'une patine presque luisante, comme celle de ces tables polies par le passage de milliers de doigts. Ses traits, déjà quelconques, s'arasaient en méplats indistincts, à l'image de sa personnalité.

L'assassin n'aspirait plus qu'à une chose : regagner son foyer des Macrovores et enraciner l'École dans le lieu mythique qui lui convenait. Fatigué de la civilisation, ce projet d'assassinat serait le point d'orgue d'une carrière passée au service de la connaissance, mais aussi le signe d'une retraite prochaine. Même le vieux Ven Yamant avait fini par trépasser, empoisonné par le sucre des friandises qu'il avalait à toute heure.

Ninfell envoya ses hommes aux nouvelles. Au cours de ses trajets, Toyerdhal logeait dans un palace éthéré de voyage. L'unique entrée menait vers une dimension déserte où il se sentait en relative sécurité. Il était inutile de songer à pénétrer dans la demeure par effraction, quatre gardiens s'y relayaient, invisibles, invulnérables et d'assez mauvais caractère. En cas de besoin, ils se transformaient en un être hybride de glace et de feu, de lave et de silex, summum de puissance à l'aspect terrifiant. Le service de propagande de YArkhan faisait bien son travail : même si cette fusion n'était que théorique, elle décourageait les meilleures volontés.

Ninfell ne se découragea pas. Il préféra juste procéder d'une autre manière. Toyerdhal était un homme, et cette évidence entraînait deux faiblesses sur lesquelles le Maître T'Sank comptait s'appuyer.

Première faiblesse : Toyerdhal devait se nourrir.

Seconde faiblesse : Toyerdhal devait côtoyer des êtres humains, ne serait-ce que pour jouir de son pouvoir.

Dans les deux cas, une substance toxique était envisageable. C'était un bon début.

Hélas, l'assassin déchanta vite. Il était en effet impossible d'exploiter la première faille, pour la simple raison que le thaumaturge ne se nourrissait pas.

De fait, il avait découvert l'ultime parade à un

empoisonnement par ingestion, mais aussi aux difficultés qu'entraîne avec l'âge un transit difficile : il disposait de sortilèges lui permettant de libérer directement l'énergie de ses aliments dans son sang. Le processus ne prenait que quelques secondes, se révélait fort discret, et donnait l'impression aux esprits faibles que le mage était au-dessus des petites contingences terrestres. Certains allaient jusqu'à affirmer qu'il s'était fait ôter l'ensemble de son tube digestif. L'espace libre était occupé par des organes de rechange, prêts à être greffés en cas de défaillance des pièces d'origine. On comptait deux foies, deux thyroïdes, deux reins et huit prostates.

À contrecœur, Ninfell renonça donc à exploiter la première faille.

La seconde, hélas, se révéla tout aussi problématique.

Toyerdhal ne recevait comme interlocuteur que son bras droit, le sinistre Effen Miaqju. L'individu, aux traits humains mais à l'âme de démon, justifiait à lui seul l'aura d'épouvante qui entourait son maître. Certaines rumeurs disaient qu'il avait été mis aux ordres du mage par Akir lui-même. De fait, Miaqju était d'un naturel enjoué. Il possédait juste deux défauts qui se révélaient désastreux en société : il avait beaucoup d'imagination, et il adorait voir souffrir.

Ce premier lieutenant avait sous ses ordres sept démons majeurs, au nom bien entendu imprononçable pour des lèvres humaines, qu'on appelait des *Dépliants*. Le terme amusait ceux qui ne les avaient jamais vus à l'œuvre, les autres en gardaient un souvenir qui les poursuivait jusque dans la tombe. Ninfell eut l'opportunité de juger de leur efficacité au cours d'un défilé d'apparat, près des quartiers pauvres de la capitale où il faisait jadis commerce de ses drogues.

Au passage du convoi, un quidam manifestait moins d'enthousiasme que le reste du public sous prétexte que sa fille venait d'être écrasée par l'un des chariots. Miaqju, indisposé par ses cris, lui envoya un Dépliant.

La créature se présentait sous la forme d'un grand sac de toile cubique pourvu d'orifices disposés au hasard. Au sommet, une ouverture plus large exhalait un mélange insolite de putréfaction et de jasmin (il faut préciser que Miaqju aspergeait chaque matin ses protégés de parfum bon marché).

Lorsque la bête arriva à portée du passant, elle entra en action. Une dizaine de membres difformes jaillirent des ouvertures et se *déplièrent* jusqu'à le saisir, puis le sac se souleva pour laisser apparaître un bouquet de sabots griffus campés au sol.

La foule ne commença à hurler que lorsque la chose déplia sa gueule. Une mâchoire longiligne aux allures de quartier de viande pourrie s'extirpa du sac, bientôt suivie par deux paires de mandibules qui se déployèrent et dépecèrent leur proie avec délicatesse. Enfin, une langue tubulaire fit son apparition. Elle engloutit les restes du malheureux, nettoya proprement les traces au sol, et regagna le sac en même temps que les autres organes.

La scène n'avait duré que quelques secondes.

Ninfell se noya dans la foule hystérique en songeant

que, décidément, une attaque frontale n'était pas une bonne idée.

Il décida alors d'employer la paranoïa de sa cible à son avantage.

Il fit le point avec ses disciples sur les problèmes à résoudre. Une maladie inoculée à l'un des lieutenants donnerait l'alerte bien avant d'atteindre Toyerdhal, et le mage était de toute manière protégé des micro-organismes par des filets nanomagiques. Certaines de ces contre-mesures possédaient même, raffinement suprême, des routines d'extrapolation capables de traquer les principes nocifs présents sur les agents inconnus. Inutile dans ce cas d'employer l'une des nombreuses souches inédites de l'assassin. Il ne pouvait guère plus se tourner vers les drogues, que celles-ci soient naturelles ou artificielles, ni spéculer sur les allergies. La moindre molécule douteuse donnerait aussitôt l'alerte.

Le Maître récupéra le cadavre d'une prostituée dont Miaqju avait usé, et chercha l'inspiration dans les fragments de cheveux et de peaux mortes qu'il y préleva. Après quelques nuits blanches, il trouva enfin l'objet de sa quête. Il allait créer son chef-d'œuvre, le couronnement d'une vie de privations et d'efforts. Toyerdhal était immunisé à tout poison ayant jamais existé ? Qu'à cela ne tienne. Il serait victime de son propre corps.

Le projet, aussi complexe à mettre en œuvre que simple à comprendre, consistait à utiliser l'unique lieutenant de l'Archimage comme agent inoculateur.

Ninfell se munit tout d'abord d'un rouleau de parchemin sur lequel il rédigea un formulaire de décès à l'attention de Toyerdhal. Il l'imprégna d'une substance qui réagirait au contact de l'épiderme de Miaqju, puis traqua l'un des sbires du lieutenant qu'il exécuta. Il disposa le corps non loin du palais portable, le feuillet cloué à sa poitrine.

La découverte du cadavre fit grand bruit. Lorsque Miaqju apprit la nouvelle, il empoigna le symbole de son autorité, un sceptre acéré de deux bras de long, et fit une descente dans un quartier voisin du palais. Là, il abattit systématiquement tous ceux qu'il croisa, hommes, femmes, enfants, animaux, plantes vertes.

Lorsque sa colère fut dissipée, il daigna prendre connaissance du message. La fureur s'empara à nouveau de lui, mais il renonça à poursuivre son carnage : c'était l'heure du déjeuner.

La molécule que Ninfell avait déposée sur le parchemin s'infiltra dans son sang. Elle alla se fixer sur son estomac et son pancréas, où elle se substitua aux inhibiteurs de la faim qui ne purent plus jouer leur rôle. Le résultat fut la synthèse continue de l'hormone de l'appétit, que Ninfell avait baptisée *ghréline*.

Miaqju se sentit bientôt pris d'une irrésistible fringale, mais son repas ne freina pas la production pour autant. En quelques heures, des quantités astronomiques de ghréline saturèrent son sang, passèrent dans ses urines, sa transpiration, ses poumons. Ces derniers constituaient la cible de Ninfell : la molécule présente dans son haleine transformait le lieutenant en aérosol à destination de Toyerdhal.

À chaque entrevue, le guerrier soufflait au visage de son maître de grandes quantités de l'hormone, simple signal de l'appétit qui traversaient sans encombre les défenses magiques. Chez un être ordinaire comme Miaqju, la ghréline ne provoquait qu'une faim insatiable. Toyerdhal, lui, avait renoncé à se nourrir.

Stimulées par le message chimique, ses glandes endocrines répercutèrent docilement l'information, et ce qui restait de son tube digestif fut sommé de reprendre le travail. Les deux foies produisirent de la bile, le pancréas de remplacement reprit ses sécrétions enzymatiques. Cette avalanche de sucs corrosifs et l'absence de communication entre organes dupliqués et disparus déclenchèrent le plus vieux signal qu'envoie le corps au cerveau quand quelque chose ne tourne pas rond : la douleur.

Toyerdhal, d'un simple sort, coupa aussitôt la brûlure qui montait de son abdomen. Il vérifia plusieurs fois la bonne marche de ses défenses, et décida finalement que c'était son propre corps qui le lâchait. Il procéda à l'ablation de quelques organes, qu'il remplaça par sa réserve d'éléments sains.

Bien entendu, cela ne servit à rien. Les greffes continuèrent de réagir de manière tout à fait normale, c'est-à-dire de manière tout à fait inadaptée. Les sucs gastriques envahirent l'organisme, attaquèrent les tissus. Le mage commençait à se digérer lui-même.

Toyerdhal joua le tout pour le tout et voulut supprimer l'ensemble de ses glandes exocrines. Après quelques heures, il dut faire machine arrière. Ces entités commandaient bien trop de fonctions annexes de la digestion pour qu'il puisse s'en séparer.

Il suspecta alors son bras droit d'être pour quelque chose dans ce qui l'accablait. Il retourna Miaqju sous toutes les coutures, entreprit une analyse physiologique poussée, traqua sortilèges malins et entités nuisibles.

Il ne trouva rien, excepté un léger surpoids. Même s'il continuait à le soupçonner, il ne pouvait se résoudre à s'en séparer. Le congédier, c'était ouvrir la porte à une armée de traîtres qui n'attendaient qu'une occasion de l'approcher.

Toyerdhal explora des dimensions où la médecine était une déesse, invoqua des démons guérisseurs, interrogea d'antiques et complexes ouvrages, en vain. C'était la simplicité du procédé qui l'achevait. Si les fonctions dont il s'était séparé étaient les plus primitives, c'étaient aussi les plus fondamentales. Pas un instant il ne songea à reprendre un corps humain ordinaire, avec ses exigences aussi dérisoires que vitales. Plus que son organisme, son orgueil le tuait.

Sa fin fut pathétique. Il mourut, le visage figé dans l'incompréhension, une douleur si atroce irradiant de ses entrailles que la stopper équivalait à renoncer à la conscience. Pendant des siècles, les sages se servirent de cette histoire pour enseigner la liaison irréductible entre le corps et l'esprit, le respect que l'on doit à son véhicule terrestre, et les bienfaits d'une haleine irréprochable.

Quand on apprit qu'un parchemin avait annoncé sa mort à Toyerdhal, la renommée de Ninfell fut immédiate. Comme personne ne comprenait la manière dont l'assassin avait procédé, on lui prêta des talents surnaturels. Il rétablit aussitôt la vérité afin de ne pas léser sa nouvelle recrue, un certain Aquilon, unique T'Sank à s'être spécialisé dans le Noble Art. Cela ne changea rien à sa notoriété et à la principale conséquence de celle-ci : l'offre d'une prime phénoménale pour sa mort ferme et définitive.

Trois jeunes royaumes décidèrent de s'unir pour l'abattre. Ils espéraient ainsi légitimer leur récente souveraineté aux yeux de leurs voisins plus âgés.

Suivi de son équipe, le Maître se replia dans les Macrovores où il organisa la résistance.

Le conflit dura des mois. Ninfell mit au point une technique de guérilla basée sur les racines et leurs phéromones. Il employa aussi un Dépliant, capturé à des fins d'étude après la débâcle de Toyerdhal. Les pertes dans les rangs ennemis furent conséquentes, mais l'École n'était pas encore assez puissante pour venir à bout de la coalition. Ce fut la seule fois de son histoire où elle fut proche de l'anéantissement.

Les T'Sanks finirent par ployer sous le nombre et gagnèrent le plateau via le réseau de sève ascendant. Là, Ninfell mit à profit sa connaissance du terrain et son génie de l'innovation pour repousser les assaillants. La situation s'enlisa. L'école ne pouvait redescendre, les soldats ne pouvaient monter.

L'impatience et la convoitise des royaumes voisins décidèrent finalement de l'issue du conflit. Ils écrasèrent leurs homologues épuisés par le siège au prétexte que ceux-ci, incapables de venir à bout d'une poignée d'hommes, n'étaient pas dignes de perdurer. La guerre des Macrovores fit long feu. Les troupes se dispersèrent et finirent pour la plupart dans les millions de micro-estomacs des blés carnivores.

Miaqju mourut quelque temps plus tard d'obésité. Il mangeait tant qu'on ne put financer sa tombe. Il fit la fortune d'un marchand d'huile de lampe qui avait remporté son corps aux enchères.

Sur les sept Dépliants, outre celui capturé par Ninfell, deux spécimens furent combattus par des générations de héros et de mercenaires. Ils demeurèrent invaincus durant de nombreuses années. Hélas, un beau matin, alors qu'ils traversaient un ravin sur un vieux tronc, celui-ci céda – preuve que même les créatures démoniaques peuvent être malchanceuses. Peu de légendes rapportent ce triste destin. Les accidents stupides sont rarement lyriques.

Deux autres Dépliants disparurent pour ne plus reparaître. On pense qu'ils se trouvèrent un nid d'amour où ils coulèrent des jours heureux sans crainte d'être dérangés. Les quelques courageux qui évoquèrent la possibilité d'une reproduction sexuée se rétractèrent vite devant les visions d'horreur que cette hypothèse faisait naître.

Les deux derniers Dépliants furent abattus par Lan Maek après des siècles de ravages et d'horreur. Lassé de la turpitude des démons, l'assassin sortit pour la première fois de son exil volontaire afin de débarrasser le monde de son pire fléau depuis les agents d'assurances. Il suivit leur piste et les rencontra non loin de leur dernier massacre. D'un geste, il déploya sa faux.

Au fil des années, l'arme de Maek s'était beaucoup éloignée de celle d'origine. Elle possédait à présent deux lames T'Sanks disposées aux extrémités d'un axe articulé en trois points. Des rotules métalliques épousaient les coudes et les épaules de leur propriétaire, et des balanciers équilibraient le tout. Maek avait eu plusieurs siècles pour s'entraîner au maniement de ce cauchemar pour fabricant de prothèses. Les spécialistes estimaient qu'il fallait bien tout ce temps pour réussir à manier l'engin sans finir en rondelles.

L'assassin marcha vers les Dépliants, adolescent gracieux au centre d'une sphère miroitante couleur jade. Les démons se jetèrent sur lui et furent proprement débités. Le Maître replia sa faux et regagna son repaire sans un regard en arrière.

Ninfell ne revit jamais son maître. Ses pertes de conscience éveillées perdurèrent le reste de sa vie sans que son esprit parvienne à combler les trous laissés par Maek. Il sortait de ses crises apaisé, plus imperméable que jamais à la compassion. Entrouvrir son âme aurait été menacer l'édifice fragile que son esprit s'efforçait de maintenir en un seul morceau.

Il consacra la fin de sa vie à l'enseignement. Il n'avait pas oublié la recommandation de son mentor et s'ingénia à rattraper le temps perdu lors de ses années d'exil. Chaque décennie, il envoyait son meilleur élément au sommet du plateau, en quête de Maek. Un système d'écluses verticales dans les artères permettait aux candidats reçus à l'entretien de redescendre sans difficulté.

Certains revinrent, d'autres pas. Les critères de sélection du fondateur demeurèrent un mystère. Ninfell avait même l'impression que les plus doués étaient ceux qu'il ne revoyait pas. En les supprimant, son Maître avait peut-être trouvé un moyen de veiller sur l'équilibre du monde. Ceux qui revenaient ne pipaient mot de ce qu'ils avaient vécu. Tous considéraient cet entretien comme le rite ultime d'accession au statut de Maître T'Sank.

Ninfell finit ses jours entouré de ses disciples, et lorsqu'il quitta son enveloppe corporelle, ce fut pour rejoindre les légendes.

Par la suite, de nombreux maîtres se succédèrent à la tête de l'école. Certains poursuivirent les travaux de Ninfell, d'autres explorèrent des domaines inconnus. Les T'Sanks évoquèrent peu à peu dans l'esprit populaire la mort, la fatalité, mais aussi la connaissance. Leur savoir était d'autant plus étendu qu'il ne s'incommodait pas de préoccupations éthiques. Les prisonniers humains étaient des cobayes comme les autres. Leurs chances de survie ne reposaient pas sur la miséricorde, mais sur l'observation à long terme de tel ou tel procédé.

La coutume des formulaires d'avertissement fut conservée. Ils demeuraient imprégnés de poison en souvenir de Ninfell.

Chaque assassin développa ses propres méthodes d'exécution. Maek avait opté pour le combat rapproché et Ninfell pour les drogues, Enkerdricht mit au point de nombreuses techniques de combat à distance. Aquilon, lui, exploita ses talents de mage avec les remarquables résultats que l'on sait. Nitocris, pour sa part, se pencha sur le pouvoir des mots. Il employait de terribles armes psychologiques pour pousser ses victimes à la démence ou au suicide. Cette méthode, quoique de longue haleine, était peut-être la plus redoutable, car les névroses engendrées par l'empoisonnement mental se propageaient sur les descendants. Ainsi naquirent les légendes des malédictions sur plusieurs générations.

Après quelques centaines d'années de recherches, l'école était devenue une forteresse du savoir, tournée vers un seul et unique but : la suppression de la vie. Nombre de dignitaires préféraient mettre fin à leurs jours lorsqu'ils découvraient l'intérêt que leur portait l'école.

Une multitude de découvertes bénéfiques, qui n'étaient pour l'institution que des épiphénomènes, furent récupérées et diffusées par des savants plus soucieux d'humanité. Plus tard, les historiens estimèrent qu'environ un quart des connaissances totales d'Alamänder était le fait, direct ou indirect, des recherches de l'École. Même si l'observation fut plusieurs fois corroborée, elle finit par être écartée. Il était beaucoup trop dérangeant d'admettre que les bienfaits de la civilisation provenaient d'une source corrompue. On somma donc les intellectuels de se montrer discrets, et l'on détourna la tête de ces monstrueux assassinats pour se réjouir des progrès de la science.

Aussi redoutés qu'ils aient pu être dans l'Histoire, les T'Sanks firent toujours pâle figure à côté de leur Maître. Lan Maek était d'autant plus célèbre qu'il demeurait entouré de mystère. Que pouvait bien faire ce diable d'homme, réduit à la solitude pendant des siècles, dans un endroit qu'on ne décrivait qu'avec la plus grande imprécision ? Les analyses estimaient que le fondateur n'aurait jamais acquis son statut de demi-dieu s'il avait continué à fréquenter ses semblables. Seule l'absence crée le mythe.

Par une étrange ironie, quelques illuminés de par le monde se mirent en tête d'adorer l'assassin en tant qu'avatar d'Akir. Maek goûta d'abord l'amère ironie du destin, lui qui n'avait fondé l'École que pour surpasser le Dieu Noir. Puis il découragea toute initiative de ce genre.

Le Maître quitta trois fois son repaire au cours de sa longue existence.

La première fut pour exécuter les deux derniers Dépliants.

La seconde entraîna une brusque trêve dans un conflit qui perdurait depuis plus de soixante ans. À l'origine de la guerre, le souverain de Vihn, un grand duché situé en bordure des cités-esclaves de YArkhan, avait un jour décidé que ses ports n'étaient plus rentables. Plutôt que de mener à bien une politique de rénovation coûteuse, il préféra exterminer les habitants du littoral voisin de manière à jouir à leur place de leurs confortables installations. Fredrift II, alors roi de Mehnzota, émit une objection bien naturelle à ce projet, et l'affrontement dégénéra en massacre bilatéral.

Après quelques décennies, le conflit se déporta sur les flots. On vit la naissance de bases de combat sous-marines et de forteresses flottantes. Feux grégeois, résidus d'huile enflammée et cadavres divers empoisonnèrent peu à peu les eaux du Lac. De sinistres nuances écarlates succédèrent aux reflets azur.

Un beau matin, Maek se présenta devant la tente du roi de Vihn et s'entretint avec lui. Il commença par s'excuser de n'avoir pas envoyé la lettre rituelle d'exécution, assurant que sa visite était le fait d'une initiative personnelle. Il affirma ensuite qu'il était inadmissible de voir les eaux du Lac s'empourprer de la sorte. À compter de ce jour, les souverains devraient montrer plus de respect pour les peuples extérieurs, qui vivaient eux aussi des bienfaits du Lac.

Vihn rétorqua, non sans raison, qu'il ne comprenait rien à ce qu'on lui disait.

Il mourut donc dans l'ignorance. Ses gardes d'élite eurent le temps de dégainer à moitié leur glaive avant d'être mis en pièces, ce qui témoignait de leur valeur. Maek sortit de la tente royale, monta sur une chaise et annonça à l'armée de plusieurs centaines de milliers d'hommes que la guerre était terminée.

Quelques fiers-à-bras en quête d'une renommée facile essayèrent de raisonner cet arrogant adolescent à l'arme de carnaval. L'Histoire ne retint pas leurs noms : ils avaient oublié de se présenter avant l'assaut, et leurs restes ne permirent pas de les identifier.

L'Histoire diverge quant à la suite des événements. Une pièce de théâtre antique affirme que Maek se fraya une tranchée sanglante parmi la myriade de guerriers du campement. Une seconde version, moins officielle, rapporte que les troupes ménagèrent une longue allée dans laquelle l'assassin s'engagea après avoir poliment remercié.

Les deux hypothèses se rejoignent sur la suite de l'affaire. Maek rallia le front adverse où il fut accueilli en héros pour avoir exécuté le tyran vihnéen. Les rires se muèrent en consternation lorsqu'il annonça que, par souci d'équité, le monarque mehnzotain devait lui aussi être éliminé.

Plemesh III préféra éviter un bain de sang. Il se présenta de lui-même devant son exécuteur et écouta avec attention les raisons de sa venue. À la fin de l'entretien, Maek n'eut pas besoin de l'abattre. Le roi, incapable de supporter les révélations de l'assassin, mit fin à ses jours en se jetant sur son épée.

Le T'Sank sortit de la tente et rassembla les troupes, puis leur tint un bref exposé. Personne ne devait plus salir les eaux du Lac, car les êtres qui n'habitaient pas Alamänder n'avaient pas à pâtir des conflits propres à ce monde. Là encore, les soldats se regardèrent sans comprendre, mais personne n'osa discuter.

Il n'y eut donc plus, à compter de ce jour, la moindre joute navale à la surface du Lac. Les armées se découpèrent les unes les autres avec un entrain toujours renouvelé, mais en prenant bien soin de contourner l'étendue d'eau désormais sacrée.

La raison pour laquelle Maek se déplaça une troisième fois est l'objet de cet ouvrage.

21

Considérons à présent quelques moyens de communication :

– Les cheveux longs constituent le lien le plus simple et le plus direct avec la divinité. Entretenus et peignés avec soin, leurs faisceaux parallèles s'ajoutent les uns aux autres pour former un média homogène de bonne qualité.

– Les cheveux bouclés. Lorsque le vif acide imprègne une bobine d'acier, nous savons qu'il produit un champ magnétique. De la même manière, l'énergie divine circulant dans les boucles génère un champ spirituel particulier, le champ créatif. Pour cette raison, ce type de coiffure est recommandé aux artistes et aux inventeurs.

– Les cheveux frisés, en revanche, sont sujets à caution. En effet, le nombre élevé de bouclettes provoque la naissance d'un champ créatif difficile à contrôler et source de confusion.

– Les tresses. Elles concentrent le souffle divin vers certaines régions du cerveau de manière à les stimuler. Ces dispositifs sont à réserver à l'élite des intellectuels ou des

magiciens, seuls capables de maîtriser le flux dense qui en découle. Notez que plus les nattes sont épaisses, plus l'énergie reçue est importante.
Une variante estimable consiste à les enrouler en chignon. Dans ce cas, le bénéfice de la boucle (voir ci-dessus) s'ajoute à celui du tressage.

– Les cheveux ras ou courts. Ils sont le lot des individus peu attirés par la spiritualité. On les associe en général aux travailleurs de force, aux détenus, aux parias. De manière paradoxale, cette coupe permet aussi d'effacer ses erreurs passées. Le cheveu, en repoussant, rétablit sans précipitation une liaison rédemptrice avec la divinité offensée.

N'oubliez pas : plus la chevelure est longue, plus l'énergie spirituelle véhiculée est grande. Elle exige une force d'âme en conséquence.

Mételle S. Camine,
Un bon perruquier est un perruquier mort

*

— Nous n'aurions jamais dû ouvrir ce cube, répéta Jon à l'assistance.

Suite à l'incroyable découverte, un conseil officieux s'était réuni de toute urgence et en comité restreint. L'importance de l'événement imposait les mesures de sécurité les plus draconiennes. N'étaient donc présents que le roi, son général en chef Thoriad Fédéhul, Vance, Edrick, Jon et Rachelle. Magna Vaul assistait lui aussi à l'entretien, au titre de chancelier honoraire. Ernst venait de le nommer à la succession de Pallas.

Tous affichaient un air lugubre, conscients du poids écrasant que constituait la petite dague. Les regards se posaient avec réticence sur le coffret ouvert au milieu de la table.

— Pourquoi donc ? demanda Rachelle, surprise. Personne d'autre que l'École n'a jamais pu se vanter de posséder une telle arme. On pourrait s'offrir la moitié de la capitale avec elle, et pas la partie la plus déshéritée.

— Sans doute, répliqua son collègue, mais le Cube mettait le kriss à l'abri des convoitises. Ce n'est plus le cas. Là n'est pas le plus grave. Je vous rappelle que seule la magie est capable d'arrêter un T'Sank. À présent que son arme est de nouveau accessible, vous pouvez parier que son possesseur va chercher à la récupérer.

— Peut-être que celui-ci est décédé ? proposa Edrick. Pallas se serait offert un objet rarissime après une vie de bons et loyaux services.

— C'est peu probable. Si un T'Sank s'était fait abattre, son adversaire se serait empressé de colporter la nouvelle. Ce genre d'événement n'arrive pas tous les jours. En fait, en huit cents ans, il ne s'est jamais produit.

— Nous avions bien besoin de ça ! pesta Fédéhul. Cette histoire de Mage Sanglant nous plaçait déjà en situation critique, voilà maintenant un T'Sank. L'élite malfaisante d'Alamänder s'est donc donné rendez-vous à Ker Fresnel ?

Un lourd silence suivit son intervention. Personne ne savait quelle conduite adopter. Personne, sauf Vaul qui déclara avec son bon sens habituel :

— Aucun de nous n'a songé à une idée pourtant simple. Et si Pallas était le T'Sank ?

Tout le monde se regarda, sceptique, puis Ernst explosa de rire. L'accès dura si longtemps qu'il en devint inquiétant. À la fin, le roi essuya ses larmes et dit :

— Pallas, un T'Sank ? Dans ce cas, je suis un Xéol et ma grand-mère est tombée du ciel. Soyons sérieux, Magna. Pallas a grandi dans les coulisses du trône. Je ne l'ai jamais vu s'éclipser une dizaine d'années pour suivre un apprentissage d'assassin.

Il fit une pause, puis :

— Cela dit, je ne veux pas non plus être catégorique. Il a peut-être suivi des cours par correspondance.

Son bon mot le fit repartir de plus belle.

— Excusez-moi, dit-il après quelques instants. Ce que j'aime en vous, Vaul, c'est que vous avez peur de tout sauf du ridicule.

Le légat encaissa sans broncher. Il s'entêta :

— Est-on au moins sûr de la nature de l'arme ? Cette institution est à moitié légendaire. D'après mes sources, elle ne s'est pas manifestée depuis plusieurs décennies.

— C'est exact, confirma Jon. La dernière victime fut Aaron Belloem Fass, peut-être le dramaturge le plus illustre de notre histoire. À l'époque, mon pays vous dominait culturellement. La plupart de vos intellectuels adoptaient notre langage par snobisme ou admiration. Mehnzota menaçait d'absorber votre nation par le seul biais de ses connaissances. L'École vous a sauvé la mise en rétablissant l'équilibre. Pour en revenir à votre question, il existe un moyen très simple de s'assurer de l'authenticité du poignard.

Le questeur préleva le kriss avec délicatesse, puis le lança contre le mur. La lame s'enfonça dans la roche jusqu'à la garde.

— Il n'est aucune matière que cette dague ne puisse trancher. D'après la légende, les armes T'Sanks sont façonnées grâce à un procédé inconnu qui exige de longues années de préparation. Seule la chitine d'un petit insecte des Macrovores peut entamer leur fil.

Edrick secoua la tête.

— Je ne comprends pas. Ces assassins sont réputés invincibles quelle que soit leur arme. Le T'Sank pourrait entrer, tuer son homme et ressortir avec la bouche en cœur. Qui l'arrêterait ?

— Personne, évidemment. Cependant, le kriss est avant tout un instrument rituel. Vous seriez surpris du nombre d'organisations qui tentent de faire passer leurs forfaits pour des exécutions T'Sanks. J'en sais quelque chose : certaines de mes enquêtes exigent une expertise en ce sens. Seules les armes de l'École produisent une section parfaite jusqu'au niveau microscopique. Aucune mission ne peut être menée sans elles car elles sont la preuve de la présence des T'Sanks. C'est leur signature infalsifiable.

— Vous semblez bien renseigné, insinua Ernst. Le T'Sank et vous n'êtes peut-être qu'une seule et même personne… Un esprit aussi exercé que le vôtre aurait pu faire en sorte de se faire convoquer ici afin de récupérer son bien.

Tous se tournèrent vers le détective et le dévisagèrent, comme pour évaluer la pertinence de l'accusation. Fédéhul dégaina même son épée, au cas où.

Jon sourit.

— Hypothèse séduisante, j'en conviens. Après Pallas, la logique veut que je sois le suspect suivant sur la liste. Cette série d'accusations cadre tout à fait avec l'atmosphère de défiance qu'affectionnent les T'Sanks. Cependant, Sire, vous-même possédez un esprit aigu, et avez sans doute conclu que si j'avais voulu m'emparer de l'arme, mes talents combinés de guerrier et de mage me l'auraient permis sans difficulté. Pourquoi, dans ce cas, prendre la peine de monter cette mascarade morbide autour de Pallas ? En outre, vous savez bien qu'il est impossible de maîtriser à la fois les deux spécialités. Nous n'avons qu'une vie.

Vance l'interrompit :

— Ce n'est pas tout à fait exact, Jon. Une personne dans toute l'histoire est parvenue à réaliser cet exploit : Aquilon, que nous connaissons tous. Il étudia d'abord les arcanes, puis mit au point le sortilège qui allongerait sa durée de vie. Ceci fait, il se consacra à sa nouvelle vocation.

— J'avais écarté ce détail, admit le mage. Vers soixante-dix ans, Aquilon décida qu'il était temps de se dégourdir les jambes. Il partit à la recherche de l'École et redevint un élève sous les ordres de Ninfell T'Sank. Un élève plutôt doué, d'ailleurs.

— Qu'est-il devenu ? s'enquit Fédéhul.

— Il remplit plusieurs missions de manière fort peu subtile, puis disparut du jour au lendemain. On lui a attribué différentes fins. Certains historiens affirment que les derniers Dépliants ont eu raison de lui. D'autres pensent qu'il a péri alors qu'il repoussait une attaque contre l'école.

— Qu'entendez-vous par là ? Il aurait mené l'assaut à lui tout seul ?

— Exactement. Le royaume de Vihn, anéanti depuis, avait profité de l'absence de nombreux assassins pour lancer ses forces contre les T'Sanks. Aquilon était le seul occupant. Il aurait massacré les huit mille hommes envoyés à ses trousses avant de se suicider, déclarant qu'il ne pourrait connaître meilleure fin. Je le répète, ce n'est qu'une théorie. Comme toujours avec les T'Sanks, les avis divergent. Plus une entité est crainte, plus les légendes qui l'entourent s'éloignent de la vérité historique. Il existe une troisième hypothèse, moins épique, selon laquelle il aurait pris sa retraite quelque part.

— Voilà qui est on ne peut plus rassurant, soupira Ernst. Est-il possible que nous ayons affaire à Aquilon ?

— Je ne pense pas, Sire, pour une raison très simple. S'il avait voulu reprendre son bien, il se serait présenté aux portes de la ville et l'aurait demandé en des termes fleuris. Et croyez-moi, vous l'auriez vite servi, en le remerciant de ne pas avoir rasé la montagne pour ponctuer sa requête. Il est considéré par l'ensemble de mes collègues comme le mage d'Alamänder le plus illustre après Ramachandara

Witatzu, aussi appelé Rama. C'est Aquilon qui a mis au point la magie analytique de YArkhan, comme Rama a créé la magie organique. Ce T'Sank est à notre Art ce que Lan Maek est au combat rapproché. Un titan.

Il fit une pause.

— Je reviens à ce que je disais. Si nous laissons de côté cet être mythique, il n'existe qu'un seul moyen d'arrêter un T'Sank : la magie. Pallas savait ce qu'il faisait en acquérant ce sortilège.

— Je commence à comprendre, souffla Vaul. Nous venons d'ouvrir la cage d'un Dépliant.

— Je ne vois qu'une solution pour la refermer, proposa Rachelle avec entrain. Il faut placer sans plus attendre cet objet entre les mains d'un thaumaturge, si possible disposant de solides connaissances en magie offensive.

— Et si possible toi, enchaîna Jon. Auquel cas l'assassin n'aura aucune chance de s'emparer de l'arme puisque tu l'auras dérobée avant lui.

Rachelle lui répondit par une grimace indescriptible, à la fois dédaigneuse et complice.

— La suggestion de Serre Olyakine est pertinente, déclara Ernst. Jusqu'à nouvel ordre, je place donc l'artefact sous son autorité. Personne ne saura mieux qu'elle s'opposer aux appétits d'un assassin. Qu'y a-t-il, Jon ? Vous pensez faire mieux ?

— Le terme *Serre* associé à Olyakine prend ici toute sa saveur, Majesté. Vous ne la connaissez pas comme je la connais. Elle va s'empresser de remplacer la dague par sa carte de visite.

— Votre objection est retenue, mais ma décision

est prise. Revenons à l'enquête. Thoriad, vous m'avez confié que vous aviez du nouveau. Est-ce que…

— Attendez, le coupa Vaul. Et le parchemin ?

— Quoi, le parchemin ? s'écria le roi, irrité par l'interruption.

— Vous ne l'ouvrez pas ?

Ernst leva les yeux au ciel. Edrick prit le relais :

— Nous l'avons déjà déroulé, expliqua-t-il au petit homme. Il contient le formulaire d'exécution des T'Sanks.

— Et qui est la victime ?

— Sang de Skorj, s'emporta Fédéhul, vous n'avez donc jamais été à l'école ? Tout le monde sait qu'une annonce T'Sank reste vierge jusqu'au moment du meurtre !

— Plus précisément, intervint Jon, le nom de la victime et la date fatidique ont de plus en plus de chances d'apparaître au fur et à mesure que l'échéance approche. Un procédé chimique que nous devons, là encore, à Ninfell T'Sank.

— Pourquoi tant de complexité ?

— Pour semer le chaos. Quand il reçut ce parchemin, il y a quelques siècles de cela, le consul de Vihn refusa de s'en séparer. Il le consultait à tout instant pour voir si son nom apparaissait. Il perdit le sommeil bien avant de perdre la vie. Tant que la victime demeure inconnue, les notables ne cessent de trembler. Il n'en faut pas plus pour déstabiliser un régime. N'oublions pas que les T'Sanks se considèrent comme les garants de l'équilibre d'Alamänder. Ce stratagème est là pour permettre à chacun de méditer sur la fragilité de sa puissance.

Tandis qu'il parlait, le mage ne pouvait s'empêcher de fixer Ernst. Le souverain croisa son regard et répondit par un large sourire.

— Cher Jonas, comme je regretterai votre départ. Vos allusions rentre-dedans sont si rafraîchissantes.

Il se tourna vers Vaul.

— Ser Magna, je vais vous permettre de satisfaire votre curiosité. Je vous charge dès à présent du formulaire. Vous nous alerterez dès que vous verrez apparaître quoi que ce soit.

Le conseiller s'inclina très bas, flatté par la marque de confiance. Il allait s'emparer du parchemin lorsque le monarque ajouta :

— N'oubliez pas de chausser vos gants. Les missives T'Sanks sont toujours enduites de poison.

Le petit homme ouvrit les yeux si grands que ceux-ci menacèrent de tomber de leurs orbites. Les secondes suivantes furent agréablement meublées par ses tentatives de s'emparer du message tout en s'en tenant le plus loin possible.

Puis le roi reprit d'une voix grave :

— Thoriad, nous vous écoutons.

— Nous avons fouillé la pièce mise au jour par l'équipe de Ser Alamänder, Majesté. Dans le cube, mêlé à la poussière, nous avons trouvé ceci.

Le général déposa sur la table un minuscule papier.

— Le message, crypté en code standard de l'armée, disait ceci : « 2e Ouest, Marche 134 ».

— Une référence explicite à une annexe de la Tour de l'Horloge, fit Edrick. Mais ce n'est pas du tout celle du meurtre !

— La brièveté même du billet, ajouta Jon pensivement, nous révèle un autre élément : Pallas connaissait son assassin.

— Tiens donc ! s'exclama Fédéhul. Quelle nouvelle diablerie vous permet d'affirmer cela ?

— Une simple suite de déductions, général. *Primo*, le nom du bâtiment où devait avoir lieu le rendez-vous n'apparaît pas. C'est donc que Pallas le connaissait déjà. *Secundo*, les coordonnées inscrites sur le billet ne correspondent pas à celles de sa mort. Une conclusion s'impose : Pallas a rencontré un individu dans la tour à au moins deux reprises, chaque fois en un point différent. Que ces rendez-vous se soient déroulés précisément là où le meurtre s'est produit est une coïncidence trop énorme. D'autre part, nous savons que le conseiller était très prudent. Jamais il n'aurait accepté une suite d'entrevues dans cette bâtisse isolée si celles-ci n'avaient été le fait d'un familier. Même dans ces conditions, peut-être a-t-il exigé de le rencontrer à chaque fois en des lieux distincts. Une chose est sûre : le vis-à-vis régulier de Pallas et son meurtrier ne sont qu'une seule et unique personne.

— Un édifice intellectuel remarquable, admit le roi. Encore faudrait-il autre chose que des intuitions pour corroborer vos hypothèses.

Edrick agita une liasse de papiers.

— Après réflexion, je pense que Ser Alamänder a raison, Majesté. Suite à la découverte du billet, une enquête approfondie a révélé que Pallas avait plusieurs fois visité la tour. À chaque reprise, il veillait à détourner l'attention des gardes. Tous les moyens étaient bons : inspections surprises, corvées à effectuer, réaffectations de dernière minute. Pour une raison que nous ignorons, il ne tenait pas du tout à ce qu'on l'identifie.

— Félicitations, Jon, déclara Vance. Grâce à vous, nous avançons à grands pas. J'aimerais à présent que notre ami le général nous explique pourquoi ce message était crypté avec le code de l'armée.

— Vos insinuations sont tout à fait déplacées. Vous savez comme moi que les encodeuses sont sous bonne garde. Seules quelques personnes y ont accès.

— Merci de confirmer que l'assassin possède des complicités dans vos rangs, et en haut lieu encore !

Fédéhul pinça les lèvres.

— Ce n'est pas du tout ce que je voulais dire. Je réponds de mes hommes comme de moi-même. Si le roi manifeste le moindre soupçon sur mes services, je suis prêt à lui remettre ma démission sur-le-champ.

— Afin de vous ménager du temps pour votre coup d'État ? répliqua l'espionne. Certains faits ont été portés à ma connaissance, général.

Les deux adversaires se mesurèrent du regard.

Le roi rompit le silence :

— Thoriad, si un jour j'ai le moindre doute sur votre efficacité, vous n'aurez pas à me présenter votre démission. C'est moi qui vous en ferai part. Quant à vous, Vance, ce n'est pas avec des accusations gratuites que vous récupérerez les crédits alloués à l'armée.

L'agente voulut répliquer. Ernst leva une main.

— Abordons le point suivant. Justement, Vance, c'est à vous.

L'espionne essaya de recouvrer son calme. Elle se leva et balaya l'assemblée de son regard clair.

— Chers conseillers, il semble que l'assassin ait commis sa seconde erreur, la première ayant été de s'attaquer à Ser Alamänder.

Elle lança un clin d'œil au détective.

— Ces derniers jours, plusieurs fournisseurs d'ingrédients ésotériques ont été cambriolés. J'ai pris la liberté de me charger de cette enquête, attribuée en temps normal à l'armée, lorsque j'ai appris que les militaires avaient procédé à la fouille des locaux de Pallas – tâche qui nous incombe habituellement.

Deux iris couleur de glace se fixèrent sur Fédéhul. L'officier continua à parcourir ses dossiers comme si de rien n'était.

— Mais là n'est pas le propos. Au cours de chaque délit, une grande quantité d'une épice nommée *asphale* a été dérobée, pour un total de cents pelletées environ. Après les recoupements d'usage, nous avons découvert que les coupables n'étaient qu'une seule et même personne. Nous n'aurions pas prêté attention à ces larcins si un incident n'avait désigné le voleur comme étant notre homme. L'un des commerçants, demeuré dans sa boutique pour clôturer sa comptabilité, a entendu quelqu'un s'introduire dans son échoppe. Le Sanglant lui-même a dû être surpris car il a aussitôt lancé un sortilège. La victime a commencé à cracher tous les os de son corps un par un. Il a achevé son témoignage juste avant que sa mâchoire inférieure ne le quitte.

L'espionne se tourna vers Jon.

— Ce genre d'attaque est bien le lot des mages assassins, n'est-ce pas ? On peut penser qu'il a agi par réflexe.

— C'est exact, intervint Rachelle. On appelle cela un sort *ostéofuge*. Néanmoins, vos sources vous ont-elles informée des caractéristiques de l'asphale ? Car le problème ne vient pas de l'acte lui-même mais de son mobile, on ne peut plus ridicule.

Vance dévisagea la mercenaire sans aménité.

— D'après mes connaissances *limitées*, l'asphale est un extrait d'écorce. On utilise son parfum fruité dans la préparation de mets de faible qualité afin de les rendre plus savoureux. Cependant, elle possède peut-être d'autres vertus que vous allez vous faire une joie de nous exposer.

La jeune femme se rassit brusquement. Sa mâchoire ne cessait de se serrer et de se desserrer.

Rachelle se leva à son tour. Son air condescendant aurait donné envie de la gifler à une armée de pacifistes.

— Je sais gré à Serre de reconnaître les limites de ses compétences. En effet, l'asphale est surtout employée en alimentation. Pour cette raison, je ne vois pas très bien ce qu'un assassin ferait d'une si grande quantité. À part masquer le goût d'un poison, bien entendu.

Chacun hocha la tête en silence.

— Néanmoins, cette éventualité pose plus de problèmes qu'elle n'en résout. Jonas pourra vous le confirmer, il existe de nombreuses drogues inodores et sans saveur. Dans ce cas, pourquoi prendre le risque de trahir la présence d'une toxine ?

— La question est d'importance, approuva Fédéhul. Une autre l'est tout autant : quelles seraient les cibles ? Une telle masse ne se conçoit que si de nombreuses personnes sont concernées.

— Tant mieux ! lança Vaul. Cela signifierait que notre bon roi n'est pas la cible.

Devant les regards interloqués, le chambellan baissa aussitôt les yeux.

— Enfin, je veux dire, pas la cible *principale*.

— Certes, répondit Ernst, mourir accompagné est une consolation. Hélas, elle n'est pas tout à fait satisfaisante.

Fédéhul se tourna vers Jon.

— Quels seraient au juste les effets d'une ingestion d'asphale en grande quantité ?

— Encore faudrait-il en avoir envie. Après une dizaine de grammes, la saveur douceâtre dissuade de continuer. Si le sujet passe outre, il ressent des nausées suivies d'une intense sensation d'écœurement. Au-delà, il est pris de légères convulsions.

— À l'origine, précisa Rachelle, l'asphale était une danse populaire. Elle consistait en frissons rythmés censés évoquer la fièvre amoureuse. Comme c'était très fatigant, les noceurs prenaient de fortes doses d'épice pour tenir toute la nuit.

Ernst s'impatienta :

— Tout cela est bel et bon, mais est-elle toxique ou ne l'est-elle pas ?

— Elle ne l'est pas, affirma Jon. À moins peut-être de posséder une faiblesse cardiaque. On se contente de trembler de partout comme un pantin désarticulé jusqu'à ce que l'effet se dissipe. C'est aussi simple que cela.

Le souverain se caressa la barbe.

— Je répugne à mettre en doute les conclusions de ma responsable des renseignements. D'un autre côté, il est évident que notre ennemi ne cherche pas à faire danser nos convives mehnzotains jusqu'à ce que mort s'ensuive.

— Que dites-vous ? fit Jon, soudain alarmé.

Vance, qui avait fini de bouder, s'adressa à lui avec une douceur inaccoutumée.

— Vous pensez bien que nos regards se sont immédiatement tournés vers le gala organisé pour la venue de vos compatriotes. Ce serait une bénédiction pour nos ennemis si la délégation était assassinée au cours du banquet.

— Une déclaration de guerre serait envisageable, admit le magicien.

— Serait *probable*, corrigea Ernst. Les relations entre nos deux royaumes sont bien plus tendues que nous ne le faisons croire à nos populations respectives. Un empoisonnement serait considéré comme la pire des provocations.

— Il faut ajouter à cela, intervint Fédéhul, que l'ambassadeur Enel Chans est l'héritier de l'une des plus prestigieuses familles de votre ex-pays. Son clan gère des territoires stratégiques le long de nos frontières. Si Chans venait à mourir, les siens n'attendraient pas les déclarations du pouvoir central. Ils envahiraient aussitôt Kung-Bohr.

— Avec raison, non ? rétorqua Jon. Je connais

Chans et je connais les terres dont vous parlez. Elles ont de tout temps été les cibles des incursions kungbohréennes et le théâtre de nombreux massacres.

— Oui, s'empourpra le général, les *Martyrs de Maspen*, les *Croisés de Malaspen*. Je connais par cœur la propagande mehnzotaine. Mais vous êtes loin de tout savoir, monsieur le mage aux mains blanches. Si je vous disais…

— Mais vous ne le direz pas, trancha Ernst. Assez de digressions. Jon, je ne vous cache pas que nous avons en cours plusieurs tentatives de déstabilisation du régime mehnzotain, mais rien d'aussi brutal qu'un empoisonnement en plein banquet. Je suis connu pour posséder un autre sens de la finesse. Notez que même si un attentat nous acculait à la guerre, ce ne serait pas un problème pour autant. Nous avons déjà combattu Mehnzota par le passé et nous le ferons encore. Le plus inquiétant, en l'occurrence, c'est que la paix relative dont nous jouissons n'est pas du goût de tout le monde. Si nous nous lançons dans un conflit avec nos voisins, YArkhan en profitera aussitôt pour étendre ses frontières. Et là, même la rouerie dont vous nous accusez ne sera rien en comparaison de son règne de fer.

Le questeur hocha la tête en silence. D'un regard, le roi redonna la parole à Fédchul.

— Le niveau de sécurité au cours de la cérémonie sera maximum, promit l'officier. Mes hommes surveilleront la salle de banquet, et une équipe d'experts menée par Vance se chargera des cuisines. Fen Tarba travaille sur une sonde de détection de l'asphale. À la moindre alerte, nous bloquons toutes les issues avec des blocs de granit de trois hommes d'épaisseur.

— C'est idiot, le coupa Rachelle. Vous ne ferez que retarder l'arrestation du tueur qui se sera, bien entendu, téléporté.

— Il est vrai, l'apostropha Vance avec humeur, que nous n'avons pas votre talent pour prendre la poudre d'escampette. Cette stratégie vous paraît sans doute bien dérisoire, mais notre loyauté est la seule arme que nous pouvons opposer aux turpitudes de votre collègue.

— Ce n'est pas mon collègue ! se récria la mercenaire.

— Vous pratiquez les Arts, lui aussi. Deux raisons de nous méfier des magiciens.

Elle se tourna aussitôt vers le détective :

— Je ne m'exprimais pas contre vous, Jon. Votre bonne volonté et le désir de nous aider *gracieusement* ne font aucun doute.

— Je risque ma vie pour la couronne autant que vous, riposta Rachelle. Avant de rejoindre YArkhan, où chaque journée passée sans être démasquée est une victoire, j'ai œuvré aux frontières de Kung-Bohr. J'y ai combattu bien plus d'intrus que vous n'en verrez dans votre terrier en une vie entière.

— Parfait, conclut Ernst. Amenons de la boue et détendons-nous devant le spectacle de votre empoignade. Je commence à croire que notre ennemi n'aura pas à intervenir. Il nous suffit de savoir qu'il existe pour que la peur nous fasse perdre toute efficacité. Revenons-en à notre sujet. Je doute que l'ensemble des envoyés mehnzotains présentent une faiblesse cardiaque. Difficile après cela de nier que l'asphale nous mène à une impasse.

— Pas nécessairement, Majesté, reprit Vance. Sans mettre en doute les compétences des personnes ici présentes, il faut admettre que la science des drogues n'est pas leur spécialité. Me trompé-je, Jon ?

— Non, vous avez raison. Mes connaissances sont étendues mais pas illimitées. Quant à Serre Olyakine, elle ne me détrompera pas si j'estime son savoir égal au mien.

Serre Olyakine ne le détrompa pas. Elle boudait.

Le détective proposa :

— Si vous connaissez une personne capable de confronter son analyse à la mienne, je serai heureux de la rencontrer.

Vance hocha la tête avec gravité. Jon ne voyait pas où elle voulait en venir mais son air funèbre ne présageait rien de bon.

— Il se trouve, Majesté, reprit l'agente, que nous avons la chance d'abriter dans nos murs le plus grand chimiste d'Alamänder.

— Nous y voilà, sourit Ernst.

— Je requiers du conseil l'autorisation d'avoir une entrevue avec Amanem Vilo.

Jon fit un bond qui renversa sa chaise.

— *Jamais !* hurla-t-il sans pouvoir se contenir. Mieux vaut Akir en personne que cette créature démoniaque !

— Eh bien, Jon, que vous arrive-t-il ? s'étonna le roi. Vance ne fait qu'évoquer une éventualité. Vilo est sans aucun doute l'individu le mieux placé pour répondre à nos questions. Vous ne contestez pas cela, au moins ?

— La seule chose que je conteste est que Vilo soit un être humain. C'est le pire monstre que les T'Sanks aient produit en huit siècles.

— Ce n'est pas un T'Sank, le corrigea Vance.

— Non, mais il s'est fait l'héritier de leurs connaissances, cela me suffit. La mégalomanie rampante des T'Sanks possède au moins un semblant de code de l'honneur. L'idéal de Vilo est de repousser les frontières de l'abject. Mon maître m'a remis un jour l'un de ses ouvrages les moins sinistres, celui sur l'enfance. Je n'ai pas pu en achever l'introduction. Il m'arrive encore de faire des cauchemars vingt ans après avoir parcouru ces quelques pages.

— Tout cela est très regrettable, toussota Fédéhul, mais je puis vous assurer que Vilo est hors d'état de nuire. D'autre part, si une personne de votre expérience mène l'entrevue, nul doute que celle-ci nous ouvrira de nouvelles pistes.

La consternation du mage monta d'un cran lorsqu'il vit que chacun, malgré son appréhension, approuvait le projet.

— Je me range du côté de Thoriad, enchérit Ernst. Cette option est la seule qui nous reste. Songez que le banquet a lieu ce soir. N'est-ce pas la meilleure raison d'essayer ?

— Aucune raison ne peut être invoquée quand on affronte la torture et le désespoir. On ne négocie *jamais* avec le mal. Je n'irai pas voir cet homme et je vous conjure d'en faire autant.

— Allons, fit Edrick, d'un ton patient qui ne fit que l'irriter davantage. Ne faites pas passer vos émotions avant l'intérêt de milliers de personnes. Nous vous demandons juste d'échanger quelques mots. Rien de plus.

Le questeur regarda son ami comme si celui-ci venait de lui proposer d'avaler un scorpion.

— N'insistez pas ! lança-t-il à la cantonade. Ma décision est prise. Je suis convaincu qu'il existe une autre solution. Il suffit de la trouver.

22

Coulez, mes larmes

Coulez, coulez mes larmes
Fuyez ce corps meurtri
Et glissez vers l'oubli
Tout le long de mon âme

De mon souffle épais
Monte une plainte lente
Comme le vent sur les pentes
D'une rive oubliée

Il est une prison
Plus sûre que la mort
Plus lourde que ce corps :
L'absence de pardon

Aaron Belloem Fass, en référence à Amanem Vilo

*

Le laboratoire d'Amanem Vilo était encombré des mécanismes les plus sinistres. La lecture du mode d'emploi des lames crénelées et des serres articulées n'était pas nécessaire : leur seule présence nourrissait l'imagination. Tout désir d'éclaircissement aurait été de la curiosité malsaine.

Tandis qu'il longeait les machines à supplice, Jon se demandait encore comment il avait pu se laisser convaincre d'accepter cette entrevue.

L'une des raisons avait tenu à l'obstination de Vance. L'espionne n'avait cessé de rabâcher que c'était leur unique chance de faire avancer l'enquête. Elle avait balayé les objections du mage les unes après les autres, puis avait décidé qu'elle mènerait l'entrevue de toute manière, seule s'il le fallait.

Jon s'était aussitôt reproché sa lâcheté. Après un dernier échange assez vif, au cours duquel Edrick avait une fois de plus joué les tampons, il avait rendu les armes et accepté d'accompagner la jeune femme.

Celle-ci marchait à ses côtés. Elle lui lançait un sourire de temps en temps, comme pour s'assurer de lui. Leurs mains s'effleuraient dans la semi-obscurité. Un peu plus loin, Edrick discutait avec le colonel chargé de la garde du détenu.

Avant de partir, le capitaine avait mené Rachelle à ses nouveaux quartiers. C'était une rotonde enterrée, facile à défendre, située dans un quartier de haute sécurité.

À peine arrivée, la magicienne avait exigé qu'on repeigne les murs en mauve. Elle avait ensuite sollicité les soins d'un masseur, pleurniché pour obtenir un coin boudoir avec miroir éclairé, hurlé qu'on ne prenait pas la mesure du sacrifice qu'impliquait sa retraite volontaire. Pour finir, elle avait giflé Edrick deux fois : la première parce qu'il avait estimé que sa facture en produits de beauté équivalait à sa solde annuelle, la seconde pour avoir insinué qu'après tout, si elle avait commandé tout ça, c'était peut-être parce qu'elle en avait réellement besoin.

Avant de partir, le capitaine s'était félicité à voix haute de la convoitise de la mercenaire. En bâtissant sa propre prison, elle permettait ainsi au reste du monde de respirer un peu. Il avait quitté l'édifice une main sur la joue.

Sans plus d'entrain, il s'était attaqué aux paperasses nécessaires à l'entrevue avec Vilo. Le mage avait proposé son aide, que le soldat avait déclinée avec tact. Jon devait se ménager s'il voulait surmonter l'épreuve à venir. Le détective s'était donc résolu à affronter seul une courte période de repos. Il s'était réveillé totalement hagard deux heures plus tard, juste au moment de partir.

Même s'il n'avait cessé de désapprouver l'entrevue, le questeur dut admettre qu'Ernst ne prenait aucun risque avec ses hôtes de marque. Le groupe avait d'abord franchi quatre postes de garde. À chaque point de contrôle, le passage ne leur avait été accordé que par ordre direct du roi, qui les accompagnait. La dernière guérite, une simple fente dans la paroi rocheuse, s'ouvrait sur une véritable petite forteresse avec tout son bataillon. Son système de communication, en alerte constante, était raccordé à l'ensemble des casernes de la ville.

Passé la garnison, ils avaient suivi une longue pente en colimaçon ponctuée de meurtrières. Des pointes de flèches avaient accompagné leur descente dans un silence de mort.

Le parcours ne s'achevait pas là. En bas du passage, un tunnel immergé accueillait les visiteurs. Ceux-ci devaient nager pendant près de trente battements de cœur dans un boyau rocheux rempli d'eau glacée. Un soldat était de faction à chaque extrémité. En cas d'alerte, un interrupteur bloquait les issues et envoyait dans l'eau le contenu de vingt-cinq fioles d'arsenic. Après quelques instants, sept tonnes de ciment mehnzotain les rejoignaient, condamnant à jamais le tunnel. Le vigile du mauvais côté de la barrière avait à sa disposition des provisions le temps qu'on creuse un autre boyau.

Vance avait expliqué au mage que le dispositif d'origine n'impliquait pas l'existence de ces réserves de nourriture. On considérait qu'empêcher la fuite du terrible savant valait bien un petit sacrifice. Par la suite, on mua ce sacrifice en période d'attente quand on se rendit compte qu'une mort lente par inanition pouvait faire hésiter à manœuvrer l'interrupteur.

Ernst prit congé de ses hôtes au moment où ceux-ci entraient dans l'eau. Il leur souhaita bonne chance et s'en retourna gérer les affaires en cours en sifflotant.

Jon eut toutes les peines du monde à pénétrer dans le goulet. Ses blessures, malgré sa première vraie nuit de repos, se réveillèrent au contact de l'eau glacée, et la tension qu'il ressentait à l'idée de l'entrevue n'arrangeait guère les choses.

Lorsqu'on l'extirpa plus mort que vivant à l'autre bout du passage, il estima que le goulet n'était pas là pour empêcher les évasions, mais bel et bien pour décourager les visites.

Après cette épreuve, les compagnons parcoururent quelques galeries et débouchèrent sur un immense tunnel d'un diamètre d'une trentaine d'hommes, aux surfaces aussi polies que du métal. Ils le longèrent à mi-chemin de sa hauteur, sur des planches suspendues au-dessus d'un grand lac tout en longueur.

— On dirait la réplique du passage secret découvert chez Pallas, commenta Jon.

— C'est à peu près ça, répondit Vance. Nous pensons qu'il a été aménagé par les gretchens, mais nous ne savons ni comment ni pourquoi. Quelques spécialistes prétendent que c'est une œuvre d'art. On l'appelle le « Grand Tunnel ».

— Terme adapté. Je me souviens qu'Edrick m'en a touché un mot chez le conseiller. Entre autres, que nous n'aurions jamais à l'emprunter…

Ils poursuivirent en silence jusqu'à ce que Jon s'arrête.

— Vous avez vu, là ?

Une énorme boursouflure déformait la paroi opposée. Un petit skorj de combat y aurait tenu sans peine. Du centre jaillissaient des fanons couverts de glaires dont la partie inférieure flottait entre deux eaux.

— C'est l'une des gueules d'Anquidiath, expliqua l'espionne. Le demi-dieu est le seul être connu de l'univers à posséder différents organes d'alimentation. Cette bouche-ci est spécialisée dans la récolte des crevettes microscopiques qui pullulent dans les eaux.

Au moment où elle prononçait ces paroles, le titan ramena ses fanons. Un sphincter fibreux s'ouvrit, qui laissa échapper des voiles de vapeur. La petite troupe se remit en route avant que l'odeur les atteigne.

Le périple se poursuivit. Après une bonne heure passée à louvoyer entre des pièges vicieux et des pointeuses fortifiées, ils atteignirent le domaine de Vilo. Sous un porche taillé à coups de pioches, une porte blindée aussi épaisse que large les attendait. Les trois colosses chargés de l'ouverture furent en nage bien avant de l'avoir suffisamment écartée pour qu'ils puissent passer.

Derrière le sas, le long d'interminables rangées, le fruit de plusieurs siècles d'efforts d'un cerveau malade s'étendait.

Malgré la présence de Vance à ses côtés, Jon parcourait les rayons dans un mutisme révélateur de son inquiétude. Chaque nouvelle découverte l'oppressait davantage.

Au moment où ils passaient près d'un œsophage en cuivre destiné à plonger dans la gorge, il n'y tint plus et se pencha à l'oreille de sa compagne. Quelques mots échangés avec un être humain lui fourniraient la distraction indispensable au maintien de sa santé mentale.

— Que diriez-vous de me donner votre interprétation du dernier conseil ?

L'espionne interrompit son étude d'un gril à forme humaine. Elle ne semblait pas choquée outre mesure par ce qui les entourait.

— Que voulez-vous dire ?

— J'ai retenu la leçon : *À Kung-Bohr, rien n'est jamais ce qu'il paraît être*. Pourquoi avoir chargé

Rachelle de veiller sur le kriss ? Vous savez bien que c'est la dernière personne à qui on pouvait le confier.

La jeune femme sourit.

— Ernst ne lui a attribué cette tâche que pour mieux la surveiller. Les soldats qui l'accompagnent sont là pour elle, non pour ce qu'elle garde. Savez-vous qu'il lui a promis la dague si l'affaire trouvait une issue favorable ?

— Il le fera ?

— Non, bien sûr. Rachelle doit le soupçonner de la mener en bateau, mais l'important est que le doute occupe son esprit. Tant qu'elle se demandera si elle doit courir le risque de voler l'arme alors que celle-ci lui est peut-être réservée, l'artefact restera en sécurité.

— Ce bon vieux Ernst, toujours aussi roublard. Et pour Vaul et son parchemin ?

— Là, c'est de la pure malveillance. Il y a quelques décennies, Ernst n'a pu imposer sa succession au trône qu'avec le soutien du clan Vaul. Hélas, cette famille est un poids mort qui ne se maintient au pouvoir que parce qu'elle prend un soin maladif de ses relations. Le roi essaie d'écarter en douceur Magna, son principal représentant, depuis le jour de son couronnement. Il espère que la pression du parchemin lui fera perdre le sommeil et l'en débarrassera.

— Arrive-t-il que notre souverain agisse de manière spontanée ?

— Je n'en sais rien. Il a l'habitude de dire qu'il ne contrôle aucun des processus de son propre corps et que cela lui suffit pour prendre sa revanche sur tout le reste.

— Remarquable philosophie. Vous l'aimez, à votre façon.

— On pourrait presque dire cela. Nous sommes liés d'une manière si particulière. Il est l'objet de mon attention constante, à tel point que c'en devient parfois une obsession.

— Je vois. Qu'entendez-vous par « manière si particulière » ?

Quelque chose dans le ton de Jon lui valut un regard moqueur.

— Notre intellectuel serait-il donc capable de jalousie ? Moi aussi, je pourrais évoquer votre relation avec la petite écervelée. Vous ne me ferez pas croire qu'il n'y a jamais rien eu entre vous.

— Rachelle ? Je la considère comme une sœur !

Un coup de coude dans les côtes le fit changer d'avis.

— D'accord, une cousine, si vous préférez. C'est grâce à elle que j'ai fait la connaissance de la gent féminine, dans ma jeunesse. Elle et mon maître exceptés, je ne voyais personne d'autre. Nous vivions très isolés.

L'espionne contracta la mâchoire, signe qu'elle se forçait au calme.

— Voyons, Vance, pourquoi la détestez-vous autant ?

— Le simple fait de le demander révèle un cruel manque d'objectivité. Avant de partir pour YArkhan, elle n'arrêtait pas de me mettre des bâtons dans les roues avec son arrogance et ses exigences mondaines. Elle braquait les témoins et mêlait ses enquêtes à ses intérêts personnels. Impossible d'être efficace en sa présence : le moindre interrogatoire prend aussitôt des allures de vaudeville.

Jon rit de bon cœur.

— Je vous l'accorde, Rachelle est parfois aussi insupportable que Retzel. Que voulez-vous, j'ai pratiqué une sorte de générosité à rebours : j'ai gardé un fléau et je vous ai donné l'autre.

L'espionne se joignit à son rire, ce qui détendit l'atmosphère. Au milieu des instruments de torture, leurs éclats résonnaient comme autant de provocations. Edrick se retourna et leur lança un regard intrigué, puis reprit sa conversation avec le colonel.

Jon raconta à son amie comment Rachelle avait frôlé l'hystérie lorsque le roi lui avait suggéré de se joindre à eux. Malgré ses extravagances habituelles, il avait décelé en elle un effroi sincère. Cela l'avait ramené des années en arrière, lors des conversations au coin du feu avec leur maître. D'ordinaire si serein, Petrossian évoquait avec des frémissements de colère dans la voix les exactions du savant. Rachelle en avait gardé une crainte superstitieuse, que Jon comprenait sans peine.

Il préféra changer de sujet.

— En parlant de Retzel, je ne sais toujours pas où il est passé. Quand l'avez-vous subi pour la dernière fois ?

— Il y a quelques heures. Il m'a confié qu'il préparait une surprise. Je ne serais pas étonnée si nous le retrouvions en train de jouer à saute-moufre avec Vilo.

— Terrible perspective. Cela vous paraîtra paradoxal, mais Retzel est toujours plus inquiétant lorsqu'il n'est pas là. Quand il ne commet pas une grosse bêtise, c'est qu'il est en train d'en préparer une plus grosse.

— Profitons de nos derniers moments de tranquillité.

— Je ne vous le fais pas dire.

— Je parlais de Vilo. Notre périple touche à sa fin.

L'entrepôt se muait en tunnel descendant. Des appliques rouillées éclairaient avec peine des parois luisantes d'humidité.

La conversation revint à Ernst et à sa manière détestable de vous faire décider ce qu'il avait décidé pour vous. L'espionne tenta une fois de plus de prendre sa défense, sans succès.

À court d'arguments, elle finit par déclarer :

— Rassurez-vous, Jon, travailler avec lui n'a pas fait de moi sa réplique. Il m'arrive encore de faire des choses sans réfléchir.

Elle prit la main du mage et déposa un baiser au creux de sa paume.

— Comme cela, vous voyez ?

Jon dut se faire violence pour ne pas l'enlacer sur-le-champ. Seul problème, un baiser passionné juste avant une entrevue avec l'un des criminels les plus redoutés de l'histoire n'aurait rien fait pour renforcer sa crédibilité, y compris à ses propres yeux. Ils se contentèrent donc de cheminer main dans la main. Jon, aussi ravi que vulnérable, espéra que les autres n'allaient pas se retourner. Décidément, son petit guide avait l'art et la manière de lui faire quitter son digne statut de questeur.

— Vous tiendrez le coup ? lui demanda-t-elle. Vous

n'êtes plus vous-même depuis notre départ. Lorsque nous aurons classé cette affaire, je vous promets de me consacrer un peu plus à vous.

— Ne vous excusez pas. La vérité est que je passe mes journées à alterner colère et attirance envers vous. Vous avez le chic pour glacer mon sang et le faire bouillir en même temps. Je ne vous ai même pas remerciée de m'avoir veillé durant mon inconscience.

— Edrick a lâché le morceau ? Je lui avais pourtant ordonné de ne rien dire. Je vais lui arracher la langue.

Mais le sourire de la jeune femme démentait ses paroles.

Elle lâcha sa main avec douceur lorsqu'ils atteignirent le dernier sas. Jon se sentait gonflé à bloc. Une étrange ironie voulait qu'il tombe amoureux au moment même où il allait rencontrer le plus haïssable des êtres.

La porte qui annonçait l'accès à la salle de conservation ne présentait aucune mise en garde particulière. On y lisait juste les mots « Amanem Vilo ». Pas la peine d'insister : si les épreuves qui menaient à cet endroit ne décourageaient pas le visiteur, rien d'autre ne le ferait.

Edrick poussa le battant, qui s'écarta sans bruit. Jon s'en félicita. Dans l'état de tension où il se trouvait, le moindre grincement l'aurait tétanisé.

Ils pénétrèrent dans une grande cavité creusée dans la roche. Une odeur piquante de poisson avarié occupait les lieux. Entre les stalactites, des récipients pendaient le long de chaînes séculaires. Une tuyauterie souple reliait les bocaux les uns aux autres, dans une combinaison entortillée de treuils et de poulies.

Chaque réceptacle, empli d'un liquide ambré, contenait un organe humain. Un tube coudé abritait un foie enroulé sur lui-même, une main mutilée flottait dans une jarre. Dans un coin, une colonne vertébrale suivait les circonvolutions d'une coquille de verre. Près de la voûte, des muscles parcourus de spasmes étaient rassemblés dans de monstrueux tubes à essai horizontaux.

Le temps avait fait son œuvre. La crasse rendait les récipients presque opaques, et les joints de cuivre étaient piquetés de vert-de-gris. La structure dégageait une impression de déliquescence bien en phase avec la créature qu'elle maintenait en vie.

Au centre, un grand réservoir aux parois épaisses était posé sur le sol. Un cerveau et un cœur y flottaient côte à côte. Un double réseau, sanguin et nerveux, en jaillissait. Veinules et fibres couraient dans des cannelures jusqu'aux organes des bocaux.

Un technicien en blouse bleue attendait les visiteurs près de l'entrée. Il les salua sans mot dire, le visage neutre, puis porta un doigt à sa bouche et à ses oreilles. Un sourd-muet. Précaution essentielle quand on savait que l'arme la plus redoutable de Vilo était sa langue.

L'ouvrier les disposa autour de la citerne centrale, puis dégagea une clef qui pendait à son cou. Il démarra un gros générateur sur lequel il manœuvra quelques boutons. Un cylindre d'un doigt de diamètre, empli de filaments rosâtres, glissa vers le haut depuis l'intérieur de la cuve. Trois petits pavillons de phonographe se déployèrent à son sommet, et un soufflet fatigué à sa base. L'homme montra la cannelure puis sa gorge. Des cordes vocales.

Il porta ensuite un doigt à son oreille et leur intima de reculer. Enfin, il se dirigea vers un mur où trois manettes en U étaient disposées.

Il releva la première manette. Un geyser de bulles jaillit de la base de la cuve et se répartit dans les canalisations. La structure fut parcourue de soubresauts. Les bocaux tintèrent.

À la seconde manette, le soufflet des cordes vocales se mit en action.

À la troisième manette, une clameur jaillit brusquement. Edrick et Jon bondirent, Vance se contenta de se boucher les oreilles. Le vacarme ressemblait à ce qu'aurait fait une armée de tessons sur une plaque de métal, à ceci près que l'on discernait des accents humains dans cette cacophonie, comme si un pauvre diable se trouvait pris entre le verre et l'acier.

Le cri mourut, pour faire place à un silence plus oppressant encore. On entendait juste l'air pulser dans le cylindre et le cliquetis des récipients contre la roche.

Le technicien saisit un escabeau qu'il plaça sous l'assemblage. Il grimpa quelques degrés, frotta une petite fiole du plat de la manche, puis redescendit en ramenant la flasque avec lui. Une poulie grinça tandis que la tuyauterie suivait le mouvement.

L'homme présenta le contenu aux visiteurs. Jon eut un haut-le-cœur en découvrant deux boules jaunâtres dans le liquide. Les yeux de Vilo. Le savant venait d'être introduit auprès de ses hôtes.

— Merci.

La voix provenait des pavillons au-dessus de la cuve. Même déformée par les parasites, on percevait sans peine son timbre doucereux.

— Ce pauvre diable ne m'entend pas, poursuivit Vilo, mais est-ce une raison pour ne pas le remercier ? Ne devons-nous exercer notre gratitude qu'envers ceux capables de l'apprécier ?

Jon gardait le silence. Il était paralysé par les relents de folie que distillait la présence désincarnée.

— Approchez, s'il vous plaît. Le poli de ces récipients n'est plus ce qu'il était. J'ai du mal à vous distinguer.

Le détective avala avec difficulté et fit un pas vers les globes. L'un d'eux dérivait dans le liquide, l'autre était pris dans une boucle du nerf optique. Jon se plaça dans le champ de vision du plus proche. L'iris décoloré se dilata tandis que l'œil accommodait.

— Un questeur. Les autres ?

D'un pas mal assuré, Edrick et Vance rejoignirent leur ami. On aurait dit trois galopins convoqués pour recevoir une punition. Même dans l'état pitoyable où se trouvait le scientifique, son charisme impérieux battait déjà la mesure.

— Un soldat. Et… qu'avons-nous là ? Heureux de faire votre connaissance, jeune femme. Êtes-vous venue mettre fin à mes jours ?

— Pas si vous répondez à nos questions, Vilo.

— Où est le roi ? Je ne le vois pas.

— Il n'est pas là. Cependant, j'ai toute latitude pour parler en son nom.

— Parfait. De quand date ma dernière entrevue avec lui ?

— D'après nos archives, bafouilla Edrick, c'était juste après son couronnement.

— Allons, soyez plus précis, dit la voix d'un ton impatient.

— Il y a vingt-cinq ans.

— Et la précédente ?

— Elle remonte au grand-père d'Ernst. Je ne connais pas la date exacte.

— Quelle merveille que la technologie. Ma théorie sur la séparation des organes est on ne peut plus démontrée – si l'on fait abstraction des quelques inconvénients.

Un rire onctueux jaillit des haut-parleurs.

— Vous, la femme. Je regrette que cet Ernst ne soit pas présent. À notre première entrevue, j'avais exigé certaines conditions comme prix de ma collaboration. Il n'a pas tenu parole.

— Au contraire, dit Vance, le roi m'envoie honorer sa promesse. Vous pouvez d'ores et déjà disposer de six mois d'étude par an sur les ouvrages de votre choix.

— Une offre généreuse. Et pour les expérimentations *in vivo* ?

— Rien n'est prévu. Vous devrez vous en tenir aux spéculations théoriques.

— Quel dommage. Mon dernier souvenir de ce type date de l'éviscération d'un vieil homme. Savez-vous que, si l'on s'y prend bien, on peut vider un être humain de ses intestins et le maintenir en vie ? Ce n'est cependant possible qu'avec des sujets âgés. Dans leur cas, la membrane qui couvre les viscères est moins résistante que celle d'individus plus jeunes. Je m'apprêtais à découvrir si les fonctions de digestion opéraient encore lorsqu'on m'a arrêté. J'aimerais tant reprendre cette étude.

— Je… je ne pense pas que cela soit possible dans l'immédiat, articula Vance avec peine.

— Nous en reparlerons. La législation de votre maître a-t-elle changé en ce qui concerne les animaux et les enfants ? Je me souviens d'un temps où ils avaient le même statut, sous Enonfil II. Une époque bénie. J'avais mis au point un protocole pour…

Jon ne put se contenir plus longtemps.

— Nous ne sommes pas là pour écouter les divagations d'un cerveau malade !

Le soufflet pompa dans le vide quelques secondes, puis :

— Mais bien sûr que si, questeur. De votre attention dépendra mon désir de coopérer. Néanmoins, en gage de bonne foi, je consens dès à présent à entendre le but de votre visite. Ensuite, vous m'écouterez pendant une demi-journée. Notre conversation meublera mes visions intérieures durant de nombreuses années. De *très nombreuses* années.

Le mage se tourna vers Edrick.

— Que m'avez-vous dit ? Il n'est pas en sommeil entre les audiences ?

— Je pensais qu'il était plongé dans une sorte d'hibernation.

— Pas du tout, dit Vance. De ce que nous en savons, il alterne entre périodes de rêve et d'éveil.

— C'est cela même, chère enfant. Vous n'imaginez pas à quel point il est difficile de garder sa raison lorsque le fluide de conservation vous oblige à contempler votre deuxième œil durant une décennie. Le sous-sol frémit alors, et c'est la paroi de la grotte que vous fixez le temps d'une vie. Chaque lézarde, chaque craquelure, chaque cavité devient un monde qui emplit votre crâne jusqu'à le faire exploser, encore et encore.

La voix de Vilo monta d'un cran :

— Je ne compte plus le nombre de fois où je suis devenu fou et où mon esprit, ayant épuisé tous les artifices de la démence, n'a plus eu d'autre choix que celui de me redonner la raison.

Le ton s'éleva encore, jusqu'au cri. Le dispositif acoustique était à la torture.

— Que croyez-vous que je ferai lorsque j'aurai recouvré ma liberté ? Je vous délogerai tous, un par un, et je…

Vance fit signe au technicien de débrancher.

La voix reprit aussitôt son ton affable.

— Mais avant, ainsi que je m'y suis engagé, je consens à vous prêter attention. Nul doute que mes connaissances se révéleront utiles quelle que soit votre entreprise. Je vous écoute.

L'espionne suspendit son geste.

— Répondrez-vous à nos questions ?

— Avec grand plaisir. Je n'ai pas de projet arrêté pour les siècles à venir.

De nouveau, ce rire reptilien qui hérissait les poils de la nuque.

Vilo semblait dompté, au moins pour un temps. De la manière la plus concise possible, Jon lui exposa les détails de l'enquête. La voix sirupeuse l'interrompait parfois pour poser des questions dépourvues d'intérêt. Le détective acheva son discours en décrivant l'asphale comme agent probable d'empoisonnement.

— Nous y voilà, susurra Vilo. C'est l'épice qui vous a menés à moi. Hélas, en ce cas précis, je n'ai rien de plus à vous apprendre.

— En êtes-vous certain ? demanda Edrick, déçu.

— Vous ignorez bien quelques détails mineurs, comme le fait qu'un mélange aux deux tiers avec de la dranelle produit un onguent souverain contre la gangrène, mais rien d'essentiel. Le problème vient de vos conclusions. Elles sont erronées. Vous me dites songer à une intoxication au cours du banquet de ce soir ?

— C'est la seule hypothèse plausible si l'on tient compte de la quantité dérobée, se défendit Jon.

— Votre tueur s'est-il intéressé de près ou de loin à la navigation sous-marine ?

Un léger changement dans le ton de sa voix montrait qu'il s'adressait à Vance. L'espionne fronça les sourcils.

— Quelle étrange question. Vous jouez-vous de nous ?

— En ai-je l'air ?

— Eh bien, à présent que vous le dites, nous avons retrouvé des traces de liquide sur les lieux de deux cambriolages.

— Or, il ne pleut jamais à Kung-Bohr. Réfléchissez à cela et vous serez proches de la solution.

— Mais enfin, quel rapport ces deux éléments peuvent-ils avoir ? tonna Jon, les bras au ciel. Vous essayez de nous lancer sur une fausse piste !

— Pas le moins du monde, *apprenti*. La clef de l'énigme est simplement si énorme que vous ne la voyez pas. Comment vos mentalités étriquées pourraient-elles concevoir la grandeur de ce projet ? Pourquoi Sémiant empoisonnerait-il quelques imbéciles alors qu'il est en mesure de *détruire Kung-Bohr* ?

Les trois compagnons tressaillirent.

— Que dites-vous ? demanda Edrick avec fièvre.

— Rien de plus. J'exige à présent une audience attentive.

— *Qui* avez-vous dit ?

— Héchraïde Sémiant. Mais laissons cela. Je commencerai par une analyse comparée du système digestif humain. C'est mon sujet de prédilection depuis quelques dizaines d'années. Le thème, peu ardu, constitue une excellente entrée en matière. Voyons voir… Chapitre un. Utilité de l'estomac. Une torture efficace consiste à ouvrir en deux un estomac fraîchement prélevé. Saisissez l'individu récalcitrant et plaquez la paroi interne de l'organe contre son visage. Stimulées par le contact de l'épiderme, les cellules digestives reprennent leur travail de sécrétion. Le sujet étouffe peu à peu pendant que l'acide le ronge. Détail amusant : la personne d'où provient l'organe et celle à faire parler peuvent être une seule et même personne.

Vilo marqua une pause.

— Interrompez-moi si je vais trop vite.

— Je ne suis pas sûr de pouvoir en entendre davantage, souffla Edrick en se massant l'abdomen.

— Vous ne nous livrerez jamais le mot de la fin, n'est-ce pas ? lança Jon.

— Pas plus que votre souverain ne m'autorisera à poursuivre mes projets, en dépit de ce qu'assure notre jeune amie. Mais je me sens d'humeur généreuse. Laissez-moi vous exposer en détail ce que je ferai une fois rentré en possession de mes moyens.

Vilo se lança alors dans une suite de descriptions si abjectes que Vance courut elle-même vers les commandes. Au moment où elle relevait la dernière manette, le dément interrompit son flot d'obscénités et conclut d'une voix douce :

— Ma sympathie vous accompagne durant l'épreuve à venir.

Il fut réduit au silence. Les trois enquêteurs se dévisagèrent dans un mélange d'horreur et de soulagement. Jon, toujours sous le regard du savant, saisit le flacon et le tourna vers la paroi.

— Voici des craquelures à étudier pour les prochaines décennies, semence d'Akir.

Au moment où il faisait pivoter le bocal, il eut l'impression que l'orbe lui lançait un clin d'œil. C'était bien sûr impossible, mais il ne put réprimer un frisson.

— Allons-nous-en, dit-il. Cet endroit est pire que la mort.

Vance, incapable de parler, se contenta de hocher la tête. Edrick se dirigea vers la sortie. Il ne l'atteignit pas assez vite et vomit sur le seuil. Comme s'il était mû par une longue habitude, le sourd-muet empoigna un balai-brosse et nettoya. Il salua les visiteurs d'un regard plein de compassion lorsque ceux-ci prirent congé.

— Pauvre bougre, murmura Jon lorsqu'ils furent de nouveau dans la galerie.

— Vilo ? demanda Edrick, qui n'en croyait pas ses oreilles.

— Le garde.

— C'est un condamné à mort, précisa Vance. Ernst lui a proposé de commuer sa peine en poste de surveillance à vie. Il entretient le système et réanime le savant de temps en temps, pour s'assurer de ses signes vitaux. Au cinquième réveil, il s'est tranché la langue et percé les tympans.

— L'étonnant est qu'il ait tenu jusque-là. Avez-vous entendu ce que Viloa dit, quand il a menacé de nous briser la colonne vertébrale et de nous enrouler sur nous-mêmes pour que nous étouffions sous notre… ?

— Arrêtez ça, le coupa Jon, blanc comme un linge. Il se tourna vers l'espionne.

— Un conseil : n'ajoutez pas Vilo aux attractions touristiques de la capitale. Vous feriez fausse route.

— Pas de problème, il n'y est plus depuis deux ans. Devant la mine effarée du magicien, elle se pendit à son bras :

— Je plaisante, sot.

— La situation ne prête pourtant guère à rire, grogna Edrick. Nous n'avons aucun début de piste. Vilo s'est fichu de nous en se fabriquant de bons souvenirs pour les années à venir.

— Malgré tout, dit Jon, je reste persuadé qu'il a dit la vérité. La perversité en ce cas consiste à ne révéler qu'une partie de l'énigme dans le but de nous infliger quelques nuits blanches.

— Mais enfin, Jon, bondit le capitaine, ce qu'il a dit n'avait aucun sens ! La navigation sous-marine ?

Une solution si évidente qu'elle nous crève les yeux ? La seule chose évidente que j'ai apprise ici, c'est que ma joie de vivre est en carafe pour plusieurs semaines. Que cette immondice soit encore en vie est une insulte à toute vie sur terre.

— N'oubliez pas qu'il nous est utile, protesta Vance sans beaucoup de conviction.

— Je ne ferai pas de commentaire, ajouta le mage, vous connaissez déjà mon opinion là-dessus. Pourquoi tenait-il tant à rencontrer le roi, au fait ?

— Ernst a promis de le reconstituer s'il le servait loyalement au cours de son règne.

Jon expira d'un seul coup.

— Rien que ça ? Akir sur Magni, on devrait placer ces deux individus dans les mêmes bocaux. Ils sont aussi inhumains l'un que l'autre.

— Ne dites pas ça. Le roi est bien plus sensible que vous ne l'imaginez.

— D'accord, tout ce que vous voudrez, capitula soudain le détective. Je n'ai aucune intention de me lancer dans une nouvelle querelle avec vous. Pas ici. Pas après ça. Si cela ne suffisait pas, un détail de l'entrevue m'en ôte toute envie.

— Lequel ? fit Edrick.

— Vilo m'a demandé si je pensais que l'asphale serait utilisée au cours du gala de ce soir.

— Et alors ?

— Je lui ai bien parlé d'un banquet, mais je n'en ai jamais précisé la date. Je crains que Vilo ne possède quelque puissant informateur dans son entourage.

23

Hors-d'œuvre
Soufflé d'airelles à la mode fresnelienne
Gourgantine de moufre en gelée
Fagot de lamelles de coulignons sur rinelles de soirée

Entremets
Sang de Skorj frais

Plats reconstituants
Genoux de bardelat sauce madère
Héliagants frits dans leur liqueur
Bouquets de champignons de roche aligotés

Desserts
Spécialité fromagère mehnzotaine confite
Boule de glace (parfum au choix)

Gala de réception des légats mehnzotains –
Extrait du Menu

*

La nature particulière de Ker Fresnel entraînait souvent la confusion entre lieux ouverts et fermés. Le promeneur pouvait s'engager dans une ruelle et déboucher dans la cuisine d'un habitant, ou se retrouver au seuil d'une esplanade en croyant pénétrer dans un hangar.

Ici, la grande salle de réception évoquait une place de village la nuit. Les bâtiments qui la bordaient étaient autant de salons où se tenaient entretiens officiels, joutes intimes et tractations secrètes. Au centre, une ceinture d'alcôves s'adossait à un imposant amphithéâtre dont les gradins s'étageaient selon la hiérarchie du moment. Au sommet se trouvaient les places d'honneur, juste sous la roche en surplomb. C'est là que siégeaient le roi et les représentants mehnzotains.

Plus bas, les convives se déclinaient en strates aristocratiques : d'abord la noblesse des hautes maisons, puis les nobliaux, et enfin les notables dont le taux d'imposition était supérieur à la moyenne. Au fur et à mesure que l'on gagnait le sol, les tenues et les bijoux se faisaient plus ostensibles, comme si la bourgeoisie compensait la modestie de son statut par l'opulence de ses parures.

Cette distribution des clans de haut en bas avait la faveur des monarques de Kung-Bohr depuis de nombreux siècles. L'étiquette n'y était pour rien. La vérité était que les grandes familles disposées en contrebas constituaient un rempart physique idéal contre les attentats. Physique, mais aussi psychologique : que l'un des nobliaux soit absent ou remplacé au dernier moment, et l'on pouvait être sûr qu'une bombe s'apprêtait à exploser quelque part.

Jon avait été placé au même niveau que le roi, en bout de rangée. Sa position surélevée et la courbure de l'amphithéâtre lui permettaient d'embrasser l'ensemble de l'arène. Plusieurs seigneurs avaient d'ailleurs contesté l'allocation de cette place honorifique, arguant que le questeur était un roturier doublé d'un parfait étranger. Certains d'entre eux, furieux, s'étaient même décommandés. Vance avait aussitôt fait fouiller leur banc afin de s'assurer que cet accès de dignité ne dissimulait pas un projet moins avouable.

La mission de Jon consistait à humer l'atmosphère. On espérait que sa réceptivité mêlée à ses intuitions permettrait de détecter des variations suspectes de comportement ou un accès de nervosité devant autre chose qu'un repas servi froid. Son regard attentif furetait de-ci de-là, enregistrant le moindre détail du banquet.

À sa droite, dans son nid d'aigle, Ernst régalait ses invités d'anecdotes salaces et de sous-entendus. L'ambassadeur mehnzotain avait le plus grand mal à masquer sa désapprobation. Il tripotait ses couverts avec ostentation et jetait de fréquents regards derrière son épaule comme s'il se demandait ce qu'il faisait là.

L'acoustique de l'amphithéâtre avait été conçue de telle sorte que la voix du souverain se répercute dans toutes les directions. Chacun pouvait donc l'entendre, mais profiter de l'intégralité du spectacle exigeait de faire métaphoriquement acte de soumission en se dévissant le cou. Ernst jouait à merveille de cette frustration. Il appuyait ses discours de mimiques et de gestes qui le rendaient irrésistible.

Au second rang, juste sous le monarque, Sertine

affichait son air pincé habituel. Nul doute qu'elle condamnait par avance aussi bien ce qui se présentait sur scène que dans son assiette. Elle se penchait parfois à l'oreille de ses voisins et les régalait de commentaires bien sentis auxquels ceux-ci acquiesçaient par complaisance.

Le mage se félicita de sa position excentrée, qui le mettait à la fois à l'abri des remarques acides et des manœuvres mondaines. Il ramena son attention vers le bas. La scène délimitée par l'hémicycle accueillait une nouvelle troupe de jongleurs. Les baladins déambulaient au milieu de skorjs dressés à leur chiper des balles, ce qui amusait beaucoup l'assistance.

Jon, lui, ne riait pas. Les attractions s'enchaînaient avec une monotonie sans faille. Des dompteurs succédaient aux danseurs, puis des jongleurs s'autorisaient quelques cabrioles le temps d'introduire d'autres dresseurs. Partout, on exhibait des skorjs : des skorjs musiciens, des skorjs de force, des skorjs acrobates ou contorsionnistes noués les uns aux autres par les tentacules.

Le détective, maussade, songea qu'il ne manquait plus que des skorjs clowns avec maquillage de fête et cornettes à grelots. Dix minutes plus tard, il se dit qu'il avait parlé trop vite.

Par bonheur, le chauvinisme kung-bohréen semblait toucher à sa fin. Un long silence se fit, puis des ballerines entamèrent un ballet sur une mélodie aux accents suaves jouée par des musiciens invisibles.

Hélas, lorsque ceux-ci apparurent, ils étaient perchés sur les inévitables céphalopodes. Jon leva les yeux au ciel. Les nymphettes évoluèrent avec lascivité parmi les monstres tout en s'effeuillant lentement. Par une astuce de mise en scène, les tentacules veillaient toujours à dissimuler les parties intimes. C'était assez peu suggestif et, tout compte fait, plutôt dégoûtant.

Le détective trompa son ennui en cherchant Edrick du regard. Il le découvrit bientôt au poste de surveillance des cuisines, juste sous le maître rôtisseur qui officiait de son large balcon tel un chef d'orchestre. Le soldat promenait son regard sourcilleux sur les plats, chipait parfois un aliment afin de s'assurer de son innocuité. Autour de lui, une armée de laquais entraient et sortaient du bâtiment, les bras chargés de victuailles et de plateaux fumants.

Pour ne pas gêner le spectacle, la longue file de domestiques accédait aux invités par des coursives étroites disposées derrière les sièges. La seule exception concernait la table du roi. Ernst détestait plus que tout avoir quelqu'un dans son dos. Le passage qui le desservait était donc le même que celui de la rangée inférieure. Comme les règles de bienséance privilégiaient la couronne, la haute aristocratie était la seule du banquet à être servie après les autres. Cette petite vexation supplémentaire amusait beaucoup Ernst. Elle rappelait aux grandes maisons qui était le patron.

Bien entendu, aucun des représentants ne se serait abaissé à évoquer ce détail sous peine d'être taxé de mesquinerie. Drapés dans leur suffisance, ils en étaient donc réduits à prêter une attention soutenue aux attractions, et lorsque les plats arrivaient enfin, la plupart ne mangeaient que longtemps après pour bien montrer à quel point ils étaient au-dessus des contingences d'étiquette.

Tous ces petits détails, le mage s'était amusé à les découvrir au cours de la première partie de la soirée. À présent qu'il avait fait le plein de décorum, il n'avait plus comme autre distraction que le spectacle de ses ongles et celui de ses amis.

Edrick quitta son poste et navigua d'un guet à l'autre, faisant le point avec ses hommes et recueillant les rapports. Jon tenta de manifester sa présence, mais l'officier était trop loin et trop absorbé dans sa tâche. Le mage ne parvint qu'à attirer l'attention de sa voisine, une dame d'âge mûr habillée comme l'une des danseuses du spectacle – à ceci près que ses chairs affaissées débordaient de sa tenue légère. Jon repoussa l'image d'un skorj qui se serait glissé dans le costume de sa partenaire.

Son malaise monta d'un cran lorsque l'aristocrate lui adressa un large sourire, puis un second. À la troisième œillade, il décida de l'ignorer. La femme ne se laissa pas éconduire et lui demanda avec tact s'il comptait toucher à son plat. Le détective comprit, soulagé et un tantinet vexé, qu'il n'était pas l'objet de son intérêt. Avant de lui tendre l'assiette, il piocha un morceau de bardelat qu'il goûta par acquit de conscience. Il ne détecta aucune trace d'asphale.

La noble dame entama son second repas avec une vigueur renouvelée. Jon sourit. La patricienne constituerait un bon test si l'un des plats contenait d'importantes quantités d'épice.

Il tourna de nouveau son attention vers la scène. Les hommes de Vance en quadrillaient les alentours de leur regard de professionnels. Un peu plus tôt, le briefing de la brigade l'avait convaincu que rien ne serait en mesure d'échapper à leur extrême vigilance.

Restait la magie, cet éternel grain de chaos capable de gripper les mécanismes les mieux huilés. Un Sanglant valait à lui seul un bataillon, et l'unique tâche de Jon consistait à anticiper son prochain mouvement.

Le détective avait passé la fin de la journée dans la Tour de l'Horloge, sa « résidence secondaire » comme l'avait baptisée Edrick. Il avait épluché avec Rachelle quantité d'ouvrages sur les drogues et les stupéfiants, mais n'était parvenu qu'à dresser une liste exhaustive des principes inoffensifs de l'asphale. L'effet le plus marquant, ainsi que sa consœur l'avait exposé au conseil, était l'apparition à haute dose de convulsions incontrôlables. Même si celles-ci étaient gênantes, elles pouvaient être, dans une certaine mesure, canalisées. Il suffisait pour cela de les envelopper dans des gestes plus larges – remède paradoxal mais efficace.

Le mélange avec d'autres substances se révéla tout aussi décevant. Ils produisaient juste des émulsions aussi colorées qu'inefficaces. Vilo avait confirmé à sa manière cette totale absence de toxicité et Jon avait l'intime conviction que le savant n'avait pas menti. Pourquoi, dans ce cas, le dénommé Sémiant aurait-il pris le risque de dérober une telle quantité d'épice ?

Sans réponse à cette question, le mage avait demandé à Rachelle d'écouter le compte rendu de sa visite à Vilo. Peut-être sa collègue dénicherait-elle un détail qu'ils avaient négligé. Malgré ses frissons et ses grimaces, la mercenaire avait suivi le rapport avec attention. En entendant le nom du Sanglant sensé se trouver à Fresnel, elle avait ouvert de grands yeux :

— Tu as bien dit Sémiant ? avait-elle frémi. J'ai entendu parler de lui, à YArkhan. C'est une célébrité, dans le genre psychopathe. Il confond ambition personnelle et destruction de masse.

Jon n'avait pas répondu, se contentant de lui jeter un regard douloureux. Ils avaient ensuite tenté de se plier aux recommandations du savant et d'ouvrir leurs réflexions aux extrapolations les plus poussées.

Après une heure de débat, ils avaient renoncé. Trop de données demeuraient dans l'ombre. Pour se consoler, ils s'étaient dit que cet échange d'idées leur mâcherait peut-être le travail lorsque de nouveaux éléments feraient leur apparition.

En fin de journée, Fen Tarba, principale autorité scientifique du royaume, avait apporté son détecteur d'épice. Le prototype mal dégrossi se présentait sous la forme de deux écouvillons asymétriques. Il suffisait de les passer au-dessus d'un plat asphalé pour qu'un bruit de vieux klaxon retentisse. À son habitude, le vieil homme avait détaillé le mode d'emploi avec nombre de plaisanteries incompréhensibles, puis avait pris congé au milieu d'une phrase.

Après quelques essais sans conviction, la mercenaire avait décidé qu'elle en avait assez et était repartie couver la dague. Le kriss, toujours disposé au centre de sa résidence, avait vu son système de défense renforcé par des chausse-trapes et des soldats d'élite. Même si ces mesures paraissaient bien dérisoires face à un T'Sank, elles décourageraient tout autre malandrin appâté par le butin.

Un œil sur les numéros, Jon ne cessait de retourner dans sa tête les propos de Vilo concernant leur adversaire. Il sentait plus que jamais le poids de sa responsabilité. Rachelle mise hors course, c'était à lui de mener la bataille sur le front de la magie. Hélas, que pouvaient son horreur de la violence et ses outils analytiques face à l'arsenal d'un tueur YArkhanie ? C'était la lutte d'un détective scientifique contre un psychopathe.

Il se sentait à la fois tendu et déprimé, pressé d'en découdre mais indécis. Un arc bandé à se rompre entre les mains d'un idiot. Il savait aussi qu'il serait incapable de prendre quelque repos que ce soit ou nourriture avant que cette énigme ne soit résolue.

Il se força à revenir au spectacle. L'animateur annonçait un artiste exceptionnel, dont la renommée à Mehnzota était parvenue jusqu'aux portes de la capitale : le Fabuleux Maleeni et ses Larves Skorjs.

Jon se prit la tête dans les mains. La grosse dame en profita pour intercepter le dessert qui lui était destiné et l'enfourna avec des rires nerveux.

Sur scène, un petit bonhomme jaillit côté jardin. Il jonglait avec d'étranges massues frétillantes. Jon comprit la nature des projectiles lorsque l'un d'eux donna naissance à un poulpe minuscule. L'un après l'autre, les skorjs s'extirpèrent de leurs œufs tandis que le bateleur poursuivait son numéro. Les larves affamées se tortillaient pour tenter de happer au passage l'un ou l'autre de ses doigts. Le silence qui régnait témoignait de l'intérêt du public.

Jon, lui, louchait de consternation. Cette exhibition n'était rien de plus qu'un plaisir sadique à ajouter à la longue liste du régime en place. Il jeta un regard désabusé à Ernst, et s'aperçut que celui-ci était justement en train de le fixer. Le souverain désigna Jon, puis l'artiste, et leva un pouce en l'air d'un air connaisseur.

Le mage fronça les sourcils. Il se pencha et étudia le saltimbanque de plus près. Celui-ci était maquillé à l'excès, mais Jon finit par reconnaître son prédateur personnel : Retzel.

Une voix à son oreille le fit sursauter. Un domestique venait lui remettre un pli. C'était sans doute un rapport sur l'avancée de l'enquête. Jon l'ouvrit avec fébrilité et découvrit quelques mots du roi : « Il s'est entraîné toute la semaine ! »

Il chiffonna le billet avec humeur et adressa à Ernst un sourire crispé. Voilà qui expliquait au moins l'absence de son domestique. Il tourna de nouveau son attention vers lui et dut admettre que le démon témoignait d'une surprenante habileté. Il évitait de justesse les petites créatures dont les mâchoires claquaient de fureur.

La foule retenait son souffle. Un frisson inattendu parcourut la colonne vertébrale du détective.

Après quelques minutes de ce manège, lassées de ne pouvoir atteindre leur tourmenteur, les larves commencèrent à s'entredévorer.

Le nombre de projectiles diminua peu à peu. Retzel, maculé de sang et de bave, poursuivait néanmoins sa chorégraphie, un sourire de professionnel accroché aux lèvres. Ses yeux coniques tournaient en tous sens pour suivre la course des skorjs.

À la fin du numéro, il n'y eut plus qu'un poulpe

que le démon lança en l'air. Il salua l'assistance avec une courbette et goba la larve tout rond lorsqu'elle retomba. Il quitta la scène en se frottant le ventre.

Les spectateurs se levèrent et applaudirent à tout rompre, Ernst compris. Seul Jon resta assis. Il se demandait si la vie valait bien la peine d'être vécue.

En réponse aux ovations, une vibration monta du sol et se propagea à toute l'estrade. Le mage espéra qu'Anquidiath ne tenait pas lui aussi à manifester son admiration.

L'animateur, de nouveau sur scène, promit d'autres numéros stupéfiants.

Le détective renonça à en voir davantage. Il n'avait pas envie d'ajouter à son oisiveté un voyeurisme malsain. Il se leva et longea la coursive vers une rampe de sortie. Il dut se tortiller pour éviter les serveurs. La djellaba de cérémonie qu'il avait enfilée gênait sa progression dans les rangées étroites.

Arrivé en bas, il décida de jeter un œil aux rapports d'Edrick. Il intercepta le capitaine alors que celui-ci pénétrait sous l'amphithéâtre, dans l'un des bâtiments administratifs festifs. L'entrevue fut brève. Quelques méfaits avaient été signalés, mais rien d'important. Son ami lui conseilla de tenter sa chance en cuisine. Vance disposait peut-être d'autres informations.

Jon louvoya entre les artistes et les serveurs jusqu'à l'entrée des fournisseurs. Sitôt les portes franchies, la touffeur des lieux l'assaillit. Devant lui, une équipe de manœuvres prélevait d'une immense étuve des brochettes dont la taille avoisinait la sienne. On les dénudait, puis on apprêtait tranches de viande et légumes entiers sur les tiges avant de les replonger dans le court-bouillon. Tout se faisait dans un même mouvement, avec une économie de gestes qui fascina le détective.

Il gagna tant bien que mal le fond du complexe culinaire. Les annonces et les commandes fusaient sur son chemin, sautaient d'une équipe à l'autre à travers la vapeur et les flammes des fourneaux. Jon avait plus l'impression d'être plongé dans une forge que dans un haut lieu de la gastronomie. Pas question de demander si l'on employait de l'asphale dans la confection des plats : évoquer le succédané lui aurait aussitôt attiré les foudres des cuisiniers.

Il dépassa moulins à légumes et mortiers mécaniques, et finit par apercevoir Vance du côté de la sortie principale. La jeune femme passait le détecteur au-dessus de chaque assiette d'un air résigné. Autour d'elle, les gâte-sauces mettaient la touche finale aux entremets, aux soufflés-surprises, aux filets pochés.

Malgré ses efforts, Jon ne put franchir une imposante rangée de moules en fonte, disposés comme une ligne de défense contre les indésirables.

Une nouvelle secousse d'Anquidiath fit diversion quelques secondes. La vaisselle tinta comme un carillon exotique, les ouvriers s'emparèrent des moules afin de les empêcher de basculer. Les croyants esquissèrent un geste rituel de bénédiction.

Le mage profita de l'accalmie pour se glisser entre les bacs de préparation et essayer d'attirer l'attention de Vance. Hélas, l'agente répondit à ses questions muettes par la négative. Son visage luisait de sueur comme ceux des cuisiniers. Les mèches collées sur son front et ses yeux laqués d'azur lui donnaient l'air d'une poupée de porcelaine.

Déçu, le détective battit en retraite. Bousculé par les novices et repoussé par les plats virevoltants, il peina à retrouver le chemin de la sortie. Lorsqu'il jaillit enfin à l'air libre, il était ébouillanté au coude et un bel accroc dépareillait sa tenue.

Un peu désorienté, il jeta un œil aux alentours. La première partie du spectacle était achevée. Autour de la scène reconvertie en salle de bal, un orchestre accordait ses instruments. Jon reconnut des mouflettes et un jobard, le gros tambour aux sons étouffés prisé des Mehnzotains. Les discussions allaient bon train tandis que les danseurs prenaient position pour le premier morceau.

La formation attaqua une bersane, une danse complexe au rythme tour à tour binaire et ternaire. Quelques courageux ouvrirent le bal. Le corps droit, ils sautaient sur place en exécutant des figures complexes avec les bras.

Jon suivit avec envie les évolutions des jeunes gens. Il aimait beaucoup danser, même s'il savait que cette activité l'éloignait de la dignité qu'exigeait sa charge. Il lui arrivait de se rendre à la cour de son pays uniquement pour fréquenter les salles de bal. Certains de ses collègues le surnommaient « Jon le Guincheur », terme qu'il trouvait presque flatteur. Cependant, la rigueur des chorégraphies mehnzotaines tempérait de beaucoup son enthousiasme. Les passages les plus techniques n'étaient là que pour permettre aux maisons d'accroître leur prestige mondain.

Il leva la tête vers les gradins supérieurs. Ernst continuait à pérorer comme s'il avait répété ses plaisanteries toute la semaine. Connaissant l'aversion du roi pour l'improvisation, cela avait sans doute été le cas. L'ambassadeur, lui, avait depuis longtemps capitulé devant le flot de paroles. Il opinait parfois du chef, l'air misérable. Jon ne put s'empêcher de rire. Ernst allait certainement poursuivre avec une proposition de redécoupage des frontières, et le diplomate acquiescerait avec force en n'y voyant que du feu.

Un nouveau tremblement de terre obligea le détective à se cramponner aux bas-reliefs de la scène. Les danseurs s'écartèrent un instant les uns des autres, puis reprirent leurs figures lorsque le calme revint.

C'était la première fois qu'il ressentait une secousse d'une telle intensité. Il balaya l'assistance du regard sans percevoir de mouvement d'inquiétude. Il arrêta tout de même un serveur et s'enquit de la situation.

— C'est Anquidiath qui remue un peu, répondit le garçon avec hauteur. Vous n'êtes pas au courant ?

— Si, mais il y a eu plusieurs séismes en très peu de temps.

— Il fait toujours ça, les soirs de gala. Anquidiath est un dieu âgé, il tient à sa tranquillité. C'est sa manière à lui de cogner au plafond. Je peux y aller ?

Jon s'aperçut qu'il étreignait avec force le bras du domestique. Il s'excusa et le laissa partir.

Mon vieux, s'il ne se passe pas bientôt quelque chose, tu vas exploser.

Il avisa une petite fontaine de l'autre côté de la place. Il contourna la piste, gagna le monument et se rafraîchit un peu, assis sur la margelle. Il soupira. La fatigue et la tension se disputaient son corps comme des mendiants un vieux bout d'étoffe.

Il tenta de faire le point sur la situation. Hélas, il s'aperçut très vite qu'il était incapable de réfléchir. Ses neurones malmenés semblaient avoir décidé de le laisser gérer seul son anxiété.

Il contempla les danseurs un moment. Leurs mouvements déliés l'apaisèrent. Il finit par se lever, un peu de sa sérénité retrouvée, et remit de l'ordre dans sa tenue. Un dernier regard aux environs lui confirma que la soirée se passait fort bien.

Se passait fort bien de lui, en fait.

Il se dit qu'une petite visite à Rachelle s'imposait. La mercenaire avait appris un peu plus tôt qu'elle ne pourrait délaisser le poignard au cours de la réception. Le roi avait insisté : la moindre absence constituerait une aubaine pour un T'Sank soucieux de recouvrer son outil de travail. L'injonction avait rendu la magicienne folle de rage. À l'instar de son collègue masculin, elle adorait les chorégraphies empruntées de Mehnzota. Jon espéra que sa présence la rassérénerait. Ils esquisseraient peut-être quelques pas en fredonnant avec nostalgie un air de folklore, comme deux étrangers loin de leur patrie. Si cela ne suffisait pas, le questeur lui proposerait de monter un instant la garde afin qu'elle puisse profiter un peu de la fête.

Il demanda son chemin à un artiste qui se démaquillait dans la fontaine, puis se mit en route. Il regarda droit devant lui, de peur de tomber sur son démon. Retzel lui avait accordé jusqu'à présent une paix royale, il comptait bien épuiser sa chance.

Il aperçut bientôt, excavé dans la roche, le tunnel indiqué par le banquiste. Il monta les marches quatre à quatre, puis s'interrompit au milieu du passage. Rachelle adorait les pâtisseries kung-bohréennes, surtout ces petits babas confits dont Jon avait oublié le nom. Il fit demi-tour et redescendit aussi vite qu'il était monté.

La gourmandise de son amie lui sauva la vie.

Alors qu'il atteignait l'entrée, une violente secousse le projeta contre une paroi. Un vacarme épouvantable résonna dans son dos, suivi d'un épais nuage de poussière. Jon toussa et cracha pendant près d'une minute sans réussir à s'orienter. Lorsque la nuée se dissipa enfin, des rochers obstruaient la galerie à l'endroit où il s'était tenu quelques secondes auparavant.

Le mage jura plusieurs fois. Que s'était-il passé ? Était-ce une autre secousse du demi-dieu ? Si c'était le cas, Anquidiath se maintenait très en forme pour un vieillard.

Il jaillit du passage, bien décidé à alerter les autorités sur l'amplitude de ces séismes.

Il fut confondu par ce qu'il découvrit. Un énorme tas d'éboulis environné de fumerolles occupait la scène et les premiers degrés de l'arène. Danseurs et serveurs affolés couraient en tous sens. Les gradins se vidaient à une vitesse record. Les convives trop lents à descendre étaient poussés sur le côté et venaient s'écraser sur les étages inférieurs.

Il intercepta l'un des soldats qui battaient en retraite.

— Que se passe-t-il, bon sang ?

Le garde le bouscula sans répondre et s'engagea au pas de course dans le tunnel.

Jon aperçut Fédéhul un peu plus loin. Il le rejoignit sans tarder.

Le général ne le reconnut pas tout de suite.

— Par le Grand Skorj, c'est vous, Jon ? Vous êtes couvert de gravats. Et votre tête ?

Le mage se passa une main sur le visage. Il en ramena deux doigts poisseux de sang.

— J'étais dans un souterrain quand tout s'est effondré. Que se passe-t-il ?

— Je n'en sais foutre rien. La capitale doit être attaquée, je ne vois que ça. Avez-vous vu Edrick ? Impossible de mettre la main sur lui.

Jon indiqua l'endroit où il l'avait aperçu pour la dernière fois.

— Rejoignez tout de suite Olyakine, ordonna le général. C'est peut-être une diversion.

Il le quitta sans lui laisser le loisir de répondre. Chahuté par la foule, le mage songea qu'il valait mieux attendre une accalmie avant de reprendre sa route. Une main sur le cuir chevelu, il reprit la direction du tunnel.

Un char rempli d'outils de terrassement le dépassa, manœuvré par une troupe de sapeurs. Ils se dirigeaient vers le passage obstrué. Jon fut surpris par leur vitesse de réaction. Des véhicules anti-éboulement tels que celui-ci devaient parsemer la capitale, à l'instar de ceux qui luttaient contre les incendies dans d'autres villes.

Le détective fut projeté au sol bien avant de ressentir la secousse suivante. Plus violente que celles qu'ils venaient d'essuyer, elle se prolongea une bonne dizaine de secondes. Jon entendit derrière lui un long roulement sableux, comme une énorme vague en train de s'abattre. Il se retourna et vit avec horreur l'arène qui s'effondrait. De lourds blocs se descellaient, s'abattaient avec des bruits sourds parmi une avalanche de débris. Les spectateurs emportés poussaient des hurlements.

Le questeur écrasa son visage contre le pavé et le protégea de ses bras. La nuée de scories le frappa de plein fouet. Écorché par la poussière, sa robe ballottant autour de lui tel un étendard funèbre, il se sentait plus déconcerté que paniqué. Tout était survenu de manière si brutale. C'était comme si des siècles d'érosion avaient soudain décidé de rattraper le temps perdu.

Des cris de victimes lui parvinrent de l'autre côté de la place. Un incendie s'était déclaré dans les cuisines. Par bonheur, les secours étaient efficaces. D'imposantes machineries dissimulées dans la roche se dépliaient et excavaient les montagnes de décombres.

Le mage se releva, s'essuya les yeux. Il fit quelques pas maladroits. À l'entrée du tunnel, le chariot de maintenance s'était renversé sur l'un des sapeurs. Les jambes de la victime disparaissaient sous le véhicule. Ses camarades étaient en train de le dégager.

Jon rejoignit les lieux aussi vite qu'il le put, écarta les vigiles et examina la plaie. Le sang qui sourdait des fractures ouvertes menaçait de se transformer en hémorragie. Le mage imposa ses mains autour des membres, fouilla dans ses souvenirs d'étudiant et incanta un grossier sortilège de soins. Les os se remirent en place dans un crissement éprouvant. Le soldat poussa une clameur sèche et perdit connaissance. Jon scella la fracture avec de la matière osseuse prélevée sur l'ensemble du squelette.

— Ne le déplacez pas, sa jambe va rester fragile plusieurs heures. Et faites-lui un garrot, je ne connais aucun sortilège contre les saignements.

Sans répondre aux questions, il fila vers l'est. Une idée venait de germer en lui. Il redoutait de la voir se confirmer.

Il essaya de courir, mais même retroussée, sa robe ralentissait sa progression. Au bout d'une dizaine de pas, excédé, il emprunta l'arme d'un soldat et se tailla une minijupe avant de reprendre sa course.

Au cours des minutes suivantes, il évita de justesse la chute d'une tourelle, aida une demi-douzaine de victimes et lança des regards noirs aux enfants qui se moquaient de sa tenue. Partout, ce n'était que détresse et ruines, comme si le chaos s'était soudain emparé de la réalité pour la retourner comme un gant. Les œuvres les plus fragiles jonchaient le sol. Au loin, des tours s'affaissaient lentement les unes contre les autres. Jon chuta plusieurs fois dans sa course parmi les débris.

Les poumons en feu et les jambes en charpie, il parvint au repaire de Rachelle. Il voulut entrer, mais le garde de faction le repoussa sans ménagement. Jon tenta de s'expliquer, en vain. Avec son visage en sang et son accoutrement fantaisiste, il ressemblait plus à un artiste du gala qu'à un questeur distingué.

Il alla s'asseoir sur un rocher et essaya de faire un brin de toilette. À chaque regard qu'il lançait au vigile, celui-ci secouait la tête, impassible.

Vance surgit d'une ruelle. Elle considéra avec pitié ce mendiant sur son tas de gravats, puis elle reconnut Jon.

— Magni sur moi, c'est bien vous ? s'écria-t-elle, les traits déformés par l'angoisse.

— Rassurez-vous, seul mon amour-propre a été blessé. Rachelle va bien ?

— C'est ce dont je venais m'assurer. Il ne manquerait plus que l'assassin profite de la panique pour s'emparer de la dague, ou que cette garce joue les filles de l'air.

— Je suis sûr qu'au fond de vous, c'est ce que vous espérez.

La jeune femme ne répondit pas, mais un éclair amusé perça sous son inquiétude. Ils filèrent vers le centre de la rotonde.

Rachelle était là, installée sur un dais de velours mauve. Elle feuilletait un grimoire en grignotant des biscuits. Une résille discrète couvrait le trou dans sa chevelure, et Jon aurait pu jurer qu'elle prit garde durant tout l'entretien de ne pas leur tourner le dos. Elle leur confirma que rien, à part le vigile qui l'avait avertie du séisme, n'avait dérangé sa veille.

— En fait, conclut-elle, la première chose alarmante que je vois depuis ce matin, c'est ta tenue, Jonas.

— Très drôle. Tu n'as donc rien ressenti ?

— Non. La salle est un énorme vérin antisismique. À peine si j'ai perçu quelques vibrations.

Si vous ne veniez pas à l'instant de me déranger, je serais en train de dormir.

— Dormir ? rugit Vance. La moitié de Fresnel s'écroule !

— Un bombardement ?

— Non, estima Jon, il n'y a aucun impact. C'est toute la capitale qui est atteinte. Je ne pense pas que nous soyons victimes d'un assaut. En tout cas, pas extérieur.

— Que voulez-vous dire ? demanda l'espionne.

— C'est votre dieu. Il fait trembler le sol.

— Anquidiath ? C'est impossible ! En trois mille ans, il n'a jamais fait une chose pareille. Pourquoi le ferait-il maintenant ?

— Parce que quelqu'un est en train de l'y obliger.

Les deux femmes le regardèrent un moment sans comprendre.

Vance étouffa un cri.

— L'asphale !

— Oui, l'asphale, comme nous en a si bien averti Vilo : « La clef de l'énigme est simplement si énorme que vous ne la voyez pas. » Ce fils d'Akir parlait d'Anquidiath. Rien d'autre ne peut expliquer les tonnes d'épice dérobées. Il en fallait une quantité astronomique pour affecter le titan.

— La situation est critique, dit Rachelle. N'oubliez pas que l'on peut contrôler les convulsions en les prolongeant par des gestes amples. Si Anquidiath s'en aperçoit, la ville est fichue.

— Localiser le Sanglant ne va pas être facile, ajouta Vance. Il peut se trouver n'importe où à l'intérieur du dieu.

— Réfléchissons. Où injecterions-nous une drogue pour qu'elle soit la plus efficace ?

L'espionne répondit comme si chaque mot lui coûtait.

— Dans le cœur. Ce chacal est en train d'inoculer sa saleté directement dans le cœur d'Anquidiath. Mais lequel ? Le dieu en possède plusieurs dizaines à travers la montagne !

Jon prit le chemin de la sortie.

— Je pense tenir un moyen. Nous n'avons pas une minute à perdre.

— Je viens avec vous ! lança Rachelle.

— Hors de question, répliqua l'espionne. Si mon hypothèse est exacte, Sémiant va venir vous rendre visite d'un instant à l'autre.

— Comment cela ?

— Moi aussi, il m'arrive de réfléchir. Et s'il n'était pas venu pour tuer Ernst ?

Elle montra le kriss sur son petit coussin de velours.

— C'est tout à fait plausible, admit Jon. Il aurait supprimé Pallas pour faire diversion. Ou pour que nous découvrions l'arme à sa place.

Il se massa le menton.

— J'avoue que je n'y avais pas pensé. Mais si ce que vous dites est vrai, nous devons rester ici et nous préparer à l'affronter.

— Et laisser Fresnel être détruit ? rugit l'espionne. Ne comptez pas sur moi !

— Nous devons nous hâter, conclut Jon. Si Vance a raison, le Sanglant va vouloir annihiler toute résistance avant de récupérer le kriss. Rachelle, je t'envoie Edrick dès que possible. Vance, j'ai besoin de vous pour affronter Sémiant. Allons-y.

Ils laissèrent derrière eux une magicienne glapissante de frustration et gagnèrent la sortie.

Dehors, le spectacle prenait de plus en plus des allures de fin du monde. Les gigantesques déflecteurs de la voûte perçaient avec peine la poussière qui noyaient les ruelles. Une averse de cendres couvrait de son linceul gris les vivants et les morts. De loin en loin, des silhouettes humaines recourbées évoquaient des statues funèbres.

Pourtant, il restait des raisons d'espérer. Les terribles secousses n'étaient pas venues à bout des centaines d'édifices que comptait la capitale. D'après ce que Jon pouvait en juger, la majeure partie tenait encore debout.

Vance sembla lire dans ses pensées :

— Les gretchens avaient créé une technique de densification de la pierre. Les bâtiments les plus anciens, ceux qui abritent les points névralgiques du pouvoir, sont à l'abri pour l'instant. Ernst doit déjà se trouver dans l'un d'eux. (Elle serra la mâchoire.) Les civils, en revanche, vont être durement touchés.

Jon contempla les formes douloureuses qui perçaient le brouillard. Les visages noyés de larmes exprimaient une souffrance proche de l'hébétude.

— Ker Fresnel n'a jamais été envahi en quatre mille ans, murmura la jeune femme d'une voix éteinte. Ils se sentent trahis par leur cité.

— Et par leur protecteur. Les assauts compulsifs d'Anquidiath étaient bien la dernière chose à laquelle ils devaient s'attendre. Suivez-moi.

Le questeur se dirigea au trot vers un escalier qui se perdait dans les hauteurs. Vance le rattrapa sans effort.

— Qu'avez-vous en tête ?

— D'abord, nous élever au-dessus du nuage de poussière. Ensuite, gagner l'un des déflecteurs. Il doit bien exister des dispositifs d'accès ?

— Pour l'entretien, oui. Nous nous dirigeons vers l'un d'eux. Cependant, les luminaires ne sont pas reliés au système sanguin d'Anquidiath. Je ne vois pas où vous voulez en venir.

— Je vous expliquerai une fois au sommet. Laissez-moi rassembler ce qui me reste d'énergie pour grimper.

Les marches, larges au niveau de la chaussée, se résolvaient plus haut en degrés escarpés couverts de bardeaux de cuivre. Une rampe à moitié défoncée menaçait de tétanos les courageux qui oseraient l'utiliser.

À mi-chemin de la montée, une nouvelle convulsion du dieu les plaqua contre la paroi.

— Accélérons, souffla Vance. La prochaine secousse pourrait nous envoyer de l'autre côté.

Jon ne répondit pas. Il était hors d'haleine. Un liquide poisseux se répandait sur ses vêtements, signe que ses blessures se rouvraient. Il serra les dents sans en parler à sa compagne.

Celle-ci, en revanche, paraissait aussi fraîche que si elle venait de le rejoindre. Elle prenait même le temps, durant les moments où elle l'attendait, de nettoyer son visage couvert de cendres.

L'apparence d'une femme doit agir sur ses chances de survie, songea Jon, jaloux, entre deux halètements.

Non loin du sommet, un nouveau séisme faillit se révéler fatal.

La violence des vibrations descella une bonne partie du garde-fou, qui s'enroula vers eux comme un ressort subitement libéré. Vance courut vers la balustrade, dégaina son épée et l'abattit sur les barreaux encore fixés au rocher. Sous le choc, la lame se brisa, mais les montants cédèrent. La rampe fut déviée et tomba sur des boutiques en contrebas. Les toits volèrent en éclats dans un fracas métallique.

— Comment vous sentez-vous ?

— Vous venez de me sauver la vie, bredouilla le détective.

— Ne me remerciez pas, la mienne aussi était concernée. Vous saignez ?

— Je tiendrai. Ne perdons pas de temps.

— Sang de skorj, vous êtes blessé et mon arme est brisée. J'espère que Sémiant nous proposera une partie de fléchettes en guise de combat final. Dans le cas contraire, je ne donne pas cher de nos vies.

Jon se redressa avec difficulté.

— Même si c'est le cas, ne vous réjouissez pas trop vite. Je suis très mauvais aux fléchettes.

Ils échangèrent un pauvre sourire et reprirent leur course. Sans parapet, le vide se faisait plus hostile. Le magicien franchit les derniers mètres une épaule contre la paroi. Vance lui proposa son aide, qu'il déclina. Tout soutien comprimait ses muscles et réveillait la douleur.

Ils aboutirent à une plate-forme grillagée. Sous leurs pieds, un monstrueux projecteur éclairait la ville en ruine. Son diamètre avoisinait les trois hommes. Des articulations imbriquées permettaient de le faire pivoter sur plusieurs axes de manière à simuler la course du soleil.

Jon s'assit sur une marche et reprit son souffle. Quand il redressa la tête, ses orbites translucides reflétaient l'éclat de l'applique. Il incanta par petits gestes afin d'économiser ses forces.

Au milieu d'une passe, deux lamelles métalliques glissèrent des bords du déflecteur vers le centre, ce qui masqua en partie la lumière. Le mage suspendit sa tâche, surpris.

— Continuez, tout va bien, le rassura Vance.

Jon reprit ses passes. La jeune femme ne put s'empêcher de préciser :

— On s'est aperçu qu'un éclairage uniforme perturbait les humains à long terme. De légères variations d'intensité permettent de réduire la fatigue visuelle. Elles imitent celles que l'on trouve à l'extérieur.

Elle se tut, fascinée par les mouvements du questeur.

— C'est sensuel, ajouta-t-elle.

D'un regard, Jon lui intima le silence.

Un instant plus tard, des bourgeons irisés semblables à des protozoaires naissaient au bout de ses doigts. Ils fusionnèrent en un vibrion informe qui flotta devant lui. Le mage plongea les mains dans le liquide plasmique, effectua quelques réglages. L'amibe fit une rotation sur elle-même pour valider les directives et se dirigea vers le luminaire. Elle demeura suspendue dans la lumière, ses bras pulsant comme ceux d'une anémone, puis bondit à une vitesse stupéfiante vers un autre projecteur.

— Allez-vous m'expliquer ce que vous faites ?

— Vous avez bien dit qu'Anquidiath assurait l'éclairage de la ville ?

— Oui, les moulins présents dans ses artères produisent le vif acide qui échauffe les filaments des déflecteurs.

— Ce que vous appelez « vif acide », nous le nommons « fluide grisant » à Mehnzota. Le terme scientifique est « éclécitrité », mais il aurait besoin d'une bonne refonte pour devenir utilisable. J'espère qu'aucun rhéostat ne fait varier l'intensité lumineuse ?

— Non, tout se gère au niveau des bandeaux d'acier que vous avez vus tout à l'heure.

— Parfait. Dans ce cas, vous serez d'accord avec moi si je vous dis que cette intensité est directement proportionnelle à la force du flux sanguin d'Anquidiath.

— Eh bien, oui, mais…

— Conclusion : plus nous sommes près du cœur, plus la pression est grande et l'éclat important.

Un éclair de compréhension traversa le regard de Vance. Elle hocha la tête en silence.

Jon poursuivit :

— La seule chose que nous ayons à faire est de relever l'intensité de chaque applique. La plus vive sera celle que nous cherchons.

— Les variations doivent être très faibles.

— En effet. Il serait très difficile de les estimer à l'œil nu. C'est pourquoi je viens d'incanter un Consultant. Cet outil permet de comparer des valeurs dans une liste. Il suffit de régler l'amibe sur la variable à analyser et elle se met au travail.

Le mage leva la tête.

— D'ailleurs, la revoici déjà.

L'unicellulaire vint se placer devant ses yeux et se dilata en un tableau de données. Deux minuscules mains se formèrent de part et d'autre. La première passa sur chaque valeur du panneau tandis que la seconde pointait dans différentes directions.

Jon secoua la tête, impatient.

— Donne-moi tout de suite la luminosité la plus élevée.

L'amibe hésita une seconde, puis son doigt passa à toute vitesse sur les cases avant de se fixer sur un nombre particulier. L'autre main indiquait le centre-ville.

— Je veux l'orientation précise et la distance. Conserve ces indications affichées.

Le Consultant leva un pouce pour entériner la requête. Un angle apparut, surmonté d'une mesure en portées de flèche assortie de douze décimales. Jon fit disparaître les informations inutiles et remercia l'outil. L'amibe fit une petite révérence et s'évanouit. Seule la main demeura, l'index dirigé vers le déflecteur le plus lumineux.

Jon tissa quelques fils d'aura depuis ses blessures. Il les relia à la main qui se colora d'une délicate teinte grenat.

L'espionne poussa une exclamation. Le sortilège venait d'apparaître sous ses yeux. Elle se pencha et l'examina.

— Nous avons de la chance, ce n'est pas trop loin.

— *De la chance* ? grinça Jon. Rappelez-moi ça quand je serai sur mon lit de mort. Allons-y.

L'amibe filait déjà à bonne allure le long des marches. Ils regagnèrent le sol, où le spectacle de la tragédie les engloutit à nouveau. Cependant, l'atmosphère était en train de changer. Les secours s'organisaient, et la douleur sur les visages cédait peu à peu la place à une sombre détermination.

La main luminescente perçait la nuée de cendres. Malgré sa vélocité, les deux compagnons n'avaient guère de mal à la suivre des yeux.

— J'y songe, comment se fait-il que je voie l'amibe ? demanda Vance. Je ne suis pas magicienne !

— J'ai prélevé un fragment de votre aura que j'ai mélangé à mon sang. Je fais le relais entre vous et le Consultant. Nous sommes ainsi les seuls à pouvoir le distinguer.

Vance prit un air choqué.

— Vous avez *pris* un morceau de mon aura ?

— Rassurez-vous, c'est indolore. Vous ne l'avez même pas remarqué.

— Tout de même. C'est comme si on me déshabillait sans que je m'en aperçoive.

Jon faillit répondre que cela viendrait plus tard, mais il s'abstint. Le moment était mal venu pour recevoir une gifle.

Ils progressèrent parmi les ruines sans perdre de vue le sortilège. Lorsqu'un obstacle les ralentissait, la petite main marquait une pause en battant l'air de ses doigts.

Le trajet s'éternisa. Les pas de Jon se firent hésitants. Quand il trébuchait, l'espionne était toujours là pour lui éviter une chute douloureuse.

Ils croisèrent de longues files d'habitants tournées

vers les portes de la ville. La cité si bien défendue contre les assauts extérieurs était impuissante à prévenir une agression en son sein. Pire, elle pouvait se transformer en piège mortel en emmurant vivants ses protégés.

L'espionne commença par pester contre ces lâches qui préféraient l'exil au combat. Elle courait coudes au corps, mâchoire serrée. Cependant, l'accumulation de visages défaits et de pleurs d'enfants finit par la tempérer. Jon aurait aimé partager un peu de son affliction pour cette ville meurtrie qu'elle aimait tant.

Plus loin, elle découvrit une autre occasion d'enrager. Des maraudeurs pillaient maisons et cadavres à la recherche d'une fortune facile. Un voyou tranchait les doigts d'une femme moribonde afin de s'emparer de ses bagues. Jon tenta de dissuader sa compagne d'intervenir ; le temps manquait pour se permettre le luxe de la justice. Ce fut peine perdue. L'espionne fit un brusque détour, brisa la nuque de l'homme presque en pleine course, puis revint sagement se ranger aux côtés du mage.

Leur périple à travers la grisaille prit peu à peu les allures d'un rêve. Enveloppés dans un profond sentiment d'irréalité, ils parvinrent enfin à destination. La main s'ouvrait et se refermait pour leur signaler la fin du parcours.

Jon congédia le module. En guise d'adieu, celui-ci fit un rond avec le pouce et l'index et disparut dans un nuage argenté.

— C'est le moment d'ouvrir l'œil, murmura Vance.

— Vous ne croyez pas si bien dire, confirma Jon qui venait de basculer en vision magique.

Ils se trouvaient au pied d'un imposant dôme aplati. De larges fuseaux irréguliers le faisaient ressembler à un squelette d'oursin géant.

— Je reconnais ce bâtiment ! s'exclama Vance. C'est un temple gretchen.

— Ce n'est pas étonnant. Une construction située si près d'un cœur d'Anquidiath ne pouvait être qu'un lieu de culte. Espérons que ce soit le bon.

Au sommet de l'édifice, des échafaudages construits au petit bonheur soutenaient une énorme applique tournée vers le sud. Sa clarté fantomatique fendait avec peine les nuées de scories. Des câbles de conduction du vif acide rebondissaient le long des poutrelles pour plonger droit dans le temple.

Ils entrèrent. Une garnison de fortune avait élu domicile dans le lieu sacré, ainsi que de nombreux civils. Jon n'en fut pas surpris. Il se souvenait des paroles de Vance concernant la résistance des édifices gretchens.

Ils déambulèrent un moment au milieu des réfugiés. Un officier au teint olivâtre vint à leur rencontre.

— Lieutenant Elkam, se présenta l'homme simplement.

Malgré les événements, le regard du soldat était empreint de sérénité. Il adressa au questeur quelques paroles respectueuses, puis salua Vance en silence, comme le faisaient en général les membres de l'armée. Il leur fit ensuite un rapport succinct sur les circonstances qui les avaient conduits ici. Tandis qu'il parlait, Jon promenait son regard aux alentours afin d'évaluer la situation.

— Vous êtes les bienvenus, conclut l'officier. J'ai beaucoup de peine à maintenir le moral de mes hommes. Votre arrivée est la meilleure garantie de la sûreté des lieux.

— Nous ne cherchons pas à nous abriter, lieutenant. Nous sommes à la poursuite du responsable des séismes.

Elkam haussa les sourcils.

— Vous voulez dire qu'on oblige Père à ces convulsions atroces ?

— Oui, hélas. Nous pensons qu'un sbire de YArkhan se trouve quelque part sous ce temple.

— J'ai envoyé une brigade en reconnaissance. Une salle de concentration du vif acide est aménagée au sous-sol.

Vance fit claquer sa langue de satisfaction.

— Parfait. Savez-vous si cette pièce communique avec le réseau souterrain ?

— D'une certaine manière, oui. Les parois du temple s'enfoncent dans le sol à la manière d'un cylindre. J'ai chargé les éclaireurs de dresser la liste des issues, ils ne devraient plus tarder.

— C'est du beau travail.

La jeune femme arracha l'insigne de la poitrine de l'officier.

— Considérez-vous comme capitaine jusqu'à nouvel ordre. Indiquez-nous la direction de la centrale.

— Tout de suite, commandeur. Je vous remercie pour cette promotion.

— Veillez sur ces pauvres gens, Elkam. Vous êtes le seul rempart entre eux et l'anarchie.

— Oui, commandeur. Désirez-vous prendre un peu de repos ? Les instructions en provenance du quartier général ne devraient plus tarder.

— Ne vous conduisez pas en fonction d'ordres qui pourraient ne jamais arriver, mais bien comme des assiégés. Organisez des patrouilles à la recherche de nourriture et dressez des barricades contre les pillards.

— Affirmatif, commandeur. Désirez-vous une escorte ?

L'espionne jeta un regard à Jon. Le mage adressa un bref sourire à Elkam et entraîna Vance à l'écart.

— Mauvaise idée. Ils ne constitueront pas un obstacle pour Sémiant et nous devrons les protéger.

L'espionne acquiesça et se tourna vers le soldat :

— Nous réquisitionnerons vos éclaireurs lorsque nous les croiserons. En vous remerciant, capitaine.

L'officier s'inclina et donna des ordres. Un caporal leur fut assigné en tant que guide jusqu'à la chambre de confinement.

Le petit groupe louvoya entre les abris de fortune. La majorité des réfugiés étaient assis à même l'épaisse couche de poussière. Jon et Vance s'efforcèrent de prendre des mines résolues afin de les rassurer. Derrière eux, les commentaires allaient bon train, la plupart teintés d'espoir.

La jeune femme arrêta un soldat qui transportait des armes et préleva une longue dague.

— Si nous devons nous battre dans des lieux exigus, expliqua-t-elle, une épée me gênera.

Elle fit virevolter la lame dans les airs puis rengaina, satisfaite. Ils repartirent.

Au centre de la salle, une imposante colonne sculptée évoquait une méduse pétrifiée. Sur le pourtour, des ramifications d'aspect organique parcouraient la voûte et se muaient en arches à la périphérie. Certaines étaient de taille modeste, d'autres faisaient plusieurs hommes de diamètre. L'asymétrie dérangeante du lacis écrasait les réfugiés de sa présence non humaine.

Jon aperçut le réseau de vif acide. Des câbles mal arrimés tombaient du toit, couraient le long de la colonne centrale et disparaissaient à sa base.

— Vous avez vu les murs ? dit Vance. Pas une fissure, rien. Les gretchens étaient des génies de l'architecture. On ne ressent pas non plus la moindre vibration.

— C'est justement cela qui est ennuyeux. Nous sommes coupés de l'extérieur. Impossible de suivre l'évolution des secousses.

L'espionne acquiesça en silence. Alors qu'ils approchaient du pilier, Elkam les interpella et leur montra un message qu'il tenait à la main. Un jeune coursier reprenait son souffle à ses côtés.

Le capitaine courut vers eux.

— On m'informe d'une triste nouvelle. À cause des séismes, de nombreux repris de justice sont parvenus à s'évader. Ils errent dans les catacombes.

— Ne vous inquiétez pas pour nous, répondit Vance. Redoublez simplement d'efforts dans la mise en place de vos fortifications.

— Ce n'est pas tout.

Un voile de sueur perlait sur le front du soldat.

— Le savant a disparu.

— Le savant ?

— Amanem Vilo.

Les deux compagnons mirent plusieurs secondes à réagir. Quand Jon eut recouvré l'usage de la parole, il leva les bras au ciel en fusillant Vance du regard :

— *Voyons, Jon, il est inoffensif ! On s'en sert quand on en a besoin !*

L'espionne, une main sur le menton, réfléchissait.

— Calmez-vous, finit-elle par lancer. Vous croyez qu'il peut aller loin dans son état ?

— Parce que vous pensez que ça va l'arrêter ? Même coupé en petits morceaux et dispersé aux quatre vents, il est bien plus dangereux que tous les Dépliants réunis ! Il était *évident* que ce sale rat profiterait du tumulte pour s'échapper !

L'espionne éclata :

— Allez-vous cesser de vous apitoyer sur votre sort ? Vous êtes entouré de gens qui ont tout perdu, vous croyez être l'exemple à suivre ?

Jon ouvrit la bouche pour protester. Il renonça. Vance avait raison, il se laissait aller à la panique comme une vieille femme.

— Je réitère ma proposition, intervint l'officier avec flegme. Une escorte ne sera pas de trop pour lutter contre ce scélérat.

— Capitaine, trancha Vance, je vous assure que nous pouvons nous accommoder de quelques bocaux.

Elle se tourna vers le mage et ajouta :

— Même assoiffés de sang.

Jon écarta les mains, vaincu.

— D'accord, vous avez raison. Pardonnez-moi. Reprenons nos esprits et considérons cette situation dans ce qu'elle a de plus positif : à savoir que là où nous en sommes, rien de pire ne peut arriver.

Un second coursier pénétra dans la salle et s'assit, épuisé, aux pieds de son confrère. Celui-ci l'aida à se relever. Elkam rebroussa chemin et prit connaissance du message. Il fit signe aux deux compagnons de le rejoindre. Le mage fut tenté de négliger l'appel, mais la pâleur des traits du capitaine l'en dissuada. De plus, Vance courait déjà vers celui-ci.

Jon rejoignit le groupe sans se presser afin de marquer sa désapprobation.

— Quoi encore ? lança-t-il une fois arrivé. Je vous rappelle que nous avons un méchant à coffrer.

— Maintenant, nous en avons deux, répliqua l'espionne. Sarnel Massette, un noble de la maison de Valan, vient de lancer un putsch contre Ernst. Il encourage la population à, je cite, « le rejoindre dans sa lutte contre l'autocrate mégalomane ».

— Magni, mais c'est terrible ! Comment évolue la situation ?

Un troisième coursier se présenta, couvert de poussière et de transpiration. Il tendit son rouleau à Elkam et se mit en quête d'un peu d'eau.

— Il va falloir renvoyer le premier messager, ironisa Jon. À ce rythme-là, nous devrons bientôt nous serrer. Que se passe-t-il ?

— Massette vient de prendre le pouvoir. Après un assaut victorieux contre le palais, il a délogé Ernst et l'a déposé. Le capitaine Edrick Dernesat mène les troupes rebelles pro-Ernst.

— Edrick ? *Notre* Edrick ?

— Pourvu qu'il soit à la hauteur, murmura Vance.

Elle se tourna vers le détective :

— Vous disiez que la situation ne pouvait empirer ?

Jon haussa les épaules.

— Eh bien, c'est le cas, maintenant.

Un nouveau coursier vint littéralement emboutir les trois autres.

— C'est un coup monté ? lança le mage avec une pointe d'hystérie. Ils font la queue à l'extérieur ?

— Jon, vous n'êtes pas drôle. L'heure est grave.

— Grave pour qui ? Ernst ou Massette, votre boutique sert avant tout la couronne, non ?

— Taisez-vous, vous n'êtes plus vous-même. Oui, capitaine ?

— Dernesat vient de reprendre le contrôle de la situation. Ernst est rétabli dans ses fonctions, mais les combats continuent.

Jon vit avec surprise plusieurs soldats remettre de petites sommes d'argent à leur supérieur. Celui-ci renvoya le premier messager avec son rapport, puis recueillit les pièces.

Il sourit de toutes ses dents :

— J'avais parié avec eux que Massette ne tiendrait pas plus d'une heure.

— Quel bonheur de constater que tout finit bien, ricana Jon. Avec des officiers aussi loyaux que notre bon capitaine, nous pouvons partir tranquilles à la poursuite de… *Quoi encore ?*

Il avait presque hurlé ces derniers mots. Il est vrai que ce cinquième coursier commençait à rendre la scène un tantinet ridicule. La situation ne s'arrangea pas lorsque le jeune homme demanda à son prédécesseur s'il lui avait laissé assez d'avance avant d'entrer à son tour.

Elkam lut :

— Massette a repris plusieurs des centres névralgiques de la capitale, dont celui de la communication. Ernst est de nouveau en fuite et risque d'être acculé à la démission s'il ne contrôle plus les bâtiments administratifs. Massette exhorte les loyalistes à lui livrer le traître Dernesat, qui vient de s'enfuir avec le roi et sa garde rapprochée.

— Notre ami n'est peut-être pas à sous-estimer, finalement, approuva l'espionne.

Elle envoya quérir les officiers présents et s'entretint avec eux des mesures à prendre pour soutenir Ernst. De temps à autre, Jon attirait son regard vers la colonne.

La jeune femme finit par s'en irriter.

— Arrêtez ça, voulez-vous ? C'est vous qui nous portez la poisse avec vos paroles inconséquentes.

— Quoi ?

— Eh bien, oui, *ça ne peut pas être pire*. Ça peut *toujours* être pire, monsieur le questeur. La preuve.

— On est du genre superstitieuse ? Ne vous en déplaise, commandeur, au moment précis où je vous parle, la situation ne peut *plus* être pire. C'est ainsi, il y a parfois des…

Il se mordit la langue à l'arrivée du coursier suivant. Bousculé par les paris surexcités de ses hommes, Elkam eut du mal à déchiffrer le message.

— Où en sommes-nous ? demanda Vance.

— Cela ne concerne pas le roi. C'est une alerte en

provenance des niveaux inférieurs. La garnison nous informe d'activités suspectes en profondeur.

L'espionne s'empara du parchemin, le regard de Jon par-dessus son épaule. Sous la dépêche, on pouvait lire des slogans vantant le nouveau souverain.

— Les niveaux inférieurs ? s'étonna la jeune femme. De quelle garnison s'agit-il ?

— La Douzième Bis. C'est étrange.

— Ce qui est étrange, c'est que nous discutons alors que nous devrions être en plein combat avec Sémiant.

— Taisez-vous, Jon, pour l'amour du ciel. On dirait Retzel. Nous ne sommes là que depuis vingt minutes. Je veux prendre un maximum de précautions avant de quitter la surface. Vous pouvez comprendre ça, non ?

Elle se tourna vers Elkam :

— Les limites verticales de Fresnel s'arrêtent bien à cette section ?

— Oui, Serre. C'est notre poste le plus avancé. En dessous, il n'y a rien.

Un grondement résonna sous leurs pieds, comme si des milliers d'insectes se jetaient contre les fondations. La rumeur enfla jusqu'à devenir insupportable, puis le silence revint.

Du sol jaillirent alors une demi-douzaine d'appendices osseux de deux ou trois hommes de long. Certains de ces doigts squelettiques s'achevaient sur des échancrures en arêtes de poisson, d'autres sur des becs grêlés de pores. Les membres monstrueux battaient l'air lentement, comme à la recherche d'une proie.

Jon n'eut pas le temps d'en voir plus car il fut balayé par l'un d'eux. Il se retrouva brusquement à plusieurs hommes de là, jambes par-dessus tête, une vive douleur irradiant des côtes. Il se remit debout aussi vite qu'il le put et battit en retraite au fond du temple. De nombreux réfugiés s'y trouvaient déjà, blottis les uns contre les autres. Il s'effondra dans la poussière et fut pris d'une toux sanglante. On l'aida à s'allonger. Dès qu'il eut recouvré ses moyens, il se redressa et tenta de voir ce qui se passait.

Les membres décharnés poursuivaient leurs évolutions gracieuses. Après quelques instants, ils se tendirent et agrippèrent les arches du plafond. Des corps bulbeux émergèrent du sol. Les concrétions de la voûte tinrent bon, comme si elles avaient été aménagées dans ce but.

Une terrible révélation fusa à travers l'esprit du mage. Si les nouveaux arrivants tiraient aussi bien parti de l'architecture, c'était tout simplement parce qu'ils l'avaient conçue.

Les gretchens étaient de retour.

MAKING-OF

— Bonjour à tous et bienvenue sur le tournage du tome 1. Je suis en compagnie de B, l'ingénieur responsable des décors. B, nous sommes ici à Fresnel. Pouvez-vous nous en dire plus ?

— Avec plaisir. Pour des questions de vraisemblance, nous avons reconstitué la ville en décors réels plutôt que virtuels. L'auteur souhaitait que le lecteur soit dès le début immergé dans l'histoire. La construction du plateau s'est effectuée dans le désert du Taklamakan, dont nous avons acheté une vaste portion de territoire. Nous avons ensuite aménagé le terrain afin de recréer la plaine de Kung-Bohr.

— Cela n'a pas dû être facile.

— C'est le moins qu'on puisse dire ! Nous avons dû louer plus de trente modules de terraformation à l'Agence Spatiale Internationale afin de faire reverdir ce petit coin de désert. Cela nous a pris environ deux ans. Ensuite, il a fallu excaver sept cents millions de tonnes de roche afin de recréer la ville souterraine de Ker Fresnel. Par souci d'économie, nous avons utilisé ce minerai afin de reconstituer le mont Bohr lui-même. Notre budget n'était pas extensible.

— Comment les déflecteurs de la ville sont-ils alimentés ?

— Par des panneaux solaires que nous avons placés de l'autre côté de la montagne, hors du champ de la narration. De cette manière, on ne les aperçoit pas pendant les pages de description de la ville.

— Très bien. Et pour l'architecture ?

— Nous avons employé le Réseau pour rassembler une iconographie complète et recenser des bâtiments représentatifs de toutes les époques. Ensuite, F, le responsable de la planification des chapitres, a mis au point un programme permettant de fusionner des éléments en provenance de telle ou telle période. C'est ce qui explique à la fois le foisonnement visuel et la complexité de la capitale.

— Vous avez donc bâti la cité de toutes pièces ?

— Oh non, vous pensez ! En fait, les édifices les plus éloignés du lecteur ne sont que des hologrammes. À cette distance, on ne fait pas la différence entre les vrais bâtiments et les faux. Notre budget n'était pas illimité.

— Merci pour toutes ces précisions, B. Je vous laisse, je vois K superviser le démontage du skorj de combat employé au début du livre. Je me dirige vers lui en votre compagnie, cher lecteur. Excusez-moi, K, je vous dérange en plein travail. Auriez-vous quelques minutes à nous consacrer ? C'est pour la postface du premier tome d'Alamänder.

— Pas de problème. Je vous écoute.

— Vous êtes donc le responsable des créatures sur le tournage. Qui est la personne qui vous accompagne ?

— Ah, excusez-moi. Je vous présente 125, le responsable de la page 125. Chaque technicien possède une page dont il a la charge.

— Enchanté, 125.

— Bonjour à tous. Est-ce que le lecteur me voit quand je bouge la main comme ça ?

— D'une certaine manière, oui. En quoi consiste votre travail, 125 ?

— En gros, on doit s'assurer que les caractères sont placés correctement, que l'espace est bien occupé. S'il y a des coquilles, c'est nous qui trinquons.

— Je comprends. Revenons à vous, K. Vous êtes en train de dégager le plateau en prévision du tome 2, c'est cela ?

— Tout à fait. Nous démantelons le skorj de combat, un animatronique de plus de soixante mètres de haut qu'ont emprunté Jonas et Edrick quand ils étaient en route vers Fresnel. Petit secret de tournage, on va le réutiliser dans le tome 2 en lui mettant des lentilles de contact de couleur différente afin que le lecteur ne puisse pas faire le rapprochement avec le skorj précédent. Nous n'avions pas le budget nécessaire à la construction de deux robots.

— Astucieux. Comment s'effectuent les mouvements de la créature ?

— Au début, nous pensions mécaniser l'intérieur : placer des câbles, des poulies et propulser l'ensemble grâce à un moteur au colargol. Nous avons dû renoncer. Le système de refroidissement du réacteur était beaucoup trop imposant pour être dissimulé par l'auteur. Vous imaginez, si les blocs réfrigérants avaient été décrits au beau milieu de la plaine ? La narration n'aurait pas pu les passer sous silence, ils étaient bien trop gros !

— Vous avez donc abandonné cette solution ?

— À contrecœur, oui. Par bonheur, nous avons eu une idée que nous avons pu mettre en pratique assez vite.

Pour cela, nous avons vidé l'intérieur du poulpe afin de le rendre le plus léger possible.

— Vous avez enlevé toute la mécanique ? Comment faites-vous pour l'animer, dans ce cas ?

— Nous procédons *image par image* ! Vous voyez ces grues, là-haut ? Ce sont elles qui sont responsables des tentacules. Chaque membre est relié à un bras mécanique, comme pour une marionnette. Les câbles de suspension sont ensuite gommés à la narration. Si vous faites très attention pendant votre lecture, vous en verrez peut-être un ou deux.

— Merci du tuyau. Tout de même, quel travail monstrueux !

— C'est le cas de le dire. En fait, c'est surtout pour la sécurité que j'avais le plus de craintes. Par bonheur, les techniciens de page étant relayés à chaque feuillet, ils n'avaient pas le temps d'accumuler trop de fatigue.

— Et pour les skorjs de patrouille, vous avez aussi opté pour des marionnettes ?

— Non, cela aurait multiplié les câbles. Nous avons préféré employer des modèles organiques. En prévision de ce projet, nous avons acquis un vieil entrepôt de la zone 51 dans lequel nous avons placé trente cuves de développement. Ces skorjs sont donc de vrais poulpes, génétiquement modifiés et élevés *in vitro*. Que nos lecteurs se rassurent, aucun skorj n'a été blessé au cours du livre. Pour les cascades les plus délicates, nous employons même des skorjs doublures. C'est aussi le cas pour les Xéols du tome 2.

— Nous allons donc les retrouver ?

— Ah ça, vous pouvez le dire ! Je ne devrais pas vous en parler, mais T, le responsable du casting, est en train d'engager de nombreux figurants. Croyez-moi, ce que vous pensiez savoir sur eux ne vous préparera pas à ce que vous allez découvrir !

— Voilà qui est fort intéressant. Avez-vous d'autres confidences à nous faire ?

— Vous êtes fou ! Je risque ma place en vous révélant tout cela ! Si le narrateur me surprend en train de vous parler, je peux passer directement à ma prochaine incarnation, ah, ah !

— Même sur le Locust, rien ne filtrera ?

— Pas un mot ! Vous ne devriez même pas être au courant de ça ! Les ateliers n'ont pas encore arrêté les plans définitifs. Nous sommes dans l'attente du budget pour ce truc énorme.

— Merci de nous avoir donné un peu de votre temps, K.

— Avec plaisir. Si vous pouviez juste enlever à l'écriture ce que je viens de vous dire sur les Xéols, ça m'arrangerait. Et pour la suite de votre visite, vous avez les bureaux de la direction, là-bas.

— J'y vais de ce pas, merci ! Chers lecteurs, je me dirige donc vers les bureaux administratifs d'Alamänder, où tout ce qui est invisible aux yeux du lecteur se déroule. Tiens, salut Sémiant, où vas-tu comme ça ?

— Salut Retzel. Qu'est-ce que tu fais avec ce carnet de notes ?

— Je me promène dans le studio et j'écris aux lecteurs comment se fabrique un tome du cycle.

— Ce n'est pas une mauvaise idée. Mais je ne réponds pas à ta question. Je rentre chez moi après la dernière répétition. Le tournage va bientôt commencer.

— C'est donc vrai ? Tu rejoins le casting du tome 2 ?

— Oui, de justesse. La production disait que je

demandais trop cher, que le budget n'est pas extensible, ce genre de blague. Et ce n'est pas tout. Figure-toi que Iago Lamarr rejoint l'équipe. Il a signé son contrat devant mes yeux.

— Lamarr ? Excellente nouvelle ! Son charisme devrait beaucoup apporter au cycle.

— Oui, parce qu'en terme de charisme, tu m'excuseras, mais Jonas… Tu ne prends pas de notes, là, au moins ?

— Non, non.

— Bon, j'y vais. Si tu vois Rachelle, dis-lui de prendre la moto pour rentrer parce que j'ai paumé les clefs du camion.

— D'accord. Et pour Vance, un scoop ?

— Oh, oh. Bien tenté mon vieux, mais j'ai une clause de confidentialité.

— J'aurai essayé.

— Et toi, tu n'étais pas très présent à la fin du tome 1. C'est pour mieux revenir dans le 2 ?

— Exact. Mais je ne peux rien te dire non plus, tu penses.

— Je comprends. Bon, tu m'excuses, je dois y aller. Bon courage pour la suite, et une bise au lecteur !

— Merci, Sémiant. À bientôt ! Cher lecteur, nous poursuivons notre périple vers les couloirs de la direction. Me voici arrivé à la porte. J'entre. Tiens, ça tinte. Un plaisantin a placé des bocaux au-dessus de l'entrée, avec un message : *Vilo is watching you*. Je m'approche du Bureau d'Intrigues et je frappe. Ça remue à l'intérieur. On m'ouvre.

— Salut, Retzel. C'est toi qui fais ce raffut ?

— Oui, j'explique aux lecteurs comment ça se passe ici.

— Ah. Eh bien, écris moins fort parce qu'on est en plein boulot, là.

— Que se passe-t-il dans cette salle, exactement ? On voit des milliers de notes accrochées au mur.

— Désolé, je ne peux pas te laisser entrer. *Top secret !*

— Mais vous pouvez quand même nous dire ce que fait ce baobab au milieu de la pièce ?

— C'est l'arborescence du cycle. Il faut l'arroser régulièrement si on veut poursuivre la culture des synopsis.

— Et là, la grande affiche ?

— Quel petit indiscret tu fais. Ce sont les remerciements.

— Il y a qui, dessus ?

— Pas mal de monde, en fait. Allison, Justine et Céline pour leur soutien et leur amitié, Myke pour ses relectures attentives, Jean-Philippe pour sa confiance… En fait, je crois que le narrateur ne compte pas les nommer dans ce tome-ci, ça l'énerve un peu d'admettre qu'il n'a pas tout fait de ses petites mains. N'écris pas ça, hein, je ne tiens pas à ce qu'il l'apprenne. Il y a aussi Céline, sa compagne, qui s'occupe de l'intendance quand le narrateur bosse sur son cycle. Et évidemment beaucoup d'autres personnes mais je ne vais pas te donner la liste, il y en a trop ! Pas la peine de loucher dessus comme ça, tu n'y figures pas.

— Dans le couloir, je vois de nombreuses portes. Vous pouvez nous présenter les différentes sections de l'administration ?

— Si tu veux, mais après, je retourne au boulot. Je dois encore superviser le *making-of* que le narrateur a ajouté à la fin du tome pour faire le malin. Tu veux boire quelque chose, au fait ?

— Non merci, c'est gentil.

— Bon, alors là, juste à gauche, tu as la cantine. Pas facile de nourrir chaque jour plusieurs centaines de techniciens de page.

— Attendez, on les garde même lorsque leur page est tournée ?

— Bien sûr, malheureux ! Que ferais-tu des autres lecteurs une fois que celui-ci aura achevé le livre ? Tu imagines, la production fait des compressions de personnel et là, soudain, plus de page 29 ! « Cher lecteur, merci de vous rendre à la page suivante pour cause de fin de contrat du technicien de page. En vous remerciant d'avoir choisi *Alamänder*. » Je plaisante, mais il paraît qu'un gestionnaire a proposé de placer les pages les plus chargées en texte au début du bouquin, pour être certain que le lecteur les lirait. Amortissement de l'encre, qu'il disait. Tu parles d'une idée ! Le livre serait déséquilibré, il deviendrait plus lourd d'un côté et ça gênerait la prise en main. Je veux bien croire que le budget n'est pas illimité, mais il y a des limites.

— Sûr.

— Je termine. Plus loin, tu as le repaire des dialoguistes. Toujours en train de rigoler et de s'envoyer des avions en papier. Tu les entends, là ? Ils doivent être dans un passage particulièrement riche en répliques.

— Et le patron, où est-il ?

— Au fond du couloir. C'est la porte avec la photo où il fait une tête pas possible. Je ne l'ai pas encore vu cet après-midi. Il doit faire sa sieste, comme d'habitude. Après le goûter, il y a réunion de synthèse avec tous les responsables. Comme le lecteur est sur le point d'achever sa lecture du tome 1, on en profite pour faire un gros débriefing. Le livre sera bouclé d'ici quelques mots. Et après, vacances !

— (voix au bout du couloir :) Pas pour tout le monde !

FIN DU TOME I D'ALAMÄNDER

Le Livre de Poche s'engage pour l'environnement en réduisant l'empreinte carbone de ses livres. Celle de cet exemplaire est de :
500 g éq. CO_2
Rendez-vous sur
www.livredepoche-durable.fr

PAPIER À BASE DE
FIBRES CERTIFIÉES

Composition réalisée par Soft Office

Achevé d'imprimer en octobre 2022 en France par
Maury Imprimeur – 45330 Malesherbes
Dépôt légal 1re publication : novembre 2022
N° d'impression : 266005
LIBRAIRIE GÉNÉRALE FRANÇAISE
21, rue du Montparnasse – 75298 Paris Cedex 06

18/9790/8